우련
붉어라

우련 붉어라

1판 1쇄 찍음 2018년 5월 24일
1판 1쇄 펴냄 2018년 5월 31일

지은이 | 이지아
펴낸이 | 고운숙
펴낸곳 | 봄 미디어

기획·편집 | 김지우, 김현주
표지 디자인 | 우물

출판등록 | 2014년 08월 25일 (제387-2014-000040호)
주소 | 경기도 부천시 원미구 길주로 64, 1303(굿모닝 오피스텔)
영업부 | 070-5015-0818 편집부 | 070-5015-0817 팩스 | 032-712-2815
E-mail | bommedia@naver.com
소식창 | http://blog.naver.com/bommedia

값 10,000원

ISBN 979-11-5810-521-1 03810

이지아 장편 소설

우련 붉어라

불의한 세상.
부조리한 삶.
들꽃처럼 살다 간 난세의 이름 없는 영웅들.
그들의 절망과 희망, 그리고 사랑.

이야기 초입에

별빛도 달빛도 자취가 없는 그믐의 밤. 인정(人定)을 훌쩍 넘긴 이슥한 시각. 어디선가 부엉이가 긴 울음을 운다.

그 흉흉한 틈을 타 복면을 한 인영 하나가 사랑채 높다란 팔작지붕 용마루를 훌쩍 뛰어넘어 고즈넉한 마당 안으로 소리도 없이 내려섰다.

정수리부터 발뒤꿈치까지 온통 새카맣게 차려입은 사내는 순식간에 칠흑빛 어두움 속으로 스며들었다. 흡사 스치는 바람인 양 한밤의 암흑을 타고 빠르게 지났다.

그림자마저 짙은 어두움에 잠긴 탓에 사랑 마당을 가로지르는 사내의 모습은 언뜻 사람인지 귀신인지 구분이 가지 않을 정도였다.

뭐지?

대건은 번쩍하고 눈을 떴다. 잠결이지만 누군가 사랑채 대청마루로 올라서는 기척을 분명 감지하였다. 대건은 한껏 숨을 죽인 채 가만히 왼쪽 팔을 머리맡으로 뻗었다. 아까 잠자리에 들기 전 칼집째 놓아 둔 환도(環刀)가 손 안에 잡혔다.

찰나에 가까운 짧은 시간이 흐르고, 사랑방과 대청마루를 연결하는 세살 분합 들장지문이 조용히 열렸다. 일순간 방 안의 어두움과 방 밖의 어두움이 교묘히 하나로 뒤섞였다.

"어서 오시게."

대건은 흔연스럽게 이야기하며 이부자리에서 몸을 일으켜 앉았다. 칠흑빛 어두움 속, 그림자조차 달지 않고 움직이던 복면의 사내가 나지막이 혀를 찼다.

"이런."

"문이나 마저 닫으시게."

대건은 빙그레 웃으면서 왼손에 쥐고 있던 환도를 제자리로 되돌렸다.

복면의 사내 역시 사붓이 미소 짓더니 반쯤 닫다가 만 세살 분합 창호 문짝을 소리 없이 밀었다.

"잠귀 밝은 것은 여전하군."

"자네 발자국 소리가 무거운 게지."

"조선 팔도에 자다가도 내 기척을 감지해 낼 수 있는 자는 이녁뿐이야."

"그새 나잇살이 올라 몸이 무거워진 것은 아니고?"

"그럴지도 모르지. 벌써 쉰을 바라보는 나이인데 배가 나온다해서 흠될 것도 없겠지."

복면의 사내가 평소에는 좀처럼 듣기 어려운 우스갯소리를 던졌다. 어두움과 하나로 뒤섞여 움직이는 오랜 친우를 향해 대건은 대뜸 눈을 흘겼다.

"본국검(本國劍)* 제일 본령의 입에서 나올 소리는 아닐세 그려."

"검신(劍神), 검선(劍仙), 야뇌(野餒)의 계보를 잇는 조선 제일 검은 이녁이 아니던가. 나야 음지에서 살아가는 한낱 이름 없는 칼잡이일 뿐."

복면의 사내가 담담히 말하였다. 무심한 어조였으나 그 아래 흐르는 자조의 기색은 또렷하기만 하였다. 대건은 오랫동안 입에 담지 않았던 친우의 이름을 조심스럽게 불렀다.

"이 사람, 수호."

"그 이름 잊은 지 오래일세. 지금의 나는 금상(今上)의 그림자 인 일영으로서 살아갈 따름이야."

복면의 사내가 짤막한 손사랫짓을 쳤다. 케케묵은 옛날이야 기 따위 그만 접자는 의미였다. 본국검 제일 본령 황수호로 불 리던 사내는 이미 오래전에 죽었다고 말이다. 단박에 알아들은 대건은 서둘러 화제를 돌렸다.

"야심한 시각에 어쩐 일인가?"

대답 대신 엽전 두 닢이 대건 쪽으로 날아들었다. 잘 벼린 표 창처럼 날카롭게 공기를 가르는 상평통보 소형전을 대건은 허공 중에서 낚아채듯 맨손으로 잡았다.

"사주전(私鑄錢)*인가?"

"훈련도감 화폐 주조창에서 만든 관주전일세. 헌데 그 조악함 이 사주전보다 더하지."

"만드는 과정에서 누가 구리를 빼돌렸나 보군."

---

*본국검: '무예도보통지'에 수록된 24기(技) 중 하나로 모두 33세(勢)로 이루어져 있 다. 칼은 예도를 사용하며 양손으로 다룬다.
*사주전:개인이 불법으로 만든 동전.

"지난해 왜국에서 구리 반출량을 줄인 이후 가격이 배로 치솟았으니까."

"나라에 유통할 돈을 만들라 하였더니, 제 주머니 채울 궁리만 열심히 하였군그래."

"누가 구리를 빼돌리는지 은밀하면서도 신속하게 알아보라고 하시네."

복면의 사내가 금상의 명을 전하였다. 대건은 반듯한 묵례로써 받들었다.

"바로 시행하겠네."

재바른 걸음을 내딛어 세살 분합 들장지문 쪽으로 다가가던 복면의 사내가 돌연 움직임을 그쳤다. 어깨 너머로 어두움 속에 앉은 대건을 비스듬히 돌아다본다. 어떤 미련처럼 그렇게 한참을 말없이 서서 대건을 바라보기만 하더니, 마침내 입을 열었다.

"이름이⋯⋯."

"이름?"

"그 아이 말일세."

"아아, 우리 무혁이 말인가?"

"그래, 무혁이. 그 아이는 요즘 어떤가?"

복면의 사내는 넌지시, 그러면서도 조심스러운 태도로 물었다. 대건이 대답 대신 못마땅해하는 탄식만 끄응, 흘리며 고개를 함부로 가로저었다. 속상하니 아예 말도 꺼내지 말라는 투였다. 복면의 사내는 빙긋이 미소를 지었다.

"아직 때가 아닌가 보군."

"대체 그놈의 때는 언제⋯⋯."

대건은 저도 모르게 목청을 내쏘다 말고 황급히 말소리를 누그르트렸다. 자칫 큰소리로 인해 곤히 자는 행랑채 식솔들을 깨울 수도 있었다.

"대체 그놈의 때는 언제 오는 것인가 싶으이. 기다리다 내가 속 터져 죽겠어."

"그때가 언제인지는 하늘만이 아시겠지."

"얼른 왔으면 하네. 제발 좀."

"왜, 아이가 여태 마음을 못 잡나?"

"도통 과거 공부할 생각을 안 해. 검도 놓은 지 오래고."

"그것 큰일이군."

"겨우 한다는 짓이 시정잡배들이랑 어울려서 허송세월이나 하고 있으니……. 요즘은 투전판까지 기웃거려서 내가 아주 환장할 지경이야."

대건의 입에서 불평과 불만이 쏟아졌다. 다만 열을 올리는 와중에도 얼굴빛만큼은 하나뿐인 아들에 대한 애정으로 넘쳐 났다. 겉으로야 무뚝뚝해도 속정은 깊디깊은 세상 여느 아비들과 다를 바 없었다.

복면으로 가려 놓은 선 굵은 입술에 어린 미소가 더욱 짙게 변하였다. 본국검 제일 본령이라 불리던 황수호라는 이름을 버리고, 오로지 금상의 그림자인 일영으로 살고자 하는 사내는 눈꺼풀을 슬며시 가라떴다. 자격 없는 아련함이 번지는 못난 시선을 스스로 차단하고자 하였다. 이십여 년 전, 제 이름을 버릴 때 천륜도 함께 끊어 내었기에.

장한만만
長旱漫漫

언제 끝날지 모르는 오랜 가뭄

"그 요망한 사이비교를 지아비 되는 자도 함께 믿었는가?"

사형 집행을 책임진 당상관이 부림 홍씨 정이에게 물었다. 엄중한 말의 기세는 당당하고 얼굴빛에 서슬이 시퍼렇다. 그럼에도 정이는 전혀 개의치 않는다는 표정이다. 꼿꼿하게 곧추세운 등허리 또한 여전하였다. 흔들림 없는 목소리로 대답하는 정이의 입가에 오히려 엷은 미소마저 깃들어 올랐다.

"가까이 두고 수족처럼 부리는 몸종 아이조차 모르도록 조심스럽게 행한 일입니다. 우리 바깥어른이 어찌 알았겠습니까."

"지금이라도 늦지 않았다. 이후로 일절 서양 귀신을 버리겠노라 약조한다면 목숨만은 부지할 수 있을 터."

당상관은 치솟아 올랐던 말소리를 일부러 나지막하니 풀었다. 소복을 갖추어 입은 채 잠잠히 앉아 참수를 기다리는 정이를 비롯한 여섯 명의 여인들을 이제라도 회유하기 위해서였다. 천주학을 신봉하는 자마다 역률(逆律)로 다스리라는 대왕대비전의 사학 엄금 언문 교지 외에, 누구든 죄를 뉘우치고 배교하면 은덕을 베풀라는 금상의 어진 령이 따로 내려진 탓이다.

"목숨을 구걸하고자 천주를 버릴 수는 없습니다."

정이는 요지부동이었다. 당상관이 엄히 다그쳤다.

"죽음이 두렵지 않다는 뜻이냐?"

정이가 시선을 한쪽으로 살포시 내려 기울였다. 입가에 맺힌 미소가 더욱 짙게 변하였다. 일견 얼굴에서 검질긴 슬픔이 묻어나는데도 도리어 사뭇 곱기만 하다.

"죽기보다는 살고자 하는 것이 본디 사람의 마음입니다. 한낱 여인네의 몸으로 어찌 죽음이 두렵지 않겠습니까. 두렵습니다. 많이 두렵습니다."

"당장 서양 귀신을 버리고, 하나뿐인 목숨을 부지하라."

"죽음이 두렵다고 천주를 버릴 수는 없습니다. 살아도 산 게 아닐 것입니다."

"기어이 죽음을 자초하겠다는 뜻이렷다?"

"지금 이곳에서 죽어도 죽는 것이 아니라 믿습니다."

"허허! 어찌 이리도 어리석단 말이냐."

"천주와 함께 저 하늘에서 영원한 삶을 누릴 것입니다."

정이의 말소리가 다박다박 완강하였다. 천주를 위해 목숨을 버리고자 하는 뜻이 확고부동하다는 의미였다. 서소문 밖 형장에 모여든 구경꾼들 사이로 일대 소란이 들끓어 올랐다.

"여인의 몸으로 죽음조차 두려워하지 않는다는 것이 어디 말이 되오?"

"그러게 말이오. 몸도 무르고 마음도 연약한 여인네가 참으로 대단하오."

"도대체 그 천주라는 자가 누구요?"

"서양 귀신이라고 하지 않소."

두런두런 시끄럽게 쑥덕이는 자들이 여럿이었다. 다들 죽음을 눈앞에 두고도 의연하기만 한 정이의 태도에 놀란 눈치였다. 민간에 더 이상 서학이 번지지 않도록 본보기로 참수형을 감행하는 것인데 오히려 포교를 돕는 꼴이 되고 말았다. 크게 당황한 당상관은 형리들을 시켜 형장 주위에 둘러선 구경꾼들을 속히 해산토록 하였다.

"여봐라, 당장 주위를 물리라."

"예, 참판 대감."

형리들이 박달나무 곤봉을 휘두르며 사람들에게 거친 욕설을 쏟아 냈다.

"모두 물렀거라!"
"어이, 거기! 물렀거라는 소리 안 들려, 엉?"

구경꾼들이 우왕좌왕하며 사방으로 흩어졌다. 그 와중에 이제 갓 소녀티를 벗은 젊은 아낙 하나가 돌부리에 채여 흙바닥을 굴렀다. 보다 못한 정이가 나서서 형리들을 말렸다. 퍽 담담한 어조였다.

"그냥 두시어요. 짐승을 죽일 때도 구경꾼이 몰려드는 법입니다. 하물며 사람을 죽이는 곳에 구경하는 자가 없으면 그것이 더 이상한 일이지요."

정이는 잠시 숨결을 골랐다. 눈을 들어 주위로 몰려든 사람들의 얼굴을 하나하나 훑듯이 쳐다보았다. 혹여 구경꾼들 사이에서 그리운 이의 모습을 찾아볼 수 있지 않을까 기대하였다.

아스라이 먼발치, 바람에 나부끼는 우련한 도포 자락이 시린 눈자위 안으로 익숙하게 다가선다. 하염없이 펄럭이는 쪽빛 비단 자락에 정이는 시선을 고정시켰다. 뜨거운 눈물이 왈칵 솟구쳐 올랐다.

어디서인가 갓난아기의 배고픈 울음소리가 들려오는 듯하더니, 며칠째 말라붙었던 젖이 갑자기 지잉 돌았다. 정이는 입술을 으물고 차오르는 울음을 삼켰다. 붉게 짓무른 두 눈마저 질끈 감아 버렸다.

차마 못 다 이룬 이승에서의 인연은 반드시 저승에서 이루리
라.

"당장 참수를 시행하라."

당상관이 큰소리로 형리에게 명을 내렸다. 정이는 순순히 형
틀 앞에 희고 여린 목덜미를 내려놓았다.

망나니가 덩실덩실 춤을 추며 시퍼런 칼날을 요리조리 휘두
른다. 망나니가 내지르는 헛칼질에 휙휙 공기가 갈라졌다. 그때
마다 구경꾼들의 입에서 두려움과 안타까움이 뒤섞인 탄식이 쏟
아져 나왔다.

"천주여! 우리를 불쌍히 여기소서. 당신의 크고 긴 팔로 우리를
구원하소서."

정이는 야소(耶蘇)*의 십자가를 눈앞에 그리며 나지막한 음성
으로 기도문을 암송하였다. 생사마저 초월한 양 고요히 엎드려
앉은 정이의 희고 여린 목덜미로 마침내 날카로운 칼날이 떨어
졌다. 덜커덩, 제 주인을 잃은 목줄띠에서 뿜어져 나온 시뻘건
핏줄기가 천지 사방으로 튀어 올랐다.

"안 돼!"

---

*야소:예수의 취음.

지충은 가파른 비명을 내지르며 겉잠에서 깨어났다. 이마에 식은땀이 송골송골하여 황급히 손등으로 닦아 냈다. 애써 기억에서 지운 옛일이 하필 오늘 꿈으로 떠오른 것이 망측하기 짝이 없었다. 묵직한 날숨을 토해 내는 지충의 얼굴빛이 백지장처럼 창백하였다.

"괜찮으시어요, 아버지?"

딸 운해가 옆에서 선잠을 깨우다 말고 화들짝 놀라 물었다. 파르라니 떨리는 지충의 양손을 걱정스러워하는 시선으로 내려다본다. 지충은 짐짓 아무렇지도 않은 척 이야기를 받았다.

"내가 깜빡 졸았나 보구나."

"어디 편찮으시어요?"

"아니다. 엊그제 운종가 만물상에 새로 물건을 들인다고 무리를 하였더니 제법 곤하였던 모양이야."

"웬 땀을 이리도 많이 흘리시었어요?"

운해가 저고리 소맷부리 안에서 무명 수건을 꺼내 건네주었다. 지충은 관자놀이를 지나 구레나룻을 타고 흐르는 땀방울을 무명 수건으로 씻어 내며 은근슬쩍 말머리를 돌렸다.

"날이 꽤나 무덥구나."

"벌써 한여름 같아요."

"하기야 오월도 다 지나 낼모레가 유월인데."

"게다가 달포 가까이 비 소식이 없었잖아요. 하루 종일 푹푹 찔 만도 해요."

"어서 비가 와야 할 텐데, 큰일이다."

지충은 오랜 가뭄을 걱정하며 긴 한숨을 쉬었다. 흉악망측한 꿈에 짓눌려 답답하던 가슴이 그제야 어느 정도 편해졌다.

"드세요. 백도예요."

운해가 물푸레나무 찻상 위 소담하니 놓인 접시를 지충 쪽으로 밀었다. 지충은 대강 손사랫짓을 쳤다. 입안이 모래알을 씹은 것처럼 온통 가슬가슬하였다. 무엇을 먹고 싶다는 욕구 자체가 생기지 않았다.

"되었다. 다들 기근에 먹을 것이 없어 난리인데……."

"장돌 아비가 오늘 아침 장거리에서 몇 알 구해 왔더라고요."

"복숭아는 되었으니 시원한 물이나 한 사발 다오."

"그러지 말고 좀 드시어요. 요즘 진지도 통 못 잡수시잖아요."

"날이 더우니 입맛이 없어서 그런 게지."

"복숭아 드시고 입맛 찾으시어요. 얼른요."

재차 강권하는 운해의 목소리에 대번 힘살이 실렸다. 한 번 마음먹으면 기필코 그 일을 이루어 내고야 마는 딸이다. 어지간해서는 절대 물러서지 않을 것이다.

지충은 함초롬하니 앉은 운해의 얼굴을 새삼스러운 눈길로 들여다보았다. 지난 신유년(辛酉年) 거세게 몰아친 피바람 속에 어미를 잃고도 반듯하게 자라 주는 것이 고맙고 대견하였다.

"알았다. 내 먹으마. 쇠심줄 같은 네 고집을 어찌 꺾겠누."

지충이 젓가락을 들어 복숭아 한 조각을 입으로 가져가자 운해가 해시시 미소를 뿌렸다.

"많이 드시어요."

"오늘은 청계천에 안 나가느냐?"

"이제 나가 보려고요. 아버지께 긴한 청이 있어 잠시 들렀어요."

"긴한 청?"

"아이들한테 만날 나물죽만 먹이려니 자꾸 마음에 걸려서요."

"밥을 먹이고 싶다는 게냐?"

"예. 아버지 생각은 어떠시어요?"

운해가 명징한 눈망울을 들어 마주하고 앉은 지충을 올곧게 올려다본다. 온전한 신뢰로 가득한 눈빛이다. 지충 역시 똑바른 시선으로 딸아이를 내려다보았다. 자애로움이 넘치는 눈길이었다.

"한동안은 지금처럼 나물죽을 주는 것이 좋을 듯싶구나. 백여 명이나 되는 아이들에게 밥을 먹이려면 쌀보리가 만만치 않게 들 게야."

"돈이야 더 들겠지만 죽보다는 밥이 훨씬 낫잖아요."

"청계천 나가는 일은 언제까지 하려느냐?"

"되도록 오래, 힘닿는 데까지 계속하고 싶어요."

"해를 잇는 기근으로 곡식 값이 천정부지로 올랐어. 여기서 더 뛰면 감당하기가 점점 어려워진다. 어쩌다 한 번 밥을 주는 것보다는 나물죽이나마 매일 먹이는 것이 낫지 않겠느냐."

"무슨 말씀이신지 알겠어요. 멀리 내다보라는 뜻이잖아요. 곡식 값이 안정되면 그때 죽을 밥으로 바꾸라는. 맞지요?"

운해가 단박에 지충의 심중을 헤아렸다. 힘주어 고개를 끄덕이는 지충의 입가를 타고 보드레한 미소가 번졌다. 영특한 딸아이는 어려서부터 하나를 가르치면 스스로 둘을 깨우치고는 하였다.

"조심, 또 조심해야 한다. 워낙 왈짜들이 활개 치는 세상이라 운해, 너를 대문 밖에다 내놓고 아비가 걱정이 많구나."

"소녀 걱정일랑 마시어요."

"이참에 칼 쓰는 자라도 하나 붙여 주랴?"

"아니어요. 칼 쓰는 자가 곁에 있으면 여러모로 불편할 것이어요."

"네 안위를 보장받을 수 있다면 어느 정도 불편함은 감수해야지."

"화가 화를 부르듯, 칼이 오히려 칼을 부를지도 몰라요."

운해가 똑 부러지는 성정답게 말소리를 다부지게 냈다. 운해의 안위를 위해 칼 쓰는 자를 붙이자는 의견은 씨알도 먹히지 않을 것이 분명하였다.

"그래도 말이다."

미련을 버리지 못한 지충은 찌푸린 이마를 손가락으로 꾹꾹 누르면서 문질렀다. 방금 꾼 흉악망측한 꿈 때문인지 딸아이에 대한 걱정을 쉽사리 떨칠 수가 없었다. 그런 지충의 속내를 전혀 알지 못하는 운해가 눈가를 곱게 접어 말간 눈웃음을 피웠다.

"청계천에 나갈 때면 장돌이가 항상 따라가잖아요."

"그놈이 힘은 장사다만, 왈짜패가 휘두르는 칼날에는 맥도 못출 게야."

"향이랑 유모도 있고요."

"새파랗게 어린 계집아이랑 다 늙은 아낙이 무슨 소용이라고."

"아버지가 모르셔서 그렇지, 유모가 천하무적이어요."

"난데없이 무슨 소리야?"

"아버지도 유모 잔소리 앞에서는 꼼짝 못 하시잖아요."

"예끼!"

지충이 눈을 부릅뜨자 운해가 까르르 소리를 내어 웃었다. 금세 지충의 입에서도 껄껄거리는 웃음소리가 터져 나왔다. 부녀지간 다정한 한때가 한바탕 웃음으로 들끓었다. 두 사람의 웃음소리가 한창 물오를 무렵, 사랑 마당을 향해 열어 놓은 미닫이 창가에서 인기척이 소란스러웠다. 길게 늘어진 주렴 너머로 장돌 아비의 목소리가 들렸다.

"대행수 나리!"

"무슨 일인가?"

"남산골 아씨 내외분이 뵙기를 청합니다."

"안으로 모시게."

지충의 대꾸가 미처 누마루를 다 건너지 않아서였다. 죽마고우이자 매제인 오달영과 누이 임지이가 사랑방 안으로 들어섰다.

운해는 재빨리 자리를 털고 일어나 정중히 허리를 숙여 두 사람을 맞이하였다.

"어서 오시어요, 고모부님."

"오랜만이구나."

달영이 평소와 별 다를 바 없는 뚱한 표정으로 운해의 인사를 건성으로 받았다. 운해는 한 번 더 짧게 달영에게 묵례한 후 지이 쪽으로 시선을 옮겼다.

"그동안 평안하셨습니까, 고모님?"

"네 웃음소리가 사랑 마당까지 들리더구나. 예부터 여인네 웃음소리가 요란스러우면 집안이 시끄러워진다고 하였다."

지이가 서늘한 낯빛으로 되도 않을 꼬투리를 잡았다. 일부러 부리는 트집이었다. 운해는 알면서도 모르는 척 넘겼다. 집안의 대를 끊어 놓은 여자아이라는 이유로 어려서부터 이래저래 고모의 미움을 사 왔다. 이제는 새롭지도 않았다. 가타부타 대꾸 없이 그저 다소곳이 고개를 숙였다.

"앞으로 조심하겠습니다."

"당연히 그래야지. 과년한 처자의 몸가짐이 그리도 허술해서야, 원."

지이가 대놓고 혀를 찼다. 운해의 일거수일투족이 죄다 마음에 들지 않는다는 태도였다. 운해는 고개를 숙인 채 입술을 자그시 깨물었다. 고모의 미움을 받는 일에 제아무리 익숙해졌다고는 하나, 마음에 상처가 되지 않는 것은 아니었다. 사붓이 숨을 고르며 와락 올라오는 서러움을 다잡았다. 감정을 다 지운 후에야 얼굴을 들고 아무렇지도 않은 척 미소를 만들었다.

"정담들 나누시어요. 소녀는 할 일이 있어 이만 나가 보겠습니다."

공손히 예를 갖추고 사랑채를 나섰다. 자박자박 걸어가는 운해의 요요작작한 뒤태를 지이가 고개까지 빠짝 옆으로 틀어 유심히 지켜보았다.

저것만 없었어도 이 많은 재산이 전부 우리 아들들 것일 텐데……

절로 터져 나오는 탄식을 지이는 가까스로 막았다. 오라비인 지충을 앞에 두고 운해에 대한 적의를 드러내는 것은 결코 이롭지 못한 행동이었다. 지이에게야 눈엣가시 같은 존재지만 지충에게는 세상 둘도 없는 자식이다.

얼른 저것을 눈앞에서 치워 버려야지. 앞으로 큰일을 하는 데 있어 저것이 걸림돌이 되게 할 수는 없지.

지이는 심중에 숨겨 놓은 생각을 한층 단단하게 다지면서 지충을 마주 보고 앉았다. 일을 도모하려면 우선 오라비의 마음부터 얻어야 한다. 붉게 연지를 바른 입술을 연하게 풀면서 붓으로 그려 놓은 것처럼 선명한 웃음을 눈꼬리에 한가득 머금었다. 콧소리는 당연한 덤처럼 따라붙었다.

"오라버니, 그동안 강녕하셨소?"

"나야 늘 건강하지. 자네들은?"

"우리야 고만고만하지요. 그나저나 우리 오라버니 벌써 더위 타나 보오. 못 본 사이 얼굴이 반쪽이 되었소."

흐드러진 지이의 걱정을 지충은 들은 체도 않고 그대로 무질렀다.

"날도 더운데 연락도 없이 어쩐 일이야?"

"오라버니가 걱정돼서 이 누이가 일부러 발걸음 한 거요."

❀   ❀   ❀

"양자를 들이라고?"

지충은 다과가 담긴 사각의 소반 너머 나란히 앉은 여동생 부부의 얼굴을 번갈아 쳐다보았다. 매제인 달영이 이렇다 할 소리 없이 뚱하게 있는 반면, 누이 지이는 고개를 주억거리면서 부산한 말소리를 조르르 쏟았다.

"운해 나이가 올해로 벌써 열아홉입니다. 더 늦기 전에 적당한 혼처를 찾아 출가시켜야지요. 자칫 혼기를 놓쳐 노처녀 소리라도 듣게 되면 어쩝니까."

"운해 출가 문제는 내가 알아서 할 것이니 자네가 신경 쓰지
않아도 되네."

"그런 섭섭한 말씀 마시어요. 하나뿐인 고모가 되어 어찌 조
카 일에 신경을 안 씁니까. 그리고 운해 시집가 버리면 오라버
니 혼자 이 큰 집에서 적적하실 것 아니오. 양자를 들이시어요.
요즘 누이는 오라버니만 생각하면 애틋해서 가슴이 미어집니
다."

"내 걱정도 접어 두고 자네 낭군이랑 아드님들한테나 신경 쓰
시게."

"오라버니이."

말꼬리를 길게 늘여 지충을 부르는 지이의 콧소리가 짙었다.
지충은 무심결에 미간을 구겼다. 코맹맹이 소리도 어려서나 통
할 일이다. 마흔을 넘긴, 하물며 진즉에 출가하여 남의 부인이
된 지 오래인 여동생이다. 누이가 만들어 내는 교태 섞인 콧소
리가 탐탁하게 들리지 않았다.

"하루면 집 안에 들고나는 가솔만 수십이 넘어. 운해 출가시
킨 후로도 내가 외로울 일은 없을 거라는 뜻일세."

"그깟 아랫것들이 무슨 소용이랍니까. 우리 명진이 놈 양자로
들이시어요."

"자네 작은놈을?"

"예. 늘그막에 아들 며느리 봉양도 받으시고, 손주 녀석 재롱
도 보시어요. 하다못해 제사상 차려 줄 자식은 하나 있어야지
않겠습니까."

"자식이야 운해로도 충분하네."

에둘러서 거절하는 지충의 이야기에도 지이는 막무가내였다.

"딸년은 출가외인이라잖아요."

"아무리 시집보냈다고 내 딸이 아니던가."

지충은 제법 엄정한 태도로 이야기하였다. 낯까지 붉힐 일은 아니지만, 흔연스럽게 받아 주는 데도 한계가 있었다.

"형님."

내내 뚱한 표정으로 앉아 있던 달영이 웬일로 입을 열었다. 아쉬운 소리 할 때 빼고는 생전 가야 손위 처남 대접도 안 하더니 형님이라며 깍듯이 지충을 칭하였다. 참으로 오래 살고 볼 일이다.

달영과는 볼기짝을 내놓고 뛰놀던 천둥벌거숭이 시절부터 친구라 예법에 어긋나는 줄 알면서도 여태 서로가 편하게 말을 놓고 지냈다. 느닷없는 달영의 존대에 장단을 맞추어 지충도 선뜻 말을 높였다.

"왜요, 매제?"

"내 아들이라서가 아니라 우리 명진이 놈이 제법 똘똘합니다. 셈도 빠르고. 처남 집안에 두고두고 보탬이 될 것이니, 이 사람 말대로 명진이를 양자로 들이세요. 언제든 누군가는 형님을 대신하여 운종가 만물상을 맡아서 관리해야 하지 않겠습니까."

"허허."

지충은 물색없이 헛웃음만 지었다. 부부가 오늘 아주 작정하고 찾아온 모양이다. 부창부수라더니, 달영이 나서서 한마디 거들어 주기가 무섭게 지이가 신바람이 났다. 콧소리를 품은 수다스러운 이야기가 어지럽게 흘렀다.

"그래요, 오라버니. 마침 우리한테 아들놈이 둘 있으니 얼마나 다행이어요. 명수는 우리 오씨 집안 대를 이을 큰놈이라 안 되지만, 명진이야 작은놈인데 거칠 것이 없지요. 생판 모르는 남의 자식을 양자로 들이는 것보다야 조카 놈 데려다 아들 삼으면 좀 좋아요. 아무렴요, 백 번 천 번 낫지요."

"남의 자식이든 자네 자식이든 양자로 들일 마음 없네. 나는 우리 운해 하나로 족해."

지충은 부러 더 엄격한 말투를 써서 딱 잘랐다. 가슴 깊이 연모하던 내자 홍정이를 그토록 허망하게 떠나보내고 스무 해 가까운 세월 동안 줄곧 홀아비로 살아도 별다른 내색이 없던 누이와 매제였다. 연락도 없이 부부가 불쑥 찾아와 자신들의 둘째 아들인 명진을 양자로 삼으라며 닦달을 치는 속내가 몹시 의뭉스러웠다.

"오라버니도 참말로 답답하시오. 이대로 임씨 집안 대를 끊어 놓을 작정이시어라?"

지이가 눈에 쌍심지를 키우고 달려들었다. 콧소리 섞인 교태가 좀처럼 통하지 않자 윽박지름이라도 하려나 보다.

"대가 끊기기는 왜 끊기나."

"당연히 끊기지요. 오라버니 돌아가시고 나면 누가 임씨 집안의 대를 잇습니까."

답답해 죽겠다는 듯이 말하고 지이가 기다란 어깻숨을 잇달아 토해 놓았다. 답답한 심정으로 치자면 오히려 지충 쪽이 더하였다. 담벼락에다 대고 이야기하는 기분이었다.

"언제든 우리 운해가 출가하면 아이를 낳을 것 아닌가. 그 아이로 대를 이으면 될 것을 뭐가 걱정이야."

"운해가 낳을 아이가 어디 임씨 집안의 자손이랍니까. 딸자식

키워 봤자 아무짝에 쓸모없습니다. 대를 이을 아들이 있어야지요."

"그렇게 따지면 명진이도 임씨 집안의 아이가 아닌 것은 마찬가지지."

"그래도 오라버니 조카잖아요. 그 피가 어디 가겠어요."

"명진이는 한 다리 건너 조카지만 운해가 낳을 아이는 내 손자야. 자네 말마따나 그 피가 어디 가겠는가."

"외손자가 외조부 제사상 차리는 것 보셨습니까?"

지이가 집요하게 물고 늘어졌다. 물불 가리지 않고 달려드는 기세가 어찌나 대단한지, 명진을 임씨 집안의 양자로 들이는 일에 사활이라도 건 것 같았다.

지충은 잠시 숨을 고르는 척하며 머릿속 오가는 생각을 바삐 정리하였다. 지이의 본심을 파악할 때까지 양자는 안 된다고 버티는 것이 상책이지 싶었다. 사실 대를 이을 양자를 들여야겠다는 생각 자체가 없었다.

"죽어서 자손들한테 제사상 받고 싶지도 않아. 막말로 나 죽은 다음에 젯밥이 무슨 소용이야. 내가 먹기를 하겠어, 볼 수 있기를 하겠어. 죽으면 전부 그만이지."

"오라버니 그런 무서운 말씀 마시오. 조상님들께서 진노라도 하시면 어쩌려고요."

"시답지도 않은 소리! 죽은 사람이 뭘를 알아."

"아이고, 오라버니!"

지이가 큰일이라도 난 것처럼 마른 울음에다 곡소리를 보태었다.

지충은 자신이 흥분해서 너무 나갔음을 깨달았다. 유교를 숭

27

상하고 성리학이 제일의 가치인 조선 땅에서 죽은 조상에게 바치는 젯밥만큼 중요한 것도 없었다. 하늘의 복된 소식을 알지 못하는 지이를 공연한 말로써 괴롭히고 싶지 않았다.

예전에는 지충 역시 제사상에 수많은 공을 들였다. 정이의 순교 직후 도대체 천주라는 자가 누구기에 젖먹이 딸까지 버리고 죽음을 택하였나, 울분에 차서 서학 공부를 시작하였더랬다. 야소의 십자가에 담긴 의미를 정확히 깨닫게 되면서 지충의 마음가짐이 완전히 달라졌다.

"양자 들이는 문제는 여기서 덮도록 하세. 이미 우리 운해가 있고, 나중에 운해가 낳을 외손자면 충분하니."

"오라버니야, 딸이고 손자니까 모두 내 집안 내 씨로 여기시겠지. 허나 세상 사람들은 그리 보지 않습니다."

"세상 사람들의 보는 눈 따위 내가 상관할 바가 아니지."

"이 누이의 간곡한 말을 들으시어요. 비록 양자라도 집안 족보에 입적할 아들이 있어야 한다니까요. 본디 세상의 이치란 그런 것입니다."

"정히 대를 이을 아들이 필요하면 그 아들 내가 하나 낳지, 뭐. 빼도 박도 못하고 내 집안 내 씨일 테니 세상 사람들이 무어라 이야기할 거리도 없겠구면."

지충은 여봐란듯이 껄껄껄 웃음소리를 쏟았다. 당장 지이가 눈동자를 획 하니 치떴다. 번들번들 정체 모를 안광으로 흉흉한 눈시울을 타고 제법 혼탁한 기운이 넘쳤다.

"참말이십니까?"

"무에 그렇게 놀라? 지금이라도 새장가 들어 아들 하나 보면 되는 일을."

"망측합니다. 오라버니 나이가 마흔을 넘긴 지 오래입니다."

"겨우 마흔다섯 가지고 뭘 그러나. 남들은 나이 쉰에도 잘만 자식을 보던데. 그러니 세간에 쉰둥이라는 소리가 버젓이 존재하는 게고."

"농담하실 때가 아니어요."

"농지거리 아닐세. 양자를 들이자는 소리는 두 번 다시 꺼내지도 말게. 그리할 마음 일절 없음이야."

지충은 한층 단호하게 내쳤다. 지이가 안광이 흉흉한 눈동자를 부리부리하게 부풀리고 앉아 지충의 안색을 요모조모 살핀다.

"오라버니. 새장가 드시겠다는 소리, 허투루 하는 말씀 아니시지요?"

"내가 언제 빈말하던가?"

"당장 매파 띄웁니다. 나중에 딴소리 마시어요."

시치름한 지이의 낯빛이 점점 검붉게 물들어 갔다. 결국에는 지충을 쳐다보는 서늘한 눈초리까지 검붉어졌다.

와룡봉추
臥龍鳳雛

용은 하늘로 오르고 봉황은 날개를 펴다

둥글게 둘러앉은 다섯 명의 사내가 저마다 손에 쥔 투전목을 조심스럽게 들여다본다. 행여 옆자리에서 넘겨다볼 새라 힐끗힐끗 주위를 살피는 일 또한 게을리 하지 않는다. 개중 한 사내가 패 다섯 개를 전부 방바닥에다 내동댕이치듯이 내려놓았다. 사내의 입에서 터지는 탄식 소리가 요란하였다.

"아이고, 일장통곡을 하는구나!"

손에 든 투전목이 일과 십이라는 투전판 은어였다. 십을 짓고 난 끗수가 일이라 패를 돌려도 꼴찌밖에 안 되니, 이번 판에서 빠지겠다는 에두른 표현이기도 하였다. 곁에 앉은 사내까지 씁쓸한 입맛을 다시며 덩달아 손안의 투전목을 홀라당 까서 뒤집었다.

"젠장맞을! 매번 수조차 짓지 못하는 꼴이 어째 오늘은 운발이 다하였나 보오."

"나도 오늘은 영 패가 붙어 주지를 않는구려."

주거니 받거니 두 사내의 한탄이 늘어졌다. 이와는 딴판으로 막쇠는 엽전 꾸러미를 서둘러 투전판 한가운데로 던졌다.

"자자, 우선 판돈부터 올리고."

막쇠는 투전목 다섯 개 중 족보를 채운 셋을 펼쳐 무릎 아래 두고, 나머지 두 개는 가슴팍으로 바특 당겨 손아귀에 단단히 움켰다. 넘치는 기대감으로 입안에 저절로 침이 고였다. 투전목 안쪽 암호처럼 새겨 놓은 꽃 그림으로 차근차근 끗수를 확인해 나갔다. 패를 돌리기 전부터 예감이 좋더니 역시나 투전목 끗수가 제법 높았다.

비칠(2, 7) 가보(9)라. 이만하면 한탕 붙어 봄직도 하다.

판쓸이를 할 요량에 막쇠의 마음이 더욱 급해졌다. 옆자리 상두꾼* 꼭지를 향해 다짜고짜 채근부터 넣었다.

"언니 차례요. 어서 하쇼."

"일단 받고. 나도 방귀 좀 뀌어 볼까나."

꼭지가 방금 막쇠가 올려놓은 판돈 위에다 엽전 꾸러미를 세 뭉치나 더 얹었다. 금세 판돈이 눈덩이처럼 불어났다.

막쇠는 입안 가득 고인 침을 목울대 아래로 꿀꺽 삼켰다. 이번에 잘만 하면 한 재산 톡톡히 챙길 수 있겠구나 싶었다. 얄팍하니 가라뜬 곁눈으로 수북하게 쌓인 돈 꾸러미를 재빨리 가늠하였다. 족히 이백 냥은 넘을 것 같았다.

염통이 쫄깃쫄깃, 콧구멍이 벌렁벌렁. 마냥 신바람이 난 막쇠는 저도 모르게 입아귀를 실룩거렸다.

"학, 퉤!"

---

*상여를 메는 사람.

하필이면 그때 꼭지가 누런 가래침을 타기에 뱉어 냈다. 가래 토하는 소리가 벅적지근하였다. 막쇠 역시 곰방대를 재떨이에 대고 탁탁, 소리가 나도록 털었다. 꼭지와 막쇠 사이에 미리 약속해 놓은 신호였다. 손에 쥔 패가 더할 나위 없이 좋으니 적당한 선에서 눈치껏 빠지라는 뜻이다.

탁탁. 언니, 이쪽이야말로 만만치가 않거든.

학, 퉤. 내 패가 짱이다. 얼른 빠져, 짜샤.

쌍방지간 오가는 공방이 소리를 내어 말로 전할 수가 없으니 더욱 치열하고 팽팽하였다.

"오늘 이 언니들 너무 세게 나오신다."

젊은 사내가 무료한 어조로 무심하니 이야기를 뱉었다. 온기 없는 방구들에 반쯤 몸을 누이고 앉은 젊은 사내의 눈매가 묘할 정도로 날카롭다. 젊은 사내는 벌겋게 달아오른 막쇠와 꼭지의 얼굴에 차례로 일별하였다.

"받을 거요, 말 거요?"

성질 급한 막쇠가 성마른 소리로 젊은 사내에게 닦달을 넣었다. 아예 윽박지르는 투였다. 젊은 사내의 선이 굵은 입술을 타고 보일락 말락 흐릿한 미소가 설핏 스쳐 지났다.

"까짓 받아야지, 난들 별 수 있겠소. 일단 받고서 그 위에다 닷 냥을 더 보태 볼까 싶은데."

눈 깜짝할 사이 판돈이 산더미가 되었다. 꼭지의 득달같은 성화에 못 이겨 패를 접으려던 막쇠는 후다닥 마음을 돌이켰다. 한탕 잡을 기회가 아무 때나 오는 것이 아니다. 막말로 언제까지 상두꾼 꼭지 밑구멍을 닦아 주면서 살 수는 없는 노릇이었다.

이판사판, 될 대로 되라지.

막쇠는 가진 돈을 몽땅 투전판 한가운데로 몰아넣었다. 손바닥 안쪽 힘써 움켜쥐고 있던 패를 보란 듯이 발라당 뒤집어 깠다.

"아싸, 비칠 가보. 이 판은 내가 낫소."

"속곳에다 똥을 싸고 자빠졌네. 그깟 비칠 가보로 나기는 무슨. 옜다! 구땡이다, 짜샤!"

꼭지가 낄낄거리면서 제멋대로 흩어져 있는 판돈을 한곳에 고이 쓸어 모았다. 일확천금의 꿈으로 한창 부풀어 올랐던 막쇠의 입을 뚫고 험악한 욕지거리가 쏟아졌다.

"염병! 천병! 젬병!"

그러거나 말거나 혼자 흥에 취한 꼭지는 허리춤에 찬 무명 줌치를 급하게 풀었다. 주둥아리를 활짝 열고 수북하게 쌓인 엽전 꾸러미를 무명 줌치 안에다 죄다 몰아넣으려는 찰나였다. 여태 아무 소리 없던 젊은 사내가 느긋하니 늘어졌던 몸뚱이를 똑바로 일으켜 앉았다. 갈 길 바쁜 꼭지의 행보에 제대로 제동을 걸었다.

"우리 꼭지 언니 성격 참 급하시다. 그 돈 주인이 따로 있다는 생각이 안 드오?"

"뭔 놈의 개풀 뜯어먹는 소리여. 구땡보다 높은 것은 장땡밖에 없으⋯⋯."

주막 문간방 보꾹을 뚫고 나가 하늘도 찌를 듯이 기세등등하던 꼭지의 말소리가 점차 목구멍 안쪽으로 말려들었다. 흡사 그때를 기다렸다는 양 젊은 사내가 씨익 미소를 뿌렸다. 오른손에 쥔 투전목 두 개를 방바닥에 나란히 펼쳐 놓았다.

낭창낭창 흐드러진 홍매화 두 줄기, 영락없는 장땡이다. 어마어마한 판돈을 눈앞에서 놓친 꼭지의 입에서 탄식과도 같은 욕설이 터졌다.

"이런, 니미럴!"

"오메! 참말 장땡 맞네. 나의 비칠 가보로는 개쪽도 못 쓰겠구먼. 염병! 천병! 젬병!"

막쇠까지 되도 않는 욕지거리를 되는 대로 주워섬겼다.

"그럼."

젊은 사내가 산더미를 이룬 엽전 꾸러미를 차곡차곡 비단 귀주머니 속으로 옮겨 담았다.

저것이 다 얼마다냐.

막쇠는 마른 숨을 삼켰다. 돈이 젊은 사내의 비단 귀주머니로 담길 때마다 빠짝빠짝 입술이 탔다. 젊은 사내를 노려보는 막쇠의 쭉 찢어진 눈초리로 어언간 거친 살기가 어렸다. 여차하면 옆구리에 감추어 둔 죽장도(竹粧刀)를 꺼내 놈의 목줄을 따 버릴 작정이었다.

흉악무도한 막쇠의 궁리를 아는지 모르는지, 젊은 사내는 천하태평 느긋한 손놀림으로 산더미 같은 판돈을 챙겼다. 엽전 한 닢까지 알뜰하니 싹싹 쓸어서 담았다.

"이보오, 개평도 없소?"

막쇠는 일부러 젊은 사내의 주의를 환기시켰다. 젊은 사내가 비단 귀주머니 안에서 엽전 꾸러미 한 냥을 도로 꺼냈다. 개평을 요구한 막쇠가 아닌 꼭지의 무릎 앞쪽에다 툭 하니 던져 놓았다.

"옛수."

"삼백 냥 넘게 챙기고서 겨우 한 냥이 개평이라?"

꼭지가 허탈해하며 웃자 젊은 사내가 예의 씨익 대는 미소를 마주 지었다.

"아예 쪽박 찬 개털보다는 낫지 않겠소?"

"그렇기는 하지."

"그 돈으로 저짝 언니랑 둘이서 탁주나 한 사발씩 걸치시구려."

"낮술 좋지."

"그리고 부탁인데, 다음부터는 더럽게 가래침 좀 뱉지 마시오. 언니가 자꾸 퉤퉤거리는 바람에 아까부터 배 속이 쏠려서 혼났소."

"뭐어?"

"내가 곱상하게 생긴 얼굴만큼이나 배 속까지 섬세해서 남들보다 비위장이 심히 약하거든."

젊은 사내가 대놓고 인상을 그었다. 별 시답지도 않다는 듯 아무렇게나 말소리를 내던지는 어조가 분명 비꼬는 투였다.

"판돈 좀 땄다고 젊은 놈이 눈깔에 뵈는 것이 없나. 어디서 감히 망발을 지껄여. 이 언니가 누군 줄 알고."

막쇠가 꼭지보다 먼저 나서서 파르라니 성깔을 부렸다. 젊은 사내의 시선이 그제야 꼭지에게서 막쇠 쪽으로 옮겨 갔다. 느긋하게 달려드는 젊은 사내의 눈빛이 우물처럼 깊고 얼음장처럼 싸늘하였다.

"그짝 언니는 좋은 패에 대한 인식을 확 좀 끌어 올려야겠더라."

"염병하고 자빠졌네."

"겨우 비칠 가보 가지고 곰방대로 재떨이를 두드려 대며 죽기 살기로 버티면, 이짝 꼭지 언니 열 받아서 확 머리꼭지가 돌아 버릴지도 모르거든."

"뭐가 어쩌고 어째?"

"이왕 사기 투전을 치려면 둘이 손발이나 제대로 맞추고 하라, 그 말이오."

젊은 사내의 이야기를 듣자마자 방금 전까지 투전에 몰두하였던 다른 사내 둘이 귀엣말을 숙덕이더니 급하게 자리를 털고 일어섰다. 그 모습을 지켜보며 막쇠가 입에 거품을 물었다.

"이놈이 남의 박장 장사를 망치려고 환장을 했나. 누가 사기 투전을 쳤다는 것이야?"

"그 언니 참 말 많다. 사내고 계집이고 말 많으면 싫던데. 아휴, 귀가 다 따갑네."

젊은 사내가 집게손가락으로 귓구멍을 후비며 건성으로 중얼거렸다.

"말하는 본새 봐라. 새파랗게 어린놈의 자식이 아주 간덩이가 팅팅 부었구나."

"간덩이는 언니들이 부었지."

"뭣이라!"

"엊그제 크게 한탕 잡으셨다면서? 언니들 둘이 짜고 순진한 시골 영감 하나 홀딱 벗겨 먹었다고 저잣거리에 소문이 자자하던데, 뭘."

"이놈이 점점……."

"이왕 벗겨 먹으려면 잘난 부모 믿고 거들먹거리는 재수 밤탱이 한량들한테나 하시오. 내 기꺼이 박수 쳐 줄 테니까. 앞으로 잘 부탁하오."

젊은 사내가 실실 웃으면서 저 하고 싶은 소리를 죄다 퍼부었다. 간덩이만 부은 것이 아니라 염통 또한 남들의 서너 배는 될 것 같았다. 막쇠는 슬그머니 오른손을 뻗어 왼쪽 옆구리에 찬 죽장도의 칼자루를 그러쥐었다.

그사이 젊은 사내가 훌쩍 몸을 일으켜 외짝 지게문을 열고 유유자적 밖으로 나갔다.

"저런 개놈의 자식을 보았나!"

울화가 치밀 대로 치민 막쇠는 당장 자리를 박차고 일어나 칼날이 시퍼런 죽장도를 꺼내 들었다.

"막쇠야, 오두방정 떨지 마라."

"꼭지 언니는 저 염병할 놈을 이대로 그냥 보낼 참이오?"

"그냥 안 보내면?"

"당연히 쳐야지라. 돈이 얼만데. 무려 삼백 냥이오."

"저놈이 누군 줄 알고 쳐?"

꼭지는 대수롭지 않다는 식으로 이야기하고 지그시 눈을 감았다. 실력이 아무리 좋아도 운이 따라 주지 않으면 결코 판돈을 딸 수 없는 것이 투전판의 이치다. 그 운을 하늘이 내기도 하고, 가끔은 사람이 스스로 만들기도 한다.

그동안 꼭지와 막쇠가 서로 짜고 투전판 운을 억지로 엮었다면, 방금 저 젊은 사내는 실력으로 운이라는 것을 스스로 만들어 냈다.

한 치 앞도 분간하기 어려운 칠흑 같은 어두움 속에서조차 투전목 육십 장을 몽땅 꿰어 맞추고도 남을 실력이다.

타짜는 타짜를 알아보는 법. 조선 팔도 투전판에서 저만한 기억력을 갖춘 타짜는 여럿이지만, 옆구리에 칼 찬 놈을 앞에 두고 능글맞은 넉살까지 부릴 수 있는 배포를 가진 사내는 딱 한 명뿐이다.

"꼭지 언니! 대체 저놈이 누군데 이러오?"

막쇠가 분기탱천하여 바락바락 목청을 쏘았다. 여전히 눈을 감고 앉은 꼭지의 입가를 따라 얄팍한 미소가 번졌다.

"이러니 막쇠, 네놈은 내 밑구멍밖에 못 닦는 것이야."

"아, 됐고. 저놈이 누구냐니까."

"우포청 강대건 포도대장 영감의 아들놈이잖아."

"우포장 영감탱이가 무슨 대수요. 확 쳐 버립시다."

"내가 지금 포도대장이 무서워서 몸을 사리는 것 같으냐?"

"그럼 아니요? 쓰벌! 있는 집 자식 놈한테 손댔다가 작살이라도 날까 겁나서 몸 사리는 거잖소. 내 다 아오."

"막쇠, 너 저놈 주먹 쓰는 것 본 적 있냐?"

꼭지의 물음에 막쇠는 대답보다 먼저 콧방귀부터 뀌었다.

"솜털 보송보송한 애송이놈이 주먹을 쓰면 얼마나 쓰겠소. 기껏해야 애들 장난이지."

"우리 아그들 다 데리고 가서 덤벼도 일각(一刻)*이면 네놈들 죄다 나가떨어질 것이야."

"농도 정도껏 부리시오. 우리 애들이 그래도 한양 바닥에서 주먹깨나 쓴다는 놈들인데."

"작년 추절기 왕십리 육손이패, 지난봄 하수이남 엄돌네 아그들, 달포 전 수원 화성의 땡추들까지 완전 깨박살이 났지? 그것

*일각:아주 짧은 동안이란 뜻으로 현재의 15분.

38

도 한 놈한테 말이야. 전부 누구 짓이라고 하든?"

"모두 이름은 잘 모른다 하고, 그저 귀신같은 놈이라고
만……."

막쇠는 이야기 소리를 끝맺지 못한 채 황급히 말문을 닫았다.
쭉 찢어진 눈꺼풀을 연달아 끔뻑거리면서 손가락을 들어 조금
전 젊은 사내가 열고 나간 외짝 지게문을 가리켰다. 반쯤 넋이
나간 막쇠를 향해 꼭지가 큼지막하니 고개를 끄덕였다. 꼭지의
눈시울로 비시식 웃음이 흘렀다.

"절대 사람 죽이는 법은 없고 딱 죽지 않을 만큼만 패 놓는다
는 귀신같은 놈. 그 야차 귀신이 바로 저놈이야."

낯빛이 허옇게 질린 막쇠가 절퍼덕 방구들을 깔고 주저앉았
다. 야차 귀신이라는 소리에 염통이 그만 콩알만큼 쪼그라들었
다.

✿   ✿   ✿

초라한 행색의 늙은 선비 하나가 아까부터 같은 길을 되풀이
해 오락가락 번잡스럽게도 오갔다. 말총과 대나무를 엮어 만든
갓은 찢어지고, 쪽잎으로 담남색 물을 들인 비단 도포에는 땟자
국이 좔좔 흘렀다.

"아직 멀었나?"

늙은 선비는 목을 길게 빼고 퇴기(退妓)가 사발술을 판다는 허
름한 주막 안을 기웃거렸다. 주변을 서성이며 안절부절못하는
그를 저잣거리 바쁘게 지나는 행인들이 힐끔힐끔 돌아다보았다.
저치가 왜 저러나 하는 시선이었다.

수상히 여기는 사람들 눈길을 피해 늙은 선비는 정처 없이 발걸음을 옮겼다. 저만치 길을 걸어갔다가 주막으로 되돌아오기를 몇 번이고 반복하였다. 속절없는 시간이 자꾸 흘렀다. 늙은 선비의 입안이 버썩버썩 말라붙었다. 애간장까지 몽땅 타서 녹아내릴 지경이 되었다.

"왜 이렇게 안 나와?"

때마침 앞마당을 가로지르는 무혁의 유유자적한 모습이 보였다. 무혁이 주막 싸리문을 나서기까지 열댓 걸음 남짓한 거리가 늙은 선비에게는 한참이나 멀게만 느껴졌다. 양반 체면에 고새를 못 참고 쪼르르 무혁을 향해 줄달음질을 쳤다.

"어떻게 되었는가?"

"여기 있습니다, 삼백 냥."

무혁이 비단 귀주머니를 건넸다. 얼씨구나, 잽싸게 받아드는 늙은 선비의 주름진 얼굴에 희색이 넘쳤다. 오래전에 헤어진 애첩을 다시 만난 듯 늙은 선비는 묵직한 무게감이 느껴지는 비단 귀주머니를 얼싸안았다.

"아이고! 무슨 수로 이 많은 돈을 도로 다 찾아왔는가? 고마우이. 섭섭지 않게 사례를 함세."

"되었습니다. 사례를 바라고 한 일이 아닙니다."

무혁은 단호한 태도로 인사치레를 물렸다. 가뜩이나 환한 늙은 선비의 낯빛이 한껏 밝아졌다.

"자네가 베풀어 준 은혜는 평생 잊지 않을 것이네."

"다시는 박장에 얼씬도 마십시오. 도박은 국법으로 금한 일입니다. 한양 유람을 왔으면 얌전히 구경이나 하지 투전판은 뭐하러 기웃거렸습니까? 그 통에 노잣돈만 전부 날리고."

무혁의 나무라는 소리를 듣고 늙은 선비는 고개를 떨구고 말았다. 자식뻘도 되지 않는 무혁에게 대놓고 꾸지람을 듣자 솔직히 자존심이 상하였다. 그러나 저지른 과오 탓에 무어라 대꾸할 말이 없었다.

"큰돈을 벌 수 있다는 소리에 내가 잠시 눈이 멀었네. 참으로 면이 안 서는구먼. 앞으로 투전목에는 손끝도 안 댈 것이니 믿어 주시게. 약조함세."

늙은 선비는 엽전 꾸러미가 든 비단 귀주머니를 재차 품으로 끌어당겨 소중히 안았다. 전 재산이나 다름없는 삼백 냥을 투전판에서 몽땅 날리고 반쯤 정신을 놓았다. 끙끙 앓는 모습이 불쌍하였던지, 객잔에서 만난 보부상 하나가 야차 귀신을 찾아가 보라는 귀띔을 주었다. 지푸라기라도 잡으려는 심정으로 무혁에게 도움을 청하였다. 사실 반신반의하였더랬다. 진짜로 삼백 냥을 되찾아 줄줄은 차마 몰랐다.

"이제 돈 주정은 그만하고 사십시오. 술만 주정을 부리는 것 아닙니다. 쓸데없는 곳에다 함부로 돈을 뿌리고 다니면 그것이 바로 돈 주정이지요."

"명심하고, 또 명심함세."

"무사히 귀향하시길 바랍니다."

무혁이 먼저 예를 갖추자 늙은 선비 또한 고개 숙여 인사를 하였다.

"고맙네. 참으로 고마우이."

"아이고, 도련님! 여기 계셨습니까요. 이짝에 계신 줄도 모르고 이놈은 저잣거리 저짝에서 한참을 찾았습니다요."

종복으로 부리는 칠복이 제법 먼 길을 달려온 듯 숨을 헐떡헐떡 몰아쉬었다. 무혁은 늙은 선비로부터 시선을 거두어 칠복에게 관심을 돌렸다.

"무슨 일인데 이리 호들갑이야?"

"큰일 났습니다요. 영감마님께서 아까부터 도련님을 찾으십니다요."

"아버지께서 이 시각에 나를?"

"예. 아무래도 불호령이 떨어질 듯합니다요."

"가자."

무혁은 평소와 별반 다르지 않는 무심한 표정으로 발걸음을 떼었다. 뒷등 쪽에서 칠복이 공연히 애가 닳아 발을 동동거렸다.

"불호령이 떨어질 것이라는데, 도련님은 어찌 이리도 천하태평이십니까요."

"불호령이 떨어지면 맞으면 될 것 아니냐."

"예?"

"어서 가자니까. 뭐해, 앞장서지 않고."

무혁의 재촉에도 칠복은 냉큼 따라 나서지 않았다. 입을 헤벌쭉 벌리고 서서 근처를 지나는 어느 소저 일행을 넋 놓고 쳐다보았다. 커다란 가마솥을 지게에 짊어진 젊은 사내종을 앞세우고, 나이도 생김새도 옷차림도 제각각인 여인네 셋이 나란히 걸어가고 있었다.

"뭐를 그리 정신없이 보는 것이냐?"

무혁은 가던 발걸음을 멈추었다. 칠복이 헤벌쭉 벌어진 입아귀를 공연히 손바닥으로 쓰윽 문질러 닦았다.

"아무래도 저짝 아기씨가 그짝 아기씨 같습니다요."

"저짝 아기씨가 그짝 아기씨라니, 누구?"

"가운데 월궁항아님처럼 곱다랗게 생긴 아기씨 말입니다요."

"그러니까 누구!"

무혁이 말소리를 잇새로 짓눌러 제법 닦달을 쳤다. 그런데도 칠복은 느긋하니 서서 거뭇한 어깻숨을 지었다.

"거 왜, 있잖습니까요. 달포 전부터 수표교 아래 가마솥을 걸고 매일같이 죽을 끓여서 비렁뱅이 아이들을 거두어 먹인다는 그 아기씨 말입니다요."

"어느 댁 소저의 심성이 그리도 곱더냐?"

"운종가 시전 임지충 대행수의 무남독녀라고 들었습니다요. 그 댁 재산이 어마어마하답니다요."

"시전 대행수라면 그러겠지. 운종가 이권이 엄청날 테니까. 가진 자가 오롯이 움키려고 하지 않고 그나마 베풀려고 하니 다행이로구나."

"아기씨가 심성만 비단결인 게 아니라 얼굴까지 참말로 곱다랗습니다요. 아무리 월궁항아님이 저리 곱겠습니까요. 오늘 이놈 눈 보신 제대로 하였습니다요."

칠복의 수다가 흐드러졌다. 무혁은 상체를 완전히 외로 비틀어 방금 곁을 스쳐 지나간 소저의 뒷모습을 주의 깊게 바라보았다. 저만치 하느작하느작 흔들리는 가녀린 허리 끝에 금박 물린 선홍빛 머리댕기가 눈부시도록 현란하게 일렁였다.

❀   ❀   ❀

"네놈이 요즘 시전 장사치는 물론이고, 상두꾼이랑 시정 바닥

왈짜패와도 어울린다는 소리가 심심찮게 들리더구나."

대건은 오동나무로 만든 서궤 너머로 못마땅해하는 눈길을 쏘았다. 정갈하니 무릎을 꿇고 앉은 무혁의 얼굴빛이 너무도 당당하며 침착하다.

"세상 공부 중입니다."

"그놈의 세상 공부는 언제까지 할 참이야?"

"공부에 끝이 있겠습니까?"

무혁이 질문을 질문으로써 되돌렸다. 아들을 노려보는 대건의 속에서 부글부글 심화가 끓었다. 자연 언성이 높아졌다.

"정작 중요한 과거 공부는 어쩌고?"

"과거 시험은 치러서 무엇에 쓰겠습니까?"

"아예 작파를 하겠다는 게냐?"

"학문을 닦는 선비라 자청하는 자들이 붓과 혀로써 사람을 죽이는 시절입니다. 권력과 재물을 가진 자들이 휘두르는 창검은 말할 필요조차 없고요. 소자더러 사람 죽이는 자리에 함께하라는 말씀이십니까?"

또박또박 답하고 끝내는 되묻기까지 하는 무혁의 고개가 사철 푸른 소나무처럼 꼿꼿하다. 대건의 호된 꾸짖음에도 마음을 쓰지 않는 것이 틀림없었다. 대건은 답답한 심정에 한숨이 저절로 나왔다. 다행히 말귀는 알아듣는 아들놈이니 꾸지람 대신 가르침을 주기로 하였다.

"무(武)가 무엇이더냐?"

"전쟁을 그치게 만드는 힘이라고 배웠습니다."

"맞다. 무예를 익혀 힘을 길러야 스스로를 보호하고, 식솔을 보호하며, 나아가 백성을 보호할 수 있느니라. 창검은 사람을 죽이지만, 무는 사람을 살리는 것이다."

잠잠히 듣던 무혁의 입매가 묘하게 어그러졌다. 쓴웃음 같은
것이 선 굵은 입가를 스쳤다.

"창검을 들고 무예를 익힌 자마다 다른 이의 생명을 해하고,
재물을 빼앗으며, 스스로가 가진 권력을 지키기에 급급하더이
다. 소자가 보고 들은 작금의 세상은 바로 그러하였습니다."

"그래서 겨우 한다는 짓이 과거 공부를 작파하고, 장사치와
어울려 이문을 논하며, 왈짜들 투전판이나 기웃거리는 일이더
냐?"

"그나마 그들은 염치를 알거든요."

"염치라……."

"어수룩한 손님 등쳐서 과한 이문을 남긴 상인에게 무어라 한
소리하면 돌아서서 뒤통수라도 긁적이지요. 세상 물정 모르는
시골 선비에게 사기를 쳐 노잣돈을 강탈하였다고 꾸짖으면 투전
꾼들은 자신이 저지른 짓에 낯이라고 붉힙니다. 하온데, 인면수
심의 조정 높으신 양반네들은 결코 그러는 법이 없지요."

무혁의 목소리에 분기가 탱천하였다. 대건은 찌푸린 이마를
주먹으로 꾹꾹 누르면서 문질렀다. 아들의 말마따나 사람의 얼
굴을 하고 짐승의 마음을 지닌 자들이 판치는 세상이었다.

"후안무치를 이야기하고 싶은 게냐?"

"예. 제 손으로 사람을 죽여 놓고 아무렇지도 않게 잘만 살더
이다. 오히려 죽을 만하여 죽었다고 큰소리치더이다. 소자는 염
치조차 모르는 그들이 싫습니다. 짐승의 마음을 가진 자들과 사
람으로서 얼굴을 마주하기 역겹기만 합니다. 더 이상 과거 시험
을 보라는 말씀은 하지 말아 주십시오."

무혁이 머리를 조아려 인사하고, 곧장 몸을 일으켜 방을 나가 버렸다. 소리 없이 닫히는 세살 분합 들장지문을 향해 대건은 버럭 목청을 쏘았다.

"저런 고얀 놈을 보았나!"

"그냥 두시어요. 며칠 후면 한주 기일입니다. 날이 가까워 오니 무혁이도 마음을 더 못 잡는 듯합니다."

조용히 앉아 부자지간 오가는 대화를 지켜보던 유란이 조곤조곤 말소리를 흘렸다.

"내가 저놈한테 죄를 지었소. 그때 그 일을 그리 처리하는 것이 아니었는데 말이오."

"영감께서는 힘에 부칠 만큼 하시었습니다. 병판 대감과 척을 지면서까지 그 댁 아드님과 관련된 수사를 강행하시었잖아요. 그날 밤 곽 객주가 찾아와 죽은 자식은 이미 가슴에 묻었으니, 살아 있는 자식들이나마 배곯지 않고 살게 해 달라며 간청을 하여 그리된 것이 아닙니까."

"곽 객주 청을 들어주는 것이 아니었소. 사사로운 인정에 휘둘려 수사를 중간에서 덮는 것이 아닌데 그랬소."

"어차피 사고였습니다. 그날 활터에 있던 모두가 나서서 사고라고 증언하지 않았습니까."

"그래도 전말을 제대로 파악해야 했소. 아비가 되어 자식에게 차마 못 할 짓을 하였나 보오."

대건은 어금니를 물었다. 재주 많은 아들의 오랜 방황이 온전히 자신 탓인 것만 같았다.

"와룡봉추라 하였습니다. 누워 있는 용은 언제든 풍운을 만나면 스스로 몸을 세워 하늘로 오르고, 봉황 새끼는 설핏 병아리

같아 보여도 시간이 지나면 혼자 힘으로 날개를 펼치지요. 기다리시어요."

"언제까지 말이오?"

"글쎄요. 하늘만이 아시겠지요."

"똑같은 소리를 하는군."

"예?"

"그냥 내 혼잣말이었소. 그나저나 저놈 나이가 올해로 스물하고도 넷이오."

"스물넷이든 서른넷이든 나이는 숫자에 불과합니다."

"아무리 그래도 철은 들어야지."

"철이 어디 나이만 많다고 들던가요. 저 상태로는 누가 곁에서 무슨 이야기를 해도 아무 소리도 들리지 않을 것입니다. 무혁이 스스로 깨우침을 얻기 전에는 말입니다."

"그 전에 내 속이 터져 죽겠소."

대건은 일장 탄식을 발하고, 유란은 방싯 웃기만 하였다.

"소첩과 영감이 저 아이에게 해 줄 수 있는 일은 믿고 기다리는 것뿐입니다. 우리 무혁이 어찌 되었든 영감의 아들이 아니지 않습니까."

"내가 봉황이니 저놈도 곧 봉황이 될 거라는 뜻이오?"

"예. 소첩은 그리 믿고 있습니다."

"나를 너무 과대평가하였소."

"누가 무어라 해도 소첩 눈에는 그리 보입니다. 이 나라 조선의 안위와 이 땅 백성의 안돈을 위해 영감께서 날마다 고군분투하고 계시지 않습니까. 그래서 고맙고, 또한 든든합니다."

대건은 무릎걸음으로 다가가, 여전한 미소를 짓고 앉은 유란의 손을 다정하게 부여잡았다. 다사로운 온기가 마주 잡은 손끝과 손끝을 통해 헛헛한 대건의 가슴 깊숙이 파고들었다. 대건을 향한 유란의 무한한 신뢰야말로 고단한 무관의 삶을 넉넉히 지탱할 수 있도록 하는 힘의 원천이었다.

"나는, 이 나라 조선과 이 땅 백성을 보호할 힘이 있기는커녕 주상 전하 한 분 지키는 일조차 버거운 사람입니다."

인연의 바람

인연지풍
因緣之風

노루 가죽을 덧대어 만든 과녁을 저 멀리 두고 변종호는 잘게 호흡을 가다듬었다. 사붓이 숨을 들이켜는 종호의 코끝으로 솔솔 음식 냄새가 풍겨 왔다. 시종 무표정하던 입가에 문득 미소가 번졌다. 드디어 왔나 보다. 그렇지 않아도 나타날 시각이 한참 지났는데도 나물죽 끓이는 기색이 없어 아까부터 궁금하던 차였다.

"도련님! 왔습니다, 왔어요. 운종가 시전 대행수 댁 아기씨가 드디어 나타났습니다요. 쿵."

집안의 종복인 영삼이 잰걸음으로 달려와 코를 쿵쿵거리면서 상황 보고를 하였다. 종호는 팽팽하게 당겼던 활시위를 도로 느슨하게 풀었다.

"임 소저를 잘 지켜보아라. 혹시라도 불미스러운 일이 생길라 치면 즉시 나에게 알려야 한다. 지난번처럼 한눈을 팔았다가는 경을 칠 줄 알거라."

"염려 붙들어 매시어요. 그때는 소피가 마려워 잠깐 뒷간에 다녀오느라 어쩔 수 없었다니까요. 쿵."

영삼이 허리를 굽혀 예를 갖추고 왔던 길을 다시 쪼르르 달려갔다.

종호는 활시위를 힘껏 당기며 숨을 골랐다. 심호흡을 몇 번씩 되풀이하는데도 과녁 안 홍심은 그저 멀어서 아득할 뿐이다. 오늘따라 마음이 산란하니 도무지 활쏘기에 집중할 수가 없다. 시위를 풀어 버린 녹각궁(鹿角弓)을 사대(射臺)* 한쪽에 내려놓았다. 재바른 걸음을 내딛어 무예 수련장 뒷마당 쪽으로 발길을 옮겼다.

영삼이 목을 길게 빼고 담장 너머를 기웃거리고 있다. 가까이 다가서는 인기척에 놀랐는지 고개를 홱 하니 돌려 종호를 쳐다본다.

"오메! 벌써 한 순(巡)*을 다 마치셨습니까요? 쿵."

"아직. 궁금해서……."

종호는 객쩍은 미소를 피웠다. 무예 수련장 야트막한 담장 너머 수표교 쪽을 넌지시 굽어보았다. 한낮이라 길손의 통행이 제법 빈번하다. 분주한 다리 아래 제각기 동냥 그릇을 손에 든 비렁뱅이 아이들이 바글거린다.

나이 어린 동냥아치들 사이로 부산하게 움직이는 여인네 셋이 보였다. 뒤통수에 빠짝 쪽을 진 늙은 아낙은 싸리 광주리에 담긴 떡을 썰고, 귀밑머리 젊은 아낙은 나물죽이 들러붙지 않도록 나무 주걱으로 커다란 가마솥 바닥을 휘휘 내저었다.

---

*사대:활을 쏠 때 서는 자리.
*순:화살 다섯 대를 쏘는 한 바퀴.

종호의 시선이 다홍치마 위 자색 저고리를 곱게 차려입은 아리따운 처자에게 가서 멈추었다. 운해가 비렁뱅이 아이들을 한 곳에 불러 모아 길게 줄을 세웠다. 먼 거리에서도 운해의 얼굴 가득 피어난 해사한 웃음꽃이 선연하였다.

운해가 어떤 몸짓을 보이거나 무슨 말을 할 때마다 까만 머리채 끝 두둥실 매달린 빨간 댕기가 실바람에 나부껴 사부작사부작 춤을 추었다. 넋을 놓고 지켜보는 종호의 눈가에 저절로 미소가 어렸다.

불현듯 종호는 이곳 담장 너머로 운해를 처음 본 날이 떠올랐다. 해묵은 기근에 보릿고개까지 겹쳐 여기저기서 굶어 죽는 이들이 속출하던 때였다. 커다란 가마솥을 든 운해 일행이 어느 봄날 홀연히 나타나, 그때부터 나물죽을 끓여 동냥아치들을 거두어 먹이기 시작하였다.

하루 이틀 저러다 말겠거니 모두가 입을 모았다. 그러나 운해는 달포가 지나 두 달이 가까워 오도록 매일같이 수표교 아래 그늘진 공터에 가마솥을 걸었다. 처음 열댓 명에 불과하던 밥 빌어먹는 아이들이 지금은 꽤나 숫자가 불어 어림짐작만으로도 백여 명을 웃돌았다.

한꺼번에 많은 비렁뱅이 아이들이 몰려드는 탓에 행여 불상사가 생기지는 않을까, 자칫 운해가 다치지는 않을까, 언제부터인가 시전 대행수 댁 임 처자의 안위에 종호는 자꾸만 마음이 쓰였다. 그래서 운해 일행이 수표교 아래 나타나는 시각이면 영삼을 시켜 지켜보도록 한 것이다.

"저게 무엇이냐? 싸리 광주리에 든 떡같이 생긴 것 말이다."

"송기떡 같습니다요. 푹 삶아 건진 소나무 속껍질을 멥쌀가루에 버무려서 찐 떡입니다요. 쿵."

"소나무 속껍질을 먹는다고? 떡으로 쪄서?"

"먹을 게 없으니 나무껍질이라도 벗겨서 먹어야지요. 쿵."

"맛은 있고?"

"그것이 어디 맛으로 먹습니까요. 쿵. 굶어 죽지 않으려고 어쩔 수 없는 먹는 게지요. 그나마 멥쌀가루 입혀 떡으로 쪄 낸 것은 먹을 만합니다요. 쿵. 흉흉한 기근에 저것마저 없어 배곯아 죽는 자들이 한둘이 아닙니다요."

영삼의 쿵쿵거리는 콧소리 사이로 종호가 토해 내는 한숨 자락이 얄팍하게 스몄다. 여태 끼니를 굶어 본 적 없는 종호로서는 배곯아 죽는 고통이 어떠한 것인지 상상이 되지 않았다.

새삼 동냥아치들을 거두어 먹이겠다고 나선 운해가 대단해 보인다. 그 수고가 장하고 노력 또한 가상하다. 비록 송기떡 한 덩어리에 나물죽 한 그릇이지만, 백여 명에 달하는 비렁뱅이 아이들을 거두어 먹이려면 매번 들어가는 재물이 만만치 않을 것이다.

✿   ✿   ✿

"이름이 뭐야?"

운해는 조막만 한 손에 커다란 동냥 그릇을 들고 선 여자아이에게 생긋 미소를 날렸다. 이제 겨우 대여섯 살 남짓한 아이는 옥돌같이 새카만 눈망울을 말똥말똥 올려 뜨고 운해를 빤히 쳐다만 볼 뿐 아무런 대꾸가 없었다.

"혼자 왔어?"

계속되는 운해의 질문에도 아이는 가타부타 대답을 하지 않았다. 말도 못 하는 어린것이 혹여 세상에 혼자 남겨진 것은 아닌가 싶어서 운해는 마음이 초조해졌다. 기다랗게 줄을 서서 차례를 기다리는 비렁뱅이 아이들을 향해 큰소리로 물었다.

"얘들아! 누구 이 아이 아는 사람 있니?"

"걔 벙어리예요."

사내아이 하나가 냉큼 나서서 대답을 하였다.

"이 아이 누구랑 사는지 너 알아?"

"걔 엄마 있어요."

팽 하니 쏘아붙이듯이 하는 사내아이의 음성에서 언뜻 강샘이 보였다. 여기 모인 아이들 대부분이 부모 잃고 세상천지 의지가지없이 살아가는 터라, 어미의 존재가 딴에는 부러웠던 모양이다.

"너는 이름이 뭐야?"

"개동이어요."

"개동이 이리 와 볼래."

운해는 사내아이를 손짓해서 불렀다. 아이가 한달음에 달려와 운해 앞에 선다.

"왜요, 아기씨?"

똘망똘망 깎아 놓은 밤톨 같은 개동의 뒤통수를 운해는 국자를 쥐지 않은 왼쪽 손바닥으로 쓱쓱 쓰다듬었다.

"개동이 대답도 척척 잘해 주고, 예쁘네. 나물죽 먼저 떠서 줄 테니까 이 아이 데리고 가서 같이 먹어. 부탁할게."

"예, 아기씨. 걱정 마시어요. 제 동생 놈이랑 이놈이 책임지고 이 아이를 챙길 것이어요."

"우리 개동이 착하네. 고마워."

운해의 칭찬에 개동이 활짝 웃었다. 운해도 함박 미소를 지었다. 그때 유모인 향이 어미가 운해 곁으로 바짝 다가왔다. 사분히 운해와 어깨를 잇대어 서는 유모의 표정이 제법 심각해 보였다. 운해는 얼른 나물죽을 퍼서 개동과 여자아이의 동냥 그릇부터 가득 채워 주었다.

"아기씨. 사달이 나 버렸어라."

"무슨 일인데?"

운해는 침착한 태도로 되물음을 하였다. 유모가 비밀 이야기라도 하는 양 전후좌우를 바삐 살피더니 자그마한 소리로 속닥거렸다.

"송기떡이 똑 떨어졌어라."

"많이 부족해?"

"열댓 명은 못 받았어라. 오늘따라 야들이 어디서 이리도 많이 튀어나왔는지 모르겠소. 넉넉하게 만든다고 만들었는데도 요 모양이요."

"나물죽도 거의 다 떨어져 가는데……."

운해는 터져 나오는 한숨을 황급히 감추었다. 주위의 비렁뱅이 아이들에게 유모와 나누는 대화가 흘러들지 않기를 바랐다. 송기떡 한 조각, 나물죽 한 그릇이 세상 전부인 녀석들이다. 먹거리가 떨어졌다는 사실을 알면 당장 아이들의 낙담이 이만저만이 아닐 것이다.

"이것도 어찌 보면 팔자소관이요. 늦게 온 놈은 못 먹는 거지라. 어쩔 수 없는 일이랑께요."

유모가 함부로 말하며 무성의한 손사랫짓을 쳤다. 배식을 받지 못한 비렁뱅이 아이들을 빈손으로 돌려보낼 작정인 모양이다. 운해는 줄을 서서 차례를 기다리고 있는 아이들의 수를 대충 가늠하였다. 가마솥에 남은 나물죽으로 열 명 정도는 더 먹일 수 있을 것이다. 뒤에 남겨질 열두 명 남짓한 아이들이 문제였다.

"유모! 여기서 죽 좀 뜨고 있어."

운해는 나물죽을 퍼 나르던 국자를 유모 손에 억지로 쥐여 주었다. 유모가 다짜고짜 인상을 찌푸렸다.

"이 난리 통에 어디를 가시게라?"

"향이 데리고 주막에 좀 다녀오려고."

"뜬금없이 저잣거리 주막에는 왜 가시려고요?"

"급한 대로 국밥이라도 사다가 아이들을 먹여야지."

"예?"

"저 아이들 이대로 굶길 수는 없잖아."

"아기씨! 참말로 왜 이러시어라. 기어이 이년 속 터져 죽는 꼴을 보셔야겠소. 하루가 멀다 하고 솥단지 걸어 놓고 나물죽 끓여 대는 일로도 부족해서, 이제는 국밥을 사다 먹인다고라. 우리 대행수 나리 돈은 어디 우물에서 펑펑 솟아나는 줄 아시오?"

성격 괄괄한 유모가 손에 쥔 국자로 허공을 홰홰 휘저었다. 누구든 하나 걸리기만 하면 여봐란듯이 패 주겠다는 태도였다. 차마 상전인 운해에게는 성질을 부리지 못하고, 애꿎은 하늘을 향해 불만 가득한 삿대질을 퍼붓는 것이나 다름없었다.

"매번 끼니를 다 챙겨서 아이들을 먹이는 것도 아니잖아."

"요즘 같은 시절에 삼시 세끼 전부 찾아 먹고 사는 인간이 몇이나 되겠어라."

"겨우 하루 한 끼 나물죽 한 그릇 주는 게 다야. 이 아이들 지금 여기서 못 먹으면 내일 점심까지 또 하루를 꼬박 굶어야 해. 유모는 아이들이 불쌍하지도 않아?"

"배곯는 것은 나라님도 어쩌지 못한다고 했어라. 먹을 것이 적으면 적은 대로, 없으면 없는 대로 그냥 두시어라. 부지런한 놈은 입에 풀칠이라도 하는 것이고, 게을러 늦게 와서 나중에 줄 선 놈은 없으면 못 먹는 것이지라. 고것이 세상 돌아가는 이치어라."

유모가 잔인하다 싶을 정도로 냉정하니 이야기하였다. 운해는 들은 척도 없이 성큼 길을 잡아 나섰다. 막무가내로 쏟아지는 유모의 잔사설에 일일이 대응하다가는 하루해가 다 가도 모자랄 판이다. 못 들은 척하는 것이 최고의 대응이었다.

"향이야! 저잣거리 주막에 다녀올 것이니 얼른 채비하여라."

"예, 아기씨."

"어서 가자니까."

향이에게 공연한 재촉을 넣는 운해의 뒷등 쪽에서 유모가 장탄식을 터트렸다.

"아휴! 참말로 가실라요? 하필이면 장돌이 놈까지 아기씨 심부름으로 시전 만물상 청지기 어른한테 가고 없고만."

"그래서 향이 데리고 가잖아."

"저년이 무슨 힘이 되겠어라."

"나 혼자보다는 낫겠지."

"어째 이년 하는 말은 귓등으로도 안 들으시고. 아기씨 때문에 속 터져 죽겠소."

유모가 신세 한탄으로 가장한 잔소리를 한바탕 쏟았다. 이번에도 운해는 듣는 둥 마는 둥 설렁설렁 넘겼다. 죄 없는 향이만 닦달을 하였다.

"향이 뭐하냐?"

"갑니다, 가요."

쫄래쫄래 운해를 따라나서는 향이의 뒤통수에다 대고 유모가 한껏 목청을 돋우었다.

"아기씨 잘 모셔라. 저잣거리 왈패들 일절 아기씨 곁에 들러붙지 못하도록 단단히 지켜야 한다. 아기씨한테 무슨 일이라도 생기면 향이 네년은 그날로 내 손에 죽은 목숨이여. 알겠냐?"

"걱정 마요. 내가 애인가 뭐."

향이도 지지 않고 쏘아붙였다. 운해 곁에서 재바른 걸음을 내두르며 투덜투덜 어미 흉을 보았다.

"귀 따가워 죽겠네. 우리 엄니 잔소리는 참말로 천하무적이어요. 이년이 언제든 저놈의 잔소리에 파묻혀 죽지 싶어라."

"아무리 잔소리 때문에 죽을까."

"아기씨가 몰라 하는 말씀이어라. 어떤 때는 숨이 콱콱 막힌다니까요. 나라님도 우리 엄니 잔소리는 어쩌지 못할 것이어라."

"하기야 유모라면 주상 전하 앞에서도 하고 싶은 말은 죄다 해야 직성이 풀릴 테니까."

동의를 표하는 운해의 입가에 방울방울 웃음꽃이 피었다. 아무도 못 말리는 엄청난 잔소리꾼 유모지만 운해에게 있어서만큼은 누구보다도 소중한 사람이다. 어쩌면 얼굴조차 모르는 생모보다 더.

✿   ✿   ✿

무혁은 무소뿔을 깎아 만든 흑각군궁(黑角軍弓)*을 손끝에서 자유자재로 빙빙 돌렸다. 한 식경(食頃)* 전부터 시전 포목상인 객주 곽정기를 기다리는 중이다. 무료한 눈길을 얼마 전 새로 들여왔다는 청국 비단 쪽으로 던졌다. 아무 생각 없이 붉은 빛깔의 천을 멀뚱멀뚱 내려다보았다. 금박을 물린 은은한 잔무늬가 눈에 익었다.

어디서 보았더라? 아! 머리댕기. 시전 대행수 임지충의 여식이라고 하였지, 아마.

엊그제 길에서 스치듯이 지나며 보았던 여인을 떠올리는데, 뒷등 쪽에서 밭은 헛기침 소리가 울렸다.

"도련님 나오셨습니까?"

나이 지긋한 정기가 깊숙이 허리를 굽혔다. 무혁 역시 정갈하게 고개 숙여 인사를 받았다.

"곽 객주, 오랜만입니다."

"오늘은 어쩐 일이십니까?"

정기는 일부러 데면데면한 태도로 용건을 물었다. 무혁과 선불리 시선을 마주 대하지 못하는 정기의 눈동자가 그리 멀지 않은 곳을 헤매는데도 마냥 어렴풋하였다.

"내가 못 올 곳을 왔습니까?"

언중유골(言中有骨), 단조로운 무혁의 말속에 날카로운 뼛조각이 확연히 드러났다. 당황한 정기는 다급하니 손사랫짓부터 쳤다.

---

*흑각군궁:검은색 물소뿔로 만든 군용 각궁.
*식경:밥 한 끼를 먹을 정도의 잠깐 동안이라는 뜻으로 현재의 30분.

"아닙니다. 못 올 곳을 오셨다니요. 결코 그런 뜻으로 드린 말씀이 아닙니다."

"그렇다면 다행이고요."

"마음 상하셨다면 부디 너그럽게 용서하십시오. 도련님처럼 번듯한 양반가 자제께서 비루한 시정 바닥을 자꾸 기웃거리는 것이 걱정되어 드린 말씀입니다."

정기는 중치막 소맷자락을 들어 코끝에 걸린 땀방울을 닦았다. 무혁을 대하기가 못내 불편하였다. 저승길 앞세운 아들놈 목숨 값으로 배불리 먹고 등 따습게 자니 좋으냐며, 무혁이 언제든 저 무덤덤한 눈빛을 완강히 바꾸고 호된 견책을 퍼부을 것만 같다. 하릴없고도 부질없는 자격지심이었다. 잘 알면서도 무혁을 대할 때면 정기는 언제나 가슴이 졸았다. 항상 오금이 저렸다.

"내가 이곳 저자를 드나든 것이 하루 이틀 일입니까. 새삼스럽게 곽 객주가 왜 이러는지 모르겠군요."

"글 읽는 선비들을 찾아다니며 과거 공부에 매진을 해도 부족한 날들입니다. 시정 바닥 이름 없는 협객들과 어울려서 좋을 것이 무에 있겠습니까."

"세상 돌아가는 이치를 깨닫는 데 저잣거리만 한 곳도 없지요. 구들장 지고 앉아 사서삼경만 백날 읽어 봤자 책상물림밖에 더 되겠습니까."

"하오나 도련님……."

정기의 조심스러운 말소리가 미처 시작하기도 전에 무혁이 대뜸 왼손을 들어 손바닥을 펼쳐 보였다. 쓸데없는 잔사설 따위 그만 접으라는 뜻이었다. 제풀에 기가 눌린 정기는 도리 없이 입술을 여미고 말았다.

"낼모레 한주한테 다녀올까 합니다. 따로 부탁할 일이 있으면 이야기하시지요."

무혁이 굳었던 눈매를 연하게 풀고 정중히 물었다. 정기는 이마저도 불편하였다. 진즉 가슴에 묻은 아들놈이다. 그 이름을 무혁의 입을 통해 듣는 것만으로도 손발이 저릿저릿 곱아 들었다. 숨통 또한 턱턱 막혀 왔다. 명치 역시 체한 것처럼 갑갑하였다.

"일없습니다. 아비보다 먼저 죽은 놈 제삿날은 챙겨서 무슨 소용이 있겠습니까. 그때 도련님이 하도 우기셔서 그놈 묏자리를 쓰기는 하였습니다만, 그것도 소인 죽기 전에 없애 버릴 작정입니다."

"꽉 객주!"

무혁이 버럭 고함을 내지르며 두 눈을 무섭도록 크게 부릅떴다. 손마디가 툭툭 불거질 정도로 힘주어 그러쥔 주먹이 얼마나 화가 났는지를 방증하고 있었다. 평소 어지간한 일에는 역정을 내는 법이 없는 그였다. 웬만해서는 목소리조차 섣불리 높이지도 않았다.

정기는 이마와 콧잔등 위 송골송골 솟아난 땀방울을 황급히 옷자락으로 씻어 냈다. 염통이 옥죄여 와 숨통이 막혀도 이제는 할 말은 해야만 한다. 그 길만이 오래도록 살길이라고 판단을 내렸다.

"소인은 한주 놈 잊었습니다. 가슴에 담고 살아야 좋을 것 하나 없더이다. 도련님도 그만 잊으십시오. 한주 놈 그리 죽고 햇수로 벌써 오 년입니다."

"나야말로 일없습니다."

무혁이 맵차게 쏘아붙이고 팽 하니 몸을 돌렸다. 그대로 성큼성큼 포목전을 나갔다. 멀어져 가는 무혁의 뒷모습을 정기는 우두커니 서서 멀건이 바라보았다. 뭉텅이진 한숨 자락이 정기의 입에서 잇따라 쏟아져 알알이 바닥에 쌓였다.

정기는 쿡쿡 찌르듯이 아파 오는 명치를 주먹으로 팡팡 치면서 문질렀다. 어린 아들의 불쌍한 주검을 팔아 더러운 모갯돈*을 챙긴 사실을 무혁이 알게 되는 날에는 목숨 부지하기도 어려울 것이다.

무혁은 갈 곳 잃은 발길을 하염없이 놀렸다. 저잣거리 이쪽에서 저쪽을 오락가락하며 들끓는 속내를 어떻게든 다스리려 애를 썼다. 잔뜩 힘살이 들어간 손끝에 오랜 시간 손때가 묻어 뭉툭하게 닳아빠진 화살촉이 걸렸다.

"여기 운룡정(雲龍亭)*에는 왜 자꾸 오자고 하십니까?"

한주가 손목을 잡아끄는 무혁을 따라 종종걸음 치면서 툴툴거렸다. 가던 발길을 멈추고 선 무혁은 죽마고우를 바라보는 눈동자에 거짓으로 쌍심지를 세웠다.

"또 그런다. 우리 둘만 있을 때는 편하게 대하라고 했잖아."

"천한 여리꾼* 아들놈이 어찌 지체 높으신 양반가 도련님께 말을 함부로 하겠습니까. 일없습니다."

---

*액수가 많은 돈.
*운룡정:북악산 자락 삼청동에 위치한 당시의 활터.
*노점상.

"곽한주. 어릴 적에는 잘만 하더니……."

무혁이 성마른 소리로 불뚝댔다. 한주는 아무런 대꾸도 못 한 채 시선을 비키고 말았다. 버거운 한숨 소리가 먼산바라기를 하는 한주의 입술을 비집고 새어 나왔다. 신분의 벽이 무엇인지, 적서의 차별이 어떤 것인지 모르던 어릴 적 그 시절이 못내 그리웠다. 다시 오지 못할 세월이었다. 한주는 못난 마음을 다잡듯이 한 차례 더 숨을 다듬어서 골랐다.

"이곳 활터는 왜 오자고 하셨습니까? 저는 도련님과 달라서 활시위 당길 줄도 모릅니다."

"한양에서 북악산 운룡정이 제일의 비경이라지 않더냐. 우리 오랜만에 사방 탁 트인 이곳에서 숨 좀 한번 제대로 쉬어 보자. 책밖에 모르는 간서치(看書癡)* 곽한주한테 강무혁이 주는 생일 선물이다."

"오늘이 제 귀빠진 날인 것은 어찌 아셨습니까?"

한주가 환하게 미소를 지었다. 무혁의 얼굴에도 다정다감한 웃음이 활짝 피어올랐다.

"내가 아무리 십년지기 생일을 잊었을까."

아홉 살. 세상을 살아간다는 것이 어떤 의미인지도 모르던 시

---

*간서치:책벌레, 책만 읽어서 세상물정에 어두운 사람.

절, 언제 어디서나 형제처럼 기쁨과 슬픔을 함께하자 결의한 두 친구는 시간이 흘러 신분의 벽 앞에서도 서로를 바라보며 행복에 겨운 미소를 나누었다.

바로 그때였다. 쌔앵 바람 가르는 소리와 더불어 화살 하나가 날아들었다. 어려서부터 무예를 익힌 무혁조차 미처 손쓸 겨를이 없었다. 눈 깜짝할 사이, 문자 그대로 찰나에 벌어진 일이었다.

한주가 시뻘겋게 피로 물든 가슴을 양손으로 부여잡고 풀썩 땅바닥으로 꼬꾸라졌다. 무혁은 황급히 무릎을 바닥에 대고 앉아, 축 늘어진 한주의 몸뚱이를 억지로 일으켜 품에 보듬어 안았다.

"한주야! 곽한주! 야, 인마!"

"무혁, 도련님……."

"이야기하지 마라. 조금이라도 힘을 아껴야 한다."

무혁의 간곡한 당부에도 한주는 피 맺힌 오른손을 자꾸만 앞으로 뻗었다. 안간힘을 써서 나오지도 않는 목소리를 억지로 쥐어짰다.

"살고, 살고 싶습……니다."

무혁의 전복(戰服) 앞섶 자락을 움켜쥔 한주의 파리한 손가락들이 파들파들 경련하였다. 무혁은 그 손을 힘주어 마주 잡았다.

"살 것이야. 내가 너를 반드시 살릴 것이야."

"무혁……."

살긋 웃음 짓는 한주의 눈꺼풀이 스르륵 내려앉았다. 동시에
무혁의 옷자락을 부여잡은 손가락에서도 사르륵 힘이 풀렸다.
무혁은 아직 온기가 남아 있는 한주의 오른손을 차마 놓지 못하
였다.

사람이 죽었다는 누군가의 외침이 가마득하니 울렸다. 당장
주위로 구경꾼들이 몰려들었다. 웅성거리는 소란함을 뚫고 묵
직한 비단 염낭 하나가 날아와 싸늘히 식어 가는 한주의 발치에
요란한 소리를 내면서 굴러 떨어졌다.

"옛다! 그 정도면 그놈 목숨 값으로 충분할 것이다."

무혁은 소리가 나는 방향으로 벌겋게 핏발이 올라선 눈동자
를 옮겼다. 스물대여섯 살쯤 됨직한 사내가 무표정한 얼굴로 서
서 무심한 말소리를 무덤덤하게 흘린다.

"부족하다 싶으면 언제든 관인방* 태화정으로 김치영을 찾아
오너라. 저승길 가는 노잣돈으로 몇 푼 더 얹어 줄 것이니."
"악!"

무혁의 입에서 맹수의 포효와도 같은 사나운 울부짖음이 터
져 나왔다. 무혁은 그대로 몸을 날려 치영에게 달려들었다. 살

---

*현재의 종로구.

기등등한 기세로 치영의 멱살부터 움켜잡았다. 사람의 생명을 앗고도 돈이면 된다고 생각하는 뻔뻔한 면상에다 있는 힘껏 주먹을 내질러 꽂았다.

"너 이 새끼 죽여 버리겠어!"

무혁은 한차례 더 뭉뚝한 화살촉을 손가락으로 쓸었다. 그날 한주의 가슴에서 빼낸 이후로 한시도 떼어 놓지 않고 품속에 지녀 왔다. 아비인 병조 판서 김일순을 등에 업고 갖은 행패를 부리고 다니는 파락호 김치영에게 복수할 순간을 꿈꾸면서.

서늘한 무혁의 눈가로 돌연 쓴웃음이 번졌다. 치영의 수하에서 온갖 구린 짓을 도맡아 하는 둔봉이라는 녀석이 똘마니 몇을 거느리고 운종가 한복판을 빈둥빈둥 활보하고 있다. 여러 잡동사니를 늘어놓은 좌판 앞에 멈추어 서더니 나이 지긋한 여리꾼에게 다짜고짜 시비를 걸었다.

"어이, 김 서방. 자릿세를 내야지. 날로 먹으려고 하면 쓰나."

"그것이 아니고. 내가 지난밤에 가져다주려고 했는데, 요즘 장사가 통 시원찮아서⋯⋯."

둔봉과 똘마니들을 보자마자 낯빛부터 새파랗게 질린 여리꾼은 손발을 벌벌 떨었다. 식은땀을 줄줄 흘리는 여리꾼의 얼굴을 힐끗 한 번 쳐다보고, 둔봉이 좌판 위 물건들 중 대나무로 만든 담뱃대 하나를 집어 들었다. 요리조리 살펴보는 시늉을 하며 제 똘마니한테 말을 건넸다.

"장사가 시원찮으면 자릿세를 안 내도 된다고 누가 그래쓰까. 업길이 네놈이 그랬냐?"

"아니오. 언니도 참. 내가 미치지 않고서야 그런 헛소리를 할 리가 있소."

펄쩍 뛰는 목소리와 딴판으로 업길의 눈가에 실실 웃음기가 넘쳤다. 둔봉과 주거니 받거니, 힘없는 여리꾼을 가지고 노는 것이다.

"아무도 그런 헛소리를 지껄인 적이 없다는데, 우리 김 서방은 뭐가 잘났다고 혼자 멋대로 그런 생각을 해쓰까."

"아니, 내가 그런 것이 아니고……. 둔봉이 내 말 좀 들어 봐."

"듣기는 염병할, 뭘 들어. 이것을 확 뽀개쓰까. 엉!"

둔봉이 여리꾼의 전 재산이나 다름없는 좌판을 부셔 버리겠다며 겁박을 하였다. 화들짝 놀란 여리꾼이 제 허리춤을 정신없이 더듬어 엽전을 꺼냈다. 난장판을 피우는 둔봉의 손에 억지로 쥐여 주다시피 하였다.

"여기 자릿세 있네. 둔봉이 내가 잘못했어. 다시는 이런 일 없을 걸세."

"아무렴 그래야지. 앞으로 날짜 맞춰서 잊지 말고 따박따박 내시오."

"약조함세."

"우리 김 서방은 말귀를 바로바로 알아 처먹어서 마음에 들어."

둔봉이 식은땀범벅인 여리꾼의 뺨을 손바닥으로 톡, 톡, 톡, 때리고는 씨익 웃었다. 두둑한 자릿세를 챙긴 둔봉이 다시 똘마니들을 꼬리처럼 달고 건들건들 운종가를 가로질렀다.

무혁은 날래고 정확한 걸음으로 시정잡배 왈짜 무리를 조용히 따라잡았다.

"둔봉 언니. 참말로 오늘 쫀득쫀득한 계집년 속살 맛을 보게 해 주는 것이오?"

업길이 꼴딱 마른침을 삼켰다. 둔봉은 낄낄낄 음충맞은 웃음소리를 제법 호방하니 터트렸다.

"그깟 속살뿐이겠느냐. 음문이고 양문이고 네놈 꼴리는 대로 확 다 열어 재끼라니까."

"참말이요?"

"내가 언제 거짓말 치더냐?"

"거짓말이야 안 쳐도 가끔 농은 부리잖소."

"됐다, 이놈아! 싫으면 말거라. 그년 음문이며 양문은 죄다 나 혼자 먹어 치우련다."

"나도 농이요. 장난친 소리 가지고 언니가 이리 나오시면 이 업길이 놈 무지막지 섭섭하오."

업길이 커다란 덩치와 어울리지 않게 간살을 떨었다. 한껏 기분이 달아오른 둔봉은 목젖이 다 드러나 울리도록 낄낄낄 웃어 젖혔다.

"오냐, 그래. 우리 오늘 계집년 속살 한번 물리도록 실컷 먹어 보자."

❖   ❖   ❖

향이가 끙끙거리며 국밥이 든 나무 들통 손잡이를 오른손에서 왼손으로 옮겨 잡았다. 운해는 후다닥 나무 들통 쪽으로 팔을 뻗었다.

"같이 들자."

"아니어라."

입으로는 괜찮다 하면서도 향이는 나무 들통 손잡이로 다가서는 운해의 손길을 막지 않았다. 무거운 짐을 나누어 들고 싶은 향이의 본심이 고스란히 드러나 보였다. 운해는 모르는 척 나무 들통 손잡이를 손바닥 안에 그러잡았다.

"혼자 들면 무겁잖아."

"됐어라. 우리 엄니한테 이년 맞아 죽어요."

"유모 모르게 하면 되지."

"우리 엄니 눈치가 귀신이어라."

"너도 나도 입 다물면 유모 눈치가 아무리 귀신이라도 몰라. 수표교 근처까지만 같이 들고 가자."

운해의 제안이 싫지만은 않은 듯, 어쩌면 기다렸다는 양 향이가 헤헤 웃었다.

"아기씨가 같이 들어 주시면 이년이야 한결 편하고 좋지요."

"둘이서 드니까 가볍다. 이래서 백지장도 맞들면 낫다고 하는가 봐."

"아기씨. 지난번 그 일 말이어라."

향이가 새삼 조심스러운 태도로 이야기하였다. 대충 짚이는 구석이 있는 운해는 사분히 말소리를 풀었다.

"명수 오라버니 일 말이지?"

"예. 남산골 나리께 말씀드리셨어라?"

"엊그제 운종가 만물상으로 나오셨기에 이야기했어. 고모부님께서 많이 놀라시더라. 명수 오라버니가 불량한 무리와 어울려 다니는 줄은 까맣게 모르셨던 모양이야. 밤늦도록 과거 공부에 열심이라고만 생각하셨나 봐."

운해의 입술을 뚫고 거뭇한 숨 자락이 새어 나왔다. 며칠 전 운종가 한복판에서 명수와 맞닥친 일이 떠올랐다. 가슴 언저리가 저절로 갑갑해졌다.

"모르는 척하지 그러셨어라."

"그러면 도리가 아니지. 어울리는 무리가 단순 무뢰배 왈짜패도 아니고, 딱 보니까 검계(劍契)던데. 향이 너도 봤잖아. 다들 옆구리에 칼 찬 것."

"해코지라도 당하면 어쩌시려고요? 그날 명수 도련님이 그러셨잖아요. 남산골 나리나 마님께 고해바치면 가만두지 않겠다고."

"그냥 겁주려는 으름장이야. 명수 오라버니 입장에서야 어떻게든 내 입을 막고 싶을 테니까. 고모님이나 고모부님이 아시면 혼쭐이 날 것이 빤하잖아."

"아기씨는 너무 순진하시어라. 요즘 저잣거리 검계가 얼마나 지독한지 모르시지요?"

향이가 일장 탄식과 함께 절레절레 고개를 흔들었다. 은근슬쩍 무시하는 말투에 발끈한 운해는 목소리를 까칠하니 쏘았다.

"나도 다 알거든. 검계가 기생집을 제집 드나들 듯하고, 박장에서 노름으로 허송세월한다는 것쯤은 안다고."

"이래서 아기씨가 순진하다는 것이어라. 오입질에 투전판에서 뒹구는 일은 새 발의 피라니까요. 그 잡것들이 괜히 옆구리에 칼 차고 돌아다니는 것이 아니어라."

"오입질이랑 도박보다 더한 짓거리가 대체 뭔데?"

"장사치들한테 자릿세 명목으로 돈 뜯어 가는 것은 일상다반사고요. 시도 때도 없이 기방에 쳐들어가 행패 부리고. 심지어 얼마 전에는 벌건 대낮에 부녀자를 겁간까지 했대요."

"세상에! 관아에서는 그 흉악한 짓거리를 보고만 있다니?"

운해는 벌어진 입이 차마 다물어지지 않았다. 향이가 말도 말
라는 식으로 홰홰 손사랫짓을 쳤다.

"검계 대부분이 명문세가 서얼이거나 돈푼깨나 만지는 집 자
식들이라 관아에서도 함부로 못 건드린다잖아요. 다들 무술까지
출중해서 포졸들을 아주 찰떡 주무르듯 마음대로 주무른대요."

"나라 꼴이 어찌 되려고 여기저기서 파락호들이 판을 치는지
모르겠다. 오랜 기근으로 백성들은 먹고사는 일조차 힘겨운 마
당에. 잘난 부모한테 기대어서 무리 지어 몰려다니며 갖은 행패
나 일삼고 말이야. 큰일이다, 큰일."

"나라 꼴 걱정하실 때가 아니어라. 아기씨야말로 큰일 났어
라. 남산골 큰 도련님이 이대로 당하고만 계시지는 않을 텐데.
그 괄괄한 성품에 분명 해코지를 하고도 남을 것이어라."

"명수 오라버니 그런 사람 아니야."

"그날 운종가에서 아기씨 팔목 잡아끌 때 보시었잖아요. 큰
도련님 손목 안쪽에 난 무수한 생채기들. 고것이 죄다 칼자국이
어라."

향이가 대놓고 샐쭉거렸다. 운해는 딱히 대꾸할 말을 찾지 못
하였다. 명수의 손목에 난 상처를 직접 눈으로 보았기 때문이
다. 칼로 자해한 흔적이 틀림없었다. 운해는 답답한 심사를 부
질없는 한숨 자락에 실어서 뱉어 냈다.

명수 오라버니를 어쩌면 좋아. 어려서 장난이 심하기는 하였
어도, 누구를 해치거나 스스로를 해할 만큼 성정이 포악하지는
않았는데……

"얼라리. 못 보던 얼굴일세."

난데없이 시커먼 그림자 여럿이 운해와 향이의 앞을 가로막고 섰다. 흘낏 보아도 저잣거리 왈짜패다. 밑창에 징을 박아 만든 유혜(油鞋)* 끄는 소리가 딸깍딸깍 요란스럽다. 호사스러운 비단 전복 위 여봐란듯이 허리춤에 찬 칼자루는 꺼드럭꺼드럭 호기롭다.

"요즘 같은 흉흉한 기근에 주막집 국밥을 들통으로 퍼 나르는 꼴이 돈푼깨나 있나 봅니다."

작달막한 키에 살집이 투실투실 오른 왈짜가 일행 중 하나에게 이야기를 건넸다. 나름 공손한 말투였다. 덩치가 크고 왼쪽 눈자위 아래 칼자국이 선명한 무뢰배가 이야기를 받았다. 왈짜 무리의 우두머리인 듯하였다.

"업길아, 이러면 우리가 통행세를 걷지 않을 수가 없지 않겠느냐."

"옳으신 말씀이요, 둔봉 언니."

음충맞은 무뢰배들을 피해 운해와 향이는 황급히 발길을 옆으로 틀었다. 왈짜패 역시 재바르게 움직여 재차 두 사람의 앞을 가로막았다. 운해와 향이는 놀라고 두려워 어찌할 바를 몰랐다. 애꿎은 발만 동동거렸다.

"요것들 봐라. 발발 떠는 꼴이 딱 비 맞은 참새 새끼들 같구나."

낄낄낄, 둔봉이라는 우두머리가 음흉스럽기 짝이 없는 웃음소리를 쏟았다. 신명 난 업길도 덩달아 낄낄거렸다.

---

*유혜:비 오는 날 진 땅에 신는 가죽신.

"둔봉 언니! 이년 저고리를 먼저 벗길까요? 저년 치마를 먼저 들출까요?"

"둘 다 벗기고, 둘 다 들추어 보자. 그래야 어느 년 속살이 더 쫄깃한지 가늠할 것 아니냐."

무시로 쏟아지는 왈짜들의 흉악망측한 음담패설에 운해는 소름이 끼쳐 올랐다. 본능적으로 어깨가 움츠러들었다. 그럼에도 힘을 내어 목소리를 다부지게 내질렀다.

"대체 무슨 연유로 길을 막는 것이오?"

"우리 아기씨가 누군 줄 알고 행패란 말이오. 운종가 시전 대행수 나리의 무남독녀요. 썩 저리 비키시오."

향이까지 국밥이 든 나무 들통을 바닥에 내려 두고 한 걸음 앞으로 나섰다.

"아이고! 대행수 나리 따님이셨어요? 도도함이 하늘을 찌르서서 쇤네는 영상 대감 손녀라도 되는 줄 알았습니다요."

업길이 비꼬는 소리를 늘어놓았다. 대단한 농이라도 부린 양 혼자 좋다고 히쭉히쭉 웃어 대더니 돌연 정색을 하였다. 한쪽 팔을 들어 향이를 확 밀쳐 버렸다. 족히 백 근 가까이 나가는 향이의 몸뚱이가 허공으로 붕 날아올라 저만치 흙바닥에 가서 곤두박질을 쳤다. 운해는 다급히 달려가 향이를 부축해서 일으켰다.

"괜찮아?"

"걱정 마시어라. 이년 말짱해요."

향이가 양쪽 손바닥에 묻은 흙먼지를 털어 내며 제법 옹골차게 대답하였다. 운해는 꼿꼿이 곧추세운 시선을 왈짜패 우두머리인 둔봉에게 붙박았다. 목울대 가득 핏대를 올려서 무뢰배들을 꾸짖었다.

"이 무슨 해괴망측한 짓입니까? 길 가는 부녀자의 앞을 막무가내로 가로막고 서다니요."

"아녀자치고는 기개가 가상하구나."

"당장 저리 비키시오."

"좋아. 아주 좋아. 자고로 여자란 앙칼진 맛이 있어야 해. 앙탈을 부려 줘야 품는 맛이 쏠쏠한 법이거든."

둔봉이 낄낄낄 예의 음충맞은 웃음소리를 자아냈다. 그 곁에서 업길도 키득거리며 칼자루를 칼집에 든 채로 휘둘렀다. 운해의 다홍빛 치마가 불쑥 위로 들춰졌다.

"둔봉 언니, 우리 이년 아랫도리 구경부터 합시다."

"까악!"

소스라치게 놀란 운해는 새된 비명을 지르며 황급히 치맛자락을 움켜잡았다. 바로 그때, 쌔앵 하며 화살 하나가 급작스러운 돌개바람처럼 날아들었다. 함부로 칼자루를 휘두르는 업길의 옷소매를 관통하였다. 당장 업길의 낯빛이 허옇게 질렸다. 숨소리조차 제대로 내지 못하는 업길을 대신해 둔봉이 바락 고함을 쳤다.

"웬 놈이냐?"

"그렇게 말하는 네놈이야말로 웬 놈이냐?"

근처 우뚝 솟은 굴참나무 꼭대기에서 벼락같은 목소리가 곧장 아래로 내리꽂혔다. 둔봉은 고개를 높이 치켜들고 목소리의 주인을 찾았다. 끽해야 스물서너 살 남짓한 사내 녀석이 두툼한 나뭇가지에 걸터앉아 천하태평인 얼굴로 둔봉을 유유히 내려다본다.

"하룻강아지 범 무서운 줄 모른다더니, 어린놈이 겁을 상실하였구나."

"송곳니 빠진 늙은 살쾡이가 감히 호랑이 행세를 하시겠다? 지나가는 동네 개가 웃을 일이로다."

"대가리에 피도 안 마른 놈이 맹랑하기도 하다. 높은 데 올라 앉으니 눈에 뵈는 것이 없느냐?"

"높은 곳에서 내려다보니 훨씬 잘 보이기는 하다."

"이놈아, 뭐 모르고 날뛰다가 바지에다 오줌 지린다."

"네놈이나 피똥 싸지 않도록 조심하여라."

"너 이 새끼! 당장 내려 와."

둔봉이 벌겋게 낯빛이 달아올라 입아귀에 허연 거품을 물었다. 반면 젊은 사내는 한바탕 호탕하니 웃어 젖혔다.

"네놈이 여기로 올라올 수가 없으니 똥줄이 타나 보구나."

"오늘이 네놈 제삿날이 될 것이다."

"네놈 제삿날이겠지."

젊은 사내가 땅바닥을 향해 훌쩍 몸을 날렸다. 정확히 업길과 운해 사이를 비집고 사뿐하게 내려섰다. 널찍한 뒷등으로 운해를 온전히 가려 왈짜들의 시선이 닿지 못하도록 막았다.

"고맙습니다."

운해는 보지도 못할 이를 향해 고개를 숙였다. 젊은 사내가 어깨 너머로 비스듬히 시선을 두고 운해를 쳐다보았다.

"많이 놀라셨지요? 조금만 참으십시오. 금방 정리하겠습니다."

젊은 사내가 호언장담을 쳤다. 손에는 칼자루는커녕 화살도 없이 달랑 흑각군궁 하나가 전부였다. 그것을 알아챈 둔봉이 잽싸게 허리춤에서 환도를 빼들었다.

"어린놈이 스스로 명을 재촉하는구나."

"그러게 말이오, 언니."

업길을 비롯한 나머지 왈짜들 역시 앞다투어 칼자루를 뽑았다. 젊은 사내가 흑각군궁의 한쪽 끝을 양손으로 붙잡아 마치 검처럼 길게 각을 세웠다.

"활 한 자루를 상대로 칼이 다섯이라……. 역시 송곳니 빠진 늙은 살쾡이는 어쩔 수가 없군."

"사내놈이 말이 많다. 양기는 주둥이로 뿜는 것이 아니렷다."

둔봉이 먼저 환도를 사정없이 휘둘렀다. 젊은 사내가 정면으로 날아드는 둔봉의 칼날을 옻칠한 산뽕나무 활대로 받아쳤다. 동시에 오른발을 위로 차듯이 들어 올리며 몸을 회오리바람처럼 빠르게 휘돌렸다. 이어 젊은 사내는 뒷등 쪽에서부터 달려드는 업길의 어깨를 맹렬한 기세로 후려쳤다.

"으윽."

업길은 억눌린 신음을 흘리며 어깨를 부여잡았다. 이미 칼자루는 저만치 내던져 버린 후였다. 방금 젊은 사내가 휘두른 것이 흑각군궁이 아닌 진검이었다면 벌써 팔 하나가 떨어져 나갔을 것이다. 절퍼덕 땅바닥에 주저앉은 채 업길은 바르르 떨리는 눈꺼풀을 손가락으로 북북 문질렀다. 뭉뚝하니 휜 흑각군궁의 활대를 마치 예도처럼 휘두르는 젊은 사내의 절제된 몸동작을 유심히 살폈다.

대다수 검객들은 세 번 나아가고 세 번 물러서는 명나라 검법에서 유래한 검보를 행한다. 그런데 젊은 사내는 칼자루를 대신한 흑각군궁을 양손으로 부여잡고 서서 앞으로 나아가지도 뒤로 물러서지도 않는다. 태산처럼 굳건히 제자리를 지키며 한쪽 발을 허공중에 차듯이 올려 전후좌우로 몸을 빠르게 휘돌릴 뿐이다. 그럼에도 사방 어디 하나 빈틈이 없다. 적을 마주하여 숨조차 섣불리 내쉬지 않는다. 무성한 수풀인 양 고요하기까지 하다.

젊은 사내가 한차례 길게 호흡을 골랐다. 두 손으로 흑각궁궁 끝을 쥔 채 활대를 왼쪽 어깨에다 얹었다. 오른쪽 어깨로 칼등을 짊어지고 상대와 마주하는 통상적인 지검대적세(持劍對賊勢)와 확연한 차이가 났다. 지금은 혁파되어 사라진 장용영(壯勇營)*의 무예별감들이 따로 훈련하던 본국검법이 틀림없었다.

"……강무혁."

업길의 입에서 탄식 섞인 혼잣말이 터져 나왔다. 다시 칼자루를 집어 든 업길은 후다닥 둔봉에게 뛰어가 등과 등을 잇대고 서서 속삭였다.

"언니! 저놈 아무래도 강무혁 같소."

"야차 귀신 강무혁?"

"예."

"이런 염병할! 잘못 본 것은 아니고?"

"틀림없소. 오래전 산으로 숨어 들어간 황진기의 아들 황수호 빼고, 본국검을 저토록 완벽하게 소화해 낼 수 있는 사내는 조선 팔도에 강대건과 강무혁 부자뿐이오."

"다들 뛰어!"

둔봉의 말소리가 떨어지기가 무섭게 다섯 사내는 왔던 길을 정신없이 되짚어 달아났다. 한창 칼부림을 하다 느닷없이 줄행랑을 치는 왈짜패의 뒷모습을 운해는 어리둥절한 눈으로 쳐다보

---

*장용영:정조 대왕의 호위 금군.

았다.

"어디 다친 데는 없습니까?"

무혁이 반쯤 넋을 놓고 선 운해에게 물었다. 서둘러 정신을 수습한 운해는 허리를 숙여 정중히 인사부터 전하였다.

"덕분에 살았습니다."

"다친 곳은 없습니까?"

무혁은 같은 질문을 반복하며 운해 곁으로 다가갔다. 소저의 안위를 직접 확인하기 위해서였다.

"무탈합니다."

운해는 숙였던 허리를 똑바로 세웠다. 우물처럼 깊은 먹빛 눈동자가 운해를 향해 곧이곧대로 들이닥쳤다. 물끄러미 내려다보는 무혁의 눈빛이 몹시도 강렬하여 운해의 두 뺨이 저절로 발갛게 달아올랐다. 어쩌면 가슴이 달았는지도 모르겠다.

"많이 놀랐나 봅니다."

"예?"

"소저 얼굴에 홍조가 피었습니다."

"아, 예."

수줍어 고개를 외로 비끼는 운해의 눈길 끝자락에 붉은 핏자국이 보였다. 날카로운 칼날에 베인 상처가 선명한 무혁의 왼쪽 팔을 운해는 본능적으로 부여잡았다.

"세상에! 다치셨습니까?"

"별것 아닙니다."

"급한 대로 소녀가 상처를 살피겠습니다."

"살짝 스친 것이니 걱정 마십시오."

대수롭지 않다는 투로 치료를 물리는 무혁의 말은 들은 척도 없이 운해는 머리댕기를 풀었다. 상처 자리를 힘주어 꽁꽁 동여 맸다.

"우선 지혈부터 하겠습니다."

"칼날이 옷자락에 감겨 깊이 들어오지 못하였을 것입니다."

"아무래도 의원에게 보여야겠습니다."

"괜찮습니다. 이보다 더한 상처도 숱하게 입었는걸요."

나지막이 흐르는 무혁의 목소리에 다사로움이 넘쳤다. 운해를 안심시키려고 일부러 하는 이야기였다. 운해는 고개를 들어 무혁의 얼굴을 살포시 올려다보았다. 지그시 그녀를 내려다보는 짙은 눈동자가 다정하다. 그만 스스러워져서 운해는 다시 또 눈길을 외면하고 말았다. 가슴 한쪽이 욱신욱신 저렸다. 왜 자꾸 심장이 제멋대로 뛰는지 알 수가 없었다.

"의원에게 보이는 것이 좋겠습니다. 날도 더운데 상처가 덧나면 큰일입니다."

"별것 아니래도요. 벌써 피도 멎었습니다."

무혁이 작은 소리로 하하 웃었다. 타고난 성품이 다정다감한 듯하다. 그렇다고 만만히 볼 인물은 아닐 것이다. 무소뿔을 깎아서 만든 흑각궁궁 하나로 서슬 퍼런 칼자루 다섯을 너끈히 물리친 솜씨가 아니던가.

안하무인이던 왈짜패가 강무혁이라는 이름 석 자에 놀라 그대로 줄행랑을 쳤다. 칼잡이들 사이에서 꽤나 유명한 모양이었다. 그러나 세상 사람들 눈에는 한낱 저잣거리 협객에 지나지 않는다. 어차피 무혁이나 둔봉 무리나 비슷비슷한 왈짜인 것을.

운해는 공연히 마음이 쓰였다. 쓸데없는 오지랖이라고 해도 좋았다. 재주 많은 그가 올바른 길을 갈 수 있도록 돕고 싶었다.

불쑥 그런 생각이 들었다.

"도련님은 협객이십니까?"

운해의 질문에 무혁이 한쪽 눈썹을 비딱하니 꺾었다. 마치 파임 불(乀)자를 이마에 아로새겨 놓은 것 같았다.

"글쎄요. 연암 박지원 선생께서 힘으로 남을 구하는 것을 협(俠)이라 하였으니, 소저에게만큼은 내가 협객이 맞겠지요."

"왜 하필 협객이 되려고 하십니까?"

"딱히 협객이 될 마음은 없습니다만."

"공명을 떨치는 데는 다른 길도 많습니다."

"내가 공명을 떨치고자 소저를 도왔다 여기십니까?"

"그런 뜻이 아니라, 행색을 보아하니 번듯한 양반가의 자제 같으신데……."

운해의 조심스러운 말소리를 무혁이 정색까지 하며 재우쳐 잘랐다.

"명문세도가 자식이면 어떻고, 저잣거리 왈짜면 또 어떻습니까. 신분에 따라 뭐가 달라지기라도 한답니까?"

"아닙니다. 그저 도련님의 좋은 재주를 좋은 곳에 쓰면 좋겠다고 생각하였을 뿐입니다. 금상께서 분명 알아봐 주실 것입니다."

"과거 시험이라도 치르라는 것처럼 들립니다."

"재주가 이미 출중하니 조금만 더 연마하면 무과에 급제하실 것입니다."

"일없습니다."

함부로 무지르는 무혁의 얼굴빛이 싸늘하게 식었다. 운해는 냉담히 돌아서는 무혁의 전복 자락을 무턱대고 붙잡았다. 가만히 흘려보내는 목소리에 간곡한 진심을 담았다.

"좋은 재주를 가지고도 타고난 출신 성분 때문에 벼슬길이 막힌 이들이 얼마나 많은지 아십니까. 반상의 구분, 적서의 차별, 당론당색의 장벽에 가로막혀 재주조차 익히지 못하는 이들 또한 한둘이 아닙니다."

"그것까지 내 알 바는 아니지요."

"하늘이 어떤 이에게 좋은 재주를 내렸을 때는 출세하여 혼자만 잘 먹고 잘살라는 뜻은 아닐 것입니다. 모두가 더불어 사는 세상이니까요."

운해는 잠시 말소리를 그치고 무혁의 얼굴을 올려다보았다. 대답을 구하듯 한참을 응시하였다. 무혁은 어떤 대꾸도 하지 않았다. 선이 굵은 입술을 앙다물고 서서 파르라니 솟은 눈길마저 먼 곳에다 두었다. 어쩔 수 없이 운해가 거듭 설득에 나섰다.

"좋은 재주를 가지고 아무런 일도 하지 않는다면 맡은 바 책무를 소홀히 여기는 것입니다. 부디 좋은 재주를 좋은 곳에 써주십시오. 백척간두에 서 있는 조선을 위하여, 이 땅의 헐벗고 굶주린 백성들을 위하여."

그제야 무혁의 시선이 운해 쪽으로 돌아왔다. 무혁은 전복 자락을 움켜쥔 운해의 두 손을 우두커니 내려다보았다. 파르르 떨리는 여린 손가락의 진동이 고스란히 무혁의 가슴으로 전해져 왔다. 다섯 해 전 한주의 죽음과 함께 돌덩이처럼 굳어 버렸다 여긴 심장에 잔잔한 파문이 일었다.

혼곤지절
昏困之節

두 뺨이 발그레 젖은 채 무혁을 올려다보던 운해의 얼굴. 금박 물린 선홍빛 머리댕기를 자상 입은 상완에 감고 서 있던 무혁의 뒷등. 머릿속에 각인이라도 된 것처럼 두 사람의 모습이 종호의 눈앞에서 시도 때도 없이 얼쩡거린다.

종호는 인상을 확 구기며 매화주가 담긴 술잔을 한입에 털어넣었다. 병조 판서 김일순 대감의 아들 김치영을 그림자처럼 곁에서 보필하라는 아버지 변인몽의 명에 따라 오늘밤 술자리에 동석하였다. 그렇지만 마음 자락은 줄곧 엉뚱한 곳을 헤매고 있었다.

만에 하나 운해가 곤란을 겪으면 곧바로 나서서 구해 주기 위하여 날마다 수표교 아래를 지켜보았다. 그 숱한 노력이 허사가 되어 버렸다. 강무혁, 하필이면 그자가 그곳에 나타날 줄은 몰랐다. 곤경에 처한 운해 앞에 멋지게 등장할 기회를 잃고 말았다는 분함보다 무혁의 존재 자체에 더 신경이 쓰였다.

어려서부터 그랬다. 사찰검법의 대가인 길상대사 밑에서 함께 글을 배우고 검을 겨루며 활을 쏘았다. 하지만 무엇을 해도 언제나 무혁이 으뜸이고, 종호는 반걸음 뒤쳐져 쫓아가는 형국이었다. 밤잠 못 자며 기를 쓰고 노력해도 반걸음의 차이는 결코 좁혀지지 않았다. 어쩌면 서출 딱지가 붙은 종호이기에 이미 태생부터 무혁에게 한참 뒤쳐져 있었는지도 모를 일이다.

돌연 입안이 쓰디썼다. 잇따라 술잔을 들이켜 독한 매화주로 쓴맛을 헹구어 냈다. 하지만 제아무리 술잔을 들이부어도 입안은 여전히 소태껍질을 씹은 것 같이 쓰기만 하였다.

"왜 그러나?"

치영이 주안상 너머에서 물었다. 종호는 머릿속 사념을 황급히 털어 냈다.

"아닙니다."

"어디 불편한가?"

"잠시 딴생각을 하였습니다."

"술잔을 연거푸 비우면서 하는 딴생각이라……. 여인네로군."

치영이 종호의 빈 잔을 채우며 의미심장한 미소를 지었다. 종호는 새삼 등줄기를 단정하게 곧추세우고 앉아 치영이 따라 주는 술을 공손히 양손으로 받았다.

"당치도 않습니다."

"자네 마음을 앗아 간 여인네가 누군가?"

"아무도 아닙니다."

"딱 보니 남녀상열지사 맞는데, 뭘. 여인네 문제만큼은 내 눈을 절대 못 속이지."

"송구스럽습니다."

"괜찮아. 사내가 여인을 탐하는 것은 자연의 이치. 공연히 몸 달 것 없네. 어느 기방의 어느 기녀인지 말만 하게. 그년 해웃 값*은 내가 자네 대신 후하게 치러 줄 것이니."

"고맙습니다."

계속 부정하는 꼴도 우스울 성싶어 종호는 고개를 숙임으로써 두루뭉술하니 받아넘겼다. 그러자 한껏 기분이 오른 치영이 호탕한 웃음소리를 내면서 종호에게 술을 권하였다.

"쭉 마시게. 지난 영묘* 때 협객 김홍연은 말술을 마시고도 기생 둘을 안고 담장을 날아서 넘었다지. 자고로 사내라면 그 정도 근성은 있어야 해."

"맞습니다. 국별장(局別將) 영감 말씀이 백번 지당하십니다."

여태 잠잠하던 명수가 치영과 종호의 대화를 비집고 끼어들었다. 거나하니 취기가 오른 명수의 낯빛이 유독 불그죽죽해 보였다.

"자네 둘, 초면이지?"

치영의 물음에 명수가 지체 없이 대답을 하였다.

"예, 국별장 영감."

"내 정신 좀 보게. 서로 인사시켜 주려고 한자리에 불러 놓고 깜빡 잊었지 뭔가. 우리 연심이 속살맛에 나도 모르게 취했나 보네."

치영이 옆구리에 끼고 앉은 기생 젖가슴을 대놓고 조몰락거렸다. 진즉에 저고리 앞섶을 풀어 헤쳐 뽀얀 젖무덤을 고스란히 드러내 놓고 앉은 연심이 허리를 배배 비틀어 꼬았다. 치영이

*잠자리 화대.
*영조 대왕.

83

좋다고 낄낄거리며 가슴골에 얼굴을 파묻자, 연심이 당장 코맹맹이 소리로 아양을 떨었다.

"영감! 어린 공자들이 봅니다. 빠는 것은 이따 하시어요. 이년 부끄럽게 왜 자꾸 이러십니까."

"싫다는 년이 허리는 왜 비트누?"

"아잉. 이년이 언제 싫다고 하였습니까. 부끄럽다 그랬지요."

"내가 이래서 연심이 너를 좋아하는 거다. 도도한 척 내숭이나 떨고 앉은 다른 년들이랑은 확실히 다르거든."

치영의 칭찬에 연심이 한층 더 세차게 허리를 꼬았다. 게걸스럽게 젖꼭지를 빨아 대는 치영의 뒷머리를 제 양손으로 한껏 부둥켰다.

뜨겁고도 민망한 두 사람의 모습을 종호는 감정을 지운 무감한 눈으로 조용히 지켜보았다. 숨소리 하나 흐트러지지 않은 똑바른 자세로 앉아, 머릿속으로는 운해의 저고리를 풀어 헤쳐 젖가슴을 함부로 탐하였다.

점점 색을 더해 짙어져 가는 종호의 눈앞에서 치영은 들썩이는 연심의 허리를 바투 조여 안고 치맛자락 속으로 오른손을 집어넣었다. 허벅지 맨살을 빠르게 훑고 올라 사타구니 흠뻑 젖은 속살을 제멋대로 뭉그러뜨렸다. 연심이 교태 섞인 한숨을 달짝지근하게 토하였다.

"하읏, 영감."

"좋으냐?"

"좋사와요."

"더 좋게 해 주랴?"

"예. 오늘 밤 이년은 오롯이 영감의 것이옵니다."

"아이고, 요 예쁜 것!"

치영이 쪽쪽 소리가 나도록 연심의 양쪽 젖가슴에 번갈아 입을 맞추고 고개를 들었다. 헤실바실 웃는 얼굴을 종호와 명수 쪽으로 되돌렸다.

"서로 인사들 나누게. 둘이 연배가 비슷하니 앞으로 좋은 벗이 될 것일세."

치영의 말소리가 떨어지기가 무섭게 명수가 먼저 종호에게 짤막한 목례를 보냈다.

"오명수라 하오. 우리 잘 지내 봅시다."

"남산골 오달영 행수의 큰아들일세."

치영이 명수의 집안에 대한 설명을 덧붙였다. 종호는 고개를 가볍게 끄덕여 명수의 인사를 받으면서도 달갑지 않아하는 기색을 고스란히 밖으로 드러냈다. 집안의 가진 돈만 믿고 안하무인으로 구는 명수 같은 부류를 본디 좋아하지 않았다.

"변종호요."

"우포청 변인몽 종사관(從事官)의 자제일세. 변 종사관으로 말할 것 같으면 내 부친 되시는 병판 대감의 수족이나 다를 바 없지. 이 친구 역시 내가 곁에 두고 수족처럼 부리고 있고. 젊은 나이에 무예가 절륜하다네. 조선 팔도에 대적할 자가 몇 없을 것이야."

"과찬이십니다."

종호는 치영을 향해 머리를 깊숙이 조아렸다. 아버지 인몽이 양반가 서출인 탓에 가문은 미천하고, 집안의 재산 역시 넉넉한 편이 아니다. 입신양명을 꿈꾸는 종호로서는 뒷배가 되어 줄 치영이 반드시 필요하였다.

"겸손함까지 겸비한 인재……."

치영의 이야기가 돌연 중간에서 멈추고 말았다. 우당탕 소리와 함께 격자살 미닫이가 벌컥 열렸기 때문이다. 땀범벅인 사내하나가 헐레벌떡 기방 안으로 뛰어들었다. 돈만 집어 주면 무슨 짓이든 한다는 저잣거리 왈짜패 꼭지인 둔봉이다. 놈의 얼굴을 알아본 종호는 어금니를 세차게 깨물었다. 지금이라도 치영의 허락이 떨어지면 둔봉의 목숨을 거둘 작정이다. 왼쪽 옆구리에 찬 대모장도(玳瑁粧刀)로 가만히 오른손을 뻗었다.

"국별장 영감!"

둔봉이 절퍼덕 주저앉은 상태 그대로 넙죽 큰절을 올렸다. 좁다란 이마가 연신 방바닥을 짓찧었다. 몸을 낮추어 납작 엎드린 둔봉의 등줄기로 격양된 명수의 목소리가 우르르 쏟아졌다.

"네 이놈! 여기가 어디라고 감히 난입하여 난동질을 부리느냐. 네깟 놈이 끼어들 자리가 아니렷다. 썩 나가지 못할까."

명수가 펄쩍펄쩍 뛰는데도 둔봉은 요지부동이다. 이마를 방바닥에 조아린 채 거듭하여 치영을 불렀다.

"영감마님!"

"저런 하찮은 놈과 말 섞을 일이 무에 있겠습니까. 아랫것들을 시켜서 당장 내쫓도록 하겠습니다. 국별장 영감께서는 괘념치 마십시오."

명수가 주안상 건너편 치영의 안색을 살피더니 목청을 높여서 중노미*를 찾았다.

"여봐라! 게 밖에 누구 없느냐?"

---

*음식점이나 객잔 등에서 허드렛일을 맡아 하는 남자.

86

"그냥 두게."

"하오나, 영감……."

당황한 기색이 역력한 명수를 바라보는 치영의 눈빛이 서름하였다.

"아무래도 저놈이 나한테 긴히 할 말이 있나 보네."

치영의 이야기를 허락으로 알아들은 둔봉이 대뜸 억울함을 호소하고 나섰다.

"쇤네 분하고 원통하옵니다. 일을 시켰으면 대가를 치르는 것이 올바른 상례 아니겠습니까. 이놈 죽을 똥 살 똥 일만 하고 돈은 한 푼도 받지 못하였습니다. 국별장 영감께서 부디 굽어 살펴 주십시오."

"저게 지금 무슨 소리인가?"

치영이 엄중한 태도로 물었다. 명수가 자신이야말로 진짜 억울하다며 오만상을 죄다 찌푸렸다.

"저놈이 시킨 일을 제대로 해내지 못하였습니다. 일을 제대로 못한 놈에게 웬 돈입니까."

"한창 재미지게 노는 판에 강무혁이라는 자가 끼어들었지 뭡니까. 어쩔 수 없이 종 치고 말았습니다. 하오나 이미 일을 착수하였으니 그 대가를 마땅히 치러야 하지 않겠습니까."

둔봉이 상황을 부연하였다.

"네 이놈! 아까부터 그놈의 강무혁 타령만 늘어놓는데, 네놈이 일을 제대로 처리하지 못한 것 아니더냐. 누구를 핑계거리로 삼는 것이야."

명수가 목청을 돋우어 바락바락 소리를 질렀다. 가뜩이나 술기운에 불그죽죽한 낯빛이 더욱 벌겋게 달아올랐다. 활활 숯불이 타는 화로라도 올려놓은 양 검붉게 변하였다.

치영은 품속에 안겨 있던 연심을 저만치 떼어 놓고 흐트러진 자세를 똑바로 고쳐 앉았다. 어깻숨을 흘리는 치영의 오른손이 저절로 콧잔등이로 향하였다. 다섯 해 전에 부러졌던 코뼈가 다시금 욱신욱신 아파 오는 것만 같았다.

"강무혁이라……. 우포청 강대건 포도대장의 아들놈 말이더냐?"

"예, 맞습니다요. 바로 그놈입니다. 조선 제일검인 제 아비를 닮아 칼 다루는 솜씨가 귀신같았습니다요. 한창때 황수호를 보는 듯도 하였습니다."

둔봉의 입에서 무심코 흘러나온 황수호라는 이름을 듣자마자, 치영이 당장 얼굴색을 엄히 바꾸었다.

"어디서 감히 역도의 이름을 입에 올리느냐. 정녕 네놈이 단매에 맞아 죽고 싶더냐."

"살려 주십시오, 국별장 영감. 다시는 실수하지 않을 것이옵니다. 믿어 주십시오."

둔봉이 몇 번이고 이마를 방바닥에 짓찧고 나서야 치영이 얼굴색을 풀었다.

"강무혁과 무슨 일이 있었는지 상세히 고하라."

"남산골 오 도령이 어떤 계집년 하나를 혼꾸멍내 달라며 저희에게 의뢰를 하였습니다. 고년을 잡아 한창 족치는 중에 하필 강무혁이 끼어들었지 뭡니까. 잠시 칼부림이 있었습니다. 저희가 숫자는 우세하였으나 우포장 영감의 아들을 건드려서 좋을 것이 없겠다 싶어 중간에 일을 접었습니다. 그깟 계집년 혼꾸멍내는 일이야 언제든 다시 하면 되는 것 아니겠습니까요."

"네놈 실력이 부족하여 일을 그르친 것이렷다. 어느 안전이라고 거짓을 고하느냐."

명수가 분기탱천하여 호되게 둔봉을 꾸짖고 나섰다. 치영의 좁은 미간 위로 신경질적인 주름들이 줄지어 일어났다.

"아무리 저놈이 강무혁이 무서워 칼자루를 거두어 들였을까. 그 뒤에 버티고 앉은 강대건 영감이 두려웠던 게지."

"저런 하찮은 놈의 거짓말에 속으시면 아니 되옵니다."

"어허! 한 번 실수는 병가상사(兵家常事)라 했네. 아랫것들에게 너무 박하게 대하면 그것도 어찌 보면 허물이야. 심부름을 제대로 못 하였다고는 하나 저놈 딴에는 목숨 걸고 일을 감행하였을 터. 심부름 값 줘서 그만 보내게."

"국별장 영감!"

"어서 돈 줘서 보내래도."

치영의 단호한 채근을 듣고 명수가 마지못해 허리춤에 찬 두루주머니를 열었다. 엽전 세 뭉치가 머리를 조아리고 앉은 둔봉의 발치 아래로 아무렇게나 날아가 나뒹굴었다.

"영감마님! 백골난망이옵니다. 언제든 이놈 불러만 주십시오. 성심을 다하여 모시겠습니다요."

둔봉의 이마가 방바닥을 짓찧고 다시 또 짓찧었다. 치영이 껄껄껄 목젖이 울리도록 크게 웃어 댔다.

"나를 위해 네놈 목숨도 내놓을 수 있겠느냐?"

"여부가 있겠습니까요. 이제 이놈 목숨은 영감마님의 것입니다."

둔봉이 한 번 더 머리를 조아려 인사하고 기방을 나섰다. 격자살 미닫이가 닫히고 미처 일각이 채 다 지나지 않아서였다.

치영이 말없이 앉아 술잔을 기울이는 종호 쪽으로 가벼운 눈짓을 보냈다. 종호는 지체 없이 자리를 털고 일어섰다.

❀　　　❀　　　❀

"잠자리에 들 시각에 웬 주안상을 보라고 하셨습니까?"

지이는 남편의 술잔 안에 매실주를 채우며 넌지시 잔소리를 흘렸다. 단숨에 술잔을 비운 달영이 일장 한숨을 내쉬었다.

"하도 속이 답답하여 술이라도 마셔야 잠이 올 듯하오. 내가 오죽하면 이러겠소."

"방도가 전혀 없습니까?"

"있으면 이렇게 손 놓고 있겠소? 뭐를 해도 진즉에 하였지."

"소첩이 내일 오라버니를 한 번 더 찾아가 보겠습니다."

"일없소. 다 쓸데없는 짓이오."

달영은 쓸쓸한 코웃음을 쳤다. 지충이 도움을 줄 것이라는 기대는 오래전에 접었다. 그동안 운종가 시전 행단의 온갖 궂은 일을 도맡아 처리해 왔는데, 그까짓 돈 십만 냥을 못 해 주겠다니…… 생각하면 할수록 섭섭함을 넘어 속에서 천불이 나고 울화가 치솟았다.

"급전 융통해 달라는 부탁도 일언지하에 내쳐졌고, 명진이를 양자로 들이는 일 역시 거절당하지 않았소. 모두가 부질없는 짓이오."

"마냥 손 놓고 있다가 이대로 길바닥에 나앉을 수는 없잖아요."

"그래도 당신 오라비한테는 아니오!"

앙분이 날대로 난 달영은 바락 고함을 쏘았다. 요즘 신경이 꽤나 날카로워 있었다. 하루하루 돈을 갚아야 할 날이 다가올수록 입이 마르고 장이 타들어 갔다.

매번 아무 일 없이 조선과 왜나라를 잘만 오가던 상선이 하필이면 달영이 투자를 하자마자 풍랑을 만나 좌초해 버릴 것은 무엇인지. 재수 없는 놈은 뒤로 넘어져도 코가 깨진다더니 딱 그 짝이었다.

전부 손위 처남인 지충의 탓이다. 그 많은 재산 죽을 때 짊어지고 갈 것도 아니면서, 힘들게 사는 누이에게 조금 나누어 주면 어디가 덧나기라도 하나. 부려 먹기는 오지게도 부려 먹어 놓고 달영 몫으로 싸전 하나조차 운종가에 내주지 않았다.

큰돈을 벌어 여봐란듯이 살고 싶었다. 시전 한복판에 싸전을 열어 조선 팔도의 돈이란 돈은 싹 다 긁어모아 지충 앞에서 한껏 거드름도 피우고 싶었다. 하지만 말짱 도루묵이 되어 버렸다. 고리채까지 끌어다가 투자를 하였는데 이문은커녕 본전까지 꼴딱 날리고 말았으니 말이다.

"오라버니에게 사실대로 이야기하면 달라지지 않을까요?"

"달라지기는 개뿔! 오히려 화만 더 돋우는 꼴이 될 것이오. 윗선과 결탁하여 동래부 초량 왜관*과 왜국을 오가는 상선에 투자하였다가 일을 그르쳤노라고 이야기하면, 당신 오라비가 뭐라고할 것 같소? 애초 하지 말라는 짓을 몰래 한 것인데. 잘하였다 칭찬이라도 하면서 그 돈을 물어 줄 것 같으오?"

"병판 대감 댁에서는 여전히 아무 소식도 없습니까?"

---

*부산 용두산 일대에 위치해 있던 왜관.

지이는 조심스럽게 물으면서 달영의 기색을 살폈다. 가뜩이나 어두운 남편의 얼굴이 점점 사색으로 변해 갔다. 병조 판서 김일순의 말 한마디에 날아가는 새도 떨어지는 시절이었다. 오죽하면 대전(大殿)보다 태화정 병판 대감 집터가 더 높다는 소리가 공공연히 나돌 정도였다. 일순의 뒤에 중궁전과 국구(國舅) 김조순이 버티고 앉았음은 조선 팔도가 다 아는 사실이었다.

"무소식이 희소식이라 하였소. 우리가 쪽박 찼다는 것을 병판 대감 쪽에서 알게 되는 날에는 나나 부인이나 목숨 부지하기 어려울 것이오. 명수와 명진이에게까지 화가 미치지 않으면 그나마 다행일 터."

달영이 깊은 탄식을 토하였다. 지이도 덩달아 한숨을 지었다. 부부의 목숨이 풍전등화인 것도 문제지만 자식들 걱정으로 지이는 애간장이 녹았다. 무슨 짓을 해서라도 두 아들을 살리고, 남편과 자신의 목숨을 부지해야 한다. 지이의 머릿속에는 오로지 살 궁리밖에 없었다.

"쥐도 막다른 골목에 몰리면 고양이를 무는 법이지요. 그것만이 살길이라면 물어뜯어야지요. 죽을힘을 다해서."

"지금 병판 대감과 척을 지자는 말이오? 그러고도 우리가 살기를 바라겠소?"

"여기서 병판 대감이 왜 나옵니까. 그 어른은 우리 집안의 든든한 뒷배입니다."

"무슨 소리인지 도통 모르겠소. 고양이를 물어뜯자고 하더니, 병판 대감은 우리 뒷배라 하고. 그러니까 고양이가 대체 누구……."

중간에서 이야기 소리를 멈춘 달영은 술기운으로 혼탁해진 눈자위를 실룩거렸다. 짚이는 구석이 딱 하나 있었다. 그 고양이라면 제 손으로 방울을 달 용의도 있었다. 달영은 음흉한 속셈을 바로 드러내지 않고 아내의 본심부터 은근슬쩍 떠보았다.

"아무리 그래도 당신 오라비가 아니오?"

"오라버니를 물어뜯지 않으면 서방님과 소첩이 죽습니다. 우리 아들들이 죽습니다."

"부인에게 무슨 비책이라도 있소?"

"당연히 있지요."

부부 말고는 아무도 없는 방 안에서조차 지이는 주위를 세심하게 살핀 다음 귀엣말을 속닥였다. 화들짝 놀란 달영의 상체가 크게 휘청거렸다. 문자 그대로 혼비백산한 달영의 손발이 벌벌 떨려 왔다. 고양이에게 달아야 할 방울이 생각보다 컸다. 과연 무리 없이 해낼 수 있을까 걱정이 들 정도였다. 달영은 무의식 중에 왼쪽 가슴패기를 움켜잡았다. 갑자기 숨이 턱 하고 막혔다.

"그 일이 가능할 것 같소?"

"가능하게 만들어야지요. 전에 장돌 아비 말이 오라버니가 열흘에 한두 번은 혼자 밤이슬을 맞는다 하였습니다. 분명 천주학 때문일 것입니다. 잘만 이용하면 우리 쪽에 승산이 있습니다."

"여인네를 숨겨 두었을지도 모르잖소?"

"여인네 때문이라면 고작 열흘에 한두 번뿐이겠습니까. 하루가 멀다 하고 밤이슬을 밟았겠지요. 아니면 벌써 안채로 들여앉혔든가요."

"자칫 우리가 죽을 수도 있소."

"이래 죽으나 저래 죽으나 어차피 죽는 것은 마찬가지입니다."

얄팍하게 일렁이는 촛불 속에서 지이의 얼굴 가득 대단한 결의가 엿보였다. 달영은 마른침을 삼켰다. 지이의 계략이 맞아떨어지기만 한다면 그동안의 마음고생을 완전히 씻어 버릴 수 있었다. 게다가 지충의 어마어마한 재산까지 덤으로 차지하게 될 것이다.

"제대로 성사시키기 위해서는 우리 둘만으로는 어림없소. 구린 일을 처리해 줄 이가 반드시 필요하오."

"저잣거리 왈짜들 중에는 적당히 돈만 쥐여 주면 무슨 짓이라도 할 자가 숱합니다. 업길이라는 자도 그런 자들 중 하나지요."

"믿을 만한 자요?"

"막돼먹은 무뢰배한테 신의 따위가 어디 있겠습니까. 돈이 그 자의 입을 막을 것입니다."

"하기야 돈만큼 확실한 것도 없지. 이래저래 재물이 꽤 들겠군."

"얼마간의 손실은 각오해야지요. 일만 성사되면 그 많은 재산이 죄다 우리 것입니다. 기백만 냥은 족히 넘을 텐데 그깟 돈 몇 푼이 대수겠습니까."

빙긋이 미소 짓는 지이의 면면에 탐욕만이 가득하였다. 무릎을 마주 잇대고 앉은 달영의 입가에도 걸태질로 찌든 웃음기가 넘쳤다. 백만 냥이면 조선 팔도의 상권을 좌지우지하고도 남았다.

❀   ❀   ❀

"나비야 청산 가자. 호랑나비야 너도 가자."

둔봉은 한때 시정 바닥을 풍미한 시조 가락을 흥얼거리며 아름드리 소나무가 우뚝우뚝 솟은 비탈길을 기분 좋게 내려갔다. 치영의 배려 덕분에 홀쭉하던 주머니가 제법 든든하니 채워졌다. 이 돈이면 한동안 배 속 또한 든든할 것이다.

흥에 겨운 웃음소리가 저절로 흘러 나왔다. 불룩한 두루주머니를 손바닥으로 툭툭 쳐 보았다. 엽전 부딪치는 소리가 한밤의 정적을 깨우며 차랑차랑 울렸다. 백화루 소리 기생 옥선의 간드러진 노랫가락보다 수십 배는 듣기 좋았다. 신바람이 난 둔봉은 낄낄낄 웃었다. 신명난 장단을 치듯이 한 차례 더 두루주머니를 두드렸다. 차랑차랑 기분 좋게 울리는 돈 노랫소리에 헤벌쭉 입이 벌어졌다.

그때 느닷없이 머리카락이 쭈뼛 솟더니 모골이 송연하였다. 선득한 기운에 이끌려 둔봉은 후다닥 뒤를 돌아다보았다. 올빼미 한 마리가 사위스러운 날갯짓을 퍼덕이며 솔숲 이편에서 저편으로 후드득 날아간다.

"퉤! 재수가 없으려니……."

침을 뱉고 돌아서는데, 어디서인가 홀연히 나타난 시커먼 인영 하나가 난데없이 둔봉의 앞길을 가로막았다. 둔봉은 재빨리 허리춤에서 칼부터 빼 들었다.

"웬 놈이냐?"

"국별장 영감으로부터의 전언일세."

머리끝에서 발끝까지 온통 새카맣게 차려입은 사내가 말소리를 입 밖으로 밀어냈다. 복면을 한 탓에 목소리가 혼탁하게 갈라졌다. 둔봉은 칼자루를 거두어들이며 놀란 가슴을 쓸어내렸다.

"인기척 좀 하고 다니시오. 이녁 때문에 간 떨어질 뻔했잖소. 국별장 영감께서 나한테 긴히 심부름시킬 일이라도 있다 하시오?"

"한 번 실수는 병가상사. 허나, 용서할 수 없는 실수도 있는 법이니……."

조용조용 흐르는 사내의 말소리에서 불현듯 살기가 일었다. 생존 본능에 따라 둔봉은 다시 칼자루를 향해 오른손을 뻗었다. 그러나 옆구리에 찬 칼집에서 검은 꺼내 보지도 못한 채 그대로 땅바닥에 풀썩 무릎을 꿇고 말았다.

찰나에 지나지 않는 짧은 순간, 검은 옷의 사내는 수평으로 세운 호신용 대모장도로 둔봉의 가슴팍을 잇달아 세 번이나 찔렀다. 지난날 검선으로 불리던 김광택에 버금가는 솜씨였다.

힘없이 앞으로 고꾸라지는 둔봉의 왼쪽 가슴에서 검붉은 핏덩이가 끊임없이 뿜어져 나왔다. 사방으로 퍼지는 제 선혈을 둔봉은 몽롱한 눈길로 그저 멀거니 내려다보았다. 죽음을 절감하였다.

"감히 술자리에 난입하여 행패를 부리는 것이렷다."

사내의 혼탁한 말소리가 절퍼덕 땅바닥에 주저앉은 둔봉의 정수리를 타고 차갑게 떨어졌다. 둔봉은 나오지도 않는 목소리를 억지로 쥐어짜 냈다.

"누구냐, 너는?"

훗, 비릿한 웃음소리가 대답보다 먼저 들렸다.

"이제 곧 죽을 자가 내 이름은 알아서 무엇 하려고?"

"누구냐?"

"강무혁."

둔봉은 점점 흐려지는 눈자위를 가느스름하니 좁혔다. 훌쩍한 신장, 다부진 어깨, 자유자재로 칼을 다루는 솜씨까지 여러 방면에서 무혁과 매우 흡사하다. 그러나 야차 귀신 강무혁은 아니다. 칼자루를 손에 쥔 다섯 명을 상대로 흑각군궁을 검처럼 휘두르면서도 무혁은 일절 살기를 띄지 않았다. 지금 눈앞의 사내 주변에는 온통 지독한 살기만이 넘쳐흘렀다.

"누구냐…… 너는?"

"칼솜씨는 젬병이더니 그나마 눈썰미는 있군."

"죽여라. 커억, 어서."

둔봉은 말라비틀어진 고목 등걸에 맥없이 풀린 등줄기를 가까스로 기대고 앉았다. 가파르게 차올라 더욱 가빠진 숨을 힘겹게 몰아쉬었다. 가슴팍에서 뿜어져 나온 핏줄기로 몸뚱이가 통째로 피범벅이다. 주저앉은 땅바닥 역시 흘러내린 선혈로 흥건하다.

아우우우우.

더운 피비린내를 맡은 날짐승의 날카로운 울음소리가 깊은 산중에 잠긴 어두움을 뚫고 들려왔다. 제법 가까운 거리였다.

"네놈의 마지막 명줄은 저것들이 알아서 끊어 줄 듯하군."

사내가 칼끝에 묻은 핏방울을 둔봉의 옷자락에 쓱쓱 문질러서 닦았다.

"짐승의 먹잇감으로…… 헉, 던져 주더라도…… 허억, 먼저 목숨은 끊어 주는 것이 도리……."

"저놈들에게서 사냥하는 재미를 빼앗을 수는 없지."

대모장도를 도로 칼집에 꽂아 넣는 사내의 눈가로 한겨울 얼음장 같은 미소가 스쳐 지났다. 둔봉은 몸 안에 남은 마지막 힘을 최대한 끌어모아 소리쳤다.

"살인귀!"

"변종호."

"무어라……."

이승에서의 마지막 말을 다 잇지도 못한 채 둔봉의 고개가 힘 없이 아래로 툭 떨어졌다. 의식을 잃고 쓰러진 둔봉을 종호는 차디찬 시선으로 힐끗 내려다보았다.

"네놈은 그 더러운 손을 임 소저에게 대지 말았어야 했다. 그 리하였으면 고통 없이 고이 보내 주었을 것을."

무심하니 이야기하고 몸을 날려 소나무 위로 올라섰다. 울울 창창한 솔숲 이 나무에서 저 나무를 향해 빠르게 나는 종호의 등 뒤로, 피에 굶주린 맹수의 포효와 생살을 찢기는 고통에 울 부짖는 둔봉의 비명이 아스라이 멀어진다.

좁고도 좁은 세상

와우각상
蝸牛角上

무혁은 연습용 목검을 높이 치켜들고 뒷마당 한쪽에 세워 둔 타격대로 돌진하였다. 빠르고 짧게 머리를 내려친 후 한 걸음 뒤로 빠져 잠시 숨을 골랐다. 다시 타격대 쪽으로 달려들면서 좌우 어깨를 잇달아 후려쳤다. 탁, 탁, 탁. 타격대 위 목검 부딪치는 소리가 호젓한 마당 가득 시원스럽게 울려 퍼졌다.

오랜만에 칼자루를 집어 든 탓인지, 아니면 푹푹 찌는 날씨 때문인지 땀이 비 오듯 쏟아졌다. 홀러덩 웃통을 벗고 이마에 맺힌 땀방울을 손등으로 씻어 낼 때였다. 언뜻 뒷등 쪽에서 인기척이 느껴졌다. 무혁은 재빨리 목검부터 아래로 내리고 몸을 틀었다. 뒷짐을 지고 선 대건을 향해 공손히 허리를 숙였다.

"퇴청하셨습니까?"

"검술 연마하는 네 모습을 지켜보는 것도 오랜만이로구나."

"그동안 소자가 게으름을 피웠습니다. 송구하옵니다."

"검을 잡은 너를 본 것만으로도 아비는 기쁘다."

"힘들게 갈고 닦은 재주를 함부로 하는 것이 무책임하다는 생각이 들었습니다."

무혁이 살짝 상기된 표정으로 말하였다. 아들을 바라보는 대건의 눈자위를 타고 자애로운 미소가 번졌다. 불의의 사고로 한 주를 잃은 뒤 줄곧 세상과 날을 세우기만 하던 무혁에게 긍정적인 변화가 찾아든 것 같아 마음이 흡족하였다.

"손에도 이끼가 끼고 뼈에도 녹이 스는 법이다."

앞으로 게으름 피우지 말라는 잔소리를 대건은 그런 식으로 에둘렀다. 단박에 알아듣고 무혁이 머리를 조아렸다.

"명심하겠습니다."

내친김에 대건은 한걸음 더 나아가기로 하였다. 이번에는 정공법을 써서 대놓고 물었다.

"과거 시험은 어찌하려느냐?"

"무과를 치를 생각은 여전히 없습니다."

차분히 대답하는 무혁의 목소리가 완강하였다. 다만, 과거 시험 소리만 나와도 펄쩍펄쩍 뛰던 그간의 행적에 비하면 많이 유해진 모습이었다. 대건은 이쯤에서 물러서야 할 때라고 판단하였다. 넌지시 화제를 돌렸다.

"검술 연마에 다시 나선 데에 무슨 연유라도 있느냐?"

"어떤 이가 그러더이다. 좋은 재주를 좋은 곳에 써 달라고."

"흐음……."

"모두들 입신양명을 위해 과거를 치르라 하고, 벼슬길에 올라 가문을 일으키라 말하는 세상에서 그이만은 다르게 이야기하였습니다. 소자가 가진 재주를 백척간두에 서 있는 조선과 이 땅의 헐벗고 굶주린 백성들을 위해 써 달라며 간곡한 부탁을 하였습니다."

"그자가 누구더냐?"

대건의 물음에 무혁은 잠시 대답을 미루고 기억을 더듬었다. 운종가 시전 대행수 임지충의 여식. 지혈을 하겠다며 팔뚝에 매어 준 금박 물린 선홍빛 머리댕기. 전복 자락을 움켜잡은 채 떨리던 가녀린 손가락. 힘주어 간청하던 목소리.

그날의 모든 것이 무혁의 머릿속에 생생하다. 그때 이후로 하루 종일 귓가에서 떠나지 않고 쟁쟁하다. 스물도 되지 않은 귀밑머리 어린 처자의 입에서 어떻게 그처럼 당찬 이야기가 나올 수 있는지 궁금하였다.

"스치듯 지나친 인연이라 이름은 모르옵니다."

"귀한 인연을 너무 가벼이 대하였구나. 아깝다."

"아버지 말씀처럼 그이와 소자의 인연이 귀하다면 언제든 다시 만날 날이 있겠지요."

담담해 보이는 무혁의 눈시울로 설핏 미소가 번졌다. 그런 아들의 표정을 대건은 놓치지 않고 유심히 살폈다.

"유항산자유항심(有恒産者有恒心). 무슨 말인지 아느냐?"

"맹자 등문공 편에 나오는 이야기로, 일정한 산업을 가진 자만이 항심을 지닐 수 있다는 것입니다. 먹고사는 문제가 해결된 후에야 백성의 가슴에 비로소 나라를 생각하는 마음도 생겨난다는 뜻이지요."

"정치란 그처럼 간단한 것이다. 잘 먹고 잘살게 해 주면 그만이니."

"그 간단한 것이 세상 어떤 일보다 어려운 것 아니겠습니까."

"맞다. 성현께서는 누구를 대장부라고 하였더냐?"

"뜻을 펼 수 있을 때는 백성과 함께 그 길을 걸어가고 뜻을 펼 수 없을 때는 홀로 그 길을 걸어가되, 부귀도 그 마음을 어지럽히지 못하고 빈천도 그 지조를 옮기지 못하며 무력도 그 뜻을 굴복시킬 수 없는 자가 진정한 장부라 하였습니다."

"마음 깊이 새겨 두어라."

대건이 푸른 기운이 감도는 아들의 짙은 눈동자를 물끄러미 응시하였다. 무혁은 마음속까지 꿰뚫을 것처럼 강렬한 아버지의 눈빛을 올곧게 마주하였다. 맹자에 나오는 여러 대목들 중에서 하필이면 이 부분을 언급하는지, 아버지의 깊은 속내를 어렴풋이나마 헤아릴 수 있었다. 먼저 백성을 돌아보고, 누구보다 백성을 두려워하며, 오로지 백성을 위하라는 당부였다.

"명심하겠습니다."

무혁은 무한한 존경심을 담아 대건을 향해 깍듯이 허리를 숙였다.

"오랜만에 우리 격검이나 한번 나눠 볼까?"

"바로 피검(被劍)*을 내오겠습니다."

오후의 햇살이 완연한 마당 한가운데, 대건과 무혁은 서로를 마주 대하고 섰다. 우선 피검의 칼끝을 들어 예부터 갖추었다. 둘 다 왼쪽 어깨로 피검을 옮겼다. 양손에 칼자루를 쥔 채 칼등을 짊어지듯 서서 똑같은 지검대적세를 취하였다. 대건과 무혁은 한참 동안 미동조차 없이 상대의 빈틈을 찾고 또 노렸다.

"이얍!"

무혁이 먼저 움직였다. 왼발과 오른발을 연이어 앞으로 내딛

---

*피검:불필요한 부상을 피하기 위해 가죽을 덧입혀 놓은 연습용 목검.

으며 동시에 피검을 안쪽에서부터 스치듯 올려 대건의 머리로 내려쳤다. 방어에 나선 대건이 왼발을 차올려 들더니 몸을 오른 쪽으로 휘돌렸다. 날카롭게 꽂히는 무혁의 칼날을 힘차게 되받 아쳐 냈다.

두 사람 모두 전후좌우로 내딛는 발걸음은 바람처럼 빠르고, 피검을 휘두르는 몸동작은 숨결보다 가벼웠다. 흡사 화려한 검 무를 보는 것 같았다. 검과 검이 부딪쳐 합을 이룰 때마다 보랏 빛 낙조가 비낀 마당 안에 유려한 검광이 막무가내로 출렁거렸 다.

"하앗!"

대건이 힘찬 기합을 내지르며 무혁의 등줄기를 사정없이 후 려쳤다. 그대로 허를 찔린 무혁은 바닥으로 나동그라졌다.

"다쳤느냐?"

대건이 저만치 떨어진 자리에서 걱정스럽게 물었다. 무혁은 곧장 땅을 박차고 일어났다.

"괜찮습니다."

"뒤를 방어하는 동작이 반 보 가량 늦다. 최고의 공격은 제대 로 된 방어에서부터 출발함을 잊지 마라."

"예. 본국검 후일격세(後一擊勢)와 향우방적세(向右防賊勢)를 조 금 더 연마하겠습니다."

"최 의원이 돌아왔다는 소리를 들었구나."

대건이 피검을 제자리로 되돌리며 말하였다.

"반촌 최창현 의원 말입니까?"

더운 땀으로 젖은 무혁의 얼굴에 반가워하는 기색이 역력하 게 번졌다. 검을 다루는 자는 검상 또한 다룰 줄 알아야 한다는 것이 평소 대건의 생각이다. 그 지론에 따라 무혁은 오래전 창현으로부터 의술을 배웠다.

"일간 찾아가 보도록 해라."

"알았습니다."

❖   ❖   ❖

"바야흐로 달빛은 독야청청 고요하고, 무심히 흐르는 강물의 기세는 검푸르기도 하다. 숙향은 고개를 길게 빼고 서서 까마득한 절벽 아래 시커먼 어두움에 싸인 표진강을 내려다본다. 눈앞에 든 현기증으로 온몸이 아찔하도다."

전기수의 구성진 목소리가 저잣거리 곳곳으로 울려 퍼졌다. 남녀노소 각양각색의 사람들이 운종가 담배 가게 앞 전기수의 서안이 놓인 널평상 쪽으로 구름떼처럼 몰려들었다. 모두가 한껏 숨을 죽인 채 전기수가 읽어 주는 패관 소설 '숙향전'에 귀를 기울였다. 이제 곧 못된 사향의 모함으로 장 승상 댁에서 쫓겨난 숙향이 표진강 푸른 물에 몸을 던질 차례였다.

"아, 빨리 안 읽고 뭐혀? 다음이 궁금혀서 환장하것고만."

"나도 염통이 쫄깃쫄깃 죽겠소."

"참말로 우리 불쌍한 숙향이 강물에 빠져 죽는 것이오?"

구경꾼들의 드센 성화가 이어지는데도 전기수는 밭은 헛기침만 연방 토해 냈다. 도통 이야기책을 마저 읽을 생각이 없는지 쥘부채를 펼쳐 쓸데없는 바람을 만들면서 딴전을 피웠다. 애가 탄 구경꾼들이 저마다 쌈지를 열고 줌치를 뒤졌다. 전기수의 발치 아래 놓인 놋그릇 안에다 엽전을 한 닢씩 던져 넣었다.

땡그랑땡그랑. 동전 쌓이는 소리에 전기수가 그제야 '숙향전'을 다시 읽기 시작하였다.

"대감마님, 안방마님. 부디 만수무강하시어요. 숙향은 마음속으로 자신을 귀애해 준 장 승상과 부인을 향해 하직 인사를 올렸다. 이어 두 눈을 질끈 감고 절벽 아래로 몸을 던지누나. 아아, 슬프도다!"

숙향의 이야기가 절정을 향해 달려가자 구경꾼들의 입에서 안타까운 탄식이 쏟아져 나왔다. 향이도 한숨을 포옥 내쉬며 물기가 돋아 오른 눈가를 옷고름으로 훔쳤다. 전기수의 이야기 소리에 넋을 놓은 향이에게 운해는 짜증 섞인 독촉을 넣었다.

"그만 가자."

"잠깐만요, 아기씨. 지금부터가 진짜 중요한 대목이어라."

"숙향이 안 죽어. 패설에서 주인공이 죽는 것 보았니? 물에 빠진 숙향을 선녀가 구해 준다니까. 빨리 가자."

"아휴, 조금만 더 있다 가요."

"내가 이따 저녁에 더 재미난 걸로 읽어 줄게."

"아기씨가 읽어 주는 이야기책도 재미지지만요. 뭐니 뭐니 해도 패설은 전기수 목소리로 들어야 제 맛이라니까요."

"나 먼저 갈 테니까, 향이 너는 전기수가 읽어 주는 패설 실컷 듣고 오너라."

샐쭉 토라진 운해는 팽 하니 몸을 돌렸다. 어물전으로 향하는 발걸음을 빠르게 내딛자 당황한 향이가 잰걸음을 쳐서 운해를 따라잡았다.

"아기씨! 삐치셨어라?"

"그깟 일에 삐치기는 누가 삐쳤다는 것이냐."

"삐치셨네요, 뭘. 솔직히 이년은 아기씨가 읽어 주는 이야기 책이 세상에서 제일 재미지어라. 아까 전기수 어쩌고 한 말은 그냥 한번 질러 본 소리라니까요."

"입술에 침이나 바르고 말해."

"에구머니! 침을 안 발랐어라? 진즉 발랐다고 여겼는데. 요즘 이년 정신이 깜빡깜빡한다니까요."

향이가 크지도 않은 눈을 휘둥그렇게 치뜨고 뻔뻔한 넉살을 부렸다. 그 모습이 우스꽝스러워서 운해는 까르르 웃음소리를 쏟고 말았다. 향이까지 덩달아 깔깔깔 웃었다.

"힘들지 않으시어라? 아침 일찍부터 시전 만물상 청지기 어른이랑 치부책(置簿册) 정리하고, 낮에는 수표교에 나가 비렁뱅이 아이들한테 나물죽 끓여 먹이고, 또 지금은 운종가로 장까지 보러 오셨잖아요."

"하나도 안 힘들어."

"내일 저녁상에 올릴 생선은 이년 혼자서도 충분히 살 수 있다니까요. 뭐 하러 힘들게 따라나서셨어라?"

"최 의원 아저씨가 어물 좋아하시잖아. 이왕이면 내가 직접 골라서 내일 맛있는 것 많이 해 드리고 싶어."

"아기씨가 최 의원 나리만 챙긴다고, 사역원 김 별제 나리께서 시샘하시겠어요."

"별제 아저씨가 시샘을 부리셔도 어쩔 수 없어. 최 의원 아저씨는 삼 년 만에 한양으로 돌아오신 거잖아. 시각이 늦어 어물전에 괜찮은 물건이 남아 있으려나 모르겠다."

가던 길을 서두르는 운해의 눈시울로 미소가 깃들었다. 아버지의 막역지우인 의원 최창현과 역관 김원유한테 어려서부터 많은 귀염을 받아 왔다. 운해 역시 두 사람을 친숙부처럼 따랐다.

"얼레? 저기 저 도련님 말이어라. 전날 왈짜패랑 마주쳤을 때 우리 도와준 그 도련님 맞지라?"

향이가 길 건너편을 정신없이 쳐다보았다. 운해도 황급히 저 잣거리 저쪽으로 시선을 옮겼다. 둘레둘레 행인들 사이를 살피는 운해의 얼굴에 반가운 기색이 넘쳤다.

"어디?"

"저기요. 방금 저포전(苧布廛) 앞을 지나간 도련님 말이어라. 왼손에 각궁 들고 가시잖아요."

"글쎄다. 맞는 것 같기도 하고, 아닌 것 같기도 하고."

"딱 보니 그 도련님 맞네요. 키 훌쩍 크것다. 어깨 널찍 넓것다. 기골이 장대하잖아요."

"신장도 비슷하고, 어깨도 넓은 게 뒷모습이 닮기는 닮았는데……. 그분은 아닌 것 같아."

"아기씨 눈썰미가 없으신 것이어라. 척 봐도 그 도련님 맞아요. 그날 홀연히 가 버리시는 바람에 고맙다는 인사도 제대로 못 드렸잖아요. 마침 잘되었어라. 이년이 후딱 뛰어가서 도련님께 인사하고 올게요."

"애, 향이야!"

운해의 다급한 부름에도 아랑곳없이 향이는 저자를 가로질러 뛰었다.

"도련님! 도련님!"

각궁을 들고 걸어가던 젊은 사내가 발걸음을 멈추었다. 사내의 얼굴을 확인한 향이는 당황해 낯을 붉히며 허둥지둥 머리를 조아렸다.

"송구하옵니다."

"무엇이 송구하다는 것이냐?"

젊은 사내의 되물음에 뒤따라온 운해가 향이를 대신하여 사과를 청하였다.

"이 아이가 사람을 잘못 본 모양입니다. 뒷모습이 아는 분과 많이 닮으셔서요. 부디 결례를 용서하십시오."

"소저는⋯⋯."

젊은 사내가 이야기를 하다말고 목소리를 흐렸다. 운해는 의아한 눈길로 당혹감이 고여 있는 사내의 얼굴을 올려다보았다.

"소녀를 아시어요?"

"아닙니다. 저 역시 소저가 아는 이와 닮아 잠시 착각을 하였습니다."

"결례가 많았습니다."

운해가 정갈한 인사를 한 번 더 전하고 풀이 팍 죽은 향이를 뒤꽁무니에 단 채 멀어져 갔다. 운종가 번잡한 인파 사이로 총총히 사라지는 운해의 뒷모습을 종호는 제자리에 멈추어 선 그대로 한참이나 지켜보았다.

소저를 아느냐고요? 알지요. 아주 잘 알지요. 웃을 때 눈시울이 반달처럼 되는 것을 알지요. 토라진 척 눈을 흘길 때면 눈꼬리가 화살촉처럼 뾰족하게 변한다는 것도 알지요. 금박 물린 붉은 머리댕기를 좋아한다는 것을 또한 알지요.

어떻게 아느냐고요? 달포가 넘도록 날마다 소저의 모습을 지켜보았거든요. 그렇게 마음 한구석에 소저를 매일 조금씩 담아가고 있었거든요.

　　　　❀　　　　❀　　　　❀

　한여름 뙤약볕 아래 크고 작은 연꽃무리가 다붓이 피었다. 성글진 바람에 씻긴 꽃향기가 사방 탁 트인 정자 안으로 말갛게 들이쳤다. 오랜만에 한자리에 모여 앉은 세 친구의 얼굴에도 홍련만큼이나 곱다란 웃음꽃이 만발하였다.

　"오 행수는?"

　달영을 찾는 원유의 목소리가 까칠하였다. 무려 삼 년 만에 만나는 창현의 환영연에 불참한 달영에게 자못 서운한 탓이다. 지충은 급한 대로 달영을 위한 변명거리를 만들었다.

　"못 온다고 연통이 왔네. 중요한 볼일이 있다더군."

　"그놈은 하는 일도 없이 만날 바쁘다지. 말이 좋아 행수지, 대행수인 자네 덕에 그저 놀고먹는 한량 아닌가."

　"그런 소리 말게. 지난번 곡물 전매를 맡은 뒤로 오 행수도 나름 열심이야."

　"열심히 하는 놈이 투자를 그르쳐서 십만 냥을 날리나? 그러고도 전혀 미안한 기색이 없더군. 그 꼴을 왜 그냥 두고 보느냐 말일세."

　"김 별제. 그만하시게. 좋은날 왜 이러나? 삼 년 만에 최 의원 얼굴 보는 것인데, 우리 오늘은 좋은 소리만 하세."

　지충은 잔잔한 말로 씩씩거리고 앉은 원유를 달랬다. 달영이 못마땅하기는 지충 역시 마찬가지였다. 그렇다고 당사자도 없는 자리에서 대놓고 욕을 할 수는 없었다.

　"우리 운해는? 왜 안 보여?"

　달영의 부재에는 관심조차 없던 창현이 둘레둘레 주위를 살피면서 물었다. 마치 꼭꼭 숨은 운해를 찾기라도 하려는 듯 목을 길게 뺀 창현의 행동에, 서로 낯을 붉히던 원유와 지충이 어느새 웃음을 터트렸다.

"운해라면 다기를 준비해서 곧 나올 걸세. 최 의원 자네한테 지난번 무등산에서 들여온 춘설차를 대접하겠다면서 며칠 전부터 벼르더라고."

"춘설차라, 좋지! 오늘 운해 덕에 내 입이 호강하게 생겼구먼."

"요즘 운해 녀석 청계천 다리 밑에서 세상 공부 중이라지?"

원유가 다 안다는 표정으로 넌지시 물었다. 지충은 부러 눈시울을 부풀려 훌쳤다.

"소문 참 빠르기도 하다."

"세상 공부 중이라니?"

창현이 영문을 몰라 되묻자 원유가 눈가를 실긋이 접으면서 상세한 설명을 늘어놓았다.

"요즘 운해가 날마다 수표교 아래 가마솥을 걸고 나물죽을 끓여서 주변 비렁뱅이 아이들을 거두어 먹인다는군. 그게 벌써 두어 달쯤 되었네."

"장하다, 그놈! 마음 씀씀이가 어찌 그리도 고와."

"어린것이 장사 수완까지 좋다네. 만물상 청지기가 입에 침이 마르도록 칭찬을 하더라고. 운해 고놈이 아들이었으면 좀 좋았을까 싶어."

원유의 탄식 소리가 미처 그치지 않아 창현이 버럭 성을 냈다. 정작 아비인 지충은 나설 틈도 없었다.

"딸이 뭐가 어때서."

"딸이 어떻다는 것이 아닐세. 임 대행수에게 대를 이을 아들이 없으니 안타까워서 하는 소리지."

"이보시게 대행수. 자네 아들 필요한가? 그럼 새장가 들어 아들 하나 낳고, 운해는 나한테 주시게. 내 딸 삼아야겠네."

창현이 진담 섞인 농을 부렸다. 노모의 삼년상을 치른 뒤로 십 년 넘게 처자식도 없이 홀로 세상을 떠돌더니 이제야 자식 욕심이 생기는 모양이다. 남의 귀하디귀한 외동딸을 내놓으라며 밉지 않은 욕심을 부리는 오랜 벗을 향해 지충은 짐짓 가자미눈을 떴다.

"최 의원 자네나 어서 장가들게. 마흔다섯에 여태 헛 상투를 틀고 앉았다는 것이 가당키나 하냐고."

"괜찮은 과수댁 있으면 다리 좀 놓아 주시게. 밤이면 밤마다 힘껏 노력해서 운해처럼 예쁜 딸 하나 낳아야겠네."

"괜찮은 과수댁을 왜 자네한테 소개시켜 주나. 당장 내 집 안채에 들여앉혀야지."

지충과 창현 사이 농익은 농담이 흐드러졌다. 무릎을 모아 둥글게 둘러앉은 세 친구 사이로 한바탕 웃음소리가 들끓었다.

다기를 준비해서 나온 운해가 그 모습을 보고 함박 미소를 지었다. 운해를 보자마자 원유가 대뜸 왜국 말로 인사를 건넨다.

"ひさしぶり(오랜만이구나)。"

"お元氣ですか(안녕하셨습니까)。"

운해 역시 허리를 깊숙이 굽히며 왜나라 말로 대꾸를 하였다. 원유의 얼굴 가득 흡족한 미소가 물살처럼 빠르게 번졌다.

"열심히 공부하였구나. 잘하였다. 힘써 배워 두어라. 후일 왜국과 교역이 본격적으로 열리면, 우리 같은 역관뿐 아니라 장사꾼들 사이에서도 필시 왜나라 말 쓸 일이 많아질 게다."

"알고 있습니다."

"왜국 관련 서책을 읽다 모르는 것이 있으면 언제든 나에게 찾아오고."

"예, 별제 아저씨."

"운해 너 약초에 대해 궁금한 것은 없느냐? 알고픈 것이 있으면 아무 때고 내 집으로 찾아오너라."

창현이 공연한 시샘을 부렸다. 따뜻하게 덥힌 다기에 뜨거운 찻물을 따르는 운해의 눈가를 따라 말간 웃음꽃이 방울방울 피었다.

❖   ❖   ❖

"그동안 강녕하셨습니까?"

무혁은 큰소리로 안부를 물으며 온갖 약초가 무질서하게 널린 마당으로 들어섰다. 댓개비 살평상에 앉은 창현의 카랑카랑한 음성이 고개 숙여 예를 갖추는 무혁의 어깨 위로 떨어졌다.

"한주는 잘 있던가?"

"제가 한주한테 다녀오는 길이라는 것은 어찌 아셨습니까?"

"오늘이 그놈 제삿날 아닌가. 마침 한주 묏자리가 이곳 반촌에서 가까우니 지나는 길에 내 집에 들렀구나 싶었네."

"무덤에 입혀 놓은 떼가 오랜 가뭄에 전부 말라죽어 벌초할 거리도 없더이다."

"그놈은 죽어서까지 목이 마르겠구먼."

창현은 허허로운 시선을 먼 데 허공중으로 향하였다. 한주는 의술을 배우겠다며 찾아든 놈들 중 가장 똘똘하고 심성마저 착해 아들처럼 아끼던 녀석이었다. 앞길 창창한 열아홉에 빗나간 화살을 맞고 비명횡사한 일을 떠올리면 지금도 가슴이 미어졌다.

"어디 불편한 점은 없으신지요? 삼 년 가까이 비워 둔 집이라 여기저기 손볼 데도 많을 텐데요."

무혁이 댓개비 살평상 쪽으로 다가와 창현의 곁에 앉으면서 물었다.

"불편한 점이 있으면 자네가 고쳐 주려고?"

창현은 헛헛하던 시선을 무혁에게 되돌렸다. 빙긋이 웃자 무혁도 마주 미소를 지었다.

"말씀만 하십시오."

"됐네. 사람 사는 일이 별것 있나. 목구멍에 풀칠이나 하고 비바람만 가릴 수 있으면 족하지."

"여전히 돈 안 받고 치료해 주십니까?"

답을 알면서 던지는 무혁의 물음에 창현의 입가에 걸린 미소가 더욱 짙게 변하였다.

"아프다고 찾아오는 자마다 목구멍에 풀칠도 못 하고 사는 놈들이 부지기수야. 돈이 없어 배곯는 자들에게 약값 달라, 침 값 내놓으라는 소리는 다 호사일세."

"그러다 정작 최 의원 목구멍에 풀칠도 못 하십니다."

"그때 되면 자네가 나를 거두어 줘야지. 싫은가?"

창현이 껄껄껄 웃었다. 호방하니 큰소리로 웃어 젖히는 창현을 무혁은 새삼 아련히 바라보았다.

"싫기는요. 좋습니다. 언제든 말씀만 하십시오."

"약속하였네? 자네 나중에 딴소리하지 말게."

"최 의원이나 딴소리 마십시오. 제가 모시겠다고 하는데도 굳이 산으로 들어가 약초꾼으로 살겠다고 하면 아니 되십니다."

"자네는 나를 너무 잘 알아. 이래서 나는 자네가 싫어."

"저는 최 의원이 좋습니다."

"예끼! 과거 시험 준비는 어떤가?"

창현이 넌지시 물었다. 무혁은 잠시 대답을 아꼈다.

"무과를 봐야 할 이유를 아직 찾지 못하였습니다."

"이유가 무에 중요한가. 그냥 과거 시험 치르고 급제하면 되는 것을."

"장원 급제가 말처럼 쉬운 일도 아니지만, 급제한 다음은요?"

"당연히 조선 팔도를 호령하는 외척들 밑으로 들어가야지. 부원군 김조순이나 병조 판서 김일순 같은 자들 아래로 말일세. 자네도 그놈들처럼 잇속부터 채우시게. 피 묻은 재물을 많이 축적하라 그 말이야. 그래야 나중에 나를 거둘 수 있을 것 아닌가."

"농이라도 재미나지 않습니다."

"권력을 휘둘러 재산을 축적하는 것이 재미없으면 자네라고 별수 있나. 주상 전하의 안위를 지키고 백성의 안돈을 보살펴야지. 자네 부친처럼 가난한 무관이 되어서."

"그것은 좀 재미날 듯도 합니다. 최 의원은 왜 관직을 그만두셨습니까? 계속 내의원에 계셨으면 지금쯤 어의에도 오르셨을 텐데요."

이번에는 창현이 대답을 아꼈다. 한동안 입을 굳게 다물고 앉아 먼산바라기를 하였다. 그렇게 시선은 멀리 붙박아 둔 채 나지막한 말소리를 느릿느릿 입 밖으로 밀어냈다.

"나는 사람 살리는 의원이 되고 싶었네."

"신유년, 그 일 때문입니까?"

무혁이 맥락을 정확히 짚었다. 창현은 다시 입술을 힘주어 여몄다. 지독한 피바람이 몰아치던 그해, 신유사옥으로 수많은 믿음의 동지를 잃었다. 그때 벗들과 죽음의 자리를 함께하였어야 옳았다. 병든 노모의 눈물 어린 간청을 차마 뿌리칠 수가 없어서 천주를 부인하고 목숨을 구걸하였다. 그 후 이십 년, 길고도 기진한 세월 동안 하늘 한 번 우러르지 못하고 살았다. 여전히 삶이 부끄러웠다.

"송구합니다. 제가 괜한 소리를……."

"아니야."

창현은 사래질 치던 오른손으로 무혁의 어깨를 두드렸다. 가까운 장래, 그리 멀지 않은 날 자신이 살아온 부끄러운 세월을 소상히 이야기해 주겠다는 말없는 약속이었다. 그 고백이 청운의 뜻을 잃고 방황하는 무혁에게 조금이나마 도움이 되기를 바랐다.

무혁이 어깨에 놓인 창현의 손 위에 제 왼쪽 손바닥을 덧대어 겹쳤다. 창현의 깊은 마음 씀씀이를 충분히 알아들었다는 말없는 표현이었다.

사내들끼리의 도타운 정을 두 사람은 그런 식으로 나누었다. 그사이 옥구슬인 양 또르르 구르는 맑고 청아한 음성이 사립문 밖에서부터 울렸다.

"아저씨! 저 왔어요."

운해가 쓰개치마를 벗으며 마당 안으로 들어섰다. 쌀가마를

지게에 짊어진 장돌과 대추나무 찬합을 손에 든 향이가 그녀의
뒤를 따랐다.

"그것이 다 무엇이냐?"

놀라서 묻는 창현에게는 어떤 대꾸도 없이 운해가 빠른 말로
대동한 하인들한테 명을 내렸다.

"곡식은 쌀독에 붓고, 찬거리는 찬장에 넣어 두고."

"알았습니다요."

"예, 아기씨."

장돌과 향이가 동시에 대답을 하였다. 그리고 각자 맡은 바
책무를 다하기 위해 서둘러 반빗간 안으로 사라졌다.

"운해야! 그것이 다 뭐냐니까?"

"한동안 드실 양식이랑 찬거리 몇 개 싸 왔어요."

"힘들게 뭐 하러 가져오누. 내가 어련히 알아서 할까."

"쌀독은 텅텅 비고. 찬장에 든 찬이라고 해야 간장 한 되에
소금 한 종지가 다잖아요."

운해가 눈초리를 빗뜨고 서서 쏘아붙였다. 반빗간 안을 들여
다보기라도 한 사람처럼 정확하게 사실을 짚어 냈다. 창현은 금
세 무안해져서 머쓱한 시선을 먼발치로 휘돌렸다.

"그렇지 않아도 싸전에 나가 양식을 사 올 생각이었다."

"돈은 있으시어요?"

"돈이야 뭐……."

창현은 차마 거짓말을 할 수가 없어 그냥 열없이 웃기만 하였
다. 운해가 제법 묵직한 염낭 하나를 통째로 창현의 손에 쥐여
주었다.

"받으시어요."

"웬 돈이냐?"

"사람 불러서 집수리도 하고, 이것저것 필요한 세간도 들여
놓으시라고요."

"대행수가 시키더냐?"

"아버지는 아저씨 포기한 지 오래예요. 쌀독 채워 놓기가 무
섭게 죄 퍼다 배곯는 과수댁들한테 나눠 주고, 돈주머니를 안기
면 그날로 동네 노인들 불러다 술판부터 벌인다고 혀를 내두르
시던 걸요."

"잘 아네. 알면서 쌀은 왜 짊어져 오고, 돈은 왜 또 안겨 주
누. 어차피 이틀을 못 갈 텐데."

창현은 무엇이 그리도 즐거운지 이야기하는 내내 입가를 올
려 헤실바실 웃었다. 그런 창현을 운해가 비딱하니 겨누어 본
다. 제 딴에는 눈살을 꼿꼿이 세운다고 세웠음에도 창현을 노려
보는 운해의 흑자색 눈망울 가득 따뜻한 기운만 넘쳤다.

"양식 퍼다 과수댁한테 나눠 줄 생각이면 저랑은 다시 얼굴
보지 말아요. 그냥 그 과수댁이랑 살림 차리시어요. 지금이라도
예쁜 딸 하나 낳으시라고요. 물론, 그 아이가 저만큼 어여쁘리
라는 보장은 없지만요."

"예끼, 인석아! 겁박을 해도 정도껏 해야지."

"겁박 아니거든요. 염낭에 든 돈으로 동네 어르신들이랑 술판
벌이실 요량이면 차라리 술독으로 수양딸 삼으시어요. 저는 이
제 아저씨 안 볼 것이니까."

"그만해라. 말만 들어도 오금이 저리고 가슴이 벌렁거린다."

"쌀독에 양식은 잘 있는지, 술은 마시지 않는지, 앞으로 매일
와서 확인할 것이어요."

"허허, 이 일을 어찌한다지……."

창현이 일장 한숨을 쉬었다. 입으로는 난처하다 말하면서도 싫은 기색은 아니었다. 오히려 기꺼워하는 듯이 보였다.

"진지는 드셨어요? 아휴, 말씀하지 마시어요. 안 드셨을 것이 뻔하지. 쌀독이 텅 비었는데 무엇으로 끼니를 때웠겠어요. 잠깐만 계시어요. 금방 밥 지어서 상 차려 올 테니까."

운해가 혼자 묻고 대답까지 하였다. 바쁜 말소리를 한꺼번에 다다다 쏟아 내는 모양새가 꼭 재재거리는 제비 새끼마냥 사랑스러웠다. 결국 무혁은 참았던 웃음을 터트리고 말았다. 웃음소리에 놀란 운해의 흑자색 눈망울이 큼지막하니 부풀었다.

"손님이 계신지도 모르고……. 어머나!"

멋쩍은 미소를 피우던 운해가 무혁을 알아보고 두 뺨을 요요히 붉혔다. 수줍은 양 입술을 다소곳이 여미며 사붓이 허리 숙여 인사를 하였다. 아까부터 운해의 말과 행동을 눈여겨보던 무혁의 눈시울을 따라 다사로운 기운이 들불처럼 번져 나갔다.

"우리 요즘 자주 마주칩니다. 와우각상이라더니, 세상이 좁기는 좁은가 봅니다."

❁　　　❁　　　❁

향이와 장돌이 저만치 앞서서 걸어가는 아기씨의 뒷모습을 숨죽여 좇았다. 무혁과 어깨를 나란히 한 운해는 붉은 저녁노을에 비낀 솔숲 안으로 사분사분 들어섰다. 빛다발이 어룽진 조붓한 오솔길을 그와 발걸음을 맞추어 걸었다. 둘이서 길섶을 따라 가죽신을 내딛을 때마다 풀잎 스러지는 소리가 바스락바스락 고즈넉한 숲에 한가득 울려 퍼졌다.

"덕분에 맛있는 밥을 먹었습니다."

무혁이 귓바퀴에 감기듯이 닿는 듣기 좋은 중저음으로 고마움을 표하였다. 운해는 수줍은 얼굴로 사부랑사부랑 도리질을 쳤다.

"아닙니다. 제가 한 것이 무에 있다고요. 밥은 향이가 짓고, 가져간 찬거리는 전부 찬모인 장돌 어미의 솜씨인걸요."

"찬모 솜씨가 좋은 모양입니다. 찬이 다 맛있더이다."

"장돌 어미 손끝이 야무져서 내놓는 음식마다 다들 맛있다고 난리지요. 찬모에게 열심히 배우고 있는데 소녀는 잘 안 되더이다."

"소저가 직접 반빗간 일도 하십니까?"

무혁의 말소리에 호기심이 섞였다. 여염집 안살림이야 오롯이 안주인과 딸들 몫이지만 양반가는 달랐다. 행세깨나 한다는 집안의 여인들은 평생 손끝에 물도 안 묻히고 사는 것이 다반사였다.

운해의 부친 임지충은 시전 대행수로 운종가에 만물상을 소유하고 있다. 조선의 상권을 쥐락펴락하는 집안이니 어지간한 권문세가보다 살림이 넉넉할 것이다. 부잣집 무남독녀인 운해가 반빗간을 드나들며 찬을 만든다는 사실이 무혁으로서는 퍽 흥미로웠다.

"겨우 반찬 몇 가지 만들 줄 아는 것이 다입니다. 밥은 여태 지어 보지 못하였어요. 불 지피는 일이 위험하다면서 아궁이 근처에는 얼씬도 못 하게 막거든요."

"그게 어디입니까. 내 누이만 해도 반빗간에는 들어가 본 적도 없을 것입니다."

"누이가 있으시어요?"

운해의 눈가로 부러움이 서렸다. 혼자 외롭게 자란 탓에 형제자매가 있는 이들이 세상 누구보다 부러웠다.

"두 살 위 누이가 하나 있습니다. 몇 해 전에 출가하였지요."

"다른 형제자매는요?"

"누이와 나, 둘뿐입니다."

"보고 싶으시겠습니다."

"가끔. 워낙 살갑게 챙겨 주던 누이라 문득 보고 싶기도 합니다."

무혁이 서름한 표정으로 시선을 비꼈다. 출가외인이라는 말로 시집간 딸이나 여자 형제와의 연을 억지로 끊어 내는 시절이었다. 또한 사내가 희로애락의 감정을 겉으로 드러내 표현하는 일을 금기로 여기는 세상이기도 하였다. 시집간 누이가 그립다는 속에 든 이야기를 입 밖으로 꺼내 놓기가 쉽지만은 않았을 것이다.

운해는 거짓 없이 솔직하고 꾸밈없이 담백한 무혁이 좋았다. 명분과 체면을 앞세워 쓸데없이 거들먹거리지 않아서 좋았다. 불필요한 겉치장에 힘쓰는 여느 사대부가의 사내들과 대비되는 모습이 좋았다.

가라뜬 곁눈으로 무혁의 옆모습을 찬찬히 뜯어보았다. 시원한 이마, 형형한 눈빛, 오뚝하니 솟은 콧날, 골 깊은 인중, 윤곽이 또렷한 입술. 사내다우면서도 아름다운 얼굴이다. 불현듯 가슴이 두근두근 설레었다.

"조카는 있으시어요?"

"아직. 그 일로 어머니께서 걱정이 많으십니다. 혼례를 치른 지 벌써 다섯 해 넘어 가는데 누이한테 태기가 없어서요."

"곧 좋은 소식이 있을 것이어요."

"그래야지요. 당연히 그래야지요."

"소녀는 나중에 아이를 많이 낳을 생각입니다. 힘닿는 데까지 아주 많이 낳으려고요."

"누군지 몰라도 소저에게 장가들려면 기력이 좋아야겠습니다. 힘닿는 데까지 많은 아이를 낳으려면 말입니다."

무혁이 주먹 쥔 손으로 입가를 누르며 쿡쿡거렸다. 운해는 아차 싶었다. 별다른 뜻 없이 평소 마음에 품어 온 생각을 이야기하였을 뿐인데, 전혀 다른 의미로 들릴 수도 있었다. 얼굴이 화톳불에 덴 것처럼 새빨갛게 달아올랐다.

운해의 두 뺨이 발그레 젖은 것을 보고 무혁의 웃음소리가 한층 짙어졌다. 운해는 황망한 시선을 허둥지둥 아래로 내렸다. 잘 익은 홍시 같은 얼굴을 폭 숙인 채 당혜 앞코만 고집스럽게 응시하였다. 이 무슨 낭패인가 싶었다.

"농입니다. 뺨을 붉히는 소저의 모습이 하도 고와서 공연한 농짓 한 번 부려 보았습니다. 형제자매 없이 외롭게 자라 자식 많은 집이 부러웠던 게지요?"

무혁이 운해의 속뜻을 정확하게 짚었다. 운해는 반갑기도 하고 놀랍기도 하였다. 슬며시 시선을 들어 무혁의 얼굴을 올려다 보았다. 공교롭게도 그 순간 운해의 발걸음이 어긋나갔다. 휘청하며 흔들리는 상체를 무혁이 재빨리 팔을 뻗어 붙잡아 주었다. 두 사람의 코끝이 금방이라도 마주 닿아 비벼질 것처럼 가까웠다.

"괜찮습니까?"

"예."

운해의 대답을 듣고서야 무혁이 어깨를 감싸고 있던 양손을 떼어 냈다. 운해는 참았던 숨을 조심스럽게 흘렸다.

"숲길이라 보이지 않는 잔돌맹이들이 많습니다. 발끝을 조심해야 할 것입니다."

무혁이 오른팔을 가만히 운해 쪽으로 뻗어 또 그렇게 가만히 운해의 왼손을 잡았다. 운해는 무혁에게 붙잡힌 손을 똑바로 내려다볼 수가 없었다. 어스러진 곁눈질로 흘낏흘낏 쳐다보았다. 가슴이 아까보다 몇 배는 더 심하게 뛰었다.

콩닥콩닥, 콩닥콩닥.

한적한 오솔길, 서로 손을 잡고 걸어가면서도 운해와 무혁은 감히 눈길을 마주 대하지 못하였다. 스스러움을 타는 두 사람의 머리 위로 어스름 땅거미가 비스듬히 기울었다. 뉘엿뉘엿 번지는 어두움을 뚫고 근처 인가 야트막한 굴뚝에서 밥 짓는 연기가 모락모락 올랐다.

한 번 보고 마음이 기울다

일견경심
一見傾心

　운해는 따뜻한 물이 담긴 커다란 함지 안에 말린 창포 가루를
풀어 넣었다. 곁에서 지켜보던 비렁뱅이 사내아이가 호기심에
못 이겨 새까만 눈동자를 반짝거린다.

　"이것이 무엇입니까?"

　"비루(飛陋)라고, 창포 뿌리를 말려서 곱게 빻아 만든 가루란
다."

　"비루요?"

　"더러움을 날려 없앤다는 뜻이지."

　"냄새가 참말 좋습니다. 아기씨한테서 나는 냄새랑 똑같습니
다."

　사내아이가 작은 콧구멍을 벌름거렸다. 운해는 녀석의 앙증
맞은 콧방울을 비루 가루 묻은 손가락으로 톡 튕겼다.

　"전에 네 이름이 개동이라 하였지?"

　"예, 아기씨."

"몇 살이야?"

"올해로 열하나입니다."

"부모님은?"

"아비는 몇 해 전 집을 나간 뒤 소식이 끊겼고, 어미는 지난 봄 보릿고개를 넘기지 못하고 죽었습니다."

그동안 겪은 신산한 세상살이를 이야기하는 개동의 목소리가 애써 무덤덤하였다. 조용히 앉아 듣는 운해도 덩달아 담담한 척 굴었다. 개동에 대한 안타까움으로 흔들리는 숨결을 나지막이 내려 앉혔다.

조선 팔도에 가난으로 인해 부모를 잃고 거리를 떠도는 아이들이 어찌 개동이 하나뿐이랴. 그나마 풀죽이라도 빌어먹을 수 있으면 목숨 부지하는 것이고, 그마저도 어려워 쫄쫄 배를 곯다 보면 며칠 내 부모를 따라 이승을 하직하는 아이들이 숱하였다.

운해는 땟국이 좔좔 흐르는 개동의 얼굴을 안쓰러운 눈길로 쳐다보았다. 어린것이 세상살이의 비정함을 너무 일찍 알아 버렸다. 그럼에도 아이의 낯빛에 구김살이라고는 하나가 없었다. 사근사근한 성품 역시 무구하기만 하였다. 고맙고도 장한 일이다.

"동생이 있다고 하지 않았니?"

"예. 나이 어린 동생이 하나 있습니다. 본래 둘이었는데 큰놈은 어미 그리 보내고서 달포도 안 지나 죽고, 작은놈만 남았습니다. 어미에게 동생들 잘 지키겠다고 약조하였는데……."

옥돌같이 단단하고 참숯처럼 새까만 개동의 눈동자로 덩그렁 눈물이 차올랐다. 부모네 이야기는 제법 여상하니 풀어내던 녀석이 죽은 동생 생각에 금세 울음을 보였다. 어린 동생을 지키

지 못하였다는 뼈아픈 회한이 한껏 깨물어 문 아랫입술에서 대
롱거렸다.

"개동아."

운해는 눈물을 삭히는 아이의 정수리 위에다 가만히 오른손
을 가져다 얹었다. 위로를 전하고 싶었다. 다만 가슴이 에이고
미어져 섣불리 입술이 떨어지지 않았다. 하기야 그까짓 몇 마디
말이 개동에게 무슨 소용이 있을까. 차라리 나물죽이나마 한 그
릇이라도 더 끓여 먹이는 것이 나을 터.

"이놈은 괜찮습니다."

개동이 언제 눈물을 흘렸냐는 듯 누런 이를 드러내며 웃었다.
아이의 대견한 됨됨이를 지켜보는 운해의 얼굴에도 저절로 미소
가 피어올랐다.

"힘들면 힘들다고 말해도 돼. 그 정도 투정은 부리면서 사는
거야. 누구나 그래. 나도 그런 걸."

"이놈 참말로 괜찮습니다. 아직 작은 동생이 남지 않습니까.
그놈을 잘 키울 것입니다."

"착하구나, 우리 개동이. 동생은 어디 있어?"

"움막에 있습니다. 고뿔이 든 것 같아 오늘은 쉬라 하였습니
다."

"끼니는 어쩌고?"

"아침에 주막 중노미 아제한테 술지게미를 좀 얻었습니다. 그
걸 먹였더니 아주 곤하게 자더라고요."

"푹 자고 나면 고뿔도 금방 나을 것이야."

"고맙습니다, 아기씨. 안 됐구나, 불쌍하다, 이런 입에 발린
소리를 아기씨가 안 하시는 게 이놈은 좋습니다. 다들 더럽다며

곁에 와 서지도 못하게 하는데, 아기씨는 우리 같은 비렁뱅이를 내치지도 않고 오히려 스스럼없이 대해 주시잖아요. 그래서 이 놈은 아기씨가 참말로 좋습니다."

개동이 해시시 웃었다. 아이를 향해 마주 미소를 보내는 운해의 눈시울이 우련 촉촉이 젖어 들었다. 배곯는 불쌍한 아이들에게 밥술이나 뜨게 해 주자며 시작한 일이었다. 그런데 하루하루 시간이 지날수록 오히려 아이들을 통해 배우는 것이 많았다. 꾸밈없고 해맑은 녀석들의 미소가 때로는 위로가 되고 때로는 힘이 되었다.

"고맙구나. 이런 나를 좋아해 주니. 그리고 많이 미안하다. 너희들에게 밥도 배불리 못 먹이고, 겨우 나물죽 한 그릇밖에 못 주고……."

운해는 목이 메여 와 더 이상 말소리를 잇지 못하였다. 여기저기서 굶어죽는 이가 속출하는 흉흉한 기근에 삼시 세끼 꼬박꼬박 챙겨 먹는 것이 너무나도 미안하였다. 다 떨어진 누더기를 걸친 아이 앞에 금박 물린 비단옷을 입고 앉은 스스로가 그렇게 부끄러울 수가 없었다.

"아기씨가 끓여 주시는 죽은 그냥 나물죽이 아니어요. 우리를 생각해 주시는 아기씨의 고운 마음인걸요."

"고맙구나. 참말로 고맙구나."

운해는 뺨을 타고 흐르는 눈물을 황급히 닦아 냈다. 다시 오른손을 가져다 개동의 정수리 위에 얹었다. 미처 전하지 못한 가슴속 진솔한 이야기가 이런 식으로라도 아이에게 전달되기를 바랐다.

개동이 옥돌 같은 새까만 눈동자를 들어 운해를 빤히 올려다본다. 또릿또릿 빛나는 아이의 참숯 닮은 눈망울이 온전히 알아들었다고, 오롯이 이해한다고 이야기하는 것만 같았다.

"이 비룻물은 어디다 쓰실 것입니까?"

"너희들 씻기려고. 오늘부터 하루에 열 명씩 목욕시킬 거야. 다행히 날이 더워 이쪽 함지에서는 때만 밀고, 저쪽 개천에 가서 헹구면 될 듯싶구나. 바람이 선선해지면 이마저도 힘들 테니 서둘러 시작했단다."

"갑자기 목욕은 왜요? 어차피 날이 더워 개천에 들어가 물장구치고 놀기도 하는데요."

"너희들 대부분이 부스럼으로 고생을 한다면서? 비루로 몸을 깨끗이 씻는 것만으로도 부스럼을 치료할 수 있다는 구나. 며칠 전 청나라에서 들여온 서책에서 읽었단다."

"참말입니까?"

개동은 반색하였다. 개동 역시 부스럼으로 고생하는 중이다. 동생인 막동은 정도가 한층 심하였다. 부스럼이 난 피부가 가려워 박박 긁으면 그 자리에 어느덧 피딱지가 내려앉았다. 그것이 또 가려워 손톱으로 긁어 떼어 내면 금세 상처가 덧나 피고름이 흘렀다.

"저기, 아기씨."

"응?"

"이 비루 말입니다. 귀한 것이겠지요? 값도 무척 비쌀 것 같은데……."

개동은 말꼬리를 흐리며 운해의 눈치를 살폈다. 막동을 씻길 비루를 얻고 싶었지만 염치없는 행동인 것 같아 좀처럼 입이 떨어지지 않았다.

"갑자기 비루의 값은 왜 물어?"

"아무것도 아닙니다. 그냥 궁금하여서요."

개동과 이야기가 한창인 운해의 옆구리를 언제 곁으로 다가 왔는지 향이가 은근슬쩍 찔렀다.

"아기씨, 저기 좀 보시어요."

"바쁜데 뭐를 보라고?"

"어여 보시기나 하시어요."

향이의 채근에 떠밀려 운해는 뒤를 돌아다보았다. 저만큼 떨어진 먼발치에 무혁이 이쪽을 바라보고 서 있다. 곧이곧대로 다가오는 지긋한 눈길이 한여름 햇발만큼 따갑게 느껴졌다. 돌연 운해의 가슴이 콩닥콩닥 뛰었다. 운해는 달아오른 시선을 후다닥 어숫하니 내려 비끼고 자잘하게 숨부터 골랐다.

대체 언제부터 저리 바라보고 계셨을까? 때아닌 가슴앓이가 났나, 왜 이토록 심장은 미친 듯 뛰어 댄다지?

얄팍한 들숨과 날숨을 서너 번쯤 반복하자 다행히 뛰는 가슴이 어느 정도 진정되었다. 겨우 자리를 털고 일어서서 다소곳이 허리 숙여 무혁에게 인사를 전하였다. 짤막한 묵례로 인사를 받은 그가 성큼성큼 발걸음을 앞으로 내딛기 시작하였다. 점점 가까이 다가오는 무혁에게 들리지 않도록 운해는 목소리를 최대한 낮추어 향이에게 물었다.

"도련님께서 언제 오셨더냐?"

"아까부터 와 계셨던 모양입니다."

향이도 운해를 따라 말소리를 야트막히 내려 줄였다.

"빨리 좀 알려 주지."

"이년도 방금 전에야 도련님을 봤습니다요."

"나 괜찮니?"

운해가 안절부절못하자 향이가 멍한 표정으로 되물었다.

"뭐가 말입니까?"

"얼굴이랑 옷매무새 말이야. 종일 일하느라 땀범벅인데, 보기 민망하지 않아?"

"고우시어라."

작게 속삭이는 향이의 목소리 너머에서 굵고 나직한 무혁의 음성이 흘러들었다.

"예쁘십니다. 코끝에 땀방울을 단 소저의 모습이 분으로 꽃단장한 여느 여인보다 곱습니다. 내 눈에는 그래 보입니다."

운해의 두 뺨이 금세 붉은빛으로 물들었다. 엊그제 함께 본 저녁노을만큼이나 곱디고운 모습을 무혁은 잔잔한 미소를 입가에 머금고 지켜보았다. 운해가 시선을 제대로 마주 대하지 못한 채 무혁을 향해 한 번 더 고개를 숙였다.

"여기는 어쩐 일이시어요?"

"내가 못 올 곳을 왔습니까?"

"아니어요. 잘 오셨습니다."

"그 말은 반갑다는 뜻입니까?"

무혁이 상체를 운해 쪽으로 살긋 기울이고 속삭여 물었다. 은근한 잔향처럼 무혁의 입가에 남아 있던 미소가 문득 짙고도 깊숙이 변한다. 운해는 수줍은 마음에 쉽사리 답을 하지 못하고 부끄러운 시선을 서둘러 당혜의 앞코로 떨어트렸다. 발그레 홍조로 젖은 운해의 얼굴을 무혁은 새삼스러운 눈길로 내려다보았다.

이런 것을 두고 일견경심이라고 하나? 한 번 보고 마음이 기운다는 옛말처럼 보면 볼수록 운해에게 마음이 쏠렸다. 자꾸만 마음이 치우쳤다. 스물네 해를 살아오면서 이토록 확연하게 마음을 빼앗긴 것은 운해가 처음이다. 그동안 어떤 여인을 보고도 곱다고 여긴 적이 없었다. 그런데 운해는 볼 때마다 곱기만 하다. 맑고 단아한 얼굴이 곱고, 반듯하고 순연한 심성이 고우며, 정겹고 따뜻한 마음 씀씀이 역시 곱다랗다. 한 떨기 꽃같이 아리따웠다.

"대답이 없는 것을 보니 내가 반갑지 않은 모양입니다."

"아니어요."

"그럼 내가 반가우십니까?"

"예."

운해의 대답하는 소리가 들릴락 말락 입안으로 말려들었다. 무혁은 짐짓 눈살을 뻣뻣이 세웠다. 눈시울 가득 가느스름하니 늘어선 눈살과는 딴판으로 눈가에 잡힌 잔잔한 주름에는 다사로운 미소가 넘쳤다.

"잘 안 들립니다. 내가 반가운 것입니까, 반갑지 않은 것입니까?"

"반갑습니다."

"작게 웅얼거리면 잘 들리지 않습니다. 조금 더 크게 이야기해야지요."

독촉인 척하지만 보채는 것이 분명한 무혁의 말소리에서 짓궂음이 풍겼다. 운해는 그제야 자신이 놀림감이 되었음을 알아차렸다. 동그랗게 옹송그려 오므린 입술을 쌜쭉 내밀었다. 무혁을 향해 날아가는 목소리가 새치름하다.

"여기는 뭐 하러 오셨습니까?"

"최 의원 댁에 소저와 같이 갈까 하고 들렀습니다. 혹여 그쪽에 볼일이 있으면 오가는 길 말동무나 하자 싶어서요."

"아직 할 일이 남았습니다."

"소저께서 영 나를 달가워하지 않으니, 아무래도 혼자 가야 할 모양입니다."

무혁이 둘레둘레 시선을 굴리면서 딴청을 피우다 끝내 운해와 등을 지고 섰다. 서운함 때문에 옴팡 삐쳤으니 어서 달래 달라는 말없는 시위였다. 대놓고 어리광을 부리는 무혁의 태도에 운해는 웃음이 났다. 그럼에도 기어이 웃음을 참고 부질없는 고집을 피웠다. 아무런 대꾸도 하지 않은 채 마냥 버티기에 들어갔다. 눈치 빠른 향이가 재빨리 나섰다.

"아기씨는 저쪽 그늘에서 도련님이랑 담소라도 나누시어요. 이쪽 일은 이년이 알아서 갈무리 지을 것이어라."

"됐어. 일손도 달리는데."

어깃장이나 다름없는 운해의 대답을 듣고, 여전히 등을 돌리고 선 무혁이 흠흠 군기침을 뱉었다. 향이의 권유에 따르자는 무언의 압력이었다. 까닭 없이 얄미워서 운해는 꼿꼿한 무혁의 뒷모습을 한차례 겨누어 보았다.

"나는 장돌이랑 아이들을 씻길게. 향이 너는 얼른 가서 나물죽 끓이는 일이나 거들어. 유모 혼자 힘들잖아. 아이들 배고프다고 원성 나온다, 빨리."

운해는 버티는 향이를 강제로 떠밀어서 보냈다. 무혁의 등줄기에다 부러 더 쌀쌀맞은 소리를 주르르 쏟았다.

"일이 바빠 지금은 자리를 뜨지 못할 듯합니다. 최 의원 아저씨한테는 도련님 먼저 가시지요. 여기 일 마치는 대로 잠깐 들르겠다고 전해 주시어요."

흠흠, 무혁이 또다시 군기침을 토하였다. 아까보다 잦아진 기침 소리에 아련한 민망함이 깃들어 있었다. 운해의 입가를 따라 함초롬하니 미소가 번졌다. 하필이면 그 시점에 무혁이 뚱한 표정으로 뒤를 돌아다보았다. 운해의 얼굴에 미처 지우지 못한 달짝지근한 웃음이 남아 있는 상황이었다.

무혁은 못내 서운하다는 눈길로 운해를 쏘아보았다. 나보다 일이 더 중하냐며 어기대 볼까도 싶었지만 함초롬한 운해의 미소만으로도 서운하던 마음이 스르르 녹아 버렸다. 그런 제 마음을 스스로도 이해할 수 없었다. 그런데 또 그것이 딱히 싫지가 않으니 이상하였다.

"꼬맹이들 씻기는 일은 내가 하지요. 소저는 다리 그늘에 가서 쉬세요. 혼자만 놀기 민망하면 저쪽 음식 만드는 일을 거들든가요."

무혁은 팔뚝에 찬 토시를 바짝 끌어 올린 후 전복 아래 철릭 소맷자락도 돌돌돌 말았다.

"무슨……."

운해가 어리둥절한 표정을 하였다. 흑자색 눈망울을 동그랗게 부풀려 뜨는 운해를 일부러 본 체 만 체, 무혁은 몇 걸음 떨어진 곳에서 비렁뱅이 아이들을 모아 줄을 세우는 장돌을 목청 높여 불렀다.

"장돌이, 거기서 뭐 하느냐? 그놈들 해 뜨거울 때 얼른 씻기게 어서 한 놈씩 잡아 오너라."

"알겠습니다요, 도련님."

❋　　　❋　　　❋

어디서인가 상쾌한 냄새가 흘러든다. 풋풋한 풀 향 같기도 하고 쌉싸름한 솔 향 같기도 하다. 시원스러운 그 냄새는 오뉴월 메마르고 후터분한 공기를 멀찌감치 밀쳐 냈다. 동시에 운해의 폐부로 속속 파고들었다.

무심코 운해는 콧방울을 실룩거렸다. 어렴풋하던 냄새가 코끝에서 확연하게 느껴졌다. 반 보쯤 거리를 두고 앞장서 걸어가는 무혁에게서 나는 냄새가 분명하다. 장시간 함지 앞에 쪼그려 앉아 열 명의 아이들을 목욕시키더니, 어언간 무혁의 옷과 몸에 비루 냄새가 배었나 보다.

운해는 새삼 무혁에게 고마운 마음이 들었다. 비렁뱅이 아이들 씻기는 것은 부리는 하인들조차 꺼리는 일이다. 무혁이 선뜻 하겠다고 나서 준 것이 고마웠다. 제법 힘든 일을 끝까지 해 준 것은 더 고마웠다.

올곧은 성품만큼이나 반듯한 무혁의 뒷등이 문득 몹시도 믿음직스럽게 보였다. 저 널찍한 어깨 위에 살포시 이마를 기대면 세상 어떤 시름도 가마득하니 잊어질 것만 같았다.

"도련님한테서 비루 냄새가 납니다."

사부랑하니 흐르는 운해의 말소리에 무혁이 고개를 돌렸다. 어깨 너머로 비스듬히 운해를 응시하는 무혁의 양미간에 옅은 빗금이 올랐다.

"칭찬으로 하는 소리입니까?"

"그럼요."

"사내한테는 욕이나 진배없습니다."

무혁은 일부러 퉁명스럽게 이야기하였다. 당황한 운해가 흑자색 고운 눈망울을 요리조리 바쁘게 굴렸다. 무혁은 입가를 비집는 웃음을 지그시 눌러 감추었다. 농짓을 걸 때마다 놀리는 줄도 모르고 운해는 매번 정색을 하였다. 그런 운해의 반응이 재미있기도 하고 한편으로도 어여쁘게 느껴졌다.

"왜 욕이 되는지 모르겠습니다. 아까 어떤 아이가 저한테서 창포 냄새가 난다고 하였는데, 소녀는 기분이 좋던 걸요."

"대체 어떤 녀석입니까?"

갑자기 무혁이 가던 걸음을 멈추고 섰다. 눈동자를 매섭게 부릅뜬 모습이 단단히 화가 난 사람처럼 보였다. 무혁이 왜 역정을 내는지 운해는 그 이유를 알 수가 없었다.

"분명 사내놈이었겠지요?"

무혁은 확신을 가지고 재차 물었다. 어떤 시건방진 놈이 감히 소저의 체향을 가까이에서 맡았단다. 게다가 좋은 냄새가 난다며 언급까지 하였단다. 되짚어 생각하자 불쾌감으로 열이 확 끓어올랐다.

"사내아이가 맞습니다만."

"조그만 놈이 참으로 맹랑합니다. 남녀가 유별할진데. 어찌 사내놈이 소저에게서 창포 냄새가 난다는 소리를 한답니까."

"소녀한테서 창포 냄새가 나니 난다고 하였겠지요. 그걸 두고 뭐라 하시는 도련님이 오히려 이상해 보입니다."

운해가 말간 눈시울을 이지러트렸다. 무혁은 선뜻 대꾸할 말을 찾지 못하였다. 운해의 이야기를 듣고 보니 틀린 데가 하나 없었다. 그만 머쓱하여져서 무혁은 애꿎은 군기침만 흠흠 뱉어냈다. 멈춘 길을 다시 서둘렀다.

"아무튼 창포는 여인의 향기입니다. 자고로 사내한테서는 땀 냄새나 사향이 나야 하는 법이지요."

"도련님."

운해가 조르르 잰걸음을 내딛어 무혁과 어깨를 나란히 하였다. 무혁은 당장 발걸음부터 늦추고 운해 쪽으로 고개를 기울였다.

"왜 그러십니까?"

"도련님한테서 비루 냄새가 난다하여 역정이 나셨습니까?"

"화난 것 아닙니다."

무혁이 딱 잘라 부정하였다. 오히려 그 모습이 화가 났음을 반증하는 것 같았다. 운해는 곁눈질로 무혁의 얼굴빛을 살폈다. 다행히 여느 때와 다름없이 다정다감하다.

"역정 나셨는데요, 뭘."

"화난 것 아니래도요."

"불쾌하셨다면 용서하시어요. 소녀 딴에는 좋은 뜻으로 한 소리입니다."

"화난 것 아니라니까요."

"예, 압니다. 도련님께서 화나지 않으셨다는 것 소녀도 알지요. 그래도 어쨌든 기분은 나쁘셨잖아요."

"그런 것 아니래도요."

무혁은 저도 모르게 목소리를 높이다가 묘한 느낌이 들어 시선을 옆으로 돌렸다. 운해가 한 손으로 입술을 가린 채 후후 웃었다.

"지금 나를 놀리는 것입니까?"

"아닙니다. 소녀가 어찌 감히 도련님을 놀리겠습니까."

운해가 여전한 미소를 눈시울 가득 담고서 시치미를 쳤다. 무혁은 작정하고 방금 전 운해의 말투를 고대로 답습하였다.

"놀리는 것 맞네요, 뭘."

"놀리는 것 아니래도요."

"예, 압니다. 소저가 놀리지 않았다는 것 나도 알지요. 그래도 어쨌든 놀림감이 된 기분입니다. 썩 유쾌하지는 않습니다."

불뚝대는 무혁의 말소리에서 미처 감추지 못한 웃음기가 배어 나왔다. 그제야 무혁이 농짓을 부렸음을 알아차리고 운해가 눈동자를 샐쭉거렸다.

"도련님이야말로 소녀를 놀리지 마시어요. 기분 나쁩니다."

"나는 재미있는걸요. 소저를 놀리는 재미가 쏠쏠합니다. 그래서 그런지 자꾸만 놀리고 싶어집니다."

무혁을 겨누어 보는 운해의 눈망울에 심지가 올랐다. 옹송그려 오므린 입술마저 앞으로 불퉁 튀어나왔다. 잔뜩 골이 난 운해의 모습이 곱고도 고와서 무혁은 한바탕 기분 좋은 웃음을 터트렸다. 유쾌하게 울려 퍼지는 무혁의 웃음소리 너머로 어지러운 소음이 조금씩 섞여 들었다. 여러 사람이 한데 모여 웅성거리는 소리였다.

남녀노소 수많은 이들이 저잣거리 낡은 주막을 둥글게 에워싸고 있다. 사립문 안쪽 주막집 너른 마당에는 박달나무 곤봉을 든 포도군사 여럿이 열과 행을 맞추어 서 있다. 포도부장의 령을 기다리는 포졸들의 얼굴마다 긴장감이 감돌았다.

구경꾼들 역시 저마다 근심 걱정으로 가득한 표정이었다. 서로 귀엣말을 나누기도 하고, 간간히 안타까운 탄성을 터트리기도 하였다. 운해는 재빨리 구경꾼들 사이로 다가가 나이 지긋한 아낙을 붙잡고 물었다.

"여기 무슨 일 있습니까?"

"엄청나게 큰일이 나 부렸소. 저기 좀 보시오. 참말로 사람 잡겠소."

아낙이 주막집 지붕을 가리켰다. 누런 이엉을 얹은 초가지붕 위에 중년의 사내가 서 있다. 활활 타는 등롱을 한 손에 든 모습이 무척이나 위태로웠다.

"느그들 여기 올라오기만 혀 봐라잉. 확 다 불 싸질러 부리고 캑 허니 죽어 부릴 것잉께. 오늘 느그들도 죽고 나도 걍 죽는 것이여."

사내가 아래를 굽어보며 너른 마당에 도열한 포도군사들을 향해 소리소리 질렀다.

"저 사람 위험하게 왜 저러는 것이오? 저러다 진짜로 주막 지붕에 불이 붙으면 어쩌려고."

무혁이 자못 무거운 음성으로 아낙에게 물었다. 등롱을 들고 설치는 주막집 사내가 마뜩찮다는 기색이었다. 아낙이 대답보다 먼저 일장 한숨을 토하였다.

"저치만 뭐라고 할 것이 아닙니다요. 먹고사는 일이 오죽 답답하든 저러겠습니까. 그동안 세를 얻어 주막을 꾸려 가고 있었는데, 주인네가 당장 집을 비우라며 성화를 부린다지 뭡니까."

"서로 약조한 기한이 있을 것 아닌가? 계약서 말일세."

"그깟 종이 쪼가리가 무슨 소용이랍니까요. 돈 많고 힘센 놈이 장땡인 세상인데. 요즘 장사가 수월찮이 된다 싶응께 주인네가 욕심이 난 게지라. 듣자하니 여기 주막을 헐고 새로 객잔을 짓는다고 합디다요. 으리으리 비까번쩍하게 말입니다."

"주인이 약조를 지키지 않으면 나랏법에 호소를 해야지. 주막에 불을 지른다고 난리를 피울 것이 아니라."

"아이고, 뉘 댁 도련님이신지 참말로 갑갑한 소리만 하십니다요. 우리같이 돈 없고 힘없는 무지렁이들이 나랏법에 호소를 하면, 어디 씨알이나 먹힌답니까. 주인네가 그리 나올 때는 다 믿는 구석이 있으니께 그런 것 아니겠어라."

"믿는 구석이라니요?"

운해가 물었다. 아낙이 몰라도 도통 모르는구려, 라는 표정으로 운해와 무혁을 번갈아 쳐다보았다.

"주인네한테 든든한 뒷배가 있다 그 말이지라. 뒤에 병판 대감이 떡하니 버티고 앉아 있으니 다들 찍소리도 못 하는 것 아니겠소. 하다못해 병판 대감댁 종놈만 하나 알아도 큰소리치는 세상이랑께요. 저기 좀 보시요. 관아 포졸들이 떼로 몰려나와 주막집 식솔들을 쫓아낸다며 저 지랄을 떨고 있지 않습니까요."

조선 팔도 어디를 가나 병조 판서 김일순이 문제였다. 외척의 기세에 짓눌린 금상부터 촌구석 이름 없는 민초들까지 김일순 일가가 부리는 행패에 속수무책이었다. 무혁은 어금니를 으득 문 채 시선을 지붕 위 주막집 사내에게 옮겼다. 마침 사내가 포도군사를 향해 다가오지 말라며 고래고래 고함을 쳐 댔다. 사내의 절박한 음성에서 도리어 애잔함이 묻어 나왔다.

"저 사내가 불을 지르겠다며 소동을 부려서 포도군사들이 달려온 것이 아니란 말이지?"

"예. 포졸들이 먼저 주막 식솔들을 몰아내겠다고 들이닥쳤당께라."

"어떻게든 내쫓기지 않으려 등롱을 들고 지붕으로 올라갔다는 것인가?"

"그렇지라."

"다른 곳으로 옮겨 다시 주막을 열면 될 일 아닌가?"

질문을 이어 가는 무혁의 입에서 묵직한 한숨이 터졌다. 이번에는 아낙이 아니라 운해가 나서서 대답을 하였다.

"장사는 무엇보다 목이 중요해요. 장삿목에 장사의 성패가 반이상 달렸다고 해도 과언이 아니거든요."

"장삿목이라 하면, 위치를 말함입니까?"

"예. 어떤 장사든 자리를 잡는 데 이삼 년은 족히 걸립니다. 자리가 잡혀 매상이 오르는 차에 장삿목을 옮기라는 것은 장사치한테 죽으라는 소리와 같아요."

운해가 또랑또랑 부연을 하였다. 무혁은 말없는 감탄을 쏟았다. 나이 지긋한 아낙 또한 어린 처자가 제법이라는 눈길로 운해를 쳐다보았다.

조선 제일의 저잣거리인 운종가에서 나고 자란 운해다. 걸음마를 떼기 시작하면서부터 아버지 지충의 손에 이끌려 시전 만물상을 들락거렸다. 생활 속에서 장사의 이치를 몸으로 체득하였다 해도 과언이 아니었다.

"오지 말라니께! 나가 확 불 싸질러 부린다고 혔잖여!"

주막집 사내가 등롱을 흔들며 목청을 쏘았다. 그 기세에 놀란 양 등롱 속 검푸른 불꽃이 요동을 쳤다. 뒤따라 사내의 몸뚱이마저 균형을 잃고 기우뚱 옆으로 쏠렸다. 소스라치게 놀란 구경꾼들이 안타까운 탄식을 터트렸다.

"아부지……."

초가지붕 아래 외짝 지게문이 열리더니 예닐곱 살 남짓한 사내아이가 빠끔 고개를 내밀었다. 꾀죄죄한 아이의 얼굴이 눈물과 콧물로 뒤범벅이다. 불안해하는 어린 아들을 향해 지붕 위 사내가 목소리를 높였다.

"후딱 들어가 있으랑께. 아비가 방 안에 죽은 듯이 있으랬잖여. 엄니랑 동생 곁에 딱 붙어 있으란 말이여."

"당장 덮쳐!"

포도부장이 주막집 사내가 잠시 한눈파는 틈을 타 도열한 포졸들에게 명을 내렸다. 포도군사들이 일제히 주막집 지붕으로 달려들었다.

"저놈 잡아라."

"올라오지 말라고. 가까이 오지 말라니께."

당황한 주막집 사내가 허둥거리다 그만 등롱을 떨어트리고 말았다. 여기저기로 불꽃이 튀고 오랜 가뭄으로 빠짝 말라 버린 초가집 이엉이 활활 타올랐다. 삽시간에 불길이 커져 주막집은 통째로 하나의 불꽃이 되었다. 무섭도록 타는 시뻘건 불길과 시꺼멓게 피어오르는 매캐한 연기 속에서 누구의 것인지도 모를 비명이 난무하였다.

거센 불꽃에 휩싸인 지붕 위 사내의 비명인지, 지독한 화마에 팔다리를 덴 포도군사들의 비명인지, 활활 타오르는 불길에 놀라 달아나기 바쁜 구경꾼들의 비명인지, 좀처럼 분간할 수가 없었다. 그 참혹하고도 암담한 아비규환의 한가운데에서 운해는 동동 발을 굴렀다.

"어떡하면 좋아요. 집 안에 아이들이 있나 본데."

"잠깐 여기 있어요."

무혁이 안절부절못하는 운해의 어깨에 양손을 가져다 얹었다. 두 사람의 눈길이 허공중에서 한데 부딪쳤다.

어디 가시려고요?

아이들부터 구해야지요.

말없는 물음과 또 그렇게 말없는 대답이 서로를 향해 다가서
는 애절한 눈빛에 실려 오갔다. 그대로 몸을 돌린 무혁이 곧장
불길 속으로 뛰어들었다.

"도와주시어요! 제발 누가 좀 도와주시어요!"

운해는 목을 놓아 부르짖었다. 애간장이 녹아나는 간절한 요
청에도 어느 한 사람 나서는 이가 없었다. 운해는 거치적거리는
치맛자락을 둘둘 말아 양손에 그러쥐고 한차례 심호흡을 하였
다. 무혁 혼자서 아이들과 어미를 구하는 것은 불가능하다. 도
움을 주기 위해 불길 쪽으로 막 발걸음을 떼려는데, 누가 다급
히 운해를 붙잡았다. 며칠 전 운종가 저포전 앞에서 만난 도령
이었다.

"소저는 여기 계십시오. 내가 가지요."

"고맙습니다."

깍듯이 인사하는 운해를 뒤로하고 종호는 불길에 휩싸인 주
막집 안으로 뛰어들었다.

이엉을 얹어 놓은 초가지붕은 이미 불에 타 흔적조차 보이지
않았다. 서까래를 따라 내려온 화마가 대들보까지 갉아먹고 있
었다. 이제 곧 지붕이 주저앉으면서 서까래와 대들보도 차례로
내려앉을 것이다. 최대한 서둘러야 한다. 자칫 지체하여 불길에
갇히면 다른 이의 목숨을 구하기는커녕 종호 자신까지 구천을
떠도는 객이 될 공산이 컸다.

자우룩한 연기에 짓눌려 숨조차 쉬기 어려웠다. 급한 대로 입

과 코를 소맷자락으로 틀어막았다. 희뿌연 연기 사이로 가까이 다가오는 사내가 보였다.

"강무혁."

"변종호."

둘은 거세게 일렁이는 불구덩이 속에서 서로를 알아보았다. 잠시 아무런 말이 없었다.

"아이들을 데리고 어서 나가게."

무혁이 가슴에 품고 있던 갓난쟁이를 조심스럽게 종호 쪽으로 내밀었다. 종호는 낡고 헤진 강보에 싸인 아기에게는 시선조차 두지 않았다. 군데군데 검댕이가 묻은 무혁의 얼굴만 똑바로 응시하였다.

"자네는?"

"안쪽에 아이들의 어미가 있네."

무혁의 옷자락을 움켜쥔 채 훌쩍훌쩍 눈물을 삼키던 더벅머리 사내아이가 어미라는 소리에 앙 하고 울음을 터트렸다.

종호는 무섭도록 세차게 불길이 번지는 방 안쪽으로 시선을 옮겼다. 가녀린 기침 소리 뒤로 가쁘게 몰아쉬는 밭은 숨소리가 희미하게 들렸다. 어떠한 주저함도 없이 종호는 훌쩍 몸을 날렸다. 화마에 휩쓸려 무너지는 불꽃의 잔재들을 요령 좋게 피하며 자우룩한 연기 속으로 스미듯 사라졌다.

무혁은 걱정스러운 일별을 종호의 뒷모습에 던졌다. 지체할 틈이 없었다. 아이들을 구하는 것이 무엇보다 우선이었다. 강보에 싸인 갓난쟁이를 오른손으로 당겨 품에 단단히 안았다. 왼손은 아래로 내려 더벅머리 사내아이의 곱아든 손바닥을 힘주어 움켰다.

"이름이 뭐지?"

"윤복이."

"내 곁에서 한 발짝도 떨어지면 안 된다. 불길을 피해 집 밖으로 나갈 때까지 손 꼭 잡고 있어야 해. 알았지?"

"으응."

윤복이 흐느껴 울면서 대답하였다. 무혁은 되도록 신중하게 그러면서도 재바르게 발걸음을 내딛었다. 무사히 아이들을 데리고 마당으로 나오자 사람들이 주위로 몰려들었다. 수많은 얼굴들 중 유독 운해의 모습만 또렷이 보였다. 무혁은 훌쩍훌쩍 우는 윤복과 배고픔에 지쳐 숨이 넘어가는 갓난쟁이를 운해의 손에 맡겼다.

"고생하셨어요."

운해가 말간 미소를 지었다. 애써 마주 웃어 주고 무혁은 신선한 공기를 정신없이 들이켰다. 가쁘게 숨을 몰아쉬는 무혁의 등 뒤에서 대들보가 쿵 소리와 함께 내려앉았다. 잇따라 초가지붕마저 흔적도 없이 무너져 내렸다. 시뻘건 불길에 갇힌 채 위태위태한 삶을 홀로 지탱하던 주막집 사내의 몸뚱이가 일렁이는 불꽃 속에 고스란히 잠겼다.

"아아악! 아아악!"

주막집 사내가 고통에 찬 울부짖음을 쏟았다. 듣는 이의 귀청을 갈기갈기 찢었다. 불길에 싸인 공기까지 참혹한 비명 속에서 무참히 찢겨 나갔다. 그 공기를 들이마시는 무혁의 폐부 또한 조각조각 찢어졌다.

무혁은 서둘러 전복을 벗었다. 상황을 재고 말고 할 겨를도 없이 다시금 몸을 날려 불구덩이 안으로 뛰어들었다. 주막집 사내를 저대로 불길 속에서 타 죽도록 버려 둘 수가 없었다. 산목숨이 단 한 치, 단 한 푼이라도 붙어 있다면 구해야 한다. 하다못해 죽음의 고통이라도 덜어 주어야 한다.

무혁은 주막집 사내의 몸뚱이에 달라붙은 불길을 전복 자락으로 정신없이 두드려서 껐다. 어느새 손바닥이 벌겋게 익었는데도 아픈 줄을 몰랐다. 투두둑, 투두둑. 어깨 위로 떨어져 내리는 불꽃의 뜨거움조차 잊었다.

나날이 봄날이어라

사시장춘
四時長春

종호는 대살 평상에 지친 몸뚱이를 의지하고 앉아 검댕이 묻은 얼굴에다 마른세수를 더하였다. 지독한 연기에 쐬인 탓인지 눈자위와 목구멍이 아리고 쓰렸다. 혼곤한 숨소리를 밭은기침을 쏟듯이 연거푸 토해 냈다.

종호의 눈길이 저절로 마당 저편으로 향하였다. 희미한 등잔 불빛이 새어 나오는 쪽방을 우두커니 바라보았다. 급한 전갈을 받고 달려온 창현이 저잣거리 약재상의 행랑채 쪽방을 빌려 주막집 아낙의 환부를 치료 중이다. 불에 덴 상처가 워낙 중하고 깊어 살 수 있을지 걱정이라고 하였다.

"도련님, 이것 좀 드시어요."

향이가 물푸레나무 소반을 대살 평상 위에다 다소곳이 내려놓았다. 종호는 소반 위 갈색 액체가 담긴 사발을 턱짓으로 가리켰다.

"무엇이냐?"

"말린 오이풀을 달인 물이어라. 최 의원 나리 말씀이 화독을 푸는 데는 최고라 합니다요."

"괜찮다."

"어여 쭉 드시어라."

"됐다니까."

"도련님께서 탕약을 안 드시면, 우리 아기씨한테 이년이 경을 칩니다요."

향이가 울상을 지었다. 내내 무심하던 종호의 눈동자로 총총한 생기가 번졌다.

"소저께서 보내신 것이냐?"

"예. 우리 운해 아기씨가 직접 달이셨어라."

향이의 말이 떨어지기가 무섭게 종호는 군말 없이 사발을 들고 한입에 쭉 들이켰다. 화기에 쏘인 목구멍을 타고 오이풀 달인 물이 들어가는 순간 알싸한 아픔이 목젖을 쓸고 지났다. 그래도 쓴맛보다는 단맛이 더하였다. 이래서 약은 정성이라는 말이 나왔나 보다.

"소저는 어디 계시냐?"

"우리 무혁 도련님께서 아까 난리 통에 어깨와 손을 심하게 다치셨어라. 반빗간 뒤쪽 안뜰에서 환부 치료 중이십니다요."

향이가 안타까워 죽겠다는 표정으로 상황을 설명하였다. 종호의 눈동자가 시커먼 먹물을 끼얹은 것처럼 탁하게 가라앉았다. 종호는 시선을 멀리 어둠 속에 붙박아 두고 쓰디쓴 입맛을 다셨다.

누구는 기껏 오이풀 달인 물 한 사발이 전부이고, 누구는 손수 치료를 해 주고. 빌어먹을 세상, 참으로 불공정하다.

"지유초 뿌리와 황백 가루를 참기름에 개어 만든 고약입니다. 따가우실 거예요."

운해가 무혁의 어깨에 고약을 조심조심 펴서 발랐다. 불에 데어 쓰리고 아린 살갗에 습하고 차가운 약 기운이 빠르게 스며들었다. 참을 수 없을 정도로 따가운 화기가 무혁의 어깻죽지를 지나 뼛속 깊이 돌았다.

"윽."

무혁은 어금니를 악물어 입술을 비집고 새어 나오는 신음을 가까스로 삼켰다. 운해가 화독을 풀어 주기라도 하려는 듯 무혁의 환부에다 서늘한 입김을 후후 불어 넣었다.

"많이 아프시지요?"

"견딜 만합니다."

"아무래도 흉터가 남겠어요."

"괜찮습니다."

운해가 깨끗한 무명천으로 고약을 바른 환부를 단단히 감싸 무혁의 겨드랑이 앞쪽에서 튼실한 매듭을 지었다.

"괜찮기는요. 이게 어찌 괜찮은 일이랍니까."

"이 정도는 참을 만합니다."

무혁은 운해가 편하게 고약을 바를 수 있도록 야트막히 옹송그렸던 어깨를 똑바로 세웠다. 가슴이 뻐근하니 아파 심호흡을 거듭하였다. 숨을 깊이 들이쉬고 내쉴 때마다 성난 목구멍이 따끔거렸다. 곱아든 폐부 또한 알짝지근하니 들쑤셨다.

"손도 이리 주시어요."

운해의 요구에 따라 무혁이 불길에 그슬린 양쪽 손을 묵묵히

147

펼쳐 보였다. 손바닥과 손등 할 것 없이 화상의 정도가 심각하다. 운해는 더욱 조심하여 환부에 골고루 고약을 펴서 발랐다.

화마에 휩쓸린 인명을 구하기 위해 어쩔 수 없었음을 아는데도 무혁이 다쳤다는 사실에 자꾸만 화가 났다. 너무 속이 상한 나머지 심통을 부리는 아이처럼 애꿎은 말소리를 투박하게 던졌다.

"차라리 아프다고 하시어요. 무조건 참는 것이 능사는 아닙니다. 생살이 죄다 빨갛게 익었어요. 어쩌자고 참기만 하십니까."

운해의 애타는 심정을 아는지 모르는지 무혁은 아무런 대꾸도 없었다. 다친 두 손을 온전히 운해에게 내맡긴 채 말없는 눈길로 짙은 어두움에 잠긴 검푸른 허공만을 우두커니 응시하였다. 운해의 입술을 뚫고 갑갑해하는 한숨이 저절로 터져 나왔다.

"다 나을 때까지 상처에 물 대지 마시어요. 자칫 덧날 수 있습니다."

"덧이 나면 어떻고, 흉터가 지면 또 어떻습니까. 그까짓 것이 무슨 대수라고요. 하나뿐인 목숨을 잃은 사람도 있는데. 하루아침에 지아비를 여의고 어린 자식들과 길거리에 나앉게 된 사람도 있는데……."

무혁이 혼잣말을 뇌까리듯 허허로운 말소리를 느릿하게 흘리다 한순간 비시시 웃었다. 절절한 고통을 머금은 아픈 미소였다. 곁에서 지켜보는 운해의 가슴이 못내 저리고 아렸다. 차마 바라보고 있기가 어려웠다. 운해는 둘 곳 없는 시선을 봉긋이 돋은 치마폭으로 떨구고 말았다.

"제발 그러지 마시어요."

"뭐를요?"

"스스로를 탓하는 일이요."

"내가 스스로를 탓하는 것 같습니까?"

"예, 그런……."

대답을 하다 말고 운해는 입술을 깨물어 물었다. 왈칵 눈물이 솟구쳐 올랐다. 앙다문 입술 사이로 북받치는 울음소리를 안간힘을 써서 감추었다.

"우십니까? 내가 공연한 소리를 하였습니다. 소저의 여리고 착한 마음만 아프게 만든 모양입니다."

다정한 무혁의 음성이 좀처럼 고개를 들지 못 하는 운해의 정수리로 내려앉았다. 운해는 세차게 도리질을 쳤다.

"여리지 않습니다. 착하지도 않습니다. 오히려 못되었습니다."

"소저야말로 스스로를 탓하지 말아요."

"오늘 죽은 이를 안타깝게 생각합니다. 그러나 소녀의 본심은 도련님 어깨에 난 상처가 더 애틋하고 속상할 뿐입니다. 아비를 잃고 어미마저 죽을 고비에 놓인 아이들을 불쌍하게 여깁니다. 하지만 소녀의 진심은 더운 날씨에 도련님의 상처가 덧나 흉이 지지 않을까 그게 더 염려스러울 따름입니다."

붉은 명주 치마 위로 말간 눈물방울이 후드득후드득 꽃처럼 떨어졌다. 죽은 이에게 미안하고, 살아남은 자들에게 부끄러워 운해는 감히 소리 내어 울 수가 없었다. 그것을 대신하듯 치맛자락이 사부작사부작 애달픈 울음을 토해 냈다.

무혁은 너른 치마폭 위 넓게 번져 나가는 눈물 자국을 물끄러미 내려다보았다. 가뜩이나 화독을 입어 편치 않은 가슴이 욱신

욱신 옥죄여 왔다. 뭉클한 감정이, 벅찬 감동과도 같은 어떤 뜨거운 느낌이 불현듯 명치에서부터 치밀어 올랐다. 그동안 혼자서만 마음이 기울었던 것은 아니었나 보다. 운해 역시 그에게 조금씩 마음을 내어 주고 있었나 보다.

무혁은 울음소리를 억누르느라 파르르 떨리는 운해의 등줄기를 양팔로 감싸 안았다. 다친 손바닥은 하늘로 향한 채 팔과 손목을 이용해 가녀린 여체를 품 안쪽으로 바짝 당겼다. 운해가 눈물 젖은 뺨을 무혁의 가슴에 살포시 기댔다.

"소녀는 도련님이 무사하셔서…… 마냥 고맙고 기쁠 뿐이어요."

"나는, 행복한 사내입니다."

소저가 있어서, 나를 위해 울어 주는 그대가 곁에 있기에.

❀   ❀   ❀

이른 아침인데도 벌써부터 공기가 메마르고 후더분하여 숨이 콱콱 막혔다. 한여름의 지독한 더위를 손부채로 쫓으며 운해는 조용히 뒤를 따르고 있는 예산댁 쪽으로 힐끗 시선을 던졌다. 미안한 마음과 고마운 마음이 동시에 솟았다.

"급하게 넣은 부탁인데도 선뜻 따라나서 주어서 고마워. 삼칠일을 지낸 지 이제 겨우 닷새라 아기가 많이 먹지는 않을 거야."

"염려 마시어유. 울 아들놈 실컷 먹이고도 밤새 젖이 돌아서 새벽이면 젖퉁이가 땡땡 붓기까지 혀유. 갓난쟁이 둘은 너끈히 먹일 것이구먼유."

"그럼 다행이고. 화상을 입은 아기 어미가 기력을 회복할 때까지 며칠만 고생해 줘."

"고생이라 할 것도 없어유. 막둥이놈 먹이고 남는 젖으로 보시한다, 그리 생각하고 있구먼유."

예산댁은 나름 뿌듯한 심정이었다. 운해에게 받은 은혜를 조금이나마 갚을 기회라 여기면서 저잣거리 약재상 안으로 들어섰다.

"사례는 섭섭지 않게 챙겨 줄게."

"그런 소리는 하들 마시어유. 이년 애 낳았다고 그 귀한 가물치랑 미역에 큰놈들 옷가지까지, 여태 아기씨가 베풀어 주신 은덕만으로도 차고 넘쳐유."

"그거야 내가 할 도리를 한 것이고. 일부러 시간을 내서 도와주는데 당연히 사례해야지."

"여기서 더 받으면 이년이 너무 염치가 없어라. 사례는 넣어두시어요. 절대로 안 받을 것이구먼유."

예산댁은 바쁜 손사랫짓으로 사례하겠다는 운해의 말을 기어코 물렸다. 남편이 소작 농사를 작파하고 운종가 만물상 짐꾼으로 들어간 이후로 팔자에도 없는 호사를 누리는 중이다. 오랜 기근으로 굶어죽는 이가 지천에 널린 시절에 삼시 세 끼 뜨건 밥으로 매일 배를 채우고 있으니 말이다. 이 모두가 아랫것들의 살림까지 일일이 헤아려 보살피는 운해의 넉넉한 마음 씀씀이 덕분이다.

"임 소저가 이 시각에 여기는 무슨 일입니까?"

무혁이 감나무 그늘 아래 놓인 대살 평상에 앉았던 몸을 급하게 일으켜 세웠다. 운해는 대동한 예산댁을 행랑 마당 한쪽에 잠시 세워 두고 무혁에게 다가갔다.

"도련님이야말로 아침 일찍부터 어찌 오셨어요?"

"주막집 아낙의 여동생을 찾았습니다. 마침 근처에 살고 있더이다. 어미가 몸을 추스를 때까지 아이들을 보살펴 줄 손길이 필요할 듯싶어 데려왔지요. 지금 안에서 아이들 어미와 이야기 중입니다."

"잘하셨어요. 소녀는 유모를 구해 왔어요. 아기에게 쌀뜨물 끓인 물만 먹이려니 영 짠해서요."

"소저야말로 잘하였습니다."

무혁이 아침 햇살처럼 다사로운 웃음을 뿌렸다. 운해도 해사한 미소를 함박 피웠다. 이심전심이다. 엊그제 불구덩이 한가운데서 아이들과 그 어미를 구한 뒤로 무혁과 운해는 오로지 그들을 어떻게 살릴까, 무엇으로 먹일까, 하는 궁리뿐이었다. 마음이 통한 두 사람 사이로 정답고 푸근한 기운이 숱한 이야기를 대신하여 오갔다.

"예산댁. 거기 마루 끝방이야. 먼저 들어가 있어."

운해는 다소곳이 서서 기다리는 예산댁에게 주막집 아낙의 임시 거처를 알려 주었다. 예산댁이 짧은 묵례로써 명을 받았다. 쪽마루를 오르는 예산댁의 뒷모습에 잠시 일별하고, 운해는 다시 무혁 쪽으로 시선을 옮겼다.

"불에 덴 상처는 어떠시어요?"

"많이 좋아졌습니다."

"도련님은 만날 좋아졌다, 괜찮다고만 하시지요."

"진짜 좋아졌습니다."

"손 좀 이리 주시어요."

무혁이 양손을 펼쳐 앞으로 내밀었다. 운해는 전날 싸매 놓은 무명천을 조심스럽게 풀고 상처를 꼼꼼히 살폈다. 불길에 그슬린 살갗이 벗겨져 속살이 고스란히 드러난 손바닥은 여전히 검붉었다. 그나마 흉하던 물집이 가라앉아 짓무른 자국들이 전보다는 순해 보였다. 다행이라면 다행이었다.

"이대로 덧만 나지 않으면 흉터 없이 잘 아물 듯합니다."

"거봐요. 좋아졌다니까."

"그래도 계속 조심하셔야 해요."

"전부 소저 덕분입니다. 틈날 때마다 상처에 약을 발라 주니 금세 아물 수밖에요."

"최 의원 아저씨가 만들어 주신 고약이 주요하였어요. 역시 화상에는 지유초만 한 약재가 없나 봐요. 아무리 깊고 중한 상처라도 고약만 잘 바르면 말끔히 나을 거라고 아저씨가 큰소리치셨거든요."

"최 의원이 괜히 명의 소리를 듣겠습니까."

"그러게요."

운해는 허리춤에서 향낭을 단 두루주머니를 풀어 그 안에서 고약이 담긴 칠보 장식 은합을 꺼냈다. 손길이 분주해졌다. 무혁의 상처에 한 번이라도 더 약을 발라 주고 싶었다. 화상을 입은 양쪽 손바닥에 고약을 두텁게 펴서 바르고 깨끗한 무명천으로 붕대도 새로 갈았다.

"어깨는요?"

"어젯밤 종복을 시켜 발랐습니다."

"오늘 아침은요?"

"급하게 나오느라 잊었습니다."

"잊으시면 안 되는데. 자주 고약을 발라 주어야 상처도 금방 낫는다고요."

"지금 소저가 해 주겠습니까?"

"소녀가요?"

운해가 화들짝 놀라 되묻는 사이 무혁이 아무런 스스럼없이 전복을 벗었다. 철릭 옷고름마저 단숨에 풀어 헤쳤다. 살긋이 벌어진 저고리 옷섶 틈으로 탄탄한 잔 근육에 둘러싸인 가슴과 밭이랑처럼 깊게 골진 아랫배가 엿보였다. 운해는 발그레 뺨을 붉히고 앉아 저도 모르게 마른침을 삼켰다.

"아무리 그래도 남녀가 유별할진데……."

"전날에는 소저가 환부를 손수 치료해 주지 않았습니까."

"그때야 워낙 위급한 상황이라……."

운해는 저고리를 벗어 웃통을 드러내는 무혁을 똑바로 쳐다보지 못하였다. 후다닥 수줍은 얼굴을 외로 틀고 눈길도 황급히 아래로 가라떴다. 화기에 쏘이기라도 한 것처럼 낯빛이 홧홧하니 더웠다. 줄달음질이라도 친 것처럼 심장이 거세게 뛰었다.

"자주 고약을 발라 주어야 상처가 덧나지 않는다면서요?"

"소녀가 약을 바르는 것은 좀……."

운해는 당혹스러움에 어찌할 바를 몰랐다. 그런 운해의 속도 모르고 무혁이 대뜸 서운함을 내비쳤다.

"소저는 내 어깨의 상처가 이대로 덧나도 좋다는 것입니까?"

"그럴 리가요."

행여 무혁이 오해라도 할까 싶어 운해는 펄쩍 뛰었다. 고약을 발라 줄 수도, 발라 주지 않을 수도 없는 난처한 상황에 빠지고 말았다. 가쁜 어깻숨이 잇따라 쏟아졌다. 진퇴양난과도 같은 이 난관을 잘 헤쳐 나가려면 솔직하게 말하는 수밖에 없었다.

"도련님의 벗은 몸을 보는 것이 스스러워서……."

운해는 차마 말소리를 제대로 끝맺지 못한 채 질끈 눈을 감아 버렸다. 감추고 싶은 부끄러운 속마음까지 기어이 발설하게 만드는 무혁이 야속하였다.

"어차피 전날 이미 다 보지 않았습니까?"

"그때는 밤이라 보지 못하였습니다."

쏘아붙이듯 날아가는 운해의 목소리에 억울함이 담겼다. 무혁이 느닷없는 웃음을 터뜨렸다. 감나무 그늘 아래로 시원한 바람결 같은 웃음소리가 한바탕 들끓어 올랐다.

"지금 실컷 보면 되겠네요."

"예?"

"뭐하십니까? 어서 약 바르지 않고."

무혁이 실실 웃으면서 재촉을 넣었다. 부끄럽고, 당황스럽고, 심지어 황당하기까지 하여 그저 멍한 표정으로 서 있는 운해를 등지고 무혁이 대살 평상 위에 앉았다.

"어허! 어서요."

다그침에 가까운 재촉에 떠밀려 운해는 하릴없이 치료에 나섰다. 허리를 꼿꼿이 세운 무혁의 뒷등 쪽에 몸을 주저앉히고 흐트러진 숨부터 자잘하니 골랐다.

"고약을 바르려면 먼저 붕대를 풀어야 합니다."

"그 또한 소저가 해 주어야지요."

무혁이 무명천에 싸인 두 손을 뒤로 쓰윽 내밀었다. 무릎 위 가지런히 놓인 운해의 양손을 살포시 붙잡아 쥐고 겨드랑이 아래쪽을 통해 자신의 가슴께로 이끌었다. 단단히 묶인 붕대 매듭이 운해의 손가락에 걸렸다. 너무나도 자연스럽게 운해가 무혁을 등 뒤에서부터 껴안은 형국이 되고 말았다. 운해는 갑자기 숨이 턱밑까지 차오르는 기분이었다. 붕대 매듭을 쥔 손끝이 하르르 떨렸다.

"도련님, 이러시면……. 하아, 이러시면 아니 되어요."

"잠시만, 이대로 잠시만."

고개를 똑바로 세워 앞만 보고 앉은 무혁도, 얼굴을 어슷하니 기울여 시선을 떨구고 앉은 운해도 서로 간에 아무런 말이 없었다. 어떠한 움직임도 일절 없어 그대로 시간이 멈춘 것만 같았다.

찰나에 불과한 순간이 서로의 등과 가슴을 하나로 잇대고 앉은 두 사람에게는 억천만겁인 양 눈부셨다. 그저 소중하고 감사할 뿐이라 온통 찬란하기만 하였다.

"낮이라 누가 볼지도 몰라요."

"압니다."

"이제 그만 놓아주시어요."

운해가 붙잡힌 손목을 바르작거리자 무혁이 엷은 한숨을 지으며 손아귀의 힘을 줄였다. 운해는 두근대는 가슴을 가까스로 다독거렸다. 한껏 숨을 죽인 채 손톱을 세워 눈에 보이지 않는 나비매듭을 더듬어 찾았다. 떨리는 손가락이 자꾸만 엇나가 겨우 매듭을 풀 수 있었다.

밝은 햇발 아래 드러난 상처는 의술에 문외한인 운해의 눈으로 가늠하기에도 깊고 중하였다. 창현이 만든 고약이 제아무리 영험할지라도 이토록 지독한 화상이라면 결국 상흔이 남게 될 것이다. 운해의 눈시울로 눈물이 돌았다. 자꾸만 울음이 솟구쳤다.

"도련님……."

가만히 무혁을 부르는 운해의 말소리가 삼킨 눈물 때문에 심하게 떨렸다. 짐짓 담담한 척 답을 하는 무혁의 목소리 역시 만감이 교차하면서 잔잔히 흔들렸다.

"……왜요?"

"제발 다치지 마시어요."

"예."

"부디 아프지도 마시어요."

"예."

❀　　　❀　　　❀

"개동이가 낮에 나를 찾았다는 말을 이제야 하면 어떡해."

향이를 타박하는 운해의 목소리가 날카로웠다.

"죄송해요. 이년이 깜빡 잊었어라. 요즘 날이 하도 더우니까 정신마저 오락가락해요."

핑계를 대는 향이를 한 번 매섭게 쏘아보고 운해는 개동의 움막으로 향하는 발걸음을 서둘렀다. 고열로 앓아누운 동생 막동의 일로 개동이 운해에게 도움을 청하러 왔었다는 소리를 듣자 걱정스럽던 마음에 다급함까지 더하여졌다.

"우웩! 이게 무슨 냄새래요?"

앞장서서 움막 안으로 들어가던 향이가 돌연 발걸음을 멈추고 손바닥으로 콧구멍을 틀어막았다. 운해 역시 코를 찌르는 지독한 냄새에 본능적으로 미간을 찡그렸다. 바람 한 점 통하지 않는 움막 가득 지린내와 구린내가 뒤섞인 고약한 냄새가 진동을 쳤다.

"애들이 통 씻지를 않나 봐요."

향이가 헛구역질을 하더니 부르르 어깨를 떨었다. 아이들에 대한 배려라고는 찾아볼 수 없는 향이의 말과 행동을 운해는 따끔하게 꾸짖었다.

"마실 물도 부족한 판에 몸 닦을 물은 당연히 없을 수밖에."

"잘못했어요. 아무튼 이놈의 주둥이가 방정이어라."

푹푹 찌는 무더운 여름, 벌써 두 달 넘게 비다운 비가 내리지 않았다. 식물은 말라죽고, 가축은 굶어죽고, 사람은 온갖 질병으로 스러졌다. 단순한 여름 감기인 줄만 알았던 막동 역시 열병을 얻어 보름 가까이 거동조차 어렵다고 하였다.

"아기씨! 이놈 동생 좀 살려 주시어요. 제발 우리 막동이를 살려 주시어요."

한달음에 내달려 온 개동이 운해의 치마꼬리를 움켜쥐고 닭똥 같은 눈물을 뚝뚝 흘렸다. 운해가 움막 입구에서 걸음을 그치자 이대로 돌아가 버리는 것은 아닌가, 더럭 겁이 난 모양이다. 운해는 재빨리 치맛자락을 잡고 있는 개동의 손등을 손바닥으로 감싸서 잡았다. 다정한 말로 불안해하는 아이의 마음부터 도닥였다.

"진정하렴. 이제 곧 최 의원님께서 약재를 가지고 오실 거야."

"우리 막동이 죽는 것 아니지요?"

개동이 움켜잡은 운해의 치마꼬리를 바투 틀어쥐었다. 너무 이른 나이에 죽음을 알아 버린 아이는 하나 남은 동생마저 잃게 될까 봐 안절부절못하였다. 운해는 허리를 굽혀 개동과 눈높이를 맞추었다.

"최 의원님은 조선 제일의 명의란다. 막동이 병도 꼭 낫게 해 주실 거야."

"약조해 줄 수 있으시어요?"

"그럼."

운해는 개동을 안심시키기 위해 최대한 활짝 미소를 지었다. 동시에 마음속으로 간절히 빌었다. 호언장담이 무색해지는 일이 없도록, 막동의 병이 중하지 않기를 바랐다.

여전히 치맛자락을 놓지 못하는 개동의 머리를 쓰다듬으며 운해는 움막 안을 살펴보았다. 살림살이라고는 바닥에 깔린 낡고 해진 거적때기 한 장과 아무렇게나 나뒹구는 깨진 조롱박 두 개가 전부였다.

가슴이 미어졌다. 목울대가 알짝지근하니 메었다. 울컥하며 올라오는 감정을 가까스로 억눌러 삼켰다. 가뜩이나 불안해하는 아이 앞에서 눈물까지 보일 수는 없었다.

"개동아, 내가 막동이를 좀 봐도 될까?"

"예."

개동이 겨우 운해의 치마꼬리를 놓아주었다. 운해는 이불도 없이 작은 몸뚱이를 둥글게 웅크려 누운 막동 쪽으로 다가갔다. 펄펄 신열이 끓는 아이가 끙끙 앓으며 뜻 모를 헛소리를 뱉었다. 비정상적인 열기로 가득한 막동의 입에서 후끈한 단내가 퍼졌다.

"향이야, 아까 나물죽 끓이고 남은 물은 어찌하였니?"

"아기씨가 비렁뱅이 아이들한테 나눠 주라고 하셨잖아요. 아이들이 가져온 호리병에 채워서 보냈어라."

"아무래도 물을 좀 길어 와야겠다."

"이곳 거지촌에 우물이 어디 있다고 이년더러 물을 길어 오라고 하시어요. 우물이 있다손 쳐도 오랜 가뭄에 바닥을 드러냈을 것이어라."

"이 아이 열이 너무 높아. 억지로라도 물을 좀 먹여야 할 텐데……."

"아기씨, 막동이 먹일 물은 이놈이 가져오겠습니다. 저잣거리 주막에 가면 물 한 바가지는 얻을 수 있을 것입니다."

개동이 운해의 대답도 듣지 않고 급하게 조롱박을 집어 들더니 곧장 움막 밖으로 뛰쳐나갔다.

"후딱 여기서 나가시어요. 돌림병이면 어쩌려고 이러시어라."

향이가 이때다 싶었는지 쪼르르 내달려 와 운해의 팔목을 잡아끌었다. 운해는 평소와 다름없는 심상한 표정으로 향이의 손길을 떼어 냈다.

"돌림병 아니야. 전염될 일 없으니까 걱정 마."

"아기씨가 최 의원 나리도 아니면서 어찌 아신대요?"

향이가 불뚝거렸다. 뾰로통한 얼굴에 답답해 죽겠다고 쓰여 있는 것 같았다. 운해는 빙그레 웃음이 났다.

"돌림병이면 이 아이와 같이 사는 개동이가 말짱할 리가 없잖아."

"오메! 그러네요."

"아픈 아이를 홀로 둘 수 없으니 나는 이곳에 있을게. 향이 너는 나가서 최 의원 아저씨가 어디쯤 오셨는지 살펴보고 와."

"됐어라. 때 되면 알아서 오시겠지요. 이년도 아기씨랑 여기 남을 것이어요."

"냄새 때문에 힘들다면서?"

"아기씨도 참는데, 이년도 참아야지라."

운해와 향이가 두런두런 이야기하는 사이 움막 입구에서 숨이 턱까지 차오른 장돌의 목소리가 가쁘게 넘어 들었다.

"아기씨! 최 의원 나리 모셔 왔습니다."

창현이 뜻밖에도 무혁을 대동하고 움막 안으로 들어왔다. 운해의 눈시울로 반가운 미소가 물살처럼 빠르게 번졌다.

"어서 오시어요. 두 분이 함께 계셨습니까?"

"장돌이 놈이 서둘러야 한다며 어찌나 성화를 부리던지. 내염치 불고하고 이 친구 말을 얻어 타고 왔다."

"책쾌*에게 볼일이 있어 반촌에 들렸다가 여기로 같이 넘어왔습니다."

무혁의 다정한 눈인사가 운해 쪽으로 잔잔히 흘렀다. 시선을 하나로 부딪쳤다가 금방 외로 비껴 내리는 운해의 고은 두 뺨이우런 붉었다.

"잘 오셨어요."

도탑게 오가는 운해와 무혁의 대화를 비집고 창현이 물었다.

"열병이 났다는 녀석이 이 아이냐?"

"예, 아저씨."

운해의 대답을 듣기도 전에 창현이 옹송그려 누운 막동의 머리맡에 엉덩이를 주저앉혔다. 운해도 막동의 맥을 찾아 짚는 창현 곁에 다소곳이 자리를 잡았다.

"처음에는 단순한 고뿔인 줄 알았대요."

---

*서적 중개상.

"얼마나 앓았다더냐?"

"보름쯤 된 것 같아요. 아이의 형 이야기로는 어젯밤 갑자기 열이 치솟았대요. 밤새 헛소리까지 한 모양이어요."

"저런, 어린것이 얼마나 힘들었을꼬."

창현은 웅크린 막동을 반듯하게 돌려 눕혔다. 뼈밖에 남지 않은 앙상한 아이의 몸에서 유독 불룩하니 솟아 오른 아랫배가 눈에 띄었다. 여기저기 덧대고 잇대어 기운 자국투성이인 저고리를 들추자 허옇게 부스럼이 번진 살갖 곳곳에 피고름이 흥건하다.

창현은 푸석푸석한 막동의 머리 쪽으로 팔을 뻗었다. 제대로 매만질 겨를도 없이 말라비틀어진 아이의 머리카락이 손끝에서 먼지 가루처럼 부서졌다.

"운해야, 실한 놈으로 닭 한 마리 잡아야겠다."

"닭이요? 밑도 끝도 없이 무슨 말씀이시어요? 약재 달일 때 닭도 넣으라고요?"

"귀한 약재를 뭐 하러 이놈한테 쓰누. 백숙 한 그릇이면 충분한 것을. 살집 두둑하니 통통한 놈으로 한 마리 잡아 푹 삶아라. 닭다리는 이 아이 주고, 가슴살은 형이라는 녀석 먹이고."

"신열이 치솟아 정신마저 오락가락하는 아이한테 닭고기를 어찌 먹여요?"

"그게 걱정이면 백숙 국물에 보리쌀이라도 풀어 죽을 끓여 먹여도 좋고."

"아저씨!"

창현을 부르는 운해의 목소리에 가시가 돋았다. 죽어 가는 병자를 앞에 두고 농지거리를 부릴 창현이 아님을 안다. 하지만 자꾸 황당한 소리를 늘어놓으니 막동의 상황을 어림조차 못하는 운해로서는 애가 탈 수밖에 없었다. 초조함에 못 이겨 애꿎은 아랫입술만 잘근잘근 짓씹는 운해의 어깨를 창현이 두툼한 손바닥으로 다독였다.

"다행히 내가 잘 아는 병이야. 걱정 안 해도 된다."

"무슨 병인데요?"

"못 먹어서 생긴 병. 고기 먹으면 단박에 낫는 병."

"그런 병도 있어요?"

"이 병에 걸리면 삐쩍 말라죽는다 하여 서양의 의원들은 마라스무스*라고 부른다더구나. 동의보감에 기록된 기병(魃病)과 병세가 비슷하면서도 조금은 다르지."

"아무튼 닭고기를 고아 먹이면 낫는다는 말씀이시지요?"

"오냐."

창현의 간단명료한 대답을 듣고 운해는 몸을 일으켜 세웠다. 푸줏간에서 닭을 사다 먹기 좋게 푹 삶으려면 족히 한 시진(時辰)*은 넘게 필요하였다. 물도 길어 와야 하고, 아궁이에 솥단지도 걸어야 하고, 장작불도 지펴야 하고 할 일이 태산이다. 해거름 전에 모두 마치기에는 아무래도 무리가 있지 싶다.

"닭은 내가 가서 사 오지요. 소저는 그동안 장돌이 시켜 아궁이에 군불이나 좀 피워 두십시오."

무혁이 분주한 운해의 마음을 헤아려 읽은 듯 성글게 웃었다. 운해는 고마움을 담아 무혁에게 방싯 미소를 지어 보냈다.

---

*희랍어 Marasmus의 취음, 시들어 버린다는 뜻으로 단백질 결핍증을 말함.
*시진:현재의 두 시간.

"더운 물도 한 솥 끓여 놓겠습니다."

❀　　　❀　　　❀

으슥한 고샅길 여염의 박공지붕 동쪽 머리에 둥근달이 떠올랐다. 초저녁 달빛이 길게 휘어진 용마루 끝자락 민흘림기둥을 타고 유유히 흐른다. 휘황한 달무리가 사뭇 고우면서도 제법 깊어 등롱 없이 걸어가는 밤길이 오히려 밝기만 하다.

혹시 모를 비상사태에 대비해 밤새 막동의 곁을 지키겠다는 창현을 뒤로하고 운해와 무혁은 귀갓길을 서둘렀다. 이런저런 뒷마무리를 핑계 삼아 향이와 장돌까지 개동 형제의 움막에 남겨 두고 왔다. 운해를 집까지 바래다주는 일이 자연스럽게 무혁의 몫으로 떨어졌다.

"힘들지 않아요?"

무혁은 반 보쯤 떨어져 따르는 운해 쪽으로 슬그머니 팔을 뻗었다. 조심스러운 손끝에 운해의 가녀린 손목이 잡혔다.

"괜찮아요."

운해가 갑작스러운 접촉에 놀라 흠칫 몸을 떨었다. 다행히 무혁의 손길을 풀어내려는 바르작거림은 없었다. 무혁이 그대로 손을 마주 잡아 손가락을 어슷하니 깍지를 끼웠다.

"잠깐 쉴까요?"

"네."

다소곳이 흘러드는 운해의 목소리가 여름밤 훗훗한 공기를 가르며 파르라니 진동하였다. 무혁은 고샅길 안쪽 높다란 돌담 곁으로 운해를 이끌었다.

"여기서 쉬었다 갑시다. 지친 소저가 걸어가기에는 먼 길입니다."

"매일 아침저녁으로 다니는 길인걸요."

"그 많은 아이들 나물죽 끓여 먹이는 일만으로도 몸이 꽤나 고단할 터인데, 오늘은 막동이 일까지 있었잖아요. 힘들어서 어쩝니까."

"아니어요. 솔직히 일은 향이랑 장돌이가 다하고, 소녀는 그저 옆에서 지켜보기만 하였을 뿐인걸요."

"가마꾼을 부르는 것인데."

옅은 한숨이 되어 맺히는 무혁의 말소리에 후회가 역력하였다. 걱정해 주는 마음이 고마워서 운해는 눈가를 곱게 접어 웃었다.

"한여름 바람 한 점 들지 않는 가마 안에 꼼짝 못 하고 갇혀 가는 일이 얼마나 고역인데요. 맑은 공기를 쐬며 걷는 게 소녀는 더 좋아요."

"그렇다니 다행입니다."

"도련님이야말로 소녀 때문에 말을 움막에 두고 오셨잖아요. 괜찮으시어요?"

운해는 가라뜬 곁눈으로 무혁의 얼굴을 올려다보았다. 오늘 저녁 난생처음 본 군마의 위용이 새삼 떠올랐다. 사납고도 당당한 군마의 기세에 짓눌려 운해가 겁을 먹자 무혁은 손에 쥐고 있던 말고삐를 넌지시 장돌에게 넘겨주었다.

"신경 쓸 것 없어요. 최 의원에게 기동력이 필요할지도 몰라 일부러 남겨 두었으니까."

무혁이 여상한 태도로 시치미를 뗐다. 운해는 무심결에 후후 소리를 내어 웃었다. 무혁의 다정다감한 마음 씀씀이가 다시금 고마웠다. 왜인지 대단한 대우를 받고 있는 것만 같아 공연히 가슴이 설레었다.

"감사해요. 소녀를 위해 말을 두고 오신 것도, 이렇게 데려다 주시는 것도……."

"내가 좋아서 하는 일입니다. 다음에는 풍음을 타 보지 않으렵니까? 말 등에 올라 한바탕 달리면 기분이 꽤 상쾌해집니다. 더위를 잊는 데 도움이 될 거예요."

"말은 한 번도 타 본 적이 없는걸요."

"내가 가르쳐 줄게요. 풍음이 녀석은 군마라도 성격이 온순해서 금방 익숙해질 거예요. 정 무서우면 나랑 같이 타고요."

"말 이름이 풍음인가 봐요."

"예. 바람 풍(風)에 소리 음(音)."

"바람 소리, 이름이 어여뻐요."

"어여쁘라고 지은 이름은 아닙니다."

"그래도 어여쁜걸요."

"소저의 이름이 더 어여쁩니다. 한자는 어떻게 됩니까?"

"구름 운(雲)에 바다 해(海)를 써요."

"운해, 구름의 바다라……."

무혁이 나지막한 소리로 '운해'라고 반복해서 발음하였다. 겨우 이름 한 번 불리었을 뿐인데, 사사로우면서도 내밀한 무엇인가를 나누어 가진 것처럼 운해의 두 뺨이 발그레 젖었다. 부질없이 가슴이 발갛게 달았다. 더 부끄러워지기 전에 운해는 얼른 화제를 돌렸다.

"말 못하는 미물에게도 이름을 붙여 주고, 많이 아끼시나 봐요."

"관례를 올리던 해에 아버지께서 선물로 주신 녀석입니다. 풍음을 타고 달리던 첫날, 귓가를 때리면서 울리는 바람 소리가 어찌나 드세고 웅장하던지. 태풍이 휘몰아쳐 오는 기분이 들더군요."

"바람이 좋으시어요?"

"예."

"태풍과도 같은 큰 바람이 좋으시어요?"

"예. 소저는 바람이 싫습니까?"

푸르스름한 달빛에 어린 무혁의 얼굴이 돌담에 등을 기대고 선 운해 쪽으로 성큼 다가섰다. 어느덧 마주 대한 무혁의 눈길이 못내 다정해서 운해는 살며시 시선을 비키고 말았다.

서로 낯을 익힌 지 벌써 달포가 넘었다. 한동안은 화상 치료 때문에 매일 만나다시피 하였다. 그런데도 무혁과 눈길을 마주할라치면 처음 본 그때처럼 속절없이 가슴이 두근거렸다. 지금도 심장이 콩닥콩닥 뛰었다.

한차례 숨을 낮추어 고른 운해는 아무렇지도 않은 척 말소리에 힘을 실었다.

"더위를 식혀 주는 잔잔한 실바람은 좋아요. 한겨울 시린 북풍은 싫고요. 거친 폭풍우도 싫어요."

"만날 바람이 잔잔하기만 하면 재미가 있을까요?"

"재미요? 바람에 무슨 재미요?"

의아해하는 운해의 이야기에 무혁이 연한 웃음을 짓는다. 달콤한 감주처럼 감미로운 미소였다.

"어떤 날은 태풍이 불기도 하고, 또 어느 날은 폭풍우가 치기도 하고. 그래야 맑은 날 내리비치는 햇살의 고마움도 아는 것이지요."

"그래도 소녀는 매일매일 맑은 날만 계속되면 좋겠어요."

"비 한 방울 내리지 않고 그저 맑기만 하던 지난 두 달여가 소저에게는 좋았습니까?"

"아!"

짤막한 탄성이 운해의 입술을 꿰뚫었다. 무혁이 그것 보라는 식으로 씨익 웃었다. 공연히 얄미워서 운해는 마음에도 없는 고집을 피웠다.

"바람 불고, 비 오고, 햇빛 비추고. 날씨야 매일매일 변화하는 것이 당연하지요. 하늘이 정한 이치니까요. 하지만 사람 사는 일만큼은 언제나 맑은 날만 계속되면 좋겠어요. 누구든 바람에 흔들리는 일 없이, 누구나 비에 젖는 일도 없이."

"글쎄요. 과연 그게 사람한테 정말 좋은 것일까요?"

무혁이 알듯 모를 듯한 표정으로 물었다. 지그시 운해를 내려다보는 눈빛이 더없이 그윽하였다. 우물처럼 깊고 밤하늘처럼 짙은 눈빛 속에 오롯이 사로잡혀 운해는 아무런 대꾸도 할 수가 없었다. 그저 무혁의 얼굴만 하염없이 올려다보았다. 한참을 그렇게 서로를 바라보고 있었다.

마침내 무혁이 움직였다. 허리를 숙여 키를 낮추더니 운해를 향해 비스듬히 얼굴을 기울였다.

"그대는 바람입니다. 고요하기만 하던 내 마음을 쉴 새 없이 흔드는 바람."

나지막이 울리는 속삭임 역시 그윽하였다. 무혁이 내쉬고 들이쉬는 밭은 호흡이 한껏 숨죽여 서 있는 운해의 가녀린 목덜미로 흘러 알땀처럼 맺혔다. 솜털이 오소소 곤두서는 것 같았다.

"그대는 빗줄기입니다. 메마른 내 가슴에 어느 날 휘몰아친 세찬 빗줄기."

귓불에 와서 부딪쳐 귓속을 간질이는 무혁의 뜨거운 입김까지도 그윽하였다. 운해는 당장 온몸이 녹아내릴 것만 같았다. 넘치는 열기를 견디지 못하고 두 눈을 질끈 감아 버렸다. 하르르 떨리는 운해의 입술 위로 꽃잎과도 같은 보드라운 화인이 찍혔다. 하나로 포개져 서로 마주 닿은 무혁의 입술이 타는 듯 뜨거웠다.

"그대는 햇살입니다. 얼어붙은 내 삶을 따뜻하게 녹여 데우는 햇살."

다물린 입술 선을 촘촘히 덧그려 나가는 무혁의 혀끝마저도 끝끝내 그윽하였다. 붉디붉은 운해의 입술이 달빛 아래 여린 꽃 망울을 터트리는 월견초인 양 살긋 벌어졌다.

"하아……."

으슥한 고샅길 남의 집 담장에 기대어 나누는 수줍은 입맞춤.

세상 누구도 모를 두 사람만의 온전한 비밀.

서로의 입술을 남몰래 나누어 가지는 운해와 무혁의 머리 위에서 요요한 달빛이 어지러이 춤을 추었다.

❀　　　❀　　　❀

덥다, 더워.

운해는 콧방울에 맺힌 땀방울을 무명 수건으로 톡톡 찍어 냈다. 오늘따라 유난히 더운 듯하다. 단순히 덥다는 표현보다 뜨겁다는 말이 오히려 정확할 성싶은 날씨다. 불볕이라는 수식어에 걸맞을 만큼 하루 종일 뜨거워도 너무 뜨겁다.

이러다 사람 잡지.

방금 불 곁에서 나물죽을 끓여 아이들한테 한 그릇씩 퍼서 준 뒤라 무더위에 더 민감해졌는지도 모르겠다. 지친 어깻숨이 저절로 새어 나왔다. 기력을 몽땅 소진한 몸뚱이가 젖은 솜이불보다 무거웠다. 팔다리가 맥없이 아래로 축축 늘어졌다.

목말라.

이미 물 한 사발을 들이켠 후였다. 땡볕에 익어 미지근해진 물은 아무리 마셔도 갈증 해소에 도움이 되지 않았다. 무더위와 목마름을 한꺼번에 해결해 줄 무엇인가가 절실하였다.

얼음 동동 띄운 수박화채.

운해는 저도 모르게 피식 웃어 버렸다. 스스로가 생각해도 꿈 같은 바람이었다. 오랜 기근과 가뭄으로 먹거리가 턱없이 부족하다는 사실은 차치에 두더라도 애초 얼음은 나라에서 저장고에 두고 관리하기 때문에 아무나 구할 수가 없었다. 수박 또한 한 통 가격이 쌀 다섯 말에 버금갈 만큼 귀하였다.

차라리 비를 바라는 것이 쉬울지도.

자연스럽게 눈이 하늘로 향하였다. 구름 한 점 없이 맑기만 한 창공을 멀거니 우러렀다. 바람조차 한 자락 불지 않았다. 숨이 턱턱 막혔다. 한여름 따가운 뙤약볕은 막무가내로 쏟아져 목덜미에 따끔따끔 꽂혔다. 한줄기 장대비가 더없이 그리웠다.

불쑥 지난밤 낮 뜨거운 기억이 머릿속을 헤집었다. 비와 바람과 햇살에 빗대어 속삭이던 말, 귓속을 파고들던 덥고 습한 숨결, 그리고 이어진 입맞춤…….

하아. 달뜬 한숨을 토해 내는 제 입술을 운해는 무의식중에 손끝으로 쓸었다. 축축한 혀로 버썩 마른 입술의 윤곽을 천천히 덧그리던 감각이 고스란히 되살아났다. 모시 버선 속 발가락들이 죄다 오므라들 정도로 짜릿하면서도 온통 생경하기만 하던 여운이 그만 생생하게 떠올라 버렸다.

가슴이 저릿저릿 옥죄어 왔다. 서로를 마음에 담은 사내와 여인이 나누는 은밀한 입맞춤은 운혜의 상상을 초월하였다. 단순히 입술과 입술을 포개는 행위가 아님을 이제는 안다. 상대의 입술을 입안에 머금어 잇새에 물고서 혀로 감아 빨아 당기는…….

아아, 부끄러워 죽을 것 같아.

운혜는 발그레 달아오른 얼굴을 후다닥 손바닥 안에 감추었다. 백주 대낮 사람들 통행이 빈번한 수표교 밑에 쪼그려 앉아서 하필 지난밤 몰래 나눈 입맞춤을 음미하고 있다니, 차마 남들이 알까 두려웠다.

그래도 좋았는데. 가슴 떨리도록 행복하였는데. 세상에, 나 미쳤나 봐! 더위를 먹은 게지.

애꿎은 날씨를 핑계 삼는 운혜의 정수리로 다정한 중저음이 내려앉았다.

"소저."

"엄마야!"

소스라치게 놀라 절퍼덕 땅바닥에 주저앉고 만 운혜 곁으로 무혁이 성큼 다가왔다. 허리를 굽혀, 황망한 시선으로 올려다보는 운혜를 지그시 내려다보았다.

"왜 그렇게 놀랍니까?"

"인기척 좀 하고 다니시어요."

운해는 엉덩이를 일으켜 똑바로 앉을 엄두는 아예 내지도 못
하였다. 겨우 놀란 가슴만 쓸어내렸다. 범죄 현장을 발각당한
죄인의 심정이 딱 이러할 것 같았다. 벌렁벌렁 뛰는 심장에서
파도가 일렁였다.

"그래서 불렀잖아요."

"아무튼요."

운해가 억지를 쓰자 무혁이 어처구니가 없다는 식으로 픽 하
고 웃었다.

"일으켜 줄까요?"

"괜찮아요."

운해는 혼자 힘으로 일어나 제대로 앉았다. 본래 몸을 완전히
일으켜 세우고 인사를 해야 마땅한데, 예의를 차릴 만한 정신이
아니었다. 쪼그려 앉은 운해 곁에 무혁이 한쪽 무릎을 땅바닥에
대고 앉았다.

"오늘도 무척 덥군요."

"네."

운해는 슬그머니 옆으로 오리걸음을 걸어 무혁과 어느 정도
거리를 두었다. 그와 가까이 있는 것만으로도 심장에 무리가 왔
다. 파도처럼 출렁이는 박동은 한계치를 넘어선 지 오래라 당장
이라도 터질 것 같았다.

"더위 먹은 겁니까? 얼굴이 빨갛습니다."

무혁이 운해가 애써서 벌려 놓은 거리를 금세 좁혀 앉았다.
운해는 또다시 오리걸음을 걸어 간격을 넓혔다.

"그런가 봐요."

그나마 핑계거리라도 댈 수 있음이 어디냐며 스스로에게 위

172

안을 삼았다. 심지어 더위 먹었을 때와 병증까지 유사하였다. 온몸에서 열이 끓고, 낯이 화끈화끈 뜨겁고, 손바닥에 알땀이 맺히고, 맥박은 쉬지 않고 출렁거렸다.

"최 의원께 갑시다."

무혁이 운해의 손목을 덥석 잡았다. 당장 반촌 창현의 초가로 달려갈 기세였다. 당황한 운해는 다급히 고개를 가로저었다.

"아니어요. 그 정도는 아니어요."

"주하병(注夏病)*을 우습게 보면 안 됩니다. 사람이 죽기도 해요."

"그냥 좀 지쳤을 뿐이어요. 잠시 그늘에서 쉬면 금방 괜찮아질 것이니 염려치 마시어요."

"정말 최 의원께 안 가 봐도 되겠습니까?"

"예."

운해는 다부진 어조로 대답하며 큼지막하게 고개를 주억거렸다. 더위를 먹었다고 창현에게 갔다가는 어떤 우세를 떨게 될지 모를 일이다. 아무리 병증이 비슷하다 해도 조선 제일의 명의로 손꼽히는 창현을 속일 수는 없을 테니까.

"받아요."

무혁이 이엉을 촘촘하게 엮어서 만든 망태를 운해 앞에 내려놓았다.

"무엇입니까?"

운해가 어리둥절하여 묻자 무혁이 빙그레 미소를 짓는다. 유연하니 풀어진 눈시울로 어떤 기대감이 넘실거렸다.

---

*주하병:일사병.

"열어 봐요."

"무엇인데요?"

망태 안에서 놋쇠로 만든 유기 찬합이 나왔다. 차가운 음식이라도 담아 가지고 온 듯 놋그릇 표면에 이슬방울이 송골송골 맺혀 있었다. 운해는 기러기 모양의 손잡이가 달린 찬합 뚜껑을 새삼 조심하며 열었다.

"세상에! 이 귀한 것을……."

새빨간 수박의 속살 사이사이로 손톱만 한 얼음조각들이 하얗게 떠 있다. 말 그대로 얼음 동동 띄운 수박화채다. 방금 전 꿈같은 바람이라 여겼던 것이 현실로 되어 나타났다. 꿈인지 생시인지 잠시 얼떨떨하였다.

"궁에서 오늘 집으로 얼음을 가져왔다는군요."

"요즘 수박 가격이 엄청날 텐데요."

운해는 커다란 놋그릇 속 조각 얼음을 띄운 수박화채를 뚫어져라 쳐다보았다. 유기 찬합에서 좀처럼 눈을 떼지 못하는 운해의 반응이 재미있는지 무혁이 작은 소리로 하하 웃었다.

"어머니께서 사돈댁에 이바지로 보내려고 힘 좀 쓰셨다 합니다."

"혹시 이것……."

운해가 고개를 번쩍 치켜들었다. 휘둥그렇게 커진 흑자색 눈망울에서 걱정과 실망이 교차하였다. 무엇을 걱정하고, 무엇에 실망하는지 빤히 다 보였다. 그 모습이 넘치도록 사랑스러워서 무혁은 한바탕 웃음을 터트렸다.

"아닙니다. 사돈댁에는 종복을 시켜 따로 보냈습니다. 내가 아무리 사돈댁에 보낼 이바지 음식을 훔쳐 왔겠습니까."

"그래도 도련님 어머니께서 소녀 몫으로 내어 주시지는 않았을 거잖아요."

운해는 유기 찬합의 뚜껑을 도로 닫았다. 왜인지 받아서는 안되는 음식을 받은 것만 같아 마음이 불편해졌다.

"나 먹으라고 어머니가 따로 담아 주신 것이니 걱정 말고 들어요."

무혁이 놋그릇의 뚜껑을 다시 열었다. 운해는 다홍색 모본단 수젓집에서 놋숟가락을 꺼내 드는 무혁의 얼굴을 물끄러미 응시하였다. 단순히 고마움이라고 표현하기에는 조금 복잡한 감정이 운해의 가슴에서 일렁거렸다.

"도련님 몫을 소녀한테 주신 것입니까? 어머니께서 아시면 분명 싫어하실 것이어요."

"무슨 말입니까?"

"무더위에 고생하는 아드님 먹이려고 어머니께서 공들여 만드신 귀한 음식이잖아요. 소녀가 빼앗아 먹으면 안 될 것 같아요."

"별 걱정을 다합니다. 시원하게 어서 들어요."

무혁이 쓸데없는 소리 말라는 태도로 일축하며 운해의 오른손에 놋숟가락을 억지로 쥐여 주었다. 운해는 난감한 심정이었다. 먹지 않겠다고 버틸 수도, 냉큼 먹을 수도 없었다. 무혁도, 운해 자신도 무난히 받아들일 수 있는 절충안을 찾았다.

"같이 드시어요."

"나는 됐으니 그대나 맛나게 들어요."

"도련님이 안 드시면 소녀도 먹지 않겠어요."

운해는 완강한 태도로 놋숟가락을 수젓집 속으로 밀어 넣었다. 무혁이 펄쩍 뛰었다.

"공연한 고집 피우지 말아요."

"콩 한 쪽도 나누라는 옛말이 있지요."

운해가 요지부동이자 무혁이 체념 섞인 어깻숨을 쉬었다.

"같이 먹을 테니 소저가 먼저 들어요."

"도련님이 먼저 드시어요."

"얼음 다 녹습니다."

"그러니 얼른 드시어요."

"고집 세다는 소리 자주 듣지요?"

"다들 쇠심줄보다 질기다고 해요."

운해의 선선한 대답에 무혁이 조금은 어이없다는 표정으로 풋 하고 웃었다.

"자랑입니까?"

"자랑은 아니지만 부끄러울 것도 없잖아요."

"나까지 고집을 피웠다가는 아까운 얼음만 녹아 없어지겠군요."

"그렇겠지요."

운해는 방긋 미소를 지었다. 무혁이 허허 하며 웃음인지 탄식인지 모를 소리를 냈다. 그사이 운해는 놋숟가락을 도로 꺼내 무혁에게 건넸다.

"얼음 다 녹기 전에 어서 드시어요."

"이번뿐입니다. 다음부터는 어림없습니다."

"뭐가요?"

"소저가 아무리 고집을 피워도 져 주지 않을 거라고요."

무혁이 뻔한 허세를 부렸다. 운해는 입가를 비집고 나오는 웃음을 가까스로 눌러 참았다.

"그러시어요."

금방이라도 웃음이 터질 것 같은 운해의 얼굴을 무혁이 짐짓 사납게 겨누어 보았다.

"빈말 같습니까?"

"아니요."

결국 마음에도 없는 빈말은 운해가 하였다. 끝내 웃음이 터지고 말았다. 운해는 손바닥 안에 얼굴을 묻고 까르르르 소리를 내어 웃었다. 문득, 행복하였다. 얼음 동동 띄운 수박화채는 아직 입도 대기 전인데 갈증과 무더위가 단박에 저만치 물러난 것처럼 상쾌하였다.

"자, 아."

무혁은 새빨간 수박 속살을 놋숟가락으로 떠서 운해의 입가로 가져갔다. 급작스러운 상황에 당황한 운해는 뺨을 붉혔다.

"소녀가 알아서 먹겠습니다."

"어서 아, 해요. 얼음 다 녹기 전에."

무혁이 대놓고 생글거렸다. 운해를 놀리려 아주 작정하고 나선 것이 틀림없었다. 받아먹자니 부끄러워 죽을 것 같고, 외면하자니 이대로 녹아 없어질 얼음이 아깝고. 이러지도 저러지도 못하는 상황 속에서 운해는 엉거주춤 두 팔을 뻗었다.

'에라, 모르겠다'는 심정으로 유기 찬합을 들어 올렸다. 얼음 동동 띄운 수박화채를 놋그릇째 들이켰다. 차가운 단물이 목구멍을 넘어 식도를 타고 위장으로 흘렀다. 뱃속에 담긴 찬 기운이 온몸으로 퍼져 정수리까지 올랐다. 머릿속이 쨍하였다.

"이제 도련님 차례입니다."

운해의 당당한 기세에 무혁이 목젖이 다 울리도록 크게 웃었다.

"어째 소저한테는 평생 지고 살 것만 같은 예감이 듭니다."

"소녀가 고집도 센 데다 승부욕까지 남달라서요."

"앞으로 나도 고생길이 훤하겠군요."

무혁이 혼잣말을 낮게 웅얼거리고 놋숟가락에 담긴 수박 속살을 입안에 넣었다. 쨍한 머릿속을 신경 쓰느라 운해는 제대로 알아듣지를 못 하였다. 관자놀이를 손가락으로 꾹 누른 채 물었다.

"뭐라고 하시었어요?"

"봄날 같다고요."

"예에? 얼음 동동 띄운 수박화채를 먹고 무더위를 잊었다 해도 봄날은 너무하셨어요."

"그대와 함께하는 날들이 마치 봄날 같아서요. 지금 이 순간이 봄날처럼 눈부셔서요."

참으로 스스러운 말들을 아무렇지도 않게 뱉어 놓고 무혁이 눈가를 연하게 접어 웃었다. 운해는 부끄러워 차마 마주 미소 짓지는 못하고, 대신 행복에 겨운 얼굴을 발갛게 물들였다. 다소곳이 가라뜬 운해의 곁눈에 하루 종일 불볕에 달구어진 땅에서 올라오는 열기가 잡혔다.

사시장춘. 나날이 봄날이라는 무혁의 말 때문인지, 한여름 열기가 어느 봄날 피어오르는 아지랑이처럼 보였다.

꼭 봄날 같았다.

내 안의 그대

아심재여
我心在汝

"무조건 큰소리를 내셔야 합니다."

지이가 달영의 옷매무새를 요모조모 살뜰하니 보살피며 당부하였다. 달영은 지이가 들고 선 짙은 쪽빛의 답포에 팔을 하나씩 차례로 꿰었다. 이번 거사를 위하여 새로 옷을 지었다더니 몸에 와서 감기는 맛이 남달랐다.

"큰소리를 내라고?"
"예. 서방님과 오라버니가 다투는 소리를 아랫것들이 들을 수 있도록 크게 싸우셔야 합니다. 이왕이면 행랑채 것들이 저러다 뭔 일이라도 나면 어쩌나 마음 졸일 정도로요."
"알았네. 그렇게 하지."

달영은 제법 결기 넘치는 얼굴로 고개를 주억거렸다. 거사를 앞둔 가슴이 뱃전에 올라선 것인 양 출렁거렸다. 조금은 긴장되고, 또 조금은 두려우면서도 다른 한편으로는 무언가 기대되기도 하였다.

"오라버니 집에 들고날 때 최대한 많은 사람들 눈에 띄도록 행동하세요. 그래서 일부러 옷도 화려하게 지은 것이니. 증인은 많을수록 좋습니다."

"알았대도."

"오라버니 집을 나와서 어디로 가셔야 한다고 하였지요?"

"곧장 목멱산으로 가고. 그곳에서 업길이라는 자를 만나 이 답포를 벗어 주라고 하지 않았는가."

"예. 그 이후로는 은밀하게 움직이셔야 합니다. 사람들 눈에 띄지 않도록 밤이 완전히 깊어지기를 기다려 부산 동래부로 길을 잡아 떠나세요. 탁발승으로 신분을 감추었다 해도 안심하시면 절대 안 됩니다. 초량 왜관에 도착할 때까지 무조건 조심, 또 조심하셔야 합니다."

"명심함세."

"서방님……."

지이가 답포 옷고름을 매만지던 양손을 달영의 어깨 위로 올리더니 와락 품으로 안겨 들었다. 가슴을 파고드는 지이를 달영은 두 팔로 힘껏 조여 안았다. 일이 무사히 성사될 때까지 한동안 얼굴을 보지 못할 것이다. 품에 안은 아내가 벌써부터 그리운 기분이었다.

지충과 한창 말다툼 중에 달영은 집을 떠나오기 전 지이와 나눈 대화를 복기하듯 머릿속에 떠올렸다. 숨을 크게 한 번 몰아쉰 다음 작정하고 목청을 돋우었다. 지이의 당부대로 사랑 마당을 가로질러 행랑채에까지 싸움하는 소리가 들리도록 바락바락 고함을 내질렀다.

"자네 정말 나한테 이러는 것 아닐세. 어찌 이리도 박정하게 나올 수가 있는가."

"나는 자네한테 박정하게 대한 적 없으이."

"지금 나한테 하는 이것이 박정한 게 아니면 무엇이란 말인가. 사람이 양심이 있어야지. 기껏해야 십만 냥일세."

달영이 얼굴빛이 검붉어지도록 목소리를 높였다. 지충은 무거운 어깻숨을 잇달아 입 밖으로 토해 냈다. 같은 이야기를 하고 또 하고, 달영과의 대화가 아까부터 한자리에서 자꾸만 매암을 돌았다.

"그 이야기는 이미 끝나지 않았는가."

"자네는 끝났을지 몰라도 나는 아닐세. 당장 내일까지 십만 냥이 반드시 필요하네. 변통해 주게."

"안 된다고 말하였네. 같은 소리를 왜 몇 번씩 하게 만드나."

"그 돈 없으면 우리 네 식구, 길바닥에 나앉을 것일세. 막말로 나야 남이라 치자고. 자네 여동생과 조카들 아닌가."

달영이 쌍심지를 키운 눈동자를 사납게 치뜨고 마주 앉은 지충을 노려보았다. 툭툭 던지는 말소리에도 뾰족하니 가시가 돋아 있었다. 돈을 빌려 달라는 간청이라기보다 숫제 내놓으라는 협박에 더 가까웠다.

"쯧."

지충은 무심코 혀를 차고 말았다. 불혹을 넘겨 지천명을 바라보는 나이에도 달영은 여전히 철이 없었다. 춘부장이 남긴 그 많은 유산을 죄다 탕진하고 지금껏 이런저런 사고를 친 일이 한두 번이 아니었다. 그때마다 지충은 누이와 어린 조카들을 생각해 달영에게 도움의 손길을 건네고는 하였다.

그것이 오히려 독이 되어 못된 버릇만 키운 모양이다. 일확천금을 꿈꾸는 달영의 헛된 욕망을 이제라도 고쳐 놓아야 한다.

"언제까지 남한테 손 벌리면서 살려는가?"

"말이 심하군. 사람이 살다 보면 급전이 필요해 돈을 좀 융통할 수도 있는 게지."

"그동안 나한테 돈 빌려 가서 한 번이라도 갚은 적 있나?"

"그 돈을 내가 왜 갚아야 하나? 여태 임 씨 집안과 자네한테 들인 내 공력을 생각해 보게. 그것에 비한다면 그깟 돈 몇 푼쯤이야 아무것도 아니지."

"참말로 그리 생각하나?"

"솔직히 곤란에 처한 나를 돌아보고 자네 여동생을 염려한다면 내가 손을 벌리기 전에 자네가 먼저 돈을 마련해 줘야 하는 것 아닌가?"

"사람이 염치가 있어야지."

"자네야말로 친구로서, 오라비로서 당연히 할 도리를 하시게. 얼른 십만 냥이나 내 달라, 그 말일세. 다음부터는 자네 찾아오는 일 없을 것이야."

"행패 그만 부리고 어서 돌아가게."

지충은 너무나도 어처구니가 없었다. 함부로 오른손을 내저어 달영을 쫓아냈다. 당장 십만 냥을 내놓으라고 생떼를 쓰는 달영과 계속 마주 앉아 있다가는 화병이 날 것만 같았다.

"이보게 대행수! 자네 참말로 몹쓸 사람이로세. 나한테 이러면 안 되지. 그동안 시전 만물상 일을 누가 다 처리했는데. 그깟 십만 냥이 우리 두 사람 우정보다 귀하다는 말인가?"

"이 사람아! 그깟 십만 냥이라니? 그 돈이 얼마나 큰돈인 줄 정녕 모른다고 할 셈인가? 자네 얼굴 다시 보고 싶지 않으이. 당장 내 집에서 나가게."

참다못한 지충이 기어코 목소리를 높였다. 때마침 별채에서 사랑채 너른 마당 쪽으로 들어서던 운해는 일각문을 타고 넘는 고함 소리에 흠칫 놀랐다. 얼굴빛은 굳고 눈동자는 휘둥그렇게 커졌다. 이토록 격하게 역정을 내는 아버지의 음성을 여태 들어본 일이 없었다. 사사로이 부리는 아랫사람에게도 저만큼 가서 서라는 말조차 섣불리 내뱉지 않는 어른이다.

"아기씨 오셨습니까?"

장돌 아비가 민망한 표정으로 고개를 숙였다. 운해는 짤막한 묵례로써 인사를 받았다.

"안에 든 손님이 누구신가?"

"남산골 나리입니다."

"고모부님은 언제 오셨던가?"

"반 시진이 조금 안 된 듯합니다."

"무슨 연유로 두 분께서 저리 언성을 높이시나?"

"남산골 나리께서 급전 십만 냥을 빌리러 오셨는데 대행수 나리께서 일언지하에 거절하셨습니다. 쇤네가 아는 것은 이게 다입니다. 상세한 내막까지는 모르겠습니다."

장돌 아비가 안절부절못하며 손바닥을 이쪽으로 비볐다가 저쪽으로 비비기를 반복하였다. 마음이 불안하기는 운해도 마찬가지였다. 초조한 시선을 길게 주렴을 늘어트린 사랑채 누마루 저편 창호지 문에다 고정시켰다.

"그 많은 재산, 죽을 때 짊어지고 간다던가. 서로 도우면서 살아야지. 심보를 그따위로 고약하게 쓰면 안 되네. 천벌을 받을 것이야. 아무렴, 천벌을 받고 말고."

달영이 퍼붓는 악담이 너무도 끔찍하여 운해는 저도 모르게 어금니를 사리물었다.

아자무늬 미닫이가 덜커덕 요란한 소리와 함께 열렸다. 달영이 격한 콧바람을 씩씩 내뿜으며 대청마루로 나왔다. 섬돌 위 태사혜를 아무렇게나 꿰차는 달영의 낯빛이 붉으락푸르락 변화무쌍하였다.

"고모부님."

운해의 다급한 부름에도 달영은 아무런 대꾸가 없었다. 두 손으로 짙은 쪽빛의 답포 자락만 신경질적으로 쳐 냈다.

"고모부님, 고정하시어요."

운해는 한 번 더 달영을 불렀다. 역시나 달영은 이번에도 묵묵부답인 채 쌩하니 찬바람이 돌 정도로 매몰차게 몸을 돌렸다.

"살펴 가십시오, 나리."

정중히 허리를 숙여 인사하는 장돌 아비도 본 체 만 체하였다. 불쾌한 기색이 역력한 얼굴로 달영은 사랑 마당을 가로질렀다. 심지어 대문 밖으로 나서기 전 커억, 하며 가래침까지 뱉었다. 저잣거리 왈짜들이나 하는 짓을 눈도 끔쩍 않고 해 대는 달영의 모습을 운해는 고개를 돌려 못 본 척하였다.

한편 사랑채 안에서 지충은 외출할 채비를 서둘렀다. 지금 바로 신묘(神廟)로 출발해도 정해진 시각보다 족히 일각은 늦을 듯하다. 연락도 없이 불쑥 찾아온 달영 때문에 정작 중요한 모임에 늦게 생겼다.

지난겨울, 동지사(冬至使)를 수행하여 북경에 간 역관 현석문이 엊그제 한양으로 돌아왔다. 본래 사신 일행과 함께 봄 즈음에 귀국하였어야 맞는데, 석문은 병을 핑계로 청국에 남아 북경교구 총책임자인 약한(約翰) 주교와의 접촉을 시도하였다. 조선에 신부를 파견해 달라는 공식 서한을 전달하고 그 답을 받아서 돌아온 것이다.

신부를 초빙해 오는 일은 지충을 비롯한 여러 교우들의 오랜 열망이다. 아내 정이의 목숨을 앗아간 신유년의 피바람 속에서 청국 출신 주문모(周文謨) 신부도 순교를 하였다. 그때 이후로 이곳 조선 땅에는 세례를 집전해 줄 신부가 없었다.

드디어 신부를 초빙해 올 수 있을까 싶어 지충은 마음이 들뜨면서도 공연히 애가 탔다. 재바른 손놀림으로 갑사 중치막을 꺼내 입고 망건을 갓으로 고쳐 썼다. 갓끈을 팽팽하게 당겨 매듭을 지을 무렵, 창호지 너머에서 인기척이 들렸다.

"아버지, 운해예요."

"오냐."

지충의 허락이 떨어지자 아자무늬 미닫이가 스르륵 열린다. 운해가 사랑방 안으로 사붓이 들어왔다.

"어디 가시게요?"

"바람 좀 쐬고 오마."

"다 저녁에 어디를 가시려고요?"

"그게 무엇이냐?"

지충은 재빨리 운해의 손에 들린 물푸레나무 쟁반을 가리켰다. 화젯거리를 돌리기 위함이었다.

"냉수예요. 찾으실 것 같아서요."

"잘되었구나. 마침 목이 마르던 참이다. 어서 이리 다오."

사발을 받아 든 지충은 내처 입으로 가져가 들이켰다. 미처 갈증을 느끼지 못하고 있었는데 냉수 한 사발이 벌컥벌컥 단숨에 다 들어갔다. 가슴속 화기가 식으면서 줄곧 갑갑하던 명치가 편안해졌다.

"고모부님은 왜……."

운해가 말끝을 흐렸다. 빈 사발을 쟁반 위에 내려놓는 지충의 안색을 조심스러운 눈길로 살핀다. 달영과의 불쾌한 언쟁을 딸아이가 들었음이 분명하다. 그러니 시키지도 않은 찬물을 떠 가지고 한걸음에 달려왔을 터. 지충은 눈가를 따뜻이 접어 웃으며 운해를 안심시켰다.

"걱정할 일 아니다. 늦을지도 모르니 아비 기다리지 말고 먼저 자거라."

"많이 늦으시어요?"

"인경을 치기 전에 돌아오도록 하마."

"아버지."

지충을 부르는 운해의 얼굴에 수심이 깊었다. 아무래도 달영의 일이 마음에 걸리는 듯 보였다. 지충은 일부러 더 환한 미소를 피우며 운해의 어깨를 다독였다.

"걱정하지 말래도. 괜찮아. 네 고모부, 며칠 후면 헤헤거리면서 나타날 게야. 본래 그런 위인이다."

"조심해서 다녀오세요."

운해가 여전히 걱정스러워하는 표정으로 고개를 숙였다.

"그래."

지충은 황급히 대청마루로 나섰다. 가죽신에 발을 꿰기도 전인데 마음은 벌써 신묘에 가 있었다.

❀　　　❀　　　❀

"최 의원, 안에 계십니까?"

무혁은 고즈넉한 창현의 초가 곳곳을 분주히 오가며 주변을 살폈다. 집 안팎 어디에서도 인기척이 감지되지 않았다. 아무도 없음을 확인한 무혁은 앞마당 댓개비 살평상에 앉아 땀을 식히는 운해 곁으로 다가갔다.

"최 의원은 출타하신 모양입니다."

"급한 병자라도 생긴 걸까요?"

운해가 무명 수건으로 이마의 땀을 닦다 말고 얼굴을 들었다. 무혁은 운해의 옆자리에 부쩍 몸을 붙이고 앉았다.

"그거야 모르는 일이지요."

"오늘 약초 캐러 간다는 말씀은 없으셨거든요."

운해가 슬그머니 엉덩이를 뒤로 빼 나란히 앉은 무혁과 어느 정도 거리를 두었다. 지켜보는 눈도 없는데, 기어이 내외를 하려는 모양이다. 이미 손도 잡고, 벌써 포옹도 하고, 심지어 입맞춤까지 나눈 사이인데 말이다. 공연히 서운해서 무혁은 일부러 남부끄러운 농을 부렸다.

"쌀자루 짊어지고 과수댁한테 놀러 갔을 수도 있지요."

기대한 대로 운해의 두 뺨이 대번 발갛게 달아올랐다. 무혁은 고개를 뒤로 젖히고 시원스럽게 웃었다. 마냥 기분이 좋았다.

그러고 보니 요즈음 소리 내어 웃는 일이 부쩍 잦았다. 한주의 죽음 이후 병증처럼 따르던 가슴속 울화가 많이 수그러들었다. 자연히 불의한 세상에 대한 분노도 조금은 무뎌졌다. 모두 운해 덕이다. 그녀를 보는 것만으로도 행복하고, 운해가 옆에 있는 것만으로도 기분이 좋다.

"도련님은 그걸 농이라고……."

운해가 한바탕 잔소리를 쏟을 요량에 막 목청을 돋우는 차였다. 끼익, 돌쩌귀 돌아가는 소리가 요란하게 울리더니 향이가 반빗간 안에서 허겁지겁 마당으로 뛰어나왔다.

"아기씨! 쌀독에 양식이 한 톨도 없어라."

"뭐어?"

"어제 저녁밥 지을 때만 해도 분명 쌀이 남아 있었어라. 의원 나리께서 어디로 퍼 나르신 모양이어요."

"내가 진짜 아저씨 때문에 못 살아."

운해는 쌀독에 든 양식을 몽땅 털어서 나간 창현에게 부아가 치밀었다. 곁에서 픽픽 웃어 대는 무혁은 얄미워서 죽겠다. 가자미눈을 뜨고 뾰로통하니 겨누어 보자 무혁이 대놓고 거들먹거린다.

"그것 봐요. 내가 뭐라 했습니까."

"기분 좋으시어요?"

"나쁠 것도 없지요."

"아휴, 내가 말을 말아야지."

혼잣말을 빙자해 무혁에게 한소리 쏘아 주고 운해는 앉은자리를 박찼다. 짜증이 난 탓에 찬바람이 쌩쌩 일었다.

"향이야, 얼른 채비해라. 싸전에 쌀 팔러 가자."

"싸전예요?"

"뭘 그렇게 놀라? 양식이 떨어졌으면 다시 채워 놓아야지."

"요새 쌀값이 금값이어라. 양식 사다가 채워 놓으면 뭐해요. 의원 나리께서 또 퍼 나르실 게 뻔한데. 밑 빠진 독에다 물 붓기라고요."

"네가 상관할 일이 아니야."

운해의 싸늘한 타박을 듣고 향이가 감히 섭섭하다 말은 못 하고 애꿎은 입술을 샐쭉거렸다. 대신 무혁이 점잖은 투로 운해를 나무랐다.

"향이한테 화풀이하지 말아요."

"화풀이가 아니라……. 어쩌다 보니 목소리가 사납게 나갔을 뿐이어요."

되도 않은 변명을 주워섬기자니 그만 겸연쩍어서 운해는 얼굴을 붉히고 말았다. 두 뺨에 홍조가 번진 운해를 무혁이 지그시 쳐다보았다. 무혁의 눈빛이 깊고도 따스하였다.

"당연히 그렇겠지요. 소저처럼 심성 고운 이가 죄 없는 향이한테 화풀이했을 리가요."

"놀리지 마시어요."

"내가 언제 그대를 놀렸습니까?"

"지금 놀리고 계시잖아요. 차라리 거짓말하지 말라고 꾸짖으시라고요."

운해는 울상을 지은 채 자백 아닌 자백을 하였다.

"거짓말이요?"

다 알면서도 모르는 척, 무혁이 짐짓 무구한 표정으로 되물음을 하였다. 그게 또 얄미워서 운해는 발끈 말소리를 높였다.

"향이한테 화풀이한 것 맞다고요."

"몰랐습니다. 그냥 목소리가 사납게 나간 것 아니었습니까?"

"자꾸 이러실 거예요?"

"내가 뭘요?"

"그만 놀리시라고요."

"그러게 적당히 어여뻐야지요. 너무 고운 것도 죄라면 죄입니다."

"무슨 말도 안 되는……."

"토라진 얼굴도, 발끈하는 모습도, 붉어진 뺨도 어여쁘기만 하니 내가 자꾸 그대를 놀리는 것 아닙니까. 봐도, 봐도, 또 보고 싶어서."

무혁이 모든 것을 운해의 탓으로 돌렸다. 자다가 봉창을 두드려도 이렇게까지 어처구니가 없지는 않을 것이다. 하도 기가 막혀 말문마저 막혀 버린 운해를 앞에 두고 무혁이 한참을 웃었다. 한바탕 웃고 난 그가 허리춤 귀주머니를 열고 한 냥짜리 엽전 꾸러미를 꺼내 향이에게 건넸다.

"싸전에는 장돌이랑 둘이서 다녀오너라. 아기씨는 좀 쉬셔야 할 듯싶구나. 더위 때문인지 오늘 아기씨 심기가 영 불편해 보인다. 여느 때보다 짜증을 더 부리는 게."

"알겠습니다요. 장돌 오라버니랑 후딱…… 아니지, 찬찬히 다녀오겠습니다요. 날이 더워도 너무 더워라. 이런 날씨에는 걷는 것도 쉬엄쉬엄해야 합니다요. 안 그럼 이년처럼 연약한 몸뚱이는 뙤약볕에 픽 쓰러져라. 아무래도 장 다 보려면 오래오래 걸릴 것 같습니다요. 장돌 오라버니랑 이년이 너무 늦는다 싶어도 걱정하지 마시어라."

향이가 키득키득 불경한 웃음까지 흩뿌리며 너스레를 피웠다. 무혁의 눈자위를 타고 눈웃음이 자글자글 끓었다.

"장에 간 김에 찬거리도 몇 가지 사 오너라. 아기씨 주전부리할 달달한 것도 구해 오고, 푸줏간에 들러 소고기도 얼마쯤 끊어 오고."

"염려 붙들어 매시어라. 쌀이고, 찬거리고, 주전부리고, 죄다 이년이 알아서 맛나고 실한 것들로 사 오겠습니다요."

향이가 수더분한 말소리를 수다스럽게 쏟았다. 그리고 마당 한쪽 멀뚱히 서 있는 장돌의 손목을 잽싸게 붙잡아 끌고 한달음에 사립문을 나섰다. 바삐 걸어가는 두 사람의 뒷모습이 조붓한 고샅길을 돌아 금세 사라졌다.

"자, 이것."

무혁이 어떠한 설명도 없이 엽전으로 가득 찬 귀주머니를 운해 앞에 내려놓았다. 운해는 의구심이 깃든 눈길로 당초문이 곱게 수놓아진 비단 귀주머니를 쳐다보았다. 눈어림만으로도 꽤 큰돈이 안에 들어 있음을 알 수 있었다.

요즘 무혁이 박장을 돌며 투전판에서 돈을 쓸어 모은다던 풍문이 아무래도 사실이었나 보다. 운해는 달갑지 않은 시선을 들어 생글생글 미소 짓는 무혁의 얼굴을 올려다보았다.

"돈주머니를 왜 소녀한테 주시는데요?"

"애들 밥값입니다. 지난번 막둥이 일이 마음에 걸려서요. 일간 백숙이라도 끓여서 한 그릇씩 나눠 먹였으면 합니다."

"마음은 감사하지만 받을 수 없어요."

운해는 단호한 태도로 귀주머니를 도로 물렸다. 무혁의 눈자위를 타고 흐르던 눈웃음이 흔적도 없이 사그라졌다.

"왜요?"

"저 돈에는 땀이 배어 있지 않으니까요."

"힘들게 일해서 번 돈입니다."

무혁이 억울하다며 펄펄 뛰었다. 운해는 헛웃음만 나왔다.

"박장에서 투전목 흔드는 것도 일입니까?"

"투전이 얼마나 힘든지 모르는군요. 나름 중노동이에요."

"조선 팔도 장마당 곳곳을 누비고 돌아다니는 장돌뱅이들이 들으면 웃습니다."

"소저가 몰라서 그렇지, 투전도 장사만큼 힘들어요. 쉴 새 없이 머리를 써야 하는 것은 물론이고, 밤새도록 투전판을 지키는 일이 그냥 되는 게 아니지요."

"돈이 귀한 까닭은 그것을 벌기 위해 땀을 흘렸기 때문이라고, 소싯적에 아비가 말해 주었습니다. 땀이 깃들지 않은 돈은 천한 것이니 멀리하라고도 하였지요. 소녀가 볼 때 저 돈에는 땀방울은커녕 눈물방울만 가득합니다."

"돈에 웬 눈물이요?"

"투전판에서 돈을 잃은 사람들의 한과 설음이 서려 있으니까요."

다박다박 떨어지는 운해의 이야기를 무혁은 싸늘한 코웃음으로 무질렀다. 굳은 눈자위 배릿한 비웃음을 품은 무혁의 얼굴빛이 마냥 서름하였다.

"내가 투전판에서 상대한 자들은 모두 잘난 부모 만나 무위도식하는 왈짜들입니다. 집안에 넘쳐 나는 게 재물이라 몇 푼 잃었다고 눈물 흘릴 자들이 아니라고요. 그치들에게 투전은 그냥 재미입니다. 돈을 잃는 것도 놀이고, 돈을 따는 것도 그저 놀이일 뿐."

"허면 도련님은 그들과 다른가요?"

"당연히 다르지요. 홍길동과 탐관오리만큼 달라도 한참 다르지요."

"도련님이 홍길동이라는 말씀인가요? 무도한 왈짜들을 혼내 주는?"

"맞아요. 백성의 고혈을 짜내 제 잇속만 챙기는 탐관오리를 혼내 주는 홍길동의 활약에 소저 역시 박수 치면서 좋아하지 않았습니까."

살짝 날이 오른 무혁의 음성에서 격양된 기운과 성글진 짜증이 묻어났다. 운해는 잠시 호흡을 가다듬는 척 말문을 닫고서 무혁의 안색부터 살폈다. 뾰루퉁하니 부푼 눈자위에 서운한 기색이 또렷하였다.

비록 한 끼나마 수표교 아이들에게 고기를 먹이고 싶은 마음으로 투전판에서 밤까지 지새우며 돈을 마련해 왔을 것이다. 칭찬은 고사하고 운해가 듣기 싫은 잔소리만 늘어놓으니 섭섭할 만도 하였다.

"도련님."

"또 뭐요?"

무혁이 불뚝거렸다. 운해는 피식피식 웃음이 났다. 진즉 관례를 치르고 상투까지 틀었으면서 하는 행동은 영락없는 아이였다.

"소녀는 도련님이 좋습니다."

담담한 고백이나 더할 나위 없는 진심이 어려 있음을 무혁은 알 수 있었다. 떨리는 숨결과 수줍은 눈빛이 운해의 마음을 오롯이 대변하였다. 와락 끌어안고 싶은 충동을 무혁은 가까스로 참았다. 서운함이 단박에 잊어졌다. 발그레 뺨을 붉히고 앉은 운해가 미치도록 사랑스러웠다. 주체할 수 없을 정도로 마음이 휩쓸렸다. 그럼에도 애써 말짱한 척 굴었다.

"내 어디가 좋습니까?"

운해를 바라보는 먹빛 눈동자에 어느새 혹 열이 끼쳐 올랐다. 한결 그윽하게 변한 눈빛으로 무혁이 연한 미소를 머금었다. 운해 또한 말간 눈웃음을 무혁에게 되돌렸다.

"부모덕으로 놀고먹는 왈짜들에게 본때를 보여 주는 도련님이 좋습니다. 집도, 부모도 없이 떠도는 우리 애들을 따뜻이 가슴으로 품어 주는 도련님이 참말 좋습니다."

"그리고요?"

무혁이 더 많은 칭찬을 조르는 아이처럼 재촉을 하며 운해 쪽으로 부쩍 다가와 앉았다. 나란히 마주 대한 무릎에서 얇은 비단 자락이 하나로 섞여 사부작사부작 비벼졌다.

"도련님이 언제까지나 힘없는 백성들 편이면 좋겠습니다. 훗날 높은 자리에 올라도 지금의 그 마음 변하지 않았으면 정말 좋겠습니다."

"어째 과거 시험을 치르라는 소리보다 더 무섭습니다. 반드시 소저의 기대에 부응해야 할 것만 같아 부담감이 팍팍 드는군요."

"그리해 주시겠어요?"

운해가 기대에 차서 물었다. 무혁은 대답 대신 운해의 손목을 가만히 붙들어 쥐었다. 운해가 후다닥 상체를 저만치 뒤로 물리면서 붙잡힌 오른손을 바르작거렸다.

"남들이 보면 어쩌려고요."

"여기 우리 말고 아무도 없습니다."

"누가 지나가다 볼 수도 있잖아요."

"까짓 보라지요. 우리가 못 할 짓하는 것도 아니고. 이왕 말나온 김에 못 할 짓도 해 버릴까요?"

"놀리지 마시어요."

부끄러워 어쩔 줄을 모르는 운해의 모습에도 무혁은 아랑곳하지 않았다. 오히려 손목을 붙든 손가락에 힘을 더하였다. 이대로 영영 놓아주지 않을 것처럼 운해의 손목을 한껏 조였다. 운해가 당혹감이 번지는 눈망울을 살포시 들어 가만히 무혁을 올려다보았다.

무혁은 흑자색 고운 눈동자를 지그시 응시하며 천천히 고개를 가로저었다. 붙잡은 손을 빼지 말라고, 옆에 가까이 있으라고, 도망치면 안 된다고, 간절히 부탁하는 먹빛 눈동자가 올곧고 진중하였다.

"나 또한 소저가 좋습니다. 그대가 생각하는 것 이상으로. 무척이나."

"도련님……."

"소저랑 둘이서 하고 싶은 일이 많아요. 겨우겨우 참고 있으니까 이렇게 손이라도 잡게 허락해 줘요. 아니면 진짜로 그대에게 무슨 짓을 할지도 모릅니다."

"그러지 마시어요."

운해는 싫지 않은 얼굴로, 어쩌면 살짝 기대에 차서 앙탈 아닌 앙탈을 부렸다. 무혁이 기분 좋은 얼굴로 하하 웃었다.

"우리 내일은 풍음을 타고 조금 멀리 나갑시다. 전날 보니 제법 잘 타더군요. 이제 겁도 안 내고."

"그거야 도련님이랑 함께 탔으니까요. 소녀 혼자서는 무리예요. 군마든 조랑말이든 아직 무섭다고요."

"그럼 내일도 나랑 같이 탑시다. 늦더위를 피해 탁족이라도 할까요? 차가운 계곡물에 발을 담그면 제법 시원할 것입니다."

"죄송해요. 내일은 남산골 고모한테 가 보려고요."

운해는 말소리를 조심스럽게 흘렸다. 둘이서 풍음을 타고 피서를 가자는 무혁의 제안을 거절하는 것이 마음에 걸렸다. 다행히 무혁이 다 이해한다는 듯 따뜻한 눈길로 이야기를 받았다.

"얼마 전 집을 나갔다는 고모부 일로요?"

"예. 말없이 출타한 지 벌써 열흘이 넘었거든요. 고모의 마음고생이 이만저만이 아니어요. 고모부를 찾아 달라고 관아에 청탁도 넣었다더라고요."

"악덕 고리채 때문에 설주를 피해 잠시 몸을 숨긴 것 같다고 하지 않았습니까?"

"그렇기는 한데, 여직 고모부한테서 연통이 없으니 애가 타는 모양이어요."

"무소식이 희소식일 수도 있지요."

"소녀도 그렇게 빌고 있어요."

"계곡 나들이는 다음 날로 미뤄야겠군요."

"예."

운해의 다소곳한 대답이 떨어지자 무혁의 눈가에 짓궂은 미소가 번졌다.

"남녀가 유별한데 단둘이서 무슨 나들이냐고 펄쩍 뛰지 않네요. 나랑 같이 풍음을 타고 가서 계곡물에 발 담그는 것은 부끄럽지 않나 봅니다."

"왜 또 이러시어요. 소녀도 도련님이랑 하고 싶은 일쯤은 있다고요."

운해가 샐쭉 토라져서 말하였다. 스스러워하면서도 당당히 진심을 이야기하는 운해의 사랑스러움에 무혁은 그만 이성을 앗기고 말았다. 아까부터 아슬아슬하던 자제심이 결국 바닥을 드러냈다. 다짜고짜 운해의 손목을 잡아끌었다. 어리둥절해하는 그녀를 데리고 앞마당을 돌아 초가 뒤쪽 안뜰로 달렸다. 어느 누구의 시선도 쉽게 닿지 못할 곳에 이르러 와락 운해를 품에 안았다. 몇 날 며칠 가슴에서 기승을 부리던 고백이 봇물처럼 터졌다.

"그대를 연모합니다."

"아아."

운해도 벅찬 감정을 어쩌지 못하였다. 속절없이 떨리는 손길로 무혁의 전복 자락을 움켜잡았다. 본능이 시키는 대로 제 몸을 무혁에게 밀착시켰다. 그런 운해를 무혁이 바투 끌어안았다.

"그대를 아주 깊이 연모합니다."

"……소녀도요."

제멋대로 뛰는 심장 박동이 운해의 목울대를 타고 올라 입술을 비집었다. 짤막한 탄성인 듯, 혹은 거붓한 한숨인 듯 그렇게. 무혁이 고개를 내렸다. 동시에 운해도 발끝을 세웠다.

파문지영
波紋之影

파문의 그림자

"아이고, 서방님!"

지이가 초록 빛깔 무문갑사(無紋甲紗) 치맛자락을 양손으로 틀어쥐고 한차례 마른 울음을 쥐어짰다. 그대로 절퍼덕 바닥에 엉덩이를 주저앉히더니 몹시 애통한 양 주먹으로 땅을 쳐 댔다.

"아이고! 아이고!"

"이보오, 찬찬히 다시 보시게. 죽은 이가 참말로 자네 바깥사람 맞는가? 더운 날씨로 시신이 많이 상하였네. 얼굴을 알아보기가 쉽지 않을 것인데……."

우포청 박만호 포도부장의 말소리가 저절로 흐려졌다. 지아비를 잃은 여인의 심사를 섣불리 건드리고 싶지 않았다. 수사랍시고 한 소리 건네려다 공연한 꼬투리를 잡히는 경우가 가끔 있었다. 그럴 때면 슬픔을 이기지 못한 유족한테 애꿎은 봉변을 당하기 십상이었다.

만호는 어깻숨을 한차례 내쉬었다. 눈물도 없이 주구장창 마

른 곡소리만 쏟아 내는 지이를 내려다보는 만호의 눈가로 귀찮
아하는 기색이 번졌다.

아무래도 이번 사건은 복잡해질 공산이 컸다. 산속에서 길을
잃고 헤매다 실족사를 당한 것이라면 단순 사고사로 처리해 버
리면 그만이다. 그런데 날카로운 흉기에 의한 살인이라고 규정
한 검안 보고서가 사체와 함께 올라온 것이다.

불현듯 만호는 짜증이 일었다. 구더기가 들끓기 시작한 얼굴
없는 시신과 이 무더운 여름날 씨름할 일이 까마득하다. 더욱이
살인의 증좌를 찾으려면 사체를 발견한 목멱산 일대를 샅샅이
뒤지고 돌아다녀야 한다. 벌써부터 숨이 막혔다.

"다시 꼼꼼히 보시게. 호패도 없고 얼굴도 많이 상한 시신일
세. 신원을 확인하는데 있어서 가족의 증언이 무엇보다 중요하
다는 뜻이야."

"몇 번을 봐도 우리 바깥양반 맞습니다. 내가 무슨 덕을 보자
고 거짓을 고하겠소. 아이고, 서방님! 손과 발도 영락없는 우리
서방님이오. 저 쪽빛 답포는 지난달 내가 이 손으로 한 땀 한 땀
지어서 입혀 드린 거란 말이오. 아이고! 아이고!"

"의복이야 얼마든지 바꿔치기할 수 있는 것 아닌가."

지이가 별안간 고개를 빠짝 치켜들었다. 꼿꼿한 눈동자로 만
호를 올려다보며 말소리를 표독스럽게 쏘았다.

"아무리 내가 이십오 년을 아랫배 맞추고 산 서방조차 못 알
아보겠소. 아이고, 서방님! 이리 허망하게 가시면 소첩은 어쩌라
고. 아이고!"

다시 마른 울음소리를 토하며 지이가 격한 몸부림을 쳐 댔다.
두텁게 쏟아져 내리는 만호의 한숨 소리가 한층 깊어졌다.

"집 나가던 날 자네 바깥사람의 행적을 소상히 말해 보시게. 이상한 점은 없었는지. 평소와 다른 언행 같은 것 말일세."

"그날도 여느 때와 별반 다르지 않았소. 일찌감치 저녁을 차려 달라고 해서 자시고는 잠깐 내 친정 오라비를 만나고 오겠다며 집을 나섰지요. 그 후로 서방님 얼굴도 보지 못하였고. 연락도 전혀 없었소."

"밤새 연락도 없이 집에 들어오지 않았다. 그 말인가?"

"그렇소."

"그날 밤이든 다음날 아침이든 사람을 찾아 나섰어야 하는 것 아닌가?"

만호의 득달같은 추궁에 지이가 눈초리를 뾰족하니 갈아 세웠다. 또박또박 힘주어 나오는 목소리에도 차디찬 기운이 넘쳤다.

"기방에 갔으려니 여겼지요. 며칠을 입버릇처럼 마음이 심란하다 하였소. 당연히 술이 당겼을 것이라 생각하였지요."

"자네 바깥사람이 마음이 심란하다고 말한 연유는 무엇인가?"

"규방에 든 아낙이 바깥일을 어찌 알겠소이까."

딱 잘라 모른다고 잡아떼는 지이의 표정이 지나칠 정도로 쌀쌀맞았다. 만호는 눈물 자국 하나 없는 지이의 얼굴을 가느스름하니 말아 뜬 실눈으로 살폈다. 상투를 튼 머리꼭지가 선득하니 식었다. 피살자와 관련하여 지이가 아는 바를 제대로 고하지 않고 있음이 분명하였다.

일개 포도나졸로 우포청에 들어와 지난 십수 해 동안 사건 현장에서 잔뼈가 굵었다. 포도부장이 된 오늘까지 머리카락을 쭈뼛 세우는 지금과 같은 예감은 언제나 적중해 왔다. 표독스럽기가 그지없는 저 아낙이 심중에다 꽁꽁 감추어 놓은 것이 대체 무엇일까 궁금하였다. 차마 말 못 할 비밀일 수도 있고, 구린내 진동하는 비리일 수도 있었다.

만호는 범인을 문초할 때와 마찬가지로 말소리를 완강하고 날카롭게 만들었다. 지이를 몰아세우는 만호의 음성이 우포청 너른 마당 가득 쩌렁쩌렁 울려 퍼졌다.

"당장 아는 대로 전부 고하시게! 만일 한 치의 숨김이라도 있었음이 밝혀질 시에는 그 죄를 엄히 물을 것이야."

"이보게 박 부장!"

만호와 지이를 지켜보기만 하던 종사관 변인몽이 갑자기 나섰다.

"예, 종사관 나리?"

"그만하면 되었네. 가서 저 아낙의 친정 오라비를 데려오게."

"하지만 미심쩍은 점이……."

"어허! 그만 되었다지 않나. 당장 가서 그 오라비라는 자를 붙잡아 오라니까."

인몽이 만호의 이야기를 재우쳐 자르며 눈을 부릅떴다. 무조건 상명하복 하라는 경고였다.

"명, 받겠습니다."

"오라비라는 자의 문초는 내가 직접 할 것이네."

"알았습니다."

고개 숙여 예를 갖추는 만호의 탁한 눈동자 속으로 해묵은 무심함이 깃들었다. 죽은 자의 원혼보다 산 자의 밥줄이 더 중한 법이었다.

　　　　❂　　　　❂　　　　❂

　철릭 자락을 펄럭이며 우포청을 나서던 종호는 대아문을 넘어 마당 안쪽으로 들어서는 운해와 마주쳤다. 핼쑥하고 초췌한 모습의 운해는 늘 곁을 따르던 몸종조차 없는 혼자 몸이었다.

　"소저께서 험악한 포도청에는 어인 일이십니까?"

　종호가 먼저 가벼운 묵례를 건넸다. 운해도 다급한 발걸음을 멈추고 다소곳이 고개를 숙였다.

　"만나 볼 분이 계셔 잠시 들렀습니다."

　"누구를요?"

　종호는 시종 따뜻한 시선으로 운해의 얼굴빛을 살폈다. 만나고자 하는 이가 누구인지 대충 짐작이 갔다. 살인 혐의로 조사를 받고 있는 지충의 구명을 위해 요즈음 운해가 백방으로 노력 중이라는 소리를 엊그제 전해 들었다.

　"변인몽 종사관 나리입니다."

　운해는 지푸라기라도 잡고 싶은 심정으로 달영의 살인 사건 조사 담당관의 이름을 입에 올렸다. 벌써 며칠째 인몽과의 면담 요청을 거절당하고 있다. 사건 조사에 영향을 끼칠 수 있으니 운해와의 만남이 부적절하다는 것이 인몽의 거절 사유였다.

　"그 어른을 왜요?"

　종호는 일부러 인몽과 부자지간임을 밝히지 않았다. 운해가 저만치 눈길을 비켜 내리더니 헛숨을 크게 들이켰다. 잇따라 운해의 입술을 뚫고 새어 나오는 한숨 자락이 깊고도 무거웠다. 그동안 마음고생이 어지간하였던 모양이다.

"아버지가 이곳 우포청 옥사에 갇혀 계십니다. 무고한 고초를 당하시는지라 이대로 두고 볼 수가 없어서요. 사건을 맡은 종사관 나리에게 소녀가 직접 탄원이라도 해 보려고 합니다."

"일개 종사관에게 무슨 힘이 있으려고요. 이왕 탄원을 하고자 마음먹었으면 힘 있는 자를 찾아가야지요."

"그래도 사건을 직접 조사하는 변인몽 종사관이⋯⋯."

"참으로 딱하십니다. 담당 종사관이 독단으로 사건을 처리하는 일은 없습니다. 수사와 관련한 모든 것은 윗선의 명과 허락이 있어야만 한다, 그 말이지요."

"윗선이라 하시면?"

"당연히 이곳 우포청을 총괄하는 포도대장 강대건 영감이지요. 오늘은 일찍 퇴청하셨다고 하더이다. 댁으로 찾아가 탄원을 올리는 것이 어떻겠습니까?"

"지체 높으신 우포장 영감께서 소녀를 만나 주실까요?"

힘없이 말소리를 풀어내는 운해의 흑자색 눈망울이 심하게 흔들렸다. 일개 종사관에게조차 문전박대를 수도 없이 당하였다. 하물며 한성 바닥을 쥐락펴락 호령하는 포도대장이 한낱 여염집 아녀자에 불과한 운해를 만나 주겠나 싶었다.

"귀한 선물을 준비해 가세요. 두둑하게 값이 나가는 물건이면 좋겠네요."

"우포장 어른께 값나가는 선물을요? 강직한 분이라고 들었습니다."

"풍문이야 언제나 과장되는 법이지요. 세상에 돈 싫다는 사람은 없습니다."

종호가 은밀한 밀담을 속닥거리기라도 하듯이 목소리를 야트막하니 흘렸다. 운해는 잠시 생각에 잠겼다. 열릴 기미조차 없는 문을 계속해서 두드리느니, 새로운 문을 찾아 나서는 것이 차라리 지혜로운 선택일지도 모른다. 생각을 정리하자 당장 마음부터 바빠진 운해는 서둘러 종호를 향해 고개를 숙였다.

"고맙습니다. 도련님 말씀대로 우포장 영감을 찾아가 뵈어야겠습니다."

"지금 말입니까?"

"예."

"그 댁이 어딘지는 아십니까?"

종호가 얄팍한 눈가를 접었다. 운해의 얼굴에 낭패감이 스쳐 지났다. 마음만 앞서 정작 중요한 것을 까맣게 잊어버렸다. 도타운 탄식을 토하는 운해의 어깨 위로 메마른 양 절제된 종호의 웃음소리가 겹겹이 내려앉는다.

"일단 북촌으로 가세요. 장교(長橋) 근처에서 길 가는 사람 아무나 붙잡고 물으면 알려 줄 것입니다."

"여러모로 감사합니다."

"뭘요. 나라도 길잡이를 해 드릴까요? 하필 중요한 모임이 있기는 합니다만……."

"아닙니다. 도련님께 공연한 폐를 끼칠 수는 없지요."

"부디 좋은 소식 있기를 바랍니다. 선약 때문에 나는 이만……."

종호는 짧은 묵례로 작별한 다음 다방골* 명월각 쪽으로 걸음을 재촉하였다. 치영과의 약속까지 족히 반 시진도 넘게 남았지

---

*현재의 다동 일대.

만 운해에게 바쁘다는 인상을 주려는 의도였다. 도와주고 싶은 마음은 굴뚝같으나 피치 못할 급한 볼일 때문에 하릴없이 자리를 뜨는 것처럼 보이기를 바랐다.

발걸음을 재게 놀리는 종호의 머릿속에서 수많은 상념이 교차하였다. 다행히 자신과 인몽이 부자지간이라는 사실을 운해는 모르는 모양이었다. 치영이 중간에서 다리를 놓아 인몽과 지이 사이에 모종의 거래가 오간 것 역시 전혀 모르는 눈치였다.

게다가 무혁이 대건의 아들임을 여태 알지 못하는 듯하였다. 알았으면 인몽을 만나려고 하루에도 몇 번씩 우포청으로 걸음하는 헛수고를 하지는 않았을 것이다. 오히려 무혁을 통해 대건쪽에 먼저 선을 대려고 힘을 썼을 터.

종호는 길모퉁이를 돌기가 무섭게 발걸음부터 느긋하게 바꾸었다. 가느스름한 눈자위로 서늘하니 식은 미소가 빠르게 번져 나갔다. 타고난 성정이 대쪽 같은 대건의 평소 언행에 비추어, 과도한 선물을 들고 나타난 운해를 어떻게 대할지는 불을 보듯이 뻔하였다. 어디서 이따위 더러운 청탁이냐며 불호령이 떨어질 것이 틀림없었다.

아마도 대건은 운해의 순수한 성의를 오해할 것이다. 켕기는 구석이 있기 때문에 값비싼 뇌물을 제공한다고 말이다. 당연히 운해는 운해대로 서운한 마음이 들 것이다. 힘깨나 부리는 자리에 있으면서도 지충의 억울한 사정을 들어 주지 않는다고 말이다.

이번 일로 운해와 무혁 사이에 감정의 골이 깊이 파였으면 좋겠다. 두 사람의 관계가 철천지원수처럼 영영 틀어져 버렸으면 정말 좋겠다.

더러운 술수를 써서라도 운해를 차지하고 싶은 마음이다. 추악한 덫에 빠진 지충의 억울한 형편 따위 모르는 척 눈을 닫고 귀를 막아 기꺼운 방관자가 되리라. 운해를 온전히 소유할 수만 있다면.

❖　　　❖　　　❖

운해는 단청을 입히지 않은 소박한 솟을대문을 앞에 두고 좀처럼 문을 두드리지 못하였다. 어떠한 말로 면담을 청하여야 대건의 마음을 움직일 수 있을지, 공연한 오해를 살까 염려되어 털레털레 빈손으로 찾아온 것이 과연 잘한 일인지, 지금이라도 성의를 표할 자그마한 선물을 준비하는 것이 나을지, 막막한 머릿속에서 막연한 생각들이 어지러이 들끓었다.

말이고 행동이고 하나부터 열까지 조심스럽지 않은 것이 없었다. 매사가 다 걱정스러웠다. 어찌 되었든 솔직함이 최선이리라. 우선 지충이 처한 사정부터 낱낱이 고한 다음 우포장 영감을 뵙기 원한다고 이야기하자 마음먹었다. 할 말을 입속으로 수십 번도 넘게 연습하고 또 연습을 하였다.

이러고도 끝내 강대건 영감을 만나지 못한 채 문전박대만 당하면 어떻게 해야 하지?

느닷없는 불안감이 초조한 가슴으로 불시에 들이닥쳤다. 애타는 시선을 솟을대문 완만히 오른 종마루 끝자락 처마 머리에 가져다 두었다. 연달아 숨을 골랐다. 제멋대로 뛰던 가슴이 조금씩 안정되었다.

오늘 거절당하면 만나 줄 때까지 우포청이고 자택이고 줄기차게 찾아가야겠다는 결심을 세웠다. 가만히 오른손을 들어 왼쪽 어깨로 올렸다. 소리 없이 도닥도닥, 스스로에게 힘을 내자 다짐을 하였다. 평소 아버지 지충이 힘내라 격려해 주던 것과 똑같이 도닥도닥.

눈물이 핑 돌았다. 여기서 약해지면 안 된다, 결코 울면 안 된다, 스스로를 다그쳤다. 동시에 헝클어진 마음을 다잡았다. 흩어져 어지러운 감정을 다시금 단단히 묶었다. 심호흡을 하며 막 대문을 두드리려는 차였다. 돌쩌귀가 묵직한 쇳소리를 내면서 돌더니 안에서부터 솟을대문이 열렸다.

"도련님. 조심해서 다녀오십시오."

나이 든 종복의 싹싹한 배웅을 뒤로하고 집을 나서는 젊은 사내의 모습이 눈에 익숙하였다. 무혁을 올려다보는 운해의 눈망울로 반가움보다 먼저 당황한 기색이 서렸다.

"도련님이 여기는 어떻게……."

"그대야말로 내 집에는 어쩐 일입니까?"

무혁이 솟을대문 밖에 서 있는 운해를 의아한 시선으로 응시하였다. 깊고 집요한 눈길을 운해는 제법 담담한 척 받아 냈다. 이것이 하늘이 준 기회인지, 짓궂은 운명의 장난인지 가늠하고자 하였다. 좀처럼 판단이 서지 않았다.

운해는 어깻숨을 지으며 무혁과 마주하던 시선을 솟을대문 추녀마루 쪽으로 옮겼다. 무혁이 반듯한 양반가의 자제임은 익히 알고 있었다. 하지만 누대에 걸쳐 조선 제일의 무관을 배출해 온 진주 강씨 일문인 줄은 몰랐다. 더욱이 포도대장 강대건 영감이 아버지일 줄이야.

"나를 만나러 온 것 같지는 않고……."

"우포장 영감을 뵙고자 해요."

"내 부친을요?"

"소녀의 아버지가 우포청 옥사에 갇혀 있어요. 살인 혐의로 조사받는 중이거든요. 아버지는 사람을 헤칠 분이 아니어요. 고모부를 죽였다니요. 이 무슨 말도 안 되는……."

조곤조곤 울리던 운해의 목소리가 결국 흐느낌으로 변하고 말았다. 억지로 울음을 삼키는 운해의 입술이 바람결에 흔들리는 여린 잎사귀처럼 파들파들 떨렸다.

"그만 진정하……."

무혁은 금세 말소리를 흐렸다. 이 와중에 진정할 수 있다면 오히려 그것이 더 이상하리라. 당장 운해를 품으로 당겨 안고 울지 말라 위로해 주고 싶었다. 괜찮다며 안심시켜 주고 싶었다. 무혁은 서둘러 운해를 솟을대문 안쪽 행랑 마당으로 이끌었다. 눈치 빠른 칠복이 두 사람의 등 뒤에서 재빨리 빗장을 걸어 잠갔다.

"소인, 할 일이 있는 것을 깜빡 잊었습니다요. 이놈은 이만 장작 패러 갑니다요."

칠복이 인사를 하는 둥 마는 둥 총총히 뒤꼍으로 사라졌다. 그때를 기다려 무혁은 행랑채 쪽마루로 운해의 손목을 잡아끌었다. 사붓이 어깨를 눌러 마룻바닥에 앉히자 운해가 눈물에 젖은 황망한 눈망울을 들어 무혁을 말없이 올려다본다. 두 사람의 눈길이 마주 닿았다. 순간 무혁의 가슴이 우르르 무너져 내렸다. 곤경에 처한 운해가 애틋하고, 애달프고, 애잔하여 울컥 목이 메었다.

"하나도 빼놓지 말고 소상히 나한테 이야기해요."

"아버지! 무혁입니다. 잠시 주렴을 걷어 보시겠습니까?"

무혁이 사랑 마당을 향해 난 미세기문 앞에 서서 차분한 말소리를 방 안쪽으로 넘겼다. 굵고 낮은 헛기침 소리가 들려오나 싶더니 목각 구슬을 꿰어 만든 주렴이 느릿하게 위로 올랐다.

"네 자형을 벌써 만나고 왔더냐?"

"아닙니다. 급한 일이 생겨 아직 가지 못하였습니다."

"무슨 급한 일?"

"운종가 시전 임지충 대행수의 여식입니다."

파르스름한 빛을 띤 대건의 날카로운 눈동자가 다소곳이 고개를 숙이는 운해 쪽으로 다가왔다. 운해는 그대로 바닥에 무릎을 꿇고 앉아 머리를 깊이 조아렸다.

"영감! 소녀의 아비를 살려 주십시오."

"이게 대체 무슨 일이야?"

노기를 품은 대건의 목소리가 운해가 아닌 아들에게 향하였다. 무혁은 옹송그린 운해의 가녀린 등줄기를 한차례 안쓰러운 눈으로 더듬고 아버지 쪽으로 시선을 똑바로 세웠다.

"소저의 고모부가 며칠 전 목멱산에서 변사체로 발견되었답니다. 그이가 사라지던 날 소저의 아버지와 소소한 말다툼이 있었는데, 그 일로 살인 혐의를 추궁받는 모양입니다."

"저 아이 아비라는 자의 그날 행적은?"

"저녁나절 출타하였다가 인정이 되기 직전 귀가하였다고 들었습니다."

"저녁 내내 어디를 다녀왔는지, 누구를 만났는지, 정확한 행적을 대면 될 일."

음절이 하나씩 뚝뚝 끊어져 떨어지는 대건의 말소리가 서름하였다. 무고함을 호소하려거든 국법 앞에서 당당히 하라는 뜻이었다. 하찮은 인정과 어설픈 인연에 기대지 말라는 경고였다. 또한 혼탁한 청탁으로 국법의 지엄함을 훼손하지 말라는 꾸짖음이기도 하였다.

구구절절 옳은 소리였다. 그러나 그날의 정확한 행적을 대지 못한다는 이유 하나만으로 지충을 옥사에 가둔 것은 지나친 처사였다. 살인을 자백하라 문초를 가함은 부당하였다. 국법이란 본래 사람을 위하여 사람이 만든 사람의 법이다. 그 속에 사람을 향한 배려와 정리(正理)가 존재하여야 마땅하다.

운해는 고개를 반듯하게 들어올렸다. 등줄기도 똑바로 곧추세웠다. 지충의 결백을 추호도 의심하지 않았다. 흔들림 없는 견고한 믿음이 서릿발 같은 대건의 위엄 앞에서도 운해를 당당하게 만들었다.

"소녀의 아비가 고모부를 죽였다는 명확한 증좌는 없습니다. 그 일을 직접 보았다는 목격자도 없습니다. 단지 그날의 행적을 대지 못한다 하여 아비를 살인자로 몰아가는 것은 부당합니다. 비록 우리 집안이 사대부는 아니나, 아비가 한때 나라의 녹봉을 먹은 역관이었습니다. 계청(啓請)*도 없이 고신(拷訊)을 가함이 어찌 합당하다 하겠습니까. 소녀의 아비는 결코 누구를 헤칠 사람이 아닙니다."

"허투로 고할 이가 아닙니다."

무혁이 조용하지만 심지가 느껴지는 단단한 어조로 운해를

---

*계청:임금의 허락.

두둔하고 나섰다. 대건은 표정을 감춘 눈길로 아들의 얼굴을 쏘아보았다.

"누구냐?"

"예?"

"저 아이와 너와의 관계를 묻는 것이다."

"전날 소자가 가진 재주를 조선의 안녕과 백성의 안돈을 위해써 달라고 청한 이입니다."

"허허!"

대건은 마른기침 속에 거붓한 한숨 자락을 숨겼다. 당당하다 못해 당돌하기까지 한 운해에게 이미 무혁이 마음을 빼앗겼음을 직감하였다. 그녀의 처지는 안쓰러우나 쉽사리 용납할 수 없는 일이다. 대건은 답답한 시선을 먼 곳으로 두었다. 하늘가에서 뉘엿뉘엿 기울기 시작한 낙조가 완강한 보랏빛으로 타오른다.

"사사로운 정에 이끌려 국법의 지엄한 판단을 흐려서는 아니 될 일. 저녁때가 다 되었구나. 내 집에 든 손님이니 밥은 먹여서 보내 거라."

차르르르, 주렴이 빠르게 내려앉았다.

"아버지!"

무혁은 급하게 대청마루를 향해 달렸다.

"그만 되었습니다."

고요한 물길 같은 담담한 음성이 마음 급한 무혁을 붙잡아 돌려세웠다. 바람 한 점 들지 않는 사랑 마당 한쪽 우두커니 주저 앉은 운해의 입가로 씁쓸한 미소가 번졌다. 세상을 달관한 듯한 소리 없는 웃음 속에 진득한 슬픔이 묻어 나왔다.

"소저……."

"소녀는 청원을 넣었고 우포장 영감께서는 들으셨으니, 이것으로 되었습니다."

운해는 접었던 무릎을 펴고 몸을 일으켰다. 치맛자락에 묻은 흙먼지를 털어 내는 운해의 손길이 제 것이 아닌 양 그저 무심하였다.

"어떻게든 답을 들어야지요."

혼자 애가 탄 무혁이 달려와 운해의 손을 부여잡았다. 운해는 손목으로 감겨드는 무혁의 크고 다부진 오른손을 한참이나 물끄러미 내려다보았다.

"답은 이미 들었습니다. 사사로운 정에 이끌려 국법의 지엄한 판단을 흐려서는 아니 된다고."

운해가 고개를 들고 무혁을 향해 비시시 웃어 보였다. 처연한 시선을 허공중으로 비긴 헛헛한 미소였다. 그것이 날카로운 비수가 되어 무혁의 가슴을 여지없이 난도질하였다. 누군가 속에서 심장을 손톱으로 할퀴어 대는 것 같았다.

"내가 다시 한번 아버지께 잘 말씀드려 보겠습니다."

"아닙니다. 아닙니다. 아닙니다."

운해는 흡사 혼잣말을 읊조리기라도 하듯 같은 대답을 세 번이나 반복하였다. 자칫 대건과 무혁에게 누를 끼칠 수도 있음을 이제야 깨달은 탓이다. 짐짓 말소리를 심상하게 꾸몄다.

"공연한 수고로 우포장 영감을 번거롭게 만들지 마시어요."

여전한 미소를 머금은 운해의 고개가 느릿느릿 도리질을 쳤다. 좌로 한 번 우로 한 번 고개가 흔들릴 때마다 아리고 여린 웃음 자락이 먼지 가루처럼 뿌옇게 흩어졌다 도로 흐릿하니 피어나기를 거듭하였다.

운해의 손목을 부여잡고 있던 무혁의 오른손에서 스르륵 힘이 풀렸다. 더 이상 운해를 붙잡을 수 없음을 무혁은 본능적으로 알아차렸다.

"그럼, 저녁이라도……."

"밥은 먹은 것이나 다름없습니다."

운해가 허리를 접어 깍듯이 예의를 지켰다. 무혁은 그마저도 가슴이 저리고 아릿하기만 하여 차마 바라볼 수조차 없었다. 질끈 눈을 감았다 뜨는 무혁의 눈시울이 우련 붉었다.

"집까지 같이 갑시다."

"괜찮습니다. 혼자 가겠습니다."

"내가 데려다준다니까요."

"혼자 가고 싶습니다."

잔잔히 흐르는 운해의 목소리가 꾹꾹 힘주어 뱉는 무혁의 말소리보다 더 강단지게 들렸다. 그 단호함에 도리 없이 무혁은 반걸음 물러날 수밖에 없었다.

"소저의 뒤를 조용히 따르겠습니다. 먼발치에서 따라만 갈 것입니다. 가는 길에 방해되거나 거치적거리는 일은 없을 것입니다. 그대가 무사히 집에 든 것을 확인하면 바로 걸음을 되돌리겠습니다."

낮지만 깊이 울리는 무혁의 음성이 몹시도 간곡하였다. 운해는 이것까지 거절할 수는 없었다.

"예."

무혁은 다섯 걸음쯤 떨어져 운해의 뒤를 따랐다. 운해가 비치적비치적 맥없이 걸어간다. 흡사 보이지 않는 힘에 떠밀리기라도 한 것처럼 운해의 뒷등이 한순간 휘청하면서 흔들렸다. 몸의 균형을 바로 잡고자 운해가 가던 발길을 멈추고 섰다. 억눌린 한숨을 내쉬는지 가녀린 어깨가 크게 들썩였다.

그 모든 동작들이, 그 모든 모습들이 무혁의 눈자위로 시리게 박혔다. 당장 달려가 운해를 부축하고 싶은 마음을 간신히 참았다. 애꿎은 주먹만 그러쥐었다. 뭉뚝한 손톱이 손바닥 안으로 빠르게 파고들었다. 무른 살갗을 찌르는 아픔보다 보잘 것 없는 가슴을 찌르는 고통이 수천 배를 더하였다.

굳이 혼자이길 원한다며 완강히 배웅을 물리치던 운해의 얼굴이 새삼 떠올랐다. 누가 열 손가락으로 심장을 쥐어짜 비트는 것처럼 아프다. 운해를 위해 그가 해 줄 수 있는 일이 아무것도 없다는 무력감이 통렬할 따름이다.

❖　　　❖　　　❖

운해는 앞장서 걸어가는 원유를 따라 우포청 옥사 안으로 들어섰다. 문지기에게 제법 많은 돈을 떠안겨 주고 나서야 겨우 허락받은 짧은 면회였다. 옥사 맨 끄트머리 방 짚더미 위에 지충이 가부좌를 튼 채 눈을 감고 앉아 있다. 그 모습을 보자마자 운해의 다리에서 힘부터 풀려 나갔다. 쉽사리 힘이 들어가지 않는 두 다리를 운해는 초인적인 의지를 발휘해 가까스로 지탱하였다. 여기서 그녀가 쓰러지면 아버지만 더 힘들 뿐이다.

험한 문초를 당한 지난 며칠 사이 어디 상한 곳은 없는지 세심한 눈길로 아버지를 살펴보았다. 굳게 닫힌 옥문 안쪽 마른 짚을 깔고 앉은 지충의 모습은 끔찍하다는 말로는 부족할 만큼 참혹하였다. 언제나 단정하던 상투는 비틀어져 산발에 가깝고, 옥빛 저고리와 바지 자락 군데군데 검붉은 피고름이 배어 나왔다. 말로 다하지 못할 지독한 곤욕을 치렀음이 분명하였다.

"아버지……."

끝내 운해의 다리에서 힘이 풀리고 말았다. 운해의 의지와 상관없이 제멋대로 휘청거리던 몸뚱이가 그대로 풀썩 흙바닥으로 허물어져 내렸다. 맥없이 주저앉아 운해는 쏟아지는 눈물을 억지로 참았다. 울음이 새지 않도록 입술 안쪽 속살을 한껏 깨물어 물었다. 입안에 비릿한 피 맛이 돌았다. 울음을 삼키려 아무리 애를 쓰고 기를 써도 속절없는 눈물은 자꾸만 방울방울 여울졌다. 너른 치마폭을 축축하게 적셨다.

흐릿한 울음소리를 용케 알아듣고 지충이 잠시 눈을 떴다 금세 도로 감았다. 흐느낌 소리 한 자락 감히 입 밖으로 내지 않으려 안간힘을 쓰는 딸을, 기껏해야 서러운 눈물만 하염없이 흘리고 앉은 딸을 차마 볼 수가 없음이었다.

"저 아이는 뭐 하러 데리고 왔는가?"

지충의 책망하는 말이 육중한 옥문 건너 저만치 떨어져 서 있는 원유에게 향하였다. 원유는 오랜 친구의 참담한 모습을 똑바로 마주하지 못하고 시선을 허공중으로 비켰다. 가슴이 미어졌다.

죽음까지 각오한 지충의 속내를 충분히 알기에……. 목숨을 버려서라도 믿음과 의리를 지키고자 하는 친구의 마음을 십분 헤아리기에…….

"딸이 제 아비 얼굴은 한번 봐야 하지 않겠나."

"무슨 좋은 꼴이라고 이 모습을 자식에게 보이겠는가."

"그래도 봐야지."

죽기 전에 한 번은.

말소리를 다 잇지 못하고 원유는 붉게 젖은 눈동자를 위로 들어 올렸다. 옥사 야트막한 천장에다 아픈 시선을 가져다 꽂았다. 옥사 안을 밝힌 횃불의 어룽진 그림자가 세파에 흔들리는 군상인 양 어지러웠다. 한 치 앞을 내다보기 어려운 작금의 상황과 묘하게 일치하였다.

"하기는 이렇게나마 저 아이 얼굴을 보니 나는 좋으이. 조금은 안심도 되고."

고맙네.

미처 다 전하지 못한 가슴속 이야기가 지충의 입안에서 매암을 돌았다.

어미도 없이 홀로 두고 가야 하는 딸아이가 못내 눈에 밟혔는데……. 딸자식 얼굴이 보고 싶어 이승에서의 마지막 발걸음이 쉬이 떨어지지 않으면 어쩌나 걱정하였는데…….

"이보게, 대행수. 이제라도 마음을 돌리시게. 하필 어렵고 힘든 길을 자청하는가?"

원유는 옥문으로 달려가 양손으로 두터운 문살을 움켜잡았다. 목숨을 내려놓고자 마음먹은 친구를 어떻게든 붙잡고만 싶었다. 안타까워 이대로 보낼 수가 없었다.

"이 길이 내가 가야 할 길임을 별제 자네도 잘 알지 않는가?"

지충이 피딱지 내려앉은 마른 입술을 외로 비틀면서 웃었다. 유순하고 맑으면서도 애틋하기가 그지없었다.

"그냥 이야기하시게. 그날 몇몇 아는 이들과 작은 모임을 가졌노라고. 살인의 누명은 벗을 것 아닌가. 일단 이 자리부터 모면하세."

"나 하나 살자고 수많은 믿음의 친구들을 팔아넘기라는 말인가? 나는 결코 교우들과 그분을 버릴 수가 없네."

"그날 나와 만났다고 하시게. 나도 자네와 함께 그 자리에 있었으니, 그리 말하시게."

원유의 간곡한 청원을 지충은 말없는 미소로 받아넘겼다. 살인의 혐의는 벗을지 몰라도, 자칫 잘못되면 천주학 때문에 친구와 죽음의 자리를 같이할 수도 있었다. 이승에서 저승으로 향하는 험난한 그 길에 길동무는 필요하지 않았다.

"이보시게, 별제. 그곳에는 내 먼저 가 있겠네. 천천히 따라오시게. 먼 훗날 우리 다시 보세. 그때까지 저 아이를 부탁하네."

지충이 환하게 웃었다. 애써 미소 짓고 있지만 실상은 눈물과 한숨으로 점철된 마지막 유지였다. 원유는 그 어느 때보다 강하며 검질긴 어조로써 지충의 이야기를 받았다. 죽음을 눈앞에 둔 친구를 향한, 또한 스스로를 향한 군건한 다짐이었다.

"운해는 걱정 마시게. 내가 책임지고 돌보겠네. 그분께서 나를 부르시는 그날까지 내 목숨처럼 귀히 여기겠네."

"됐네. 그것으로 되었네. 내 가는 길이 별제 자네 덕분에 한결 수월하겠구먼. 고마우이."

지충은 더욱 활짝 웃었다. 천주에 대한 믿음을 지키려면 하나뿐인 목숨마저 내려놓아야만 하는 시절이다. 하물며 신부를 초빙해 오는 일을 여럿이 도모하였다는 사실이 항간에 알려진다면 가뜩이나 천주학에 학을 떼는 조정(朝廷)이 발칵 뒤집힐 것이다. 그날 신묘에서의 모임에 함께 참여한 교우들의 목숨과 자신의 목숨을 맞바꾸기로 한 결정에 후회는 없었다.

"최 의원에게도 연통을 넣었네. 며칠 새 한양으로 돌아올 것이야."

"역병이 돈다는 급한 전갈을 받고 병자를 돌보러 간 사람을 뭐 하러 굳이 불러들였나. 경상도와 한양이 이웃집도 아니고."

"그래도 와야지. 와서 얼굴은 봐야지."

마지막 가는 길에.

묵직한 한숨이 전하지 못한 원유의 이야기를 대신하였다. 들리지 않는 원유의 입속말을 마치 알아들은 듯 지충이 가만가만 고개를 끄덕였다.

고맙다고, 참으로 고맙다고.

"운해야."

다정히 딸을 부르는 지충의 목소리가 포르르 떨렸다. 지충은 눈시울 가득 차오른 눈물을 몰래 감추고 운해를 향해 빙긋이 웃음을 지었다.

아무도 원망하지 마라. 이 또한 그분께서 정해 놓은 운명이려니.

"예, 아버지."

운해는 한 떨기 꽃같이 고운 미소를 지충에게 되돌렸다. 안간힘을 써서 웃는 운해의 두 뺨을 타고 말간 눈물방울이 후드득후드득 꽃처럼 떨어졌다.

"운해야."

지충은 빠르게 눈꺼풀을 깜빡거렸다. 제아무리 참고 또 참아도 자꾸만 솟는 눈물 때문에 딸의 곱디고운 얼굴이 보이지 않았다. 눈에 넣어도 아프지 않을 무남독녀, 세상 무엇과도 바꿀 수 없는 딸이 아련한 눈망울 속에 차곡차곡 담겼다. 가슴이 천 갈래 만 갈래 찢어졌다.

부디 잘살아야 한다.

"예, 아버지."

운해가 손바닥으로 입술을 틀어막았다. 끅끅, 억눌린 흐느낌 소리가 스산한 달빛이 빗발치듯 스며드는 옥사를 휘돌았다.

"운해야."

세 번을 잇달아 딸의 이름을 부르는 지충의 입에서도 억제된 울음소리가 꾸역꾸역 새어 나왔다.

사랑한다. 아주 많이 사랑한다.

"예, 아버지."

결국 운해가 치마폭에 얼굴을 파묻고 엉엉 목을 놓아 울었다. 격한 슬픔에 잠겨 몸부림치는 딸의 어깨를 다독이며 괜찮으니 울지 말라고 말해 줄 수 없음이 끝끝내 애달파서 지충도 참았던 눈물을 덧없이 쏟았다.

마음을 찢고 가슴을 후비는 애통한 서러움이 두 눈을 굳게 감고 선 원유에게 고스란히 전해졌다. 하늘이 원망스러운 밤이다.

천붕지통
天崩之痛

하늘이 무너져 내리다

"모르는 일이오. 오달영의 죽음과 나는 무관하오."

강력하게 혐의를 부인하는 지충의 말소리가 또렷하게 울렸다. 압슬(壓膝)의 고초를 당하는 자의 목소리라고는 믿어지지 않을 만큼 크고 명확하였다.

인몽은 초조한 마음을 이기지 못하고 등채(藤策)로 나무 걸상 팔걸이를 후려쳤다. 단단한 나뭇가지와 더 단단한 통나무가 서로 부딪쳐서 나는 소리가 이른 아침 피비린내로 진동하는 우포청 너른 마당을 온통 뒤흔들었다. 요란하고 신경질적인 그 소리에도 지충의 등허리는 꼿꼿하였다. 오히려 지충을 고문하던 포도군사들이 놀라 슬금슬금 인몽의 눈치를 보았다.

"더욱 세게 눌러라. 그 정도로 무릎이 바스러지겠느냐."

인몽의 명령이 떨어지기가 무섭게 포도군사 다섯이 우르르 지충에게 달려들었다. 너나 할 것 없이 돌덩어리에 체중을 실어 지충의 무릎을 사정없이 짓눌렀다.

"당장 이실직고하렷다!"

인몽의 시퍼런 서슬에도 지충은 두려움에 떨기는커녕 당황한 기색조차 보이지 않았다. 전과 다름없는 또릿또릿한 음성으로 대답을 하였다.

"나는 오달영을 죽이지 않았소이다."

"감히 어디서 거짓을 고하느냐. 여봐라! 저자가 아직도 정신을 차리지 못하였구나. 뜨거운 맛을 봐야 할 모양이다. 저 자의 무릎을 돌로 힘껏 내리쳐라."

"예, 종사관 나리."

포도군사 여럿이 낑낑거리면서 무거운 돌덩어리를 위로 들어 올렸다가 아래로 떨어트렸다. 우두둑, 지충의 무릎뼈가 부서지고 돌덩어리가 퍽 소리와 함께 땅바닥으로 나뒹굴었다. 양쪽 무릎이 몽땅 부서졌음에도 지충은 비명을 내지르지 않았다. 심지어 신음조차 없었다. 핏방울이 솟아나도록 입술을 꽉 깨물고서 뼈가 바스러지는 고통을 오롯이 감내하였다.

"지독한 놈."

이맛살을 구기고 앉은 인몽의 입에서 한바탕 욕지거리가 쏟아졌다. 몽둥이로 때리고, 주리를 틀고, 압슬을 가해 무릎까지 두 동강을 내놓았다. 이 정도 고문을 가하였으면 없는 죄라도 만들어서 제 놈 짓이라고 자백해야 한다. 무릎에다 돌덩어리를 얹는 시늉만 해도 자지러지며 오줌을 지리는 놈들이 태반이다.

그런데 지충은 처연한 낯빛으로, 고문을 가하는 포도군사들의 일거수일투족을 묵묵히 지켜보았다. 삶과 죽음을 초월한 모습이었다. 무심한 눈빛이 새삼 태연자약하기까지 하였다.

만약 지충이 끝까지 살인죄를 자백하지 않고 버틴다면 인몽의 자리가 위태로워질 것이다. 병조 판서 김일순 대감은 아들 치영을 앞세워 하루속히 수사를 종결하라고 압박을 가하였다. 또한 오달영의 처 임지이는 매일 우포청으로 찾아와 빨리 지충의 자백을 받아 내라며 닦달을 쳐 댔다.

설상가상으로 우포장 강대건 영감으로부터 이번 살인 사건과 관련한 모든 조서를 빠짐없이 챙겨 올리라는 명까지 떨어졌다. 사방에서 옥죄여 드는 압박으로 인몽은 극심한 초조감을 느꼈다. 빠짝빠짝 타들어 가는 입술을 이로 짓이기듯이 잘근잘근 씹었다.

"임지충! 후안무치라 하였다. 정녕 네놈이 염치를 아는 자라면, 하늘과 주상 전하 앞에 낱낱이 죄를 고하고 마땅히 용서를 빌어야 할 것이다."

"하지도 않은 일을 어찌 하였다 말하라고 하시오. 나는 오달영을 죽이지 않았소이다."

"죄를 고하지 않으면 죽음을 면치 못할 것이야."

카랑카랑 울리는 인몽의 엄포를 듣고 지충이 검붉은 선혈로 물든 입가에 피식 쓴웃음을 피웠다. 선득한 기운이 깃든 핏빛 울음이자 죽기를 각오한 자의 마지막 기개였다.

"고문을 모면하고자 거짓 진술을 할 수는 없소이다. 하늘을 우러러 한 치의 부끄러움도 없으니, 죽음으로써 내 무고함을 강변할 뿐이오."

순간 인몽은 이번 사건의 전말을 지충이 정확하게 꿰뚫어 보고 있음을 깨달았다. 문초를 견디지 못해 허위로 죄를 자백한다면 당장 이 자리는 피할 수 있을지 모른다.

그러나 이미 살인을 시인하였으므로 국법에 따라 사형에 처

222

해질 것이 명약관화하였다.

또한 무고함을 주장하며 버틴들 하루하루 더해지는 참혹한 고문을 오래 견디지 못할 것이다. 결국 구천을 떠도는 불귀의 객이 되는 것은 자명한 이치였다. 이래 죽으나 저래 죽으나 죽기는 마찬가지. 어차피 죽어야 한다면 모진 고초에도 마지막까지 무죄를 주장하다 죽겠다는 심산이리라.

"참으로 지독한 자로다!"

인몽은 바드득 어금니를 갈았다. 고문에 못 이겨 죄를 시인하는 자들은 살고자 자백하는 것이 아니다. 어떻게든 고문을 모면한 후 조금이나마 편하게 죽고자 하는 인간 본심의 발로였다. 그런 본능마저도 초개와 같이 버린 자라면 최대한 서둘러서 죽여야 한다. 그래야만 뒤탈이 없을 것이다. 마음을 정한 인몽은 큰소리로 명을 내렸다.

"피점난장(被苫亂杖)*을 시행하라!"

인몽의 명이 떨어지자 포도군사 다섯이 우왕좌왕 서로의 눈치를 보았다. 말이 좋아 피점난장이지 뭇매로 다스려 지충을 죽이라는 것과 다름없었다.

"종사관 나리, 피점난장은 자칫……."

보다 못한 만호가 나섰다. 휘하 포도부장의 만류를 재우쳐 무질러 버리는 인몽의 낯빛이 격한 분노를 뿜으며 시뻘겋게 달아올랐다.

"당장 저자를 매우 치지 못할까!"

서릿발 같은 고함에 놀란 포도군사들의 손발이 분주해졌다.

---

*피점난장:거적으로 덮어 놓고 여럿이 매타작을 하는 고문.

무릎이 바스러져 걷지 못하는 지충의 사지를 질질 끌어다 눕히고 마른 짚을 엮어 만든 이엉으로 돌돌 말았다.

"나는 오달영의 죽음과 무관하오. 나는 살인을 저지르지 않았소. 하늘은 모든 진실을 알고 계시오."

지충은 죽음의 자리에서조차 다부진 목소리를 내어 무고함을 역설하였다.

퍽! 퍽! 퍽!

길고 단단한 몽둥이가 이엉에 싸인 지충의 몸뚱이를 무섭도록 내려쳤다. 살갗이 찢기고 살점이 떨어져 나갔다. 사방으로 붉은 핏줄기가 튀었다. 짙은 피비린내, 역한 죽음의 냄새가 눈을 감고 누운 지충의 콧속으로 역류해 들어왔다.

숨을, 쉴 수가, 없었다.

퍼억 하며 둔탁한 소리가 나는가 싶더니 누군가가 후려친 몽둥이질이 지충의 머리통을 짓이겼다. 희미한 등잔 불빛처럼 깜빡이던 의식이 까무룩 가라앉았다.

마침내, 숨이, 멎었다.

✿   ✿   ✿

아무렇게나 덮어 놓은 거적 아래 검붉은 핏덩이가 흥건하다. 질척질척 끈적이는 피의 바다 위로 죽은 이의 몸에서 뜯겨져 나온 크고 작은 살점들이 둥둥 떠다닌다.

운해는 반쯤 넋이 나간 상태였다. 지충의 살과 피가 어지럽게 뒤엉킨 웅덩이를 우두커니 내려다보았다. 저승사자가 등장하는 괴기스러운 패설잡기의 한 대목을 직접 눈으로 보고 있는 기분이었다.

"수레를 끌고 우포청으로 오라는 소리가 어째 이상하다 싶었어라. 아기씨, 대행수 어른 시신은 이놈이 알아서 잘 수습하겠습니다요. 험한 곳에 계시지 마시고 어여 저쪽으로 가시어라."

장돌이 지충의 죽음이 마치 제 탓이라도 되는 양 안절부절못하였다. 망연자실 선 운해를 향해 몇 번이고 허리를 굽혔다.

"저랑 저리 가시어요. 예, 아기씨?"

향이까지 나서서 재촉을 하는데도 운해는 제자리에서 꿈쩍도하지 않았다. 말소리는커녕 숨소리마저 잃은 채 멍하니 서 있기만 할 뿐이었다.

저러다 아기씨가 쓰러지지나 않을까, 혹여 정신줄을 놓으면어쩌나, 향이와 장돌은 걱정이 되었다. 그러면서도 선뜻 운해에게 팔을 뻗어 부축할 엄두를 내지 못하였다. 감히 옷자락이라도잡을라치면 그대로 먼지 가루로 변해 운해가 영영 사라질 것만같았다.

"아기씨! 제발 정신을 차리시어요. 이제 대행수 어른 장례도치러야 하는데. 그 일을 어찌 다 감당하려고 이러시어라."

향이는 그렁그렁 차오른 눈물을 다급히 옷소매로 문질러서닦았다. 제가 울면 아기씨가 뒤따라 통곡이라도 할 것만 같아도저히 눈물을 보일 수도 없었다.

"장돌아."

차마 사람의 목소리로는 들리지 않는 스산한 말소리가 고개숙인 향이의 정수리를 넘었다.

"예, 아기씨. 말씀하시어라. 이놈 듣고 있습니다요."

"급히 오동나무 관을 하나 짜 와야겠다."

"관이요?"

"거적에 싸서 모실 수는 없잖아."

"오동나무 관이야 웃돈을 얹어 주든지 통사정을 하든지 당장에라도 구할 수 있습니다요. 다만 입관을 하려면 먼저 염습부터 모셔야 하는데……."

장돌이 말꼬리를 흐리며 가지런히 앞으로 모은 양손을 비벼 댔다. 갈피 없이 어찌할 바를 모르는 장돌의 모습에서 한없는 송구함이 배어 나왔다.

"염습?"

운해가 망연히 되물음을 하였다. 넋을 잃은 아기씨 앞에서 장돌은 그저 머리를 조아리고 또 조아렸다.

"망자의 몸을 깨끗이 닦고 수의로 갈아입히는 일이어라. 사방이 뻥 뚫린 여기서 할 수는 없습니다요. 이놈이 성심을 다해 대행수 어른 시신은 잘 수습해서 모실 것입니다. 아기씨는 아무 걱정 마시어라. 파주 선산으로 가실 것이지요?"

"일단 집으로 모시고 가자."

"예에? 집 밖에서 돌아가신 분을 집 안으로 모시고 들어가는 법은 없어라. 예법에 어긋납니다요."

장돌은 황망해하는 얼굴을 급히 들어 올렸다. 운해가 모든 세상사를 달관이라도 한 듯 담담한 시선을 멀리 두고 비시시 입가에 미소를 머금었다. 장돌은 후다닥 머리를 다시 조아렸다. 저절로 눈이 질끈 감겼다. 극심한 슬픔을 견디다 못한 아기씨가 끝내 정신을 놓았구나 싶었다.

"예법도 사람을 위해 사람이 만든 사람의 것 아니더냐. 딸이 죽은 아버지를 집으로 모셔 염습을 하고 제대로 절차를 밟아 장례를 치르겠다는데, 예법에 어긋난다고 손가락질을 한다면 손가락질하는 자들이 이상한 것이겠지."

"하오나, 아기씨."

"손가락질이 무서워 아버지의 장례를 밤도둑처럼 몰래 치를 수는 없다. 그거야말로 예법에 어긋나며 자식 된 도리도 아닐 것이야."

운해가 담담하게 이야기하였다. 장돌은 아무 말 없이 허리를 깊숙이 숙여 어린 주인의 지엄한 명을 받들었다. 아기씨가 정신을 놓은 것이 아니라, 오히려 전보다 한층 야무지고 한층 단단해졌음을 느낄 수 있었다.

"장돌이는 어서 수레에 아버지를 모셔라. 집으로 가자."

"예, 아기씨."

장돌이 거적에 싸인 지충의 시신을 조심스러운 손길로 안아 수레로 옮겼다. 축 늘어진 거적더미 끝자락에서 검붉은 핏방울이 뚝뚝 떨어져 땅을 적셨다. 메마른 땅 속으로 빠르게 스며드는 핏자국을 운해는 붉게 핏발 선 눈으로 좇았다. 아버지의 죽음과 연관된 자들에게 반드시 저 피값을 치르게 하고 말리라, 다짐하였다. 단호한 손길로 저고리 옷고름을 풀었다. 연이어 치마 매듭도 스스럼없이 지웠다.

"아이고, 아기씨!"

소스라치게 놀란 향이가 사색이 되어 달려왔다. 어떠한 거리낌도 없이 다홍색 비단 치마를 벗어 던지는 운해의 양손을 황급히 부여잡았다.

"갑자기 왜 이러시어요? 이러시면 아니 되시어라."

"놓아라. 어버이가 돌아가셨는데 자식 된 자가 어찌 채색옷을 몸에 걸치겠느냐."

운해는 완강하고 매몰찬 동작으로 향이를 저만치 밀쳐 냈다. 진초록 갑사 저고리를 마저 벗었다. 새하얀 소복 차림으로 서서 귀밑머리 끝 대롱대롱 매달린 금박 물린 댕기도 풀었다. 붉은 당혜와 모시 버선까지 전부 벗어 버렸다.

"아기씨……."

향이가 함부로 벗어 놓은 운해의 옷가지와 신발을 챙기며 훌쩍훌쩍 애통한 눈물을 쏟았다.

"울지 마라. 나 또한 울지 않을 것이다. 아무도 울지 마라. 아버지는 마지막 숨이 끊어지는 순간까지 결백을 주장하셨다고 한다. 억울한 주검 앞에서 누가 감히 눈물을 보이겠느냐!"

"명심하겠습니다요."

"그만 가자."

쇠고삐를 틀어쥔 장돌이 지충의 시신을 태운 수레를 끌고 앞장서서 걷기 시작하였다. 덜커덩 덜커덩 소달구지가 지나간 그 길을 소복을 입은 운해가 맨발로 따랐다. 그 뒤를 향이가 울지 말라는 상전의 엄한 명에 꾸역꾸역 눈물을 삼키면서 좇았다.

피투성이 망자를 실은 수레와 소복을 입고 걸어가는 젊은 여인의 모습은 길거리 행인들의 시선을 온통 사로잡았다. 가뜩이나 수선스러운 저잣거리가 세차게 태풍이 이는 듯 술렁거렸다.

"에고! 끝내 죽었구먼, 죽었어."

나이 지긋한 여리꾼 아낙이 끌끌 혀를 찼다. 방금 전까지 난전 좌판에서 비단 향낭을 기웃거리던 사내가 호기심에 차서 물었다.

"죽은 자가 누군데 그러오?"

228

"대행수 임지충 어른이잖소. 운종가 시전이고 난전이고 죄다 저 어른 소유라 해도 과언이 아닌데. 돈이 많으면 뭐하누. 세상 한 번 살다가 한 번 죽는 이치는 누구나 똑같은 것을."

"돈 많은 장사꾼 마지막 가는 길이 어쩌다 저리 초라하오?"

"그야 사람을 죽였다고 우포청에……."

여리꾼 아낙이 이야기를 다 끝맺지 않아서였다. '살인자다' 라는 고함 소리가 소란스러운 저잣거리를 뒤흔들었다. 주먹만 한 돌멩이가 망자를 태운 소달구지를 향해 날아갔다. 그것을 시작으로 얼굴 없는 성난 군중의 매타작과도 같은 돌팔매질이 계속해서 이어졌다. 개중 하나가 덜컹이는 수레바퀴에 맞아 뒤따르던 운해 쪽으로 튕겨 나갔다.

바로 그때였다. 돌개바람처럼 날아든 짙은 자색 그림자가 소복 차림의 운해를 온몸으로 감싸서 안았다. 사나운 돌멩이가 무혁의 어깨를 스치고 지나 길바닥 위로 힘없이 나동그라졌다.

"누구냐, 감히 망자의 가는 길을 가로막고 서는 자가?"

서릿발과도 같은 무혁의 목소리가 저잣거리 이편에서 저편까지 쩌렁쩌렁 울려 퍼졌다. 섣불리 근접하기 어려운 위엄으로 넘치고 그 기세는 참으로 맹렬하였다. 군중 사이에 숨어 기껏해야 돌팔매질이나 하던 자들이 슬그머니 손에 쥔 돌멩이를 내려놓고 줄행랑을 쳤다.

그런 와중에도 지충의 시신을 태운 소달구지는 덜커덩 덜커덩 무심히 제 길을 갔다. 운해 또한 등줄기를 꼿꼿하게 곧추세우고 뚜벅뚜벅 죽은 아버지의 뒤를 굳건히 지켰다.

후드득후드득. 핏기 없는 운해의 두 뺨이 불현듯 젖어들었다. 어느새 좁다란 어깨까지 축축이 젖었다. 지난여름 석 달하고도 열흘을 애타게 기다려 온 빗줄기가 그렇게 소리도 없이 부슬부슬 내렸다. 운해는 빗물에 젖은 눈망울을 높이 들어 올렸다. 야트막히 내려앉은 키 작은 하늘을 우러렀다.

천붕지통, 하늘이 무너지는 고통이 바로 이런 것인가 봅니다. 아버지! 아버지!

눈물에 젖고 빗물에 젖고, 운해의 온몸이 온통 젖어들어 갈 즈음이었다. 비루하고 헐벗은 차림의 아이들이 삼삼오오 무리를 져 나타났다. 한 떨기 비꽃처럼 새하얀 운해의 곁을 에워싸듯이 빙 둘러섰다. 하나같이 낯익은 얼굴들, 수표교 아래 가마니를 치고 사는 비렁뱅이 아이들이었다.

✿　　　✿　　　✿

인정이 되려면 아직은 이른 시각, 집 안팎 곳곳에 등롱과 횃불을 밝힌 상가(喪家)가 기이할 정도로 적막하다.

초저녁 어스름부터 바삐 들고나야 할 문상객의 발걸음이 완연히 그쳤다. 어느 집 누가 상을 당하였다는 소리가 들리기가 무섭게 초상 마당으로 들이닥쳐, 밥을 내와라 술을 가져와라, 행패 아닌 행패를 부리기 일쑤인 상두꾼들마저 그림자 하나 보이지 않았다. 심지어 그 흔한 곡소리조차 한 자락이 없었다. 운해가 모든 가솔들에게 장례 기간 중 어떤 형태의 울음도 엄히 금한다는 명을 내렸기 때문이다.

"상두꾼들마다 상여 짊어지는 일을 거절한다고?"

무혁의 조용한 물음에 장돌이 분연히 대답하였다.

"예. 아무리 사례를 후하게 쳐 주겠다고 해도 절레절레 고개부터 내저었습니다요. 소인 생각에 남산골 마님이 뒤에서 상두꾼들을 막고 있는 것 같아라."

"남산골 마님이라면 소저의 고모 말이냐?"

"예. 우리 대행수 나리께서 남산골 나리를 죽였다고 딱 믿고 계신다 합니다요. 이놈 억울하고 분해서 죽겠어라."

장돌이 당장 울음을 터트릴 것 같은 표정으로 말하였다. 무혁은 터져 나오는 한숨을 애써 참았다. 지아비를 잃은 슬픔은 십분 이해하나, 남의 장례에 훼방을 놓는 짓은 도저히 용서가 되지 않았다. 하물며 생판 남도 아니고 죽은 지충은 지이의 친정 오라비가 아닌가 말이다.

"상두꾼들 일은 내가 알아서 해결하마."

"도련님께서요?"

"그래. 소저께는 아무 소리 말 거라. 가뜩이나 힘든데 괜한 근심까지 끼칠 것 없다."

"알겠습니다요."

장돌이 한시름 덜었다는 얼굴로 넙죽 허리를 숙였다. 무혁은 그만 가서 일 보라는 손짓을 장돌에게 해 보이고 텅 빈 초상 마당을 가로질렀다. 걱정스러운 시선을 지충의 위패를 모신 대청마루 쪽으로 던졌다. 홀로 영좌(靈座) 곁을 지키는 운해의 낯빛이 백지장보다 더 핼쑥하다. 창졸간에 부친상을 당하고 유독 말이 없어진 운해는 염습을 마치고 나와서는 아예 말문을 닫아 버렸다.

주검이 너무 참혹하니 보지 말라는 창현과 원유의 만류에도 운해는 기어이 지충의 시신을 직접 확인하였다. 뼈가 부서지고 살점이 떨어져 나가고 두상은 함몰되어 얼굴조차 알아보기 힘든 아버지의 마지막 모습을 제법 담담하게 견디어 냈다. 웬만한 아들보다 믿음직스러운 상주였다.

창현과 원유는 내심 안심하는 눈치였으나 무혁의 생각은 달랐다. 운해가 차라리 혼절을 하고 대성통곡이라도 하면 좋겠다. 저런 식으로 무작정 참기만 하지 말고, 무조건 삭이려고만 들지 말고. 자꾸 속에다 쌓아 두기만 하면 후일 크게 병을 얻을지도 모른다.

무혁은 가만히 발길을 움직여 대청마루로 올랐다. 꼿꼿한, 그래서 더 안쓰럽고 위태롭기만 한 가녀린 뒷등을 바라보고 섰다.

"소저."

더없이 부드러운 부름을 듣고 섬약한 어깨가 잠시 움찔하며 떨렸다. 그럼에도 흑단 같은 머리채를 길게 늘어트린 하얀 뒷등은 여전히 꼿꼿하기만 하였다. 무혁은 나지막한 말소리에 힘살을 얹었다.

"그만 앉아요. 더 이상 문상객은 없을 듯합니다."

묵묵부답이다. 스스로에게 눈물을 허락하지 않은 것처럼 운해는 잠시 잠깐의 쉼까지 온전히 거부할 모양이었다. 무혁은 미동조차 없는 뒷등을 향해 한 걸음 가까이 다가가 섰다.

"어서 자리에 앉아요."

"……."

"억지로 앉힐까요?"

"되었습니다."

꼿꼿한 뒷등만큼이나 흐트러짐 없는 목소리였다. 그런데도 무혁의 귀에는 당장에라도 허물어져 내릴 것처럼 애처로이 들렸다. 육중한 둔통이 무혁의 가슴을 치고 올라왔다. 섧도록 꼿꼿한 뒷등 쪽으로 바투 다가갔다. 고개를 외로 꼬아 내리고 끝끝내 돌아다보지 않는 운해의 귓가에 대고 속삭였다.

"딸린 식솔들을 생각해야지요. 이제 집안의 가주(家主)는 그대입니다. 모두가 소저만 바라보고 있음이에요. 그대가 쓰러지면 이 집안도 함께 무너집니다."

운해가 흡 하며 젖은 숨소리를 급하게 입속으로 들이켰다. 무혁은 사붓이 오른손을 들어 꼿꼿한 뒷등에 가져다 댔다. 손바닥 아래로 미세한 떨림이 느껴졌다. 차라리 목을 놓아 울어 버리라고, 이야기하고 싶은 것을 겨우 참았다.

"앉아요."

무혁이 다시 강권하고 나서야 새하얀 뒷등이 꼿꼿함을 그대로 간직한 채 조금씩 아래로 내려갔다. 마주 대한 지충의 영좌를 우러르고 앉은 운해의 정갈한 모습을 잠시 지켜보다가 무혁은 두어 걸음 뒤로 물러나 섰다. 뒷짐을 진 채 허리를 똑바로 폈다. 이대로 아침을 맞는 것도 나쁘지 않을 듯하였다. 운해는 아버지의 위패를 지키고, 무혁은 그녀의 뒷등을 지키고.

"언니들 오랜만이오."

무혁은 주막 문간방의 외짝 지게문을 벌컥 열어 젖혔다. 한창 투전에 열중해 있던 다섯 명의 사내가 화들짝 놀라 일제히 무혁 쪽으로 고개를 틀었다. 성큼성큼 방 안으로 들어서는 무혁의 얼굴을 알아보고 막쇠가 작게 욕설을 중얼거렸다.

"이런, 염병!"

"한동안 이쪽으로는 걸음을 안 하더니 갑자기 어쩐 일이오?"

상두꾼 꼭지가 제법 점잖은 투로 물었다. 무혁은 대답 대신 투전판에 빙 둘러앉은 사내들의 얼굴을 하나하나 쏘아보았다. 꼭지와 막쇠를 제외한 사내들 셋이 슬금슬금 무혁의 눈치를 보기 시작하였다. 자기들끼리 무어라 귓엣말을 속닥였다.

"오늘은 여기서 이만 접읍시다."

꼭지의 말에 세 명의 사내가 각자 돈주머니를 챙겨 문간방을 나섰다. 이대로 하루를 공치게 되었다고 여긴 막쇠가 무혁을 향해 한소리 쏘았다.

"아, 남의 박장에서 웬 행패냐고."

함부로 입을 놀리는 막쇠에게 잠시 일별하고 무혁은 옆구리에 차고 간 귀주머니를 풀었다. 꼭지의 무릎 앞에다 아무렇게나 툭 던져 놓았다. 묵직한 돈 소리가 좁은 문간방을 가득 채웠다.

"아이고, 이게 얼마래?"

막쇠가 꼴딱 마른침을 삼켰다. 정작 돈주머니를 받은 꼭지는 아무 말이 없었다. 무혁은 묵묵히 앉은 꼭지에게 시선을 고정시킨 채 방바닥에 몸을 주저앉혔다.

"언니들한테 긴한 부탁 하나만 합시다."

"어느 댁 상여요?"

꼭지가 대뜸 물었다. 이번에는 무혁이 아무런 말없이 빙그레 웃기만 하였다. 성질 급한 막쇠가 촐랑촐랑 나섰다.

"우리 꼭지 언니가 어느 댁 상여냐고 묻지 않소."

"이미 알 텐데."

무혁의 시선은 여전히 꼭지에게 붙박인 상태 그대로였다. 꼭지가 입가를 한쪽으로 비틀어 피식 하며 헛웃음을 피웠다.

"운종가 시전 대행수의 상여라면 일없소."

"헛! 무슨 경을 치라고……."

"막쇠야!"

나대지 말라는 꼭지의 경고에도 막쇠는 계속해서 입에 거품을 물었다.

"억만금을 준 대도 그 댁 상여를 짊어지지는 않을 것이오. 그마나 코딱지만 한 이 박장까지 홀라당 날리면 어쩌라고."

"누군가?"

무혁은 막쇠가 아닌 꼭지에게 물었다. 오달영의 처 임지이가 무서워서 몸을 사린다고 보기에는 막쇠의 반응이 지나칠 정도로 호들갑스러웠다.

"그리 뜬금없이 물으면 내가 어떤 대답을 할 수 있겠소?"

꼭지가 시치미를 쳤다. 딱 잡아떼는 꼭지의 모습을 무혁은 서름한 눈웃음으로 지켜보았다.

"임지충 대행수의 마지막 길에 감히 훼방을 놓는 자의 이름을 물었네."

"남산골 오달영 행수 댁에서 살인자한테 꽃상여가 웬 말이냐고 난리도 아니오."

꼭지가 차분한 태도로 반은 맞고 반은 틀린 대답을 내놓았다. 무혁은 '살인자'라는 단어에도 일절 동요 없이 차분한 얼굴빛을 견지하였다. 다만 꼭지에게 건네는 말소리가 잘 벼린 칼날보다 더 선득할 뿐이었다.

"이보오, 꼭지 언니. 나 또한 이깟 박장 하나쯤 마음만 먹으면 언제든 날려 버릴 수 있음을 기억하시게."

"아니, 근데 이 양반이 어디서 협박질을……."

홍분한 막쇠가 펄쩍펄쩍 뛰었다. 무혁은 싸늘한 코웃음으로 일갈하였다.

"단순한 협박인지 아닌지는 두고 보면 알 터. 오달영의 처 임지이의 뒷배가 누군가?"

"이미 알고 있지 않소?"

꼭지가 오히려 되물음을 하였다. 무혁은 허탈한 웃음을 뿜었다. 짐작 가는 인물이 하나 있기는 하였다. 조선 팔도에서 그 이름 석 자면 안 되던 일이 갑자기 풀리고, 잘되던 일도 하루아침에 막혀 버리는 신기한 도술이 벌어졌다.

"병조 판서가 체통머리 없이 직접 나섰을 리는 만무하고, 아들인 김치영이 미천한 상두꾼들을 일일이 만나고 다녔을 리도 없고. 김일순 대감의 이름을 팔아 김치영과 친하다고 떠벌일 만한 인물이라면……."

무혁은 일부러 말꼬리를 흐렸다. 꼭지가 피식피식 웃었다.

"오달영 행수의 큰아들인 오명수밖에 더 있겠소."

"결국 우리 꼭지 언니는 실체도 없는 임지이의 뒷배에 놀라 몸을 사린다는 것이군."

무혁은 부러 꼭지의 비위를 건드렸다. 예상대로 꼭지가 파르라니 낯빛을 바꾸었다.

"실체도 없는 뒷배는 아니지."

"김치영과 막역한 사이라는 오명수의 주장 외에 병조 판서 김일순 대감이 임지이의 뒷배라는 증좌가 있소?"

"딱히 뭐……."

꼭지가 이야기를 제대로 잇지 못하였다. 때를 노리고 있던 무혁은 작정하고 쐐기를 박았다.

"이제 선택은 꼭지 언니 몫이오. 오명수를 무시할 것인지, 나 강무혁을 거스를 것인지."

❀ ❀ ❀

펄럭이는 수많은 만장(輓章)을 호위처럼 줄 세우고 화려한 꽃상여가 도성 한복판 운종가를 지난다. 구슬프게 울어 대는 요령 소리에 맞추어 상두꾼 꼭지가 상엿소리를 매겼다. 각양각색 사람들로 운집한 저잣거리 구석구석 요령 소리와 상엿소리가 빼곡히 울려 퍼졌다.

"이제 가면 언제 오나 애달고도 원통하다."

"에헤 에헤에에 너화 넘자 너화 너."

꽃상여를 짊어진 상두꾼들이 요령잡이 꼭지의 선창을 구성진 목소리로 받았다. 그때마다 산들산들 불어오는 가을바람을 타고 요령이 덩그렁 소리를 내면서 울었다.

"북망산천 멀다더니 내 집 앞이 북망일세."

"에헤 에헤에에 너화 넘자 너화 너."

"한평생이 일장춘몽 떠나는 길 편히 가소."

"에헤 에헤에에 너화 넘자 너화 너."

행인들이 저마다 가던 발걸음을 멈추고 섰다. 망자의 마지막 가는 길을 다들 안타까운 눈으로 지켜보았다. 사치스러우면서도 웅장한 상여 행렬에 '어느 정승판서 댁 꽃상여요?' 라고 누가 물었다. 주위에서 '모르오' 라고 답하는 소리가 덩그렁 대는 요령 소리를 비집으며 섞였다.

"에라, 이 쌍년! 살인자의 딸이라 역시 낯짝도 두껍구나. 어디

사람을 죽인 잡놈을 꽃상여에 태운다더냐. 부끄러운 줄 알아야
지."

허름한 차림의 사내 하나가 고래고래 고함을 쏘았다. 사내가
내지른 삿대질이 청명한 가을 하늘을 함부로 찔렀다.

"이런 씨부릴 새끼를 보았나. 너야말로 낯짝이 참말로 두껍
다. 네놈이 그나마 입에 풀칠이라도 하면서 사는 게 누구 덕분
인데. 대행수 나리의 은혜가 아니더냐. 이 운종가에서 저 어른
덕을 보지 않은 자가 하나라도 있냐는 말이다."

다른 사내가 얼굴을 붉으락푸르락 얽더니 삿대질해 대는 사
내의 멱살을 잡았다. 주변 사람들이 나서서 뜯어말려 보지만 험
악한 욕설과 드잡이가 난무하는 싸움은 좀처럼 그치지 않았다.

"이제 가면 언제 오나 애달고도 원통하다."

"에헤 에헤에에 너화 넘자 너화 너."

"북망산천 멀다더니 내 집 앞이 북망일세."

"에헤 에헤에에 너화 넘자 너화 너."

상두꾼 무리의 애처로운 상엿소리와 함께 지충을 태운 꽃상
여가 점점 멀어져 간다. 덩그렁, 덩그렁. 가을바람을 타고 실려
오는 처연한 요령 소리도 같이 멀어져 간다.

당신이 있어 버틸 수 있어요

이령아감
你令我堪

　주렴 밖 푸르스름하니 어리는 달빛을 벗 삼아 서책을 보던 무혁은 희미한 인기척에 급하게 미닫이문을 열고 밖으로 나왔다. 별채 마당 한가운데 점잖게 뒷짐을 짊어진 대건이 휘영청 둥근 달을 바라보고 서 있다.

　"오셨습니까?"

　"글 읽는 소리가 들리더구나?"

　"병법서를 보고 있었습니다."

　"병법서를?"

　"다음 달 훈련원에서 열리는 알성시(謁聖試)에 응하려고 합니다."

　"마음을 바꾼 연유가 무엇이냐?"

　"지키고 싶은 이가 생겼습니다."

　"전날 아비의 구명을 위해 찾아 왔던 그 아이더냐?"

　"예."

"못난 놈! 그깟 계집 하나에 흔들리는 마음이었더냐? 나라의 안위를 걱정하고 백성의 안돈을 염려해야 마땅할 장부의 포부가 겨우 계집 하나 지키는 것이냐 말이다."

"마음에 품은 제 여인 하나 제대로 지키지 못하는 사내가 어찌 조선 팔도를 지킬 것이며 만백성을 지키겠습니까."

무혁의 목소리가 굴참나무처럼 단단하였다. 대건은 뒷짐을 풀고 천천히 몸을 돌렸다. 무수히 쏟아져 내리는 달빛 아래 장성한 아들의 모습이 새삼스러웠다. 고개를 빳빳이 세우고 서서 똑바로 대건을 응시하는 무혁의 눈빛이 청신한 달빛만큼이나 맑고 푸르렀다. 흔들림 없는 검푸른 눈동자 속에 강단진 의지와 완강한 결기가 또렷이 보였다.

"그 아이를 지키는 일이 네 생각만큼 쉽지는 않을 것이야."

"알고 있습니다."

"살인 혐의로 조사받던 중 유명을 달리하였으니 세상은 그 아비가 사람을 죽였다고 믿을 터. 살인자의 딸이라는 손가락질이 그 아이 평생에 꼬리표처럼 따라다닐 것은 자명한 일이다."

"각오하고 있습니다."

"더욱이 그 집안은 반듯한 양반가가 아니다. 첩실이라면 또 모를까, 정실로 들일 수는 절대 없음이야."

대건은 일부러 단호한 어조를 써서 운해와의 혼례를 허락하지 않겠노라 미리 못을 박았다. 하지만 아무리 기다려도 아들에게서 대답이 없었다. 저절로 한숨이 나왔다. 사내가 세상에 나와 처음으로 마음을 준 여인이니 가슴에 품은 정리가 오죽 깊을까 싶었다. 그럼에도 자식의 장래를 먼저 걱정해야 하는 부모의 심정은 매정할 수밖에 없었다.

"왜 대답이 없는 게냐?"

"임 소저의 아버지에게 씌워진 살인의 누명은 제 손으로 반드시 벗길 것입니다. 이번 알성시 무과에 급제만 한다면……."

한창 이야기를 이어 나가는 무혁에게 벼락같은 호통이 떨어졌다.

"네 이놈! 사사로운 원한을 풀고자 과거 시험에 응하는 것이라면 당장 때려치우거라. 어디 나랏일이 겨우 한 사람의 원혼을 푸는 일에 있다더냐?"

대건의 지엄한 꾸짖음을 듣고도 무혁은 꿈쩍도 하지 않았다. 오히려 두 발을 조금 더 넓게 벌려 더욱 견고하게 마당을 디뎠다. 무혁의 심지 굳은 얼굴과 당찬 어깨 위로 휘황한 달빛이 차곡차곡 내려앉았다.

"백성의 연약함을 돌아보고 그 억울함을 없게 하는 것이 나랏일이라 배웠습니다. 임 소저 또한 이 땅의 백성입니다. 이 나라 조선의 힘없고 연약한 백성이라는 말입니다. 그 억울함을 풀어 주고자 함이 어찌 사사로운 일이라 하십니까. 소자는 기필코 이번 알성시에 급제하여 죽은 임지충 대행수의 사건을 재조사할 것입니다."

"너에게 있어 조선의 백성은 그 아이 하나뿐이더냐?"

"소자는 제 사람부터 지킬 것입니다. 그와 똑같은 마음으로 조선의 백성을 지킬 것입니다. 이 땅의 민초들 모두가 제 사람들이니까요. 두 번 다시 제 눈앞에서 내 사람을 잃지 않을 것입니다."

죽은 한주를 언급하는 무혁의 태도에서 굳건한 기개가 여실히 드러났다. 대건은 아무런 말없이 그저 올곧고 말갛기만 한 아들의 눈동자를 우두커니 들여다보았다. 쉽지 않은 길을 가고자 작정한 무혁의 각오가 더없이 걱정스러우면서도 한없이 대견하기도 하였다.

"네 사람을 지키고자 하는 오늘의 그 마음, 그 다짐, 부디 변치 말거라."

"명심, 또 명심하겠습니다."

무혁이 깊이 허리를 숙였다. 넓고 반듯한 뒷등으로 푸르스름한 달빛이 요요히 쏟아졌다. 대건의 다사롭고 자애로운 눈빛도 함께 내렸다.

❀　　　❀　　　❀

지이는 칠보 장식이 요란한 서궤 너머로 나란히 앉은 두 아들과 마주 하였다. 큰아들 명수가 생각할수록 분해 죽겠다는 얼굴로 뜨거운 콧바람을 씩씩 뿜으며 말소리를 빽빽 내질렀다.

"사람을 죽인 잡놈한테 꽃상여가 어디 가당키나 하답니까. 운종가 한복판에서 육시(戮屍)를 해도 모자랄 판에. 상황을 곱씹을수록 원통합니다."

"어미가 사람을 사서 외숙의 상여 행렬을 반드시 막으라고 하지 않았더냐?"

"소자 어머니께서 명하신 대로 분명 처리하였습니다. 운종가 여리꾼 중에서 적당한 사내를 물색하여 상여가 지나갈 때 소란을 피우라고 시켰다고요."

"헌데?"

지이가 싸늘하니 되묻자, 명수가 무색한 입을 꾹 닫고 열없는 눈길을 멀리 피하였다. 그 틈에 작은아들 명진이 잽싸게 끼어들었다. 여차 저차 장황한 설명을 늘어놓는다.

"그자가 운종가를 지나는 상여에다 대고 한소리 퍼지르기는 했습니다. 근데 하필이면 곁에 있던 웬 사내놈이 그치 멱살을 붙잡고 달려들었지 뭡니까. 은혜도 모르는 개잡놈이라면서요. 두 놈이 서로 욕을 하고 드잡이를 겨누는 와중에 외숙의 상여는 유유히 운종가를 빠져나갔답니다. 한마디로 돈만 버리고 일은 일대로 망친 격이지요."

실실거리는 명진을 명수가 때려죽일 듯이 노려보았다. 지이는 밭은 한숨을 토하며 큰아들에게 다시 물었다.

"운종가 장사치들 사이의 인심은 좀 어떠하냐?"

"사람을 죽였으니 죽어 마땅하다 이야기하는 자도 있고. 아무리 그래도 매타작으로 죽은 것은 불쌍하다 지껄이는 자도 있고. 얼추 반반입니다."

"이러쿵저러쿵 쑥덕여 대도 다들 하나같이 운해가 제일 불쌍하다 그럽니다. 어미도 없이 자라 아비마저 허망하게 잃었다고요. 죽은 외숙도 외숙이지만 운해 고년이 운종가에서 얻은 인심이 어지간해야 말이지요."

이번에도 명진이 제 형을 밀치고 냉큼 나섰다. 지이는 두 아들을 향해 소리 없이 혀를 찼다.

어찌 저리 덜떨어진 놈들뿐인지, 원.

심화가 들끓는 지이의 차가운 말소리가 큰아들 명수에게 날아갔다.

"도대체 일을 어떻게 처리한 게야? 살인자의 딸년이라는 낙인을 찍어 다시는 얼굴 들고 밖에 나다니지 못하도록 만들라고

하지 않았느냐."

"이게 다 전날 운해 그년이 소복을 입고 생지랄을 떤 탓입니다. 채색한 옷은 홀딱 벗고서 하얀 속옷 차림으로 죽은 제 아비를 태운 소달구지를 따르는데…… 어이가 없어서 정말! 꼿꼿이 고개를 세우고 걸어가는 모양새가 아주 가관이었다지요. 마치 내 아비는 죄도 없이 억울하게 죽었소, 시위라도 하는 것 같았다니까요."

"그러게 내가 형님한테 뭐라 하였습니까. 일을 하려면 제대로 해야 한다고 하지 않았습니까. 그깟 돌멩이 몇 개 던져 봤자 아무짝에 쓸모없다고요."

"거기서 강무혁이 나타날 줄 누가 알았냐고."

"그자가 뭐 그리 대단하다고 이러십니까? 강무혁의 한마디에 형님이나 형님 동무들이나 꽁지 빠지게 줄행랑을 치더군요. 왈짜패랍시고 옆구리에 차고 다니는 칼자루가 부끄럽지도 않습니까?"

"뭐라, 이 자식이!"

명수와 명진이 티격태격 언성을 높였다. 막돼먹은 시정잡배들처럼 멱살잡이라도 할 태세였다.

"조용히 하지 못하겠느냐."

지이는 엄격한 어조로 두 아들의 시끄러운 언쟁을 막았다. 명수가 입술을 옥다물고 머리를 숙였다. 반면 명진은 뾰로통한 표정으로 시선을 외면하고 앉아 오히려 허리를 더 꼬장꼬장하니 세웠다.

"어머니, 그 집 재산 전부 소자한테 주신다고 하지 않으셨습니까. 언제 주실 것입니까?"

"그 재산이 왜 다 네 것이냐. 내가 큰아들이니 재산을 받아도 내가 먼저 받아야 옳고, 내 몫이 네 것보다 많아야 합당한 법인데."

"뭐라고요?"

명진이 눈동자를 부리부리하게 흡뜨고 명수에게 달려들었다. 보다 못한 지이가 손바닥으로 서궤를 내려쳤다.

"체통을 지켜라, 체통을! 어찌하여 사내놈들 입이 그토록 가벼운 것이야."

"언제 소자한테 재산을 넘겨주실 것인지, 이 자리에서 확답을 주시어요. 네, 어머니?"

명진이 짜증 섞인 콧소리로 답변을 졸랐다. 울상을 짓다시피 하는 작은아들에게 지이는 다정다감한 미소를 보냈다.

"걱정 마라. 일간 그 많은 재산이 죄다 우리 것이 될 터이니."

"참말이십니까?"

명진이 제 어미를 쏙 빼닮아 얄팍하니 올라간 눈초리를 살랑살랑 흔들었다. 지이의 눈시울에 깃든 미소가 절로 듬쑥 변하였다.

"어미가 언제 너희에게 빈말을 하더냐?"

"제 몫은요?"

명수가 불뚝하니 말소리를 내던졌다. 데면데면하기 일쑤인 제 아비를 닮아 소리치고 성낼 줄만 알았지, 아양이라고는 손톱만큼도 없는 녀석이다. 새빨간 연지를 바른 지이의 입술을 뚫고 거붓한 숨소리가 잇따라 터졌다.

"내가 언제 너희 둘을 차별한 적 있었느냐. 재산은 어미가 잘 지키고 있다가 죽을 때 똑같이 나누어 주마."

"아무리 그래도 제가 형입니다. 저한테 더 주셔야지요."

"어머니 죽는다는 말씀 마시어요. 소자 싫습니다. 부디 오래 오래 사셔야지요."

명수는 불만부터 표출하고, 명진은 두툼한 입술을 비쭉 내밀고 앉아 아양을 떨어 댔다. 말 한마디로 천 냥 빚을 갚는 귀하고 사랑스러운 작은아들을 향해 지이는 환한 미소를 되돌렸다.

"명진이는 어서 서린방*으로 가거라."

"갑자기 서린방은 왜요?"

"별제 김원유 어른한테 어미가 뵙기를 청한다고 전하렴. 꼭 모시고 와야 한다."

"지금 말입니까?"

"그래, 지금 당장."

지이의 시선이 불평불만으로 가득한 큰아들 쪽으로 옮겨 갔다.

"명수 너는 이 길로 우포청 변인몽 종사관 나리에게 가서 때가 되었다고 전해라."

"때가 되었다니, 뜬금없이 무슨 말씀이십니까?"

"너는 그냥 전하기만 하면 된다. 반드시 변인몽 종사관 나리께 직접 말씀 올려야 한다."

"걱정 마십시오."

성질 급한 명수가 호언장담을 치면서 몸을 일으켜 세웠다. 급하게 안방 창호문을 밀어젖히고 성큼 밖으로 걸어 나갔다. 뒤따라 명진도 미적미적 엉덩이를 들었다. 급할 것 하나 없다는 태

---

*현재의 종로와 무교동 일대.

도로 건들건들 대청마루로 나섰다. 중치막 위에 둘러 입은 답포 자락만 휘적거리는 품새가 영락없는 권문세도가 놀고먹는 한량이다. 한배에서 나온 형제인데도 둘은 달라도 너무 달랐다.

두 아들의 뒷모습을 한동안 지켜보다 지이는 문득 죽은 지충의 재산을 몽땅 차지할 생각에 깔깔깔 웃음이 났다. 상상만 해도 마음이 벅차고 가슴이 뛰었다.

✿　　✿　　✿

"부탁하신 시체(柿蒂)입니다. 시기가 시기인지라 말린 것은 구하지 못하였습니다."

무혁은 도톰한 무명천 포대 하나를 봇짐을 꾸리기 바쁜 창현 쪽으로 밀어 놓았다. 옅게 감물이 번진 포대를 창현이 손바닥으로 쓸었다.

"수고 많았네."

"수고라고 할 것까지는 없었습니다. 이 많은 감꼭지를 어디에 쓰시려고요?"

"전에 선친께서 시체탕으로 다스릴 수 있는 역병이 있다고 말씀하신 게 기억났거든. 경상도에 내려가 구할까도 싶었네만, 얼마나 필요할지 몰라 일단 닥치는 대로 가져가 보려고."

"조심해서 가져가십시오. 말린 것이 아닌 젖은 꼭지들이라 자칫 옷가지에 감물이 스며들지도 모릅니다."

"감물이 대수인가. 사람을 살릴 수만 있다면야 무엇을 더 바라겠나. 의복이 전부 감물에 든다 해도 나는 상관없네."

"최 의원다우십니다. 언제 출발하십니까?"

"짐만 마저 꾸려서 곧장 출발할까 싶네."

"이렇게 빨리요?"

"올라올 때 대행수 일로 서두르느라 말을 너무 혹사시켰어. 마의(馬醫)한테 맡겨 두었는데 상태가 아직 온전하지 못하다는 전갈이 왔다네. 새로 말을 구하려면 마시장 근처 객잔에서 하루는 묵어야 할 것 같아."

"가뜩이나 마음이 허전할 임 소저가 최 의원마저 떠나면 상심이 크겠습니다."

무혁이 짤막한 어깻숨을 쉬었다. 창현은 봇짐을 꾸리던 손길을 멈추고 물끄러미 무혁을 바라보았다.

"제 얼굴에 감물이라도 들었습니까?"

무혁이 짐짓 농을 부리며 빙그레 미소 지었다.

"자네한테 하나만 더 부탁하세."

창현이 정색을 하고 이야기하자, 무혁도 금세 웃음기를 지우더니 얼굴빛을 진중하게 바꾸었다.

"말씀하십시오."

"우리 운해 말일세. 자네한테 부탁해도 되겠는가?"

"예."

겨우 단음절에 불과한 대답뿐이었다. 아무 걱정하지 말라는 호언장담은 일체 없었다. 목숨이 끝나는 날까지 책무를 다하겠다는 굳은 약조 또한 일절 없었다. 그런데도 창현은 마음이 놓였다. 선뜻 믿음이 갔다. 든든하기까지 하였다.

"운해 녀석 겉보기에는 야무진 것 같아도 속은 한없이 여린 아이라네."

"알고 있습니다."

"운해가 통 울지를 않아 걱정이야. 장례를 치르는 동안에도, 산에 죽은 아비를 묻을 때도, 삼우제를 넘기면서도 울지를 않았잖아."

"사실 저도 그게 걱정이 됩니다. 마음의 병만 깊어지는 것은 아닌지 싶어서요."

"자네 생각에도 그렇지?"

"예."

"섬약한 녀석이 여태 눈물 한 방울을 보이지 않더라고. 가슴에 슬픔이 맺혀 독을 품었어. 본디 슬픔은 눈물로 풀어야 하는데…….. 제대로 울지 못하면 사람이 독기만 남아 세상 사는 일이 팍팍할 것인데……."

창현의 젖은 한숨 자락 위로 무혁이 토해 내는 한숨 소리가 덧입혀 내렸다.

"제가 곁에서 지켜보겠습니다."

창현은 두 팔을 뻗어 무혁의 오른손을 부여잡았다. 군데군데 굳은살과 못이 박인 손바닥이 크고도 단단하다. 무예를 익힌 자의 손. 사람을 죽이고자 칼을 휘두르고 활을 쏘는 손이 아니다. 언제 어디서든 사람을 살리고자 무술을 행하는 듬직한 손이다. 지키고자 마음먹은 바를 반드시 이루어 낼 것 같은 믿음직스러운 손이기도 하다.

"미안하네. 마땅히 내가 짊어져야 할 짐을 자네한테 떠넘긴 꼴이 되어 버렸어."

"아닙니다. 짐이라고 생각하지 않습니다."

"알아, 자네 마음. 그래서 더 고마워."

창현은 진심 어린 감사를 표하였다. 무혁이 어색하고 쑥스러운지 얼른 말머리를 돌렸다.

"행선지가 정확히 경상도 어디입니까?"

"동래부 초량 왜관 근처 봉하라는 곳일세."

"위험하지 않겠습니까?"

"뭐가 말인가? 역병이 돈다는 곳으로 굳이 내 발로 걸어 들어가는 연유를 묻는 겐가?"

"비슷합니다."

"내가 그곳 사람들한테 빚진 게 많아. 죽는 날까지 갚아도 다 못 갚을 빚이야."

창현은 지그시 눈을 감아 차오르는 감회를 억눌렀다. 오래전 죽을 자리를 찾아 기어들어 간 깊은 산중에서 만난 사람들. 가진 것이라고는 쓰러져 가는 움막과 자갈투성이인 밭뙈기 몇 조각이 전부인 사람들. 그럼에도 하루하루 살아 있음에 감사하며 매 순간 열심인 사람들. 절망으로 죽고자 마음먹은 창현에게 살고자 하는 희망을 심어 준 사람들.

"어떤 빚인데요?"

무혁이 조용조용 물었다. 창현은 눈을 뜨고 유연히 웃었다.

"하나뿐인 내 목숨 값. 예전에 그곳 봉하촌 사람들이 아직은 세상이 살 만하다는 것을 나에게 일깨워 주었거든. 사람 냄새 나는 사람 사는 세상이라고."

"언제든 이곳으로 돌아오실 것이지요?"

"글쎄……."

창현이 말꼬리를 흐렸다. 무혁은 더 이상 캐어묻지 않았다. 창현이 한양으로는 돌아오지 않기로 이미 마음먹었음을 직감하였다. 아마도 창현은 봉하에서 지충의 억울한 죽음으로 인해 흐트러진 마음을 정돈하고, 다시금 안식을 찾고 싶은 것이리라.

"이곳 집은 제가 가끔 들여다보겠습니다. 빈집으로 오래 두면 아무래도 쉽게 망가질 테니까요."

"그렇게까지 할 필요는 없어."

"최 의원을 위해서가 아니라 임 소저 때문입니다."

창현은 아무런 대꾸도 할 수가 없었다. 무혁의 어깨를 툭툭 두드리는 것으로 고마운 마음을 대신하였다. 문득 감정이 격해져 눈가가 촉촉이 젖었다. 솔직히 병자를 치료하러 간다는 소리는 허울 좋은 핑계거리에 지나지 않는다. 친구의 목숨을 앗아간 불의의 세상이 싫어서, 예전처럼 또 그렇게 부조리한 세상을 등지고 산속으로 숨어들고 싶었는지도 모른다.

부끄럽기 짝이 없는 창현의 속내를 훤히 꿰뚫어 보면서도 모르는 척해 주는 무혁이 고마웠다. 또 한편으로는 운해를 떠넘기고 가는 것만 같아 미안하였다. 창현은 쫓기는 사람처럼 서둘러 몸을 일으켜 세웠다. 덜컹거리는 외짝 지게문을 열고 툇마루로 나왔다.

운해가 마당 한쪽에서 향이와 함께 여러 가지 마른 음식들을 챙기기 바쁘다. 지난 며칠 사이 눈에 띄게 수척해진 운해의 얼굴이 입고 있는 소복보다 더 창백해 보인다. 창현은 왈칵 눈물이 날 것만 같았다. 애꿎은 군기침으로 솟아오르는 울음기를 가까스로 감추었다.

"운해야, 대충하여라. 그것 다 짊어지고 가지도 못한다."

"장돌이 데려가시어요."

"지독한 역병이 도는 곳이야. 사지(死地)나 다름없는 자리에 어찌 장돌이를 데리고 가누?"

"아닙니다, 나리! 이놈이 뫼시겠습니다요."

나무 궤짝 안에다 차곡차곡 짐을 챙겨 넣던 장돌이 후다닥 내달려 와 섬돌 아래 섰다. 깊숙이 허리를 숙였다. 향이까지 덩달아 마당을 가로질러 뛰어오더니 장돌의 곁에서 나란히 머리를 조아렸다.

"데려가 주시어요. 장돌 오라버니가 입은 무겁고 손이 재발라 나리께 제법 힘이 될 것이어라."

"이게 대체 무슨 일이냐?"

창현은 어리둥절한 눈으로 장돌과 향이를 번갈아 쳐다보았다. 운해가 마당 저쪽에서 말간 미소를 피웠다.

"제가 두 사람한테 혼례를 올려 주겠다고 했어요. 당장은 상중이라 어렵고, 내년 봄쯤에요."

"어째 숨겨진 사연이 더 있는 듯하구나?"

창현의 물음에 운해는 소리 없이 눈웃음만 한층 짙게 만들었다. 향이가 배배 몸을 꼬면서 옷고름을 손가락에다 돌돌 말았다.

"엊그제 아기씨가 노비 문서를 내어 주셨어라. 저희가 원하면 장사 밑천도 대 주신대요."

"담보로 받은 전답 문서들을 죄다 없앴다는 시전 청지기 말이 사실이었구나. 하기야 빚을 갚고자 하면 담보가 없어도 갚을 것이고. 빚을 갚지 않으려 하면 담보가 있어도 안 갚을 것이고."

"사람이 사람을 속이는 게 아니라 돈이 사람을 속이는 거라고, 아버지께서 늘 말씀하셨어요. 저한테는 아버지 유지이자 유언이어요."

"그래서 빚은 몽땅 탕감해 주고, 종복과 종비는 모두 속량해 주었느냐?"

"장돌 아비하고 장돌 어미랑 유모는 빼고요. 그 넓은 집에서 저 혼자 살 수는 없잖아요. 조금 무섭기도 하고요."

운해가 해시시 미소를 지었다. 창현의 지긋한 눈가로 물기가 우련하니 스며들었다. 가슴에 악이 맺혀 독만 남은 줄 알았는데, 아니었나 보다. 여전히 따뜻한 기운이 운해를 지탱하고 있었다. 참으로 다행스러웠다.

"남은 세 사람은 이래저래 불만이 많겠구먼."

창현은 부러 농을 걸었다. 당장 울음이 날 것만 같아서 대신 웃기라도 하려는 자구책이었다. 운해가 맞장구를 쳤다.

"그래도 감히 겉으로 내색은 안 해요."

"어린 여주인의 불호령이 무서운가 보다."

"제가 또 가주로서 위엄이 대단하잖아요."

"예끼!"

운해가 후후 소리를 내어 웃었다. 창현도 같이 껄껄껄 웃었다. 운해의 웃는 얼굴을 보고 갈 수 있어서 다행이라 여겼다.

"아저씨가 옆에서 장돌이 잘 가르쳐 주시어요. 말수가 적고 숫기도 없어서 장사는 힘들 것 같아요. 워낙 심성이 착하니까 병자들 돌보는 일은 잘할 것이어요."

"기껏 몇 달 배워서 사람을 살리겠다고? 그러다 의원이 아니라 사람 잡는 백정이 되고 말지."

"몇 달 지켜보고 싹수가 보이면 계속 곁에 두시면 되잖아요. 경상도에서 돌아오시는 대로 운종가에 약방 하나 내어 드릴게요. 돈 많은 사람들한테는 약값 비싸게 받고, 돈 없는 사람들한테는 조금만 받고. 장돌이 데리고 아저씨 하고 싶은 대로 마음껏 하시어요. 그런 약방, 괜찮지요?"

창현은 선뜻 대답을 하지 못하였다. 운해마저도 봉하로 떠나고자 하는 그의 속마음을 진즉 눈치채고 있었던 모양이다. 다시 한양으로 돌아오지 않으리라는 것을 벌써 알아채었나 보다. 차마 가지 말라 붙잡지는 못하고, 언제든 돌아오라 떼도 쓰지 못하고, 하릴없이 장돌을 딸려 보내 간간히 잘 있다는 소식이라도 전해 듣고 싶었을 터.

창현은 저 멀리 아득한 산 중턱을 향해 눈물로 흐려진 시선을 홀쩍 던졌다.

"네 이놈, 장돌아! 갈 길이 멀다. 어서 행장 꾸려라."

"예, 나리."

❖   ❖   ❖

운해와 무혁은 울창한 솔숲을 등지고 서서, 점점 멀어져 가는 창현과 장돌의 뒷모습을 눈으로 배웅하였다. 봇짐을 어깨에 진 창현은 단호한 걸음걸이로 성큼성큼 앞서 나갔다. 그 뒤를 행장을 짊어진 장돌이 종종걸음 치면서 따랐다.

창현은 미련의 여지조차 두지 않으려는지 좀처럼 뒤를 돌아다보지 않았다. 반면 장돌은 몇 번이고 가던 발걸음을 멈추고 뒤를 돌아보고 또 돌아다보았다. 동구 밖까지 따라나선 향이가 아무래도 마음에 걸리는 모양이었다.

"향이도 같이 보낼 것을 잘못한 듯싶어요."

사부랑 흐르는 운해의 말 속에 미안함이 깃들어 있었다. 무혁은 힘주어 운해의 여린 손을 잡았다.

"여인네가 감당하기에는 멀고 험한 길입니다. 역병에 걸릴 위험도 크고요."

"그래서 장돌이 혼자 가라고 한 건데. 저 두 사람 너무 애틋해요."

마을 어귀 어디쯤을 더듬는 운해의 눈길을 쫓아 무혁의 시선도 장돌과 향이에게 향하였다. 마침 장돌이 어서 돌아가라며, 하염없이 뒤를 따르는 향이에게 손짓을 보내고 있었다. 마음 준 정인을 향해 손을 흔드는 몸짓이 애처로우면서도 아름다웠다.

"장돌이 생각은 소저와 다를 것입니다. 둘이 함께하지 못하는 아쉬움보다 향이가 안전하기를 바라는 마음이 더 클 테니까요. 무엇보다 제 여자가 무사하기를 바랄 것입니다. 세상 사내들 마음은 모두 똑같습니다."

"연모하는 이의 곁보다 더 안전한 곳이 있을까요? 세상 그 어디보다 연모하는 이의 옆자리에서 누리는 평안함이 가장 클 텐데요. 세상 여인들의 마음 또한 모두 똑같을 것입니다."

운해는 차분히 이야기하였다. 무혁의 고개가 빠르게 운해 쪽으로 돌았다. 올곧은 시선으로 운해를 내려다보는 눈빛이 깊으면서 무거웠다.

"그대도 그러합니까?"

무혁이 물었다. 운해는 아무런 말없이 발그레 두 뺨을 붉혔다. 스스러운 눈길을 살포시 아래로 가라떴다.

"나와 함께 있을 때 가장 평안하다 느낍니까?"

무혁이 거듭 물었다. 운해는 이번에도 부끄러워 차마 소리를 내어 답을 할 수가 없었다. 여릿한 고갯짓으로 마음을 대신 전하였다.

"내 곁에서 행복합니까?"

무혁이 또다시 물었다. 역시나 운해는 수줍어 겨우 고개만 끄덕였다. 한 떨기 복사꽃같이 곱고도 연한 운해의 얼굴을 무혁은 양쪽 손바닥으로 감싸듯이 그러쥐었다. 억지로 턱을 들어 올려 기어이 눈을 맞추었다.

"말로 하십시오. 고갯짓 말고요. 소저의 입을 통해 직접 들어야겠습니다."

애가 타도록 조바심이 난 무혁은 하릴없는 재촉을 넣었다. 줄곧 부끄러워하며 마냥 포르르 떨리던 흑자색 눈망울이 어느 한순간 형형한 빛을 띠며 또릿또릿 변하였다. 운해가 작지만 옹골진 목소리로 답변을 내놓았다.

"이령아감이라지요. 도련님이 옆에 계셔 주기에 소녀는 버틸 수 있어요. 아무리 힘들고 어려워도."

고맙다는 말을, 마음 깊이 연모한다는 이야기를 운해는 그렇게 에둘렀다. 만약 무혁이 곁에 없었다면 아버지의 죽음을 받아들이는 일이 지금보다 몇 배는 힘들고 어려웠을 것이다.

짤막한 탄성이 한숨처럼 무혁의 입술을 비집고 흘러나왔다. 감히 형언할 수도 없을 만큼 가슴이 벅차올랐다. 단전 아래에서부터 홧홧한 기운이 울컥울컥 명치를 치받았다. 감동과 감격이 커다란 파고처럼 한꺼번에 엄습하였다.

"소저."

운해를 부르는 무혁의 목소리가 격한 감동에 취해 파르라니 떨렸다. 대답하는 운해의 말소리 역시 짙은 감격에 젖어 있었다.

"예."

"무슨 일이 있어도 그대 곁을 지킬 것입니다. 결코 그대를 혼자 두지 않을 것입니다."

"알아요."

"연모합니다."

굳은 약속 뒤에 본능처럼 고백이 터져 나왔다. 무혁은 심중을 내보임과 동시에 운해를 품으로 바투 끌어당겨 힘껏 조여 안았다. 가녀린 여체가 곧장 단단한 가슴에 폭 감겼다. 은은한 창포 향과도 같은 운해의 체향이 폐부로 듬쑥 파고들었다. 당장 무혁의 이성을 앗았다.

상중이라 자제해야 함을 알면서도 무혁은 저항하기 어려운 인력에 속절없이 이끌렸다. 말간 가을 햇살 아래 눈부시게 아리따운 운해의 얼굴로 천천히 입술을 내렸다. 어긋하니 콧날이 비벼지듯 부딪치고 서로의 입술이 하나로 포개져서 만났다.

"그대를 아주 많이 연모하고 있습니다."

"소녀도요."

무혁은 깊이 입맞추며 운해의 가파른 숨결을 혀끝에 품었다. 연모한다는 운해의 마음 또한 함께 보듬었다. 아찔한 황홀경 속에서 더운 숨을 운해에게 되돌렸다. 깊고도 깊은 연모의 정을 더불어서 되돌렸다. 모든 것이 흡사 미몽에 잠긴 듯하였다. 서로의 마음을 잇댄 사랑하는 연인과의 입맞춤은 붉디붉은 입술의 그 빛깔만큼이나 뜨겁고도 치명적이었다.

❀   ❀   ❀

"대체 이게 무엇인가?"

원유는 미심쩍은 표정으로 서궤 위에 놓인 문서와 생글생글 웃고 앉은 지이를 번갈아 쳐다보았다. 지이의 새빨간 입술이 짙은 호선을 그리면서 늘어졌다.

"죽은 오라비의 분재기(分財記)입니다."

생전의 지충이 분재기를 남겼다는 소리에 화들짝 놀란 원유는 황급히 서궤로 팔을 뻗었다. 얄팍한 종잇장을 낚아채듯이 가져 와 문서에 적힌 글자를 곱씹으면서 읽어 내려갔다. 점점 허옇게 질리는 원유의 낯빛에 당황한 기색이 역력하였다.

"이 무슨 말도 안 되는……. 자네 작은아들을 양자로 들이고 모든 재산을 그 아이에게 상속하다니……."

"아들이 없으면 생판 남의 자식도 양자로 들입니다. 어떻게든 대를 이어야 죽어 조상님 낯이라도 뵐 염치가 생기니까요. 대가 끊어진 임씨 집안을 잇기 위해 조카를 양자로 들이는 일이 어찌 말이 안 된다고 하십니까?"

지이가 다정한 이야기를 속살거리기라도 하는 양 원유를 향해 조곤이 묻고서 생긋이 웃었다. 순간 원유의 등줄기로 소름이 돋았다. 저 생글대는 웃는 얼굴 뒤로 그동안 무슨 짓거리를 꾸미고 있었는지, 황당함에 기가 찼다. 지이의 간악함에 치가 다 떨렸다.

"어미도 없이 아비 손에 자란 불쌍한 아이일세. 그 아비마저 비명횡사하여 천애 고아가 된 조카를 어떻게든 도와줄 생각을 해야지. 재산을 몽땅 가로채겠다고? 이것이 고모로서 할 짓인가? 인두겁을 쓰고 어찌 이런 흉악무도한 짓거리를 획책하느냐 말일세."

원유가 호통을 쳤다. 문풍지를 넘어 안마당까지 닿는 고함에도 지이는 눈썹 하나 끔쩍하지 않았다. 부끄러워하기는커녕 오히려 뻔뻔한 낯짝을 똑바로 세우고 싸늘한 코웃음을 흘렸다.

"이보시오, 별제 나리. 말씀을 삼가세요. 재산을 가로채다니요? 누가 누구 재산을 가로채려 한다는 말씀입니까? 죽은 오라비의 분재기가 버젓이 여기 있습니다. 별제 나리야말로 망발하지 마세요."

"이런 말도 안 되는 헛소리를……. 이 따위 것을 임 대행수가 썼을 리가 없네. 마땅히 운해의 것이 되어야 할 재산이야. 그걸 죄다 명진이 놈에게 던져 준다고? 지나는 개가 웃을 일이지. 세상 어느 부모도 제 자식 것을 빼앗아 남의 자식 배를 불리게 하지는 않아."

"죽은 오라비가 생전에 직접 써서 나한테 준 것입니다. 정히 미심쩍으면 필체를 보시지요."

"필체야 얼마든지 따라할 수 있는 법. 적당히 돈만 집어 주면 이유 불문하고 재주를 파는 자들이 세상에는 많다지."

"오라비의 분재기가 위조되었다고 주장하는 것입니까?"

지이가 눈초리를 시치름하게 치떴다. 새빨간 입가로 선득한 미소가 지났다. 그 모양새를 맵차게 노려보는 원유의 눈동자가 분노로 파들파들 떨렸다.

"주장이 아니라 위조라고 확신하네. 이깟 거짓된 문서로 못된 장난을 치려 했다가는 내 가만히 있지 않을 것이야. 주상 전하께 주청을 올려 자네의 간악한 짓거리를 낱낱이 밝힐 것일세."

윽다문 잇새로 꾹꾹 힘주어 뱉는 원유의 위협적인 말소리를 지이가 중간에서 무지르며 깔깔거렸다. 한참을 미친 듯이 웃더니 돌연 정색을 하였다.

"주상 전하께 주청을 올리겠다고요? 일개 별제 주제에. 겨우 정육품 벼슬로 지엄하신 전하의 용안을 알현할 수나 있겠습니까?"

지이의 냉랭한 눈시울 속에 비웃음이 넘쳤다. 원유는 뻔뻔하기 짝이 없는 지이의 작태에 이가 갈렸다. 어금니를 양껏 물었다.

"할 수 있는지 없는지 두고 보면 알 터. 내 목숨을 걸고서라도 자네의 그 더러운 간계로부터 반드시 운해를 지킬 것이야."

"하나뿐인 목숨을 함부로 걸다니요? 그러다 후회하십니다."

"후회는 내가 아니라 자네가 하겠지."

"과연, 그럴까요?"

지이가 고개를 한쪽으로 기울이고 생글거렸다. 불현듯 원유의 살갗이 차갑게 식었다. 저절로 빠짝 긴장이 되었다. 원유는 막무가내에 가까운 지이의 자신만만함이 어디에서 기인한 것인지 궁금하였다. 아무런 대책도 없이 함부로 튀어나오지는 않았을 터다. 어떤 복안을 가지고 있음이 분명하였다.

그때 지이가 안마당을 향해 난 미닫이창을 활짝 열어젖히며 큰아들을 찾았다. 명수를 부르는 지이의 목소리에 힘살이 실렸다.

"큰아이 거기 있느냐?"

"예, 어머니."

"갔던 일은 어찌 되었더냐?"

"별제 어른 식솔들이 우포청으로 끌려가는 모습을 소자가 두 눈으로 똑똑히 보았습니다."

"뭣이라!"

소스라치게 놀란 원유는 앉았던 자리에서 벌떡 몸을 일으켜 세웠다. 한꺼번에 들이닥치는 심화에 사지가 부들부들 떨렸다.

"집 안 곳곳에서 서학과 관련한 물품들이 여럿 나왔다고 들었습니다. 나라에서 국법으로 엄금한 사교를 믿었으니 중형을 면하기는 어려울 듯합니다."

털썩. 두 다리에서 맥이 풀려 버린 원유는 그대로 방구들을 지고 주저앉았다. 혼자 힘으로는 결코 헤어날 수 없는 덫에 빠졌음을 직감하였다. 지충의 목덜미를 옥죄었던 바로 그 올가미에 원유 또한 쓰인 것이다.

입술을 비집는 탄식을 원유는 가까스로 눌러 목구멍 안쪽에다 억지로 밀어 넣었다. 제 한 목숨이야 당장에라도 내려놓을 수 있었다. 다만, 생때같은 자식들이 줄줄이 죽어 나가는 꼴을 두 눈 멀쩡히 뜨고 지켜볼 자신이 없었다. 질끈 눈을 감았다.

"나한테 원하는 바가 무엇인가?"

모든 것을 체념한 자의 무참한 목소리가 끅끅거리는 습기로 젖어 들었다. 세상을 향한 사람의 도리는 버렸다. 막역지우와 나눈 굳은 언약도 잊었다. 영혼을 팔아서라도 사랑하는 아내와 어린 자식들의 생명만큼은 구하고 싶었다. 그래야만 하였다.

"진즉 이렇게 나오셨어야지요. 서로 아까운 시간만 낭비하고, 헛되이 힘만 쓰고. 안 그렇습니까?"

지이가 생글생글 웃으면서 콧소리 섞인 말소리를 원유에게 되돌렸다. 원유는 어떠한 대꾸도 하지 못하였다. 몸서리가 쳐지는 참혹한 부끄러움에 차마 고개조차 들 수가 없었다. 죽는 날까지 하늘을 우러르지 못할 것이다.

침침암중
浸沈暗中

어두움 속에 잠기다

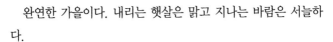

완연한 가을이다. 내리는 햇살은 맑고 지나는 바람은 서늘하다.

부글부글 끓는 가마솥에서 흘러나온 더운 김이 사방으로 퍼졌다. 찰지고 푸근한 밥 짓는 냄새가 길거리에 진동하였다. 며칠째 몸살을 앓고 있는 유모를 대신하여 수표교로 나온 장돌 어미가 콧구멍을 벌름거렸다.

"애들이 좋아하겠어요. 오래간만에 밥 먹는다고."

"응. 그런데 좀 이상해."

운해는 시선을 멀리 두고 서서 의아하다는 듯 주변을 두리번거렸다. 장돌 어미가 어리둥절한 표정으로 운해를 쳐다보았다.

"뭐가 이상하다는 말씀이어라?"

"애들 말이야. 다른 때 같으면 벌써 나와서 저만큼 줄을 섰을 텐데. 오늘은 밥이 다 되어 가도록 한 명도 보이지 않잖아."

"한창 노느라 정신이 팔렸겠지요. 요즘 날씨가 밖에서 놀기

딱이잖아요. 고만고만할 때는 동무들이랑 어울려 놀다 보면 밥 먹는 것도 잊는 법이지라."

"아니야. 정신없이 놀다가도 밥 짓는 냄새만 풍기면 우르르 떼로 몰려왔거든. 빨리 밥 달라고 얼마나 아우성을 쳐 대는데."

운해는 잇따라 한숨을 내쉬었다. 반면 장돌 어미는 대수롭지 않다는 태도로 손에 든 주걱을 허공중에서 홰홰 흔들었다.

"아기씨는 별걸 다 걱정하시어요. 곧 오겠지라. 지들이 뭐 다른 데 밥 얻어먹을 곳이 있는 것도 아니고. 밥 짓는 냄새가 이리 구수한데. 냄새만 맡아도 배창자가 먹을 것을 달라고 아주 요동을 칠 것이구먼요."

"애들한테 무슨 일 생긴 것은 아니겠지?"

"아이고! 걱정도 팔자시어요. 그나저나 그 도련님은 안 오시어라?"

"도련님이라니, 누구?"

운해는 부러 모르는 척 딴청을 피웠다. 장돌 어미가 헤실바실 웃으면서 팔꿈치로 운해의 옆구리를 슬그머니 찔렀다.

"다 알고 있구먼요. 새삼스레 뭔 시치미래요. 향이년 말로는 기골은 장대하고 얼굴도 잘생겼다던데. 한 번 보고 싶어라. 어쨌든 우리 아기씨 정인인데."

"그런 것 아니야."

"아니면 아니지, 왜 화는 내면서 얼굴은 붉히시어요?"

"장돌 어미가 자꾸 엉뚱한 소리를 하니까 그렇지."

운해는 부끄럽기도 하고 또 쑥스러운 마음에 공연한 짜증을 부렸다. 실실거리는 장돌 어미의 미소가 한층 짙게 변하였다. 건들대는 말소리에까지 웃음기가 흠씬 묻어났다.

"아무튼 아기씨의 정인이 아니라는 그 도련님은 오늘 안 오시는 것이어라?"

"요즘 과거 시험 준비로 바쁘셔. 밥은 아직 멀었어?"

"이제 뜸만 들면 되는구먼요. 된장 푼 배춧국도 얼추 다 끓었어라."

"조금 전에 살짝 맛보았는데 간도 맞고 맛있더라고."

"이년이 반빗간에서 씨알이 굵었잖아요. 삼십 년 넘게 여물어진 손맛이 어디 가겠어라. 조선 팔도 찬모들 중 이년 솜씨가 최고라니까요."

"그건 맞아."

장돌 어미와 이야기가 한창인 운해의 뒷등 쪽에서 조심스러운 목소리가 울렸다.

"저기…… 아기씨."

운해가 어깨 너머로 돌아다보자 개동이 손바닥을 요리조리 비비고 서 있다. 운해의 눈가에 반가운 미소가 물살처럼 빠르게 번졌다.

"동생은 어쩌고 혼자 왔어?"

"저기, 그러니까, 그것이……."

"막동이가 또 아파?"

"아니요. 그런 게 아니라. 그러니까 그것이……."

개동이 말소리를 제대로 잇지 못하였다. 작은 손바닥만 이리비비었다가 저리 비비었다가 부산을 떨었다. 보다 못한 장돌 어미가 빽 하니 목청을 쏘았다.

"이놈아! 무슨 일인데 말을 못하고 자꾸 뜸만 들여? 네놈 주둥이가 가마솥이라도 되냐? 밥 짓는 것도 아니면서 뭔 놈의 뜸을 들여, 들이기를."

"애한테 왜 소리는 질러?"

운해는 짐짓 눈초리를 사납게 뜨고 장돌 어미를 꾸짖었다. 이어 눈시울을 부드럽게 눙쳐 아직도 우물쭈물하는 개동에게 다정히 말을 붙였다.

"무슨 일 있니? 괜찮으니까 이야기해. 걱정하지 말고."

"저기 그것이……. 기다리지 마시어요. 아무도 오지 않을 것이어요."

"기다리지 말라니, 누구를? 아무도 오지 않을 거라니, 누가 말이야?"

운해는 좀처럼 눈길을 마주 대하지 못하는 개동의 시선을 붙잡기 위해 무던히도 애를 썼다. 고개를 이리저리 돌려 가며 눈을 맞추려고 노력해도, 아이는 자꾸만 시선을 회피하였다. 개동이 금방이라도 울 것 같은 얼굴로 말소리를 빠르게 쏟았다.

"아무도 밥 먹으러 안 온다고요. 오고 싶어도 못 와요."

"그게 무슨 소리야?"

"아기씨한테 밥 얻어먹으면 쥐도 새도 모르게 죽여 버리겠다고……. 맞아 죽고 싶으면 처먹으러 가라고……."

"누가 그런 막돼먹은 소리를 해?"

"다리 저쪽 남사당패 아저씨들이 그랬어요. 살인자 딸이 주는 밥이 뭐가 좋아서 얻어먹느냐고요. 대행수 어른은 사람을 죽이지 않았다고 이놈이 아무리 이야기해도 막무가내였어요. 죄송해요."

"괜찮아. 사과하지 마. 개동이 네 잘못 아니잖아."

운해는 일부러 더 화사하게 웃었다. 참숯같이 새카만 눈망울에 그렁그렁 눈물을 매달고 서 있는 개동을 달래기 위해서였다.

개동이 서러운 울음소리가 솟는 입술을 앙다물었다. 닭똥 같은

눈물이 아이의 얼룩진 두 뺨을 타고 기어코 뚝뚝 흘러내렸다.

운해는 울지 말라는 위로 대신 개동의 정수리에 오른손을 가

져다 얹었다. 아이의 마음 씀씀이가 고맙고도 장하였다. 이곳에

오기까지 크나큰 용기가 필요하였으리라. 심상치 않는 개동의

반응과 밤이 다 되도록 나타나지 않는 아이들. 남사당패의 협박

이 단순한 으름장이 아님을 방증하고 있었다.

"고마워. 여기까지 알려 주러 왔잖아. 우리 개동이 정말 착하

구나."

운해는 만개한 꽃처럼 개동을 향해 함박 미소를 지었다. 아이

는 아무런 말도 하지 않았다. 그저 둥글게 말아 쥔 주먹으로 흐

르는 눈물을 쓱쓱 닦아 낼 뿐이었다.

"밥이랑 국, 여기 이대로 두고 갈게. 아무도 먹으러 오지 않

아서 어쩔 수 없이 버리고 가는 거야. 내가 주는 밥 아니니까 먹

어도 괜찮아. 우리 가고 한 식경쯤 지나서 막동이랑 동무들 데

리고 와서 같이 먹어. 알았지?"

"예, 아기씨. 고맙습니다."

"아니야. 내가 더 고마워."

❁   ❁   ❁

돌계단을 오르는 장돌 어미의 숨소리가 평소보다 거칠었다.

수표교에서 집까지 걸어오는 동안 쉬지도 않고 남사당패를 향해

온갖 욕설을 퍼부어 댄 탓이다.

"쫄쫄 굶는 애들한테 동냥은 못 줄망정 아기씨가 나눠 주는 밥까지 먹지 말라 하다니요. 천하에 성악한 놈들! 힘없는 어린 것들 밥그릇이나 뺏는 자들은 저자 한복판에서 사지를 찢어 죽여야 한다니까요. 불쌍한 애들 밥도 못 먹이냐고요."

"그만해."

"아기씨는 분하지도 않으시어라? 억울하게 돌아가신 우리 대행수 나리한테 살인을 저질렀다니요. 제까짓 것들이 어디서 감히……."

기가 막힌다는 듯이 혀를 차던 장돌 어미가 울분을 못 이겨 바르르 몸을 떨었다. 기가 막히기는 운해도 마찬가지였다. 억울한 심정은 솔직히 운해가 더하였다. 그럼에도 겉으로 내색하지 않았다. 잠잠히 계단을 오르는 운해의 입가가 서늘하니 비틀렸다. 세상에 대고 울화를 쏟아붓는다고 무슨 소용이 있나 싶었다. 억울함을 호소한다고 해서 지금과 달라지는 것은 하나도 없었다.

우포청 변인몽 종사관은 고문장에서 지충이 죽자 서둘러 달영의 살인 사건 조사를 종결하였다. 숨이 멎는 순간까지 무고함을 호소하였던 지충의 주장은 공허한 울림이 되어 그대로 묻히고 말았다. 남의 말 하기 좋아하는 자들의 섣부른 손가락질이야 이미 각오한 바였다. 오해는 시간을 두고 풀면 되지만, 누명은 단순히 세월이 지난다고 해결되는 문제가 아니었다.

"아기씨! 병판 대감 댁에 선을 대는 것은 어찌 되었어라?"

"별제 아저씨 통해 말을 넣어 두었으니까 곧 소식이 있을 거야."

"조선 팔도가 병판 대감 말 한마디에 설설 긴다잖아요. 그 댁 대감마님께서 나서 주시기만 하면 돌아가신 대행수 나리의 억울함도 금방 벗을 것이어라."

"그래야지. 당연히 그래야지."

장돌 어미와 두런두런 이야기로 바쁜 운해의 곁에서 줄곧 침묵하던 장돌 아비가 헛숨을 급하게 들이켰다.

"대문이 열려 있어라. 대낮이라도 집안에 여자들뿐이니 문단속에 신경 쓰라고 누누이 일렀건만."

"향이가 대문 잠그는 것을 잊은 모양이야. 유모 병구완으로 몇 날 며칠 잠을 제대로 못 잤잖아. 몸이 곤해 그만 깜빡했겠지."

운해는 별일 아니라는 식으로 빙그레 미소를 지었다. 장돌 아비와 어미가 약속이라도 한 것처럼 동시에 끌끌거리면서 혀를 찼다.

"새파랗게 젊은것이 벌써부터 정신이 깜빡깜빡 나가면 어찌한데요?"

"그러게 말이야."

부부가 함께 말소리를 주고받으면서 대문을 밀어젖혔다. 끼익, 아무런 저항 없이 돌쩌귀가 돌아갔다. 다음 순간 눈앞에 펼쳐진 광경을 보고 운해도, 장돌 아비도, 장돌 어미도, 모두가 말을 잃었다.

유모와 향이가 손발을 결박당한 채 흙바닥에 나동그라져 있다. 두 사람 주위를 몽둥이를 든 사내 넷과 간간히 얼굴을 익힌 문중 어른 여럿이 빙 둘러선 모습이다. 몇 발자국 떨어진 자리에 원유가 멀뚱멀뚱 뒷짐을 지고 서 있다. 시치름하니 시선을 비낀 지이의 얼굴도 보인다.

운해는 한달음에 마당을 가로질러 유모와 향이 쪽으로 달려갔다. 얼마나 매질을 심하게 당하였는지 두 사람 모두 검붉은 피로 곤죽이었다. 차마 눈뜨고 볼 수도 없을 만큼 참혹하고 끔찍하였다.

기력이 쇠한 유모는 이미 혼절한 상태였다. 향이 역시 몸뚱이를 스스로 가누지 못한 채 퉁퉁 부은 눈꺼풀만 겨우겨우 들어 올렸다. 운해를 알아본 향이가 눈물을 글썽였다.

"아기씨……."

"대체 무슨 일이야? 어쩌다가 이랬어?"

"남산골 아씨께서 다짜고짜 안채에다 이삿짐을 부린다기에 이년이 나서서 막다가……."

말소리를 다 잇지 못하고 향이마저 까무룩 정신을 놓아 버렸다. 다급한 마음에 운해는 혼절한 향이의 몸을 힘주어 흔들었다.

"향이야, 향이야!"

"조용히 해라. 아녀자 목소리가 담장을 넘다니. 이웃에서 들으면 줄초상이라도 난 줄 알겠다. 그깟 집에서 부리는 종년들 기절한 것을 가지고. 뭐 그리 큰일이라고 호들갑이야."

지이의 차고 메마른 말소리가 운해의 어깨 위로 뭇매마냥 쏟아져 내렸다. 운해는 맵차게 식은 눈빛을 지이에게 꽂았다.

"고모님. 주인도 없는 집에서 이 무슨 해괴한 일이랍니까? 제 집에서, 제 허락도 없이, 제 사람들에게 손을 대다니요? 어찌 이런 경우 없는 일을 하셨습니까?"

"말을 삼가라! 오늘부터 이곳 가주는 내 아들 명진이다. 우리 명진이가 양자로 들어와 임씨 집안의 대를 이을 것이야. 문중 어른들과도 족보 입적에 관한 이야기를 끝마쳤느니라. 운해 너는 함부로 왈가왈부 나서지 마라."

운해는 품 안의 향이를 도로 바닥에다 조심스럽게 내려놓았다. 당장 허리부터 꼿꼿하게 세우고 서서 눈시울 가득 굳건한 심지를 키웠다. 똑바른 시선으로 문중 어른이라는 사람들의 얼굴을 하나하나 훑듯이 쳐다보았다.

아버지 지충의 살아생전 이런저런 핑계로 문지방이 닳도록 들락거리던 자들이다. 그때마다 저들의 손아귀로 크고 작은 돈뭉치가 흘러들어 갔음은 불 보듯 뻔하였다. 그런데도 막상 아버지의 장례를 치르는 동안에는 누구 하나 코빼기도 비치지 않았다.

문중의 큰어른이라는 당숙이 밭은 헛기침을 쏟으며 운해의 시선을 피하였다. 너도나도 앞다투어 그녀의 눈길을 외면하기 바빴다. 그 한심한 작태를 지켜보고 있자니 운해의 눈가에 저절로 비웃음이 들끓었다. 운해는 가지런히 모은 발끝에다 힘을 보태었다. 단단히 주먹을 그러쥐고 목소리를 싸늘하니 쏘았다.

"돌아가신 아버지로부터 양자 입적에 관하여 들은 바가 전혀 없습니다. 선친의 유일한 자식으로서 허락할 수 없는 일입니다. 당장 제 집에서 나가십시오."

"문중에서 독단으로 처리한 일이 아니다. 네 아비가 죽기 전에 분재기를 남겼구나. 유언에 따른 것이니 그리 알거라. 순간의 치기로 오 행수를 죽이고서 마음에 가책이 깊었던 모양이야. 이렇게나마 네 고모와 남은 자식들에게 보상을 하고 싶었던 게지."

당숙이 어색한 군기침을 흠흠 하며 뱉었다. 운해는 어금니를 으득 물어 아래턱의 떨림을 몰래 잠재웠다. 배 속의 창자들이 욱신욱신 옥죄어 왔다.

"제 아버지는 고모부를 죽이지 않았습니다."

"어느 날 네 아비가 찾아와 네 고모에게 분재기를 주고 갔다는구나. 미안하다고 몇 번을 이야기하면서."

당숙의 말을 운해는 단호히 부정하였다.

"그럴 리가 없습니다. 아버지는 사람을 죽일 분이 아닙니다."

"믿지 못하겠으면 이 분재기를 보거라. 죽은 네 아버지의 필체가 확실할 것이니."

지이가 살랑살랑 몸을 흔들면서 운해 쪽으로 가까이 다가왔다. 또박또박 각진 글자들이 운해의 눈에도 익숙하였다.

"남의 서체를 똑같이 흉내 내는 재주를 가진 자들이 있다고 들었습니다."

흔들림 없는 운해의 반박을 지이는 싸늘한 코웃음으로 일갈하였다. 생글거리는 낯을 들어, 여전히 뒷짐을 진 채 멀찍이 떨어져 서 있는 원유를 불렀다.

"별제 어른."

"……."

"나리. 어서 말씀하시지요."

"운해 네 아버지가 쓴 것 맞다. 내가 보는 앞에서 그 분재기를 적고 뒷일을 부탁한다 하였거든."

고저장단 없이 밋밋한 원유의 말소리가 흡사 먼 곳에서 울리는 것처럼 아스라이 들렸다. 운해는 그대로 풀썩 땅바닥에 무너져 앉고 말았다. 우르르 마음이 같이 허물어졌다. 기가 막혔다. 허망한 눈길로 원유를 올려다보았다. 차마 시선을 마주하지 못하고 원유가 바삐 고개를 저쪽으로 돌렸다.

"그럴 리가, 그럴 리가……. 아버지가 그러셨을 리가 없어요. 별제 아저씨도 아버지가 고모부를 죽이지 않았다는 것을 아시잖아요. 어떻게…… 어떻게 아저씨가 이러실 수가 있어요?"

271

"정말 미안하구나. 임 대행수의 분재기가 맞다. 나는 이 말밖에는 할 말이 없구나."

"지금처럼 별채를 네 처소로 쓰도록 하여라. 집 한 칸 없는 조카를 길거리로 내쫓을 마음은 없으니. 탈상하는 대로 혼례를 치를 수 있게 매파를 띄우도록 하마. 네 처지에 반듯한 혼처자리는 어려울 게야. 후처나 첩실이라면 괜찮은 데가 좀 나오겠지."

지이가 계속해서 이야기를 쏟았다. 오도카니 넋을 놓고 앉은 운해의 귀에는 그 어떠한 소리도 일절 들리지 않았다. 재산이 몽땅 지이와 명진 모자의 손아귀로 넘어가 버렸다는 충격보다, 숙부처럼 믿고 따르던 원유의 배신이 더 가슴 아팠다.

하늘이 다시금 무너져 내리는 것만 같았다. 천지 사방이 온통 새카만 어두움으로 둘러싸인 곳에 홀로 갇혀 버린 기분이었다. 도저히 현실이라고 믿을 수가 없었다. 울지 않으려 입술을 한껏 깨물었다. 그런데도 속절없는 눈물은 운해의 뺨을 타고 후드득 흘러내렸다.

❋　　　❋　　　❋

지충의 분재기를 핑계로 지이는 버젓이 안채를 차지하고 눌러앉았다. 이후 사사건건 트집을 잡아 운해의 일거수일투족에 시비를 걸었다. 빚을 탕감해 준 이들의 이름을 낱낱이 고하라며 윽박질렀다. 속량한 종복과 종비들의 노비 문서를 내놓으라고 다그쳤다. 모두 태워 없애 버렸다는 운해의 대답에도 지이는 끔쩍도 하지 않았다.

보다 못한 시전 만물상 청지기가 나서서 치부책은 아예 존재하지도 않는다며 보증을 섰다. 오히려 서로 작당하여 재산을 빼돌린 것 아니냐는 억지 질책만 청지기와 운해에게 되돌아왔다.

"저년을 매우 쳐라."

표독스러운 표정으로 명을 내리는 지이의 눈썹이 파르랗다. 젊은 사내종들의 무자비한 몽둥이질이 거적 위에 엎드린 유모에게 가해졌다.

"당장 그만두어라. 네 이놈들! 하늘이 두렵지도 않더냐?"

운해는 악을 썼다. 힘껏 몸부림을 쳐 발악도 하였다. 그러나 팔다리를 결박하듯 붙잡고 선 계집종들의 우악스러운 아귀힘을 당할 재간이 없었다. 소리를 지르고 온몸을 바르작거릴수록 날카로운 손톱이 옷자락을 뚫고 여린 살갗으로 파고들었다.

"네 이년! 몰래 남의 재산을 빼돌리고도 살기를 바라느냐? 어서 이실직고하렷다."

"부당합니다. 매질을 하려거든 차라리 소녀를 때리십시오."

운해의 당돌한 항변에 지이가 싸늘한 코웃음을 쳤다.

"상전의 허물은 곧 종의 허물. 저년이 너를 잘못 키웠음이야. 남의 것이나 탐하는 도적년으로 키우지 않았더냐."

"지금 도적년이라고 하셨습니까? 누가 누구더러 도적이라고 하십니까?"

"뭣이라. 아직 매타작이 부족한 모양이구나. 여봐라, 저년을 매우 쳐라."

"예, 마님."

탁! 탁! 탁! 뭇매질하는 소리가 안채 너른 마당 가득히 울려 퍼졌다. 유모의 입에서 억눌린 신음이 흘렀다. 군데군데 살가죽이 터지고 선홍빛 핏줄기가 함부로 솟았다. 차마 그 모습을 지켜볼 수가 없어서 운해는 눈을 감아 버렸다. 왈칵 눈물이 차올랐다.

"아기씨 고개를 드시어라. 이년은 아기씨를 그리 키우지 않았어라."

마지막 힘을 다해 악을 쓰듯 쥐어 짜낸 유모의 목소리가 운해의 귓등을 아프게 때렸다. 운해는 번쩍 눈을 떴다.

"유모!"

힘없이 축 늘어진 유모의 사지가 바들바들 떨리다 도로 잠잠해졌다. 지독한 몽둥이질에도 좀처럼 반응이 없었다. 사내종 하나가 얼굴을 가까이 가져가 유모의 숨소리를 확인하였다.

"죽었습니다."

"아악! 아악! 아악!"

으득 깨물어 문 운해의 입술을 뚫고 울음 대신 악다구니 같은 비명이 터져 나왔다.

❀　　　❀　　　❀

"두 분 마님께서 크게 기뻐하실 것입니다요. 참으로 감축할 일 아닙니까요."

칠복이 입을 귀까지 벌리고 헤벌쭉 웃었다. 마치 제 놈이 과거에 급제라도 한 양 몹시도 의기양양하였다. 풍음의 고삐를 쥐고 걸어가는 품새가 여느 때와 달리 거들먹거렸다. 무과 시험장에서 마상 무예를 치르느라 고생한 풍음을 쉬게 하고, 반 보쯤 앞서가던 무혁은 발걸음을 늦추었다.

"겨우 초시에 합격한 것이다. 경거망동하지 말거라."

"소인이 언제 경거망동하였습니까?"

칠복이 억울하다며 입술을 비뚤었다. 무혁은 부러 눈초리를 매섭게 쏘았다.

"오늘 초시를 통과한 자들이 무려 일백이야. 모레 주상 전하를 모시고 치를 전시에서 나와 겨룰 선량들이 아흔아홉 명이나 된다는 뜻이다. 과거 급제가 아무나 하는 것이 아니라는 말이지."

"지나치게 겸손하신 말씀입니다요. 이놈이 아까 훈련원 무과 시험장에서 모두를 눈여겨보았습니다. 도련님께서 개중 가장 특출하더이다. 장원 급제는 따 놓은 당상이니 걱정하지 마십시오. 누가 감히 도련님의 절륜한 무예에 견주겠습니까요."

"어허!"

"병중에 계신 안방마님께서 좋아하실 것입니다요. 지난번 계동 아씨 일로 상심이 크셨거든요. 도련님이 이번에 큰일을 해내셨습니다. 감축, 또 감축드립니다요."

따끔한 입단속에도 칠복의 주제넘은 수다가 흐드러졌다. 무혁은 잔소리를 한마디 보탤까 하다가 그만두었다. 오늘 하루만큼은 칠복이 어느 정도 유난을 떨어도 괜찮지 싶었다. 녀석의 말마따나 누이 이연의 유산으로 낙담하여 병까지 얻은 어머니 유란에게 초시 합격 소식은 조금이나마 위로가 될 것이다.

무혁은 발걸음을 힘차게 내딛으며 새롭게 다짐을 지었다. 운해뿐 아니라 어머니를 위해서라도 이번 무과에 반드시 급제하고 말리라.

"도련님."

칠복이 슬그머니 무혁을 불러 놓고 눈치를 살폈다. 무혁이 아무 말 없이 눈길을 내려 쳐다보자 칠복이 멋쩍은 웃음을 헤헤 지었다.

"혹시…… 시장하지 않으십니까요?"

조심스럽게 묻고 칠복이 꼴깍 군침을 삼켰다. 근처 주막집에서 흘러나오는 구수한 국밥 냄새에 허기가 지는 모양이었다.

"배고프냐?"

"하루 종일 과거 시험장에서 종종 대느라 끼니를 놓쳤더니 아주 죽겠습니다요."

"국밥 한 그릇 사 주랴?"

"두 분 마님께서 기다리실 것인데요. 얼른 달려가서 이 기쁜 소식을 알려야 하지 않겠습니까요?"

말은 그렇게 해 놓고, 칠복은 여전한 미련이 남는 듯하였다. 방금 지나쳐 온 주막집 사립문을 아련한 눈길로 돌아다보았다. 저리 한눈을 팔고 가다가는 분명 돌부리에 걸려 넘어질 것이다. 아니면 허기로 쓰러지든가.

"마침 잘되었구나. 나도 시장하던 참인데. 우리 국밥 한 그릇씩 말아 먹고 가자."

"오늘은 영감마님도 일찍 퇴청한다고 하셨는데요."

"됐다, 이놈아! 마음에도 없는 객쩍은 소리는 하지도 말아라. 초시 합격 소식은 시험장 감독관으로 참여한 훈련원 판관들을 통해 아버지께 벌써 전해졌을 것이다."

"그렇기는 합니다만……. 그럼 후다닥 한 그릇 말아 먹고 서둘러 집으로 가면 되겠네요. 쇤네가 차마 말씀을 못 드려서 그렇지, 뱃가죽이 등가죽에 딱 하고 들러붙은 지 오래입니다요."

쉬지도 않고 너스레를 떨어 대는 칠복을 앞세우고 무혁은 주막 안으로 들어섰다. 장작불을 지피던 중노미가 두 사람을 보고 한걸음에 달려와 허리를 숙였다.

"어서 오십시오, 나리. 조용한 방으로 드시겠습니까요?"

"마루면 되었네."

무혁은 짧게 손사래를 짓고 마당 한가운데 놓인 해묵은 널평상 위에 걸터앉았다.

"상은 어떻게 봐 드릴까요?"

중노미의 물음에 칠복이 나섰다.

"얼른 국밥 두 그릇만 말아 주오. 우리 풍음이 이놈 오늘 장한 일 하였으니, 물이랑 여물도 넉넉히 먹이시게. 조심하여 다루어야 하네. 낼모레 또 큰일 할 놈일세."

칠복이 어깨를 으쓱이며 거드름을 피웠다. 눈치 빠른 중노미가 말고삐를 건네받아 손에 쥐고 무혁에게 꾸벅 고개를 숙였다.

"나리, 감축드립니다요. 이번 훈련원 무과 초시에 합격하신 모양입니다. 기쁜 날이니 술상부터 내올까요?"

"술은 되었으니, 국밥이나 서둘러 말아 주게."

"냉큼 대령합지요."

돌아서던 중노미가 사립문 밖에서 얼쩡거리는 비렁뱅이 아이들을 발견하고 버럭 소리를 질렀다.

"야, 이 썩을 놈들아! 남의 장사 망치지 말고 어여 썩 물렀거라. 네놈들 잡히면 다리몽둥이를 확 부러뜨려 놓을 것이여. 당장 저리 안 가!"

중노미의 으름장을 듣고 놀란 아이들이 꽁지가 빠지도록 도망을 쳤다. 무혁은 소금을 뿌려 액풀이를 해야 한다며 투덜투덜 혼잣말을 뇌까리는 중노미를 매서운 어조로 불러 세웠다.

"이보오. 어린것들이 불쌍하지도 않은가?"

"말도 마십시오. 땅 파먹고 장사하는 것도 아니고, 불쌍하다 거둬 먹이기 시작하면 한도 끝도 없습니다요. 아귀 같은 놈들은 대번 쫓아 버리는 게 약이라니까요. 한동안 잠잠하더니, 대행수 댁 아기씨 그리 되고부터 아무 때고 들이닥쳐 동냥질이라 요즘 환장하겠습니다요."

"대행수댁 아기씨라면, 임 소저를 말하는가? 임지충 대행수 의 따님인."

"예, 맞습니다요."

"그 집에 무슨 일이 있던가?"

"아이고, 난리가 났지요. 과거 준비하시느라 바빠 여직 소 문을 못 들으셨나 봅니다요."

"난리라니?"

"그 많던 재산 고모네한테 죄다 뺏기고 길바닥에 나앉게 되었 다지요. 아기씨가 참말로 성품도 참하니 인물도 고운데. 대행수 나리는 어쩌다가 사람은 죽여 가지고……."

끌끌 혀를 차는 중노미의 손에서 무혁은 말고삐를 빼앗다시 피 가져왔다. 밀린 과거 공부에 전념하느라 얼굴을 보지 못한 지난 달포 사이 운해에게 크나큰 변고가 닥쳤음이 틀림없었다.

세상 풍파 속에서 지켜 주겠다고 약속하였는데……. 결코 혼 자 두지 않겠다며 약조하였는데……. 가슴이 옥죄었다. 마음이 바빠졌다.

"나는 가서 임 소저를 보고 올 테니, 칠복이 너는 저 아이들 을 데려다 밥 좀 챙겨 주거라."

"알겠습니다요."

❀   ❀   ❀

운해는 때를 입히지 않아 궁색하기 그지없는 황토빛 봉분을 우두커니 내려다보았다. 갓 태어나 백일도 되지 않아 잃은 어머니를 여태 대신해 온 사람이었다.

어려서는 그 젖을 먹고 자랐고, 밤이면 그 품에 안겨 잠이 들었으며, 서럽고 힘겨울 때마다 그 뒷등에 업혀 위로를 받았다. 커서는 하루 종일 뒤를 따르며 종알종알 늘어놓는 잔소리마저도 살가웠던 이였다. 기억조차 없는 낳아 준 어머니가 아니라, 지금껏 길러 준 유모를 통해 크고도 높은 모정을 깨달아 알았다.

"엄니! 엄니! 엄니!"

향이가 참담한 심정으로 서 있는 운해의 발치 아래 주저앉아 목을 놓아 울었다. 대답 없는 어미를 하염없이 부르면서 몸부림을 쳤다. 흔들리는 바람결에도 향이의 애달픈 울음소리가 꺽꺽 울렸다. 향이의 울음이 눈물마저 말라 버린 운해의 가슴을 후벼 파고 심장을 비틀어 짰다. 울지 말라는 위로도, 미안하다는 사과도, 운해는 피붙이 같은 젖형제 향이에게 차마 건넬 수가 없었다.

"향이야, 그만 울어라. 그러다 네 몸 상한다. 네 엄니 좋은 데 갔을 것이야. 착하디착한 사람이었으니. 암, 좋은 데 갔을 것이구먼."

장돌 어미가 흐르는 눈물을 옷소매로 훔치며, 흐느껴 우는 향이의 버썩 마른 등줄기를 손바닥으로 쓸었다. 바로 곁에서 장돌

아비가 흙투성이 곡괭이에 지친 몸뚱이를 의지한 채 서 있다. 고개를 들고 하늘을 우러러 무거운 어깻숨만 푹푹 내쉬었다.

운해는 혼자 된다는 것에 대하여 생각하였다. 두어 달 남짓한 사이 아버지와 유모의 주검을 잇달아 보내고 나자 혼자 남겨진다는 것이, 결국에는 죽는다는 것이 새삼 두려웠다. 그렇다고 지켜 줄 힘도 없으면서 소중한 사람들을 무작정 붙잡아 둘 수도 없었다.

불어오는 바람에 수시로 눕고 서는 억새풀처럼 수없이 흔들리는 마음을 애써 다잡았다. 지난밤 날을 꼬박 새우며 생각에 생각을 거듭해서 내린 결론이었다. 안전을 위해 모두를 떠나보내야 한다. 제 곁에 두면 둘수록 희생이 커질 것은 불 보듯 뻔하다. 더 이상 무고한 희생은 있어서도 안 되고 있을 수도 없다. 여기서 누가 또 죽게 된다면 스스로 도저히 견디지 못할 것이다.

운해는 한차례 심호흡을 한 다음 이야기를 천천히 입 밖으로 밀어냈다. 다행히 목소리가 차분하게 흘러 나왔다.

"모두 이 길로 서둘러서 경상도 봉하로 내려가."

툭. 탁한 소리를 내면서 곡괭이가 땅바닥으로 떨어졌다. 장돌아비가 놀란 숨을 급하게 들이켰다. 장돌 어미와 향이 또한 울음을 그치고 어리둥절한 표정으로 운해를 올려다보았다.

"고것이 무슨 말씀이어라. 봉하로 내려가라니요. 아기씨를 혼자 두고 말이어라. 이놈 목에 칼이 들어와도 그렇게는 못 합니다요."

장돌 아비가, 담담한 척 표정 없는 얼굴로 서 있는 운해의 발치에 무릎을 꿇고 납작 몸을 엎드렸다. 평생을 고된 노동에 시달리느라 둥글게 곱아든 장돌 아비의 야윈 등줄기가 오늘따라 운해의 눈에 시리도록 아프게 밟혔다. 운해는 말갛게 물기가 차오르는 눈시울을 황급히 저편 산등선 끝자락으로 던졌다.

"내가 너무 힘들어서 그래."

지켜 줄 힘이 없어 미안하다고, 매질을 막아 줄 힘이 없어 미안하다고……. 다하지 못한 말소리가 스산한 바람처럼 운해의 허허로운 가슴속을 휘돌았다.

"이놈이 아기씨 곁을 지키겠어라. 목숨이 다하는 날까지 아기씨 옆에서 힘이 되어 드리겠어라."

"그러지 마. 다들 내 사람들이잖아. 내가 지켜 줘야지. 내가 힘이 되어 줘야지."

"아니어라."

"지금의 나한테는 내 사람을 지키는 게 힘에 겹고 벅차. 내 한 몸 감당하기도 버거워. 그러니까 나를 도와준다 생각하고 잠시만 최 의원 아저씨한테 가 있어."

잠깐의 헤어짐이라 이야기하지만 영영 이별이 될 수 있음을 모두가 알았다. 장돌 아비도, 장돌 어미도, 향이까지도 숨을 죽인 채 아무런 말이 없었다.

운해야 조카인데다 남의 눈도 있으니 지이가 쉽게 손을 대지 못할 것이다. 하지만 장돌 아비와 장돌 어미와 향이는 지이에게 있어 마소보다도 못한 존재였다. 언제 몽둥이질을 당해 유모처럼 죽게 될지 모르는 일이다. 솔직히 상전에 대한 의리보다 살고자하는 욕망이 훨씬 컸다. 인지상정이었다.

"셋이서 봉하까지 가려면 여비가 제법 필요할 것이야."

운해는 품 안에서 꺼낸 비단 주머니를 장돌 아비의 손에 억지로 쥐여 주었다.

"쇤네 이것만큼은 죽어도 못 받습니다요. 어찌 마님의 유품을 염치도 없이 넙죽 받아 들겠어라. 돌아가신 안방마님께서 특별히 아기씨 앞으로 남긴 패물인데."

"내가 가진 돈이 없어서 그래. 돌아가신 어머니도 기뻐하실 거야. 좋은 데 썼다고 분명 칭찬하실 거야."

"아기씨……."

장돌 아비는 감히 말을 잇지 못한 채 굵은 눈물만 하염없이 흘렸다. 백골난망이라는 인사도, 부디 강령하시라는 당부도 흐르는 눈물 속에 덧없이 흩어졌다. 흐느껴 우는 장돌 아비의 굽은 등줄기를 운해가 다정한 손길로 다독거렸다. 그동안 수고하고 애썼다는 인사였다. 부디 잘 살아야 한다는 당부이기도 하였다. 운해의 말없는 인사와 당부가 장돌 아비의 저릿한 가슴으로 속속 스며들었다.

"노비 문서는 전날 다 불태워서 없앴으니 추노꾼들에게 쫓기는 일은 없을 거야. 그래도 혹시 모르니까 행적이 남지 않도록 조심해서 움직여야 해."

반드시 그대를 지키겠노라는 맹세

서필수여
誓必守汝

"그동안 임 소저에게 무슨 일이 있었는가?"

다급함과 절박함이 묻어나는 무혁의 물음에 시전 만물상 청지기는 대답보다 먼저 짙은 한숨부터 지었다.

"아기씨의 고초가 말이 아니었습니다. 고모가 친조카에게 어찌 저토록 악독하게 구나 싶을 정도였으니까요. 재산을 멋대로 빼돌렸다며 아기씨를 고양이 쥐 잡듯이 잡았습니다. 차마 입에 담기조차 험악합니다."

"오늘 임 소저를 보았는가?"

"못 보았습니다."

"임 소저를 마지막으로 본 게 언제였나?"

"엊그제입니다. 매일 정오 무렵이면 이곳 만물상에 나와 한두 시진가량 머무르면서 큰손 상인들을 상대하곤 하였거든요. 어제 오늘 아기씨 얼굴을 볼 수가 없어 걱정하던 차였습니다."

무혁은 운종가에서 운해의 집까지 말을 달리며 방금 전 청지기와 나눈 대화를 곱씹었다. 운해의 고모이자 오달영의 처인 임지이에 대한 분노가 흉곽 안에 차곡차곡 쌓였다. 지난번 지충의 장례에 훼방을 놓았을 때 따끔하게 손을 보았어야 했다는 뒤늦은 후회가 들었다.

마음만 다급해진 무혁은 허벅지로 풍음의 옆구리를 조이며 박차를 가하였다. 풍음의 달음질치는 속도가 한층 빨라졌다. 길가의 풍경이 획획 지나고 귓전에서 쌩쌩 바람 소리가 울렸다. 그런데도 운해의 집까지 달려가는 길이 아득히 멀게만 느껴졌다.

무혁은 풍음이 멈추어 서기도 전에 말안장에서 훌쩍 몸을 날렸다. 바닥에 발을 딛고 서자마자 솟을대문을 향해 난 계단을 한꺼번에 두 개씩 뛰어 올랐다. 대문을 두드려 대는 무혁의 주먹질이 무지막지하였다.

"대체 뉘시오? 여기가 어디라도 시끄럽게 구는……."

솟을대문을 열기도 전부터 핏대를 세우던 노복이 무혁의 반듯한 행색을 알아보고 목소리를 공손하게 낮추었다.

"어떻게 오셨습니까?"

"잠시 임 소저를 뵙고자 하네."

"지금 집에 없습니다."

"어디 가셨더냐?"

"소인이 어찌 압니까요. 나가면서 어디 간다 이야기하고 가는 것도 아니고."

툭 내던지듯 답하는 노복의 말소리가 시큰둥하였다. 상전인 운해를 우습게 보고 있음이었다. 평소 지이가 솔거 노비들 앞에서 운해를 어떤 식으로 대하는지, 노복의 시건방진 태도만으로도 충분히 짐작이 갔다. 맵차게 꾸짖는 무혁의 목소리가 벼락처럼 울렸다.

"네 이놈! 임 소저 나이가 비록 미령하나, 상전은 상전. 어디서 감히 상전의 일을 입에 올리면서 그런 주제넘고 건방진 모습을 보이느냐."

"그런 것이 아니옵고……."

화들짝 놀란 노복이 허리를 굽실거렸다. 무혁은 어금니를 윽물었다. 성질 같아서는 당장 놈의 목을 비틀어 버리고 싶었다. 허나 지금은 운해의 행방을 찾아 안전을 확인하는 것이 급선무였다.

"임 소저께서는 언제 나가셨더냐?"

"아침 일찍 나가셨습니다요."

"누가 모시고 갔느냐? 소저 혼자 나가시지는 않았을 터. 향이와 유모가 따라갔더냐?"

"그러니까 그것이……."

노복이 대답을 얼버무렸다. 허리춤 아래 마주 잡은 두 손을 벌벌 떨었다. 안절부절못하는 노복을 무혁은 다시금 매섭게 다그쳤다.

"임 소저를 누가 모시고 나갔더냐? 당장 사실대로 고하지 못할까!"

"그것이, 유모가 죽는 바람에……."

"뭣이라! 유모가 죽어?"

"예, 어제저녁 죽었습니다. 우리 안방마님이 못된 버릇을 고친다며 유모에게 손을 대셨는데, 매질을 견디지 못하고 죽었지 뭡니까요. 아기씨가 장례를 치러 주신다면서 아침 일찍 반촌 야산으로 가셨습니다. 향이년이랑 장돌네 부부가 따라갔으니 걱정하지 않으셔도 될 것입니다."

머리를 조아린 노복이 식은땀을 줄줄 흘렸다. 제 딴에는 무혁을 안심시키고자 주절주절 이야기를 늘어놓았는데 오히려 화를 더욱 부채질한 꼴이 되고 말았다. 무혁은 배 속에서부터 꿈틀 대고 올라오는 분노를 가까스로 눌러 삼켰다. 겨우 종놈 하나 잡아 족친다고 해결될 문제가 아니었다. 고모라는 자의 숨통을 끊어 놓아야 직성이 풀릴 것 같았다.

"집 안이 왜 이렇게 시끄러워?"

얼굴에 하얀 분칠을 한 중년 여자가 비단 자락을 사락거리면서 대문 밖으로 나왔다. 쪽진 머리위로 가채까지 틀어 올린 품새가 정경부인에 버금갈 만큼 호사스러웠다. 지이의 등장에 놀란 노복이 급하게 허리를 숙였다.

"아무것도 아닙니다."

"누구더냐?"

지이가 반쯤 몸을 틀고 서서 서름한 눈짓을 무혁에게 보냈다. 노복이 연달아 굽실굽실 머리를 조아렸다.

"운해 아기씨를 찾아오신 손님입니다."

"남녀가 유별할진데, 운해 그년은 어찌 낯선 사내를 집 안까지 불러들인다느냐."

지이의 날카로운 목소리가 솟을대문을 넘어 길가로 이어졌다. 무혁은 성큼성큼 지이에게 다가가 일부러 차가운 어조로 하대를 하였다.

"자네가 임 소저의 고모인가?"

숯으로 그려 넣은 지이의 눈썹이 순간적으로 꿈틀거렸다. 몹시 위협적인 무혁의 위용에 저도 모르게 흠칫 놀란 탓이었다. 나지막하게 깔리는 굵직한 음성은 물론이고 싸늘한 기운을 내뿜는 눈빛까지, 이제 갓 스물을 넘긴 젊은 사내의 것이라 하기에는 너무나도 위험천만하였다.

진정한 힘을 소유한 강한 자만이 저토록 자신만만한 태도를 취할 수 있었다. 오랜 시간 몸에 밴 자연스러운 절도와 기품이 넘치는 풍모, 대단한 권문세도가의 자제가 분명하다. 지이는 재빨리 말소리를 나근나근하니 가라앉혔다.

"제가 운해의 고모가 맞습니다만. 어느 댁 도련님이신지요?"

무혁의 비틀린 입가로 선득한 미소가 걸렸다. 지이를 노려보는 먹빛 눈동자 또한 끝을 알 수 없는 우물처럼 차디찼다.

"강무혁이라고 하네. 임 소저 뒤에 내가 있음을 기억하게. 소저의 머리털 하나 함부로 건드리지 말라는 뜻일세."

"지금 협박하시는 것입니까?"

"그럴 리가, 약속일세. 사내들은 보통 이것을 굳은 약조라고 부르지."

무혁이 빈정거리며 싱긋 웃어 보이더니 그대로 몸을 돌려 돌계단을 내려갔다. 미끈한 종마 위로 훌쩍 몸을 싣는 그에게서 범접하기 어려운 위엄이 흘렀다. 무혁의 온몸에서 무서울 정도로 지독한 냉기가 뚝뚝 떨어졌다.

말이 뽀얀 흙먼지를 일으키며 맹렬한 속도로 멀어져 갔다. 그 모습을 물끄러미 지켜보는 지이의 등줄기가 저절로 부르르 떨렸다.

"저자가 여긴 왜 왔답니까?"

멀리서 무혁과 지이를 보았는지 명수가 후줄근한 차림으로 계단을 올라오며 물었다. 가파르게 내쉬고 들이쉬는 명수의 숨에서 시큼한 술 냄새가 훅 끼쳐 올랐다. 몇 날 며칠을 기방에 처박혀 나뒹굴다 돈이 떨어져 집으로 기어들어 온 것이 틀림없었다.

지이는 지끈거리는 관자놀이를 옥가락지 낀 손가락으로 꾸욱 누르며 문질렀다. 한양 바닥이 온통 과거 시험을 치르느라 난리가 난 이때에 가문을 이을 큰아들이라는 놈이 술독에 빠져 허우적대는 꼴이라니……. 그나마 역관 시험을 준비하느라 매일 밤 청국 말과 씨름하는 작은아들 명진이 있어 다행이었다. 지이는 치솟는 심화를 애써 참았다.

"아는 자더냐?"

"우포장 강대건 영감의 아들놈입니다."

"우포장 영감의 자제가 어찌 운해를 만나러 와?"

분칠을 하여 가뜩이나 하얀 지이의 낯빛이 삽시간에 새파랗게 질렸다. 혹여 대건과 무혁 쪽에서 달영 사건의 전말을 눈치챈 것은 아닌가, 그 걱정으로 심장이 오그라들었다.

"저놈이 운해 년을 찾아왔습니까? 하기야 고년이 얼굴 하나만큼은 웬만한 기생년보다 반반하게 생겼지요. 오다가다 두 연놈이 눈이라도 맞은 모양입니다. 잘되었습니다."

"잘되었다니 뭐가?"

"이참에 우포장 영감이랑 사돈을 맺으면 좀 좋습니까."

"뭐가 어쩌고 어째."

"운해가 정실로 들어가는 것은 어려워도 첩실 꿰차는 거야 식은 죽 먹기 아닙니까. 우포장 영감이랑 사돈만 맺으면 어느 누구도 우리 가문을 함부로 대하지 못할 것입니다."

빠짝빠짝 타들어 가는 지이의 속도 모르고 명수가 히죽히죽 웃어 댔다. 지이는 속에서 치솟아 오르는 울화를 견디다 못해 버럭 고함을 내질렀다.

"어리석은 놈! 차라리 어젯밤 술독에 빠져 죽지 그랬느냐."

❀　　❀　　❀

장돌 아비와 어미랑 향이를 경상도 봉하로 떠나보낸 직후 운해는 반촌 창현의 초가로 향하였다. 세 사람이 무사히 도성을 벗어날 때까지 하루나 이틀 정도 초가에 머물면서 그들에게 시간을 벌어 주기 위해서였다.

진즉에 노비 문서를 불태워 없애 버린 상태라 엄밀히 말해 셋 다 도망 노비는 아니다. 하지만 욕심 사나운 지이가 어떤 식으로 나올지 아무도 모르는 일이다. 장돌 아비와 어미랑 향이가 추노꾼들에게 쫓기는 일만큼은 없도록 운해는 스스로 그들의 방패막이가 되기로 하였다.

덜커덩 사립문 열리는 소리가 고즈넉한 마당을 흔들었다. 운해는 삐꺽거리는 사립짝을 도로 제자리에 되돌려 놓고 초가 툇마루로 곧장 걸어갔다. 주인의 손길이 닿지 않아 어느새 마룻바닥에는 뽀얀 먼지가 소복이 쌓여 있었다. 대충 털어 청소할 생각도 못 하고 운해는 지친 몸을 그대로 툇마루 끝자락에 내려 앉혔다. 거붓한 한숨이 잇따라 입술을 꿰뚫고 흘러나왔다.

산다는 것이 너무나도 힘에 부쳤다. 하루하루를 견디면서 살아 낸다는 것이 요즘처럼 어려운 적은 없었다. 매일 매 순간이 치열한 싸움을 치루는 것 같았다. 문득 서러움이 치받자 울음이 솟구쳐 올랐다. 누가 볼세라 얼른 옷고름으로 눈가의 눈물부터 훔쳐 냈다. 울지 말아야지. 울면 마음만 더 약해질 테니까.

어떻게든 마음을 다잡으려 해 보았지만 그것마저도 쉽지가 않았다. 관자놀이가 지근거렸다. 무지근하니 통증이 일어나는 머리를 발둘렛간 둥근기둥에다 기대고 자그시 두 눈을 감았다. 이대로 한숨 자고 나면 예전으로 되돌아가 있었으면 좋겠다. 아버지의 다정한 미소를 한 번 더 볼 수 있었으면 좋겠다. 유모의 재잘거리는 잔소리를 다시 들을 수 있었으면 좋겠다.

결코 닿을 수 없는 바람이었다. 그럼에도 그 이룰 수 없는 소망을 꿈꾸며 운해는 설핏 겉잠 속으로 빠져 들었다. 야윈 뺨을 타고 한 줄기 뜨거운 눈물이 주르륵 흘러내렸다.

무혁은 정신없이 창현의 초가 마당을 가로지르다 말고 발걸음을 우뚝 멈추었다. 운해가 툇마루 발둘렛간 둥근기둥에 비스듬하니 머리를 기대고 앉아 있다. 가뜩이나 좁은 어깨를 잔뜩 웅크린 채 잠이 든 모습이 몹시도 처연해 보였다. 무혁의 가슴이 날카로운 칼날로 저미는 것처럼 쓰리고 아팠다.

"하아."

어린 탄식이 무심코 무혁의 입에서 터져 나왔다. 코끝이 지잉 하고 울었다. 무혁은 붉게 달아오른 눈시울을 서둘러 허공중에 가져다 꽂았다. 먼 곳에다 시선을 곧게 붙박아 두고 북받치는 감정을 간신히 가라앉혔다.

그동안 운해 혼자서 얼마나 힘들었을까? 저 가녀린 어깨로 천 근과도 같은 삶의 무게를 지탱하기가 오죽 버거웠을까? 애잔하고, 안타깝고, 애틋하고, 안쓰럽고……. 그러면서 한편으로는 마음이 놓였다. 이곳에서 운해를 찾을 수 있어서 다행이었다.

유모의 시신을 매장하기 위해 반촌 야산으로 갔다는 노복의 이야기에 이 근방 일대를 샅샅이 뒤지고 돌아다녔다. 좀처럼 운해의 흔적을 발견할 수가 없어서 얼마나 애를 태웠는지 모른다. 피가 다 마르는 것 같았다. 혹시나 하는 마음에 창현의 초가에 들르기를 잘하였구나 싶었다.

무혁은 조심스럽게 다가가 지쳐 잠이 든 운해를 두 팔로 안아 들었다. 잠결에도 그녀가 온기를 찾아 무혁의 가슴 안쪽으로 파고들었다. 꽤 오랫동안 바깥에 나와 있었던지 운해의 온몸이 차디찼다.

무혁은 체온을 나누어 줄 요량에 운해를 품으로 바투 끌어당겨 한껏 조여 안았다. 그 힘에 놀란 듯 운해가 몸을 뒤척였다. 기다란 속눈썹이 파르라니 떨리다 결국 눈을 뜨고 말았다. 여전히 잠에 취한 목소리가 탁하게 갈라졌다.

"……도련님?"

운해는 눈꺼풀을 잇달아 슴벅거렸다. 무혁의 품속에 안겨 있는 지금의 상황이 꿈인지 생시인지 섣불리 분간하기 어려웠다.

"찬 데서 자다 고뿔이라도 걸리면 어쩌려고요."

무혁이 속삭이듯 가만히 이야기하였다. 물끄러미 운해를 내려다보는 먹빛 눈동자가 걱정하는 기색을 띠면서도 한없이 다정스러웠다. 운해의 두 뺨에 어릿어릿 홍조가 번졌다.

"피곤하여 잠깐 쉰다는 게 그만 잠이 들었던 모양이어요."

"방으로 들어갑시다. 한동안 불을 때지 않아 냉골일 테지만 마루보다는 따뜻할 것입니다."

"아니어요. 내려 주시어요."

부끄러워 어찌할 바를 몰라 운해가 팔다리를 곰지락댔다. 운해의 말은 들은 척도 않고 무혁은 꿋꿋이 외짝 지게문을 열고 방 안으로 들어섰다. 아랫목이라고 해도 군불을 넣지 않아 구들장이 얼음장이나 다름없었다. 보료를 대신할 방석이라도 하나 있으면 좋으련만 창현이 이삿짐으로 몽땅 챙겨 간 터였다. 두툼한 요는 고사하고 홑이불 한 장 보이지 않았다.

무혁은 살포시 운해를 바닥에 내려놓고 서둘러 전복을 벗었다. 급한 대로 옷가지를 구들장 위에 깔았다. 냉기를 완전히 차단하지는 못하더라도 최소한 발은 시리지 않을 것이다.

"잠시만 있어요. 아궁이에 바로 불을 지펴 방을 따뜻하게 데울 테니까."

"도련님이 어찌 군불을 땐다고 하시어요. 소녀 때문이라면 괜찮습니다."

"내가 안 괜찮아요."

곧장 몸을 돌려 방을 나서는 무혁의 옷자락을 운해가 부여잡았다.

"그러지 마시어요."

"누군가는 해야 할 일입니다."

무혁은 빙그레 웃으면서 옷자락을 움킨 운해의 손길을 떼어 내려고 하였다. 운해가 세찬 도리질을 쳤다.

"아궁이 불은 소녀가 지필게요."

"그대가요?"

"예."

짧게 답하는 운해의 말투가 제법 완강하였다. 무혁은 옅은 어깻숨을 내쉬었다. 운해의 강경한 태도로 보아 옷자락을 부여잡은 두 손을 억지로 풀어 버린다 해도, 얌전히 방 안에 머물러 있을 것 같지가 않았다.

"우리 둘이서 같이합시다."

무혁이 뒷마당에서 꺾어 온 나뭇가지 더미 중 일부를 아궁이 속으로 천천히 밀어 넣었다. 불쏘시개 안에 숨어 있던 불씨가 타닥타닥 소리를 내면서 빨갛게 타올랐다.

운해는 한겨울 화롯불에 몸을 녹이는 것처럼 양쪽 손바닥을 활짝 펼치고 앉아 아궁이 불을 쬐었다. 금세 따뜻한 기운이 손끝에서부터 온몸으로 퍼져 나갔다. 유모의 장례를 치르느라 하루 종일 혹사당한 팔다리가 노곤하였다. 쪼그린 무릎 위에다 어슷하니 턱을 괴었다.

"생나무를 써도 괜찮을까요?"

"준비해 둔 장작이 없으니 어쩔 수 없지요. 나뭇가지가 젖은 상태인데도 연기가 나지 않아 다행입니다."

"싸리나무인가요?"

"아마 그럴걸요."

"전에 유모가 그랬어요. 싸리나무는 생으로 태워도 연기가 나지 않는다고요. 그래서 장마철에 밥 지을 때 쓰면 좋……."

운해는 이야기를 하다 말고 입술을 깨물어 물었다. 와락 차오르는 눈물을 어떻게든 참아 보려고 하였다. 활활 불꽃이 타는 아궁이 앞 나란히 앉은 무혁이 한쪽 팔을 뻗어 운해의 어깨를 다정히 감싸 안았다.

"참지 말고 울어요. 때로는 울음도 힘이 된다지요. 한바탕 울고 나면 응어리졌던 아픈 속이 조금은 풀릴 것입니다."

마치 그 말이 신호가 되기라도 한 것처럼 운해는 참았던 울음을 터뜨렸다. 서러운 눈물을 펑펑 쏟으며 목을 놓아 울었다. 억울한 누명을 쓰고 죽은 아버지의 신원을 여태 풀지 못하고 있음이 원통하였다. 가주가 되어 식솔들의 안전을 제대로 지키지 못하였다는 자책과 더불어 피붙이 같은 유모의 죽음이 뼈에 사무쳤다.

"유모가⋯⋯. 유모가, 나 때문에⋯⋯."

"그대 탓이 아니에요."

"유모가, 흑흑⋯⋯. 죽었어요."

"압니다. 아까 그대 집에 들렀을 때 노복한테 대강 전해 들었어요."

"매질을, 막았어야 했는데⋯⋯."

"쉬이, 그만."

"너무 많이 맞아서⋯⋯."

"스스로를 탓하지 말아요. 유모의 주검에 그대가 책임질 일은 없으니까. 전적으로 임지이라는 그 여자 잘못입니다."

무혁은 부러 더 냉정한 말투를 써서 이야기하였다. 이런 식으로라도 운해와 지이 사이에 일정한 선을 긋고 싶었다. 고모가 고모답지 않은데 집안 어른으로 대우할 이유가 없었다.

"고모님이⋯⋯. 아버지의 분재기를⋯⋯. 별제 아저씨랑⋯⋯."

그간의 상황을 설명하는 운해의 말소리가 울음에 뒤섞여 뚝뚝 끊어졌다. 이야기를 하고 있다기보다는 단순한 단어의 나열에 가까웠다.

"설명은 나중에 해요. 지금은 그냥 울어요. 속이 풀릴 때까지 실컷."

무혁은 흐느끼는 운해를 품으로 바짝 당겨 안았다. 무엇보다도 운해가 마음껏 울 수 있기를 바랐다. 지충의 죽음 이후 울지 않고 계속 참기만 하던 운해였다. 분명 속이 썩어 문드러졌을 것이다.

운해의 눈에서 눈물이 끝도 없이 흘러 넘쳤다. 가슴속 상처가 마침내 곪아 터진 것 같았다. 무혁은 어린아이를 달래는 듯 운해를 품에 안고 상체를 좌우로 사분사분 흔들었다. 흐느껴 우는 등줄기를 부드럽게 어루만지며 섧도록 애달픈 울음소리가 잦아들기를 기다렸다.

한참이 지난 뒤에야 운해가 울음을 그쳤다.

"죄송해요. 못난 꼴을 보였어요."

"실컷 울었습니까?"

"예."

"향이랑 장돌 아비와 어미는 어디 있나요?"

"봉하로 보냈어요. 소녀가 장돌이한테 가라고 했어요."

운해가 무명 수건으로 울음의 흔적을 닦아 내며 제법 담담한 척 말하였다. 심지어 젖은 얼굴로 해시시 미소까지 지었다. 웃고 있음에도 파리하게만 보이는 두 뺨을 무혁은 손등으로 가만히 어루만졌다. 가뜩이나 야윈 얼굴이 보지 못한 사이 더욱 살이 빠져 아예 핼쑥하다.

"왜 그랬습니까? 왜 그런 바보 같은 짓을……."

대답을 들으려는 것이 아니다. 안타까워서, 곁에서 지켜보기 너무도 애처로워서, 혼자 뇌까리는 넋두리인 양 무의식중 흘러 나온 말이었다. 굳이 듣지 않아도 운해의 대답이야 뻔하였다.

유모를 잃은 것처럼 또 다른 누군가의 죽음을 막지 못하게 될까 두려워서 모두를 서둘러 떠나보냈을 것이다. 가주로서 식솔들을 지키려는 어쩔 수 없는 선택 말이다.

운해가 아무 말 없이 해시시 웃기만 하였다. 자신은 괜찮다고 이야기하는 것 같았다. 눈물이 차오른 눈시울 가득 너울너울 번지는 미소가, 무혁은 못내 아프고 서글펐다. 마음이 우르르 무너져 내렸다.

다들 떠나보내고 의지가지없이 외로워서 어쩌려고요? 정 붙일 곳 하나 없이 소저 홀로 어쩌려고요? 바보같이 착하기만 해서 어쩌려고요?

무혁은 가슴에 맺힌 숱한 물음을 오롯이 혀 아래 사렸다. 대신 '必守汝'라는 세 글자를 가슴 깊이 새겨 넣었다. 어떠한 상황에서도 반드시 운해를 지키겠노라 다시금 스스로에게 다짐을 지웠다.

"전에 내가 그대에게 해 준 약속 기억합니까?"

"어떤 약속이요?"

"무슨 일이 있어도 그대 곁을 지키겠다는 약속."

"기억해요."

"결코 그대를 혼자 두지 않겠다는 약속도?"

"예."

무혁은 아궁이 속 활활 타는 나뭇가지를 헤집느라 새빨갛게 달아오른 부지깽이를 들어올렸다. 반빗간 아궁이 앞 검게 그을린 땅바닥에다 문신을 새기듯 힘주어 글씨를 적었다.

"아(我), 서(誓), 필(必), 수(守), 여(汝)."

힘차게 써 내려간 글자들이 하나씩 형태를 갖추어 새겨질 때마다 운해는 입 밖으로 소리를 내어 읽었다. 울컥 하며 덩이진 감동이 거센 물살처럼 한꺼번에 밀려 왔다.

'반드시 그대를 지키겠노라고 맹세합니다.'

사내가 연모하는 여인에게 해 줄 수 있는 가장 아름다운 서약이었다. 운해는 혼자가 아니라는 사실이 행복해서 눈물이 났다. 무혁이 곁에 있어 주는 것이 기뻐서 미소가 흘렀다.

"소저가 원한다면 다음에 지필묵으로도 써 줄게요."

"아니요. 이거면 충분해요."

운해는 웃는 것인지 우는 것인지 모를 표정을 지었다. 북받친 감정을 다스리려 한차례 어깻숨을 내쉬고, 근처 나뭇가지 더미에서 싸릿대 하나를 집어 들었다. 무혁이 마음을 다하여 새겨 놓은 글자들과 나란히 행을 맞추어 솔직한 그녀의 심정을 적어 나갔다.

我笑因你在(아소인이재, 당신이 곁에 있기에 웃을 수 있어요).

세상에 이보다 값지고 사랑스러운 고백은 없을 것이다. 여인이 마음을 준 사내에게 보내는 최고의 찬사였다. 무혁은 품에 안고 있는 운해 쪽으로 얼굴을 내렸다. 입술과 입술을 마주 잇대고 서로의 숨결을 앗았다. 목숨이 다하는 그날까지 운해를 지키겠노라는 굳은 맹세가 하나로 얼크러지는 혀끝에서 수도 없이 사무쳤다.

심야전홍
深夜剪紅

깊은 밤 붉은 꽃을 꺾다

저녁내 군불을 지펴 포근해진 방 안에 심지를 키운 등잔불이
어룽어룽 타올랐다. 무혁은 도톰한 요 밑으로 오른손을 넣어 구
들장의 온도를 가늠하였다. 방바닥이 뜨끈뜨끈한 것이 잠들기
딱 알맞았다. 칠복에게 아궁이 안에다 장작을 넉넉히 집어넣으
라고 일렀으니 아침까지 따뜻할 것이다.

"급한 대로 내가 쓰던 이부자리를 가져 오긴 했는데……."

무혁은 흐트러진 요를 판판하게 정리하다 말고 한숨을 지었
다. 시간이 없어 운해에게 따로 새 이부자리를 마련해 주지 못
한 것이 영 마음에 걸렸다.

"헌것이라 미안합니다."

"아니어요."

운해는 바삐 도리질을 쳤다. 오늘 하루 무혁에게 너무 많은
폐를 끼쳤다. 군불을 때게 만든 것만으로도 모자라, 권문세가의
자제에게 이불 짐을 지고 밤길까지 걷게 하였다. 민폐도 이런

298

민폐가 없었다. 게다가 무혁은 종복인 칠복을 시켜 한동안 쓸 장작과 끼니를 때울 먹거리까지 꼼꼼하게 챙겨서 가지고 왔다.

"도련님께 공연한 수고를 끼친 것 같아 오히려 소녀가 송구할 따름이어요."

"이 정도는 수고랄 것도 없으니 미안해하지 말아요."

"도련님도 마음 쓰지 않으셨으면 해요. 솔직히 몸 둘 바를 모르겠어요."

"왜요?"

"오늘 도련님이 소녀한테 해 주신 모든 것들이 넘치도록 훌륭해서요."

"이까짓 게 뭐가 훌륭하다고⋯⋯."

기가 막힌다는 식으로 무혁은 나지막하니 혼잣말을 중얼거렸다. 씁쓸한 자조가 비틀린 입아귀를 타고 피어올랐다. 반촌 외딴 산기슭에 자리한 창현의 초가는 고생을 모르고 자란 운해가 머무르기에는 부족한 것투성이였다. 오늘 하루만 임시로 묵겠다고 하여 대충 넘어간 것이다.

만약 운해가 고모의 악행을 피해 따로 나와 살고 싶다고 한다면, 운종가 근처에다 번듯한 와가(瓦家)를 한 채 마련할 계획이다. 집안일을 맡아서 할 종복과 종비도 서너 명쯤 구해 줄 작정이다.

"오늘밤 한뎃잠까지 각오했거든요. 도련님 덕분에 따뜻하게 잘 수 있겠어요."

"한뎃잠이라니 당치 않아요. 그러다 구안괘사(口眼喎斜)* 옵니다."

---

*구안괘사:풍담이 경맥에 침입해 생기는 병으로 입과 눈이 한쪽으로 비뚤어짐.

무혁은 펄쩍 뛰었다. 귀갓길 주막 중노미로부터 운해의 소식을 듣지 못하였다면……. 창현의 초가에서 미처 운해를 발견하지 못하였다면……. 모두 떠나보내고 홀로 남기를 자청한 운해의 상황을 알지 못하였다면……. 만약으로 점철되는 생각들이 무혁의 머릿속에서 너울거렸다. 단순한 상상만으로도 눈앞이 아찔하고 명치가 답답해졌다.

"구안괘사도 아시어요?"

운해가 물었다. 보통 와사풍이라고 부르는데, 무혁이 굳이 동의보감에 기록된 병명으로 칭하니 의아한 모양이었다.

"내가 한때 최 의원의 애제자였거든요. 그대는요?"

"서당개 삼 년이면 풍월을 읊는다잖아요. 어깨 너머로 배운 지식만으로도 웬만한 약재상 하나는 넉넉히 꾸릴 수 있을 정도랍니다."

운해가 농처럼 가벼이 말하며 방싯거렸다. 얼마 만에 마주 대하는 웃는 모습인지 모르겠다. 화사한 얼굴빛이 보기 좋아서 무혁도 덩달아 미소가 났다.

"소저한테 장사할 마음이 있다면 운종가에다 점포를 하나 내줄게요."

그냥 하는 소리가 아니라 진심이었다. 그런데 운해는 여전히 가벼운 태도로 무혁의 이야기를 받았다.

"약재상 하나쯤은 제 힘으로도 충분히 차릴 수 있어요."

"소저."

무혁은 목소리를 진중하게 만들었다. 무릎걸음을 걸어 운해 곁으로 바투 다가가 다정히 손을 잡았다.

"견디기 힘들면 언제라도 집에서 나와요. 살 집은 내가 마련할 테니 걱정 말고."

"아니어요. 내일 아침에 집으로 돌아갈래요. 하루 시간을 벌어 주었으니 장돌네랑 향이는 안전할 것이어요."

"앞으로도 고모의 핍박이 상당할 텐데요?"

"각오는 되어 있어요."

"각오만으로 견딜 수 있는 일이 아닙니다."

"그 정도는 소녀도 알아요. 하지만 도련님, 호랑이를 잡으려면 호랑이 굴로 들어가야지요."

운해의 말소리가 꽤나 의미심장하였다. 호랑이란 인면수심의 고모라는 작자를 지칭할 터였다. 무혁은 조금 선득한 느낌으로, 옹골진 표정의 운해를 물끄러미 바라보았다. 행여 섣부른 행동으로 운해가 다치기라도 할까 봐 걱정스러웠다.

"호랑이 굴로 들어가다니요, 무슨 뜻입니까?"

"자식이 되어 억울하게 돌아가신 아버지의 누명은 벗겨 드려야지요."

"고모부 사건과 관련하여 무슨 실마리라도 잡았나요? 아니면 어디 짚이는 데라도 있어요?"

"딱히 그런 것은 아니지만, 석연치 않은 구석이 많아서요."

"어떤 점이요?"

"고모는 처음부터 재산을 가로챌 속셈이었던 듯싶어요. 그래서 그런 얼토당토않은 분재기를 만들어 냈겠지요. 생전에 아버지가 분재기를 남겼다면 소녀가 몰랐을 리가 없어요. 위조된 게 분명해요."

운해가 확신을 가지고 이야기하였다.

"소저가 직접 탐문에 나서서 분재기를 위조한 자를 색출하겠다는 뜻은 아니겠지요?"

무혁은 터져 나오는 탄식을 억지로 삼켰다. 안 된다, 하지 마라, 무조건 말리고 싶은 심정이었다. 다만 운해의 이야기를 끝까지 듣는 것이 먼저라는 생각에서 되도록 냉정을 유지하려고 노력하였다.

"별제 아저씨를 만나려고요. 뭔가 숨기는 게 있는 듯했어요."

"빼앗긴 재산을 도로 찾아오려면 임 대행수의 분재기가 위조되었음을 증명하는 게 가장 확실한 방법이긴 합니다. 허나, 그 일이 쉽지도 않을 뿐더러 지나치게 위험해요."

"재산을 되찾는 일은 크게 중요하지 않아요. 아버지의 억울함부터 풀어야지요. 모든 일의 발단은 고모부의 죽음이었어요. 주검에 얽힌 진실을 밝혀낸다면 아버지의 누명도 벗길 수 있을 것이어요."

조용히 흐르는 운해의 목소리가 어느 때보다 완강하게 울렸다. 채 스물이 되지 않은 나이가 무색할 만큼 운해는 오달영 사건의 개요와 맥락을 정확히 꿰뚫어 보고 있었다. 놀라운 혜안이다. 무혁은 당찬 의지를 보이는 운해의 명징한 눈동자를 똑바로 응시하였다. 저 정도 혜안과 의지라면 어떤 어려움이 닥쳐도 넉넉히 감당해 낼 것 같았다. 그러나 세상은 그리 호락호락하지 않았다.

"그대 혼자 힘으로 할 수 있는 일이 아닙니다. 임 대행수의 신원은 나한테 맡겨요. 책임지고 반드시 누명을 벗겨 낼 테니. 나를 믿어요."

"아무리 힘들고 어려워도 마땅히 소녀가 해야 할 일이어요. 소녀의 힘으로 모든 것을 낱낱이 밝혀내겠어요."

"위험해서 안 됩니다. 내가 마음이 놓이지 않아요. 도저히 허락할 수가 없어요."

"도련님의 허락은 필요치 않아요."

운해가 눈빛을 날카롭게 세웠다. 무혁은 단호하기만 한 운해의 태도가 서운하면서도 한편으로는 그 마음이 이해되었다. 무작정 막을 수가 없어서, 막는다고 막아질 것도 아니지만, 이번에는 운해를 어르고 달랬다.

"'하늘은 모든 것을 알고 있다. 다만 때를 기다릴 뿐이다'라는 말이 있지요. 아직은 때가 아닙니다. 조금만 참고 기다려요."

"언제까지요?"

운해가 격양되어 따져 묻듯 목청을 높였다. 무혁은 진정하라는 의미로 운해의 팔을 어깨에서부터 손등까지 길게 쓸었다.

"하늘만이 아시겠지요. 언제든 때가 되면 모든 게 만천하에 속속 드러날 것입니다."

"그러니까 그게 언제인데요?"

"곧 옵니다. 곧."

"몇 날 며칠이요? 열흘이 지나면 될까요? 아니면 달포? 앞으로 백 일을 참고 견디면 되는 건가요? 혹은 일 년?"

가슴에 맺힌 한을 풀어내듯 툭툭 던지는 운해의 이야기 소리에서 섧도록 아린 아픔이 묻어 나왔다. 그저 참고 견뎌야만 하는 시간들. 사는 것이 아니라 살아 내야만 하는 삶. 고통을 오롯이 감내할 수밖에 없는 하루가 천 년보다 더 버거웠으리라.

"소저……."

무혁은 할 말을 잃었다. 무슨 이야기를 해야 할지 갈피조차 잡히지 않았다. 그 어떤 소리도 운해에게는 위로가 되지 못할 터였다.

"지성이면 감천이라지요. 소녀가 힘을 다하고 뜻을 다하고 정성을 다하면 마침내 하늘도 감동하여 움직이지 않을까요? 하늘의 때라는 것이 조금은 빨리 오지 않을까요? 도련님이 말한 것처럼 이제 곧."

제법 분연히 이야기하고 운해가 쓴웃음을 지었다. 희미한 미소 속에 지독한 삶의 무게가 고스란히 드러났다. 무혁은 더 이상 인고의 삶을 운해에게 강요할 수가 없었다. 손 놓고 마냥 하늘의 때를 기다리라는 말 따위는 하고 싶지도 않았다.

"언제 어디서 무슨 일을 하든지 조심, 늘 조심, 또 조심해야 합니다."

"그럴게요."

"그대 곁에 항상 내가 있음을 잊지 말아요."

무혁은 힘주어 고개를 끄덕이는 운해를 품 안으로 이끌었다. 운해가 선선히 안기면서 이마를 무혁의 어깨에 살포시 기댔다.

"그나마 도련님이 곁에 있어 하루하루 버티면서 사는걸요."

멀리서 인정이 울었다. 오랜만에 운해와 마주 앉아 그간의 이야기를 나누다 보니 밤이 깊은 줄도 몰랐다. 아쉽지만 이제 그만 잠자리에 들어야 할 시간이다. 무혁은 낡은 등잔대 옆 다소곳이 양손을 모으고 앉은 운해 쪽으로 시선을 던졌다. 어룽어룽 타는 등잔불을 피해 외로 고개를 숙이며 하품을 감추는 모습이 전에 없이 앙증맞았다.

"피곤할 텐데 어서 자요."

"도련님은요?"

"나야 뭐……."

이야기를 하다 말고 무혁은 자칫 헛웃음이 나올 뻔하였다. 어떻게 하면 운해를 따뜻하고 편안하게 재울까, 그 방법을 찾는 데만 골똘한 나머지 자신의 잠자리는 전혀 염두에 둔 바가 없었다.

이것 완전 낭패로군.

무혁은 속으로 혀를 찼다. 토담집 위에 이엉을 얹은 창현의 초가는 달랑 방 한 칸에 반빗간이 딸린 단출한 구조다. 단칸방 외에는 따로 잘 만한 곳이 없다. 아무래도 오늘 밤은 본의 아니게 불침번을 서야 할 모양이다.

"저기……. 그게, 여기서 주무세요."

한참을 주저주저하던 운해가 수줍게 말하였다. 무혁은 무의식중 헉, 하고 숨을 삼켰다.

유혹인가?

혼자 희망에 들떠 추측하다 그럴 리가 없다며 고개를 가로저었다. 누구보다 품성이 바르고 행실이 음전한 운해가 유혹이라니……. 말도 안 되는 착각이다. 심지어 부친의 탈상 이전이라 운해는 여전히 소복 차림이기도 하다. 한방에서 같이 자자는 운해의 제안이 유혹이든 아니든, 무혁의 마음이 흔들린 것만큼은 사실이었다. 속수무책 여지없이 흔들려 억지로 마음을 다잡았다.

"툇마루에서 자면 됩니다."

"도련님이야말로 한뎃잠을 주무시다 구안괘사가 오면 어쩌려

305

고요."

"기껏 하룻밤인데요."

무혁은 천 근보다 무거운 엉덩이를 강제로 일으켰다. 유혹에 흔들릴지언정 질 수는 없었다. 더더군다나 유혹의 실체가 제대로 존재하지도 않을 때는 어떠한 상황에서도 기필코 물리쳐야만 한다.

"모레 무과 전시도 있으시잖아요."

운해가 초인적인 의지를 발휘하고 있는 무혁의 속사정도 모르고 결정적인 소리를 하였다. 무혁은 방바닥에 도로 털썩 주저앉고 말았다. 하룻밤 한뎃잠을 잔다고 몸이 축나지는 않을 것이다. 그러나 중요한 전시를 앞두고 무리수를 둘 수는 없었다. 만에 하나 이번 무과 시험을 망치는 날에는 여태 쌓아 올린 공든 탑이 말짱 허사가 되기 때문이다. 지충의 억울함을 풀어 주려면 무엇보다도 전시 장원 급제가 시급하였다.

"어떻게 알았습니까?"

"아까 도련님 댁 종복이 귀띔해 주었어요. 도련님께서 모레 중요한 시험을 앞두고 있으니 무리하시면 안 된다고요. 소녀한테 잘 부탁한다는 당부까지 덧붙이던 걸요."

운해가 천진무구한 얼굴로 무혁을 말똥말똥 올려다보았다. 무혁은 터져 나오는 한숨을 가까스로 숨겼다. 칠복이 무슨 의도를 가지고 전시 이야기를 하였는지, 빤히 알겠다. 오늘밤 운해와 무혁이 함께 시간을 보내리라고 딱 믿었을 것이다. 하기야 밤중에 이불까지 짊어져 나르도록 만들었으니 오해를 사도 어쩔 도리가 없었다.

"칠복이 놈이 공연한 소리를 했습니다."

"소녀는 다행이라 생각해요."

"다행이요?"

"몰랐으면, 법도에 어긋난다고 도련님과 한방에 못 있겠다며 고집을 피웠을 거예요."

"그러니까 본래는 한뎃잠을 자라고 나를 툇마루로 쫓아낼 작정이었다는 말이지요?"

무혁의 놀리는 소리에 운해가 놀리는 줄도 모르고 난처한 표정을 지었다.

"그게 아니라……."

"일없습니다. 소저의 본심을 알았으니 도저히 한방에 머물 수가 없겠네요."

무혁은 부러 서늘하니 이야기하며 자리를 털고 일어나는 시늉을 보였다. 화들짝 놀란 운해가 당장 무혁의 전복 자락을 부여잡았다. 금방이라도 울 것 같은 표정이었다.

"이러지 마시어요."

"그대가 원하는 대로 해 주려는 것입니다."

"소녀는 도련님과 같이 자기를 원해요."

다급히 쏟아지는 운해의 목소리에서 절박함마저 느껴졌다. 오해를 풀기 위해 상당히 애를 쓰고 있음이었다. 본인이 방금 얼마나 적나라하고 낯부끄러운 이야기를 하였는지 아마 상상조차 못 할 것이다. 그래서 더 사랑스러웠다.

놀릴 상황이 아닌데도 자꾸만 놀리고 싶어지는 것은 저 쩔쩔매는 모습이 지나치게 어여쁜 탓이다. 무혁은 입가를 비집고 오르는 웃음을 서둘러 감추었다. 둘이서 같이 자자는 말만 들어도 가슴이 떨리고 마음이 설레었다. 운해와 함께 밤을 보낸다는 생각만으로도 머릿속이 송두리째 아찔할 정도였다.

"참말입니까?"

"예."

"그대의 뜻이 정 그렇다면 어쩔 수 없지요."

무혁은 짐짓 선심을 쓰듯 말하였다. 운해가 그제야 부여잡고 있던 전복 자락을 놓았다. 야트막하니 안도의 숨을 내쉬는 모습마저 사랑스러웠다.

"도련님이 아랫목에서 주무세요."

"그럴 수는 없지요. 나는 이쪽 문 앞이면 충분합니다. 밤사이 도둑이 들지도 모르니 내가 그대를 지켜야지요."

무혁은 어느 정도 운해가 겁을 집어먹기 바라며 도둑이라는 단어에 강세를 두었다. 예상대로 운해는 아랫목을 다시 권하지 않았다. 대신 이부자리를 양보하려고 들었다.

"이불이라도……."

차마 같이 덮자는 말은 못 하고 쭈뼛거렸다. 무혁은 홰홰 손사랫짓을 쳤다.

"이부자리라면 괜찮아요. 내가 더위를 많이 타거든요."

"아무것도 없는 맨바닥은 불편하실 거예요."

안절부절, 운해가 어쩔 줄을 몰라 한다. 따끈한 아랫목에 이부자리까지 독차지하는 것이 마음에 걸리는 모양이다.

"오히려 이불 없이 자는 게 편합니다."

"그래도……."

"피곤한데 그만 잡시다."

"너무 송구하잖아요."

"미안해할 것 없어요. 불 끕니다."

이부자리를 두고 옥신각신하다가는 밤을 새워도 모자랄 성싶었다. 무혁은 다툼 아닌 다툼에 종지부를 찍을 요량으로 재빨리 등잔불의 심지를 낮추었다. 잦아든 불빛이 서너 번쯤 어룽어룽 흔들리다 완전히 꺼졌다. 새카만 어두움이 방 안 가득 내리자 어색한 침묵도 더불어 내렸다.

캄캄한 어두움 속에서 운해는 사분사분 움직였다. 윗목에 자리 잡고 누운 무혁을 되도록 방해하지 않으려는 배려 차원이었다.

오늘밤은 준비해 둔 자리옷이 없으니 항라 속적삼과 속치마로 대신하기로 하였다. 먼저 버선부터 벗고 소복 저고리의 옷고름을 가만히 풀어낸 다음 치마끈 매듭까지 조심스럽게 헤쳤다. 벗은 옷가지들은 정갈하게 개켜 머리맡에 놓았다.

무혁과 한방에 있다는 긴장감으로 쉽게 잠이 오지 않을 줄 알았는데, 이부자리에 등을 눕히자 묻어 두었던 피로가 한꺼번에 몰려왔다. 어언간 눈꺼풀이 스르르 감기면서 정신을 놓듯 까무룩 잠이 들었다.

반면 무혁은 불을 끄고 한참이 지나도록 잠들지 못하였다. 외짝 지게문 앞쪽에 옹색하니 누워 속으로 숫자를 헤아렸다. 한일을 시작으로 금세 일백이 되고 어느덧 일천을 넘겼다. 이러다 족히 일만에 이르겠다. 꾸준히 숫자를 세면서 이리 뒤척였다 저리 뒤척이기를 반복하였다. 도통 잠은 오지 않았다.

까닭 없이 심장 박동만 거세게 뛰었다. 덩달아 입술이 바짝바짝 말랐다. 아니다. 까닭은 분명 있었다. 운해 때문이다. 그녀와 단둘이 같은 공간 안에 누워 있다는 사실 하나만으로도 초조함이 말도 못 하였다. 아랫목에서 나는 바스락거리는 작은 소리에도 신경이 온통 곤두섰다.

운해가 이부자리에 들기 전 옷가지를 벗을 때는 진짜 미쳐 버리는 줄 알았다. 자제심을 잃지 않으려 그가 어떤 노력을 다하였는지 오직 하늘만이 아실 터였다. 어느새 잠이 든 모양, 운해의 숨소리가 규칙적으로 울렸다. 들이쉬고 내쉬는 숨결에 귀 기울이는 무혁의 가슴이 제멋대로 떨렸다. 눈치도 없이 아랫도리가 묵직하니 차올랐다.

제발 진정하자. 그만 정신 차리라고.

매섭게 스스로를 다그치며 심호흡을 거듭하던 차였다. 운해의 숨소리가 별안간 가파르게 올랐다. 언뜻 억눌린 신음 같기도 하고, 설핏 절제된 흐느낌 같기도 하였다. 무혁은 후다닥 몸을 일으켜 운해 곁으로 다가갔다. 잠결임에도 끙끙 앓고 있었다.

"흐윽……."

"소저?"

"흐읍……."

"어디 아파요?"

무혁은 오른손으로 운해의 이마를 짚었다. 다행히 열은 없었다. 오히려 차디찬 이마에 식은땀만 흥건하였다. 아무래도 가위눌림 같았다. 운해의 어깨를 흔들어 잠부터 깨웠다.

"소저. 그만 일어나요. 어서."

"……허억."

운해가 짤막한 비명을 내지르며 눈을 떴다. 잠에서 깨고도 현실 인식이 잘 되지 않는지 초점 없는 눈길을 허공중에 멍하니 두고 잇따라 눈꺼풀을 슴벅거렸다.

"정신이 들어요?"

"도련님?"

"그래요. 나예요. 그동안 몸이 허해져서 자다 가위에 눌렸나 봅니다."

무혁은 땀에 젖어 축축한 운해의 자분치를 가지런히 쓸어 귓바퀴 뒤편으로 넘겨 주었다. 손가락 사이에 귓불을 끼고 연한 살갗을 살살 어루만졌다.

"꿈을, 꾸었어요."

"악몽이었나요?"

"네. 아버지가 관아에서 피점난장을 당하는……."

운해가 이야기를 제대로 끝맺지 못한 채 바르르 몸서리를 쳤다. 두 번 다시 떠올리고 싶지 않은 끔찍한 경험이라는 듯 그렇게. 울지 않으려고 잇새로 깨물어 문 입술이 어두움 속에서조차 처연하였다.

"이제 괜찮아요."

무혁은 운해와 나란히 몸을 뉘였다. 팔베개를 내어 주고 송골송골 식은땀이 맺힌 이마를 매만졌다. 운해가 무혁의 가슴을 파고들었다.

"너무 무서웠어요."

"내가 있잖아요. 그대 곁에."

"오늘 밤, 혼자였다면 많이 힘들었을 거예요."

운해가 젖은 한숨에 섞어 자그맣게 속삭였다. 무혁을 올려다보는 흑자색 고운 눈망울에 무한한 신뢰가 담겨 있었다.

"다행입니다. 내가 그대에게 힘이 된다니."

무혁은 품 안쪽으로 운해를 부쩍 당겨서 조여 안았다. 식은땀이 가신 둥그스름한 이마에다 마른 입술을 꾹 눌렀다. 본심은 깊이 입 맞추고 싶었지만 애써서 참았다. 자제심이 바닥을 드러낸 지금 운해에게 입을 맞춘다면 걷잡을 수 없는 상황으로 치달아 갈 터였다.

"도련님."

"으응?"

"그것 아시어요?"

"뭘 말입니까?"

"소녀가 도련님을 아주 많이 연모한다는 것."

충동처럼 말하고 운해는 두 팔을 들어 무혁의 목을 힘껏 끌어안았다. 다시는 놓고 싶지 않았다. 이대로 영원히 함께 있기를 바라고 또 바란다.

순간적으로 무혁은 이성을 앗기고 말았다. 눈을 감을 틈도 없이 무작정 운해의 입술부터 빼앗았다. 격렬하게 혀를 얽고 함부로 숨결을 뒤섞었다. 누구의 것인지 모를 달뜬 탄성이 어두움 속에서 허공을 찔렀다. 어쩌면 둘이 동시에 참았던 숨을 토해 냈는지도 모르겠다.

무혁은 천천히 입술을 미끄러트렸다. 도톰한 귓불을 깨물고, 섬약한 목덜미를 빨고, 수려한 빗장뼈를 핥았다. 머릿속으로는 당장 그만두어야 한다고 생각하면서도, 본능에 충실한 오른손은 운해의 속적삼으로 향하였다. 재빨리 단추를 풀고 되는 대로 앞섶을 헤쳤다. 단단히 묶인 가슴 가리개의 매듭도 내쳐 제거해 버렸다.

나비매듭이 느슨해지기가 무섭게 납작 눌려 있던 앞가슴이 터질 듯 부풀어 올랐다. 뽀얀 젖무덤과 젖무덤 사이 오목 들어간 골짜기에 무혁은 그대로 얼굴을 파묻었다. 최고급 비단을 상

위하는 극치의 보드라움과 정신이 아득해지는 달콤한 살내음.
열락이 따로 없었다.

"도, 도련님?"

"잠시만. 이대로 잠시만."

무혁은 고개를 들지 않은 채 살짝 왼쪽으로 움직였다. 연분홍
빛깔의 젖꽃판 한가운데 붉은 팥알처럼 익은 유실을 입안 가득
머금었다.

"하웃."

운해는 저도 모르게 허리를 비틀었다. 파르르 등줄기가 떨리
면서 황홀한 감각이 등허리를 관통하였다. 난생 처음 경험하는
강렬한 쾌감이었다. 손발이 더워지더니 차츰차츰 열이 올랐다.
온몸이 녹아내릴 듯이 뜨거웠다. 머릿속은 마비되는 것 같았다.

"어여뻐요."

양쪽 젖가슴을 번갈아 가며 탐하는 무혁의 애무가 한층 농밀
하고 한결 집요해졌다. 풍만한 젖무덤을 두 손바닥 안에 하나씩
가두고 그 모양새를 멋대로 뭉그러뜨렸다. 동시에 혀끝을 세워
유실을 할짝할짝 핥았다. 때로는 젖꽃판까지 한 입에 몽땅 베어
물고서 게걸스럽다 싶을 만큼 쪽쪽 소리를 내가며 빨기도 하였
다.

"으웃."

운해는 양팔을 뻗어 무혁의 두 어깨를 짚었다. 이쯤에서 그만
무혁을 밀어내야지 마음먹으면서도 좀처럼 손가락에 힘이 들어
가지 않았다. 탐욕스러운 본성이 무른 이성을 무마시키며 선선
히 쾌락을 받아들이려 하고 있었다.

그사이 운해의 몸을 더듬는 무혁의 손길이 바빠졌다. 겨드랑

이를 타고 옆구리로 내려와 잘록한 허리를 쓰다듬고 둥근 엉덩이를 주물러 댔다. 어느 틈에 속곳 안쪽까지 파고들었다. 소스라치게 놀란 운해는 황급히 양쪽 무릎을 하나로 모아 거웃에 다다른 무혁의 손길을 막았다.

"안 되어요."

완강하게 이야기한다고 하였는데도 결국 속삭이는 소리밖에 되지 못하였다. 제 입에서 나온 탁한 말소리가 운해의 귓전에서 다른 이의 것처럼 낯설게 울렸다. 떼쓰는 아이처럼 칭얼대는 무혁의 목소리 역시 꽉 잠긴 채 흘렀다.

"그대를, 만지고 싶어."

"하지만……."

안 된다는 이성과 괜찮다는 본성이 운해의 마음속에서 치열한 갈등을 이어 갔다. 둘 중 어느 하나도 도저히 선택할 수가 없었다. 곤란한 현실을 외면하듯 운해는 질끈 눈을 감아 버렸다. 굳게 감긴 눈꺼풀 위로 뜨거운 입술이 내려앉았다.

"만지게 해 줘요. 응?"

무혁이 애타게 허락을 구하며 운해의 입술에다 입을 맞추었다. 서로의 입술을 마주 포개고 가볍게 쪽, 하고 잠시 떨어졌다 이내 되돌아와 운해의 아랫입술을 세차게 빨았다. 잠시 소강상태였던 열이 온몸에서 도로 지글지글 끓었다.

"하아."

운해가 참았던 숨을 토해 내는 틈을 노려 무혁의 혀가 빠르게 입안으로 침노하였다. 더불어 무혁의 오른손은 애초 목표하던 속곳 안쪽을 파고들었다. 굳은살이 박인 커다란 손바닥으로 허벅지 여린 속살을 느릿느릿 매만졌다. 기다랗게 마디진 손가락

으로 보드레한 거웃을 살포시 휘감아 당겼다. 다정하고도 감미
롭게 움직이는 손길에 따라 홧홧한 열기가 운해의 아랫배로 고
여 들었다.

운해는 필사적으로 신음을 참았다. 남부끄러운 교성이 제멋
대로 터져 나올 것만 같았다. 황홀경에 가까운 위험천만한 쾌감
에 젖어 육체는 한껏 달아오르고 정신은 그저 가마득하였다.

"……운해."

감각적인 희열에 파들파들 몸을 떠느라 처음에는 무슨 소리
인지 알아듣지 못하였다.

"운해?"

무혁이 재차 운해를 이름으로 불렀다. 혼탁하게 갈라진 음성
이 마치 한숨 같기도 하고, 흡사 신음 같기도 하고, 혹은 교성
같기도 하였다.

"멈추라고, 말해요."

"네?"

운해는 멍하니 되물었다. 이 무슨 이율배반인가. 아까는 만지
게 해 달라며 애원을 하더니 이제는 멈추라고 말하라 명한다.

"여기서 그만두지 못하면 내가 완전히 자제력을 잃고 말 거
라……."

무혁은 말끝을 흐렸다. 운해에게 멈추라고 말하라 하면서도
내심 계속하라고 이야기해 주기를 바랐다. 이보다 더 큰 모순은
없었다. 운해가 대답을 망설이는 동안 무혁은 여전히 오른손을
바삐 놀렸다. 거웃을 헤치고 가운뎃손가락을 슬그머니 불두덩
안으로 밀어 넣었다.

"혁."

운해가 젖은 숨을 삼켰다. 충격과 쾌락이 공존하는 흑자색 눈망울에 시선을 붙박아 둔 채로 무혁은 마디진 손가락을 쉼 없이 움직였다. 비좁고 빡빡한 내부를 가운뎃손가락이 느리게, 또는 빠르게 들고났다.

"멈추라고, 하지 말아요."

통제할 겨를도 없이 무혁의 본심이 입 밖으로 튀어나왔다. 불두덩 안팎을 들고나는 손가락의 움직임에 조금씩 가속이 붙었다. 축축하게 젖어 드는 내벽을 손끝으로 살살 문질렀다.

"흐으윽……."

운해가 허리를 뒤틀면서 흐느꼈다. 어느덧 충격은 사라지고 흑자색 눈망울에 오롯이 쾌락만이 남았다. 활처럼 휘어지는 등줄기를 무혁은 바투 끌어 당겼다. 가운뎃손가락을 미친 듯이 흔들었다.

"그만두기, 싫어."

"흐으으으윽……."

억눌린 울음과도 같은 달뜬 교성이 운해의 입술을 사정없이 꿰뚫었다. 불시에 들이닥친 절정 속에서 운해의 허리가 움찔움찔 경련하였다.

"허락한다고 해요. 응?"

절정의 여운이 채 가시지 않아 무혁이 속삭여 물었다. 무슨 말인지 알아듣지도 못한 채 운해는 어떠한 의미인지도 모르고 선뜻 고개를 끄덕였다. 무혁이 미간을 찡그리며 끙 하고 앓는 소리 비슷한 소리를 내었다.

"바보. 안 된다고 해야지요. 내가 무슨 짓을 할 줄 알고."

"괜찮아요."

316

그것이 무엇이든 도련님이 하시는 일이라면. 운해는 다하지 못한 이야기를 가슴에 품고 잠잠히 무혁을 올려다보았다. 빛줄기가 하나도 없는 짙은 어두움 속에서조차 먹빛 눈동자에 담긴 다정함이 고스란히 느껴졌다.

"내가 괜찮지가 않아요."

반드시 그대를 지켜 주겠노라 맹세하였으니까. 무혁은 쓰게 웃었다. 기다랗게 마디진 손가락을 들어 운해의 이마 앞쪽 헝클어진 잔 머리카락을 사붓이 쓸었다.

"그대는 몰라. 지금 내가 얼마나 고통스러운지."

거기까지 말하고 무혁이 운해의 목덜미에 얼굴을 묻었다. 무혁의 입에서 덩이진 한숨이 새어 나왔다.

"그러면서도 행복해. 죽을 만큼."

잇따라 한숨을 짓는 소리가 운해의 귀에는 마치 금욕의 발로처럼 들려 왔다. 운해는 지그시 눈을 감고 두 팔을 무혁의 등에 감아 둘렀다. 더운 땀이 벗진 어깻죽지를 손바닥으로 달래듯 살살 어루만졌다. 무혁의 말마따나 행복한 밤이다, 더할 나위 없이.

폭풍전야
暴風前夜

폭풍이 몰아치기 전 기이한 고요

흥겨운 풍악이 울려 퍼지는 잔치 마당은 물론이고 집 안 곳곳
에서 고소한 냄새가 진동하였다. 장작불을 피운 가마솥 안에서
는 된장 바른 돼지고기가 알맞게 삶아지고, 지글지글 달군 무쇠
솥뚜껑 위에서는 메밀전병이 노릇하니 익어 갔다. 지지고 볶고
음식을 만드는 아낙들의 분주한 손길만큼이나 그들의 수다 또한
흐드러졌다.

"인물도 훤한 우리 도련님 실력까지 좋으시오. 이제 무과에
급제하셨으니, 매파가 아주 대문 밖까지 줄을 서겠네. 안 그렇
소, 형님?"

잔칫집 일손을 돕겠다며 달려온 동네 아낙들 중 하나가 부엌
어멈 옹진네를 붙잡고 말을 붙였다. 옹진네는 소고기 넙적다리
살을 끼운 사슬산적을 뒤집개로 꾹꾹 누르면서 기분 좋은 웃음
을 터트렸다. 상전의 입신양명이 자신의 공이라도 되는 양 절로
어깨가 으쓱으쓱 올랐다.

"하이고, 말도 말아. 어디서 우리 도련님 급제한 소식을 들었는지 벌써 매파가 셋이나 다녀갔당께."

"워메, 소문도 빠르고 발도 허벌나게 빠르네. 그나저나 병판 대감께서 우리 도련님을 치하하려고 친히 예까지 납시셨다면서요?"

"그렇다니께. 지금 사랑채에 우리 나리랑 병판 대감께서 같이 계시는구먼."

"우리 도련님 앞날은 그냥 탄탄대로겠어요. 이 댁도 이제 명문세도가 반열에 올라선 거나 마찬가지요."

"명문세도가는 무슨……. 지금보다야 쪼까 나아지기는 하것지만."

옹진네는 마음에도 없는 겸손을 떨었다. 조선 팔도를 쥐락펴락하는 병조 판서 김일순의 출현은 집안 식솔들 뿐 아니라 잔치에 참석한 손님들에게도 엄청난 반향을 일으켰다. 양반 서출이라는 이유로 그동안 인몽과 종호 부자를 무시해 온 이들은 땅을 치며 후회를 하였다. 반면 고관대작에게 선을 대고자 백방으로 노력하던 자들은 변씨 부자를 매개로 삼아 일순에게 다가갈 궁리를 하기 바빴다.

"형님! 저기 이 댁 도련님 아니오?"

"어디?"

"저짝 훤칠하게 생긴 남정네 말이오."

"맞어. 우리 도련님이구먼."

"하이고야, 잘생겼다. 이년 오늘 눈 호강 제대로 하네. 코가 높고 큼지막한 것이 밤일도 잘하시겠소."

"자네가 봐도 그렇지? 뉘댁 아가씨인지 시집오면 첫날부터 밤새 죽어날 것이구먼."

"나도 한번 그 짓거리 하다 죽어나 봤으면 좋겠소."

"왜, 서방 밤일이 영 시원찮어?"

"아휴, 말도 마시오. 우리 집 서방이라는 작자는 코가 쬐그만 해서 그런지 고것도 딱 손가락 세 마디만 해요."

"작은 고추가 맵다잖아."

"말짱 다 거짓말이오. 뭐든 큰 것이 장땡이라니까요."

신세한탄에 가까운 동네 아낙의 이야기를 듣고 음식을 만들던 여자들이 깔깔깔 웃음소리를 쏟아 냈다. 좀처럼 그칠 줄 모르는 수다가 흥겨운 잔치 마당을 가로질러 사랑채 대청마루로 오르는 종호의 뒷모습을 끈덕지게 좇았다.

"아버지. 소자 종호입니다."

"어서 들어오너라."

사랑방 안으로 들어서자, 산해진미로 넘쳐 나는 잔칫상 너머 상석에 앉은 일순의 얼굴이 제일 먼저 보였다. 종호는 큰절을 올려 예부터 갖추었다.

"그동안 강녕하셨습니까?"

"무과 급제를 축하하네."

"황공합니다."

"이번 전시에서 자네가 최고점을 맞았다고? 내로라하는 선량들 사이에서 급제하기도 쉽지 않은 일인데, 장원이라니 참으로 대견하고만."

"차석입니다."

굳이 장원을 차석으로 정정하는 종호의 낯빛이 무표정하였다. 일순의 뾰족한 눈초리를 따라 어스름히 미소가 번졌다.

"억울한 사연은 자네 부친한테 들었네. 우포장 강대건의 아들

놈과 동점이었다지. 자네 집안이 미천하다는 이유로 차석으로 밀렸으니 많이 서운하겠군."

"서운할 것까지야 없습니다. 어차피 행정상의 편의를 위하여 순위를 매긴 것이니까요."

"역시 듣던 대로 도량도 넓어. 대장부 배포가 그 정도는 되어야 나랏일을 하지."

"과찬이십니다."

"아무튼 일처리 하는 관리들이 문제야. 제 놈들 편하자고 이토록 훌륭한 동량지재(棟梁之材)를 장원에서 차석으로 만들어 버리다니……."

일순이 쯧쯧 하며 혀를 찼다. 종호는 깊숙이 머리를 조아렸다.

"대감의 하해와 같은 마음이 황송할 따름입니다."

"내가 오늘 자네를 찾아온 것은 긴히 부탁할 일이 있음이야."

"무엇이든 하명하십시오. 전심을 다하여 따르겠습니다."

충성을 서약하는 종호의 정수리로 감정이 절제된 일순의 말소리가 느릿하게 떨어졌다.

"자네가 동궁으로 들어가 줘야겠어."

"세자 저하의 익위사(翊衛司)로 말입니까?"

"이것 참! 지혜롭고 겸손한데다 눈치까지 재바르니, 벌써부터 마음이 든든하네."

일순의 날카로운 눈자위로 흡족해하는 미소가 물살처럼 빠르게 번졌다. 그것을 확인한 종호는 그저 말없이 고개를 숙였다.

왜 동궁으로 들어가야 하는지, 그 이유는 일부러 묻지 않았다. 분명 이달 열하룻날 치른 세자의 가례 때문일 것이다. 동궁에 들어가서 무슨 일을 해야 하는지, 그 또한 굳이 묻지 않았다.

세자빈 조씨의 친정 식구들과 관련한 동궁의 일거수일투족을 소상히 일순에게 보고하면 그만일 것이다.

안동 김씨와 풍양 조씨, 두 외척 사이의 치열한 세력 다툼에서 오래도록 살아남으려면 알면서도 모르는 척해야 한다. 혹은 모르면서도 아는 척을 해야 하고.

"이 아이가 대감의 충실한 눈과 귀가 되어 드릴 것입니다."

인몽이 방바닥에 넙죽 엎드린 채 아들과 더불어 머리를 조아렸다. 일순이 껄껄껄 웃음을 터트렸다.

"그래야지. 아무렴 그래야 하고 말고."

"저희 부자, 대감을 위해서라면 죽을 각오도 되어 있사옵니다."

인몽이 방바닥에다 연거푸 이마를 가져다 댔다. 인몽의 과장된 말과 행동이 싫지 않은 듯, 일순이 기분 좋은 얼굴빛으로 설렁설렁 손사랫짓을 쳤다.

"나를 위해 죽으면 쓰나. 나를 위해 살아 줘야지. 아주 열심히."

"명심하겠습니다."

"이보게, 변 종사관. 자네 나랑 사돈 맺어 볼 텐가?"

"무슨 말씀이신지……."

인몽은 잘못 들었나 싶어서 잠시 어리둥절한 표정을 지었다. 제 귀로 듣고도 차마 믿기지가 않았다.

"마침 나한테 과년한 서녀(庶女)가 하나 있다네. 자네 아들 짝으로 어떠한가?"

일순이 은근히 묻고 빙긋이 웃었다. 인몽은 울컥 하며 치받쳐 올라오는 감격에 저도 모르게 등줄기를 떨었다. 천하의 김일순 대감과 사돈이라니, 감히 입에 담기도 벅찬 일이다. 성사만 된

다면 가문의 영광이요. 자자손손 권력의 부스러기라도 누릴 수
있는 기틀이 마련되는 셈이다.

"감읍할 따름이옵니다."

인몽이 완전히 몸을 낮추어 방바닥에 납작 엎드렸다. 그 옆에
서 종호는 머리를 조아린 상태로 어금니를 사리물었다. 마음에
둔 여인이 있다는 소리가 목젖까지 치고 올라왔다. 남다른 의지
를 발휘하여 겨우 목구멍 너머로 다시 삼켰다.

지금은 오로지 일신의 영달과 가문의 번영에 초점을 맞출 때
였다. 그까짓 사랑이야 권력을 손에 쥐는 순간 자연스럽게 따라
올 것이라고 믿었다. 살인자의 딸이라는 낙인이 찍힌 운해가 번
듯한 집안으로 시집을 가기는 아무래도 어려울 터. 일순의 서녀
를 먼저 정처로 들인 다음, 적절한 시기를 기다려 운해를 첩실
로 데려오면 문자 그대로 금상첨화였다.

❖　　　❖　　　❖

깊은 밤, 세상이 온통 짙은 어두움에 잠긴 시각. 어떤 기척도
없이 사랑방과 대청마루를 연결하는 세살 분합 들장지문이 열린
다. 방 안의 어두움과 방 밖의 어두움이 금세 하나로 뒤섞인다.

칠흑과도 같은 어두움을 가만히 헤치며 시커먼 인영 하나가
나타났다. 머리끝에서부터 발뒤꿈치까지 온통 검정 일색이라 복
면을 쓴 그이의 모습 자체가 흡사 사방을 둘러싼 어두움의 본체
처럼 보였다.

"늦었군."

대건은 조용한 말소리를 복면의 사내에게 던졌다. 일영이 등

뒤로 세살 분합 들장지문을 닫으면서 헛웃음을 지었다.

"기다리고 있었나?"

"한 식경 전부터."

"내가 올 줄 어찌 알고?"

"감이지. 오늘쯤 올 것 같았거든."

아랫목 결가부좌를 틀고 앉은 대건을 향해 일영은 날선 눈길을 쏘았다.

"하필이면 오늘이 그믐이라서?"

"아마도."

"이제 그믐날 움직이면 안 되겠군."

"세작들 때문인가?"

대건은 무릎을 마주하고 앉는 일영에게 물었다.

"아마도."

일영은 방금 전 대건의 대답을 답습하였다. 언제 어디서나 지켜보는 눈이 있고 엿듣는 귀가 있다. 그믐을 기하여 움직이는 일영의 행동 유형을 대건이 파악하였다면, 안동 김씨 일족이 대궐 곳곳에 심어 놓은 세작들 역시 알아차렸을 공산이 컸다.

"꼬리가 붙는 것을 자네가 몰랐을 리가 없지 않나?"

"나도 이제 나이를 먹어서 예전 같지가 않아."

"아무리 천하의 황수호가. 그래도 본국검 제일 본령인데."

대건의 입에서 무심코 흘러나온 이름을 듣자마자 일영은 눈살부터 찌푸렸다.

"본국검 제일 본령 황진기의 아들 황수호는 이십사 년 전에 죽었네."

새하얀 눈꽃보다 고왔던 설연과 함께. 다하지 못한 말을 일영은 혀 아래 사렸다. 목숨보다 중한 인연을 끝끝내 지키지 못하였다. 목숨을 바쳐 지켜 주겠노라 굳은 약속까지 해 놓고서.

"지금의 자네는 금상의 그림자일 뿐이다?"

"맞네."

확고부동한 일영의 대답에 대건은 한숨을 지었다. 오래전에 끝난 이야기를 다시 꺼낼 마음은 없었다. 그저 부평초처럼 살아가는 친구가 못내 안타까울 따름이다.

조선 제일검 황진기의 아들로 태어나 자연스럽게 본국검 제일 본령에 올랐으나, 역모에 연루된 부친을 따라 하릴없는 도망자 신세가 되고 말았다. 우연히 비슷한 처지의 여인을 만나 사랑도 하였다. 함께 청나라로 떠나자고 약속한 그날 설연은 스스로 목숨을 버렸다. 김일순이 보낸 자객들로부터 수호를 지키기 위하여, 갓 태어난 아들을 살리고자.

"훈련도감 화폐 주조창에서 누가 구리를 빼돌렸는지 알아냈네."

대건은 짐짓 심상한 태도로 화제를 돌렸다. 황수호라는 이름을 버리고 금상의 그림자인 일영으로 살고자 하는 친구의 뜻은 이미 스물네 해 전에 받아들였다. 이제 와서 왈가왈부할 것도 없었다.

"병조 판서 김일순의 아들 국별장 김치영인가?"

"알고 있었나?"

"심증이야 넘쳐 났지만 확실한 증좌가 없었지."

일영의 목소리에 언뜻 자조가 섞였다. 금상을 지키는 일이 최우선인 일영으로서는 직접 탐문 수사에 뛰어들기가 어려웠을 것이다.

"자네가 원하던 증좌일세."

대건은 가슴에 품고 있던 낡은 줌치를 꺼냈다. 경기 남부로 기찰을 나갔다 엊그제 복귀한 포도부장이 은밀히 가져다준 것이다. 일영이 내용물을 확인하였다. 빛바랜 줌치 안에서 조각배 모양의 구리가 한 덩어리 나왔다. 바닥면에 구리 출납을 총괄하는 호조의 직인이 찍혀 있다. 훈련도감 화폐 주조창에서 빼돌린 구리가 틀림없다.

"어디서 찾았나?"

"안성의 방짜 유기 놋점 창고에서."

"놋점의 실소유주는?"

"누구일 것 같나?"

"김치영?"

"김일순. 그쪽에서도 우리가 수사에 나선 것을 눈치챈 듯하네. 기찰을 나갔던 포교가 둘인데 아직 하나가 돌아오지 않고 있어."

대건의 이야기를 귀 기울여서 듣는 일영의 표정이 새삼 심각하다. 뒤를 캐고 다닌다는 것을 일순이 알아챘다면 지체 없이 안동 김씨 일문을 쳐야 한다는 생각이 들었다. 자칫 어물쩍거리다 기회를 놓치면 조선은 이대로 망국의 길로 들어서고 말리라.

"그 기찰포교한테서 연통도 없고?"

"닷새 전에 날아온 해동청*을 마지막으로 연락 두절일세."

"저들에게 당한 것 같은가?"

"아무래도 느낌이 그래. 급히 부관인 유시헌 종사관을 동래부

---

*사람에게 길들여진 매.

로 내려보냈으니 곧 무슨 소식이 있겠지."

"동래부? 경상도 동래부 말인가?"

"김일순의 놋점에서 생산된 방짜 유기들이 그곳 초량 왜관을 통해 전량 대마도(対馬島)로 밀반출되고 있다는 보고가 기찰포교의 마지막 연통이었거든."

대건은 그간의 상황을 부연하였다. 지척에서 사람이 죽어 나가도 눈썹 하나 끔쩍 않을 정도로 강심장에, 어떠한 상황에서도 이성을 잃는 법이 없는 일영이 웬일로 욕설을 입에 담았다.

"쳐 죽일 새끼들! 섬나라 난장이놈들이 조선의 놋그릇에 아주 환장을 한다지. 왜나라 은자를 쓸어 담겠군. 역시 돈은 개같이 벌어서 정승처럼 써야 해."

"안동 김씨 일문의 표현을 빌리자면 통치 자금 회수라고 한다네."

"명백한 역모로군. 국가 재산인 구리를 왜국으로 빼돌린 것만으로도 역률로 다스릴 죄인데. 감히 택군(擇君)*이라도 하겠다는 것인가?"

일영의 눈빛이 싸늘하게 식었다. 대건의 얼굴에서도 냉기가 뚝뚝 떨어졌다.

"이번에 풍양 조씨 일족에서 세자빈이 나왔으니 앞으로 어떻게 될지는 하늘만이 아시겠지."

"세손이 언제 탄생할 지가 관건이 되겠군."

"그 전에 병판을 잡아야지."

"방짜 유기 밀거래 현장을 급습해야겠군. 미꾸라지 같은 병판

---

*택군:신하가 왕을 선택함.

도 빠져나가지 못할 걸세."

"세자 저하의 곁을 지킬 자가 필요할 게야."

"월영(月影) 말인가?"

"동궁 익위사들 중에 마땅한 자가 있나?"

"글쎄……."

일영은 말을 아꼈다. 믿고 맡길 수 있는 인물이 딱 한 명 있었다. 다만 그 아이를 동궁의 그림자로 살게 하고 싶지 않았다. 세상 누구보다도 자유롭고, 어느 누구보다도 행복하기를 바란다.

"이번 무과에서 장원 급제를 했다지?"

물을 생각은 아니었는데, 어쩌다 보니 말소리가 먼저 나갔다. 일영은 아차 싶은 마음에 대놓고 미간을 찡그렸다.

"우리 무혁이를 월영으로 데려가고 싶은 건가?"

대건이 무표정한 얼굴로 물었다. 일영도 복면 아래에서 애써 표정을 지웠다.

"이녁의 생각은?"

"금상께서 원하시면 마땅히 신하된 자로서 명을 받들어야겠지."

대건의 대답에 일말의 주저함도 없었다. 일영은 빙그레 미소를 지었다.

"아비로서는?"

"반대하고 싶네."

이번에도 대건은 주저함 없이 대답하였다. 복면으로 가려 놓은 일영의 선 굵은 입매가 눈에 띄게 굳었다.

"그 아이도 아나?"

"무엇을 말인가?"

"이녘을 아버지로 둔 것이 얼마나 자랑스러운 일인지."

"……이보시게, 수호."

"이미 사헌부 감찰에 제수한다는 주상 전하의 명이 있었네."

제법 담백하게 이야기하고 일영은 몸을 일으켜 세웠다. 세살 분합 들장지문으로 향하는 일영의 뒷등에 대고 대건이 사분히 말하였다.

"고마우이."

"그 말은 내가 이녘에게 해야지."

일영은 뒤도 돌아보지 않고 세살 분합 들장지문을 열었다. 곧장 칠흑과도 같은 어두움 속으로 몸을 숨겼다. 황수호라는 이름이 지녔던 모든 것을 버리고 금상의 그림자로 살고자 한 이십사 년 전의 선택에 후회는 없었다.

❀　　　❀　　　❀

스산한 가을의 정취를 물씬 풍기는 늦은 오후, 근자에 들어 부쩍 짧아진 하루해가 마당가를 따라 비스듬히 기울었다. 유란은 안뜰 국화 밭 앞에 쪼그리고 앉아 정성으로 꽃송이를 땄다. 금세 싸릿대 소쿠리 안에 노란 국화가 수북 담겼다.

소쿠리 속 흐드러진 황국을 흐뭇한 미소로 내려다보았다. 이 꽃들은 지난 스물네 해 동안 매년 가을이면 그래 왔던 것처럼 곱게 말려서 무혁의 베갯속으로 쓸 계획이다. 은근한 국향이 배어나는 베개를 베고 자는 것을 아들은 특히 좋아했다.

유란은 문득 무혁을 처음으로 품에 안았던 그날의 기억이 떠올랐다.

뼈마디가 전부 부서져 나가는 것 같은 극심한 산통이 사흘을 넘겨 나흘째로 이어졌다. 몇 날 며칠 식음까지 전폐한 채 산통을 겪느라 기운이 다한 유란은 까무룩 혼절을 하였다가 흔들어 깨우는 산파의 손길에 가까스로 정신을 차리기를 수도 없이 반복하였다.

"아씨. 한 번 더 배에 힘을 주세요. 그래야 아기씨가 나올 수 있습니다."
"이제 더는…… 못 하겠어."
"하실 수 있어라. 얼른요."

산파의 재촉에 유란은 아랫배에다 힘을 넣었다. 식은땀으로 젖어 축축한 온몸이 당장 죽을 것 같이 아팠다. 차라리 이대로 죽는 것이 더 낫겠다는 못된 생각이 들 정도였다. 한참을 아랫배에 힘을 주다 다시금 정신이 흐릿해져 갈 무렵 마침내 아이가 태어났다.

"아이고, 아씨. 고생하셨어라. 잘생긴 고추입니다."

산파가 진주 강씨 집안의 대를 이을 아들이 태어났다며 손뼉을 치면서 기뻐하였다. 유란은 다시 이 고통을 겪지 않아도 된다는 말로 스스로를 위로하며 눈물을 흘렸다.

탯줄을 자르고 한참이 지나도록 아이가 울지 않았다. 아니,

울지 못하였다. 어미의 배 속에서부터 숨이 멎은 채로 태어난 아이는 산파가 엉덩이를 사정없이 후려치는데도 결코 울음을 터 트리지 않았다.

"아기가 왜 울지를 않아?"

"아무래도 아기씨가 잘못된 모양이어라."

"그럴 리가……."

"아기씨는 이년한테 맡겨 주시고 아씨는 그만 쉬시어요."

"아기를 어쩌려고?"

"선산으로 모셔야지요. 죽은 아기씨한테 미련을 두시면 아씨 만 힘드셔라."

"아니야! 죽지 않았어! 이렇게 따뜻하잖아!"

유란은 가슴에 아이를 품고 마구 비명을 질렀다. 아이가 죽었 다는 산파의 말을 도저히 받아들일 수가 없었다. 그저 울지 못 할 뿐이라고 여겼다. 품 안의 아이를 빼앗기지 않으려고 안간힘 을 써서 몸부림쳤다. 단순히 울지 못한다는 이유만으로 갓 태어 난 아이를 차가운 땅속에 묻을 수는 없었다.

그날 밤, 선대 임금의 명을 받고 역적 잔당을 추포하기 위해 집을 비웠던 남편이 달포 만에 돌아왔다. 허름한 강보에 싸인 갓난쟁이를 데리고 말이다. 한참을 굶은 모양인지 강보 속에서 갓난쟁이가 기진한 울음을 터트렸다. 그 순간 유란의 젖이 지잉 하고 돌았다.

유란은 하루 종일 울지 않던 아이를 조심스럽게 내려놓았다.

그리고 두 팔을 벌려, 숨이 넘어가도록 기진맥진 울어 대는 갓 난쟁이를 강보째 받아 품에 안았다. 저고리 앞섶을 풀어 헤치고 젖을 물리자 갓난쟁이는 그제야 울음을 그쳤다. 어린것이 제 딴 에도 살겠다며 허겁지겁 젖꼭지를 빨았다.

"이 녀석 욕심이 얼마나 사납기에 먹으면서도 얼굴을 찡그리 누."

"배냇짓을 하나 봐요."

"나중에 크면 성질머리가 대단하겠어."

"나리를 닮았으면 당연히 그렇겠지요."

"나를?"

"소첩을 닮았다면 배냇짓으로 방싯방싯 웃어야지요."

"우리 이연이처럼?"

"예. 우리 아들 이름은 정하셨어요?"

"글쎄⋯⋯. 무혁이는 어떻소?"

"굳셀 무(武)에 클 혁(奕)을 써서요?"

"응. 강무혁."

"마음에 들어요."

유란은 누구의 아이냐고 묻지 않았다. 대건도 누구의 아이라 고 말하지 않았다. 그냥 그렇게 무혁은 두 사람의 아들이 되었 다.

"어머니."

가만히 부르는 소리에 유란은 고개를 외로 틀어 뒤를 돌아다보았다. 서너 발짝 떨어진 자리, 눈에 넣어도 아프지 않을 아들이 말간 웃음을 짓고 서 있다. 관복 흉배의 해치 문양이 사뭇 대견스럽다.

"퇴청하는 길이니?"

"예."

"수고가 많구나."

유란이 쪼그려 앉았던 몸을 일으켜 세우려고 하자 무혁이 한달음에 달려와 부축을 하였다.

"몸도 편치 않으면서 왜 밖에 나오셨어요?"

"방에만 있으려니 답답해서."

"바람이 차요."

무혁이 긴 팔로 유란의 어깨를 다정히 감싸 안았다. 어려서부터 유독 잔정이 많은 아들이다. 유란은 살포시 몸을 기울여 무혁의 널따란 가슴에다 머리를 기댔다. 언제 이렇듯 장성하였나, 새삼스러운 눈길로 아들의 얼굴을 올려다보았다.

"왜 그러세요?"

"우리 아들 참 잘생겼다 싶어서."

유란의 진담을 무혁은 농담으로 받아넘겼다.

"소자가 언제는 못생겼나요."

싱그레 웃는 아들을 향해 유란도 방싯 미소를 지어 보냈다.

"볼 때마다 잘생겼다 생각하는데, 오늘은 특히 더 잘생겨 보여. 우리 아들은 누구를 닮아 이렇게 잘생겼을까?"

"당연히 어머니를 닮았지요. 다들 그러던 걸요. 소자가 어머니를 쏙 빼닮았다고요."

"아버지가 아니고?"

"소자가 아버지를 닮았으면 잘생겼다는 소리 듣기 힘들지요. 솔직히 아버지는 사내답게 생기신 것이지, 잘생긴 얼굴은 아니 잖아요."

기어코 사실을 적시하는 무혁의 이야기를 듣고, 유란은 앳된 소녀처럼 까르르 소리를 내어 웃었다.

"아버지 서운해하실라."

"서운하셔도 어쩔 수 없어요. 거짓을 고할 수는 없잖아요."

"그렇기는 하지."

"해가 저물어서 날이 차요. 그만 방으로 들어가세요. 소자가 모실게요."

"아니야. 여기가 좋아."

유란은 짤막한 손사래를 치고 안채 대청마루 끝에 걸터앉았다. 조금 차다 싶을 정도로 부는 바람이 선선하게 느껴졌다.

"춥지 않으세요?"

"괜찮아."

"어깨를 덮을 만한 것을 가져올까요?"

"아니야. 춥지 않아."

"딱 일각만 여기 앉아 계시다 안으로 드셔야 해요."

"알았어. 그렇게 할게."

"몸이 차지면 또 아프실 수 있어요."

유란을 향한 무혁의 걱정이 수선스러웠다. 유란이 여름을 넘기면서부터 꽤 오랫동안 앓아누웠던 탓이다. 본래 몸이 약해 자주 병치레를 하였지만 이번 해처럼 긴 시간 자리보전을 한 것은 처음이었다.

"올해도 국화가 소담하니 어여쁘게 피었어."

유란은 갓 따온 황국에 달라붙은 티끌을 정성스럽게 제거해 나갔다. 무혁이 허리를 낮추어 유란의 무릎 위에 놓인 싸릿대 소쿠리를 굽어보았다.

"말리시려고요?"

"응. 베갯속엔 말린 국화가 제일이잖아."

"행랑채 식솔들한테 시키세요."

"무슨 소리야, 여태 어미가 해 오던 일인데."

"손이 많이 가잖아요."

"우리 아들 베갯속에 넣을 건데 당연히 어미 손으로 해야지."

"다시 몸져누우면 어쩌시려고요?"

"진즉 다 나았어. 이 정도는 슬슬 움직일 만해."

"무리하시면 안 돼요. 절대로요."

무혁이 다짐을 지우고 유란에게 손을 내밀었다. 이제 그만 안 방으로 들어가자는 몸짓이었다. 유란은 아들의 손길에 의지하여 몸을 일으켜 세웠다. 댓돌 위에다 당혜를 벗고 대청마루에 오르 도록 무혁은 유란의 손을 힘주어 잡아 주었다. 세상 누구보다 듬직한 아들이다.

"무혁아."

"예, 어머니."

"오늘 좌의정 댁에서 보낸 매파가 다녀갔어. 어제는 이조 판 서 댁 매파가 왔다 갔고."

"일없습니다."

딱 자르는 무혁의 얼굴빛이 유난스러울 만큼 완강하였다. 유 란은 입가를 타고 번지는 웃음기를 서둘러 감추었다. 아무래도 아들의 마음에 연모하는 처자가 따로 있음이 분명하다. 어미의 직감으로 알 수 있었다.

"이제 곧 해를 넘기면 너도 스물다섯이야. 그만 일가를 이루어야지."

"어머니."

"으응?"

"마음에 담은 이가 있어요."

무혁이 담담한 태도로 이야기하였다. 다만 올곧게 떨어지는 눈빛에서 어떤 결기가 느껴졌다. 유란은 불안해지는 마음을 다잡기라도 하듯이 손가락에 힘을 넣어 노란 국화로 가득한 싸릿대 소쿠리를 부여잡았다.

"누구?"

"……."

"왜 말을 못 해? 어느 댁 처자인지 알아야 어미가 매파를 띄우지."

유란의 재촉에도 무혁은 그저 묵묵부답이다. 유란은 작정하고 초강수를 두었다.

"어미한테 말하지도 못할 상대라면 하루 빨리 잊는 게 낫다."

"옛 시전 대행수의 여식이에요."

"무혁아……."

"반상의 법도 때문에 임 소저를 정실로 들일 수 없다는 말씀은 마세요."

"법도에 어긋나는 줄 알면, 마음을 접어야지. 그게 순리야."

"누군가를 연모하는 마음이 접는다고 접어지는 것인가요?"

"아무리 그래도 안 되는 것은 안 되는 거야. 더 깊어지기 전에 마음 접으렴. 이번만큼은 어미 말을 들어."

"이미 마음 깊이 임 소저를 연모하고 있는걸요. 저에게 평생의 반려는 임 소저뿐이라고, 소자 뜻을 정한 지 오래예요."

"어미가 절대 허락할 수 없다고 해도 말이니?"

"죄송해요, 어머니. 소자는 임 소저가 아닌 그 누구와도 혼례를 치를 생각이 없어요."

"아들."

"제 마음이 변하는 일은 결단코 없을 것입니다."

무혁의 목소리가 단호하게 울려 퍼졌다. 유란은 체념에 가까운 한숨을 내쉬었다. 어려서부터 무혁은 한 번 마음을 정하고 뜻을 세우면 어떠한 상황이 닥치더라도 일절 흔들림이 없었다. 이제 유란이 숱한 이유를 들어 설득에 나선다 한들 무혁의 귀에는 일체 들리지도 않을 것이다.

부부흉수
父不凶手

"아, 쫌. 제대로 들라고요."

운해와 술상을 마주 들고 가던 종비 춘아가 다짜고짜 신경질을 부렸다. 존대를 하고 있지만, 운해를 대하는 춘아의 태도에서 상전에 대한 공경은 눈곱만큼도 보이지 않았다. 지이가 운해를 몸종 부리듯 함부로 하니 아랫것들마저 은근슬쩍 무시를 하였다.

운해는 춘아에게 한소리 해 붙이려다가 말았다. 어차피 귓등으로도 듣지 않을 것이 뻔하였다. 지이가 남산골 본가에서 부리던 종복과 종비를 모두 데리고 들어온 탓에 집 안에 운해의 사람이라고는 단 한 명이 없었다. 불현듯 운해는 장돌 아비와 어미, 그리고 장돌과 향이가 그리웠다.

잘 살고 있을까? 잘 살고 있겠지.

혼자 묻고 혼자 답하면서 사랑채 너른 마당을 술상을 든 채 옆걸음으로 가로질렀다. 운해가 잠시 딴생각으로 한눈을 판 사이 교자상 위 술병이 덜컥덜컥 흔들렸다.

"아기씨! 제대로 좀 들라니까요."

"어, 그래."

"술병 떨어졌으면 어쩔 뻔했어요. 정신 똑바로 차리라고요."

"알았다니까. 조심할게."

운해는 교자상을 붙잡아 든 양손에 한층 힘을 넣었다. 상다리가 부러지도록 차린 술상이 참으로 호화롭다. 어지간한 잔칫상보다 낫다.

"춘아야. 오늘 사랑채 손님으로 오신 이가 누구라고 하든?"

"병판 대감 댁 아드님이래요."

"병조 판서 김일순 대감의 자제분이라고?"

"그렇대요."

건성으로 대답하는 춘하의 말소리에 대놓고 짜증이 묻어났다. 손님의 정체가 무에 그리 중요하다고 재차 확인까지 하냐는 투였다.

운해는 예전에 별제 김원유한테 들은 이야기가 떠올랐다. 병조 판서 김일순 대감에게 아들이 하나 있는데 훈련도감 국별장 김치영 영감이라고 하였다. 줄줄이 딸만 여럿이고 본처 소생 중에 아들은 치영뿐이라 일순의 애정이 남다르다고 들었다.

운해는 사랑채 명수가 기거하는 큰방 쪽으로 눈길을 던졌다. 어쩌면 이것이 천재일우일지도 모른다는 생각이 퍼뜩 들었다.

그동안 아버지 지충의 억울함을 풀기 위하여 병조 판서 김일순 대감에게 선을 대고자 부단히도 노력을 하였다. 백방으로 수소문을 해도 좀처럼 연줄을 잡을 수가 없어서 애를 태우던 중이었다. 그런데 일순의 아들인 치영이 오늘 명수의 손님으로 왔단다. 문자 그대로 하늘이 주신 기회였다.

운해와 춘아는 술상을 대청마루 위로 올려 두고 섬돌에서 신발을 벗었다.

갑자기 춘아가 이리저리 차림새를 매만지면서 부산을 떨었다. 귀밑머리를 가지런히 가다듬고, 먹물 들인 치마와 누런 무명 저고리를 판판하게 폈다. 운해는 무심코 실소를 뿜었다. 명수의 눈에 들고자 하는 춘아의 수작이 빤히 보였다. 상전의 아이를 가져 측실 자리라도 하나 꿰차려는 속셈 같았다.

"큰 도련님, 저 춘아여요."

얇은 창호지 문짝을 타고 넘는 춘아의 목소리가 간드러졌다.

"무슨 일이냐?"

"술상 내왔어라."

"들어오너라."

운해와 춘아는 쌍미닫이를 조용히 밀어서 열고 교자상을 마주 잡았다. 무거운 술상이 흔들리지 않도록 더욱 조심하여 문지방을 넘었다.

운해는 명수와 명진 형제가 옮겨 온 이후로 처음 찾은 사랑방을 무의식중에 휘휘 둘러보았다. 생전 지충이 기거하던 때와는 많이 달라져 있었다. 휘황한 자개 장식을 입힌 가구들은 요란스럽고, 금박 물린 선홍색 비단을 두른 보료는 유난스럽다. 그 많던 장서들은 전부 어디다 치웠는지 한 권도 보이지 않는다.

짙은 선홍 빛깔의 보료 위에 연한 감색 도포를 차려입은 사내가 앉아 있다. 상석을 차지한 것으로 보아 그가 바로 병조 판서 김일순 대감의 아들 김치영인 듯하다. 정삼품인 훈련도감 국별장이라는 직책이 무색할 만큼 사내는 젊디젊었다. 기껏해야 서른다섯 살 안짝으로 보였다.

운해는 교자상을 바닥에 내려놓으며 흘낏 곁눈질을 하였다. 사내의 얼굴 중 울퉁불퉁한 콧대가 제일 먼저 눈에 들어왔다. 과거 누군가에게 주먹으로 맞아 부러졌다가 다시 붙은 것 같았다. 제멋대로 휜 콧잔등이 때문인지 인상이 전체적으로 험악한 느낌이었다.

"큰 도련님, 이년이라도 남아 술시중을 들까요?"

춘아의 간드러진 콧소리를 명수가 단칼에 잘랐다.

"일없으니 그만 나가 보거라."

입술을 배쭉거리는 춘아를 옆구리에 달고 운해는 사랑방을 나섰다. 어떻게 하면 치영과 면담을 가질 수 있을까, 뒷걸음질을 치는 와중에도 그 생각에만 골몰하였다. 지나치게 골똘한 나머지 다소곳이 숙인 얼굴로 따라붙는 집요한 시선을 전혀 알아차리지 못하였다.

운해는 쌍미닫이를 사붓이 밀어서 닫으며 얄팍한 어깻숨을 내쉬었다. 집 안에 지켜보는 눈과 엿듣는 귀가 너무 많았다. 사랑채에 든 손님을 명수나 지이 모르게 만난다는 것은 불가능에 가까웠다.

"누군가?"

치영이 물었다. 행여 상차림에 실수라도 있지 않나 살피느라 정신이 없던 명수는 멍하니 고개를 들어올렸다.

"예?"

"방금 소복 입은 처자 말일세. 행랑채 아랫것은 아닌 듯하고."

치영이 운해에게 관심을 보였다. 명수는 헤벌쭉 벌어지는 입아귀를 후다닥 감추었다. 웬만한 기생보다 반반한 운해의 생김 새가 평소 여자깨나 밝히는 치영의 시선을 대번 잡아 끈 모양이 다. 잘만 하면 운해를 앞세워서 치영과 끈끈한 인연을 만들 수 도 있겠구나 싶었다.

"외사촌 누이입니다."

"그래?"

짤막하게 되묻고 치영은 아무런 말이 없었다. 양반 체면에 먼 저 나서서 운해와 밤을 보내고 싶다는 소리는 차마 나오지 않는 가 보다. 하기야 중도 제 머리는 못 깎는다고 하지 않던가. 명수 는 채홍준사(採紅駿使)*를 자처하기로 하였다. 치영의 의중을 가 늠할 속셈으로 슬그머니 운부터 띄워 보았다.

"소인의 누이가 음전한데다 외모 또한 눈에 띄게 곱기는 합니 다."

"그렇더군."

치영이 제법 심상한 어조로 동의를 하였다. 역시나 운해에게 관심이 가는 눈치였다. 명수는 작정하고 쐐기를 박았다.

"국별장 영감께서 소인의 누이를 가까이서 볼 수 있도록 일간 자리를 마련하겠습니다."

"허허."

치영이 짐짓 난처하다는 듯이, 속이 빤히 들여다보이는 헛웃 음을 터트렸다. 끝까지 싫다는 소리는 없었다. 명수는 입아귀를 비집고 새어 나오는 웃음을 도저히 숨기지 못하였다. 헤벌쭉 입 을 벌리고 앉은 명수의 머릿속에서 운해는 벌써부터 치영의 애

---

*채홍준사:연산군 때 미녀와 좋은 말을 차출하기 위하여 지방에 파견한 관리.

첩이었다. 또한 자신은 치영의 천거로 액정서(掖庭署)* 대전별감이 되어 있었다.

"영감께서 편하신 날로 택일하여 주십시오. 나머지는 소인이 알아서 처리하겠습니다."

"자네 누이, 소복 차림인 게 상중 같은데?"

치영이 별것을 다 걱정하였다. 그까짓 부친상이 무슨 대수라고 운우지정까지 끊어야 한단 말인가. 명수는 대수롭지 않다는 식으로 받아 넘겼다.

"누이의 아비가 옛 시전 대행수 임지충입니다."

"아아! 자네 아버지랑 악연이라던?"

"맞습니다. 소인의 어미가 꼴 보기 싫다고 아무리 소복을 벗기려 들어도 저리 고집입니다. 저러다 삼년상을 치르겠다고 할까 봐 걱정이지 뭡니까."

명수는 생각할수록 고깝다는 투로 이야기하였다. 살인자를 꽃상여에 태운 것만으로도 천인공노할 일이었다. 그런데 운해는 사람을 죽인 아비를 기리며 지극정성으로 상복을 입어 댔다. 옆에서 보는 것만으로도 심화가 부글부글 끓었다.

"효성이 지극하군 그래. 남들 눈 때문이라도 살인자 아비를 위해 소복 입기가 꺼려질 텐데 말이야. 그러고 보니 자네는 벌써 상복을 벗었군."

치영이 교자상 너머 명수의 화려한 차림새에 눈길을 던졌다. 공연히 뜨끔하여서 명수는 주절주절 변명을 주워섬겼다.

"북한산 인근 진관사에 아비의 위패를 모시고 바로 탈상했습

---

*액정서:조선 시대 왕명의 전달 및 대궐의 설비를 관리하던 관청.

니다. 저희 형제가 입고 있는 상복을 볼 때마다 외숙 손에 비명 횡사한 아비의 모습이 떠오른다면서 어미가 많이 괴로워했거든요."

"마음대로 탈상일도 정할 수 있고, 역시 상것들은 편해. 우리 같은 사족(士族)은 부모가 돌아가시면 빼도 박도 못 하고 삼년상인데. 심지어 시묘살이까지 해야 한다지."

치영의 입가로 비웃음이 잔뜩 흘렀다. 명수는 욱하니 치받쳐 올라오는 분심을 겨우 내려앉혔다. 부모 잘 만나 음서제로 정삼 품 국별장 벼슬에까지 올랐는데, 시묘살이 따위가 무슨 대수냐고 쏘아붙이고 싶은 충동을 간신히 참았다.

"자네 낯빛이 왜 그런가?"

치영이 붉으락푸르락하는 명수의 얼굴을 주시하며 물었다. 당황한 명수는 하릴없이 허둥거렸다. 일단 못 알아들은 척하였다.

"무슨 말씀이신지……."

"내 말이 고깝게 들렸나?"

"아닙니다. 무슨 그런 천부당만부당한 말씀을 하십니까. 어미의 괴로움을 핑계 삼아 사십구재를 끝으로 부친의 상복을 벗어 버린 제 자신이 너무나도 부끄러워서 그랬습니다."

"그런가?"

"아무렴요, 영감."

명수는 깍듯이 머리를 조아리며 놀란 가슴을 쓸어내렸다.

✿　　　✿　　　✿

운해는 길가 아름드리 은행나무 뒤편에 몸을 숨겼다. 초조한 눈길을 돌계단과 이어진 솟을대문 쪽으로 던졌다. 사랑방의 술자리가 대충 파하는 분위기라 지켜보는 눈들을 피해 밖으로 나와 치영을 기다리는 참이다. 다행스럽게도 어두움이 짙어지는 시각이었다. 식솔들 누구도 운해가 자리를 비운 것을 쉽사리 알아차리지 못할 것이다.

얼마 지나지 않아 솟을대문이 돌쩌귀 돌아가는 소리를 내면서 활짝 열렸다. 배웅을 나온 명수가 치영의 뒤를 따라 돌계단을 밟아 내려 왔다.

"아무 때고 국별장 영감께서 편하신 날로 택일하여 연통을 주십시오. 소인이 정성껏 모시도록 하겠습니다."

"허허, 알았다니까."

명수와 치영 모두 거나하게 취기가 오른 듯, 둘 사이 주고받는 인사말에 웃음기가 헤펐다.

"살펴 가십시오."

명수가 표범 가죽을 깐 평교자(平轎子)로 오르는 치영의 뒷등에다 대고 코가 땅바닥에 닿도록 머리를 조아렸다. 치영이 오른손을 대충 흔들어 명수의 인사를 받았다.

"다음에 보세."

"예, 영감. 안녕히 가십시오."

거듭 허리를 굽혀 인사하는 명수를 남기고 평교자가 출발하였다. 운해는 저도 모르게 발을 동동 굴렀다. 명수가 얼른 집 안으로 들어가 주어야 치영의 평교자를 따라잡을 수 있을 터였다. 운해의 애타는 심정도 모르고 명수는 한참을 제자리에 서서 치영의 뒷모습을 지켜보았다.

마침내 명수가 솟을대문으로 이어진 돌계단을 오르기 시작하였다. 마음만 한껏 다급해진 운해는 명수가 집 안으로 들어갈 때까지 기다리지 못하고 장옷을 머리 위로 뒤집어썼다. 조금 전 치영의 평교자가 지나간 방향으로 내처 달음질을 쳤다.

전력을 다하여 뛰어가는 운해의 머릿속에는 오늘밤 반드시 치영을 만나야 한다는 일념뿐이었다. 명수가 행랑채 노복이 열어 준 솟을대문 안으로 들어서다 말고, 돌연 어깨 너머로 뒤를 돌아다보는 것도 까맣게 몰랐다.

"왜 그러십니까, 큰 도련님?"

노복이 의아해하는 표정으로, 먼 곳에다 눈길을 두고 선 명수를 쳐다보았다. 명수는 술을 깰 요량으로 세차게 도리질을 쳤다.

"뒤통수가 싸해. 방금 저쯤에서 뭔가 허연 게 설핏 지나간 것 같았거든."

"허연 것이요?"

노복이 명수가 바라보는 곳에다 시선을 던졌다. 어두움으로 둘러싸인 길거리 이쪽저쪽을 찬찬하게 살폈다.

"소인 눈에는 아무것도 안 보이는뎁쇼."

"아무것도 없어?"

"예, 큰 도련님."

"날이 어두워서 내가 잘못 봤나? 아니면 술기운에 헛것을 봤나?"

"오늘 약주가 좀 과하셨어요."

"기분이 좋으니까 술도 이름처럼 술술 들어가더라고."

명수는 불그죽죽 취기로 달아오른 얼굴을 하고 헤벌쭉 웃었다. 대전별감 자리가 눈앞에서 아른아른하였다.

"모두 물렀거라! 국별장 영감 행차시다!"

거덜*의 권마성(勸馬聲)이 사람들 통행이 뜸한 늦은 저녁인데
도 요란하기만 하다. 운해는 한층 발걸음을 빨리 놀려 치영이
탄 평교자를 따라잡았다. 물렀거라는 권마성을 듣고도 오히려
가까이 다가서는 운해의 앞을 거덜이 달려와 가로막았다.

"네 이년! 감히 국별장 영감의 행차에 훼방을 놓다니, 치도곤
을 칠 일이렷다."

상전인 치영의 위세가 원체 대단하다 보니 종복인 거덜의 위
세마저도 하늘 높은 줄을 몰랐다. 운해는 부러 등허리를 꼿꼿이
세웠다. 거덜에게 얕잡아 보이지 않으려는 의도였다.

"오명수의 외사촌 누이가 뵙기를 청한다고, 국별장 영감께 고
해 주시게."

"뭐라?"

"어서 고하시게."

"이년이 감히 어느 안전이라고……."

거덜이 눈을 부릅뜨는 차에 치영이 가마꾼들한테 명하여 평
교자를 세웠다.

"멈추어라."

운해는 안하무인으로 노는 거덜을 옆으로 밀쳐 내고 치영의
평교자로 다가갔다. 장옷을 내려 얼굴을 드러내 보인 다음 깊이
허리를 숙여 예부터 갖추었다.

"임운해라고 하옵니다."

---

*높은 사람의 행차에 앞길을 틔우던 일종의 길잡이.

"허허."

치영은 짤막한 헛웃음을 한차례 지었다. 명수의 외사촌 누이가 무슨 이유로 자신을 뒤쫓아 왔는지 문득 호기심이 동하였다. 평교자를 바닥에 내리라는 손짓을 가마꾼들에게 보냈다.

"이리 가까이."

치영의 부름을 듣고 운해가 평교자 쪽으로 부쩍 다가와 섰다. 달빛 아래 드러난 미색이 새삼 요요하다. 소복 차림인데다 어깨로 내려 두른 장옷까지 새하얘서 마치 한 떨기 달맞이꽃을 보는 것 같다.

"그래, 무슨 일이지?"

"국별장 영감께 긴한 청이 있어 뵙기를 청하였습니다."

"긴한 청?"

"죽은 아비의 억울함을 풀어 주시길 바랍니다."

운해가 등허리를 꼿꼿이 세우고 말하였다. 청탁하는 자의 태도치고는 지나치다 싶을 정도로 당당하였다. 하늘을 찌르는 치영의 대단한 위세 앞에서도 운해는 주눅 든 기색이 일절 없었다. 그것이 치영을 미소 짓도록 만들었다. 무엇인가 새롭고, 왜인지 모르게 즐거웠다. 한낱 장사치의 딸에 불과한 운해가 저토록 호기를 부린다는 것이 신기하기까지 하였다.

"아비의 신원을 바란다고?"

"예. 살인의 누명을 쓴 채 피점난장을 당하고 죽었습니다."

"누명이라?"

"소녀의 아비는 사람을 죽이지 않았습니다."

다박다박 흐르는 운해의 말소리가 꽤나 완강하였다. 죽은 아비에 대한 확고부동한 믿음이 명징하고도 검질긴 눈빛 속에서 또렷이 드러났다. 치영은 한쪽 입가를 비틀어 웃었다.

혹시, 다 알고 저런 태도를 취하는 것인가? 그럴 리가 없지. 귀신도 모를 곳에다 오달영을 꼭꼭 숨겨 놓았는데. 덕분에 한 재산 제대로 챙겼지만.

치영의 입가에 걸린 비틀린 미소가 한층 짙어졌다. 지충이 달영을 죽이지 않았다는 것을 치영 자신만큼 확신하는 자가 세상에 또 있을까 싶어서였다. 사건의 전말을 낱낱이 알면서도 치영은 시치미를 떼고, 운해를 향해 심상하니 물었다.

"관아의 수사가 조작되었다는 뜻이냐?"

"아닙니다. 소녀는 수사 과정에서 어떤 착오가 있었다고 생각합니다."

줄곧 완강함을 내비치던 운해의 목소리가 대번 다소곳이 변하였다. 자칫 발생할지도 모를 화를 미연에 방지하려는 의도 같았다. 조작이라고 섣부른 주장을 하였다가 무고 혐의로 관아에 압송될 수도 있었다.

허허, 요것 봐라. 눈에 띄는 미색에 제법 지혜롭기까지 하군.

치영은 재색을 겸비한 운해의 음문에서는 어떤 맛이 날까, 심하게 궁금해졌다. 상상만으로도 온몸이 혹 달아올랐다. 당장 으슥한 곳으로 운해를 데려가 강제로라도 치마를 들치고 싶은 충동이 일었다.

만약 정성껏 모시겠다는 명수의 약속이 없었더라면 곧장 실행에 옮겼을 것이다. 더 큰 재미를 위하여 충동을 억눌렀다. 운해에게 건네는 말소리를 일부러 은근하니 꾸몄다.

"나한테 무엇을 줄 수 있지?"

"예?"

"내가 네 아비의 억울함을 풀어 주면, 너도 그에 합당한 대가를 치러야 하지 않겠어?"

"소녀의 아비가 남긴 재산이 상당합니다. 국별장 영감께 전부 드리겠습니다."

"그깟 돈 말고 다른 것. 너만이 해 줄 수 있는 뭔가가 있을 텐데?"

치영은 눈가를 가느스름하니 접어서 달짝지근한 웃음을 뿌렸다. 운해가 당황한 표정을 지었다. 가뜩이나 커다란 눈망울이 휘둥그렇게 부풀어 올랐다. 치영은 한쪽 팔을 함부로 휘저어 운해에게 물러서라는 신호를 보냈다. 이만큼 언질을 주었으면 그녀 스스로 깨달은 바가 있어야 할 것이다.

앙탈을 부리며 저항하는 여체를 겁간하는 재미도 쏠쏠하지만, 정숙한 여인이 제 발로 찾아와 자발적으로 가랑이를 벌리고 허리를 흔들어 대는 모습을 지켜보는 재미 또한 무시할 수 없었다. 억울하게 죽은 아비의 원혼을 풀기 위하여 효심 깊은 운해가 어디까지 제 바닥을 드러내 보여 줄 것인지 자못 기대가 되었다.

"그만 가자."

가마꾼들에게 명을 내리는 치영을 운해가 다급하게 불렀다.

"국별장 영감!"

"나한테 줄 것이 생기면 그때 관인방 태화정으로 찾아 오거라."

치영을 태운 평교자가 서서히 움직이기 시작하였다.

"모두 물렀거라! 국별장 영감 행차시다!"

거덜의 권마성이 아득히 멀어지도록 운해는 어둑어둑한 길거리 한복판에 우두커니 서 있었다. 그녀만이 해 줄 수 있는 것이 도대체 무엇인지, 깊은 고민에 휩싸였다.

❂   ❂   ❂

명진은 아랫목에 배를 깔고 엎드린 채 낄낄거렸다. 이번 춘화집은 어느 때보다 화끈할 것이라던 책쾌의 호언장담은 사실이었다. 첫째 장부터 우와 하는 감탄사를 자아내게 하더니, 그림을 하나하나 음미해 나갈수록 온몸이 후끈 달아올랐다. 당연히 아랫도리는 무직하게 부피를 더해 갔다. 불끈 솟아오른 제 사타구니를 말똥말똥 내려다보며 명진은 짙은 한숨을 쉬었다.

"집안에 돈이 넘쳐 나면 뭐하나. 어머니한테 눈치가 보여 기방 한 번을 마음대로 못 가는데."

지충이 생전에 남긴 분재기에 기록된 상속자는 분명 명진이었다. 그런데 정작 죽은 외숙의 재산은 어머니가 몽땅 꿰차고 앉았다. 명진이 상속자로서 권리를 행사하려면 지이의 허락 아닌 허락을 받아야 하는 형편이었다.

어머니의 마음을 얻고자, 실상은 외숙이 남긴 재산을 독식하려는 음흉한 속셈으로, 명진은 요즘 청국 말을 공부하는 척하며 사랑채 제 방에서 두문불출하고 있다. 솔직히 평생을 놀고먹어도 남을 만큼 돈이 많은데, 굳이 힘들게 공부해서 역관이 되어야 할 이유가 무엇인지 모르겠다.

명진은 상속자의 권리를 찾기만 하면 그때는 흥청망청 기분 내키는 대로 살아 보리라 다짐하였다. 매일 밤 품고 자는 기녀를 바꿀 생각이다. 방금 춘화집에서 본 것처럼 하룻밤에 둘을 한꺼번에 옆구리에 끼고 잘 용의도 있었다.

상상만으로도 가슴이 쿵쾅쿵쾅 들떴다. 아랫도리가 댓돌처럼 땡땡하니 부풀어 올랐다. 아쉬운 대로 손장난이라도 쳐 볼까 하고 허리춤을 막 풀어 헤치려는 참이었다. 미닫이문 밖에서 인기척이 났다.

"작은 도련님. 춘아이어요."

콧소리가 간드러졌다. 명진은 옳거니 싶었다. 작게 군기침부터 한 다음 여상하니 말소리를 창호지 너머로 던졌다.

"무슨 일이냐?"

"방 소제를 하려고요."

"들어오너라."

허락이 떨어지자 미닫이문이 살포시 열렸다. 명진은 안으로 들어서는 춘아의 손목을 다짜고짜 잡아끌었다.

"에구머니나!"

"쉿! 조용히 하거라."

"왜 이러시어요?"

춘아가 잡힌 손목을 바르작거리면서도 제법 순순히 아랫목 쪽으로 끌려 왔다. 명진은 거의 넘어트리다시피 춘아를 보료 위에다 눕혔다. 제멋대로 치맛자락을 들쳐 올리고 막무가내로 속곳을 벗겨 냈다. 그럼에도 싫지 않은지, 어쩌면 내심 기다렸다는 듯이, 춘아가 양팔을 들어 명진의 목에 감았다.

"작은 도련님."

"너는 그저 내가 시키는 대로만 하면 된다. 내 양물을 입에 넣고 빨라면 빨고, 내 허벅다리에 올라타 엉덩이를 흔들라면 흔들고."

"그런 민망한 일을 어찌……."

"제대로만 하면 네년 팔자는 활짝 피는 것이야. 내 말 알아들었느냐?"

"예."

❀　　　❀　　　❀

"뭐가 어쩌고 어째! 네놈이 지금 제정신인 게야?"

지이는 화려한 칠보 장식을 입힌 서궤를 사이에 두고 마주 앉은 큰아들 명수를 향해 호된 꾸지람을 퍼 부었다. 목젖까지 치받고 올라오는 욕설을 가까스로 눌러서 삼켰다.

어리석은 놈! 제 무덤을 스스로 파고 있는 줄도 모르고.

"쯧쯧."

대놓고 혀를 차 대는 지이에게 명수가 억울함을 호소한다.

"소자가 무엇을 그리 잘못하였습니까? 운해 년이 국별장 영감의 측실로 들어가면 모두가 좋은 것 아닙니까?"

"이런 정신 빠진 놈을 보았나. 선소리도 작작해야지."

"살인자의 딸년이 감히 우러르지도 못할 국별장 영감의 애첩이 되는 것입니다. 운해 년은 번듯한 데로 시집을 가서 좋고, 그 덕에 소자는 대전별감 자리를 꿰차게 되니 좋고, 어머니도 하늘 같은 병판 대감과 사돈을 맺으니 좋은 일이고. 말 그대로 우리 가문의 광영입니다. 이것을 어찌 안 된다고만 하십니까."

"아이고, 머리야."

지이는 끙끙 앓는 소리를 냈다. 홍화 꽃잎을 짓이겨 만든 연지로 붉게 덧칠을 한 입술을 뚫고 묵직한 탄식이 잇따라 터져 나왔다. 기껏해야 종구품의 대전별감 자리에 홀라당 눈이 뒤집어진 어리석은 아들놈을 어떤 식으로 선도해야 할지 알 수가 없었다. 가슴은 답답하고 머릿속은 막막하였다.

"대전별감 자리가 그토록 탐이 나면 과거 시험을 보면 될 것 아니더냐."

"소자, 과거 시험에서 낙방만 벌써 다섯 번을 하였습니다. 실력으로 붙을 수 있는 시험이 아니란 말입니다. 소자가 왜 과거에 응시할 때마다 떨어졌겠습니까. 든든한 뒷배가 없으면, 종구품 대전별감 자리도 하늘에 떠 있는 별일 뿐입니다."

명수가 시뻘겋게 달아오른 낯빛으로 울분을 토로하였다. 십년 가까운 세월을 과거 시험에만 매진해 왔으니 억울함이 클 법도 하였다. 대전별감 자리 하나에 목을 매고 청춘을 전부 바쳤다 해도 지나친 소리가 아니었다.

"대전별감 자리는 어미가 알아봐 주마."

"어머니께서 무슨 수로요?"

"집안에 돈이 넘쳐 나는데 무슨 걱정이야. 세상에 돈으로 못사는 것은 없다. 안 되는 일도 없고."

"관직을 사고파는 것은 국법으로 엄히 금한 일입니다."

"돈이 문제지, 국법 따위가 무슨 대수라고."

지이는 코웃음을 쳤다. 드러내 놓고 이야기를 안 해서 그렇지, 예로부터 지금까지 매관매직은 관행처럼 이어져 왔다. 남편 오달영 역시 기와집 두 채를 사역원 도제조의 손에 쥐여 주고 역관이 된 경우였다. 왜나라 말 실력이 영 늘지를 않아 그 자리마저 몇 년을 못 버티고 뛰쳐나와 버려서 문제였지.

그런 아비를 쏙 빼닮은 큰아들을 지이는 한심해하는 눈으로 쳐다보았다. 역관 시험을 준비하느라 밤잠 못 자 가며 청국 말과 씨름 중인 작은아들 명진이 새삼 대견하게 느껴졌다. 그나마 아들이 둘이니 다행이다. 명수 하나였으면 진즉 화병이 나서 몸 져누웠을 것이다.

"국별장 영감의 말 한마디면 당장 내일이라도 소자 액정서 대전별감으로 입궐할 수 있습니다. 쉽고 확실한 길을 놔두고, 어머니는 왜 될지 안 될지도 모르는 길로 가려고 하십니까?"

명수가 답답하다는 듯이 열변을 토하였다. 지금 속이 답답하여 열불이 나는 것은 오히려 지이인데 말이다.

"인석아, 그렇게 머리가 안 돌아가? 생각이 없는 것이냐? 아니면 아예 생각을 안 하고 사는 것이냐?"

"어머니!"

"지지리도 못난 놈! 운해가 국별장 영감의 측실로 들어가서 무슨 짓을 할 줄 알고. 그년을 그 집에다 밀어 넣겠다는 것이야."

"당연히 아들딸 낳고 잘살겠지요."

"에라, 이……."

나가 죽으라는 소리가 지이의 목구멍을 뚫고 올라왔다. 아들만 아니면 벌써 내쳐도 수십 번을 내쳤을 것이다. 어쩌다 저런 등신 같은 놈이 내 배 속에서 나왔을꼬. 지이는 소리 없는 신세 한탄을 입속으로 중얼거렸다.

"운해 년이 아버지를 죽인 원수의 딸인 것은 맞습니다. 하지만 사사롭게는 어머니의 친정 조카가 아닙니까. 운해 년도 잘되고, 소자도 잘되고. 서로서로 좋잖아요."

하다하다 안 되겠는지 명수가 읍소를 하고 나섰다. 지이는 천불이 치솟아 **빠짝** 열이 오른 얼굴에다 세차게 손부채질을 하였다. 외숙이 아비를 죽였다고 철석같이 믿고 있는 큰아들이다. 이제 와서 전부 간계였다고 밝힐 수도 없었다. 말 한마디라도 잘못 밖으로 새어 나갔다가는 그날로 집안이 풍비박산날 것은 자명하였다.

"베갯머리송사라는 소리가 괜히 나왔겠어? 운해 고년이 국별장 영감을 살살 꼬드겨서 우리 집안의 재산을 도로 가로채 가기라도 하면 어쩔 것이야."

"외숙이 남긴 분재기가 있는데 무슨 걱정입니까."

그 분재기 또한 위조된 것이니 문제였다. 지이는 지끈지끈 울리는 관자놀이를 손끝으로 꾹 눌렀다. 가뜩이나 오늘 낮에 받은 서찰 때문에 두통이 일던 차였다. 큰아들 명수까지 나서서 속을 썩여 대니 감당할 재간이 없었다.

"조선 팔도를 쥐락펴락하는 병판 대감의 위세 앞에서 외숙이 남긴 분재기 따위는 한낱 종이 쪼가리에 불과할 뿐이야. 국별장 영감이 위조되었다고 한소리하면 그대로 끝이란 것을 왜 몰라."

지이는 대충 살을 붙여 그럴싸하게 상황을 설명하였다. 알아듣도록 조곤조곤 이야기를 해 주어도 명수는 대전별감 자리에 대한 미련을 좀처럼 버리지 않았다. 두꺼운 입술이 댓 발이나 튀어 나왔다.

"아무리 그래도 어머니……."

명수의 말소리를 지이는 부러 더 단호히 무질렀다.

"그만 나가 보거라. 대전별감 자리는 어미가 어떻게든 해 볼 테니 걱정 말고."

"언제 입궐하게 해 주실 건데요?"

"그것까지 어미가 어찌 알아."

"다음 달 말일까지 입궐할 수 있도록 해 주세요. 그게 안 되면 소자, 운해 년을 국별장 영감한테 보낼 것입니다."

명수가 최후통첩을 하였다. 감히 어미 앞에서 망발을 일삼는 큰아들을 향해 지이는 두 눈을 부릅떴다.

"이놈이, 근데."

"소자도 살아야지요. 언제까지 할 일 없는 한량으로 빈둥거릴 수는 없잖습니까."

기어코 한소리를 보태 놓고 명수가 자리를 박차고 일어섰다. 찬바람을 쌩 일으키며 안방을 나서는 큰아들의 뒷모습이 한심하기 이를 데가 없었다. 지이는 어금니를 악물고 머리가 쪼개질 것 같은 두통을 참았다. 이래저래 초조하던 마음이 더욱 조급해졌다.

사달이 나기 전에 방책을 세워야 한다. 운해가 치영의 측실로 들어가도록 손 놓고 있을 수는 없다. 어디 촌구석 아무도 모르는 곳으로 시집을 보낼까? 제아무리 구박을 해도 소복조차 벗지 않는 운해다. 아비의 탈상 전에 시집을 가겠다고 할 리가 없다. 차라리 비구니로 만들어 버릴까? 불심도 없는 년이 절간에 들어갈 리가.

지이는 미간 위로 주름을 새긴 채 고개를 가로저었다. 이제 남은 방법은 딱 하나였다. 후환을 없애려면 언제든 해야만 할 일이다. 여태 남의 눈 때문에 주저하고 있었을 뿐.

죽여야지, 쥐도 새도 모르게. 지이는 마음속으로 다짐하며 서궤에 딸린 서랍을 열었다. 아까 낮에 동래부에서 올라온 심부름꾼이 은밀하게 주고 간 서찰을 꺼냈다. 답장에다 무엇이라고 써

357

야 할지 고민이 깊었다. 다시금 서찰을 찬찬히 읽어 나갔다.

하루라도 빨리 한양으로 돌아오고 싶다는 소리뿐이었다. 동래부 초량 왜관에서 꼼짝 없이 갇혀 지내는 신세를 한탄하는 말도 구구절절 잊지 않고 덧붙여 놓았다.

"사내가 진득한 맛이 없어."

아비고 아들이고 오씨 집안 사내라는 자들은 하나같이 깃털보다 가벼웠다. 지이는 혀끝에 힘이 잔뜩 들어간 혀차기를 해대며 달영이 보낸 언문 서찰을 마저 읽었다. 대마도 출신 승려로 신분을 위장하느라 삭발한 것을 두고, 부모에게 더없는 불효를 저질렀다고 적어 놓은 대목에서는 그만 울화가 치밀어 올랐다.

"머리털이 뭣이 중하다고! 이 인간은 목에 칼이 들어와야 정신을 차리지! 철이 없어도 어찌 이토록 없을 수가!"

바드득 이가 갈렸지만 그래도 남편이니 참았다. 미우나 고우나 평생을 해로해야 할 사내였다. 더욱이 지금은 듣기 좋은 말로 달영을 달래야 할 상황이다. 성질 급한 남편이 도피 생활을 견디지 못하고 제멋대로 한양으로 올라와 버린다면……. 생각만해도 끔찍하였다.

일본인 거주지인 왜관은 조선인의 통행이 엄격하게 금지되는 곳이다. 조선 팔도에서 달영이 몸을 숨기기에 그곳보다 안전한장소는 없다. 왜인들은 달영의 진짜 신분을 모르고, 만에 하나달영을 알아볼지도 모르는 조선인은 아예 왜관 출입 자체가 불가능하다.

"뭐라고 해야 한다지? 무조건 안 된다고 하면 그 더러운 성질머리에 미쳐서 날뛰고도 남을 위인인데."

한참을 고민하다 퍼뜩 떠오르는 잔꾀에 지이는 생글 미소를 지었다. 서둘러 지필묵을 꺼냈다. 달영에게 보낼 답장을 막힘없이 써 내려갔다.

그리운 서방님.

홀로 먼 곳에서 얼마나 고생이 많으시어요. 저와 우리 아들들 걱정에 밤잠마저 잃었다는 서방님의 편지를 받고 소첩은 목을 놓아 울었습니다. 부디 조금만 참고 기다려 주시어요.

아직 운해를 처리하지 못하였습니다. 곧 운해를 어디로든 보낼 계획입니다. 이번 일만 잘 마무리되면 바로 연통을 넣겠습니다. 서방님과 다시 만날 날을 소첩 또한 손꼽아 기다리고 있답니다.

장두노미
藏頭露尾

꼭꼭 감추어 놓은 진실의 실마리

궐외각사(闕外閣司) 관원들 대다수가 퇴청을 한 야심한 시각. 사헌부 또한 당직 사령과 몇몇 야근자를 제외하고 모두가 자리를 비운 상태였다.

무혁은 오늘도 잔업을 자청하여 감찰실에 남았다. 아슴푸레 흔들리는 등잔불 아래서 한참이나 같은 자세로 앉아 검안 보고서와 씨름하였더니 눈이 다 침침해졌다. 뻑뻑하게 말라붙은 눈자위를 왼손 엄지와 검지를 이용하여 힘주어 눌렀다. 누적된 피로가 한꺼번에 몰려드는 기분이었다.

뻣뻣하게 굳은 목을 좌우로 비틀어 우두둑 소리가 나도록 한 번씩 꺾어 주었다. 찌뿌둥하던 뒷덜미가 그제야 조금 편해졌다. 두 팔을 높이 올려 한껏 기지개를 켠 다음 한 시진도 넘게 들여다본 검안 보고서로 재차 시선을 내렸다.

아무리 보고 또 보아도 딱히 잘못된 부분은 없었다. 그럼에도 무엇인가 석연치가 않았다. 처음부터 검토해 보기로 하였다.

검안 보고서는 시신의 부패가 워낙 중하여 일반적인 검시가 어려웠다며 고충을 토로하는 것으로 시작되었다. 그런 와중에도 검안에 참여한 검시관은 나름대로 최선을 다한 듯하였다. 꼼꼼하게 작성해 놓은 검안 보고서 곳곳에서 검시관의 노력과 수고가 엿보였다.

"응?"

반듯하던 무혁의 미간 위로 돌연 빗금이 올라섰다. 소리 없이 혀를 차며 스스로의 부주의함을 탓하였다.

아까는 어쩌다 이것을 놓쳤을까.

무혁은 어룽어룽 타는 등잔의 심지부터 재빨리 키웠다. 불빛이 보다 환해지자 침침하던 시야가 한층 밝아졌다. 검안 보고서에 첨부되어 있는 인체도를 빈틈없이 살펴보았다.

"장도가 흉곽을 관통한 후 도로 나왔는데도 시신 어디에도 칼 조각이 박혀 있지 않았다?"

두말할 필요도 없이 무예를 익힌 자의 솜씨였다. 평소 검을 다루는 것에 익숙하지 않은 자들은 사람을 찌른 직후 칼을 회수할 생각 자체를 못 한다. 혹여 무의식중에 검을 빼냈다 하더라도 힘이 장사가 아닌 이상 뼈에 칼 조각이 박혀서 찔린 자의 몸 안에 남게 되기 마련이다.

무혁은 옆에 두고 있던 '증수무원록대전(增修無寃錄大全)*'을 가까이 끌어와 펼쳤다. 자신의 추론이 합당한지 스스로 검증하기 위해서였다.

"갑(甲)이 사람을 죽인다고 하였음에도 죽은 사람의 가족이

---

*증수무원록대전:1796년 정조 대왕 때 발간된 법의학서.

을(乙)과 원한이 깊어 을을 범인으로 지목하는 경우가 있다."

'증수무원록대전'의 서론을 읽다 말고 무혁은 실소하였다. 오달영 사건이 딱 이 대목에 부합한다는 생각이 불현듯 들었기 때문이다.

"사람이 죽으면 그 주검으로 인해 누가 가장 큰 이득을 취하게 되는지부터 살피라는 말도 있지."

무혁은 나지막한 혼잣말을 중얼거렸다. 살인 혐의를 받던 지충이 심문 과정에서 피점난장으로 맞아 죽은 뒤 가장 큰 이득을 취하게 된 자는 누가 무어라 해도 지이와 그녀의 두 아들들이다. 지충의 신원을 위한 실마리가 이제 겨우 잡히는 것 같았다.

"최 별감 밖에 있는가?"

무혁의 부름에 감찰실 미닫이가 곧바로 열렸다. 사헌부 당직 사령인 최태호 별감이 성큼 안으로 들어왔다. 줄곧 문 밖에서 대기하고 있었던 모양이다. 태호가 절도 있는 동작으로 무혁을 향해 고개를 숙여 예를 갖춘다.

"무슨 일이십니까, 감찰 나리?"

"내일 아침 일찍 우포청 검시관 장수창에게 내가 일간 만나기를 원한다는 전갈을 보내게."

"알겠습니다."

❂   ❂   ❂

"칼을 다루는 데 익숙하지 않은 자들이 누군가를 죽여야겠다고 계획한 경우 대부분 뒤에서 공격을 합니다."

수창이 어떤 열의를 가지고 설명하였다. 또랑또랑 빛나는 눈

362

동자에서 검시관이라는 자신의 직업에 대한 자긍심이 오롯이 드러났다. 수창을 마주 보고 박달나무 탁자 너머에 앉은 무혁은 사붓이 미소를 지었다. 오늘 처음 만난 사이인데도 오랫동안 알아온 것처럼 수창의 말투며 행동 등등이 눈에 익숙하였다. 죽은 한주가 살아 돌아온 것 같았다.

"즉, 숨어서 노린다는 거군."

무혁의 대꾸에 수창이 큼지막하니 머리를 주억거렸다. 그 모습을 지켜보며 무혁은 하릴없는 추억에 젖었다. 애틋한 기억으로밖에는 존재하지 않는 이가 몹시도 그리웠다.

딱 한주가 저랬었는데……. 무슨 말이든 집중해서 들어 주고, 한마디 할 때마다 고개를 끄덕여 맞장구를 쳐 주었지.

"신장이 큰 자는 주로 상대의 목덜미를 공격합니다. 작은 자는 대체로 옆구리를 찌르지요."

"우발적인 살인일 때는 어떠한가? 그때도 상황은 같은가?"

"그럴 경우 보통은 정면에서 칼을 쓰게 됩니다. 신장이 크건 작건 대부분 상대의 배를 공격하지요."

"심장을 노리는 경우는 없나?"

"없습니다."

"지나친 단정 아닌가?"

무혁이 반론을 제기하자 수창이 이번에는 바쁜 손사랫짓과 함께 머리를 마구 흔들었다.

한주도 똑같은 버릇을 가지고 있었는데…….

"심장을 찌르려면 검이 반드시 왼쪽 흉곽을 뚫고 들어가야 합니다."

"그렇지."

"평소 칼에 익숙한 자가 아니면 사람 몸에다 찔러 넣는 것 자체가 쉽지 않습니다. 살밖에 없는 복부를 찌를 때도 단번에 엄청난 힘을 줘야 칼날이 몸속으로 들어가거든요. 그런데 흉곽 뼈에다 검을 꽂아 넣는다고요? 칼을 다루는 데 익숙한 자가 아니고서야 엄두도 못 낼 일입니다."

"결국 자네가 생각해도 무술을 익힌 자의 솜씨 같다, 그 말이지?"

"예, 감찰 나리. 오달영을 죽인 자는 평소 칼에 익숙한 이가 분명합니다. 사자(死者)의 정면에서 정확하게 심장을 노려 칼을 찔러 넣었거든요. 검흔이 일직선으로 반듯하게 남았다는 것은 이렇게 수평으로 칼이 들어갔다가 고대로 나왔다는 뜻입니다."

수창이 오른쪽 주먹을 쥐고서 살인자가 칼을 찔러 넣는 상황을 재현하였다.

호기심이 동한 무혁은 수창에게 앉은 자리에서 일어나라는 손짓을 보냈다.

"자네랑 나랑 한 번 해 보세."

"예?"

"어떤 자세일 때 수평으로 칼이 들어갔다가 나올 수 있는지 해 보자고."

"아, 예."

"죽은 오달영의 신장이 육 척 조금 안 되었지?"

"맞습니다."

"내 신장이 육 척 조금 넘으니 사자의 역할을 하겠네. 자네는 키가 얼마인가?"

"오 척 사 푼입니다."

수창이 살짝 고까운 표정을 지었다. 올망졸망한 남의 신장을 기어이 알아야겠느냐는 태도였다. 그러거나 말거나 무혁은 주위를 살펴 수창이 올라가 설 만한 물건을 찾았다. 딱히 마땅한 것이 없었다. 할 수 없이 장서들을 바닥에 내려 한 줄로 주욱 쌓았다.

"여기 올라서게."

"책을 밟고요? 아니, 귀한 서책에 흠결이라도 남으면 어쩌려고 이러십니까?"

수창이 펄쩍 뛰었다. 무혁은 빙그레 미소를 지었다. 책을 목숨처럼 아끼던 한주를 다시 보는 것 같아 반가웠다.

"괜찮으니 어서 올라가 서게."

수창이 인상을 팍 썼다. 한참을 미적거리다 마지못해 무혁의 명에 따랐다. 훌쩍 커진 수창의 키를 무혁은 눈대중으로 가늠하였다. 입관 전 염을 할 당시 본 지충의 시신을 머릿속으로 떠올렸다.

"임 대행수랑 얼추 비슷한 것 같군."

"임 대행수요?"

"자네가 검시한 오달영을 죽였다는 혐의를 받던 자일세. 이제 아까처럼 나를 찔러 보게."

"이런 식으로 검이……."

수창이 칼자루를 그러쥔 것처럼 오른쪽 주먹을 쥐고서 칼날로 찌르는 동작을 취하였다. 무혁은 곧바로 수창의 움직임을 저지한 후 위치를 바꾸었다.

"아니야. 자네가 나보다 신장이 작으니 그렇게 찌르면 내 심장에 검을 꽂아 넣을 수가 없어. 팔을 조금 더 높여야지."

"이렇게 말입니까?"

수창이 주먹을 그러쥔 오른팔을 눈높이까지 바특하니 들어올렸다.

"그렇지. 다시 해 보게."

"이러면 심장에 가서 칼이……."

이번에는 수창이 말꼬리를 흐림과 동시에 칼을 쓰는 동작 또한 멈추었다. 수창의 좁다란 미간 위로 확연하게 주름이 잡혔다.

"왜 그러나?"

"상대가 저보다 키가 클 경우 이런 식으로 검을 잡고 넣으면 수평으로 들어갔다가 수평으로 나올 수가 없습니다. 사자와 살인자의 신장이 똑같거나 얼추 비슷할 때만 가능합니다. 그 경우라도 정면으로 들어오는 칼날을 사자가 눈으로 보면서 피하지 못할 상황이 얼마나 되겠습니까. 의식이 없지 않고서야……."

"의식을 잃은 상대를 바닥에 눕혀 놓고 찌르면서 굳이 힘들게 수평을 맞추어 검을 꽂았다 뺄 이유가 무엇이지?"

"없지요."

"만약에 말일세. 살인자가 칼자루를 이렇게 옆으로 잡고 제 몸으로 사자의 시야를 가린 다음 이런 식으로 찔렀다고 한다면?"

무혁은 몸을 살짝 옆으로 돌려 측면에서 검을 찔러 넣는 동작을 재현하였다.

"맞습니다. 맞아요. 바로 그렇게 하면 칼날이 들어온 이후에야 사자는 검에 찔렸다는 사실을 인식하게 될 것입니다. 검흔 또한 수평으로 날 수밖에 없고요."

수창이 손뼉까지 쳐가면서 아이처럼 좋아하였다. 죽은 한주랑 말투며 하는 짓이 영락없이 닮았다.

"비황무풍세(飛凰舞風勢)*. 활인을 위한 사찰 검법을 살인에 썼단 말이지. 도대체 누가?"

무혁의 혼잣말에 수창이 의아해하는 눈빛으로 물었다.

"무슨 말씀이십니까?"

"내가 방금 해 보인 동작 말일세. 사찰에서 스님들이 연마하는 검법들 중 하나거든. 장도 자루를 옆으로 틀어쥐고 칼날을 수평으로 세워 같은 자리에다 빠르게 세 번 찔러 넣는 검법이지."

무혁의 설명을 듣고 수창이 크지도 않은 눈동자를 댕그랗게 치떴다.

"오달영을 죽인 자가 죽장도를 들고 다니는 땡추라는 말씀입니까?"

"땡추일 수도 있고, 사찰에서 검법을 익힌 후 속세로 나온 자일 수도 있고."

"혹은 무예 스승이 땡추일 수도 있겠군요."

수창이 한 수 거들고 나섰다. 머리 회전이 재빠르고 추론해 내는 능력 또한 남달랐다. 그것까지 한주를 빼다 박은 것처럼 똑같았다. 무혁의 얼굴에 흡족해하는 미소가 물살처럼 빠르게 번졌다.

"맞네."

❀   ❀   ❀

점심을 먹고 얼마 지나지 않아서였다. 춘아를 도와 한창 설거

---

*비황무풍세:봉황이 바람에 춤추듯 나는 기세.

지 중이던 운해에게 노복이 다가와 대문 밖에 누가 찾아왔다고 고하였다. 운해는 급히 솟을대문을 나섰다. 돌계단 아래 개동이 양손을 가지런히 모으고 서 있다. 한달음에 뛰어서 다가가자 아이가 허리를 숙여 인사를 한다.

"아기씨, 그동안 평안하셨어요?"

"여기까지 무슨 일이야? 막동이가 또 아파?"

운해는 걱정이 가득하여 물었다. 집까지 찾아온 개동의 행동이 심상치 않게 느껴졌다.

"동생은 무탈해요."

개동이 고개를 가로저으며 환하게 웃었다. 운해는 일단 놀란 가슴부터 쓸어내렸다.

"다행이다. 무슨 일로 나를 찾아왔어?"

"나리께서 아기씨를 뵈었으면 하세요."

"나리?"

"감찰 나리요. 전에 저희들 목욕시켜 주셨던."

개동이 이야기하는 '나리'가 무혁을 지칭하는 것임을 운해는 그제야 알아차렸다.

사헌부 감찰이 되셨구나. 지난번 무과에서 급제하셨나 보다.

운해는 벅차오르는 가슴을 손바닥으로 꾹 눌렀다.

"나리께서 언제 보자시든?"

"아기씨 편하신 시간과 장소를 알려 주시면, 나리가 때를 맞추어 그곳으로 나오시겠대요."

개동의 목소리가 암기한 것을 읊조리듯 딱딱하게 울렸다. 무혁이 심부름을 보내면서 전언을 외우도록 연습을 시킨 모양이었다. 운해의 고운 입가로 배시시 미소가 번졌다.

"개동이 너는 언제 나리를 뵈었니?"

"조금 전 저잣거리에서요."

"아직 그곳에 계실까?"

"계실 거예요. 제가 심부름을 마치고 돌아올 때까지 주막에서 기다리겠다고 말씀하셨거든요. 거기 문간방 상두꾼 꼭지 아저씨한테 볼일이 있으신 것 같았어요."

개동이 상세한 대답을 주었다. 운해의 미소가 한층 짙게 변하였다. 곧 무혁을 만날 수 있다고 생각하자 벌써부터 마음이 두근두근 설레었다.

"지금 바로 뵈러 가자."

"당장 나리한테 가시려고요?"

"응."

"제가 아기씨를 모실게요."

개동이 길잡이를 자청하고 나섰다. 기껏해야 열한 살짜리인 조그마한 녀석이 그래도 사내랍시고 눈빛을 제법 강단지게 만든다. 저자까지 가는 동안 어떤 위험도 운해에게 닥치지 못하도록 막겠다는 결의가 느껴졌다. 나이답지 않게 의젓한 모습이 대견하고 어여뻐서 운해는 개동의 머리를 쓰다듬었다.

"잠깐만 여기서 기다려. 먹을 것 좀 싸 줄게. 나중에 막동이랑 같이 먹어."

"아니어요. 이미 나리께서 심부름 값을 두둑이 주셨어요."

"그거야 나리가 주신 것이고. 배고프지 않아? 그리고 보니 오늘은 뭐라도 먹었니?"

운해는 미안한 마음을 가지고 물었다. 아쉬운 대로 개동의 손에 엽전 몇 푼이라도 쥐어 주고 싶은데, 수중에 가진 돈이 한 푼도 없었다.

"나리께서 국밥을 사 주셔서 한 그릇 다 먹었어요. 막동이랑 같이요. 추수 끝이라 그런지 요즘은 동냥 인심이 후해져서 배곯는 날이 거의 없어요. 하루 종일 허탕을 치면 파장할 때쯤 주막으로 가면 되고요. 중노미 아저씨가 그날 장사하고 남은 음식을 우리들한테 나눠 주거든요."

"정말 고마운 일이로구나."

"나리께서 부탁하신 거래요. 수표교 아이들이 찾아오면 빈손으로 돌려보내지 말라고요. 전에 중노미 아저씨가 그랬어요. 그 대가로 나리께서 매달 얼마씩 주막에다 돈을 지불하신대요."

개동이 또랑또랑한 말투로 그간의 상황을 부연하였다. 운해는 울컥하고 올라오는 눈물을 황급히 감추었다. 무혁에게 새삼 고마웠다. 지이의 감시 아닌 감시 때문에 수표교로 나가지 못하게 되면서 늘 아이들의 안위가 마음에 걸렸다. 배곯지 않도록 무혁이 손을 써 주었다니, 이야기만 전해 들어도 감동이었다.

"반빗간에 감자 쪄 놓은 게 있는데 몇 알 줄게."

"그러지 말고 어서 가시어요. 조금이라도 빨리 나리를 뵙고 싶으시잖아요."

개동이 다 안다는 식으로 굴었다. 속마음을 전부 들키고도 운해는 기분 좋게 웃었다.

"그래, 얼른 가자."

❂   ❂   ❂

"남의 박장 장사 망치려고 아예 작정을 하시었소?"

막쇠는 관복 차림을 한 무혁을 보자마자 제 뒷목을 부여잡고 입에 거품을 물었다. 벌건 대낮 조정의 관원이, 그것도 해치 문양의 흉배까지 단 사헌부 감찰이 박장 안에 떴으니, 투전꾼들마다 오금이 저려서라도 앞으로 이 근처에는 절대 얼씬도 않을 것이다.

불법 도박 단속을 하려거든 검계들이 운영하는 대형 박장으로나 갈 것이지. 기껏해야 주막 문간방을 빌려 소일거리로 하는 곳에 쳐들어오고 말이야. 서로 모르는 사이도 아니고.

막쇠는 할 말은 많지만 하지 않겠다는 심정으로 참았다. 어찌 되었든 이제 무혁은 고관대작들도 함부로 못한다는 사헌부 감찰 나리다.

"내가 이곳 박장을 드나든 것이 어디 하루 이틀인가?"

무혁이 아랫목에 정좌를 틀며 넉살을 피웠다. 막쇠는 상두꾼 꼭지와 나란히 윗목에 자리를 잡고 앉았다. 일부러 대놓고 코웃음을 쳤다.

"옛날 한량으로 놀 때랑 감찰 나리가 된 지금이 같소?"

"뭐가 달라? 어차피 한량일 때나 사헌부 감찰일 때나 나는 강무혁일 뿐인데."

"솔직히 나리는 한량으로 놀 때도 그냥 강무혁은 아니었잖소. 야차 귀신 강무혁이라고 하면 이곳 저자에서는 홍길동이랑 맞먹는 인물인데."

"겨우 홍길동인가?"

"예?"

"내가 그자보다 잘생기고, 능력도 월등하고, 무예도 출중할 것 같은데."

무혁의 넉살이 아주 흐드러졌다. 막쇠는 차마 감찰 나리 면전에다 대고 욕은 못하고, 울화통이 터지는 제 가슴만 주먹으로 퍽퍽 쳐 댔다.

염병! 천병! 젬병! 어쩌다 강무혁이라는 인간이랑 연이 닿아 내 인생이 이리도 꼬였을꼬. 아이고, 내 팔자야.

"이보오, 꼭지 언니."

무혁이 자못 다정스럽게 부르자, 어정쩡한 자세로 윗목에 앉아 있던 꼭지가 버럭 화를 냈다.

"거 그 언니 소리 좀 집어치우시오. 나랏일 하시는 감찰 나리께서 나같이 하찮은 놈을 언니라고 부르니 어째 뒷골이 싸하면서 살이 다 떨리오."

"살까지 떨릴 것이 뭐 있소. 내 부탁 하나만 들어주면 되는데."

무혁이 생글거렸다. 이번에는 꼭지가 제 뒷목을 잡았다.

"아이고, 두야."

"돈도 별로 안 되는 이깟 불법 박장은 그만 접고, 우리 같이 일해 봅시다."

"나더러 조정 관원의 끄나풀이 되라는 거요?"

"무슨 말을 그리 섭섭하게 하오. 끄나풀이 아니라 내 동료가 되라는 건데."

"그 말이 그 말이잖소."

꼭지의 얼굴에서 찬바람이 돌았다. 반면 여태 한 번도 무혁에게 우호적이지 않았던 막쇠가 갑자기 친한 척을 한다.

"감찰 나리, 저희가 무슨 일을 해 드리면 되겠습니까?"

"막쇠야."

꼭지의 제지에도 아랑곳없었다.

"언니는 가만히 좀 계시오. 우리도 나라에서 주는 녹봉이라는 것을 먹어 봅시다."

"녹봉은 개뿔! 잘나신 감찰 나리께서 같이 일하자고 하니, 황색 초립이라도 씌워 줄 줄 알았더냐?"

"아닙니까?"

막쇠가 무혁에게 물었다. 대답은 꼭지가 대신하였다.

"저잣거리에 굴러다니는 온갖 소식을 물어다 감찰 나리께 바치라는 소리라고."

역시 상두꾼 꼭지였다. 듣던 대로 눈치가 귀신이었다. 무혁은 빙그레 미소를 지으며 속내를 드러냈다.

"장사 밑천은 내가 댈 테니, 목 좋은 곳으로 가게 하나 알아보시오. 업종은 꼭지 언니가 자신 있는 것으로 하고. 단, 합법적인 일이어야 하오."

"일없소이다."

딱 자르는 꼭지와 달리 막쇠는 미련이 남는 표정이었다.

"언니, 그러지 말고 우리 합시다. 사헌부 감찰 나리가 박장에 떴다는 소문이 돌면 이 장사도 그만 접어야 하오. 목구멍에 거미줄을 칠 수는 없잖소."

"그걸 노리고 저놈……. 아니지, 감찰 나리께서 일부러 관복을 입고 행차하신 것이야."

흥분한 꼭지가 언성을 높이 쏘다 말고 후다닥 말을 바꾸었다. 곧 죽어도 상두꾼 꼭지 자존심에 그냥은 무혁에게 머리를 숙이지 않겠다는 의지였다. 무혁은 시원스럽게 웃으면서 엄지를 세웠다.

"역시 우리 꼭지 언니는 그릇이 달라. 억지로 박장을 접게 만든 것은 미안하오. 그래도 불법 박장을 운영하였다는 혐의로 포도청 군졸들한테 잡혀가는 것보다는 낫잖소."

"하여간 끝까지 협박이지."

꼭지가 혼잣말을 빙자하여 무혁에게 타박을 놓았다. 무혁은 한 귀로 듣고 한 귀로 흘렸다.

"나랑 일할 거요, 말 거요?"

"포도청 옥사로 끌려가지 않으려면 해야지 별수 있나."

"잘 생각했소."

"마침 이곳 주막이 매물로 나와 있소. 감찰 나리가 알아서 적당히 인수해 주시오. 여기 여주인이 퇴기인데 이제 늙어서 사발 술도 그만 팔고 싶다고 하더이다."

"불법적인 일은 안 된다니까."

"박장으로 쓸 것 아니고, 계속 주막으로 운영할 거요. 하룻밤 묵고 가는 장돌뱅이들한테 술도 팔고, 밥도 팔고."

꼭지의 설명을 듣고 무혁은 고개를 끄덕였다. 조선 팔도에 떠도는 온갖 소식을 물어다 주는 것으로 치면 장돌뱅이만 한 자들도 없었다.

"주막 인수는 여주인이랑 바로 이야기해 보겠소. 그리고 한 가지 더⋯⋯."

"아까 부탁은 하나라고 하지 않으셨소?"

"그거야 내 사람이 되기 전이고. 이제 꼭지 언니가 내 사람이 되었으니 마음껏 부려 먹어야지."

"허허, 참."

꼭지가 기가 막힌다는 얼굴을 하였다.

"주변 칼잡이들 중에 한동안 사찰에서 생활한 자가 있나? 동자 승으로 자랐다든가, 비구(比丘)로 출가했다가 파계한 경우라든가."

무혁은 의도적으로 꼭지에게 하대를 하였다. 함께 일하는 동안에는 위계가 반드시 필요한 법이다. 눈치 빠른 꼭지가 단박에 알아채고 말투를 정중하게 고쳤다.

"글쎄요……. 아, 그러고 보니 업길이 놈이 땡추들 틈에서 자랐다는 소리를 언뜻 들은 것도 같습니다."

"업길이라면, 김치영의 똘마니인 둔봉과 같이 다니는 그놈 말인가?"

"감찰 나리도 참. 둔봉 언니 사라진 지가 언제인뎁쇼. 지난여름쯤부터 행방이 묘연했습니다요."

막쇠가 꼭지를 제치고 대답하였다. 무혁의 미간 위로 실금처럼 주름이 섰다.

"둔봉이 사라졌다고?"

"예. 칼 맞아 죽었다는 소리도 있고, 한몫 챙겨서 튀었다는 말도 있고. 사람은 오간 데 없고 그저 소문만 무성합니다."

"둔봉이 거느리고 다니던 왈짜들은 업길의 수하로 들어갔나?"

"웬걸요, 둔봉 언니 사라지고 다들 뿔뿔이 흩어졌습니다."

막쇠가 이야기를 마치자 꼭지가 자세한 부연을 덧붙였다.

"국별장 김치영 영감한테 새 똘마니가 생겼거든요. 둔봉이까지 없으니 그냥 뭐 끈 떨어진 연 신세였지요."

"김치영의 새로운 똘마니?"

"이름이 변종호라고 하는 것 같았습니다. 저도 말만 들었지 얼굴은 아직 못 봤습니다."

"우포청 변인몽 종사관의 아들인가?"

"감찰 나리께서 아시는 자입니까?"

"뭐, 조금."

"변종호에 관해 소상히 알아볼까요?"

꼭지가 물었다. 무혁은 날카로운 눈빛을 번뜩이고 앉아 머릿속 생각을 빠르게 정리해 나갔다. 지난번 무과에서 차석을 한 종호가 동궁 익위사로 들어간 이유를 이제 확실히 알겠다. 안동 김씨 일문에서 풍양 조씨 세력을 감시하기 위한 쓰임새가 분명하다. 돌아가는 상황이 대충 그려졌다. 그러나 지금은 치영의 뒤를 캐는 것보다 지충의 억울함을 푸는 것이 우선이었다.

"요즘 업길이 어디서 무엇을 하는지부터 알아보게."

✿　　　✿　　　✿

개동이 가르쳐 준 주막 문간방 앞을 건장한 사내가 지키고 서 있다. 붉은색 철릭을 입고 황색 초립을 쓴 것으로 보아 대궐에서 나온 별감인 듯하다. 운해는 사내에게 조용히 다가가 가만히 물었다.

"혹시 안에 사헌부 감찰 나리께서 와 계십니까?"

"누구시지요?"

정중히 되묻는 말투와 달리 사내의 눈초리가 빈틈없이 빠듯하였다.

"임운해라고 합니다. 감찰 나리께 뵙기를 청한다고 고해 주시어요."

운해의 이야기가 미처 끝나지 않아서였다. 문간방 안쪽에서부터 외짝 지게문이 때마침 열렸다. 문지방을 넘던 무혁이 섬돌 아래 선 운해를 알아보고 놀라움과 반가움을 동시에 드러냈다.

"소저!"

"그간 평안하셨어요? 이제 도련님이라고 부르면 안 되겠네요."

운해는 함박 웃으면서 무혁이 입고 있는 관복을 훑어보았다. 흉배에 새긴 해치 문양이 무척이나 자랑스러웠다.

"다들 나리라고 부르지요."

무혁이 짓궂은 미소를 흘뿌렸다. 거들먹거리는 소리가 아니라 나름 장난을 치는 것이다. 운해는 더욱 활짝 웃었다.

"늦었지만 감축 드려요, 감찰 나리."

"아무리 빨라도 내일이나 만날 수 있을 줄 알았는데……."

무혁이 한달음에 쪽마루를 지나 버선발인 채 섬돌로 내려섰다. 운해의 손부터 덥석 부여잡는다. 주위에 지켜보는 눈이 여럿인데도 전혀 개의치를 않았다. 운해 역시 부끄러우면서도 붙잡힌 손을 억지로 빼내려 하지는 않았다. 남들 보는 앞에서 무혁과 공연한 실랑이를 벌이기 싫었다.

"나리께서 이곳에 계실 거라고 개동이가 가르쳐 주었어요. 공무로 바쁘신데, 행여 소녀가 방해를 했나요?"

"아닙니다. 잘 왔어요."

운해에게 이야기하고, 무혁은 뒤따라 문간방에서 나오는 꼭지를 향해 물었다.

"어디 조용히 이야기 나눌 만한 곳이 없겠나?"

"이 방으로 드시지요. 저희가 자리를 피해 드리겠습니다."

"고맙네."

무혁은 운해를 이끌고 다시 문간방 안으로 들어섰다. 외짝 지게문을 닫기가 무섭게 운해를 품으로 당겨 안았다. 흠칫 놀란 운해가 잠시 어깨를 바르작거리다 이내 잠잠해진다.

"밖에 사람들 있잖아요. 누가 문이라도 열면 어쩌려고요."

"내 허락 없이는 아무도 못 들어와요. 게다가 최 별감이 커다란 덩치로 딱 버티고 서서 문 앞을 지키고 있잖아요."

"나리와 함께 다니는 이가 듬직해서 다행이어요."

"어째 나는 못 미더운데, 수하의 별감은 미덥다는 소리로 들립니다."

무혁이 또 운해를 놀렸다. 운해는 눈시울을 새치름하니 빗떴다.

"그런 뜻 아니란 것 아시잖아요."

"이제 발끈하지 않네요? 발끈하는 그대 모습도 어여쁜데."

섭섭하다는 식으로 이야기하는 무혁의 목소리에 기분 좋은 웃음기가 넘쳤다. 운해는 마음에도 없는 앙탈을 부렸다.

"나리께서 원하시니 마구 사납게 해 볼까요?"

"아닙니다."

무혁이 빙그레 미소를 지었다. 운해는 직각으로 떨어지는 듬직한 어깨로 살포시 이마를 기울여 기댔다. 무혁의 품에 안겨 있자니 세상 근심이 자연스럽게 잊어졌다.

"사헌부 감찰 일은 힘들지 않으시어요?"

"할 만해요. 재미고 있고. 그대는요? 고모 등쌀에 힘들지 않아요?"

"소녀도 버틸 만해요. 재미는 없지만."

가벼이 받아넘기는 운해의 대답에도 무혁은 안쓰럽다는 듯이 손바닥으로 가녀린 등줄기를 길게 쓸었다.

"조금만 참고 견뎌 주어요. 그대 아버지의 신원을 위한 실마리가 이제 풀리기 시작했으니까."

"실마리가 풀려요?"

운해는 고개를 바짝 치켜들었다. 무혁을 올려다보는 흑자색 눈망울로 말간 눈물이 어렸다. 한 치 앞을 내다볼 수 없는 암흑 속에서 한 줄기 빛을 만난 것처럼 반갑고 기뻤다. 무혁이 운해와 눈을 맞추며 고개를 끄덕였다.

"자세한 이야기는 아직 해 줄 수 없지만, 나를 믿고 기다려요."

"그럴게요. 사실은 도저히 안 되겠다 싶어서 국별장 영감을 찾아가려고 했어요."

운해는 무심결에 안도의 숨을 내쉬었다. 그날 밤 치영이 던져 놓고 간 수수께끼를 풀지 않아도 된다고 생각하자 저절로 마음이 놓였다.

"김치영을 만나려고 했다고요?"

느닷없이 무혁이 양쪽 손으로 운해의 어깨를 붙잡아 저만치 몸을 떼어 냈다. 운해를 내려다보는 눈빛이 서름하였다.

"국별장 영감을 아시어요?"

운해는 어리둥절하여 물었다. 무혁이 대답은 않고 오히려 되물음을 던졌다.

"그대는 어찌 압니까?"

"소녀의 사촌 오라비랑 친분이 있더라고요. 국별장 영감께서 며칠 전 사랑채 손님으로 다녀갔어요."

"그때 그자와 만났습니까?"

마치 화가 난 사람처럼 무혁이 다그쳤다. 운해는 공연히 눈치가 보여 변명하는 투로 대답하고 말았다.

"아주 잠깐 뵈었어요. 한 식경도 안 될 정도로 잠깐요."

"그자랑 말도 섞었단 말입니까?"

"조금요. 소녀가 아버지의 억울함을 풀어 달라고 국별장 영감께 청탁을 넣었거든요."

무혁이 눈에서 불을 뿜었다. 이제는 화가 난 사람처럼 보이는 것이 아니라, 정말로 화가 나 있었다. 딱딱하게 굳은 말소리가 윽다문 잇새로 꾹꾹 짓눌려져서 흘러나왔다.

"김치영, 그자가 무어라고 하던가요?"

"청탁의 대가로 소녀만이 줄 수 있는 것을 달라는 수수께끼 같은 소리를 하셨어요."

운해만이 줄 수 있는 것. 답은 뻔하였다. 운해만이 모를 뿐.

"빌어먹을 자식!"

무혁은 끓어오르는 심화를 참지 못하고 욕설을 입 밖으로 뱉었다. 파락호 김치영의 마수가 운해한테까지 미칠 뻔했다고 생각하자 한동안 잊고 살던 살의가 솟구쳐 올랐다. 오 년 전 운룡정에서 코뼈가 아닌 목뼈를 부러트렸어야 했다는 후회마저 들었다.

"도련님……."

운해는 너무 황망한 나머지 호칭이 '감찰 나리'에서 '도련님'으로 되돌아 간 줄도 몰랐다. 무혁이 두 눈을 질끈 감고 잘게 심호흡을 하였다. 숨을 들이쉬고 내쉬기를 거듭할 때마다 무혁의 얼굴에 번져 있던 분노가 조금씩 걷혔다. 마침내 화기를 말끔히 씻어 내고 무혁이 운해를 향해 멋쩍은 미소를 피웠다.

"그대에게 화난 것 아니에요. 놀랐다면 미안합니다."

"아니어요. 소녀가 오히려 죄송해요."

"오랜만에 만났는데 안 좋은 모습만 보였군요."

무혁은 다시금 운해를 품으로 바특하니 당겨 안았다. 만에 하나 운해에게 몹쓸 일이라도 생기면 어쩌나, 요즘은 하루하루가 노심초사였다. 운해와 지이가 한집에서 기거하는 것부터가 싫었다. 당장 그곳에서 나왔으면 좋겠다. 그런데 호랑이를 잡겠다며 운해가 고집을 피우니 이러지도 저러지도 못하는 무혁으로서는 속절없이 애만 타들어 갔다.

운해가 계속 그 집에 있다 보면 치영과 부딪칠 일이 언제든 생길 것이다. 최소한 그 일만큼은 막고 싶었다. 장부가 되어 못난 투기나 부린다고 욕을 들어도 어쩔 수가 없다. 어떤 식으로 말을 해야 상처가 되지 않고 둥글게 들릴까 고민하는 차에 운해가 먼저 이야기를 꺼냈다.

"도련님이 싫어하시니 국별장 영감과는 이후로 만나지 않을게요."

"우연히 부딪쳐도 소저 쪽에서 무조건 피하도록 해요. 김치영이라는 그자 퍽 위험한 인물입니다."

그대에게 흑심을 품고 있음이 분명합니다. 차마 다하지 못한 말이 무혁의 입안에서 매암을 돌았다.

"알겠어요."

무혁은 고마운 마음을 담아 운해를 힘주어 끌어안았다. 두 팔로 세차게 운해의 등과 허리를 조였다. 다시는 놓아 주기 싫다는 듯이 한껏. 결박이라도 한 것처럼 욕심껏.

"우리 내일도 여기서 볼까요? 오늘은 내가 곧 사헌부 관아로 들어가 봐야 해서."

"내일은 어려울 것 같아요. 고모가 모레 추선공양(追善供養)을 바치러 가는데 소녀도 따라가기로 했거든요. 하루 종일 그 채비로 바쁠 거예요."

"고모랑 단둘이서 공양하러 간다고요?"

되짚어 묻는 무혁의 미간 위로 깊은 주름이 파였다. 아무래도 지이가 무슨 일인가를 꾸미고 있다는 예감을 지울 수가 없었다.

"고모부 위패를 북한산 인근 진관사에 모셨거든요. 고모가 이번 추선공양에 아버지 몫도 준비하고 싶대요. 여태 아버지를 철천지원수 대하듯 했는데, 고모 마음이 조금은 돌아선 것 같아 다행이다 싶어요."

운해가 무구한 얼굴로 이야기하였다. 마음이 온통 맑고 선하기만 하니 모든 사람이 본인처럼 순연한 줄 안다. 오래전 무학대사가 그랬다지, 부처의 눈에는 부처만 보인다고.

"진관사에는 누가 또 함께 갑니까?"

"비복들 중에서 고모의 몸시중을 들 언년이랑 소녀를 도와줄 춘아가 따라갈 거예요."

"종복들은요?"

"시루떡이랑 여러 공양할 음식을 가져가야 하니 지게꾼으로 서너 명쯤 같이 가지 않을까요."

"여럿이 함께 간다니 그나마 안심이 됩니다. 그래도 혹시 모르는 일이니 오가는 길에 절대 소저 혼자 있지 않도록 해요."

"왜요?"

"소저의 고모라는 그 여자, 나는 좀처럼 믿음이 가지 않아요. 그대한테 해코지를 할까 봐 자꾸 염려가 됩니다."

무혁은 평소 가지고 있던 생각을 솔직하게 밝혔다. 지나친 걱정이라고 타박을 받아도 상관없었다. 운해의 안위가 무엇보다 중요하였다.

"아무리 그래도 친조카한테……. 그러지 않을 거예요."

운해가 도리질을 쳤다. 부정을 하면서도 확신이 없는 표정이었다. 불과 얼마 전 운해의 눈앞에서 유모를 때려죽인 지이였다. 사람 목숨을 그만큼 하찮게 여기고 있음이었다.

"내 말 허투루 듣지 말고 부디 명심해요."

"네."

운해의 어깨를 무혁은 따뜻이 다독였다. 지금 누구보다도 힘든 사람은 운해다. 무조건 편들어 주자, 어떠한 경우라도 의지가 되어 주자, 그렇게 마음먹었다.

"개동이는 어디 있습니까?"

"움막에 갔어요. 잠시 막동이한테 다녀온다고."

"개동이가 돌아오면 집까지 데려다 달라고 합시다. 내가 그대랑 같이 가야 마땅한데, 사헌부 관아에 할 일을 남겨 두고 잠시 나온 터라……."

"괜찮아요. 소녀 혼자서도 갈 수 있어요. 날도 환한데요."

"저런! 벌써 내 말을 잊었습니까? 낮이고 밤이고 어디를 가든 절대 혼자 다니지 말라고 했잖아요. 나랑 약속해요. 늘 조심, 또 조심하겠다고."

"그럴게요."

순순히 약속하는 고운 입술에다 무혁은 사분히 제 입술을 가져가 하나로 포갰다. 오랜만에 나누는 입맞춤이 깊고도 짙었다.

결발작구
結髮作屨

머리카락을 엮어 신을 삼으리

개동은 길가 아름드리 은행나무 기둥 뒤편에 몸을 숨겼다. 돌 계단 아래 놓인 두 개의 가마에 신경을 집중하였다. 공양할 음식을 짊어진 지게꾼들을 앞세운 가마가 출발한 후 스무 걸음쯤 뒤에서 몰래 따를 작정이다. 동냥하는 척하며 쫓아간다면 뒤를 밟고 있음을 쉽게 들키지 않을 것이다.

"헉."

개동은 놀란 숨을 다급히 삼켰다. 벙거지를 쓰고 더그레*를 입은 가마꾼들의 얼굴이 하나같이 익숙하다. 고개를 외로 틀어 뒷등 쪽에 서 있는 어린 동생을 불렀다.

"막동아."

"왜애?"

"지금부터 내가 하는 이야기 잘 들어."

---

*군노나 전령 등이 입던 검은색 상의.

"무슨 이야기인데?"

막동이 숯검정 같은 눈알을 말똥거렸다. 이제 겨우 일곱 살인 저 어린것한테 심부름을 시켜도 괜찮을까, 갑자기 개동은 걱정이 되었다. 그러나 지금은 지푸라기라도 붙잡아야 할 상황이다. 글을 쓸 줄 알면 좋을 텐데. 서찰로 적어 보내면 안심이 될 텐데. 되도 않을 후회를 곱씹으며 개동은 어깻숨을 기다랗게 내쉬었다. 머릿속으로 전하고자 하는 이야기를 최대한 짧고 명확하게 만들었다.

'아기씨, 가마꾼, 남사당패.'

"운해 아기씨가 탄 가마를 남사당패가 가마꾼이라 속이고 들었어요. 막동아, 방금 내가 한 말 따라해 봐."

"어엉?"

막동이 조막만 한 얼굴을 있는 대로 구겼다. 개동의 이야기를 전혀 이해하지 못한 표정이다. 이런 식이면 심부름을 보낼 수 있기는커녕 하루 종일 전언 외우게 만드는 것만으로도 벅찰 듯하다. 개동은 묘수를 짜 냈다.

"막동아, 저기 저 집이 누구 집이라고 했지?"

"아기씨 집. 막동이 아야아야했을 때 아기씨가 닭고기 줬어."

"그래, 맞아. 우리 막동이 기억력 좋구나."

개동의 칭찬을 듣고 막동이 앞니가 쏙 빠진 입을 헤벌쭉 벌렸다.

"엉. 막동이 똑똑해."

"계단 아래 저것은 뭘까?"

"가마?"

"잘했어. 가마 앞뒤로 아저씨들이 두 명씩 서 있잖아. 벙거지를 쓴."

"어, 보여."

"누구야?"

"몰라."

막동이 건성으로 도리질을 쳤다. 개동은 가마꾼이라고 알려 주려다 생각을 바꾸었다. 정확히 하나만 가르치기로 하였다. 한 꺼번에 둘을 알려 주면 막동이 나중에 헷갈릴 수가 있었다.

"남사당패."

"남사당패 아저씨들은 꽹과리 치면서 춤추는데."

"오늘은 가마를 들려나 봐."

"으응, 그렇구나."

"막동아, 내가 하는 말 따라서 해 봐. 아기씨, 가마꾼, 남사당 패."

"아기씨, 가마꾼, 남사당패."

"잘했어. 우리 막동이 참말 똑똑하다."

개동은 막동의 정수리를 쓱쓱 쓰다듬어 주고 허리춤에 감추 어 두었던 옥패를 꺼냈다. 외뿔 달린 해치의 머리를 투각해 놓 은 이 옥패는 전날 무혁이 개동에게 준 것이다. 가까이에서 운 해를 지켜보고 있다가 혹시라도 곤란한 일이 생기면 사헌부로 찾아와 문지기에게 보여 주라는 당부와 함께.

"막동이는 지금 바로 육조대로로 가."

"육조대로? 임금님 사는 집 옆에 관아 많은 데?"

"응. 거기 궐외각사에서 사헌부 관아의 문지기 아저씨한테 이 옥패를 보여 줘. 감찰 나리를 만나러 왔다고 하면 돼."

"막동이도 감찰 나리 알아. 어제어제 국밥 사 줬잖아. 맛있었는데."

막동이 입맛을 다셨다. 개동은 땟자국으로 얼룩진 어린 동생의 뺨을 가만히 손등으로 쓸었다. 제대로 먹이지도 입히지도 못하는 것이 늘 미안하였다.

"이번 심부름 잘하면 언니가 국밥 사 줄게."

"참말로?"

"그럼, 참말이지. 감찰 나리를 만나서 조금 전에 언니가 따라하라고 한 말을 전해. 뭐라고 해야 돼?"

개동이 묻자 막동이 좁은 이마에 주름을 잡고서 곰곰 생각에 잠겼다.

"으음……. 아기씨, 가마꾼, 남사당패."

"뭐라고 하면 된다고?"

"아이, 참. 왜 또 물어? 아기씨, 가마꾼, 남사당패."

"아주 잘했어. 잊어버리면 안 된다."

"막동이 안 잊어먹어. 아기씨! 가마꾼! 남사당패! 됐지?"

"그래. 얼른 육조대로 사헌부 관아로 가."

개동은 막동의 등을 밀었다. 두어 발짝 가다 말고 막동이 어깨 너머로 개동을 돌아다보았다.

"막동이 혼자서 가?"

"응. 나는 운해 아기씨가 탄 가마를 쫓아가려고. 아기씨를 지켜야 하거든. 막동이 혼자서 가려니까 무서워?"

개동의 물음에 막동이 세차게 머리를 흔들었다.

"아니야. 막동이 안 무서워. 한 개도 안 무서워."

"착하다, 우리 막동이. 이제 다 컸네."

"개동 언니."

"으응?"

"국밥 사 준다는 약속 잊어먹으면 안 돼."

"안 잊어. 절대로."

개동은 굳게 다짐을 해 주었다. 막동이 헤헤 하고 앞니 빠진 입을 벙싯거렸다. 그대로 등을 돌려 광화문 방향으로 뛰어간다. 점점이 멀어지는 막동의 뒷모습에 시선을 붙박고 서서 개동은 간절히 빌었다.

하늘님. 우리 막동이가 운해 아기씨를 지킬 수 있도록 도와주세요. 제발, 제발, 부탁드려요.

진관사 대웅전 석축 근처 수풀 속에 납작 몸을 엎드린 채 개동은 마른 입술을 축였다. 애간장이 빠짝빠짝 타들어 갔다. 초조한 시선이 저절로 멀리 보이는 일주문 쪽으로 향한다.

"왜 안 오시지?"

무혁이 와야 할 시간이 지나도 한참 지났다. 운해를 태운 가마가 출발하기 직전 진초시 무렵에 막동을 육조대로 사헌부 관아로 보냈는데, 지금은 정오를 훌쩍 넘겨 벌써 미초시였다. 죽은 자의 명복을 빌며 올리는 추선공양도 이미 마쳤다. 스님들과 시주들의 점심 바리때마저 얼추 끝나 가고 있었다.

느닷없이 개동의 배 속에서 꼬르륵 소리가 났다. 개동은 재빨리 뱃가죽과 등가죽이 달라붙은 허리께를 양팔로 부여잡았다. 생각해 보니 아침이고 점심이고 제대로 먹지를 못하였다. 오늘 하루 종일 먹은 것이라고는 진관사로 오는 길에 동냥질로 얻은 능금 반 알이 전부였다.

공양간 보살님들한테 찐 감자라도 두어 알 달라고 부탁해 볼까? 아니야. 눈을 뗐다가 운해 아기씨에게 변고라도 생긴다면, 감찰 나리를 뵐 낯이 없어. 여기가 절간이라고 안심하면 안 돼. 시주하러 온 여인을 잡아다가 청나라 상인한테 팔아먹는 땡추도 있댔어.

개동은 스스로를 다독이며 애써 먹을 것에 대한 유혹을 뿌리쳤다. 이제 한시라도 빨리 무혁이 오기만을 바랄 뿐이다.

혹시 막동이 감찰 나리를 만나지 못하였으면 어쩌지? 행여 전언을 정확히 전달하지 못한 것이라면? 막동이 아에 육조대로까지 가지도 못하고 길을 잃었을 수도 있잖아.

별의별 걱정이 숨죽여 앉은 개동의 머릿속을 헤집었다. 개동은 사나울 정도로 세차게 도리질을 쳐 불길하고 꺼림칙한 사념들을 멀리 떨쳐 버렸다. 무엇보다도 막동을 믿기로 하였다. 비록 나이는 어려도 오랫동안 사대문 안을 누비며 동냥질을 해 온 탓에, 길눈 하나만큼은 누구 못지않게 밝은 막동이다. 또한 제법 책임감도 있어서 제가 해야 할 일은 어떻게든 해냈다.

❀   ❀   ❀

"한양과 경기도 일대에서 활동 중인 필체 위조자들 명단입니다."

태호가 한문과 언문이 뒤섞인 문서 한 장을 무혁에게 건넸다. 잔글씨로 적어 놓은 이름들을 대충 훑어보며 무혁은 혀를 내둘렀다.

"뭐가 이렇게 많아?"

"다들 고만고만하고, 김흥수라는 자의 재주가 특출하다 들었습니다. 언문뿐 아니라 한문에도 능통해 어떤 필체든 한 번 보면 똑같이 써 낸다고 합니다."

"어디 가면 김홍수라는 자를 만날 수 있다고 하던가?"

"아무도 얼굴 본 자가 없다고 합니다. 김홍수라는 이름이 진명인지도 확실하지 않습니다."

"불법으로 돈을 받고 재주를 파는 놈 이름이야 진명이든 가명이든 상관없는 일이고. 아무도 얼굴 본 자가 없다는 것은 중간에 연락책이 있다는 뜻이겠지?"

"예. 운종가 담배 가게 주인이 거간꾼 노릇을 하는 것 같습니다."

"앞장서게. 담배 가게주인을 족치면 김홍수를 만날 수 있겠지. 아닌가?"

"감찰 나리께서 직접 하시려고요?"

태호가 의아해하며 물었다. 잔챙이에 불과한 필체 위조자를 잡으러 무혁까지 나설 필요가 있겠느냐는 태도였다. 무혁은 입가를 비틀어 웃었다.

"호랑이는 토끼를 잡을 때도 전력을 다하는 법이야."

단호히 말하고 사모관대를 벗었다. 움직이기 편하도록 전복으로 갈아입은 뒤 전립을 찾아 썼다. 태호의 도움을 받아 철릭 소매에다 토시를 끼우고 있는데, 감찰실 미닫이 밖에서 인기척이 들렸다.

"감찰 나리. 관아 문지기입니다."

"무슨 일인가?"

"잠시 나와 보셔야겠습니다."

문지기가 주저주저하며 이야기하였다. 태호가 토시 끼우는 손놀림을 서둘렀다.

"다 되었습니다."

"고맙네."

무혁이 밖으로 나가자, 댓돌 아래 서 있던 문지기가 정중히 고개를 숙여 예를 갖추었다.

"어떤 비렁뱅이 아이가 이 해치 문양 옥패를 가지고 왔습니다. 감찰 나리를 만나게 해 달라고 자꾸 생떼를 써서 멀리 쫓아 보냈는데, 당최 돌아가지를 않습니다. 벌써 두 시진 가까이 울면서 감찰 나리를 불러 달라고 합니다."

문지기가 건네는 옥패를 받아든 무혁은 뒤따르는 태호를 호되게 꾸짖었다.

"최 별감 자네, 해치 문양 옥패를 가지고 오는 자가 있으면 곧장 나한테 데려오라고 각 문지기들에게 전하지 않았나?"

"어제 오후 분명 문지기실에 전달하였습니다. 오늘 아침에 당직 교대를 하면서 전언이 끊어진 모양입니다."

"이런 낭패를 보았나."

짧게 혀를 차고 무혁은 문지기에게 하문하였다.

"아이는 지금 어디 있나?"

"관아 밖에 세워 두었습니다."

문지기의 대답이 미처 끝나지도 않아 무혁은 사헌부 관아 출입문 쪽으로 전속력을 다해 달렸다. 태호가 무혁을 쫓아서 뛰었다.

"감찰 나리, 저 아이 같습니다."

솟을대문 한쪽 구석에서 개동이 아닌 막동이 발을 동동 구르며 서럽게 울고 있다.

"이 옥패를 왜 네가 가지고 있었지?"

무혁의 물음에 막동의 울음소리만 더욱 커졌다. 무혁은 얼른 무릎을 구부리고 앉아 아이와 눈높이부터 맞추었다. 목소리를 최대한 부드럽게 꾸몄다.

"막동이 혼내는 것 아니야. 내가 궁금해서 묻는 거야."

그제야 막동이 쭈뼛쭈뼛 입을 열었다. 눈물로 젖은 말소리에 여전한 울음이 섞여 나왔다.

"개동 언니가 주었어요. 나리한테 말을 전하라고 했어요."

"무슨 말?"

"그게……."

막동이 금세 말꼬리를 흐렸다. 기세 좋게 이야기를 시작해 놓고 한껏 당황한 표정이다. 기억이 가물가물한 모양이었다. 무혁은 오른손을 막동의 왼쪽 어깨에 얹고 달래듯 다독다독 두드렸다.

"괜찮아. 서두르지 말고 천천히 기억을 떠올려 봐."

"그러니까, 처음이 아기씨고."

"아기씨? 운해 아기씨 말이냐?"

"맞아요. 운해 아기씨요."

"그 다음은?"

"뭐였더라? 으음……. 아! 가마요, 가마."

"가마?"

"예. 그리고 마지막으로……. 남사당패."

"남사당패?"

무혁은 수수께끼와도 같은 막동의 전언을 머릿속으로 되새김하였다. 처음이 아기씨, 다음이 가마, 마지막으로 남사당패. 아기씨가 운해를 지칭한다고 하였으니 가마는 운해를 태운 가마일 가능성이 높았다.

운해가 가마를 타고 진관사로 떠났다는 이야기인가? 굳이 그 말을 전하고자 나이 어린 막동이 혼자 해치 문양 옥패를 들고 사헌부 관아까지 찾아왔다? 아니야. 그러기에는 무리가 있어. 남사당패는 또 뭐지? 사찰로 추선 공양을 가면서 남사당패를 이끌고 갔을 리는 없는데.

"막동아. 운해 아기씨가 가마를 탔어?"

"예."

"남사당패는 뭐를 하였지?"

"오늘은 춤도 안 추고, 꽹과리도 안 쳤어요."

"그럼 뭐를 하였는데?"

"가마를 들었어요."

막동이 주저 없이 말하였다. 마침내 수수께끼가 풀렸다. 무혁은 초조해지는 마음을 다잡아 진정시켰다. 확인을 위하여 재차 막동에게 물었다.

"운해 아기씨가 탄 가마를 남사당패가 들었다는 말이지?"

"맞아요. 개동 언니도 그렇게 이야기했어요. 속였다고."

막동이 언제 울었냐는 듯 헤헤 웃는다. 앞니가 쏙 빠지고 없는 막동의 입안을 무혁은 멍하니 내려다보았다. 난데없이 머릿속이 막막해지더니 숨이 막혀 왔다. 남사당패가 가마꾼으로 위장하였다는 것은 범죄의 전조나 다름없었다. 조선 팔도를 떠돌아다니는 남사당패 중 살인 청부와 인신매매를 자행하는 자들이 꽤 있었다. 흉악한 범죄를 저지르고 곧장 숨어 버리니 색출하여 붙잡는 것조차 쉽지 않았다.

"감찰 나리. 예감이 좋지 않습니다."

태호의 말소리가 먼 곳에서 들리는 것처럼 우렁우렁 아스라하였다. 무혁은 가까스로 정신을 차렸다.

"나는 마방에 가서 말을 빌리는 대로 북한산 진관사로 갈 것이네."

"제가 모시겠습니다. 여럿이 조직적으로 움직이는 놈들입니다. 감찰 나리 혼자서는 위험할 수 있습니다."

"자네는 먼저 저 아이부터 데려다주고 진관사로 오게. 엊그제 찾아갔던 그 주막 문간방에 아이를 맡기고 잘 보살피라 전하게."

"예, 감찰 나리."

"서두르세. 한시가 급하네."

❀   ❀   ❀

"소녀 혼자 돌아가라고요?"

운해가 되묻자 지이가 못마땅하다는 듯 짧게 혀를 찼다. 감히 어디서 말대꾸냐는 식이었다.

"나는 사나흘 이곳에 머물면서 불공을 드릴까 한다."

"소녀도 고모님과 함께 진관사에 남겠어요."

운해는 고집스럽다 싶을 만큼 검질긴 태도로 이야기하였다. 낮이고 밤이고 어디를 가든 절대 혼자 다니지 말라던 무혁의 당부가 불현듯 떠올랐기 때문이다.

"아침에 나올 때 별다른 언지를 주지 않았으니, 우리 둘 다 돌아가지 않으면 명수랑 명진이가 걱정할 것이야. 너는 먼저 집으로 가서 내 뜻을 전하여라."

지이 또한 고집을 꺾지 않았다. 무슨 일이 있어도 오늘 운해를 돌려보내겠다는 의지가 확연하였다. 운해는 석연치 않은 느낌을 지울 수가 없었다.

"기숙할 준비도 없이 왔는데 불편하지 않으시겠어요?"

"내 걱정은 필요 없다."

"갈아입을 옷도 없으시잖아요?"

"그깟 옷가지야 공양간 보살들한테 빌리면 될 일."

더 이상의 말대꾸는 용납하지 않겠다는 듯 지이가 반쯤 몸을 돌려 운해를 외면하고 앉았다. 면벽하고 불공을 드리고자 함도 아니요, 참선을 하기 위해서는 더더욱 아니다. 그만 선방에서 나가라는 무언의 압력이었다. 운해는 일단 버티기로 하였다.

"진관사는 초행이라 길도 잘 모르는데 소녀 혼자만 돌아가라고 하시니 당황스러워요."

"가마꾼들이 어련히 알아서 집까지 데려다줄까. 뭐가 걱정이야. 날도 아직 환하고."

"산을 내려가면 얼추 해가 지기 시작할 거예요."

"그러니 더욱 서둘러야지. 해 떨어지기 전에 얼른 출발해라. 지금 당장!"

다그쳐 재촉하는 지이의 목소리가 날카로운 쇠창살 같았다. 가지 않겠다고 여기서 더 버티다가는 강제로 가마에 태워질 분위기였다. 운해는 한참을 뭉기적거리다 마지못하여 자리에서 일어났다.

장옷을 챙겨 밖으로 나오자 절간 너른 마당 한쪽에 벌써 가마가 대기 중이다. 출입구를 활짝 열어 둔 가마 앞뒤로 더그레를 입은 가마꾼들이 두 명씩 어깨를 잇대고 서 있다. 근처에서 일 없이 왔다 갔다 하던 종복이 운해를 보고 묵례를 한다. 오늘 진 관사로 오가는 길 행렬의 인솔을 맡은 자다.

"아기씨, 가마에 오르시지요."

종복의 언사가 전에 없이 공손하였다. 이마저도 운해는 심상 한 일은 아니라고 느꼈다.

"춘아는?"

"여기 남을 것입니다. 언년이 혼자 마님의 시중을 들기에는 버거워서요."

"자네는 가는가?"

운해는 종복의 거취를 물었다. 그럴 리가 없겠지만, 혹시나 싶어 하문한 것이다. 역시나 종복은 진관사에 남는다고 답하였 다.

"소인 또한 마님을 모셔야 합니다."

몸종 둘과 인솔자인 종복에 지게꾼들까지 죄다 진관사에 붙 들어 두면서, 굳이 운해가 탄 가마 하나만 달랑 내려 보내는 지 이의 저의가 자못 의심스러웠다. 운해는 나지막한 어깻숨으로 갑갑해지는 마음을 다독였다.

"결국 나 혼자 가라는 말이군."

"예?"

"아닐세. 그냥 혼잣말이야."

"어서 가마에 오르시지요. 요즘 해가 부쩍 짧아졌습니다. 날 이 어두워지기 전에 산을 내려가려면 서둘러야 합니다."

이제 종복까지 운해를 재촉하고 나섰다. 참으로 우습다 생각 하며 운해는 쓴웃음을 피웠다. 이상하리만치 가마에 타는 일이 죽기보다 싫었다.

가마에 오르지 않겠다며 고집을 피워 볼까? 이자들이 어떻게 나오나 한번 두고 볼까?

가슴속에서 함부로 충동이 솟구쳤다. 깊은 피비린내도 일시에 같이 일어났다. 준비도 없이 달거리가 터졌을 때처럼 비릿한 피 냄새가 몸 전체로 번지는 것 같았다.

"운해 아기씨?"

"응?"

"무슨 언짢은 일이라도 있으십니까?"

"아무것도 아니야. 나중에 집에서 보세."

"살펴 가십시오."

종복의 인사를 받으며 운해는 가마에 올랐다. 종복이 바깥쪽에서 가마 출입구 뚜껑을 내렸다.

"아기씨 잘 모시게."

"염려 마십시오."

종복과 가마꾼들 사이에 짤막한 대화가 오가고 가마가 출발하였다. 흔들리는 가마 안에서 운해는 치마폭을 더듬어 두루주머니를 찾았다. 그 속에서 칠보 장식을 입힌 은장도를 꺼냈다. 얼굴도 모르는 어머니의 유품이다.

전날 장돌 아비에게 어머니가 남긴 패물을 모두 넘기면서도 이 은장도만큼은 따로 두었다. 유모 말이 생전의 어머니가 늘 몸에 지니고 다녔다고 하였다. 그래서 운해도 항상 품에서 떨어 트려 놓지 않았다.

한참을 덜컹이며 비탈진 산길을 내려가던 가마의 움직임이 갑자기 멈추었다. 가마꾼들이 작게 구령을 붙여 가마를 바닥에 내려놓았다. 가뜩이나 긴장하고 있던 운해의 어깨가 눈에 띄게 굳었다. 운해는 밖으로 통하는 가마의 작은 창문을 반 뼘 정도 열었다.

"무슨 일인가?"

"잠깐 쉬어 갈까 합니다."

걸쭉한 목소리가 가마 밖에서 울렸다.

"알았네."

"아기씨도 내려서 신선한 바람을 좀 쐬시지요."

다시 걸쭉한 목소리가 이야기를 하였다. 운해는 잠시 결정을 미루었다. 가마의 안과 밖 중에서 어디가 더 안전할까, 스스로에게 물어 보았다.

좁다란 상자 같은 가마가 문득 감옥서처럼 느껴졌다. 앞으로 어떤 불상사가 벌어진다고 가정하였을 때 가마 속이라면 아예 옴짝달싹도 못 할 것이다. 말 그대로 독 안에 든 쥐였다. 그마나 밖은 여차하면 어디로든 도망이라도 칠 수 있을 터.

"출입구를 열어 주게."

"예, 아기씨."

걸쭉한 대답과 함께 가마 출입구가 밖에서부터 위쪽으로 올라갔다. 사각의 뻥 뚫린 구멍을 통해 아름드리나무 밑둥치가 여럿 보였다. 인적이 전혀 없는 으슥한 숲길의 가장자리, 사방이 온통 소나무들로 우거져 햇빛조차 섣불리 들이치지 않는다. 분명 조심하고 경계하여야 할 상황이다.

운해는 장옷을 왼쪽 팔목에다 감아 손바닥 안에 감추어 둔 은장도를 가렸다. 가마 밖으로 나와 몇 발짝 떼지 않아서였다. 뒷등 쪽에서 감지되는 인기척이 불길할 정도로 가까웠다. 홱 하니 고개를 돌려 뒤를 돌아다보았다. 지척에까지 다가와 있던 가마꾼 넷이 눈 깜짝할 사이에 운해를 에워쌌다. 비열한 웃음을 짓고 선 얼굴들이 하나같이 음충맞았다.

"왜 이러나?"

"우리가 왜 이럴까?"

가마꾼들 중 한 명이 실실 웃어 대며 운해에게 되물었다. 가마 안쪽에서 듣던 예의 그 걸쭉한 목소리였다. 운해는 되도록 침착함을 유지하려고 애를 썼다.

"무슨 일인지는 모르겠으나 저만치 비켜서게."

"이건 또 여태 못 보던 똥배짱일세."

걸쭉한 목소리가 이기죽거리자, 사내들 넷이서 약속이라도 한 듯 한꺼번에 음충맞은 웃음을 터트렸다.

"지금 이 상황이 뭔지 혹시 저년은 모르는 것 아닙니꺼? 아무래도 꼭두쇠가 친절히 설명해 줘야 할 모양입니더."

"어이, 버나재비. 설명은 곰뱅이쇠 전문이잖아."

"아니지. 나보다는 우리 어름사니가 최고지."

넷이서 주고받는 이야기로 운해는 그들이 가마꾼이 아니라 남사당패라는 것을 알았다. 머뭇거릴 틈이 없었다. 당장 장옷 속에 숨겨 두었던 은장도를 칼집에서 빼 들었다.

"저만치 물러서라!"

운해가 내지른 고함이 무성한 솔가지를 뒤흔들었다. 그런데도 사내들 넷은 일절 들은 척도 하지 않았다. 기껏 가소롭다는 눈길로 운해가 움켜쥐고 있는 은장도를 흘낏 한 번씩 쳐다볼 뿐이었다.

"네년이 스스로 죽어 준다면 우리야 고맙지. 어차피 자결한 것으로 위장하려고 했으니까."

"꼭두쇠. 저년을 죽이기 전에 따묵어야 한다꼬……. 몸을 더럽힌 충격 때문에 자결한 것으로 하자는 게 애초 계획 아니었습니꺼?"

"죽은 다음에 따먹으나 죽기 전에 따먹으나 어차피 똑같아. 숨통이 막 끊어질락 말락 할 때 계집년 음문이 얼마나 쫄깃쫄깃 맛난데."

"역시 곰뱅이쇠는 살짝 미친 게 맞다니까."

무시로 해 대는 사내들의 이야기가 끔찍하기 이를 데 없었다. 절로 가슴이 섬뜩해지더니 운해의 온몸에서 핏기가 가셨다. 눈 앞은 어질어질 가마득하고 두 다리는 후들후들 떨렸다. 운해는 정신을 잃지 않으려 입술 안쪽 속살을 잇새로 으득 깨물었다. 비릿한 피 맛이 혀끝을 맴돌았다. 정신이 번쩍 들었다.

"언니들! 나 기다렸소?"

간드러진 콧소리가 머리 위에서 울렸다. 여인네처럼 곱다랗게 생긴 남자가 얽힌 솔가지를 마치 외줄처럼 타고 바닥으로 내려왔다. 남사당패의 줄꾼인 어름사니가 틀림없었다.

"웬 애새끼?"

걸쭉한 목소리로 꼭두쇠가 물었다. 사내들 쪽으로 다가오는 어름사니의 손에 개동이 목덜미를 붙들린 채 바동거렸다. 어름사니가 패대기를 치듯이 개동의 목덜미를 놓았다.

"초대받지 않은 손님이오."

"주위는 제대로 살폈어?"

"걱정 마시오. 사방팔방 이 잡듯이 뒤졌으니까. 요 쥐새끼 빼고 개미 새끼 한 마리도 없소."

"아침부터 꽁지에 따라 붙었다는 쥐새끼가 바로 이놈이야?"

"공연히 시끄러워질까 봐 멀리서 지켜만 보고 있었는데, 아주 가관도 아니었소. 덕분에 심심하지는 않았지만."

꼭두쇠와 어름사니가 이야기를 나누는 틈을 노려 운해는 흙바닥으로 내동댕이쳐진 개동을 향해 바특 다가갔다. 허리를 내리고 앉아 무릎 위로 아이의 머리를 들어올렸다. 검붉은 핏자국이 번진 개동의 얼굴이 차마 눈뜨고 볼 수 없을 만큼 엉망이다. 어름사니한테 한바탕 주먹질을 당한 것이 분명하다.

"개동아?"

"……아기씨."

"이것 봐라, 눈물겨운 상봉일세."

어름사니가 개동에게 정신이 팔려 있는 운해의 머리채를 확 틀어쥐었다. 다짜고짜 잡아당기는 우악스러운 힘에 운해의 몸이 정수리에서부터 그대로 쭈욱 딸려 올라갔다. 운해는 죽기 살기로 발버둥을 치면서 오른손에 든 은장도를 휘둘렀다. 막무가내로 허공을 내리긋던 칼날이 어느 한순간 어름사니의 뺨을 스쳤다.

"아, 쌍!"

어름사니가 근처 소나무 밑둥치에다 운해의 머리를 내리꽂았다. 퍽 하는 소리가 나고 운해의 관자놀이에서 피가 흘렀다.

"어휴, 내가 뭐랬소. 우리 어름사니가 저년 얼굴 보면 한판 거하게 지랄할 거라고 했잖소."

"쓸데없는 소리 말고 얼른 시작해. 어름사니 머리뚜껑 열리면 아무도 감당 못 해."

"예, 꼭두쇠."

사내들이 바삐 움직이기 시작하였다. 개중 하나가 가마를 드는 어깨끈으로 사용한 무명천을 가지고 왔다. 머리 위 솔가지에다 올려 걸고 길게 늘어진 한쪽 끝을 올가미처럼 묶었다. 어름사니가 은장도를 쥔 운해의 오른쪽 손등을 발뒤꿈치로 밟아 짓이기다 말고 그 사내를 급하게 부른다.

"뜬쇠 언니! 그것 나 줘. 얼른."

뜬쇠는 어서 달라 재촉하는 어름사니가 아닌 꼭두쇠의 얼굴을 말없이 쳐다보았다. 꼭두쇠가 고개를 끄덕여 허락을 하자 그제야 어름사니의 손에다 무명천으로 만든 올가미를 건넸다.

"아, 쌍! 이년 상판대기 진짜 마음에 안 들어."

"네놈 마음에 드는 계집년 상판대기가 있기는 하고?"

"아무리 나라도 못생긴 년은 마음에 들지. 조선 팔도 예쁜 년들은 다 죽어 버렸으면 좋겠어."

어름사니가 한차례 씨익 웃고 올가미를 운해의 목에 걸었다.

"당겨."

꼭두쇠의 명에 따라 운해의 몸뚱이가 허공중으로 붕 떠올랐다. 당장 올가미가 숨통을 옥죄어 왔다. 운해는 목덜미 살갗을 뚫고 파고드는 무명천을 양손으로 부여잡고서 두 다리를 정신없이 바동거렸다. 어떻게든 살고자 아득바득 안간힘을 쓰는데 돌연 숨쉬기가 편해졌다. 어느새 개동이 달려와 운해의 다리를 붙잡고 서서 든든한 버팀목이 되어 주었다.

"아기씨, 조금만 힘을 내……."

그러나 말소리를 미처 끝맺지 못하고 개동이 맥없이 옆으로 픽 고부라졌다. 아이의 목줄띠에서 뿜어져 나온 시뻘건 핏줄기가 사방으로 튀어 올랐다. 운해는 숨이 막혀 오는 것조차 잊은 채 울부짖었다.

"개동아!"

"쌍! 하여간 사내새끼들이란……. 상판대기 반반한 년만 보면 애고 어른이고 정신을 못 차린다니까."

어름사니가 제 얼굴로 튄 개동의 핏방울을 옷소매로 아무렇게 쓱쓱 문질러서 닦아 냈다. 열한 살짜리 어린애를 제 손으로 죽여 놓고도 눈 하나 끔쩍하지 않았다.

"으으윽."

운해는 터져 나오는 비명을 억지로 삼켰다. 이제 죽는 것은 두렵지 않았다. 다만 이대로 혼자 죽지는 않겠다고 마음먹었다. 다섯을 전부 데려갈 수는 없겠지. 하지만 어름사니 저놈만큼은 기필코 저승길 길동무로 삼을 작정이다.

운해는 목에 올가미를 건 상태로 온몸을 저울추처럼 반동을 주어 흔들었다. 더욱 목이 졸려 전혀 숨을 쉴 수 없었다. 눈앞이 흐릿해지면서 정신마저 가물가물 혼미하였다. 입술 안쪽 속살을 죄다 짓씹어 뜯었다. 목구멍까지 피 맛이 차올랐다. 흐릿하던 정신이 한결 맑아졌다.

기회는 오직 한 번뿐이다. 무명천에 목을 매단 채 어름사니의 인중을 발로 힘껏 걷어차야 한다. 미간, 인중, 명치 등 사람의 급소는 단 한 번의 충격만으로도 죽음에 이를 수 있다고 예전에 창현이 말하였다. 운해는 단말마를 내지르는 대신 어름사니를 향하여 체중을 실은 발길질을 날렸다.

✿   ✿   ✿

살기다. 지독한 살의가 공기의 파장을 어지럽혔다. 무혁은 달리는 말에 박차를 가하였다. 전속력으로 말을 달려 산길을 오르면 오를수록 살의를 띤 기운은 더욱 짙어져 갔다.

"개동아!"

처절한 울부짖음이 으슥한 산자락을 통째로 뒤흔들며 울려 퍼졌다. 운해의 목소리였다. 무혁은 달리는 말 위에서 곧장 허리를 들었다. 말안장에 올라선 후 근처 아름드리 소나무로 훌쩍 몸을 날렸다. 높은 곳에 올라서서 사방을 둘러보았다. 서른다섯 걸음 남짓 떨어진 곳에서 여러 사람의 움직임이 감지되었다.

소복을 입은 운해의 몸이 마치 헝겊 인형처럼 허공중에서 대롱거리고 있다. 무혁은 어깨에 메고 온 흑각궁을 왼손으로 옮겨 쥐고 오른손은 뒷등 쪽 화살을 잡았다. 속사(速射)로 잇따라 화살을 쏘며 이쪽 솔가지에서 저쪽 솔가지로 날듯이 몸을 옮겼다. 흡사 바닥없는 공간을 자유자재로 내달리는 것처럼 보였다.

화살 다섯 개가 촘촘한 간격으로 바람을 갈랐다. 제 각각 다른 곳에 가서 꽂혔다. 첫 번째 화살이 올가미를 붙잡아 당기던 뜬쇠의 숨통을 꿰뚫었다. 운해와 뜬쇠가 거의 동시에 땅바닥으로 고부라졌다.

두 번째 화살은 뜬쇠를 돕던 버나재비의 왼쪽 가슴에, 세 번째 화살은 꼭두쇠의 미간 정중앙으로 날아가 박혔다. 네 번째와 다섯 번째 화살은 일시에 활시위를 떠났다. 맨 처음 화살이 뜬쇠를 향해 날아들기가 무섭게 서로 손을 잡고 함께 달아나기 바쁘던 곰뱅이쇠와 어름사니의 족척근에 나란히 가서 꽂혔다.

"운해!"

무혁은 무릎을 굽히고 앉아 운해의 목에 걸린 올가미부터 제

거하였다. 얼마나 발버둥을 치면서 저항을 하였는지 섬약한 목덜미에 온통 검붉은 멍투성이다.

"세상에. 이게 무슨……. 운해!"

아무리 어깨를 흔들어도 운해는 깨어날 기미가 없었다. 벼랑 끝까지 몰린 초조함을 견디지 못하고 무혁은 버럭 고함을 내지르고 말았다.

"눈 좀 뜨라고! 제발 좀!"

무혁은 운해의 코에다 입술을 밀착해서 대고 세차게 숨을 불어 넣었다. 오래전에 창현이 그랬다. 목이 졸려 숨이 끊어진 사람이라도 촌각(寸刻)*이 세 번 지나지 않았다면 호흡을 불어 넣어 살릴 수 있다고. 간절히 하늘에 비는 심정으로, 이마에 더운 땀방울이 송골송골 맺힐 때까지 온 힘을 다하여, 무혁은 운해의 콧속으로 숨을 불어 넣었다.

"제발, 제발……."

"커억, 컥."

운해가 밭은기침을 토하듯 메마른 숨을 가쁘게 뱉었다. 무혁은 그대로 운해를 품에 당겨 안았다. 운해의 가슴이 들썩일 때마다 숨소리가 낡은 마루 판자처럼 삐꺽거렸다.

"정신이 들어요?"

"……도련님?"

"그래요. 나예요."

무혁의 대답을 듣고 안심이 되는지 운해가 새파랗게 질린 입술을 길게 늘여서 웃는다. 섧도록 처연한 미소를 입가에 머금은

---

*촌각:일각을 10으로 나눈 단위, 1분 30초.

405

채로 까무룩 정신을 놓았다. 규칙적으로 맥이 뛰고 있음을 확인한 무혁은 핏기 하나 없이 창백한 운해의 두 뺨을 손끝으로 가만가만 어루만졌다. 그나마 너무 늦지 않아서 천만다행이었다.

만약 운해마저 한주를 잃고 말았던 그때처럼 끝끝내 구하지 못하였다면……. 생각만으로도 가슴속이 섬뜩해지고 머릿속이 아뜩하였다. 불의한 세상과 부조리한 삶에 오로지 환멸밖에 남지 않았으리라.

"감찰 나리."

태호가 허겁지겁 말 등에서 내렸다. 막동을 주막에 데려다준 후 길을 재촉하여 뒤따라온 모양이다. 무혁은 혼절한 운해를 바투 가슴에 끌어안고 자리에서 일어섰다.

"뒷수습을 부탁하네."

"걱정 마십시오. 우포청에 지원을 요청해 두었습니다. 곧 포도군사들이 올 것입니다."

"죽은 자들은 우포청 장수창 검시관에게 검안토록 명하고, 살아남은 저 둘은 사헌부 옥사로 압송하게. 내일 아침 일찍 내가 직접 심문하도록 하겠네."

"예, 감찰 나리. 아이의 시신은 어찌할까요?"

태호의 목소리가 조심스러웠다. 무혁은 목이 잘린 개동의 시신을 말없이 서서 한참이나 내려다보았다. 미안하고, 고맙고, 안타깝고. 말로는 도저히 다 표현할 수 없는 숱한 감정들이 가슴을 휘돌아 사무쳤다.

"검안이 필요하니 잘 수습한 후 우포청으로 옮기게. 최대한 정중히 다루어 주었으면 좋겠네. 개인적인 부탁일세."

"제가 직접 수습할 것이니 감찰 나리는 마음 쓰지 마십시오."

"고맙네."

"임 소저의 고모라는 여자는 어찌할까요?"

"진관사로 사람을 보내 예의 주시하도록 하게."

"관아로 압송하지 않습니까?"

"일단은 조용히 지켜만 보세. 심증은 넘쳐 나나 아직 제대로 된 증좌가 없지 않나. 증좌 확보가 우선이야."

"알겠습니다."

"자네 말 좀 빌리지. 내가 타고 온 말은 오면서 너무 혹사를 시켰어. 우리 둘을 한꺼번에 태우기에는 힘이 부칠 것이야."

무혁은 멀찌감치 떨어져 서 있는 갈색 암말을 턱짓으로 가리켰다. 언뜻 보기에도 상당히 지쳐 있었다. 태호는 손에 쥐고 있던 말고삐를 기꺼이 무혁에게 건넸다.

"어서 타고 가십시오."

여관진심
汝觀眞心

너의 진심을 보여라

무혁이 정신을 잃은 운해를 안고 솟을대문으로 들어서자 집 안에 일대 소란이 일었다. 종비들은 하나같이 나리 품에 안긴 저 묘령의 여인이 누구냐고 쑥덕거렸다. 종복들은 종복들대로 운해의 정체를 궁금해 하면서도 입이 쩍 벌어지는 미모에 먼저 놀랐다. 운해가 누군지 정확히 알고 있는 칠복만이 드디어 올 것이 왔구나 하는 심정으로 질끈 눈을 감았다가 떴다.

"순이는 당장 별채 내 방에다 병자가 누울 이부자리를 펴라."

"예, 나리."

다소곳이 대답하면서 순이는 놀라 벌렁거리는 가슴을 양쪽 손바닥으로 꾹 눌렀다. 혼례도 치르지 않은 과년한 처자를 별채 안에 들이는 것만으로도 하늘이 놀라고 땅이 진동할 일이었다. 그런데 나리의 방에다 이부자리를 보라니……. '이 여인은 내 사람이다' 라고 모든 식솔들 앞에서 공표를 한 것이나 다름없었다.

"칠복이는 이 길로 달려가 의원을 데려오너라."

"알겠습니다요."

"방에 군불을 충분히 지피고, 뜨거운 물도 준비하라."

무혁이 행랑채 가솔들에게 이런저런 명을 내리는 틈을 타, 나이 어린 계집종 하나가 안채를 향해 쪼르르 내달렸다.

"마님! 안방마님! 큰일 났사옵니다."

"웬 소란이냐?"

유란이 대청마루로 나왔다. 나이 어린 계집종은 깊숙이 머리를 조아렸다.

"방금 감찰 나리께서 웬 젊은 여인네를 품에 안고 오셨습니다요."

"그 무슨 해괴망측한 소리야?"

"어서 별채로 가 보시어요."

나이 어린 계집종은 자못 의기양양한 표정으로, 당혜에 발을 꿰는 유란을 재촉하였다. 유란은 곧장 안채와 별채를 잇는 일각문 쪽으로 길을 잡았다. 황급히 별채로 들어서는 유란의 눈에 마침 대청마루로 오르는 아들의 뒷모습이 보였다.

"무혁아!"

"어머니."

몸을 돌려 뒤를 돌아다보는 아들의 품에 나이 어린 계집종이 이야기한 것처럼 묘령의 여인이 안겨 있다. 혼절한 듯 팔다리를 맥없이 축 늘어트린 모습이 마치 헝겊 인형 같다. 제법 떨어진 거리에서도 목덜미에 번진 시퍼런 멍울이 선연하여 유란은 무의식중에 흠칫 몸을 떨었다. 대체 무슨 일이냐고 이유를 묻기도 전에 측은지심부터 솟았다.

"세상에! 불쌍한 것. 어쩌다가 이런 참혹한 변을……. 의원은 불렀고?"

"예. 칠복이가 데리러 갔습니다."

"빨리 안채로 옮겨라. 병자에게 무엇보다 안정이 우선이다."

"하지만 어머니……."

반론을 시작하는 무혁의 말소리를 유란은 엄중한 어조로 무질렀다.

"남녀가 혼례도 치르지 않고 별채에서 같이 지낼 수는 없다. 너를 위해서가 아니라, 그 아이를 위해서야. 처자의 평판에 흠결이 남아서는 안 될 일이다."

"알겠습니다."

무혁이 마지못해 대답을 하였다. 섬돌로 내려서는 아들에게 일별한 후 유란은 대청마루 한쪽 끝 안절부절못하고 서 있는 종비를 불렀다.

"순이야. 이연이 출가하기 전 쓰던 방에 이부자리를 보도록 해라."

"예, 마님."

❂   ❂   ❂

의원이 다녀가고 한참이 지나도록 운해는 깨어나지 못하였다. 의식이 없는 상태에서 펄펄 신열까지 끓었다. 의원의 말로는 너무 놀라서 열이 나는 것이라고 하였다. 무혁은 피 묻은 옷조차 갈아입지 못한 상태로 줄곧 운해의 머리맡을 지켰다. 생명이 위독한 것은 아니라지만 지켜보는 입장에서는 애간장이 녹았다.

"그만 네 처소로 돌아가거라."

보다 못한 유란이 나섰다. 저대로 무혁을 그냥 두면 꼬박 밤을 지새우고도 남을 것이다.

"임 소저의 곁에 있겠습니다."

"순이도 있고, 나도 있으니 이 아이는 걱정 말아라."

"소자가 지키겠습니다."

"하다못해 씻고 옷이라도 좀 갈아입으렴. 몰골이 그게 뭐야."

"이 사람 깨어나면 그때 하겠습니다."

무혁이 막무가내로 고집을 피웠다. 한시도 운해와 떨어질 생각이 없다는 강력한 의지의 표현이었다. 유란은 어깻숨을 얄팍하니 내쉬었다. 강제로 끌어내지 않는 이상 아들의 고집을 꺾을 방법이 없었다. 게다가 아픈 아이를 집 안으로 들였으니, 이제 다 나을 때까지 보살펴야 하는 의무가 생겼다. 이래저래 남편과 상의해야 할 일이 많았다.

"잠깐 사랑채에 다녀오마."

"예."

무혁이 자리에서 일어나 예를 갖추었다. 유란은 아들의 등을 말없이 툭툭 두드리며 복잡한 속내를 착잡한 눈길로 대신하였다.

저 아이를 향한 네 마음 알아. 저 아이밖에 눈에 들어오지 않는다는 것도 알아. 그래도 안 되는 것은 안 되는 거야.

윗목에 쪼그리고 앉아 졸다 깨다 하던 순이가 유란의 기척에 화들짝 놀라 자리에서 벌떡 일어났다.

"마님 어디 가시어라? 이년이 뫼시겠습니다요."

"아니다. 순이 너는 이곳에 남아 있거라."

"예, 알겠습니다."

411

순이가 졸린 눈을 부비며 허리를 숙였다. 유란은 잠이 가득 든 순이의 얼굴을 못마땅해하는 눈길로 쳐다보았다.

감시자가 저리 허술해서 쓰겠나. 그래도 없는 것보다야 낫겠지.

유란은 소리 없이 한차례 혀를 차고 방을 나섰다. 미닫이문을 닫자마자 순이는 도로 제자리에 절퍼덕 주저앉았다. 저녁 내내 군불을 어찌나 넉넉하게 지펴 놓았는지 방바닥이 윗목까지 뜨끈뜨끈하다. 팔다리가 나른해지면서 다시금 잠이 쏟아졌다. 스르르 닫히는 순이의 눈꺼풀 사이로 무혁이 운해의 머리카락을 쓰다듬고, 뺨을 어루만지는 모습이 언뜻언뜻 비쳤다.

눈을 떠야 하는데. 감찰 나리의 행동을 제대로 지켜보아야 하는데. 그래야 내일 행랑채 아낙들한테 낱낱이 이야기해 줄 수 있는데.

마음만 간절할 뿐 눈꺼풀은 천근만근 무거웠다. 순이는 아예 머리를 미닫이문에 기대고 여윈잠을 밤잠 자듯이 자 버렸다.

❀　　　❀　　　❀

"어찌해야 좋을까요?"

유란은 서궤 너머 보료에 앉은 대건에게 한숨을 섞어서 물었다. 대건이 이렇다 할 답변을 주는 대신 오히려 되물음을 하였다.

"부인은 어찌하고 싶소?"

"소첩이 하고 싶은 대로 할 수 있는 문제가 아니잖아요."

"그렇다고 무혁이 하는 대로 그냥 두고 볼 수 있는 일도 아니잖소. 일단 처자가 기운을 차리고 몸을 추스를 때까지는 우리 집에 둡시다. 듣자니 딱히 갈 데도 없는 모양인데."

"그 다음은요?"

"내보내야지."

"무혁이가 가만히 있을까요?"

"가만히 있지 않으면, 제 놈이 뭘 어쩌려고?"

대건이 대번 인상을 썼다. 유란은 답답한 심정으로 남편의 찌푸린 얼굴을 쳐다보았다.

"아들을 그렇게 모르시어요? 당연히 처자랑 같이 집에서 나간다고 하겠지요. 여봐란듯이 둘이서 살림이나 차리지 않으면 그나마 다행이게요."

"아무리 우리 무혁이가 그러려고. 부모마저 저버리고서?"

대건이 말도 안 되는 소리는 하지도 말라며 절레절레 머리를 내저었다. 도저히 믿을 수 없다는 표정이다. 아니, 결코 믿고 싶지 않다는 것이다. 집을 나가 마음을 준 여인과 함께 사는 것이 부모를 저버리는 일은 아니지만, 대건의 입장에서는 충분히 그런 의미로 받아들일 수도 있었다.

"솔직히 우리 아들이 부모가 하라는 대로 무조건 따르는 효자는 아니잖아요."

"뭐, 그렇기는 하지."

대건이 금방 수긍을 보였다. 한주의 죽음 이후 장장 오 년을 넘게 방황하며 부모의 속을 썩인 무혁이다. 어르고 달래는 것은 물론이며 회유에 협박까지, 과거 시험을 치르도록 만들기 위해 안 해 본 것이 없었다.

도무지 꿈쩍도 하지 않다가, 무혁이 제 스스로 뜻을 정하자 달포 정도 준비하고 무과에 장원 급제를 하였다. 이렇듯 한 번 마음을 먹으면 본인이 알아서 돌이키기 전에는 가슴에 품은 뜻을 결코 돌이키지 않았다.

"무혁이 고집을 어느 누가 꺾을 수 있겠어요. 강씨 집안 내력인데. 대쪽 같은 성품은 딱 영감 판박이잖아요."

"그런 것은 좀 안 닮아도 되잖아."

"그러게 말입니다."

"내일이라도 당장 매파를 띄웁시다. 적당한 처자를 골라 정혼하고 바로 혼례 날짜를 잡으면 무혁이도 어쩔 수 없겠지. 양가 부모들 사이에서 오고간 집안끼리의 약속을 제 놈이 멋대로 뒤집지는 못할 것이오."

애가 탄 대건이 되도 않은 소리를 대책이랍시고 내놓았다. 유란은 기껏 한숨만 나왔다. 병법에 통달하여 전략과 전술에는 그토록 능수능란한 양반이 하나뿐인 아들 일에는 왜 저러나 싶었다.

"영감은 무혁이를 몰라도 너무 모르시어요. 억지로 시킨다고 순순히 따를 아이가 아니잖아요."

"그럼 어쩌란 말이오. 정실 자리를 비워 두고 소실부터 들일 수는 없잖소."

"우리 아들은 지금 소실만 들일 생각이라고요. 일종의 정실 같은 소실. 평생에 여자는 저 아이 하나라고 이미 공언했어요."

유란은 핵심을 짚었다. 대건이 기가 막힌다는 얼굴로 헛웃음을 쳤다.

"허허."

"무혁이를 설득하든 강제로든 어찌어찌해서 정실을 들였다고 치자고요. 막말로 우리 무혁이한테 시집올 처자는 무슨 죄랍니까. 혼례도 치르기 전에 첩살림부터 난 서방이랑 사는 마음이 오죽하겠어요. 남의 집 귀한 딸 데려다가 그러면 안 되지요. 차마 못할 짓입니다."

"그래서 대체 어쩌자는 거요?"

대건이 살짝 격양되어 불뚝거렸다. 평생을 무관으로 살며 정도(正道)밖에 모르는 고지식한 사람을 지나치게 몰아 붙였나 보다. 유란은 옅은 미소로써 갈무리를 지었다.

"사람이고 짐승이고 한창 뜨거울 때 강제로 떼어 놓으면 더욱 불붙는 법입니다. 차라리 알아서 식을 때까지 기다리는 것이 나아요."

"그게 언제가 될 줄 알고? 그러다 영영 무혁이 마음이 안 식으면 어쩔 것이오?"

"그때 가서 또 지혜를 모아 봐야지요."

❖   ❖   ❖

"으음……."

신음 소리를 흘리며 운해가 심하게 몸을 뒤척였다. 아파서 끙끙 앓는 것인지, 지난번처럼 악몽에 시달리는 것인지 무혁은 판단이 잘 서지 않았다. 어쩌면 둘 다 일수도 있겠다는 생각이 들었다.

절절 열이 들끓어 불덩이 같은 운해의 온몸이 식은땀에 젖어 축축하다. 신열을 떨어트려 운해를 조금이나마 편안하게 만들어 주고 싶은데 딱히 방법을 모르겠다. 한참 고민하고 있는데 열이 높은 병자에게 반드시 물을 보충해 주라던 창현의 가르침이 순간적으로 떠올랐다.

의식이 없는 병자에게 물을 어찌 먹어야 한다지?

무혁은 일단 운해를 품에 보듬어 상체를 일으켜 세웠다. 맥없이 늘어지는 여체를 오른팔로 단단히 안고서 왼팔은 자리끼*가 담긴 사발 쪽으로 뻗었다. 물을 한 모금 입안에 머금었다. 입을 맞추듯 운해의 입술에 자신의 것을 가져다 살포시 포갰다.

힘을 준 혀끝으로 위아래 입술 사이를 비집고 들어갔다. 조금씩 틈입하는 무혁의 혀에 떠밀려 운해의 입술이 점차 벌어졌다. 녹진한 단숨이 흘러나오는 틈으로 미지근한 자리끼를 천천히 밀어서 입 안쪽으로 보냈다. 다행히 의식이 없는 상태에서도 운해는 제법 잘 받아 마셨다.

더워. 목말라. 누가 물 좀.

꿈에서조차 타는 갈증으로 시달리던 운해는 때마침 목으로 넘어오는 물을 달게 받아 마셨다. 목마름이 어느 정도 해소되자 까마득하기만 하던 머릿속이 서서히 맑아졌다. 천근만큼이나 무거워 어지간해서 떠지지 않는 눈꺼풀에다 잇따라 슴벅슴벅 힘을 주었다. 겨우 눈이 떠졌다. 몽롱하니 풀린 시야 너머로 어떤 형체가 아슴아슴 다가왔다. 서로의 코끝이 닿을락 말락하는 가까운 거리에서 먹빛 눈동자가 운해를 물끄러미 내려다본다.

"정신이 들어요?"

"……도련님?"

"다행입니다. 꽤 오래 깨어나지를 않아 걱정하던 차였어요."

"소녀가 얼마나……."

---

*잠자리 머리맡에 두는 물.

운해의 말소리가 꽉 잠긴 채 흘러 나왔다. 날카로운 쇳조각으로 목울대를 긁어 대는 것처럼 끼익, 끼익 하면서 울렸다.

"힘드니까 말하지 말아요. 의원 이야기로는 목을 졸린 여파로 한동안 목소리가 제대로 나오지 않을 수도 있다고 했어요."

무혁이 이야기하지 말라는데도 운해는 기어코 목소리를 내어 무슨 말인가를 하려고 하였다.

"개동이가……. 나를, 살리려다……."

"알아요. 그대 마음 알아요. 그러니 제발 그만 이야기해요. 이러면 그대만 힘들어져요. 스스로를 괴롭히지 말아요."

"남사당패 어름사니가 개동이를 죽였어요."

운해의 입에서 한 맺힌 울음소리가 와락 터졌다. 모진 현실이 마치 해일인 양 운해를 향해 한꺼번에 들이닥쳤다. 그녀를 구하려다 대신 죽어 간 개동의 모습은 머릿속에 잠시 떠올리는 것마저 견디기 힘겨운 기억이었다.

"쉬이, 괜찮아요."

"소녀 때문에……. 개동이가……."

운해가 제 왼쪽 가슴팍을 주먹으로 퍽퍽 때리면서 눈물을 펑펑 쏟았다. 목이 메어 울음소리조차 마음껏 내지 못하고 섧도록 흐느꼈다. 삶과 죽음의 경계에서 홀로 살아 돌아온 자가 가지는 처절한 죄책감이자 고통 어린 발버둥이었다.

무혁은 몸부림치며 우는 운해를 품으로 바투 당겨서 힘껏 조여 안았다. 이제 겨우 열아홉 살에 불과한 운해의 삶이 참으로 기구하고도 가혹하다. 아버지와 유모, 그리고 개동까지. 몇 달 사이에 너무 많은 주검을 곁에서 지켜보았다. 심지어 운해 자신도 불과 몇 시진 전에 사선을 넘을 뻔하였다.

"스스로를 탓하지 말아요. 그대의 잘못이 아니니까."

무혁이 아무리 다독여 위로를 해도 운해는 좀처럼 눈물을 그치지 못하였다. 울고, 또 울고, 다시 울었다. 눈두덩이 벌겋게 붓도록 눈물을 흘리면서 운해가 나오지도 않는 목소리를 억지로 쥐어짰다.

"한시라도 빨리 막동이를 찾아야 해요. 개동이도 없이 어린것 혼자서……. 얼마나 무섭겠어요."

간신히 죽을 고비를 넘긴 상황이니 조금은 이기적이 되어도 좋으련만, 이 와중에도 운해는 오로지 막동이 걱정뿐이다. 그 모습을 옆에서 바라보는 무혁의 심경만 한층 착잡해졌다.

"막동이는 내가 아는 곳에다 부탁해 두었어요. 잘 보살펴 달라고 신신당부를 하였으니 막동이 걱정은 안 해도 돼요."

"보고 싶어요."

운해가 고집을 피웠다. 막동이 진짜로 잘 있는지 확인하고 싶은 것이리라. 무혁은 조곤조곤 운해를 얼렀다.

"우선 그대 몸부터 추스릅시다. 막동이는 모레쯤 데리고 올게요. 그동안 그대는 제대로 먹고 푹 쉬도록 해요."

"그럴게요."

"약속한 겁니다."

"예. 여기는 어디인가요?"

운해가 무혁의 품에 안긴 채 주변을 둘레둘레 살폈다. 어느 정도 안정을 되찾은 모습이다. 무혁은 가슴을 쓸어내렸다.

"출가하기 전 누이가 쓰던 방이에요."

무혁이 대답을 한 것과 운해가 미닫이문에 머리를 기대고 잠든 순이를 발견한 것이 거의 동시였다. 혼비백산한 운해는 황급히 무혁의 품을 벗어나 저만치 떨어져 앉았다. 두 뺨이 발갛게 달아올랐다. 낭패도 이런 낭패가 없었다.

"나리 댁이라고요?"

"그대를 별채에 있는 내 방으로 데려갈 생각이었는데, 어머니께서 막으셨어요. 그대의 평판에 흠결이 가서는 안 된다고 하시더군요."

무혁의 설명이 이어질수록 운해는 그저 암담한 심정이었다. 그녀의 평판을 걱정하였다는 무혁의 어머니는 정작 아들의 평판이 더 염려스러웠을 것이다. 이제 막 관직에 나선 무혁의 앞길에 행여 운해의 존재가 걸림돌이 되지나 않을까, 분명 걱정하였을 터다. 어른들에게 차마 본의 아닌 누를 끼쳤다.

제아무리 혼절한 상황이었다고는 하나, 무혁의 품에 안긴 채 불쑥 집 안으로 들어온 그녀를 그의 부모가 어떻게 생각하였을지……. 결코 좋은 인상을 주지는 못하였을 것이다. 하릴없는 난처함과 부질없는 부끄러움이 엄습하였다. 홧홧한 얼굴을 양쪽 손바닥 안에다 숨기듯이 깊이 파묻었다.

"왜 그래요? 어디 아파요?"

"아니어요."

"그럼 왜?"

"제 몰골이 이 꼴이라 첫인상이 끔찍하였을 거잖아요. 소녀가 크게 결례를 범하였어요. 어쩌면 좋아요."

"누구한테 결례를 범하였다는 것입니까?"

"당연히 나리 어머니이지요."

"내 어머니한테요?"

"예. 잘 보이고 싶었단 말이어요."

속상한 마음에 운해는 한껏 볼멘소리를 냈다. 무혁이 빙긋이 미소를 피웠다.

"피치 못할 사정이었음을 어머니께서도 충분히 이해하실 것입니다."

"그래도 그런 것이 아니라고요."

운해는 울상을 지었다. 공교롭게도 그때 드르륵 소리를 내면서 미닫이가 열렸다. 자그맣고 화사하게 생긴 중년의 여인이 방 안으로 사분히 들어왔다. 일어나 앉은 운해를 보자마자 환히 웃는다.

"아휴, 깨어났네. 걱정 많이 했는데."

"어머니."

무혁이 자리에서 일어나 유란을 맞았다. 운해도 재빨리 몸을 일으켜 세웠다. 가벼운 현기증이 눈앞으로 들었지만 대충 참을 만하였다. 급한 대로 정중히 허리부터 숙여 유란에게 인사를 올렸다.

"처음 뵙겠습니다. 임운해라고 합니다."

"병자가 무슨 인사치레를 한다고. 이러다 쓰러지기라도 하면 어쩌려고. 어서 앉아. 의원이 절대 안정을 취해야 한댔어."

유란이 잔소리 아닌 잔소리를 늘어놓으며 운해를 억지로 자리에 앉혔다.

"죄송합니다. 큰 폐를 끼쳤습니다."

"폐라니, 말도 안 되는 소리. 아직도 얼굴에 핏기가 하나도 없네. 어쩌면 좋아. 눕지 않아도 되겠어?"

"괜찮습니다."

"아니야, 내가 괜찮지가 않아. 또 쓰러질까 봐 옆에서 보는 내가 불안해서 안 되겠어. 얼른 누워."

"아닙니다."

"어서 누우라니까."

완강한 태도로 이야기하는 유란의 눈빛이 넘치도록 자애로웠다. 그 다정함이 더할 나위 없이 고마워서 운해는 하마터면 눈물이 날 뻔하였다.

"정말 괜찮습니다. 힘들다 싶으면 그때 눕겠습니다."

"우리 아들만 고집불통인 것이 아니었네."

"송구합니다."

"으음. 나무라는 소리 아니고, 보기 좋다는 뜻이야. 고집이 세다는 것은 그만큼 심지가 굳다는 거니까. 쓸데없는 아집만 부리지 않으면 돼."

"어여삐 봐 주시니 감사할 따름입니다."

몸 둘 바를 몰라 하는 운해에게 다정히 웃어 주고, 유란은 멀뚱멀뚱 선 무혁 쪽으로 시선을 옮겼다.

"밤이 깊었다. 무혁이 너는 그만 별채로 돌아가거라."

"하지만, 어머니……."

"어허! 가서 씻고, 그 옷도 좀 갈아입고."

유란의 강단진 재촉을 듣고 나서야 무혁은 하릴없이 저녁 문안 인사를 올렸다.

"안녕히 주무십시오."

❂　　　❂　　　❂

"순이야."

"예, 마님."

"반빗간에 좀 다녀오너라. 아까 의원이 놓고 간 탕약이 얼추 다 달여졌을 것이야."

"내려서 가져올까요?"

"그러렴. 임 소저에게 줄 미음도 같이 챙겨 오고."

"알겠습니다요, 마님."

순이가 몸을 일으켜 밖으로 나가자 유란은 윗목에 놓인 화초장을 열었다. 안에서 옷가지들을 몇 벌 꺼내 운해 앞쪽으로 내려놓았다.

"무리하면 안 되니까 목욕은 내일쯤 하고, 우선 옷이라도 갈아입으면 좋겠는데. 우리 딸이 출가하기 전에 입던 것들이야. 마음 쓰지 말고 편하게 입도록 해."

"감사합니다."

운해는 유란이 내놓은 옷가지들 중에서 검누른 빛깔의 치마와 황갈색 저고리를 선택하였다. 다행히 치수도 얼추 맞았다.

"왜 그렇게 칙칙한 색들로만 골랐어? 나는 이쪽 진홍 빛깔 치마랑 연노랑 저고리가 예뻐 보이는데. 임 소저한테 잘 어울릴 것 같기도 하고."

"제가 상중이라서요."

"이런! 미안해서 어쩌누. 미처 거기까지 생각을 못 했어. 아버지 일로 마음고생이 많다는 소리를 무혁이한테 들어 놓고도."

"괜찮습니다."

"많이 힘들지?"

유란이 가만히 팔을 뻗어 운해의 손을 잡았다. 운해는 자신의 왼손을 다정히 감싸서 쥐는 유란의 오른손을 물끄러미 내려다보았다. 무엇인가 정체를 알 길 없는 어떤 감정이 운해의 마음속에서 휘몰아쳤다. 가슴 언저리가 알짝지근하니 매운 것 같기도 하고, 홧홧하니 뜨거운 것 같기도 한 느낌이었다.

"견딜 만합니다."

"견딜 만하다는 소리가 어디 있어. 마지못해 견디는 거지. 어쩔 수 없으니까. 이 악물고 견뎌야만 살아갈 수 있으니까."

유란이 손을 포개어 잡은 그대로 운해의 손등을 어루만졌다. 마치 운해의 상처 입은 마음자리를 다독여 주는 것처럼 그렇게. 울지 않으려고 앙다물어 문 운해의 입술이 격한 감정에 젖어 파르라니 떨렸다. 희미한 흐느낌 소리와 뒤섞여 지금껏 그 누구에게도, 심지어 무혁에게조차 이야기하지 못한 본심이 어쩌다 보니 유란 앞에서는 술술 새어 나왔다.

"하루하루가 지독한 악몽 같아요. 꿈이라면 빨리 깼으면 좋겠는데, 엄연한 현실이니까…… 기를 쓰고 찾아도 소녀가 어떻게 할 수 있는 방법은 없고, 그래서 더 막막하고……. 그냥 누가 제발 좀 끝내 줬으면 좋겠다는 생각을 매 순간마다 해요."

"아휴, 그 마음을 누가 알겠어. 내가 다 가슴이 아파서 눈물이 나려고 하네. 그래도 용해. 나는 임 소저가 정말 대견하다고 생각해."

"고맙습니다."

"힘내고. 그래도 어쩌겠어, 산사람은 살아야지. 살아진다는 말도 있잖아. 이 나이가 되고 보니까 산다는 것이 다 그렇더라고. 어떻게든 살아져. 말이 좀 어렵지?"

"아닙니다. 무슨 말씀이신지 조금은 알 것 같아요."

"그래?"

"예. 당장 죽을 것 같이 힘들어도, 어떻게든 이 악물고 견디다 보면 그냥 그렇게 살아갈 수 있게 된다는 말씀으로 알아들었습니다."

"제대로 이해했어. 역시 듣던 대로 영특하네."

유란이 아낌없는 칭찬과 함께 미소를 지었다. 운해는 다소곳이 머리를 조아려 감사의 뜻을 전하였다. 그리고 아까부터 마음에 걸렸던 이야기를 조심스럽게 꺼냈다.

"마님, 송구합니다."

"뜬금없이 뭐가?"

"저기, 그게……"

"뭐를 망설여? 괜찮으니까 괘념치 말고 말해 봐."

"……내일 날이 밝는 대로 이 댁을 나가겠습니다. 오늘 하루 보살펴 주신 은혜만으로도 분에 넘칩니다."

운해는 한참을 주저주저한 끝에야 이야기할 수 있었다. 유란이 도무지 이해할 수 없다는 표정으로 되물음을 하였다.

"대체 무슨 소리야?"

"마님께서 소녀 때문에 걱정이 많으시다는 것 압니다. 제 존재가 감찰 나리의 앞길에 걸림돌이 되지는 않을까 염려하신다는 것도 압니다."

"무슨 근거로 그런 소리를 하는 거지?"

유란이 다시금 물었다. 운해는 답을 내놓는 것조차 죄스러웠다. 아무런 말도 못하고 최대한 허리를 낮추어 바닥에 엎드렸다. 이렇게나마 용서를 빌고 싶었다.

"내가 임 소저한테 어떤 언질이라도 주었어? 아니면 눈치가 보여서 그래?"

"아닙니다. 전혀 아닙니다. 단지 소녀가 생각하기에 그렇다는 것입니다."

"마치 내 속내를 들여다보기라도 한 것처럼 함부로 단정 지어 이야기하면 안 되지."

운해의 정수리로 떨어지는 유란의 목소리가 전에 없이 서름 하였다. 운해는 아예 이마를 방바닥에다 대고 찧듯이 눌렀다.

"마님, 부디 노여워하지 말아 주시어요. 그런 뜻으로 드린 말 씀이 아닙니다."

"그러면?"

"감찰 나리에게 누를 끼치는 일은 결단코 없을 것이라는, 소 녀 나름의 약조입니다."

"우리 무혁이를 피해 도망가 숨기라도 하려고?"

"그 또한 아닙니다. 악몽과도 같은 하루하루를 감찰 나리 덕 분에 그나마 버티면서 살고 있습니다. 외람되지만, 감찰 나리 곁에 머무르고 싶습니다."

운해는 숨김도 거짓도 없이 솔직하게 제 심정을 털어놓았다. 유란이 자그마한 소리로 헛웃음을 쳤다.

"무혁이 곁에 머무르고 싶다면서 내일 날이 밝는 대로 우리 집 을 나가겠다니, 임 소저의 이야기가 모순된다고 생각하지 않아?"

"소녀가 계속 이 댁에서 신세를 진다면 좋든 싫든 소문이 나 게 될 것입니다. 세상 사람들 눈에 저는 여전히 살인자의 딸이 고, 감찰 나리와는 신분도 걸맞지 않는 일개 양인일 뿐입니다."

"그래서 일단 사람들 눈을 피해 우리 집에서 나가겠다고? 좋 지 않은 소문이 날까 봐 무서워서?"

"이제 막 공직을 시작한 감찰 나리에게 그 어떤 부담도 지우고 싶지 않습니다."

운해는 에둘러 대답하였다. 유란을 앞에 두고 적나라한 표현을 써서 곧 일어날 소문을 주워섬기는 사실 어려웠다. 신임 감찰이 하필이면 살인자의 딸과 눈이 맞았다더라, 걸맞지 않은 신분의 여자에게 마음을 빼앗겼다더라, 하는 식의 질 낮은 소리가 금세 여기저기서 들려올 것이다.

"딱히 갈 데도 없다면서?"

"한동안 기거할 곳은 있습니다."

"어디?"

"돌아가신 아버지 친구 중에 의원이 있는데, 돌림병 치료차 경상도 땅에 내려가 있습니다. 마침 살던 집을 비우고 간 터라 거기 들어가서 지낼까 합니다."

"최창현 의원?"

"맞습니다."

"임 소저는 무혁이를 몰라도 너무 몰라. 아니면, 너무 잘 알아서 수를 쓰는 건가?"

"예?"

당황한 운해는 저도 모르게 고개를 번쩍 치켜들었다. 곧장 유란의 시선과 시선이 마주 닿았다. 진득하니 내려다보는 유란의 눈빛이 불현듯 선득하여서, 운해는 후다닥 눈길을 가라뜨고 도로 머리를 조아렸다.

"제가 수를 쓰다니요? 무슨 말씀이신지 우매한 소녀는 감히 짐작조차 못 하겠습니다."

"임 소저가 우리 집에서 나가면 무혁이가 가만히 있을까?"

유란이 서늘한 태도로 다그쳤다. 차분한 어조였으나 그 안에 담긴 뼛조각이 확연하였다. 운해는 아차 하는 마음에 질끈 눈을 감았다가 떴다. 유란의 입장에서 보면 충분히 오해할 소지가 다분하였다.

"마님……."

"우리 아들이 따라나서길 바라고 내일 날이 밝는 대로 집에서 나가겠다고 한 거야?"

"그렇지 않습니다. 소녀를 믿어 주시어요."

"최 의원이 비워 두고 떠난 초가에서 무혁이랑 살림이라도 차릴 작정이었어?"

"그럴 리가요. 천부당만부당한 말씀이시어요."

운해는 너무 억울해서 눈물이 다 났다. 가슴을 열어 제 진심을 유란에게 보여 줄 수 있으면 좋겠다고 생각하였다. 애끓는 운해의 심정을 아는지 모르는지 유란은 호되게 그녀를 몰아붙였다. 채찍질과도 같은 말소리가 운해의 귓등으로 날아와 꽂혔다.

"우리 무혁이를 한낱 여자 때문에 부모도 저버리는 불효자로 만들 생각이야?"

"아니어요, 마님. 얕은 수를 쓰고자 한 의도는 손톱만큼도 없었습니다. 소녀는 오로지 감찰 나리의 앞길에 걸림돌이 되지 않으려는 마음으로……."

결국 운해는 울음을 터트리고 말았다. 야윈 두 뺨을 타고 흘러내린 눈물방울이 방바닥을 흥건하게 적셨다.

"우리 아들을 향한 임 소저의 마음이 진심이라면, 어디 한번 보여 봐. 내가 믿을 수 있게."

"소녀가 무엇을, 어떻게 하기를 바라시는데요? 마님께서 하명하시면 그대로 따르겠습니다."

"무조건?"

"예."

"무혁이의 눈을 피해 멀리 도망가 숨어 살라고 하면?"

"……."

"왜 대답이 없어? 내가 하라는 대로 따르겠다며?"

"마님, 그것만은……."

잠시 잦아들었던 운해의 흐느낌 소리가 다시 서럽게 이어졌다.

"시키는 것은 무조건 따르겠다면서 우리 아들이랑은 절대로 헤어지지 못하겠다는 뜻이야?"

"송구합니다."

"무혁이를 좋아하기는 해?"

"마음 깊이 사모하고 있습니다."

"나는 왜 그 말이 안 믿어질까? 우리 아들 앞길에 걸림돌이 되지 않겠다면서, 끝끝내 무혁이 곁에 머물려고 하는 임 소저의 행태를 어떻게 이해해야 하지?"

"그것은 제가…… 소녀가, 감찰 나리 없이는 살아갈 수가 없기에……."

운해는 펑펑 눈물을 쏟았다. 엄연한 반상의 구별이 서러워서, 진심을 부정당하는 것이 억울해서, 그러면서도 한편으로는 무혁과 헤어지게 될까 두려워서 자꾸만 울음이 솟구쳤다.

"아무리 그래도 정실 자리는 임 소저 몫이 아니야."

"알고 있습니다."

"기껏 첩 소리밖에 못 들을 텐데?"

"상관없습니다."

"마음 깊이 은애하는 사내를 다른 여자랑 나누어야 해. 그것이 얼마나 끔찍한 일인 줄 알아?"

"모릅니다. 하지만 어떻게든 견뎌 낼 것입니다."

"왜 굳이 그렇게까지 하려고?"

"감찰 나리 곁에 머물 수만 있다면 무엇이든 감내할 각오를 진즉에 하였습니다."

스스로의 말에 힘을 보태듯 운해는 입술 안쪽 점막을 잇새로 짓씹으면서 눈물을 삼켰다. 울음도 참았다. 유란의 눈에 야무지고 강단진 모습으로 비쳐지길 바랐다. 유란은 매섭게 갈아 세웠던 눈심지를 연하게 풀었다. 저 만큼 현실을 직시하고 있다면, 또한 저 정도 굳건한 마음가짐이라면, 앞으로 닥칠 고난을 운해가 충분히 감당할 수 있으리라 여겼다.

"이제야 좀 임 소저의 진심이 믿어지네."

"고맙습니다, 마님. 그저 황송할 따름입니다."

"나는 애초부터 우리 아들이랑 임 소저를 찢어 놓을 생각 없었어."

"무슨 말씀이신지……."

운해가 차마 믿을 수 없다는 얼굴로 멍하니 유란을 올려다본다. 유란은 눈가를 곱게 접어 자애로운 미소를 지어 보냈다.

"둘 다 서로가 아니면 죽을 것 같다는데, 같이 살아야지 어쩌겠어. 억지로 떨어트려 놓는다 해서 그 마음이 식을 것도 아니고."

욕개미창
欲蓋彌彰

덮을수록 더욱 드러나는

"꼭두쇠가 하라는 대로 따랐을 뿐 살인을 청부한 자가 누군지 소인은 모르옵니다."

곰뱅이쇠가 바닥에 몸을 납작 엎드린 채 고하였다. 이어서 곰뱅이쇠 곁에 나란히 앉은 어름사니가 한껏 머리를 조아리며 나섰다.

"이놈 또한 꼭두쇠의 명을 받아 평소처럼 높은 곳에 올라 망을 보았을 따름입니다. 살인에는 일절 관여하지 않았습니다."

무조건 발뺌부터 하자고 두 놈이 작당이라도 한 것 같았다. 증거를 인멸하거나 후일을 도모할 수 없도록 지난밤 곰뱅이쇠와 어름사니를 서로 멀리 떨어진 옥사에 따로따로 가두었다. 그런데도 둘은 입을 맞춘 듯이 모든 책임을 죽은 꼭두쇠에게 떠넘기기 바빴다. 피의자 심문에 나선 무혁의 입가로 비릿한 조소가 스쳤다. 두 놈이 얼마나 고약하게 나오는지 두고 보는 참인데, 하는 짓이 참으로 악랄하기 짝이 없었다.

"전날 현장에서 살아남은 임 소저의 증언과는 많이 다르군."

무혁은 일부러 표정을 지운 무감한 태도로 운해를 언급하였다. 곰뱅이쇠가 엎드렸던 몸을 즉각 들어 올리더니 똑바른 시선으로 무혁을 우러렀다. 마치 제 놈의 결백을 믿어 달라는 양 말소리에도 다박다박 힘을 보탰다.

"그 소저가 무슨 억하심정으로 감찰 나리께 어떠한 말을 고하였는지는 모르겠사오나, 소인과 어름사니는 그날 북한산에서 벌어진 살인과 절대로 무관합니다."

"곰뱅이쇠의 말이 백번 맞습니다요, 나리. 아무래도 그 소저가 전날 북한산에서 당한 분풀이를 이놈과 곰뱅이쇠한테 하고 있는 듯합니다. 꼭두쇠도, 뜬쇠도, 버나재비도, 다들 죽고 저희둘만 겨우 목숨을 부지하지 않았습니까. 남은 이놈과 곰뱅이쇠까지 살인죄로 몰아 단매에 죽게 만들려는 의도가 분명합니다."

"소인들에게 죄가 있다면 꼭두쇠가 시키는 대로 한 죄밖에 없습니다. 우두머리의 명은 절대적이라는 것을 감찰 나리께서도 조직에 몸을 담고 계시니 잘 아실 것입니다요. 잘못인 줄 알면서도 같은 패거리에 속해 있다 보니 꼭두쇠가 하라는 대로 따를수밖에 없었습니다."

"그렇습니다요, 나리."

곰뱅이쇠와 어름사니, 두 놈이 돌아가며 하는 소리가 아주 가관이었다. 살인의 죄를 꼭두쇠에게 뒤집어씌우고자 하는 발뺌을 넘어서서, 무고 혐의로 운해를 발고하겠다는 시커먼 속셈이 다분한 헛소리를 함부로 지껄여 댔다.

무혁은 헛웃음밖에 나오지 않았다. 이미 탐문을 통해 남사당패 내에서 머리는 곰뱅이쇠가 쓰고, 행동은 어름사니가 한다는 주변의 증언을 다수 확보한 상태였다. 더욱이 피해자이자 사건 현장 목격자이기도 한 운해가 개동을 죽인 살인범으로 정확히 어름사니를 지목하기까지 하였다.

"최 별감. 그것을 어름사니에게 보여 주게."

무혁의 명에 따라 태호가 피 묻은 단검을 어름사니 앞에 내려 놓았다.

"무엇인지 알겠느냐?"

"단검이지 않습니까?"

무혁의 물음을 어름사니가 되물음으로 받아쳤다. 보통 영악 한 놈이 아니다.

"단순한 단검이 아닐 텐데?"

"감찰 나리께서 왜 그런 말씀을 하시는지 소인은 하나도 모르 겠습니다. 그냥 얼떨떨합니다."

"그래?"

"예."

"그 단검이 누구 것인지도 모르겠고?"

"처음 보는 물건입니다."

공손히 대답하는 어름사니의 얼굴이 그저 무구할 뿐이어서 무혁은 저절로 웃음이 났다. 목젖이 울리도록 한바탕 웃어 젖혔 다. 느닷없는 무혁의 웃음소리에 태호가 어리둥절한 표정을 지 었다.

"감찰 나리?"

"저놈 참 맹랑하지 않나? 귀여울 정도야."

웃음기 짙은 얼굴로 태호에게 이야기를 하고 무혁은 어름사 니 쪽으로 시선을 옮겼다. 애초 전혀 웃지 않았던 사람처럼 먹빛 눈동자가 북풍 한파에 꽁꽁 언 얼음장 같았다.

"네놈 칼이라던데?"

"어느 놈이 그런 망발을 고하였습니까? 음해입니다!"

어름사니가 억울하다며 펄펄 뛰었다. 시치미를 떼는 모양새가 가히 천부적일 정도였다.

"높은 곳에 올라 외줄을 타는 줄꾼을 보면 사람들은 떨어질 것을 염려하지. 그런데 정작 줄꾼들은 전혀 다른 일을 걱정한다지?"

무혁은 부드럽지만, 그래서 더욱 냉담하게 들리는 음성으로 물었다. 줄곧 청산유수처럼 입을 놀리던 어름사니가 갑자기 말문을 꾹 걸어 잠갔다. 침묵하는 어름사니의 태도를 잠시 지켜보다가 무혁은 조곤조곤 이야기 소리를 덧붙였다.

"줄꾼들은 줄이 꼬여 몸에 감기는 것을 가장 두려워한다더군. 워낙 줄이 질기고 튼튼해서 팔다리에 잘못 감기면 뼈가 부러지는 일은 예사고, 자칫 목덜미에 감기는 날에는 누가 올라와 도움을 주기 전에 황천길로 들어선다지. 그래서 줄꾼들은 칼을 하나씩 몸에 지니고 외줄에 오른다던데. 가볍고, 날카로우며, 날이 톱니처럼 생겨 아무리 질기고 튼튼한 삼줄이라도 단번에 잘라낼 수 있는 것으로. 지금 네놈 앞에 놓인 그 칼처럼 생긴."

무혁의 이야기가 이어질수록 어름사니의 낯빛이 점점 창백하게 질려 갔다. 그런데도 놈은 애써 태연한 척 굴었다.

"줄 타는 놈이라면 이런 칼 하나쯤은 다들 가지고 있습니다."

"어제 북한산 살인 현장에서 발견된 칼이다. 그곳에 줄꾼은 네놈 하나였지."

"이 칼이 내 것이라고 칩시다. 그래서 어쩌라고?"

어름사니의 말투가 확 바뀌었다. 어차피 전부 들통이 났는데 납작 엎드려 벌벌 기는 시늉까지 할 필요가 무에 있겠느냐는 판단인 듯하였다.

"그 칼로 아이의 목을 베었지? 전날 북한산에서 죽은 아이의 목덜미에 남은 상흔과 칼날의 톱니 모양이 정확하게 일치한다는 검안 보고서가 올라왔다."

"뭐, 그 비렁뱅이 애새끼도 내가 죽였다고 칩시다."

"살인의 죄는 죽음으로써 그 죗값을 대신하여야 한다."

"죽이시오. 그다지 살고 싶은 마음도 없으니까."

심드렁하니 이야기하는 어름사니의 얼굴에 삶에 대한 미련이라고는 터럭만큼도 찾아볼 수가 없었다. 오히려 옆자리 곰뱅이쇠가 안절부절못한다. 그런 둘의 모습을 무혁은 유심히 쳐다보았다.

"개똥밭에서 굴러도 이승이 좋다지 않나?"

"지랄! 개똥밭도 개똥밭 나름이지."

"네놈이 구르는 개똥밭이 어때서?"

"더럽지. 돈 있는 놈들, 권세 가진 놈들이 내 가랑이 사이에서 어떤 추잡한 짓거리를 해 대는지 감찰 나리가 알까?"

"줄만 탄 게 아니라 몸도 팔았나 보군."

"전혀 놀라지를 않네? 감찰 나리도 그쪽이요?"

어름사니가 가느스름하니 가라뜬 눈꼬리를 살래살래 흔들었다. 무혁은 어처구니가 없어서 그저 웃고, 태호가 시퍼런 서슬을 목청껏 쏘았다.

"네 이놈!"

"삶에 대한 미련이 전혀 없는 네놈이 사내들에게 몸까지 팔아

가며 꾸역꾸역 살았다는 것은 목숨보다 중히 여기는 것이 있다는 뜻이겠지?"

무혁이 은근한 태도로 묻자 당황한 어름사니가 대뜸 목소리를 높였다.

"그런 것 없소이다."

"줄 타는 것이 좋았겠지. 높은 데 올라가 있으면 마치 뭐라도 된 것 같은 기분이었겠지. 그깟 돈 있는 놈들, 권세 가진 놈들, 남색이나 밝히는 오물덩어리 같은 것들이 모두 우스워 보였겠지."

"아, 쌍! 아니라니까."

"전날 네놈이 죽인 아이의 목숨 값으로 똑같이 목을 베어 줄까?"

무혁은 길게 오른팔을 뻗어 태호의 허리에 찬 환도를 재빨리 빼들었다. 잘 벼린 칼날이 목줄띠를 겨누며 당장에라도 내려올 것 같은데도 어름사니는 눈도 끔쩍하지 않았다. 무혁은 그럴 줄 알았다는 표정으로 비식 웃었다.

"아니면, 발목을 잘라 줄까? 다시는 줄에 오르지 못하도록."

"아악!"

별안간 어름사니가 실성한 사람처럼 마구 비명을 질러 댔다. 곰뱅이쇠가 후다닥 품으로 어름사니를 끌어당겨 안고 어르고 달랬다. 이 역시 무혁이 예상한 대로였다. 무혁은 검을 천천히 사선으로 그어 내려 곰뱅이쇠의 목덜미에 칼날을 밀착시켰다.

"임 소저를 죽이라고 한 자가 누구냐?"

"모르오."

곰뱅이쇠가 제법 침착한 태도로 대답을 하였다. 무혁은 입가를 비틀어 웃었다. 다시 검을 수평으로 움직였다.

"이래도 모른다고 말할 수 있을까?"

칼날이 어름사니의 목줄띠를 겨누자마자 곰뱅이쇠의 얼굴에서 핏기가 단박에 가셨다. 그런데도 놈은 끝까지 호기를 부렸다.

"사헌부 감찰에게 생살여탈권이 있다는 소리를 나는 여태 들어 본 적이 없소."

"생살여탈권이 없어도 고신은 마음대로 할 수 있지."

서늘한 말소리와 함께 환도가 공기를 갈랐다. 어름사니의 왼쪽 발뒤꿈치가 날카로운 칼날에 의해 정확히 손가락 두 마디만큼 잘려 나갔다. 어제 북한산에서 화살을 맞은 바로 그 자리였다. 족척근을 완전히 제거해 버렸으니 앞으로 어름사니는 평생을 절름발이로 살아야 할 것이다.

"전날 네놈이 죽인 아이의 목숨 값이다. 그 아이의 가장 소중한 것을 네놈이 앗았으니, 네놈도 가장 소중한 것을 잃음으로써 그 빚을 갚아야 공평하지 않겠느냐. 두 번 다시 네놈이 줄에 오르는 일은 없겠군."

"아, 쌍! 차라리 그냥 죽이라고. 그깟 비렁뱅이 애새끼 하나 죽은 것이 무슨 대순데. 어차피 그놈도 이승보다는 저승이 살기 훨씬 나을 걸."

어름사니가 눈을 뒤집어 까고 발악을 하였다. 무혁은 피 묻은 칼날을 어름사니의 목덜미 쪽으로 옮겼다.

"그토록 죽고 싶으면 스스로 목을 긋든가."

무혁의 말에 어름사니가 미친놈처럼 히쭉 웃었다. 반면 곰뱅이쇠는 사색이 되어 무혁의 바짓가랑이를 부여잡았다.

"감찰 나리! 이러시면 저놈은 진짜로 죽습니다. 제발 우리 어름사니를 살려 주십시오."

"고하라."

"칼을 먼저 거두어 주시면……."

곰뱅이쇠가 이 와중에도 거래를 시도하였다. 그사이 어름사니는 스스로 죽음을 재촉하며 무혁이 겨누고 있는 칼날을 양손으로 붙들어 쥐었다.

"살인을 청부한 자가 누구냐?"

우뚝한 장벽처럼 꼼짝 않고 서서 무혁이 곰뱅이쇠에게 물었다. 어름사니는 더욱 환한 미소를 지으며 붙들어 쥔 칼날에 제 목덜미를 가져다 댔다. 누가 보아도 기꺼이 죽음을 향해 나아가겠다는 태도였다.

"모릅니다."

곰뱅이쇠가 잇따라 부인하였다. 그럼에도 무혁이 검을 거두어들일 기미를 일절 내비치지 않자, 곰뱅이쇠는 다급하게 말소리를 덧붙였다.

"업길이라는 자가 중간에서 다리를 놓았습니다. 소인이 알고 있는 것은 그것이 다입니다. 임 소저를 누가 죽이라고 청부하였는지 참말로 모르옵니다."

업길이라는 이름이 곰뱅이쇠의 입에서 흘러나옴과 동시에 무혁은 왼발로 어름사니의 어깨를 힘껏 걷어찼다. 검붉은 핏줄기가 사방으로 튀었다. 어름사니의 목줄띠가 아닌 양쪽 손에서 더운 피가 한꺼번에 쏟아졌다. 손가락 열 개가 전부 잘려 나갔으니 이제 제 놈 스스로 목숨을 끊는 일마저 쉽지 않을 것이다.

살아도 산 것이 아닌 삶, 목숨보다 중한 것을 잃고 살아가야

만 하는 삶, 스스로 죽는 것조차 마음대로 할 수 없는 삶. 무혁
이 어름사니에게 내리는 형벌이었다.

"최 별감."

"예, 감찰 나리."

"의원을 불러 치료해 주게."

"우포청에서 죄인들을 이송해 달라고 합니다."

"북한산이 우포청 관할이었지. 치료 후 이송하게. 저놈들한테
이제 더 들을 것도 없네."

"알겠습니다."

"그런 사람 모른다고 하지 않습니까."

담배 가게 주인은 필체 위조꾼 김흥수의 행방을 캐어묻는 태
호의 질문을 시치미로 일관하였다. 평소 표정 변화가 크게 없는
태호가 웬일로 미간을 잔뜩 찌푸렸다. 재차 담배 가게 주인을
다그쳤다.

"정말 김흥수를 모르나?"

"예, 모릅니다."

"이곳을 통해 김흥수와 선을 대었다는 자가 있네만."

"명백한 모함입니다! 그 미친놈이 없는 말로 꾸며 낸 것입니
다."

"무고란 말이지?"

"김흥수라는 이름도 오늘 처음 들어 봅니다."

"거짓을 고하였음이 발각되면 그 죄를 반드시 물을 것일세."

"모르는 것을 어찌 안다고 합니까."

담배 가게 주인은 모른다며 딱 잡아떼고, 태호는 사실을 이야기하라며 몰아붙이고. 끝나지 않는 줄다리기와도 같은 대화였다. 한창 격양된 두 사람의 말소리를 설렁설렁 흘려들으면서 무혁은 진열대 위 한 줄로 놓인 갖가지 담뱃대를 일없이 훑어보았다.

그때 아주 우연히, 담배 가게 앞 널평상 위에 앉은 전기수의 뒷등이 무혁의 무료해하는 시선 속에 잡혔다. '춘향전'의 절정이라 할 수 있는 이몽룡과 성춘향의 이별 장면을 읽고 있는 전기수의 태도가 어째 묘하다. 자꾸만 흠칫흠칫 어깨를 떠는 것이 이상해 보였다.

"최 별감."

"예, 감찰 나리."

"그만 가세."

"하지만 아직⋯⋯."

"모른다지 않나. 윽박지른다고 알게 되는 것도 아니잖아. 가자고."

무혁이 담배 가게 주인의 역성을 들자, 태호가 더운밥 자시고 웬 선소리냐는 눈길로 빤히 쳐다본다. 무혁은 태호를 향해 빙긋이 웃어 주고 그대로 몸을 돌려 담배 가게를 나왔다. 널평상 위 좁다란 서안을 앞에 두고 앉은 전기수 옆으로 바특 다가가 섰다.

성춘향이 눈물로 이몽룡을 떠나보내는 대목을 읽다 말고 전기수가 힐끗 무혁 쪽으로 시선을 던졌다. 무혁은 일부러 씨익 미소를 지어 전기수에게 날려 보냈다.

"왜 그러나?"

"아무것도 아닙니다, 감찰 나리."

"아무것도 아닐 리가 있나, 김홍수."

무혁이 호명하자마자 전기수가 읽던 '춘향전'을 서안째 집어 던지고 냅다 줄행랑을 쳤다. 때마침 태호가 담배 가게 안에서 나왔다. 무혁은 버선발로 도망가는 전기수의 뒷모습을 등채로 콕 찍어 가리켰다.

"전기수가 김홍수일세. 붙잡아 오게."

"예, 나리."

태호가 전기수를 뒤쫓아 전력 질주를 시작하였다.

"전기수가 김홍수라는 것은 어찌 아셨습니까?"

태호가 저잣거리를 가로지르며 물었다. 반 보쯤 앞서서 걷던 무혁은 별것 아니라는 식으로 어깨를 한 번 으쓱거렸다.

"성춘향이랑 이몽룡이 헤어지는데 하나도 슬프지가 않았거 든."

"예?"

"전기수가 '춘향전'을 너무 대충 읽더라니까. 자네와 담배 가 게 주인이 나누는 대화에 온통 신경이 쏠려 있으니 그럴 수밖 에."

"그럼, 그냥 붙잡으시니 왜 도망가게 만드셔서……."

태호가 볼멘소리를 하다 말고 얼른 말꼬리를 흐렸다. 직속상 관에게 대놓고 지청구를 넣자니 딴에는 민망해진 모양이었다. 무 혁의 눈가로 즐거워하는 기색이 들불처럼 빠르게 번져 나갔다.

"애꿎은 자네만 한바탕 달음질을 시켰냐고?"

"……뭐, 비슷합니다."

"심중만 가지고 아무나 덜컥 잡아들일 수는 없잖아. 나는 그냥 옆에 가서 섰을 뿐인데 놈이 알아서 줄행랑을 쳐 주니까 오히려 고맙던걸."

"그것이 그렇게 고마우시면 다음부터는 감찰 나리가 직접 범인의 뒤를 쫓아가서 붙잡으시든가요."

"내가 왜 그래야 하지? 자네가 있는데."

"헉."

태호가 뜨악한 표정으로 입을 쩌억 벌렸다. 앞으로 고생길이 훤하다는 태호의 구시렁거리는 소리를 귓등으로 넘기며, 무혁은 주막 사립문을 밀었다. 마당에서 놀던 막동이 무혁을 알아보고 쪼르르 달려왔다.

"감찰 나리!"

활짝 웃는 아이의 얼굴이 전에 없이 말끔하다. 목욕을 하고 옷도 새것으로 갈아입었음을 무혁은 한눈에 알아차렸다. 잘 보살피라는 무혁의 부탁을 꼭지와 막쇠가 꽤나 성실히 수행하고 있었다.

"잘 지냈어?"

"예, 나리."

"잘 먹고, 잘 자고, 잘 싸고, 잘 놉니다. 어린놈 넉살이 얼마나 좋은지 주막에 든 손님들한테 귀염도 곧잘 받습니다."

꼭지가 다가와 막동의 양쪽 어깨를 두 손으로 하나씩 짚고 섰다. 꼬박 사흘을 붙어 지냈다고 둘이서 나누는 눈빛이 퍽 다정스러웠다.

"주막 인수하는 일로 정신없을 텐데, 아이한테까지 신경 쓰게 만들어서 미안하네. 여러모로 고맙기도 하고."

무혁의 인사치레를 꼭지가 손사랫짓으로 받았다.

"아닙니다."

거기까지 이야기하고 꼭지가 후다닥 주변을 살폈다. 근처에 아무도 없음을 확인한 다음 한껏 목소리를 낮추어서 무혁에게 귀엣말을 하듯이 보고를 올린다.

"업길이 놈을 찾았습니다."

"어디서?"

무혁도 왼손으로 막동의 정수리를 쓱쓱 쓰다듬으며 조용히 물었다. 멀리서 보면 아이를 가운데 세워 두고 꼭지와 이런저런 소소한 이야기를 나누는 것처럼 무척이나 자연스러웠다.

"요즘 백화루 소리 기생 옥선이 치마폭에 싸여 정신을 못 차린다고 합니다. 돈을 물 쓰듯이 한다는 말도 있습니다."

"그 돈이 전부 어디서 났다고 하던가?"

"업길이 놈이 이야기하고 돌아다니기를, 포천 쪽에 돌산을 하나 샀는데 거기서 금맥이 터졌다고 한답니다."

"핑계 한번 그럴싸하군. 수고했네."

"백화루에 사람을 하나 심을까요?"

"업길이 때문이라면 되었네. 당장 잡아들일 생각이야. 이미 증좌도 확보된 마당에 추포를 미룰 이유가 없지."

"알겠습니다."

꼭지가 짤막한 묵례를 남기고 떠났다. 무혁은 허리를 구부려 막동과 눈높이를 맞추었다.

"막동아."

"예, 감찰 나리?"

막동이 숯검정 같은 눈망울을 말똥거렸다. 순연하기만 한 아

이의 얼굴을 물끄러미 응시하고서 무혁은 한 차례 어깻숨을 내
쉬었다. 개동의 이야기를 하기는 해야겠는데, 막상 꺼내 놓으려
니 어떤 식으로 시작해야 할지 막막하였다. 무엇보다 막동이 받
을 충격을 최소화하는 것에 초점을 맞추었다.

"나랑 같이 가서 살지 않으련?"

"……"

"왜, 싫어?"

"……"

"나는 막동이랑 같이 살면 좋을 것 같은데. 운해 아기씨랑 다
같이. 어때?"

무혁의 계속되는 물음에도 막동은 아무런 대답이 없었다. 한
참을 망설이고 또 망설이다 어느 순간 시선을 저만치 먼 곳에다
두더니 겨우 말문을 열었다.

"개동 언니가 이놈을 버렸나요?"

숯검정 같은 눈망울에 그렁그렁 눈물이 고였다. 무혁은 명치
아래에서부터 울컥 하고 올라오는 뜨거운 감정의 덩어리를 가까
스로 눌러 삼켰다.

"아니. 개동이가 너를 버릴 리가 없잖아."

"근데 왜 감찰 나리가 이놈한테 같이 살자고 해요?"

"그러니까……. 그게 말이다……."

이번에는 무혁이 대답을 머뭇거렸다. 입을 통해 나오는 것이
기껏 한숨밖에 없었다. 한쪽 무릎을 바닥에 대고 앉아 막동의
손을 사붓이 잡았다. 핏기가 가신 조막만한 양손을 하염없이 내
려다보았다. 혈혈단신 천애고아가 되었다는 사실을 아이가 제대
로 감당할 수 있을까 걱정이었다.

"개동이는……."

무혁이 차마 말을 제대로 잇지 못하자 막동이 의외로 담담하게 물었다.

"죽었나요?"

세상을 너무 일찍 알아 버린 아이는 눈치마저 지나칠 정도로 재발랐다.

"……응."

"아기씨는요?"

"개동이가 구했단다."

"개동 언니가 전에 그랬어요. 운해 아기씨가 우리를 살렸다고. 아기씨 아니었으면 개동 언니도 이놈도 벌써 굶어 죽었을 거라고. 언제든 그 은혜를 꼭 갚아야 한다고."

막동의 눈에서 닭똥 같은 눈물이 뚝뚝 떨어졌다. 무혁은 더 이상 견딜 수가 없었다. 구슬피 우는 아이를 와락 품으로 끌어당겨 두 팔로 강파른 어깨를 세차게 조여 안았다.

"운해 아기씨랑 너랑 나랑, 우리 셋이서 같이 살자."

막동이 대답 대신 목을 놓아 엉엉 울었다.

"이제 이놈 동냥질 안 해도 되어요?"

막동이 물었다. 운종가 저잣거리에서 무혁의 집까지 걸어오는 동안 아이는 한시도 입을 가만히 두는 법이 없었다. 계속해서 재잘재잘 떠들어 댔다. 자그마한 입으로 오만 것을 묻기도 하고 쓸데없는 잡담을 늘어놓기도 하였다. 그 모습이 더없이 사랑스러웠다. 무혁은 막동의 손을 잡은 오른손에 한층 힘을 실었다.

"당연히 동냥질은 안 해도 되지."

"아이, 좋아라."

"좋아?"

"예, 좋아요."

폴짝폴짝 뛰며 온몸으로 행복감을 표시하는 막동을 저만치 떨어진 곳에서 누가 큰소리로 부른다.

"막동아!"

운해다. 대문 밖까지 나와 막동을 기다리고 있었나 보다. 알땀이 차도록 여태 붙잡고 걸어온 무혁의 손을 당장 풀어 버리고 막동이 운해를 향해 달려갔다.

"아기씨!"

막동과 운해는 누가 먼저라 할 것도 없이 서로를 부둥켜안았다. 두 팔로 서로의 목을 끌어안고 한참이나 섧도록 울었다. 죽은 개동을 추억하는 각자의 서러운 눈물 속에 같으면서도 다른, 다르면서도 같은 말 못 할 회한이 담겼다.

"미안해, 막동아. 정말 미안해."

막동은 왜 미안해하느냐며 운해에게 이유를 캐어묻지 않았다. 오히려 고사리 같은 손길로 운해의 얼굴에 번진 눈물을 꼼꼼히 닦아 주었다.

"이놈은 괜찮아요."

"그래도 미안해. 많이 미안해."

운해도 막동의 뺨을 타고 흐르는 눈물을 손등으로 말끔히 씻어 주었다. 막동이 그렁그렁 울음이 담긴 눈시울을 반달 모양으로 접어 웃는다.

"아기씨가 무사하셔서 다행이어요."

"고마워."

운해도 눈물에 젖은 얼굴 가득 미소를 머금었다.

"개동 언니는 따뜻한 곳으로 갈 거래요."

"따뜻한 곳?"

"아까 감찰 나리가 이놈한테 약속하셨어요. 개동 언니를 양지바른 곳에다 묻어 주기로. 맞죠, 감찰 나리?"

막동이 고개를 높이 치켜들고 가까이 다가와 서는 무혁을 올려다보았다. 무혁이 빙긋이 미소 짓는 낯으로 고개를 끄덕였다.

"그래, 맞아."

"그것 보시어요."

"한주 옆으로 데려가려고 미리 자리를 봐 두었어요."

막동과 무혁이 동시에 운해에게 이야기하였다. 운해는 두 사람을 향해 환한 웃음을 피웠다.

"내일 같이 가요. 우리 셋이서."

"그럽시다."

"어디를요?"

이번에도 무혁과 막동이 동시에 말하였다. 막동의 질문에 무혁이 대답을 주었다.

"개동이 따뜻한 곳으로 보내 주러."

"우와! 이놈도 같이 가는 것이어요?"

밝은 표정으로 되물음을 하는 막동을 무혁은 오른손으로 볼끈 안아 들었다. 그리고 왼손으로 운해의 손을 단단히 잡았다.

"당연히 같이 가야지. 우리 셋이서."

살을 버리고 뼈를 취하다

육참골단
肉斬骨斷

밤늦은 시각, 퇴청한 무혁을 먼저 온 객들이 기다리고 있었다. 부친의 처소인 사랑채로 손들이 들었다는 칠복의 전언을 듣고 무혁은 고개부터 갸웃거렸다. 그를 찾아온 객들이니 응당 무혁의 처소인 별채로 안내하는 것이 맞았다. 대체 무슨 일인가 싶었다.

"사랑으로 손들이 들었다고?"

"예. 영감마님께서 그리하도록 명하셨습니다요."

"그래?"

무혁은 사랑채 너른 마당을 큰 걸음으로 가로질렀다. 댓돌 위에 올라서서 세살 분합 들장지문 너머로 귀가 소식을 고하였다.

"아버지, 소자 무혁입니다."

"들어오너라."

사랑방 안으로 들어서자마자 무혁의 의문은 금방 풀렸다. 그를 맞이하느라 자리에서 일어나 있는 객들의 얼굴이 모두 낯익

447

었다. 하나는 장수창 검시관이고, 다른 하나는 대건의 부관인 유시헌 종사관으로 둘 다 우포청 소속이다. 손들을 사랑채로 들이라는 아버지의 명은 당연한 것이었다.

"유 종사관, 오랜만입니다."

무혁은 중인 출신이나 그보다 품계가 한 단계 높은 시헌에게 먼저 묵례를 하였다. 시헌이 마주 허리를 숙였다. 나이가 열 살이나 적은 무혁에게 깍듯이 존대를 썼다.

"늦었지만, 장원 급제 감축드립니다."

"고맙습니다."

"자주 뵙습니다, 감찰 나리."

이번에는 수창이 예를 갖추어 인사를 전하였다. 무혁은 반가운 미소를 지어 보냈다.

"그러게 말일세. 자네를 자주 보아야 좋을 것 하나 없는데."

"인사는 그만하고 다들 어서 앉아. 멀뚱히 앉아서 올려다보는 내 목도 생각해 주어야지."

상석에 자리를 잡은 대건이 이유도 없이 불뚝댔다. 무혁은 대건의 왼편, 나란히 앉은 시헌과 수창을 마주 바라보는 곳에 몸을 주저앉혔다. 공손히 아버지에게 물었다.

"무슨 일입니까?"

"강 감찰한테 우포청으로 들어오라고 하려다, 거기도 지켜보는 눈과 엿듣는 귀가 있을지 몰라 집에서 보자고 했어."

대건이 굳이 감찰이라는 직함으로 무혁을 지칭하였다. 지금 이 자리가 사적인 것이 아닌 공적인 모임임을 에둘러 천명하고 있었다. 무혁은 본능적으로 앉은 자세를 더욱 바르게 고쳤다. 낮은 목소리로 이야기하는 대건의 표정도, 흐르는 말속에 담긴 내용도 어째 예사롭지가 않았다.

"이곳에서 나눈 대화는 우리 넷만 알아야 하네. 단 한마디도 이 방 밖으로 나가서는 안 될 것이야."

"예, 영감."

천생 강인한 무관답게 시헌의 대답은 절도로 넘쳤다. 반면 백면서생의 전형처럼 생긴 수창의 얼굴은 나름 비장하였다.

"명심하겠습니다."

"말씀하시지요."

무혁은 진중한 태도로 대건의 다음 이야기를 기다렸다. 사안의 중요성을 방증하듯 대건이 무겁게 입을 떼었다.

"우포청 소속 기찰포교 하나가 얼마 전 변사체로 발견되었어. 다음은 장 검시관이 설명하도록 하지."

"시신의 왼쪽 흉곽 뼈에서 칼자국을 찾았습니다."

수창의 말이 꽤나 의미심장하였다. 무혁은 퍼뜩 떠오르는 기억에 눈가를 가느스름하니 좁혔다.

"왼쪽 흉곽? 이번에도 비황무풍세인가?"

"예, 감찰 나리."

"오달영 살인 사건과 연관이 있다고 보나?"

"동일인의 소행인지 아닌지 묻는 것입니까?"

"그래."

"십중팔구는 동일인의 소행이라고 볼 수 있습니다."

수창이 힘주어 고개를 끄덕였다. 무혁의 미간 위로 날카로운 빗금이 올라섰다. 수창의 주장대로 오달영을 살해한 자가 우포청 소속 기찰포교도 죽였다면, 한낱 저잣거리 왈짜에 불과한 업길을 용의자로 지목하기에는 다소 무리가 있었다. 다만, 이것으

449

로 지충은 살인의 누명을 벗게 될 가능성이 높았다. 이미 불귀의 객이 된 자가 또 다른 살인을 저지를 수는 없으니 말이다.

"그 외 특이 사항은?"

"기찰포교의 시신 상당 부분이 산짐승에 의해 훼손을 입은 상태였습니다. 살해 후 호환(虎患)으로 위장해 놓은 것이 아닌가 합니다."

"시신을 발견한 장소는 어디입니까?"

무혁은 대건에게 물었는데, 정작 대답은 시헌이 하였다.

"동래부입니다."

"한성 서북부와 경기우도를 관할로 삼는 우포청 소속 포도부장이 무슨 연유로 경상도 동래부까지 기찰을 나갔단 말입니까?"

무혁의 이번 질문에는 어느 누구도 대답하지 않았다. 무혁은 답변을 촉구하는 뜻에서 대건을 압박하였다.

"우포장 영감!"

"구리가 밀반출된다는 첩보가 있었다."

"출처가 어디입니까?"

"밀반출 말이냐, 첩보 말이냐?"

"둘 다 궁금하지만 어차피 후자는 밝히지 않으시겠지요. 전자만 알려 주십시오."

무혁은 한 발 물러났다. 아들의 비상한 머리 회전에 혀를 내두르며 대건이 기가 차다는 양 헛웃음을 지었다.

"훈련도감 화폐 주조창."

"밀반출된 구리가 흘러든 곳은 동래부 어디입니까?"

"초량 왜관이다."

"왜국은 대규모 구리 광산을 여러 개 소유하고 있습니다. 구리가 넘쳐 나는 나라에서 굳이 밀반입에 나선 이유가 무엇입니까? 발각 시 외교 문제로 비화될 위험까지 감수하면서요."

"방짜 유기."

"빼돌린 구리를 전량 방짜 유기로 만들어 초량 왜관을 통해 왜국으로 밀반출한 것이군요."

"맞다."

"어떤 놈인지 보통내기가 아니네요. 하기는 훈련도감 화폐 주조창에서 구리를 빼돌릴 정도의 배포라면……."

이야기를 하다 말고 무혁은 인상을 그었다. 훈련도감을 쥐락펴락하는 자가 아니고서야 감히 국가 재산인 구리를 화폐 주조창에서 밀반출할 엄두도 내지 못하였을 것이다. 훈련도감의 실세라 할 수 있는 국별장 김치영의 얼굴이 자연스럽게 떠올랐다. 여태 막연하던 그림이 머릿속에서 문득 확연하게 그려졌다.

"왜, 뭐 짚이는 구석이라도 있어?"

대건이 잔뜩 기대에 차서 물었다. 무혁은 일부러 서름한 태도로 대답을 하였다. 일종의 거래와 같았다.

"우포장 영감께서 먼저 가지고 계신 패를 전부 까신다면, 소관도 제 것을 까도록 하겠습니다."

"이놈이……. 아니, 강 감찰. 이미 다 깠는데 뭘 더 까?"

욱 하는 성질을 못 이겨서 버럭 목청을 내쏘던 대건이 후다닥 말투를 점잖게 고쳤다. 시헌은 비집는 웃음을 애써서 꾹 참고, 수창은 그마저도 어려워 드러내 놓고 키득거렸다. 무혁만이 데면데면한 표정으로 대건을 쳐다보았다.

"첫째, 방짜 유기 놋점의 실소유주가 누구인지. 둘째, 초량 왜관의 누구와 밀거래가 이루어졌는지. 셋째, 기찰포교의 시신이 발견된 장소는 정확히 어디인지. 말씀해 주십시오."

"지독한 놈. 뉘 집 자식인지 지나치게 똑똑해."

대건이 혼잣말을 빙자하여 아들인 무혁에게 타박을 놓았다. 시헌은 끝내 참았던 웃음을 터트리고, 수창은 아예 포복절도를 하였다. 무혁만이 무덤덤한 반응을 보였다.

"소관의 부친께 그 말씀 꼭 전하도록 하겠습니다. 아마 크게 기뻐하실 것입니다."

"야, 이……. 아휴, 내가 그냥……."

"우포장 영감, 제 물음에 답을 주셔야지요."

"병조 판서 김일순, 관수(館守) 이등영명(伊藤英明)*, 초량 왜관 인근 야산."

간략하기 이를 데 없는 답변 세 개를 순서대로 나열하고 대건 은 칼바람 같은 눈빛을 무혁을 향해 쏘았다. 아비로서 아들이 더 없이 대견하면서도 한편으로는 하릴없는 두려움이 찾아들었다.

무혁의 가진 재주 앞으로 그가 관직 생활을 유지하는 데 부 디 걸림돌이 되지 않기를 바란다. 조당(朝堂)에 나가 앉은 대소신 료들 중에는 자기 사람이 아니다 싶으면 그 싹부터 잘라 없애려 고 드는 자들이 많았다. 모난 돌이 정 맞는다는 소리가 공연히 나온 것이 아니었다.

"병판 김조순 대감의 아들인 김치영에게 구린 일을 도맡아서 처리해 주는 수족이 하나 있습니다. 변종호라고 저와 동문수학 한 자인데, 무예 스승님인 길상 대사로부터 사찰 검법을 사사받 았습니다."

---

*이등영명:이토 히데아키.

무혁은 숨겨 놓았던 패를 열었다. 앞서 두 건의 살인이 모두 사찰 검법인 비황무풍세로 이루어졌다는 추론하에 곧바로 종호가 유력한 용의자로 부상하였다.

"병판 쪽에서 오달영을 죽일 이유가 뭐지?"

"지금은 심증뿐이니 차차 증좌를 확보해야겠지요."

대건과 무혁이 대화를 나누는 중간에 시헌의 조심스러운 목소리가 끼어들었다.

"우포장 영감."

"왜 그러나?"

"어쩌면 죽은 자가 오달영이 아닐 수도 있습니다."

"그것은 또 무슨 소리야?"

"소관이 기찰포교의 시신을 수습한 후 탐문을 위해 초량 왜관으로 갔을 때 그곳 승려 하나가 어째 낯이 익었습니다. 저를 보자마자 급하게 자리를 피하는 모습도 조금 수상했고요. 초량 왜관 절간 주지에게 누구냐고 물었더니, 대마도 출신 승려 산본영일(山本暎一)*이라고 답을 하더군요. 당시에는 그러려니 하고 넘겼습니다."

거기까지 설명한 후 시헌이 짤막한 턱짓을 수창에게 보냈다. 즉시 수창이 도포 소맷자락 안쪽에서 자그마한 족자를 하나 꺼내 방바닥에다 넓게 펼쳤다.

"오달영의 용모파기입니다. 행방불명으로 찾을 당시 사용하였던 것을 소인이 사체 검안에 비교 자료로 쓰려고 얻어 두었습니다."

---

*산본영일:야마모토 에이이치.

"초량 왜관에서 본 사내가 낯이 익었던 이유가 있었습니다. 지난여름 우포장 영감의 명으로 오달영의 죽음과 얽힌 일련의 일들을 조사하는 과정에서 소관 또한 저 용모파기를 확인하였습니다. 오늘 검안실에서 우연찮게 눈에 띄어 다시 보는데, 몇 번을 보아도 산본영일과 매우 흡사합니다."

시헌의 부연 설명이 자세하게 이어졌다. 무혁은 목구멍까지 치고 올라온 욕지거리를 가까스로 눌러 삼켰다. 죽은 자가 오달영이 아닐 수도 있다는 생각을 전혀 하지 못하였다. 솔직히 상상조차 못 한 일이다.

애초 시신을 두고 오달영이라고 주장한 임지이의 증언 자체가 거짓이라면……. 얼굴을 알아볼 수 없는 부패한 시신을 구해 오달영으로 위장한 것이라면……. 오달영을 살해한 혐의를 임지충에게 뒤집어씌운 것이 아니라, 처음부터 대행수를 제거한 후 재산을 가로채고자 교묘하게 놓은 덫이라면……. 모두 가능성은 충분하였다.

"유 종사관의 판단으로는 대마도 출신 왜인 승려와 오달영이 동일인물이라는 것입니까?"

"일단은 그렇습니다. 산본영일이라는 자의 신분을 여러 사람을 통해 교차 확인하였어야 했는데, 소관의 불찰입니다."

"단순히 닮은 사람일 수도 있지 않습니까?"

"그냥 비슷한 정도가 아니라 쌍둥이처럼 닮았습니다. 목에 있는 여기 이 점까지도 똑같았습니다. 소관이 산본영일과 오달영을 동일인물로 보는 이유입니다."

시헌이 등채로 달영의 용모파기 중 한 곳을 콕 짚었다. 왼쪽 귓불 아래로 어른 손톱만한 크기의 까만 점이 보였다.

"오달영의 시신에도 같은 위치에 점이 있었나?"

무혁은 확인을 위하여 수창에게 질문을 던졌다.

"시신의 부패 정도가 심해 목덜미에 있는 점은 보지 못하였습니다. 특히 얼굴 부위가 많이 상한 상태여서……."

수창이 느닷없이 이야기를 멈추었다. 멍한 표정으로 잇따라 눈꺼풀을 깜빡거렸다.

"뭐가 잘못되었나?"

"날이 더워 시신이 부패한 것이라고 여겼는데, 그것이 아닐 수도 있겠구나 싶어서요."

"무슨 연유로?"

"시신의 흉곽에 남은 칼자국을 발견한 것은 사실 우연이었습니다. 백골에 가까울 정도로 가슴뼈가 밖으로 드러나 보였거든요. 물론 당시 날씨가 워낙에 더워 시신의 부패가 빨리 진행된 부분도 무시할 수는 없습니다. 하지만 범인이 살해 후 시신을 산짐승들의 먹잇감으로 던져 주었을 가능성도 높습니다."

"결국 사체를 유기한 수법까지 닮았다는 말이지?"

"예. 동일범입니다. 십중팔구가 아니라, 같은 자가 아니고서는 이렇게까지 범죄 수법이 똑같을 수가 없습니다."

수창이 확신에 차서 말하였다. 무혁은 잠시 생각에 잠겼다. 이쯤 되면 종호를 단순 용의자가 아닌 살인범으로 특정 짓고 수사를 진행해야 한다는 결론이 나왔다.

"우포장 영감. 변종호의 주변을 탐문해 주십시오."

"강 감찰은 뭐 하고?"

"저는 김일순 김치영 부자와 오달영의 관계를 밝히는 데 주력하겠습니다. 만약 오달영이 살아서 초량 왜관에 은신해 있다면,

분명 그들 부자가 그 일에 관여하였을 것입니다."

무혁의 추론에 대건은 선선히 동의를 표하였다.

"아무래도 그렇겠지. 초량 왜관의 관수 이등영명과는 방짜 유기 밀반출도 함께할 만큼 막역한 사이인데, 그깟 사람 하나 숨겨 주는 것은 일도 아니었을 게야. 김일순 김치영 부자와 오달영의 관계를 어떤 식으로 증명하려고?"

"돈의 흐름을 쫓아가야지요. 임지충이 남긴 재산 전부가 오달영의 처와 두 아들에게 넘어갔습니다. 제 생각에 그 돈의 상당 부분이 병판 쪽으로 흘러들지 않았을까 합니다."

"오래된 부채를 상환한 것이라고 우기면 그만이야."

대건이 냉정하게 잘랐다. 무혁은 그 다음 수를 내놓았다.

"그러니 증인을 잡아 와야지요. 오달영으로 의심되는 왜인 승려 산본영일을 추포해 주십시오."

"단순 의심만으로 왜인을 추포할 수는 없어. 자칫 실수했다가 왜국과 외교 마찰을 빚게 되면 어쩌려고."

"오달영과 죽마고우인 최창현 의원이 마침 초량 왜관 근처 봉하라는 곳에 가 있습니다. 산본영일과 오달영이 동일인물인지 아닌지 최 의원이라면 확인이 가능할 것입니다."

무혁은 나름 확신을 가지고 이야기하였다. 그때 세살 분합 들장지문 너머로 사랑채 너른 마당에서부터 웅성거리는 소음과 다수의 움직임이 감지되었다. 당장 시헌이 의아한 얼굴을 하였다.

"갑자기 밖이 왜 이리 소란한 것입니까?"

"영감마님."

대건을 찾는 칠복의 목소리가 어디인지 다급하게 울렸다. 사랑방 안 수창을 제외한 세 명의 사내들은 본능적으로 숨부터 죽였다. 오랜 시간 무예를 익힌 무인들답게 무엇인가 심상치 않은 일이 벌어지고 있음을 공기의 흐름만으로도 감지하였다. 대건은 벽면 한쪽에 걸린 환도 쪽으로 조심스럽게 오른팔을 뻗었다.

"무슨 일이냐?"

"궁에서 사람이 나왔습니다."

"궁에서?"

칼자루를 잡으려던 손을 제자리로 되돌리며 대건은 미간을 좁혔다. 굵고 짙은 눈썹이 파임 불(\)자를 그렸다.

"영감마님께서 잠깐 나와 보셔야 할 것 같습니다."

"아무래도 수상합니다. 소자가 나가 보겠습니다."

"아닙니다. 소관이 나가겠습니다."

서로 앞장서겠다고 하는 무혁과 시헌을 대건이 엄히 말렸다.

"아니야. 내가 나갈 것일세. 셋 다 조용히 있도록 하게."

"아버지."

"우포장 영감."

"어허! 어떠한 상황에서도 절대 경거망동하지 마라. 명령이다."

대건은 한 번 더 엄중하게 이야기하고 세살 분합 들장지문을 열었다. 대청마루로 나서는 대건을 향해 벼락같은 고함이 날아와 꽂혔다.

"죄인 강대건은 순순히 오라를 받아라."

그 순간 무혁과 시헌이 활시위를 떠난 화살처럼 사랑방 밖으로 날듯이 뛰어 나갔다. 수창만이 홀로 남아 두려움에 벌벌 어깨를 떨었다.

정복을 차려입은 의금부 도사가 한 무리의 나장을 거느리고 사랑채 너른 마당 한가운데 서 있다. 오로지 왕명에 의해서만 움직이는 의금부 도사와 나장이 무장까지 하고 사대부가에 나타날 때는 딱 한 가지 이유밖에 없다.

역모.

대건은 뒷등 쪽 바람처럼 달려 나오는 무혁과 시헌을 향해 큰소리를 내질렀다.

"멈춰!"

이 자리에서 누구든 칼을 빼드는 순간 역모는 기정사실이 되고 만다. 당장 복장이 터져 버릴 것같이 억울하다 해도 어떠한 반항조차 시도하여서는 안 된다. 생략된 대건의 말을 무혁도 시헌도 단박에 알아차렸다.

둘은 아무 소리 없이 대건의 좌우에 와서 섰다. 무혁과 시헌이 똑같이 가슴을 쫙 펴더니 각이 딱 잡힌 동작으로 두 발을 어깨 너비만큼 벌리고 뒷짐을 지었다. 절체절명과 다름없는 아찔한 상황에서 두 사람은 대건의 호위라도 되는 것처럼 행동하였다. 대건은 입가를 비틀어 빙긋이 웃었다. 여태 헛산 것은 아니구나 싶었다.

"강대건은 주상 전하를 능멸하고 역모를 획책한 자다. 관련이 있을지 모르니 저기 마루에 선 자들 모두를 잡아들이도록 하라."

의금부 도사의 명이 떨어지자 오랏줄을 손에 든 나장들이 일제히 대답을 하였다.

"예, 도사 나리."

❖　　　❖　　　❖

인정을 훌쩍 넘겨 밤보다는 새벽에 더 가까운 시각, 의금부 옥사 출입문이 묵직한 경첩 소리와 함께 열렸다. 머리끝에서 발끝까지 온통 새카만 차림새의 사내가 옥사 안으로 천천히 걸어 들어왔다. 복면을 하지 않은 일영의 얼굴이 어룽어룽 흔들리는 횃불 아래서도 제법 또렷하게 보였다.

"늦었군."

대건은 가부좌를 틀고 앉은 모습 그대로 오랜 친우를 맞았다. 일영이 눈가를 연하게 접었다.

"기다렸나?"

"애타게."

대건은 진심이 깃든 농담을 던졌다. 일영의 눈가에 담긴 미소가 한결 짙게 변하였다.

"이녁이 애타게 기다릴 줄 알았으면 조금 더 빨리 오는 것인데 그랬군."

"마음에도 없는 소리."

"아니야. 한 일각 정도는 빨리 올 수 있었어."

일영이 아예 대놓고 대건을 놀렸다. 대건은 짐짓 눈살을 뻣뻣하게 세웠다.

"무뚝뚝한 자네가 농짓을 다 부리는 것을 보니 상황 파악이 얼추 끝났나 보군."

"뭐, 대충은 끝냈지. 이중으로 확인할 사안이 하나 있어서 늦었네. 그것만 아니었으면, 인정이 치기 전에 이녁을 보러 왔을 것이야. 이녁 애태우지도 않고."

"나를 고변한 자가 누군가?"

"고변이 있었다는 것은 어찌 알았나?"

"금상께서 고변도 없이 나를 잡아들이지는 않으셨을 테니까."

"금상께서 이녁을 버린 것일 수도 있지 않나? 그런 의심은 안 들던가?"

"금상께서 나를 역모로 엮어 죽이고자 마음먹으셨다면, 의금부 도사가 오라가 아닌 사약을 들고 내 집을 찾았겠지."

한 점 흐트러짐도 없이 차분하기만 한 대건의 대답을 듣고 일영은 혀를 내둘렀다. 금상을 향한 대건의 충정이 그만큼 놀라웠다. 저 정도면 충심을 넘어서는 연심이었다. 언제 어디서든 금상을 위해 죽을 준비가 되어 있는 일영이지만, 섬기는 주군에 대한 의리이지 결코 사랑은 아니었다.

"변인몽이라는 자를 아나?"

"내 수하에 있는 우포청 종사관일세."

"그자가 이녁을 고변하였네."

"등잔 밑이 어두웠군. 당연히 병판 김일순 대감과 결탁되어 있겠지?"

"맞네. 둘 사이의 연결고리를 찾아서 확인하느라 늦은 걸세. 변인몽의 아들과 병판의 서녀가 얼마 전 정혼을 하였다더군."

"그 집안도 혼맥이 어지럽네 그려."

"세를 불리는 데 혼맥만큼 확실한 방법도 없으니까."

"자네랑 내가 제대로 호랑이 사냥을 하고 있는 모양이야. 장래의 사돈까지 내세워 나를 고변한 것을 보면 병판이 아주 급했어."

대건이 빙그레 웃었다. 역모의 누명을 뒤집어쓰고 의금부 옥사에 갇혀 있으면서도 위축되기는커녕 지금의 상황을 즐기는 모습이다. 칼자루 휘두르는 솜씨만 조선 제일이 아니라 배포의 크기 또한 조선 팔도에 필적할 자가 없었다. 반면, 도의는 없고 오로지 간교한 잔꾀나 부릴 줄 아는 병조 판서 김일순은 담력도 도량도 한없이 좀스러웠다. 그런 자를 산중호걸인 호랑이에 비유하는 것부터가 어불성설과 같았다.

"호랑이는 이녁이지. 병판은 기껏해야 여우 정도나 될까. 우리가 여우 굴에 부쩍 다가서기는 했어. 우포청 기찰포교에 이어 이녁의 부관인 유시헌 종사관까지 초량 왜관에 나타난 것을 보고 병판이 애가 빠짝 닳은 듯해."

"병판은 내 목을 원할 게야. 여기까지 와서 겁만 주고 끝내지는 않을 테니까."

"당연히 그렇겠지. 날이 밝으면 조정이 시끄러워지겠어. 병판 쪽에서 추국청(推鞫廳)을 설치해야 한다고 난리를 치고도 남아. 금상께서 친국(親鞫)하려고 하실 걸세."

"친국은 병판이 반대하고 나설 공산이 커. 추국 과정에서 내가 고문을 못 이기고 죽기를 바랄 테니까."

"친국 여부와 상관없이 금상께서는 고신을 허락하지 않으실 걸세. 이녁을 구금한 것은 고변 때문에 어쩔 수가 없던 일이고. 금상께서는 변인몽이라는 자를 데려다 대질 심문을 하라고 하셨네. 역모에 대한 증좌를 내놓지 못 할 경우 그자를 무고죄로 다스리라고도 하셨지."

일영의 이야기를 심각하게 경청하던 대건이 고개를 가로저었다.

"아니야. 아닌 것 같아."

"아니라니, 뭐가 말인가?"

"처음부터 찬찬히 되짚어 보세. 병판이 변인몽을 내세워 나를 고변한 이유가 무엇일까?"

대건이 눈을 감은 채 망건을 두른 이마를 손바닥으로 짚었다.

답을 몰라서 질문하는 것이 아니라, 머릿속 생각을 정리해 나가는 과정이었다. 일영도 대답을 하며 머릿속으로 일련의 일들을 차근차근 복기해 나갔다.

"시시각각 이녁이 병판의 목을 옥죄여 오니 어떻게든 시간을 벌고 싶었겠지."

"무슨 시간?"

"구리 밀반출과 관련한 증좌들을 없앨 시간이지. 국고를 빼돌려 왜국에 넘긴 것은 명백한 반역 행위야."

"맞네. 역률로 다스려 마땅한 범죄지. 정작 고변을 받아야 할 역당은 김일순 김치영 부자인데 말이야."

"그러니 하루 속히 잡아들여야 하지 않겠나."

"금상께서 나는 풀어 주고 변인몽을 무고죄로 다스리시면, 자네 생각에는 병판이 어떻게 나올 것 같은가?"

"변인몽을 버리고 제 살길부터 찾으려 들겠지. 자식들끼리 정혼한 것은 맞으나 고변은 일절 모르는 일이라고 발뺌할 게야."

"그런 다음 꼬리를 끊어 내고 납작 엎드려 몸을 숨기겠지."

대건이 번쩍 눈을 떴다. 일영은 미간을 구겼다.

"무슨 뜻인가?"

"초량 왜관 관수 이등영명과의 거래를 끊고 한동안 조용히 지낼 것 같다는 게지."

"그거야 당연한 수순 아닌가."

"방짜 유기 밀거래 현장을 덮쳐 여우를 사냥하려고 한 우리의 계획은 어떻게 될 것 같나?"

대건이 확인하듯이 물었다. 일영은 아무런 대답도 하지 못하였다. 김일순을 잡기 위해 공들인 시간과 노력이 전부 물거품이 되고 말 것이라는 소리를 차마 입에 담고 싶지 않았다.

"이번에 병판을 반드시 잡아야 하네. 이 기회를 놓치면 영영 힘들어질지도 몰라."

대건이 짙은 한숨을 섞어서 이야기하였다. 일영은 어금니를 옥물었다. 이번이 김일순을 잡아들일 수 있는 마지막 기회라는 대건의 의견에 전적으로 동의하는 바였다.

"강수를 두어야겠군."

"어떤 강수?"

"밀거래 현장을 급습할 수 없다면, 초량 왜관 관수의 입을 열게 만들어야지."

"어림도 없는 소리 말게. 이등영명이 범죄 사실을 순순히 인정할 것 같은가?"

"죽은 기찰포교가 남긴 연통이 있지 않나. 그것으로 병판과 초량 왜관 관수가 서로 내통하였음을 발고하는 증좌로 삼으면 되네."

"병판의 뒤에 중궁전과 국구가 있음을 잊지 말게. 그들에게 그깟 종이쪼가리 따위가 무슨 대수이겠나. 외척인 병판을 쳐서 중궁전과 나아가 세자 저하의 입지를 흔들어 놓으려 하는 모함이라고 우기면 그만인데. 게다가 이등영명은 대마도주(對馬島主) 종의순(宗義純)*의 최측근일세. 함부로 관수를 잡아들인다면 외교 문제로 비화될 것은 불을 보듯이 뻔해. 결국 금상께 부담만 더 지워 드리는 꼴이 되고 말 걸세."

대건이 반박하기 어려운 정연한 논리로 하나하나 짚어 나갔다.

---

*종의순:소우 요시준.

"그래서 어쩌자고?"

일영은 격양된 말소리를 쏘았다. 대건이 내놓을 수가 무엇일지 본능적으로 읽혔기 때문이다.

"굴 앞에다 덫을 놓아 여우를 잡아야지."

"병판을 속이기 위해 육참골단이라도 하자는 말인가?"

"살을 버리고 뼈를 취할 수 있다면 해야지. 나를 미끼로 쓰게. 추국청도 열고, 고신도 하게. 위관(委官)으로 병판을 세우면 금상첨화겠군."

"말도 안 되는 소리!"

일영은 펄쩍 뛰었다. 막다른 길에 내몰린 것이나 다름없는 지금 상황에서, 어떻게든 병조 판서 김일순을 잡으려면, 대건의 전략이 최선책임을 알지만 선뜻 동의해 줄 수가 없었다.

"무조건 이등영명과의 밀거래 현장을 덮쳐야 하네. 그래야 미꾸라지 같은 병판을 잡을 수가 있어. 금상께서 나를 버렸다고 병판이 믿도록 만들게. 욕심이 지나치게 많은 자이니 분명 안심하고 구리 밀반출을 계속할 게야."

"추국장에서 이녁이 죽을 수도 있어."

"신하된 자가 임금을 위해 죽을 수 있다면 그야말로 광영 아니겠는가."

대건이 담담한 태도로 말하였다. 일영은 허탈하니 웃었다. 끝내 이렇게 되고 마는 것인가 싶었다.

절체절명의 위기에서 살길을 찾다

절로봉생
絶路逢生

밤새도록 무혁은 잠을 이루지 못하였다. 머릿속에 든 생각이 너무 많아서 아예 잠이 오지 않았다. 무엇보다도 멀찌감치 떨어진 옥사에 혼자 따로 갇혀 있는 아버지 대건의 안위가 걱정이었다. 마른 짚이 깔린 바닥에 모로 누운 채 무혁은 몸을 뒤척이는 대신 말똥말똥 눈동자를 굴렸다.

"감찰 나리."

나란히 누운 수창이 숨죽인 목소리로 무혁을 불렀다. 드러내놓고 말은 안 해도 의금부에 끌려온 일로 잔뜩 겁을 집어먹은 눈치였다. 무혁은 수창을 향해 다정한 어조로 이야기를 건넸다.

"잠이 오지 않아?"

"자다 깨다 했습니다."

"동이 트려면 좀 더 있어야 하니 잠이 오지 않아도 자도록 노력해 봐. 여기서 몸까지 축나면 장 검시관만 힘들어."

"앞으로 우리는 어떻게 될까요?"

465

"글쎄……."

무혁은 말소리를 아꼈다. 돌아가는 상황을 정확히 알지 못하는 상태라 딱히 수창에게 해 줄 이야기가 없었다.

"이대로 역적으로 몰려 죽게 되나요?"

수창이 침통하니 물었다. 무혁이 가타부타 대답할 겨를도 없이, 옥사 출입구 쪽에 누워 있던 시헌이 벌떡 몸을 일으켜 세우고 목소리를 높였다.

"역모를 입증할 증좌가 없는데 죽기는 왜 죽어. 탈탈 털어 보라지. 먼지 한 톨이 나오나. 우포장 영감께서 어떤 어른이신데. 주상 전하를 향한 충심이 그 어른 만큼 깊은 신하가 조선 조정에 또 있을까."

"어젯밤 회동은 우포청 기찰포교의 살인 사건 때문이었다고 이야기하면 장 검시관은 괜찮을 거야."

무혁은 애써 미소를 지었다. 최악의 경우는 생각하지 않기로 하였다. 아직은 말이다.

"감찰 나리랑 유 종사관 나리는요?"

수창이 다시 물었다.

"우리 둘도 딱히 혐의라 할……. 쉿!"

무혁은 황급히 수창의 입을 손바닥으로 틀어막았다. 따로 신호를 주지 않았는데도 눈치 빠른 시헌은 스스로 알아서 후다닥 바닥에 도로 누웠다.

귀신인지 사람인지, 발자국 소리조차 섣불리 들리지 않는 미세하고도 희미한 인기척이 점점 가까워지고 있었다. 머리끝에서 발끝까지 온통 새카맣게 차려입은 사내가 두꺼운 쇠사슬에 달린 자물쇠를 따고 옥사 출입문을 열어젖혔다. 정적이 감도는 옥사

안에 굵은 목소리가 나지막하니 울린다.

"귀관들."

무시하기 어려운 권위가 실린 부름이었다. 흠칫 놀란 수창이 자리에서 튕기듯 빨딱 일어나 제일 먼저 앉았다. 뒤따라 시헌도 부스스 몸을 일으켜 세우고, 무혁은 가장 마지막으로 정좌를 하였다. 감정을 깊숙이 감춘 얼굴로 낯선 사내에게 시선을 던졌다.

"누구십니까?"

"일영이라고 하네."

"의금부 사령은 아닌 듯한데, 소속과 관등도 밝히셔야지요."

"일영이라는 이름이 소속과 관등까지 전부 아우른다고 한다면?"

사내가 모호한 소리를 하였다.

"그 일영이라는 이름조차 진명일지 심히 의심스럽습니다."

까칠하기 이를 데 없는 무혁의 대꾸에 일영이 얄팍한 미소를 눈가로 피웠다.

"귀관이 강무혁인가?"

"그렇습니다만."

"듣던 대로 의심이 많군."

"합리적인 것이겠지요. 의금부 옥사가 아무나 드나들 수 있는 곳은 아니니까요. 더욱이 지금은 날이 채 밝지 않은 야심한 시각입니다."

무혁은 조목조목 따지고 들었다. 일영이 흘낏 무혁에게 일별하더니 한 줄로 앉은 세 사람 앞에 엉덩이를 주저앉혔다.

"우포장 영감으로부터의 전언일세."

"말을 전하기에 앞서 증표부터 내놓으시지요."

무혁은 되도록 냉정하게 이야기하였다. 병조 판서 김일순이 보낸 간자인지 아닌지 확인할 필요가 있었다. 일영이 눈꼬리를 연하게 접었다.

"개수작 부리지 말라는 소리를 퍽 고상하게도 지껄이는군."

반가부좌를 틀고 앉은 일영을 향해 무혁은 어처구니 없어하는 코웃음을 날렸다.

"하!"

"성질머리가 부친을 닮았어."

"개수작 부리지 말라는 소리를 대놓고 듣고 싶으신 모양입니다?"

"아주 빼다 박았군."

"당신 누구야?"

무혁은 어금니를 으득 깨물었다. 칼자루가 없으니 손이라도 써서 일영을 죽여 없애야 하나, 잠시 망설였다. 무혁의 내적 갈등을 꿰뚫어 보기라도 한 듯 일영이 눈꼬리에 걸린 웃음을 한층 짙게 만들었다.

"뜻을 펼 수 있을 때는 백성과 함께 그 길을 걸어가고 뜻을 펼 수 없을 때는 홀로 그 길을 걸어가되, 부귀도 그 마음을 어지럽히지 못하고 빈천도 그 지조를 옮기지 못하며 무력도 그 뜻을 굴복시킬 수 없는 자."

일영이 뜬금없게도 맹자가 정의한 대장부를 언급하였다. 무혁은 악다물었던 어금니에서 힘을 풀어냈다. 뒷마당을 가로질러 비스듬하니 기울던 보랏빛 낙조, 피검과 피검이 부딪쳐 출렁이던 유려한 검광, 그리 오래 되지 않은 그날의 기억이 새삼스러웠다.

"아버지께서 무어라 하시던가요?"

무혁이 별다른 확인 절차 없이 일영을 받아들이자, 상황을 알지 못하는 수창과 시헌이 화들짝 놀란 얼굴이 되었다.

"감찰 나리?"

"강 감찰?"

"아버지께서 보내신 분이 맞습니다."

"강 감찰의 판단을 믿겠습니다."

"감찰 나리, 정말 이분을 믿어도 되는 것입니까?"

곧바로 수긍하는 시헌과 달리 수창은 확답을 요구하였다. 무혁은 짤막하니 고개를 끄덕여 수창의 의구심을 달랬다.

"방금 그 성현의 말씀은 부친과 내가 자주 나누던 이야기일세."

"알겠습니다."

"그래서 전언은 무엇입니까?"

"때를 기다려 방짜 유기 밀거래 현장을 덮치라 했네."

일영이 전하는 대건의 이야기를 들으며 무혁의 눈빛이 날카롭게 변하였다.

"덫 안으로 들어가 덫을 놓겠다는 것입니까?"

"그렇다고 할 수 있지. 뼈를 취하기 위해 살을 내줄 생각이니까."

"최악의 상황에 따른 방비는 하셨습니까?"

"최악의 상황?"

"아무리 때를 기다려도 저들이 방짜 유기 밀거래를 다시 시도하지 않을 경우 말입니다."

"병판이 워낙에 탐욕스러운 자라, 우포장 영감에 대한 고변이 먹혔다고 판단이 서면 분명 방짜 유기 밀거래를 재개할 걸세."

"그래도 안 하면요? 저들의 처분만 바라는 것은 지나친 도박입니다."

무혁은 단호히 잘랐다. 말이 쉬어 육참골단이지, 아버지의 목숨을 담보로 하는 일이다. 무조건 이쪽에서 통제할 방법을 찾아야 한다.

"다른 계획이라도 있나?"

일영이 선선히 물었다.

"초량 왜관 관수를 잡아들일까 합니다."

"혐의만으로 관수를 잡아들일 수는 없어. 그래서 증좌 확보를 위하여 방짜 유기 밀거래 현장을 덮치려는 것 아닌가."

"살인에 연루된 조선인을 은닉한 죄는 어떻습니까?"

"그게 무슨 소리야?"

일영이 인상을 썼다. 무혁은 오달영 사건을 간략하게 서술한 다음 이야기를 이어 나갔다.

"초량 왜관에 숨어 있는 오달영을 찾아낸다면 관수로서도 은닉죄를 부인하기 어려울 것입니다. 외교 문제로 비화시켜 대마 도주와 왜국에서 관수를 버리도록 만들면 더 좋고요."

"관수와 거래를 하라는 말인가?"

"예. 관수의 잘못을 덮어 주는 대신 병판의 실정은 낱낱이 까발리도록 해야지요."

"오달영과 산본영일이 동일 인물이 아니면 어쩔 거야?"

"십중팔구 확실합니다."

"그러니까 만에 하나. 강 감찰 말마따나 최악의 경우 말일세."

"어차피 도박입니다. 저들이 행동해 주기를 기다리기보다는 우리 쪽에서 먼저 움직이는 것이 낫습니다. 우포장 영감의 목숨이 달린 일입니다. 한시라도 빨리 결과물을 내야 하지 않겠습니까."

"그렇기는 하지."

일영이 깊은 생각에 잠겼다. 좀처럼 결단을 내리지 못하는 일영에게 무혁은 강한 재촉을 넣었다.

"직접 나서실 것입니까?"

"내가 앞장서면 좋겠으나, 따로 맡은 바 소임이 있어 함부로 궐을 비울 수가 없어. 우포장 영감의 신임이 두터운 귀관들이 해 주었으면 하는데."

"저희 셋 다 이곳에 갇힌 신세입니다."

"특별한 혐의점을 찾지 못한 상태라 강 감찰과 장 검시관은 날이 밝는 대로 풀려날 게야. 단, 우포장 영감에 대한 조사가 마무리될 때까지 자택 근신 명령이 떨어질 걸세."

"소관은 어찌 됩니까?"

잠잠히 듣고 있던 시헌이 물었다. 일영이 살짝 미간을 좁힌 채 대답을 하였다.

"귀관은 이곳에 남아야 해. 우포장 영감을 고변한 상소에 자네 이름도 언급되어 있거든."

"알겠습니다."

시헌이 담담한 태도를 보이자 일영이 좁혔던 미간을 풀었다.

"각자 맡아서 해 줄 일이 있어."

"무엇입니까?"

이번에는 수창이 제법 비장한 얼굴로 나섰다. 겁쟁이 백면서생 주제에 한 치 물러섬도 없는 수창을 쳐다보며 일영이 빙긋이 미소를 지었다.

"장 검시관은 집에만 있으면 돼."

"예?"

"집 안을 지켜보는 자들이 따라붙을 걸세. 하루 종일 방에만 틀어박혀 있지 말고, 자주자주 마당에 나와서 그자들의 눈에 띄도록 하게. 그렇다고 너무 눈에 띄는 짓은 삼가고. 자연스럽게. 알겠나?"

"평소처럼 행동하라는 말씀이시지요?"

"그러하네."

"명심하겠습니다."

"강 감찰은 절대 방 밖으로 나오지 말게. 낮이고 밤이고 그 누구의 눈에도 띄어서는 안 되네. 내 말 알아들었는가?"

일영이 의미심장한 소리를 하였다. 무혁은 단박에 어떤 의미인지 알아차렸다.

"오가는 길에 군마가 필요합니다."

"군영에 소속된 말을 쓸 수 있도록 마패를 준비해 놓겠네."

일영의 대답이 시원시원하였다. 무혁은 무심결에 아, 하고 나지막한 감탄을 터트렸다. 아까 일영이 왜 자신의 이름이 소속과 관등까지 전부 아우른다고 하였는지 그 이유를 알겠다.

日影. 해 그림자, 금상의 비밀 호위 무사.

"왜 그러나?"

"아무것도 아닙니다. 초량 왜관 관수 이등영명에게 보여 줄 신임장도 하나 있었으면 합니다."

"대사헌 문익현 대감의 자필 서한이면 되겠나?"

"딱 좋습니다. 오달영과 이등영명을 한양으로 압송해 오기 위해서는 군사를 거동해야 할 것입니다."

"동래부사 조대홍 앞으로 협조를 당부하는 문서 또한 준비해 놓겠네."

"동래부사는 믿을 만한 자입니까?"

"풍양 조씨 일문일세. 세자빈 마마의 오촌 당숙이 되는 자이니 일단은 신임할 수 있다고 해 두자고."

"이이제이(以夷制夷)로군요."

"적의 적은 우리 편이니까."

차분히 오가는 일영과 무혁의 대화 사이로 시헌이 끼어들었다.

"소관은 무엇을 하면 되겠습니까?"

"유 종사관의 역할이 제일 중요하네. 위험 부담 역시 가장 크고."

"맡겨 주십시오. 죽기를 각오하고 임하겠습니다."

시헌의 다부진 다짐과 함께 야간 통행금지 해제를 알리는 파루 소리가 그리 멀지 않은 곳에서 울렸다.

❂　　　❂　　　❂

"이보게 유 종사관. 이대로 우포장 영감이랑 엮여서 개죽음을 당할 수는 없지 않은가. 눈 딱 감고 한마디만 하게. 우포장 영감이 은언군(恩彦君)의 사남인 이당(李瑭)*을 새 임금으로 추대하자고 했다고 말일세. 그리 어려운 일도 아니지 않나."

인몽이 간악한 세 치 혀를 음습하니 놀렸다. 시헌은 너무 어

---

*이당(1783~1826):사도세자의 서손자.

처구니가 없어서 헛웃음밖에 나오지 않았다. 일부러 인몽더러 들으라고 목젖이 다 울리도록 크게 웃었다.

지난밤 대건과 함께 역모에 연루되었다는 혐의를 뒤집어쓰고 의금부로 잡혀 온 것만으로도 복장이 터질 일이었다. 그런데 인몽이 식전 댓바람부터 옥사로 찾아와서 지껄여 대는 소리가 들어 주기 민망할 정도로 가관이다.

"우포장 영감을 모함하여 주상 전하께 거짓으로 고변을 올린 후레자식이 바로 네놈이었구나."

"거짓으로 고변? 그럴 리가. 엄연히 증좌가 있는데."

"증좌는 개뿔. 네놈한테 제대로 된 증좌가 있다면 나를 회유하려고 들지도 않았겠지."

"사람 서운하게 왜 이러나. 자네와 한솥밥 먹는 동료로서 애꿎은 목숨 하나 살리려는 것인데. 내 애틋한 마음을 정녕 모르겠는가."

"개지랄 떨지 말고, 네놈은 죗값 치를 준비나 해. 모시는 상관을 모함하고 어찌 하늘을 이고 살기를 바랄까."

"이봐, 말은 똑바로 하자고. 내가 모시는 상관은 우포장 영감이 아니라 병판 대감일세."

"권불십년(權不十年) 화무십일홍(花無十日紅)이거늘."

"꽃이야 열흘 붉은 것이 없다지만, 권력은 사람하기 나름이지. 당장 조선만 하여도 사백 년 넘게 왕실의 명맥을 유지하고 있지 않은가."

"네놈 말마따나 조선은 이씨의 나라야. 김가 놈들 것이 아니라."

시헌은 목청을 높이 쏘았다. 전횡을 일삼는 안동 김씨 일문이야말로 종묘사직의 근간을 갉아먹는 좀벌레들이었다.

"오얏(李)을 사기 위해서는 반드시 돈(金)이 필요하다네. 세상 이치란 그런 것이야. 병판 대감을 보필하는 일이 곧 주상 전하께 충성하는 길일세. 유 종사관도 이쯤해서 마음 고쳐먹고 살길을 도모하게. 우포장 영감에 대한 의리 지키다가는 자네 목숨만 위태로워져. 셈은 빠를수록 좋아."

인몽이 걱정을 빙자하여 협박을 자행하였다. 배신을 권하는 뻔뻔스러운 낯짝에다 시헌은 캭, 하고 가래침을 뱉었다.

"에라, 이 개아들 놈아! 부끄러운 줄 알아야지."

"유 종사관은 목숨이 두 개라도 되나 보군."

인몽이 철릭 소맷자락을 들어 광대뼈를 타고 흐르는 가래침을 닦아 냈다. 시헌이 부리는 무관의 호기를 철없는 객기로 치부하였다. 왕실과 나라를 좀먹는 외척에게 빌붙어 권력의 부스러기나 탐하는 자이니 호연지기가 무엇인지 알 턱이 없었다. 의리도 절개도 인몽에게는 한낱 공염불에 지나지 않을 터였다.

"그만 돌아가시오."

시헌은 인몽에게 등을 보이고 돌아앉았다. 더는 상종하지 않겠다는 일종의 의지 표명이었다. 그러거나 말거나 인몽은 전혀 개의치 않는다는 태도로 나왔다.

"이보게 유 종사관. 구만리 같이 창창한 앞날을 생각해야지. 가진 재주가 출중함에도 중인 출신이라 정오품 이상의 관직에는 오르지 못하는 것이 억울하지도 않은가?"

"일없소이다."

"병판 대감께서 기꺼이 자네 뒤를 봐주실 걸세."

"일없다고 하지 않소."

"그러지 말고 내 이야기 새겨서 듣게. 빠르면 오늘밤에라도 추국청이 설치될 것이야."

"그것 참 잘되었구려. 주상 전하와 위관 앞에서 누가 옳고 그른지, 어디 한번 시시비비를 가려 봅시다."

"끝내 개죽음을 자처하려는가?"

"내 생각에 개죽음을 당하는 쪽은 네놈일 것 같은데."

시헌은 한껏 빈정거려 주었다. 인몽이 너털웃음을 터트렸다. 소름 끼치도록 음충맞게 울리는 웃음소리가 온통 조롱으로 넘쳤다.

"역모의 증좌가 될 사발통문이 자네 집에서 나와도 지금처럼 자신만만할 수 있을까?"

"있지도 않은 사발통문을……."

이야기를 하다 말고 시헌은 홱 하니 고개를 돌렸다. 눈이 마주치자 인몽이 윗니를 드러내며 씨익 웃는다.

"이제 좀 돌아가는 상황이 보이나? 포도청에서 잔뼈가 굵은 내가 아무리 증좌도 없이 고변을 하였겠는가?"

❖　　　❖　　　❖

심지를 키운 등잔불을 가운데 두고, 무릎을 마주 대하고 앉은 유란과 운해가 한창 수틀과 씨름할 즈음이었다. 우련한 달빛이 고이기 시작한 미닫이 밖에서 또렷한 인기척이 들렸다.

"어머니, 소자 무혁입니다. 문안 인사를 드리러 왔습니다."

"들어오너라."

완자 분합 들장지문이 소리도 없이 사붓이 열렸다. 성큼 안방으로 들어서던 무혁은 유란과 운해의 오붓한 모습을 보고 얼굴 가득 미소를 피웠다.

"수를 놓고 계셨습니까?"

"이제 곧 겨울이지 않니. 솜이불을 새로 지으려고. 힘든데 무슨 문안 인사야?"

유란은 건너편 운해 곁에 자리를 잡고 앉는 아들을 향해 걱정 깃든 시선을 던졌다. 지난밤 의금부로 끌려갔다 오늘 낮에 풀려난 무혁은 대문 밖으로 한 발짝도 나서지 말라는 근신 처분을 받았다.

"잠시 집을 비워야 할 것 같습니다."

무혁이 조심스럽게 말을 꺼냈다. 뜬금없는 소리를 하는 아들을 바라보는 유란의 눈시울로 의아함이 담겼다.

"근신 중임을 잊었느냐?"

"아버지의 구명과 관련된 중요한 일입니다."

"무엇을 하려고?"

"초량 왜관에 다녀올까 합니다."

"의금부 관원들이 알면 어쩌려고?"

"눈치 못 채도록 속여야지요. 그래서 어머니께 말씀드리는 것입니다. 언제 어디서 저들이 지켜볼지 모릅니다. 식솔들 도움 없이는 저들을 감쪽같이 속이기도 어렵고요."

무혁의 부연 설명을 듣고 유란은 고개를 끄덕여 동의를 표하였다.

"어미가 식솔들 입단속은 단단히 시키마. 다들 마음이 굳센 이들이라 믿어도 된다."

"오늘밤 어두움을 틈타 움직이려고 합니다. 제가 돌아올 때까지 칠복이가 별채에서 지내며 소자인 척할 것입니다."

"아침저녁으로 어미가 들여다보도록 하마."

유란은 아랫입술을 자그시 깨물었다. 남편은 이미 생사의 갈림길로 들어섰고, 그런 아버지를 어떻게든 살리겠다며 아들마저 사지로 나가려 하고 있었다. 유란은 차마 무혁을 붙잡을 수가 없었다. 그저 휘몰아치는 피바람 속에서 남편과 아들이 부디 무사하기만을 간절히 바라고 바랄 뿐이다.

"초량 왜관에는 누구와 가시나요?"

잠잠히 있던 운해가 돌연 사분히 물었다. 무혁은 서궤 맞은편 유란에게 향해 두었던 시선을 나란히 앉은 운해 쪽으로 옮겼다.

"혼자 갑니다. 최대한 빠르고 은밀하게 움직여야 해서요."

"역관도 없이요?"

"동래부에 소속된 역관이 있습니다."

"신임할 수 있는 자입니까?"

"동래부사는 믿을 만한 자라고 들었습니다."

무혁은 '이이제이'라는 말은 쏙 빼고서 일영의 의견을 전하였다. 운해가 정확히 핵심을 짚었다.

"동래부사가 미덥다 하여 소속 역관까지 믿음직스러운 것은 아니잖아요."

"조심하겠습니다."

"소녀가 왜나라 말을 할 줄 알아요. 역관에 견줄 바는 아니지만, 어지간한 대화는 통역할 수 있어요. 그러니 소녀를 데려가시어요."

"무슨 말도 안 되는 소리를……. 험하고도 먼 길입니다. 당치 않아요."

무혁이 펄쩍 뛰면서 손사래를 치자 운해가 살긋한 미소를 뿌렸다. 그 정도 반발쯤은 충분히 예상하고 있었다는 투다.

"그보다 더 험하고 더 먼 죽음의 길도 무사히 다녀왔는걸요. 각오한 일이어요. 소녀 걱정은 마시라니까요."

"각오만으로 되는 일이 아닙니다. 시간을 아끼기 위해 쉬지 않고 말을 달릴 생각이에요. 말안장에 몇 번 앉아 보지도 못한 소저한테는 무리입니다."

"감찰 나리께 짐이 되지 않도록 최선을 다할게요."

"노력만으로 되는 것이 아니래도요. 무리하다 낙마라도 하면 어쩌려고요."

"소녀 몸을 말안장에 꽁꽁 묶어서라도 떨어지지 않을 테니, 염려 마시어요."

운해가 되도 않는 고집을 피웠다. 물러설 마음이 일절 없음이었다. 운해를 쳐다보는 무혁의 시선이 썩 곱지 않았다.

"조선 여인의 왜관 출입은 국법으로 엄금한 일입니다. 사내도 공무로만 출입이 가능할 뿐이고."

"사내처럼 바지저고리를 입으면 되겠구나. 상투도 틀고."

유란이 불쑥 끼어들었다. 무혁은 저도 모르게 질린다는 표정을 짓고 말았다. 운해도 운해지만, 아무렇지도 않게 남복을 권하는 유란의 태도가 경악스러울 정도였다.

"어머니까지 왜 이러시는 것입니까?"

"동래부 소속 역관이 왜인들과 내통하고 있으면 어쩔 것이냐? 서로가 이래저래 자주 얼굴을 대하는 자들이다. 의심할 여지는 충분해."

"아무리 그래도 안 됩니다."

"임 소저만큼 믿음직한 역관이 또 있어?"

유란이 눈빛을 날카롭게 세우고 다그쳤다. 골백번도 더 옳은 이야기지만 무혁은 선뜻 동의해 줄 수가 없었다. 침묵을 긍정으로 받아든 유란이 조곤조곤 말소리를 이어 나갔다.

　"통역을 빙자해 역관이 중간에서 장난질 칠 수도 있어. 왜나라 말은 한마디도 모르는 네가 그 장난질에 속수무책 놀아날 것은 명약관화하고."

　"그렇다고 임 소저를 데려갈 수는 없습니다."

　"왜 못 데려가?"

　"너무 위험합니다."

　"무혁이 네가 목숨 걸고 지키면 되겠네."

　"예?"

　"마음에 품은 여인 하나 못 지킬 배짱이야? 깜냥이 겨우 그것밖에 안 돼?"

　"어머니……."

　한탄하듯 유란을 부르고 무혁은 질끈 눈을 감아 버렸다. 운해의 동행을 끝까지 반대하다가는 제 여자조차 제대로 건사 못 하는 졸장부가 될 판이었다. 졸지에 진퇴양난에 빠지고 말았다. 빼도 박도 못하는 무혁을 대신하여 운해가 기다렸다는 듯이 쐐기를 박았다.

　"전에 소녀한테 '서필수여'라고 하셨지요? 어떠한 위험에서도 반드시 지켜 주시겠다고 한 그 약속을 믿고, 감찰 나리를 따르겠어요."

그릇된 것을 깨고 바른 것을 드러내다 　　　파사현정
　　　　　　　　　　　　　　　　　破邪顯正

깊은 밤, 운해를 데리고 담장을 넘는 것은 무리라고 판단한 무혁은 행랑채 뒤꼍 마구간과 연결된 수로 쪽으로 길을 잡았다. 마소의 오물을 물로 씻어 흘려보내는 데 사용되는 수로는 간신히 사람 하나가 기어서 들고날 정도의 크기였다. 말이 좋아 수로지 개골창과 크게 다르지 않았다.

"여기로 빠져 나가면 곧바로 실개천이에요."

무혁의 말에 운해가 어두움 속에서 힘주어 고개를 끄덕였다. 비장한 얼굴빛이 새삼 의지를 불태우는 것처럼 보였다.

"수로를 나가자마자 둑을 따라 걸으면 되지요?"

"내가 먼저 나가서 기다릴게요. 주변을 살핀 다음 안전하다고 판단되면 벽을 두 번 칠 테니까 그때 나오도록 해요."

"조심하시어요."

운해가 오른손으로 무혁의 옷소매를 살짝 쥐었다가 놓았다. 무혁은 한걸음 뒤로 물러서는 운해를 와락 안아 품으로 당겼다.

마음이 착잡하였다. 양팔로 포박이라도 하듯이 남복차림의 운해를 힘껏 조여서 안았다.

"아직 늦지 않았어요. 지금이라도 마음을 돌리도록 해요."

"제 걱정은 마시래도요. 나리께 폐가 되지 않도록 열심히 할게요."

운해가 변복을 걸친 무혁의 가슴에다 머리띠를 두른 이마를 잇대어 붙이고 살근살근 비볐다. 무혁은 운해의 정수리 위 앙증맞게 올라앉은 헛상투를 조금은 짜증이 난다는 식으로, 콕콕 콧날로 찍었다.

"기어이 따라나설 것입니까?"

"예, 기어이 따라갈 거예요."

"그렇다면 말투부터 고치도록 해요, 사내답게. 바지저고리를 입고 상투까지 틀었잖아요. 장부처럼 굴어야지요."

무혁은 일부러 더 불뚝하니 이야기하였다. 운해가 배시시 미소 짓고, 무혁의 품 안을 벗어나 한 발짝 뒤로 물러나 섰다. 등줄기를 꼿꼿이 세워 부동자세를 취하였다.

"알겠습니다, 나리."

"굵고 낮게."

"명심하겠습니다."

사내 흉내를 내느라 아랫배에 힘을 준 운해의 목소리에 군기가 빠짝 들어갔다.

"통(通)."

무혁은 여전히 부동자세로 서 있는 운해의 입술에다 쪽, 하고 입맞춤을 남겼다. 합격 인장을 대신한 입술 도장이었다.

"무슨……"

당황한 표정을 짓는 운해를 뒤로 하고 무혁은 곧장 수로로 향하였다.

"나 먼저 갑니다."

비좁은 구멍 안으로 들어서자 개골창 특유의 고약한 냄새가 코를 찔렀다. 무의식중에 인상을 팍 구겼다. 납작 엎드려 무릎으로 진흙 바닥을 기었다. 실개천에 가까워질수록 질퍽거리는 진창 위로 찰랑찰랑 개천 물이 들이쳤다. 어느 정도 옷이 젖는 것은 감수할 수밖에 없었다.

수로를 완전히 빠져나왔을 때는 이미 목화신과 무릎이 축축하게 젖은 상태였다. 팔꿈치 아래도 예외는 아니어서 토시를 낀 소맷자락을 타고 물방울이 바닥으로 떨어졌다. 팔다리를 흔들어 옷가지에 들러붙은 진흙과 물기를 대충 털어 냈다.

한밤의 적막 속에 웅크리고 앉아 숨을 죽였다. 어두움에 익숙해진 눈으로 실개천 주변을 꼼꼼하게 더듬어 나갔다. 누런 갈대밭 이쪽과 저쪽 시야가 닿는 곳 그 어디에서도 인기척은 감지되지 않았다. 눈길을 먼 곳에 두어 경계를 게을리 하지 않으면서 오른팔만 수로 안쪽으로 집어넣었다. 크고 작은 돌멩이를 쌓아 만든 내벽을 손바닥으로 잇따라 두 번 두드렸다.

얼마 지나지 않아 운해의 상투꼭지가 비좁은 구멍을 통해 빠끔히 보였다. 무혁은 양쪽 손으로 운해의 어깻죽지를 하나씩 붙들고 힘주어 쭉 잡아당겼다. 단박에 운해의 몸이 수로 밖으로 끌려 나왔다.

"옷이 젖어 축축하지요?"

"괜찮습니다, 나리."

운해가 사내 흉내를 냅답시고 딱딱한 어조를 사용해 말하였다. 고지식할 정도로 고집스러운 운해의 일관성에 무혁은 문득 웃음이 났다. 영 마뜩찮기만 하던 상투도 자꾸 보니 사랑스럽다고 생각하면서 빙긋이 웃었다.

"타고 갈 말과 갈아입을 옷가지가 준비되어 있을 것입니다. 대신 조금 많이 걸어가야 합니다."

"염려 마십시오."

"갑시다."

무혁이 오른팔을 뻗어 운해의 왼쪽 손목을 움켜쥐었다.

"그대도 나처럼 손으로 내 손목을 잡도록 해요."

"이렇게 말입니까?"

운해는 손바닥을 넓게 펼쳐 무혁의 손목을 꽉 붙들었다. 무혁의 오른팔과 운해의 왼팔이 하나로 연결된 삼줄처럼 단단하게 엮였다.

"손을 잡는 것보다 서로 손목을 잡는 것이 훨씬 안전합니다. 이러면, 한쪽에서 손을 놓치거나 일방적으로 손을 놓는다 해도 서로 떨어질 수가 없거든요."

"그러네요. 두 사람이 동시에 손을 놓지 않는 이상 서로를 놓치는 일은 없겠어요."

"내 뒷등에 딱 붙어서 걷도록 해요."

"예."

운해는 앞서서 걷기 시작한 무혁의 뒤를 바짝 쫓았다. 무혁이 멈추어 서면 운해도 같이 걸음을 그쳤다. 무혁이 다시 뚜벅뚜벅 제 길을 가면 운해 또한 발걸음을 재게 놀려 따랐다. 둘은 그렇게 한참을 걸었다. 희미한 달빛을 등롱 삼아 누런 갈대가 웃자란 둑길을 말없이 걸었다.

묵묵히 길을 가는 동안 실개천이 냇가가 되더니 어느새 골짜기로 변하였다. 우거진 갈대밭도 부지불식간 사라지고 눈에 보이는 곳마다 아름드리 소나무만 무성하다.

"다 왔습니다."

무혁이 여태 붙잡고 온 운해의 손목을 놓아 주었다. 운해도 손을 놓고 땀이 밴 손바닥을 옷자락에 문질러서 닦았다.

"쑥국, 쑥국, 쑥국."

무혁이 휘파람을 불어 새소리를 만들어 냈다. 울창한 솔숲의 고요를 깨치는 산비둘기 울음소리에 장단 맞추듯 어디선가 두견새가 소쩍, 소쩍, 소쩍, 하며 긴 울음을 울었다.

"저쪽으로 갑시다."

무혁이 다시 운해의 손목을 잡아끌었다. 미처 열 발짝을 떼지 않아서였다. 어두움의 본체와도 같은 사내가 시커먼 어두움을 뚫고 눈앞으로 불쑥 튀어나왔다. 운해는 놀란 비명을 황급히 목구멍 안으로 삼켰다. 검은 복면의 사내가 날카로운 시선을 운해한테 붙박고 서서 무혁에게 묻는다.

"함께 온 자는 누군가?"

"역관입니다."

무혁의 답변을 액면 그대로 수긍한 모양, 다행히 사내는 더이상 운해에 대하여 언급하지 않았다. 두툼한 봇짐을 무혁 쪽으로 넘겼다.

"구관복과 마패일세. 갈아입을 평복도 두 벌 넣었네. 공첩(公牒)은 옷가지들 사이에 숨겨 두었고."

"타고 갈 말은 어디에 있습니까?"

"두 필 모두 가져가게."

사내가 솔숲 저편 어느 한 지점을 턱짓으로 가리켰다. 그곳으로 무혁의 눈길이 자연스럽게 가서 닿았다. 우거진 소나무들 사이에서 한가로이 풀을 뜯는 군마 두 마리가 언뜻 보였다.

"어떻게 돌아가시려고요?"

"내 걱정은 말고, 먼 길 가야 할 자네 걱정이나 해."

"그럼."

무혁이 짤막한 묵례로써 사내와의 대화를 일단락 지었다. 어깨를 스쳐 지나는 무혁을 향해 사내가 작게 속삭인다.

"조심하게."

"제 걱정은 마시고, 먼 길 걸어가야 할 본인 걱정이나 하시지요."

귀엣말을 건네는 무혁의 나지막한 음성에 웃음기가 어렸다. 곧바로 사내를 지나쳐 말들에게 다가가는 무혁의 뒷등을 바라보고 선 일영의 눈가에도 다정다감한 미소가 깃들었다.

"옷부터 갈아입읍시다."

무혁이 말고삐를 매 놓은 솔가지 아래 서서 봇짐을 풀었다. 운해는 정중한 말로 무혁의 제안을 물리쳤다.

"괜찮습니다. 벌써 대충 말랐습니다."

"그러다 고뿔 듭니다."

"어차피 말 타고 달리다 보면 금세 땀투성이가 될 텐데요."

"괜한 고집 피우지 말고 내 말 들어요."

"나리야말로 고집 피우지 마십시오."

"지금 나한테 반항하는 것입니까?"

무혁이 한쪽 눈썹을 비딱하게 꺾었다. 운해는 까치발을 들고 서서, 반듯한 이마 위로 아로새겨진 파임 불(\)자가 손끝으로 쓱쓱 지웠다.

"앙탈입니다만."

"교태 같은데요?"

무혁이 피식 웃었다. 운해도 싱그러운 미소를 얼굴 가득 피웠다. 줄곧 딱딱함을 유지해 오던 말투 역시 평소대로 되돌렸다.

"우리 얼른 출발해요. 쉬지 않고 달려도 하루를 꼬박 가야 하잖아요."

"정말 괜찮겠습니까?"

"그럼요."

"아직 한밤중이고 험한 산길이라 시야가 제대로 확보될 때까지 속보로 갈 생각입니다."

무혁은 군마 두 마리 중 온순해 보이는 녀석 쪽으로 운해를 이끌었다. 운해는 갈색 암말의 콧잔등이를 살살 어루만졌다. 녀석이 축축한 혓바닥 길게 빼고 운해의 손바닥을 핥았다.

"시야가 확보되면 달리는 건가요?"

"전속력으로."

"알겠어요. 속보로 가는 동안 이 녀석이랑 친해지도록 할게요."

"배움에 임하는 자로서 무척 바람직한 자세로군요."

무혁이 양손으로 운해의 허리를 붙들었다. 밤도둑처럼 재빨리 쪽, 입을 맞추더니 그대로 운해를 볼끈 안아서 말안장 위로 앉혔다. 운해는 고개를 비스듬히 숙여 발갛게 익은 두 뺨을 감추었다. 가슴이 푸근하게 달았다. 애꿎은 말고삐를 바짝 조여 잡고 작게 입속말을 중얼거렸다.

"통(通)."

그날 무혁과 운해는 경상도 봉화에 이를 때까지 자지도 않고, 먹지도 않고, 쉬지도 않고 말을 달렸다. 하루 종일 산을 넘고 개울을 지나 숲을 가로지르며 군마를 재촉하였다. 늦은 밤 창현을 만난 후에야 겨우 말 등에서 내려 두 발로 땅을 밟았다.

❁   ❁   ❁

의관을 말끔하니 갖추어 입은 무혁과 운해는 창현을 대동한 채 초량 왜관 관수 이등영명을 만났다. 관수의 집무실이자 숙소이기도 한 이곳 동관의 와시쓰(わしつ) 안에 무거운 침묵이 짙게 흘렀다.

대오리를 엮어서 만든 기다란 경상(經床) 너머에서 이등영명이 가신들로 보이는 왜인 둘과 잠시 귀엣말을 속삭였다. 그 모습을 묵묵히 지켜보던 무혁은, 우포청 기찰포교 살인 사건과 관련하여 긴밀한 협조를 바란다는, 대사헌의 서찰을 품 안쪽에서 꺼내 경상 위에다 올려놓았다.

"사헌부 수장이신 문익현 대감의 친서요."

무혁의 말을 이등영명의 가신들 중 하나가 왜나라 말로 통역을 하였다. 가신의 손을 빌려 편지를 받아 든 이등영명은 대충 눈으로 내용을 훑으며 불편한 기색을 고스란히 드러냈다.

"山本暎一に殺人の疑いがあると主張するのか。"

노기를 띤 이등영명의 목소리가 경상을 사이에 두고 마주 앉은 무혁을 향해 빠르게 쏟아졌다. 뒷등 가까이에 자리한 운해가 곧바로 무혁에게 통역을 하였다.

"산본영일에게 살인의 혐의가 있다고 주장하는 것이냐고 묻습니다."

"아니라고 관수에게 답하게. 참고인으로 물을 것이 있으니, 산본영일과 대면할 자리를 만들어 주면 된다고 말일세."

"알겠습니다."

운해가 왜나라 말로 무혁의 이야기를 전하자, 이등영명이 어색하지만 그렇다고 서툴지는 않은 발음으로 조선말을 주워섬겼다.

"야마모토 에이이치를 심문할 것인가?"

대마도주 종의순의 최측근인 이등영명은 조선과 왜국을 오가는 교역선 위에서 잔뼈가 굵은 상인이다. 어느 정도 조선말을 할 줄 아는 것은 어쩌면 당연하였다. 무혁은 당황한 기색 없이 우리말로 대답을 주었다.

"확인할 것이 몇 가지 있을 뿐이오."

"심문이든 확인이든, 반드시 내가 지켜보는 자리에서 해야 할 것일세."

"알았소이다."

"야마모토는 우리 쓰시마 사람일세. 함부로 대하면 외교 마찰을 부를 수 있음을 명심하시게."

"아무리 왜인 신분이라고는 하나, 산본영일은 살인 사건의 주요한 참고인이요. 관수가 조사를 막는다면 그것이야 말로 외교 문제가 될 것이오."

무혁은 한 치도 뒤로 물러서지 않겠다는 각오로 엄중히 이야기하였다. 무혁을 똑바로 겨누어 보는 이등영명의 눈가가 파르라니 경련을 일으켰다. 무혁도 눈시울에 힘을 넣어 맵차게 상대를 노려보았다.

한참이 지나 이등영명 쪽에서 먼저 시선을 비꼈다. 그가 왜나라 말을 후스마(ふすま) 너머로 날카롭게 쏘았다. '어서 산본영일을 데려오라'는 명이라며 운해가 재빨리 무혁에게 통역해 주었다.

다다미방 안에 다시금 깊은 정적이 감돌았다. 이등영명을 비롯한 왜인들은 불쾌한 낯빛으로 침묵을 지켰다. 무혁과 운해와 창현 역시 서로 약속이라도 한 것처럼 말문을 꾹 닫고 앉아 무표정한 얼굴을 고수하였다. 눈에 보이지는 않지만 서로간의 명백한 기싸움이었다. 일종의 자존심이기도 하였다.

무혁은 조선인으로서의 기상과 무인으로서의 절개를 나름대로 표현하고자 등줄기를 한층 꼿꼿하게 곧추세웠다. 단 한순간도 눈앞에 앉은 왜인들에 대한 경계를 늦추지 않았다. 겉으로는 이문이 바삭한 장사꾼의 낯을 하고 있으나, 그 근본은 잔악무도한 해적들이다. 바다에서 노략질을 일삼던 버릇으로 자신에게 불리하다 싶으면 언제라도 왜검을 지체 없이 휘두를 자들이었다.

후스마 밖에서 야마모토 에이이치 어쩌고저쩌고 하는 왜나라 말이 들리더니 미닫이가 소리도 없이 열렸다. 회색빛 가사를 차려입은 승려 하나가, 왜인들이 쇼지(しょうじ)라 부르는 창호지 문을 투과하여 들이치는, 늦가을 햇빛을 등에 짊어진 채 와시쓰 안으로 들어섰다.

산본영일이 이등영명을 향해 공손히 합장한 후 예를 올렸다. 고개를 든 산본영일의 얼굴을 보자마자 창현이 갑자기 이성을 잃고 고함을 쳤다.

"오달영! 이 개아들 놈아!"

바닥에서 튕기듯 몸을 벌떡 일으킨 창현이 곧장 산본영일에게 달려들어 멱살을 움켜잡았다. 가사 자락을 힘껏 틀어 쥔 창현의 두 손이 부들부들 떨렸다.

"이런 쳐 죽일 놈! 너 때문에 임 대행수가……. 우리 운해가……."

"真てください(진정하시지요)。人を見間違えたようです(사람을 잘못 보셨습니다)。他の人とまちがえたようです(다른 이와 착각하신 듯합니다)。"

산본영일이 왜나라 말로 흥분한 창현을 달랬다. 무혁은 곁에서 통역하는 운해의 목소리를 주의 깊게 들으며 자리를 털고 일어섰다.

"최 의원. 그만 고정하시지요. 감정을 앞세워서 될 일이 아닙니다."

"강 감찰. 이놈이 오달영이야. 오달영이라고."

"단순히 닮은 사람일 수도 있습니다."

덤덤한 반응을 보이는 무혁의 이야기에 창현이 어처구니가 없다는 식으로 웃었다. 말 같지도 않은 소리는 하지도 말라는 태도였다.

"사십 년을 알아온 얼굴을 내가 어떻게 착각할 수가 있겠어. 오달영이 맞다니까."

"시시비비는 앉아서 가리도록 하지요."

"시시비비? 무슨 놈의 시시비비? 이놈 때문에 죄 없는 임 대행수가 죽었다고! 고신 끝에 맞아죽었다고!"

창현이 함부로 목청을 높였다. 무혁은 씩씩 더운 콧김을 뿜는

491

창현의 어깨를 힘주어 잡았다. 나지막한 소리로, 하지만 강단진 말로 경고를 날렸다.

"진정하시지요. 지금 이러는 것 수사에 아무런 도움이 되지 않습니다. 최 의원이 흥분하면 할수록 오히려 방해만 됩니다."

거칠게 차올랐던 창현의 숨소리가 점차 가라앉았다. 한결 차분해진 어조로 창현이 말하였다.

"미안하네."

"아닙니다. 어떤 상황에서도 이성을 잃지 마십시오. 그래야 진범을 잡을 수 있습니다."

"알았네. 정신 바짝 차릴 테니 염려 말게."

"좋습니다."

무혁과 창현은 제자리를 찾아 앉았다. 산본영일도 흐트러진 옷매무새를 가다듬고 몸을 바닥에 주저앉혔다. 무혁은 먼저 이등영명에게 양해부터 구하였다.

"결례가 많았소이다."

"그 정도 소란이야, 뭐."

이등영명이 빙긋이 웃었다. 무혁은 한차례 호흡을 고른 다음 산본영일 쪽으로 눈길을 옮겼다.

"우리말을 할 줄 아시오?"

"야마모토는 조선말을 모르오. 쓰시마에서 여기로 건너온 지 몇 달 안 되었거든."

이등영명이 산본영일을 대신하여 대답하였다. 무혁은 입가를 비집는 조소를 서둘러 감추었다.

"방금 최 의원이 멱살을 잡고 달려들었을 때, '사람을 잘못 본 것 같다, 다른 이로 착각한 모양이다'라고 이야기하지 않았소? 우리말을 할 줄 모른다면서 상황 파악이 지나칠 정도로 정확한 것 아니오?"

"그거야 야마모토를 데리러 갔던 심부름꾼이 대충 이곳 상황을 전하였을 것이니……."

이등영명의 말소리를 무혁은 부러 단호하게 무질렀다.

"관수한테 묻지 않았소이다! 산본영일이 대답하시오!"

무혁의 추상같은 기세에 짓눌린 산본영일이 힐끗힐끗 눈치를 살피면서 입을 열었다.

"それ, それだから 使いがきて言うことを(그게, 그러니까 심부름꾼이 와서 말하기를)……。"

"네 이놈 오달영!"

무혁은 오른손에 쥔 등채를 흡사 장도처럼 휘둘렀다. 뭉뚝한 등채 끝으로 산본영일, 아니, 오달영의 숨통을 정확히 겨누었다.

"この何の暖冬という(이 무슨 난동)……。"

"당장 그 입 다물라!"

"私の名前は山本です(내 이름은 야마모토요)。吳達永, 彼が誰かもしれない(오달영, 그자가 누군지 모르오)。"

"우리말을 모른다는 자가 역관의 도움 없이 잘만 지껄여 대는구나."

무혁은 엄격한 어조로 꾸짖었다. 자신의 실수를 깨달은 달영의 얼굴에서 핏기가 확연히 가셨다. 새파랗게 질려 안절부절못하는 달영과 달리, 상석에 앉은 이등영명은 난처한 기색이라고는 일절 없었다. 오히려 차분한 태도로 끼어들었다.

"야마모토가 조선말을 할 줄은 몰라도, 눈치껏 알아듣기는 하지."

"하!"

기가 막혀 헛웃음을 치는 무혁을 곁에서 창현이 조용히 불렀다.

"강 감찰."

"왜 그러십니까, 최 의원?"

"저놈 바지 좀 벗겨 보세."

"예?"

"오른쪽 볼기짝에 손바닥 자국처럼 생긴 푸르딩딩한 얼룩점이 있을 걸세."

"알겠습니다."

단단히 대답하고 무혁은 눈길과 관심을 이등영명 쪽으로 옮겨 말하였다.

"관수. 산본영일의 바지를 벗겨야겠소."

제안이 아닌 일방적인 통보였다. 반대 의견은 아예 원천봉쇄해 버린 말이기도 하였다. 난감해하는 이등영명의 시선이 산본영일이라고 박박 우기고 있는 오달영에게 향하였다. 달영은 양손으로 제 허리춤을 빠짝 부여잡고 앉아 정신없이 도리질을 쳤다.

죽기 살기로 저항하는 달영을 힘으로 제압한 후 무혁은 기어코 바지를 벗겨 냈다. 창현이 이야기한 대로 달영의 볼기짝에 손바닥 자국처럼 생긴 푸르딩딩한 얼룩점이 보였다.

"이런 경을 칠 놈을 보았나!"

무혁은 어금니를 옥다물고 달영의 볼기짝을 등채로 힘껏 후려쳤다. 성질 같아서는 당장에라도 목줄을 따 버리고 싶었다. 엉덩이 살갗이 터지고 볼기짝 곳곳에 피멍이 맺히도록 매서운 매질이 계속되었다. 여태 왜인인 척 굴던 달영의 입에서 조선말이 술술 흘러나왔다.

"아이고, 나 죽네. 감찰 나리, 제발 살려 주시오. 최 의원, 나 좀 살려 주시게. 잘못했습니다. 소인이 죽을죄를 지었습니다."

달영이 엉엉 울면서 싹싹 빌고 나서야 볼기짝을 후려치던 매질이 그쳤다. 벌벌 떨리는 손으로 허리춤을 정돈하는 달영에게 흘낏 일별하고, 무혁은 싸늘하게 식은 시선을 이등영명 쪽으로 던졌다.

"초량 왜관 관수 이등영명은 이 일에 대하여 조선 조정에 직접 나와 해명해야 할 것이오."

"이보시오."

이등영명이 다급하게 무혁을 불렀다. 곧이어 빠르고 거친 왜나라 말이 홍수를 이루었다. 운해가 황급히 무혁에게 달려와 이등영명의 이야기를 통역하였다.

"자신은 모르는 일이라고 합니다. 절간 지주와 내통한 듯싶다고요."

"범죄자 은닉이 초량 왜관 내에서 이루어진 일이니 책임의 소재가 관수에게 있음은 두말할 필요조차 없을 터."

무혁은 단호한 어조를 써서 허튼 소리 따위 집어치우라는 경고를 분명하게 전달하였다. 조선이고 왜국이고 오물덩어리 같은 놈들은 어디나 널려 있는 모양이었다.

"조사할 시간을 주시오."

발뺌이 통하지 않자 이등영명이 시간을 벌겠다고 나섰다. 조사를 핑계로 조선 조종에 나오는 일을 차일피일 미루려는 수작이 분명하였다. 무혁은 싹을 잘라 손톱만큼의 틈조차 허락하지 않았다.

"군사를 거동하여 강제로 끌고 가기를 바라는 것이오?"

"나도 어찌된 영문인지 알아야 해명을 할 것 아니겠소."

"왜관은 조선인 거주는 물론이고 출입마저 엄격하게 통제되는 곳이오. 그런 왜관에서 범죄에 연루된 조선인이 장기간 숨어 있었소. 초량 왜관 내 조선인 범죄자 은닉에 대하여 조선 조정은 결코 좌시하지 않을 것이오. 외교 문서를 통해 정식으로 왜국에 항의하겠소."

서슬이 시퍼런 무혁을 향해 이등영명이 가까이 다가왔다. 허리를 굽혀 몸을 낮추고 조선말로 은밀하게 속삭인다.

"사죄의 뜻으로 은자 백 냥을 조선 조정에 바치겠소. 강 감찰에게는 따로 은자 삼십 냥을 드리리다."

무혁은 목울대가 울리도록 한바탕 시원하게 웃었다.

"기껏 은자 삼십 냥이오?"

"얼마를 바라는지 말을 해 주면 즉시 준비하리다."

"내가 그다지 은자를 좋아하지 않아서……."

무혁은 일부러 말꼬리를 흐렸다. 미끼인 줄도 모르고 이등영명이 덥석 물었다.

"무엇을 좋아하시오?"

"방짜 유기."

"구리는 요즘 본국에서 수출 물량을 통제하는 통에……."

"구리가 아니라 방짜 유기 말이오. 이왕이면 경기 안성 놋점에서 만든 것으로."

"조선의 특산품인 방짜 유기를 이곳 왜관에서 찾으면 어쩌라는 것이오?"

"초량 왜관 창고에 방짜 유기가 가득하다는 소문을 들었소만. 관수가 전량 배에 실어 대마도로 가져가 큰돈을 번다는 풍문도 들리고. 참으로 이상하지 않소. 조선에서 왜국으로 수출하는 방짜 유기의 수량은 한정되어 있을 텐데 말이오."

무혁은 입가를 비틀어 빙긋이 웃었다. 유들유들하던 이등영명의 낯빛에 당혹스러워하는 기운이 짙게 번졌다.

"이보시오, 강 감찰. 잘 생각해 보시오. 소문이란 본디 과장되는 법 아니겠소."

"관수 말대로 곰곰 생각해 보니 그렇기도 하오. 세상 풍문이 모두 사실인 것은 아니니까."

무혁이 선뜻 맞장구를 쳐 주자 이등영명이 십년감수하였다는 표정으로 손바닥을 일없이 비벼 댔다.

"내가 어찌하면 좋겠소? 강 감찰이 하라는 대로 다 하리다."

"주상 전하와 대소 신료들 앞에서 관수가 직접 해명하면 되오."

"조선인 범죄자 은닉에 대해서 말이오? 오달영 일이라면 백 번 천 번도 하리다."

"더불어 방짜 유기 밀거래와 관련해서도 한 치의 거짓 없이 제대로 해명해야 할 것이오. 이 또한 조선 조정은 왜국에 정식으로 항의할 생각이오. 대마도주에게는 따로 책임을 물어 조선으로 소환할 수도 있소."

힘주어 단언하는 무혁의 얼굴을 이등영명은 멍하니 올려다보았다. 초점을 잃은 눈빛이 잔불처럼 어지럽게 흔들렸다. 속이 빠짝빠짝 타들어 갔다.

만약 방짜 유기 밀거래 사건이 외교 문제로 비화되어 조선과 왜국의 관계가 틀어져 버린다면, 그 책임이 고스란히 이등영명 자신에게 전가될 것이다. 본국으로의 송환은 기정사실이고, 운이 없으면 할복으로써 죗값을 치러야 할지도 모른다. 주군인 대마도주 종의순은 측근에게조차 자비가 없는 자였다.

이등영명은 자존심을 버리고 목숨을 구걸하기로 마음먹었다. 일단 살아남아야 훗날을 도모할 수 있을 터였다.

"방짜 유기 밀거래에 대해서도 낱낱이 밝힐 것이니, 본국과 조선 사이의 관계가 흐트러지는 일만큼은 부디 막아 주시오."

"좋소. 약조하리다. 관수가 협조만 잘해 준다면 외교적 항의는 없을 것이오."

❀　　　❀　　　❀

운해는 젖은 머리카락을 커다란 면포로 감싸 손바닥으로 꾹꾹 눌렀다. 저도 모르게 실실 웃음이 났다. 요 며칠 공중에 붕 떠 있는 것처럼 기분이 좋았다. 억울하게 죽은 아버지의 한을 마침내 풀었으니 솔직히 마음이 들뜰 수밖에 없었다. 물론 공식적으로 신원이 이루어진 것은 아니다. 그래도 달영을 추포함으로써 이미 이룬 것이나 다름없었다. 아버지의 원혼도 하늘에서 분명 기뻐할 것이다.

젖은 면포를 치우고 앉은뱅이 경대를 무릎 앞쪽으로 끌어왔다. 거울 속의 여인이 발그레 뺨을 붉혔다. 뜨거운 물로 목욕을 하고 난 뒤라 그런지 가슴마저 발갛게 달았다. 한양에 돌아갈 때까지 목욕은커녕 제대로 씻지도 못할 줄 알았다. 모두가 무혁의 배려 덕분이다. 정확하게는 초량 왜관 관수 이등영명 때문이라고 하는 것이 맞겠다.

이등영명은 유난스럽다 싶을 정도로 목욕이라는 행위에 집착을 보였다. 밤이면 밤마다 객잔 중노미들을 닦달하여 목욕통을 방으로 들이고 뜨거운 물을 들통째 퍼 나르게 하였다. 이등영명이 온갖 수선을 피워 주었기에 운해는 남들 눈치 안 보고 제 숙소에서 더운물 목욕을 실컷 즐길 수 있었다.

이등영명과 오달영을 한양으로 호송하기 위하여 무혁은 동래부 소속 군사 중 기병 이십을 차출하였다. 개중에 열은 이등영명과 그 일행을 태운 마차 호위에 번갈아 나섰고, 나머지 군사는 달영을 구금해 놓은 수레를 항시 지켰다. 제법 많은 수의 인원이 한꺼번에 움직이는 탓에 예상보다 여정이 더디게 진행되었다.

무혁은 밤길을 달려서라도 하루라도 빨리 한양에 입성하기를 원하였다. 반면 이등영명은 해가 지면 한 발짝도 움직이려고 들지 않았다. 조선 조정의 초치(招致)*에 따른 호송이라서 피의자 신분인 달영과 달리 이등영명은 어디까지나 참고인 신분이었다. 강제로 이등영명을 압송할 권한이 무혁에게는 없었다. 오히려 외교 관례상 왜인인 이등영명에게 최대한의 편의를 제공해야만 하였다.

오늘만 해도 이등영명의 고집으로 일몰과 동시에 가던 길을 멈추고 수원의 객잔에 짐을 부렸다. 이곳에서 하룻밤 유숙한 후 내일 아침 일찍 한양으로 출발하기로 하였다. 늦어도 오후쯤에는 광화문 밖 육조대로에 당도할 수 있을 것이다.

운해는 물기를 제거한 머리카락에 참빗을 꽂았다. 머리카락이 반질반질해질 때까지 정성껏 빗질을 하였다. 자르르 윤기가 감도는 머리카락을 아무 생각 없이 쭉쭉 땋아 내려가다 피시식

---

*초치:항의성 호출을 뜻하는 외교 용어.

헛웃음을 지었다. 상투 트는 것을 잊어 버렸다.

"습관이란 무섭구나."

공들여 땋은 귀밑머리를 도로 풀었다. 헝클어진 머리카락에 다시금 참빗을 꽂아 넣으려는데, 창호 미닫이 너머로 인기척이 울렸다. 한 시진 넘게 자리를 피해 주었던 무혁이 돌아온 모양이다. 달빛 어린 미닫이가 사붓이 열리고 찬바람과 함께 무혁이 방 안으로 들어왔다. 잠자리에 앞서 세안이라도 하였는지 구관복 옷깃이 물기로 살짝 젖어 있다.

운해는 후다닥 몸을 일으켜 예를 갖추었다. 보는 눈과 듣는 귀가 있든지 없든지, 한양에 돌아갈 때까지 그녀는 사내여야 하고, 역관이어야만 한다. 의식적으로 목울대를 눌러 목소리를 굵직하게 만들었다.

"나리도 씻으셨습니까?"

"이곳 객잔에 목욕간이 따로 있더군."

무혁이 아랫목 보료 위에 자리를 잡고 앉았다. 동래부에서부터 줄곧 운해에게 하대를 하고 있었다. 철저하게 휘하 관원으로서 대우하였다.

"알았으면 소인도 목욕간에서 씻었을 텐데요. 밤늦은 시각 여럿 귀찮게 하지 않아도 되고요."

운해는 무거운 목욕통을 짊어지고 나른 중노미들에게 미안한 마음이었다. 별안간 무혁이 눈에 쌍심지를 켰다. 얼굴빛을 서름하니 바꾸고 윽다물어 문 잇새로 말소리를 나지막하게 쏘았다.

"내가 그대를 사내로 대우하니 진짜 사내라도 된 줄 아는 것입니까?"

"나리?"

왜 갑자기 이러시냐는 뜻으로 운해가 어색하게나마 생글 미
소를 짓자, 무혁이 눈심지를 한층 더 빠듯하니 키웠다.

"나 외에 다른 어떤 사내도 그대의 젖은 머리카락 한 올조차
보아서는 안 됩니다. 알겠습니까?"

운해는 당혹감을 감추기 어려웠다. 무혁의 이야기가 하나도
이해되지 않았다. 화를 내는 이유 역시 도무지 모르겠다.

"왜 대답이 없는 것입니까?"

"……조심하겠습니다."

마지못해 답을 하고도 운해의 기분은 마냥 얼떨떨하였다. 왜
화가 났는지 물어볼까 말까 갈등하는 중에 무혁이 이제 되었다
며 한쪽 손을 아무렇게나 홰홰 흔들었다.

"상투나 마저 틀게."

"예, 나리."

결국 이유는 묻지도 못하였다. 운해는 옆으로 비키고 앉아 참
빗을 넣어 머리카락을 가지런히 정돈하였다. 하나로 묶어 잡은
머리채를 정수리 위로 바짝 끌어올렸다. 애써 틀어 놓은 상투의
모양이 배딱하다. 마음에 들지 않아 몇 번을 틀었다가 풀기를
반복하였다. 익숙하지 않은 일을, 그것도 무혁이 빤히 지켜보는
앞에서 하려니까 자꾸만 손가락이 헛나갔다.

무혁은 머리카락과 씨름하는 운해의 옆모습을 느긋이 감상하
였다. 상투가 제대로 틀어지지 않는 모양이었다. 기다란 머리채
를 양손으로 붙들고 낑낑거렸다가, 짜증을 부렸다가, 신경질을
냈다가, 야단법석을 떨었다. 밤새도록 지켜보고 있어도 지루하
지 않을 것 같았다.

저러다 울려나.

무혁은 얼굴 가득 피어올랐던 웃음을 운해가 볼 새라 후다닥 지웠다. 짐짓 심상한 투로 운해에게 말을 붙였다.

"이리 와요."

운해가 고개를 획 돌려 무혁을 응시한다. 표정은 시무룩하고 입술은 댓 발은 튀어나와 있다. 혼자 보기 아까웠다. 아니, 아무한테도 보여 주고 싶지 않았다. 무혁은 운해를 향해 오른팔을 길게 뻗었다. 손바닥을 펼쳐 참빗을 건네 달라는 손짓을 하였다.

"도와줄게."

운해가 가타부타 대답은 않고, 제 손에 쥔 참빗과 활짝 펼쳐 놓은 무혁의 손바닥을 이쪽저쪽 번갈아 가면서 쳐다보았다. 참빗을 줄까 말까 고심하는 듯하였다. 무혁은 빙그레 웃으면서 재촉을 넣었다.

"어서. 응?"

"누가 보면……."

아무리 친한 사이라도 사내들끼리 서로 머리카락을 빗겨 주고 상투를 틀어 주지는 않을 것이다. 운해는 참빗을 꽉 움켰다. 가늘고 날카로운 빗살이 여린 살갗을 아프게 찔렀다. 손바닥 안에서 느껴지는 통증에 의지하여 무혁에게 달려가고 싶은 충동을 참았다. 예로부터 규방의 여인은 허벅지를 찔러 유혹을 물리쳤다는 우스갯소리가 사실은 참말이었음을 이제는 알겠다.

군데군데 굳은살이 박인 커다란 손에 참빗을 쥐어 주고, 대신 상투를 틀어 달라며, 어리광을 피우고 싶었다. 힘써서 못난 마음을 억누르는 운해의 귓가로 부둥부둥 어르는 소리가 달콤하게 감겼다.

"괜찮으니 이리 와요."

"그림자가 창호지에 비칠 거예요."

이미 밤이 깊었고 벌써 모두가 잠자리에 들었다지만, 일행 중 누구든 측간에 가려고 나왔다가 곰살궂은 그림자를 볼 수도 있었다. 운해는 고개를 가로저어 끈덕지게 들러붙는 충동을 물리쳤다. 정체가 탈로 날 만한 위험은 감수하고 싶지 않았다. 여자라는 사실이 밝혀진다면 운해뿐 아니라 무혁까지 곤란해질 터였다. 그렇지 않아도 이등영명으로부터 사내가 계집처럼 곱다랗게 생겼다는 놀림을 아침저녁으로 당하고 있었다.

"등잔을 옮기면 됩니다."

무혁이 박꽃같이 생긴 등잔대를 구석으로 밀었다. 미닫이에 고여 있던 그림자가 비스듬히 구들장을 지나 방 안쪽으로 옮겨 왔다. 무혁이 등잔의 심지마저 최대치로 낮추었다. 불꽃이 아롱아롱 줄어드는 만큼 벽면에 비낀 그림자 또한 아슴아슴 흐려졌다.

"봐요, 괜찮잖아."

"하지만……."

"괜찮으니까 어서 와요. 내가 해 줄게. 응?"

무혁의 유혹은 꿀에 적신 유과보다 강력하였다. 운해의 의지는 엿가락에서 떨어져 나온 부스러기처럼 하찮았다. 운해는 무릎으로 걸어 무혁을 향해 다가갔다. 굳은살이 단단한 손바닥 안에 선선히 참빗을 쥐어 주었다.

"부탁드려요."

운해가 몸을 돌려 등을 보이고 앉았다. 무혁은 삼단 같은 머리채를 한 손에 그러잡고 바지런히 참빗을 놀렸다. 빗살이 훑고 지나는 탐스러운 머릿결마다 창포향이 은은하게 풍겼다. 무심코, 사내로서의 본능에 너무나 충실하게도, 무혁은 맑진 창포향으로 넘실거리는 머리카락에 충동처럼 그만 입을 맞추었다.

"나리?"

운해가 흠칫 떨며 헛숨을 들이켰다. 무혁은 움츠린 운해의 어깨에 이마를 괴고 발그스름하니 익은 목덜미를 핥았다.

"잠시만, 이대로 잠시만."

"아니, 되어요."

운해가 한숨처럼 토해 놓은 거절의 말이 무혁의 귓전에 와서 뜨겁게 고였다. 무혁은 탄식과도 같은 말소리를 운해의 귓속으로 밀어 넣었다.

"……압니다."

무혁도, 운해도 한참을 미동조차 않고 가만히 있었다. 고요한 방 안에 두 사람이 뱉어 내는 덥고 습한 숨소리만 가득하였다. 억겁 같기도 하고 찰나 같기도 한 시간이 순간순간 속절없이 흘렀다.

무혁은 가녀린 목덜미에 파묻어 두었던 얼굴을 들어올리고 참빗질을 시작하였다. 가지런히 그러모은 머리채를 운해의 정수리 위로 바짝 당겼다. 모양을 갖춘 상투가 틀어지지 않도록 호박 관자에 걸어 넘긴 당줄로 꽁꽁 동여맸다.

"마음에 듭니까?"

무혁이 앉은뱅이 경대의 거울 속에서 물었다. 운해는 거울에 비친 무혁의 얼굴을 물끄러미 바라보았다. 수줍은 시선과 진중한 눈길이 거울을 매개로 하여 부딪쳤다.

"통(通)."

운해가 합격점을 주자 무혁이 눈가를 접으면서 연하게 웃었다. 거울 속에서 굳은살이 박인 커다란 손이 발갛게 달아오른 귓바퀴를 어루만졌다. 길게 마디진 손가락이 홍조로 물든 뺨을 쓰다듬었다. 뭉뚝한 손끝이 새빨간 입술에 와서 닿았다. 그 일련의 일들을 운해는 마치 남의 일을 지켜보는 듯 거울을 통해 멍하니 응시하였다.

"그것 압니까?"

"무엇을요?"

"금기를 범하는 기분."

"금기요?"

"상투 때문인지, 남복 탓인지, 그대를 만지려니 왠지 배덕감이 들어요."

운해는 미간을 찡그렸다. 무혁의 이야기를 어떤 식으로 받아들여야 할지 몰라 난감하였다. 상투를 틀고 바지저고리를 입은 그녀의 모습이 사내 같아서 싫다는 것인가 싶었다.

"불쾌하시어요?"

"전혀."

곧바로 부정하고, 무혁은 잠시 생각에 잠겼다. 운해에게 줄 답을 나름 신중하게 골랐다.

"남몰래 나쁜 짓을 한다는 쾌감이랄까."

"나쁜 짓을 하는데 기분이 좋다고요?"

이 무슨 이율배반적인 소리인지.

"어릴 때 어른들이 하지 말라는 짓을 몰래 해 본 적 없습니까? 딱 그 느낌인데."

"어른들 말씀을 거역해 본 일이 별로 없어서요. 잘 모르겠어요."

"지금이라도 알면 되겠군요."

무혁이 왼쪽 팔을 허공중에서 크게 한 번 휘두르자 느닷없는 바람이 일었다. 등잔불이 꺼진 방 안을 어둠이 침노하였다. 그와 동시에 무혁의 오른손이 운해의 허리를 와락 뒤쪽으로 끌어당겼다. 우뚝한 장벽과도 같은 견고한 가슴팍에 운해의 뒷등이 하나로 밀착되었다.

무혁은 어둠을 틈 탄 무도한 침입자처럼 운해의 입술을 함부로 삼켰다. 치열을 가르고 입안으로 틈입해 들어온 혀가 몹시도 다급하였다. 뜨거운 점막을 아무렇게나 핥아 올리고 입천장을 되는대로 문질러 비볐다.

"하아."

더운 숨을 토해 내는 운해의 적삼 안으로 굳은살이 단단한 손바닥이 파고들었다. 남복을 하느라 평소보다 한층 납작하니 눌러 놓은 젖가슴을 마디진 손가락으로 움켜잡으려 하였다. 가리개의 방해 때문에 아무래도 뜻대로 되지 않는 듯, 짜증 섞인 한숨이 발갛게 젖은 운해의 귓가로 뿌려졌다.

"뭔가요?"

"무명천으로, 감았어요."

운해의 설명을 듣고 무혁은 아, 하고 짤막한 탄식을 발하였다. 마음먹고 풀어내려면 못 할 것도 없겠지만 그보다 좋은 생각이 퍼뜩 떠올랐다.

포박하듯 두 팔로 운해를 단단히 조여 안고 두툼한 보료 위로 뒷등부터 쓰러졌다. 그대로 반 바퀴 몸을 굴려 보료 위에 엎드린 운해의 등허리를 곧장 타고 앉았다. 가슴가리개 대신 운해의 허리춤을 풀어 헤쳤다. 바지와 단속곳을 한꺼번에 당겨서 아래

로 내리자, 소스라치게 놀란 운해가 허겁지겁 속속곳을 틀어쥐
었다.

"잠, 잠깐만요."

"괜찮아요. 만지기만 할게."

"나리……."

"우리, 전에도 했잖아요. 응?"

무혁은 하얗게 마디가 불거진 운해의 손가락들을 하나씩 차례
대로 속속곳에서 떼어 냈다. 거웃을 헤집어 좁고 빠듯한 불두덩
안으로 가운뎃손가락을 찔러 넣었다. 손끝을 구부려 축축한 내
벽을 살살 문질러 주자 운해의 등줄기가 바르르 떨린다. 달래듯
뽀얀 엉덩이에 입을 맞추었다. 가냘픈 허리를 오래도록 핥았다.

"흐으읏……."

억눌린 신음이 어두운 방 안을 떠돌았다. 운해는 속속곳을 한
쪽 발목에 매단 채 무릎으로 보료 위를 기며 손톱으로 바닥을
긁었다. 발끝에서부터 정수리까지 차오른 쾌락에 어찌할 바를
몰랐다. 정신이 하나도 없었다. 몸서리치듯 자꾸만 온몸이 떨렸
다. 이대로 정신이 날아가 버릴 것만 같아 두려움에 떠는 것인
지, 생경하기만 한 쾌감으로 떨리는 것인지 스스로조차 알지 못
하였다.

별안간 몸이 뒤집혔다. 애액이 흘러넘쳐 흥건하게 젖은 불두
덩에 뜨거운 입술이 와서 닿았다. 운해는 말 그대로 자지러졌
다. 기겁하여 발꿈치로 보료를 밀면서 엉덩이를 무작정 뒤로 뺐
다. 도망치는 그녀를 굳은살이 박인 커다란 손이 붙들었다. 억
센 두 팔로 결박하듯 허리를 바투 조여 안는다.

"도망가지 마."

"안, 안 돼요."

"괜찮다고 했잖아요."

"제발……."

"기분 좋을 거야. 응? 약속할게."

더한 쾌락을 안겨 주겠다는 무혁의 입술이 빗금 같은 음문을 가르고 음핵을 삼켰다. 혀에 감아 굴리고 때때로 쪽쪽 소리가 나도록 빨면서 희롱하기도 하였다. 처음 쌀알만 하던 것이 무혁의 입안에서 점점 부풀어 팥알만큼 커졌다. 쾌감이 너무 깊었다. 저절로 허리가 비틀리고 팔다리가 벌벌 경련을 일으켰다. 적삼 옷고름을 잇새로 짓씹으며 신음을 참아 내던 운해는 끝내 흐느껴 울고 말았다.

바로 그때 무혁의 움직임이 일시에 그쳤다. 빠르게 상체를 일으켜 세운 무혁이 흐느낌을 삼키는 운해의 입을 손바닥으로 틀어막았다.

"쉿!"

미닫이 쪽으로 시선을 던지는 무혁의 얼굴에서 긴장감이 흘렀다. 무혁은 창호지 너머 바깥의 동태에 온통 신경을 집중시켰다. 희미하게나마 살기를 띤 움직임이 감지되었다. 어둠 속에서 운해와 눈을 맞추며 조용히 하라는 신호를 보냈다. 운해가 고개를 끄덕여 알았다는 대답을 하였다. 그제야 무혁은 운해의 입을 틀어막았던 손바닥을 거두었다.

무혁은 신중하게 몸을 움직였다. 가만히 상체를 틀고 조용히 팔을 뻗어 환도를 집어 들었다. 바람처럼 밖으로 뛰어나가 날 듯이 마루를 내달렸다. 이등영명의 숙소 쪽에서 시커먼 그림자가 하나가 황급히 어둠 속으로 숨어들고 있었다.

"누구냐!"

마당을 가로지르는 무혁의 고함 소리를 듣고 나서야 운해는 가까스로 정신을 차렸다. 후다닥 속속곳을 올려 입고, 아까 무혁이 벗겨서 멀리 던져 버린 단속곳과 바지를 찾아 다리에 꿰었다. 팔꿈치로 기어가 활짝 열린 미닫이를 통해 밖을 엿보았다. 우련한 달빛 아래 별처럼 쏟아져 내리는 검광이 어지럽다.

무혁의 환도와 자객의 대모장도가 빈틈없이 부딪쳤다. 무혁은 검의 길이가 상대보다 길다는 장점을 십분 활용하면서 움직였다. 대모장도가 먼저 부딪혀 올 때를 노렸다. 두 다리를 공중에 붕 띄운 채 몸을 돌개바람처럼 빠르게 휘돌리며 환도를 아래에서부터 위로 쳐올렸다. 잘 벼린 칼날이 자객의 옆구리를 찔렀다.

상대가 자상을 입은 부위를 보호하기 위해 순간적으로 허리를 구부렸다. 그 틈을 타 무혁은 한 번 더 환도를 휘둘렀다. 높이 올랐던 칼날이 사선을 긋고 떨어졌다. 자객의 목줄띠에서 뿜어져 나온 시뻘건 선혈이 사방으로 솟구쳤다.

무혁은 핏방울이 떨어지는 칼끝으로 자객의 복면을 지웠다. 합을 나눌 때부터 검법이 익숙하다 싶더니 예상한 대로 익히 아는 얼굴이다. 훈련도감 국별장 김치영의 수족이자 동궁 익위사이기도 한 변종호가 두 눈을 부릅뜬 채 죽어 있다. 삶과 죽음의 차이가 겨우 한순간에 불과함을 무혁은 다시금 뼈저리게 실감하였다. 덧없는 주검 곁에 한쪽 무릎을 대고 앉았다. 무심하나 무심하지 않은 손길로 종호의 눈을 감겨 주었다.

여래도아
汝來到我

그대가 나에게 와서 이르니

수원 객잔에서 자객의 습격을 겪고 난 무혁은 오달영과 이등 영명의 호송에 더욱 만전을 기하였다. 인적이 없는 숲길뿐 아니라 사람의 통행이 빈번한 대로를 지날 때도 군사들로 하여금 한시도 경계를 게을리 하지 않도록 독려하였다. 그 덕에 별 탈 없이 임무를 완수할 수 있었다.

한양과 초량 왜관을 오고 간 일정이 무려 엿새에 달하였다. 그 기간 동안 행여 대건의 신변에 변고라도 생기지는 않을까 무척이나 애를 태웠다. 다행스럽게도 위관을 세우는 일로 안동 김씨와 풍양 조씨 사이에 첨예한 대립이 생겨 추국장이 늦게 열렸다고 하였다. 또한 변절자 역할을 맡은 시헌이 제 몫을 톡톡히 해 주어 고신이 그리 심하지 않았다고 들었다. 하늘의 보우하심이었다.

초량 왜관 관수 이등영명의 등장으로 추국장이 아닌 인정전(仁政殿)에서 칼바람이 휘몰아쳤다. 금상은 방짜 유기 밀거래를 주도한 병조 판서 김일순을 삭탈관직 후 제주에 위리안치(圍籬安置)* 하라는 명을 내렸다. 함부로 국고를 빼돌려 사리사욕을 챙긴 국별장 김치영은 함경도로 귀양을 가는 길 위에서 사약을 받았다. 사안이 워낙 심각한데다 증좌가 확실한 터라 안동 김씨 일문에서조차 김일순 김치영 부자의 구명을 외면하였다.

거짓으로 대건을 고변한 변인몽의 최후는 처참함 그 자체였다. 압슬을 당해 양쪽 무릎 뼈가 부러진 상태로 치도곤을 맞다가 죽었다. 이미 무혁의 손에 죽임을 당한 변종호는 우포청 기찰포교를 살해한 죄를 물어 부관참시(剖棺斬屍)되었다.

"이럴 수는 없다! 못 먹는다, 이놈들! 지필묵을 다오! 금상께 계사(啓辭)를 올릴 것이다!"

산발을 한 김치영이 길바닥 한가운데에서 데굴데굴 몸을 구르며 고래고래 고함을 질러 댔다. 결국 의금부 나장들 여럿이 달려들어 치영의 사지를 결박하였다.

"놔라, 이놈들아! 주상 전하를 뵙게 해 다오! 사약이라니…….그럴 리가 없다!"

현실을 부정하던 치영이 목을 놓아 울었다. 하늘 무서운 줄 모르고 멋대로 위력을 행사하던 자의 말로가 참으로 우습기 짝이 없었다. 몇 발짝 떨어진 자리, 무혁은 묵묵히 서서 파락호 김치영의 마지막을 메마른 눈으로 응시하였다.

"어떻게 할까요?"

무혁의 곁을 지키던 금부도사가 하명을 구하였다. 저대로 계

---

*위리안치:외부와 접촉하지 못하도록 가시로 울타리를 만들어 죄인을 그 안에 가둠.

속 두고 볼 요량이냐는 뜻이었다. 무혁은 잠시 답변을 미룬 채 회상에 잠겼다. 엊그제 일영과 가진 짧았던 만남을 떠올렸다. 이등영명의 처우에 대한 의견을 몇 마디 나누고 헤어지면서, 지나가는 말처럼 김치영을 제 손에 붙여 달라고 하였다. 절반은 농담이고 절반은 진심이었다.

오늘 아침 일찍 사헌부 감찰 강무혁을 의금부 경력(經歷)에 제수한다는 교지가 내려왔다. 단숨에 품계 세 개를 뛰어넘는 파격적인 인사였다. 신임 금부경력의 첫 임무로 함경도 위배길에 오른 김치영을 도상에서 따라잡아 사사하라는 명이 주어졌다. 치영의 생살여탈권이 무혁에게 부여된 것이나 다름없었다.

무혁은 묶인 팔다리로 발버둥을 치면서 소리 높여 울부짖는 치영에게 여전한 눈길을 붙박아 둔 채, 금부도사를 향해 서름하니 명하였다.

"강제로 먹이게."

"알겠습니다."

고개를 숙여 무혁의 명을 받은 금부도사가 휘하 나장들을 큰 소리로 부렸다.

"경력께서 저놈에게 사약을 강제로 먹이라신다."

"예, 나리."

나장들이 바쁘게 움직였다. 치영의 입을 억지로 벌려 목구멍 안쪽에다 사약을 들이부었다. 그러자 치영의 저항이 극에 달하였다. 사레가 들린 밭은기침을 정신없이 쏟으면서 사약을 마구 토해 냈다. 목구멍으로 넘어가는 양보다 입 밖으로 쏟아져 흐르는 사약이 훨씬 많았다. 비산이 아무리 극약이라도 저래서는 죽기는커녕 목도 못 축일 것 같았다.

무혁은 옆구리에 찬 환도를 칼집에서 뽑아 들었다. 아등바등 죽지 않겠다고 기를 쓰고 버티는 치영을 향해 한 발 한 발 다가갔다.

"경력 나리?"

금부도사가 검을 빼 든 무혁의 위세에 놀라 눈알을 휘둥그렇게 굴렸다. 무혁은 무감하니 명을 내렸다.

"모두 저만치 물러서라."

"금상께서 사사하라 명하신 죄인입니다."

금부도사가 약으로 죽이라 하셨지 언제 칼로 죽이라 하셨느냐는 소리를 에둘러 무혁의 주의를 환기시켰다. 불경의 우를 범하지 말라는 일종의 경고였다.

"모든 책임은 본관이 진다."

무혁은 검질긴 태도를 유지하였다. 금부도사가 서너 발짝 뒤로 물러났다. 이어 나장들까지 모두 뒷걸음을 쳐 칼날의 사정거리 밖으로 나갔다. 그때를 기다려 무혁은 환도를 높이 치켜들었다. 그대로 허공을 사선으로 그으면서 아래로 떨어진 칼날이 치영의 복부를 갈랐다. 흉측하게 벌어진 아랫배에서 시커먼 핏줄기와 함께 장기들이 흘러 나왔다. 치영이 상처 부위를 두 팔로 감싸 안고 절규하였다.

"제발, 헉, 살려 주시오. 제발, 헉, 나 좀……."

"어찌 목을 자르지 않고 배를 가르셨습니까?"

금부도사의 얼굴에 의아함이 깃들었다. 무혁은 환도를 칼집으로 되돌리며 담담한 어조로 이야기하였다.

"저대로 피를 흘리도록 그냥 두게. 반 시진 안에 숨이 끊어질 것이야."

몸속의 혈액을 전부 쏟아 내게 만들라는 뜻이었다. 시시각각 저를 향해 다가오는 죽음을 치영이 제 눈으로 직접 보고, 제 몸으로 오롯이 체험하게 만들라는 의미이기도 하였다.

"지나친 처사가 아닐까요? 저러고 죽음을 기다리는 것이 굉장히 고통스러울 것입니다."

"높이 매달아 두고 물을 안 줄 수도 있어. 목이 타면 사약도 꿀물처럼 달 테니까. 몇 날 며칠을 고통 속에서 말라 죽는 것보다야 지금이 낫지. 내 딴에는 인정을 베푼다고 베푼 것일세."

"예?"

금부도사는 질렸다는 표정으로 고개를 절레절레 흔들었다. 나이도 어린 양반이 참말로 잔인하다 싶었다.

"차라리, 헉, 지금 당장, 허억, 숨을 끊어, 헉, 주시오. 허억, 제발……."

치영이 죽음의 공포로 새파랗게 짓눌려 어서 죽여 달라고 눈물로 애원을 하였다. 그 모습을 무심하니 내려다보고 선 무혁의 얼굴빛은 마냥 고요하기만 하였다.

❀　　❀　　❀

잔뜩 술에 취한 김원유의 몸뚱이가 맥없이 비틀거렸다. 뒤따르던 종복이 후다닥 달려와 땅바닥으로 나동그라지기 일보 직전의 원유를 양손으로 힘주어 붙들었다.

"아이고, 나리. 이러다 전날처럼 다치십니다요. 소인이 뫼시겠습니다."

"되었다, 이놈아. 혼자서도 갈 수 있느니라."

514

원유는 두 팔을 사납게 휘둘러 부축하는 종복의 손길을 멀리 떨쳐 냈다. 넘어져서 무릎이 깨지는 일은 아무것도 아니었다. 차라리 땅바닥에 고꾸라져 머리가 깨졌으면 좋겠다고 생각하였다.

죽고 싶었다. 골백번도 더 죽고 싶었다. 매일 매 순간 죽고 싶다는 생각만 들었다. 그토록 죽고 싶은 열망이 지독한데도 차마 죽을 수가 없었다. 먼저 가서 기다리겠다던 지충의 얼굴이 떠올라 차마 죽기가 두려웠다. 무슨 낯짝으로 친구를 보아야 할지 모르겠다. 그저 부끄러웠다. 죽고 싶은데 죽을 수도 없을 만큼 부끄러웠다.

"염병할 것! 그래 봤자 다 핑계지."

스스로를 비웃으며 원유는 비치적비치적 길을 걸었다. 누군가가 불쑥 앞으로 튀어나와 가는 길을 가로막고 섰다. 냅다 발길질을 가하였다.

"너 이 새끼, 저리 안 비켜! 너도 내가 우스워? 우습냐고?"

"나리. 그것 소나무입니다요."

"소나무였어? 이런, 씨⋯⋯. 나는 또 뭐라고. 어떤 미친 종자인가 했네."

웅얼웅얼 되도 않는 소리를 함부로 주워섬기는 원유의 눈앞에서 소나무 한 그루가 또 갑자기 솟아올랐다. 우뚝 선 그놈이 나무인 주제에 사람의 말을 하였다.

"별제 김원유."

"얼라리, 요것 봐라?"

"아저씨."

원유는 정신이 번쩍 들었다. 고개를 홱홱 내저어 억지로 술기운을 쫓았다. 채색 장옷을 어깨에 걸친 운해가 구관복차림의 사내와 나란히 서 있다. 술기운에 헛것이 보이나 하였다.

"운해냐? 참말로 우리 운해냐?"

"예, 저예요. 댁에 갔는데 안 계신다고 해서 돌아가던 길이었어요."

"어, 어. 그랬어?"

원유는 무슨 말을 하여야 할지 몰랐다. 손바닥 안으로 자꾸만 식은땀이 차올라서 축축한 손을 답포 자락에 하릴없이 문질러 댔다.

"오랜만에 뵈어요. 그동안 안녕하셨어요?"

안부를 묻는 운해의 얼굴이 너무도 여상하여서 원유는 왈칵 눈물이 났다. 절퍼덕 땅바닥에 주저앉아 실성한 놈처럼 소리를 높여 울었다. 응어리진 가슴을 주먹으로 퍽퍽 쳐 대며 목을 놓아 울었다.

"잘못했다. 내가 잘못했다. 내가 죽일 놈이다."

운해는 무릎을 구부려 원유 곁에 쪼그려 앉았다. 좀처럼 울음을 그치지 못하는 원유의 떨리는 어깨 위로 가만히 오른손을 가져다 얹었다.

"용서해 드릴게요. 아버지도 이미 아저씨를 용서하셨을 거예요."

❖   ❖   ❖

"투자금을 몽땅 날린 후 악덕 고리채를 갚을 길이 막막하여 설주를 피해 몸을 숨겼을 뿐입니다. 소인으로 인해 매형인 임지

516

충이 살인의 누명을 썼다는 사실을 알았다면, 즉시 한양으로 돌아왔을 것입니다."

달영이 납작 엎드려 고하였다. 거짓말을 일삼는 달영을 무혁은 무감한 눈길로 내려다보았다. 애초 달영이 진실을 고할 것이라는 기대 자체가 없었다. 인두겁을 쓴 채 어디까지 뻔뻔해질 수 있는지 두고 볼 참이다.

"왜 하필 초량 왜관이었나?"

"조선인 출입이 엄격하게 통제되는 곳이라 설주를 피하기에는 안성맞춤이지 싶었습니다."

"초량 왜관에 은닉할 수 있도록 알선해 준 자가 누군가?"

"김치영이라는 자입니다. 초량 왜관과 대마도를 오가는 상선에 투자할 당시 몇 번 만나 낯을 익혔습니다."

"전(前) 훈련도감 국별장 김치영 말인가?"

"맞습니다. 바로 그자입니다."

달영이 주저함 없이 대답하였다. 옥사에 갇힌 신세이면서도 김치영이 사사되었음을 알고 있는 눈치였다. 나란히 몸을 엎드리고 앉은 지이가 그 소식을 전해 주었을 것이다.

"자네 안사람도 자네가 초량 왜관에 은닉한 사실을 알았나?"

"내자는 전혀 몰랐습니다. 소인 독단으로 처리한 일입니다."

"그래?"

"예, 나리. 어느 안전이라고 감히 거짓을 고하겠습니까."

달영이 힘주어 항변하며 고개를 들어올렸다. 천연덕스럽기만한 얼굴을 무혁은 서늘하니 노려보았다. 한참이나 말이 없는 무혁을 우러르다 달영이 급기야 믿어 달라며 울먹이기까지 하였다.

"정말입니다, 나리."

더 이상 두고 볼 수가 없어서 무혁은 근처에 시립하고 선 태호를 불렀다.

"최 별감. 저놈에게 그것을 보여 주게."

"예."

태호가 손에 쥐고 있던 서찰을 달영의 코앞에 펼쳐 놓았다. 어제 오후 가택 수색으로 찾은 것으로 달영이 초량 왜관에 은닉해 있을 때 지이에게 보낸 편지였다. 당황한 달영이 사지를 발발 떨었다.

"나리, 이것은……. 소인이, 그러니까 이것은……."

"이것은, 그 다음에 뭔가?"

"그러니까……. 아이고, 경력 나리. 소인을 죽여주십시오."

달영이 다시 납작 엎드렸다. 도저히 안 되겠다 싶었는지, 지이가 심문관인 무혁의 허락도 없이 멋대로 나섰다.

"서찰을 받고나서야 알았습니다."

"서찰을 받았을 때 왜 곧바로 관아에 남편이 살아 있음을 고하지 않았나?"

"너무 경황이 없어 그럴 만한 정신이 아니었습니다. 딱 죽은 줄로만 알았으니까요."

"살인 사건을 조사할 당시 애초 거짓을 고한 것이 아니고?"

"그럴 리가 있겠습니까. 시신의 얼굴이 많이 상한 상태여서 입고 있는 의복을 보고 남편으로 생각하였던 것입니다. 하필 그 중치막을 이년이 만든 것이라 착각할 수밖에 없었습니다. 참말입니다, 나리."

"죽은 오라비의 재산을 가로챌 속셈이 아니었다고?"

"천부당만부당한 말씀이십니다. 아이고, 오라버니! 그리 허망하게 가실 줄은 몰랐소. 이년이 부족하여 오라버니를 죽음으로 내몰았소."

느닷없이 지이가 마른 울음을 쏟아 내기 시작하였다. 덩달아 달영까지 죽은 지충을 목 놓아 부르면서 곡소리를 뿜었다. 그야말로 가관이었다. 가소로움에 치가 다 떨려 무혁은 기껏 헛웃음만 나왔다. 문득 불쾌감이 치솟았다. 악귀나 다름없는 자들을 심문하는 일이 지긋지긋하게 느껴졌다. 얼른 마무리를 짓자 싶었다.

"최 별감. 가서 데려 오게."

"알겠습니다."

태호가 예를 갖춘 다음 몸을 돌렸다. 그 순간에도 지이와 달영은 눈물 없는 요란한 마른 울음과 곡소리를 쉼 없이 쏟았다. 무혁은 인상을 찌푸리면서도 별다른 제재를 가하지 않았다. 태호가 데려올 자들의 얼굴을 보면 저들 스스로 알아서 울음을 그칠 것이다. 아니나 다를까 포승줄에 묶여 들어오는 업길과 곰뱅이쇠와 김흥수를 보고, 지이와 달영이 약속이라도 한 것처럼 일시에 입을 다물었다.

"고하라."

무혁은 먼저 업길에게 명하였다.

"소인한테 얼굴이 훼손된 시신을 한 구 구해 달라고 하였습니다."

"누가 말인가?"

"저들 부부가 같이 찾아왔습니다. 소인은 저들에게 둔봉 언니의 시신을 내준 죄밖에 없습니다. 살인과는 무관합니다."

흥분한 업길이 목소리를 높였다. 무혁은 엄히 다그쳤다.

"조용히 하라. 다음."

곰뱅이쇠를 향해 짤막한 턱짓을 보냈다. 고개를 조아려 명을 받은 곰뱅이쇠가 차분한 어조로 말문을 열었다.

"임 소저를 죽여 달라는 청탁을 받았습니다."

"청탁을 한 자가 누군가?"

"여기 있는 업길이 알선을 하였습니다. 소인은 청탁을 넣은 자와 직접 만난 적은 없어 얼굴은 모르옵니다."

"그것 또한 저 여자가 시킨 일입니다. 소인은 중간에서 돈 심부름만 하였을 뿐입니다."

업길이 억울하다며 방방 뛰었다.

"조용히 하라고 하지 않았느냐!"

무혁이 눈매를 매섭게 흡뜨자 업길이 곧바로 다소곳해졌다. 무혁은 김홍수를 불렀다.

"다음."

"소인은 저들 부부에게 돈을 받고 가짜 분재기를 만들어 주었습니다."

"가짜로 만든 것은 누구의 분재기였나?"

"전 시전 대행수 임지충의 필체를 위조하였습니다. 모든 재산을 저 부부의 작은아들에게 물려준다는 내용이었습니다."

김홍수의 고발이 끝나기도 전에 달영과 지이가 새파랗게 질린 낯으로 절규하였다.

"모함입니다!"

"음해라고요!"

죄를 짓고 잡혀 온 자들마다 어째 하나같이 하는 소리가 똑같았다. 새롭지도 않은 울부짖음 따위 귓등으로 넘겨 버리고 무혁은 목소리를 크게 키웠다.

"별제 김원유!"

무혁의 부름에 원유가 자박자박 앞으로 걸어 나왔다. 지이의 절규가 우뚝 그쳤다. 이내 달영의 울부짖음도 잦아들었다.

❂   ❂   ❂

한참을 흔들리던 가마가 어느 순간 멈추어 섰다. 반 뼘 남짓 열어 놓은 환기창을 통해 무혁의 목소리가 들렸다.

"소저."

"다 왔나요?"

"예."

바깥쪽에서 무혁이 짤막하게 대답하였다. 운해는 무의식중에 짙은 어깻숨을 내쉬었다. 북한산 진관사로 추선공양을 드리기 위해 집을 나섰던 그날 이후 거의 한 달만의 귀가였다. 죽음과 맞닥트렸던 길에서 끝끝내 살아 돌아왔으니 감회가 남다를 수밖에 없었다.

지이의 사주를 받은 남사당패한테 죽임을 당할 뻔하고, 거짓 고변으로 무혁과 그의 부친이 의금부로 압송되는 모습을 목도하기도 하고, 초량 왜관에 은신한 달영을 추포하기 위하여 경상도까지 말을 달려 다녀오는 등 그간에 겪은 수많은 일들이 주마등처럼 뇌리를 스쳐 지났다.

"안에 무슨 일 있습니까?"

무혁이 어디인지 다급함이 묻어나는 어조로 물었다. 애타게 그리던 집에 마침내 도착하고도 운해가 좀처럼 가마에서 내리지 않자 걱정이 되었나 보다. 운해는 밖으로 나갈 차비를 서둘렀다.

"지금 내릴게요."

달그락 소리와 함께 밖에서부터 가마 출입구가 지붕 위로 올랐다.

"괜찮습니까?"

무혁이 한쪽 손을 가마 지붕에다 짚고서 그대로 몸을 낮추었다. 안쪽을 지그시 들여다본다. 운해와 눈길이 마주 닿아 부딪치자 날카롭게 곤두서 있던 눈가를 사붓이 접으면서 웃었다. 운해도 마주 미소를 지어 보냈다.

"괜찮아요."

"어디 아픈 것은 아니고요? 멀미를 났다던가?"

"아니어요. 그냥 뭐를 좀 생각하느라고요."

"어서 내립시다."

무혁이 가마 지붕을 짚었던 오른손을 운해 쪽으로 뻗었다. 내리기 편하도록 손목을 잡아 이끌어 주는 무혁의 손길에 의지하여 운해는 가마 밖으로 나왔다.

"아기씨!"

향이가 눈물 바람을 하며 쪼르르 달려왔다. 장돌 아범과 장돌 어멈과 장돌도 가마 옆에 시립해 있다. 비록 잠깐이지만 얼마 전 봉하에서 만났음에도, 집에서 반가운 얼굴들을 다시 대하자 운해는 그만 마음이 울컥하였다. 감동과도 같은 기쁨이 자꾸만 북받쳐 올라 왈칵 울음이 쏟아지는 와중에도 배시시 웃음이 났다. 운해는 말간 미소를 지으면서 옷고름으로 눈시울에 맺힌 눈물을 훔쳤다.

"다들 언제 올라왔어?"

"어젯밤 늦게 도착했어요."

향이의 대답이 미처 다 끝나지 않아, 장돌 아범이 한 걸음 앞으로 나와 운해를 향해 머리를 조아렸다.

"아기씨 돌아오시기 전에 여기저기 집 단장도 하고 구석구석 소제도 마치려고 했습니다. 시간이 촉박하여 준비가 많이 미흡합니다."

"아니야. 집 단장이랑 소제는 차차하면 되지. 날도 추운데 먼 길 오느라 고생 많았어."

"고생은 아기씨가 하셨지요."

"모두 잘 왔어. 와 줘서 고마워. 다들 보고 싶었거든."

"송구합니다."

장돌 아범과 이런저런 이야기를 나누는 차에 누가 마당 저편에서 운해의 이름을 소리쳐 불렀다. 명수와 명진이다.

"운해야! 장돌 아비 저놈이 우리더러 이 집에서 나가라지 뭐냐?"

"이 엄동설한에 오라버니들을 내쫓을 것은 아니지?"

앞서거니 뒤서거니 명수와 명진이 차례로 원정을 넣었다. 뻔뻔하기 짝이 없는 둘의 면상을 운해가 싸늘하니 노려보았다. 눈길은 명수와 명진을 향해 붙박아 둔 채 강단진 말소리를 장돌 아범 쪽으로 던졌다.

"이보게."

"말씀하십시오, 아기씨."

"저들이 왜 아직도 내 집에 있는 것인가?"

"집에서 나가라고 해도 한사코 아기씨를 뵙겠다며 막무가내로 버티었습니다."

장돌 아범이 난처한 기색으로 마주 잡은 두 손을 일없이 문질러 댔다. 철천지원수나 다를 바 없는 관계지만 어찌 되었든 상전의 사촌 피붙이들이다. 운해의 명도 없이 장돌 아범 독단으로 나서서 명수와 명진을 함부로 대하기는 어려웠을 것이다.

"둘 다 내 눈 앞에서 치우게. 꼴도 보기 싫으니."

운해는 명수와 명진에게 두었던 눈길을 빠르게 거두어 들였다. 장돌 아범이 기다렸다는 듯이 운해의 명을 받았다.

"당장 시행하겠습니다."

운해의 축객령이 떨어지자마자 명수와 명진이 약속이라도 한 듯이 목을 놓아 울부짖었다.

"운해야! 우리가 누구냐. 네 외사촌 오라비들이 아니냐. 같은 피를 나눈 외사촌 오라비들한테 이러면 안 되는 것이다."

"부디 우리를 불쌍히 여겨 다오. 아비는 장독이 올라 죽고, 어미는 앉은뱅이가 되었다. 그래도 네 고모가 아니냐. 운해야!"

명수와 명진이 사랑채 너른 마당이 떠내려가도록 큰소리로 울고불고 난리를 피웠다. 무혁이 가마꾼으로 따라온 집안 하인들에게 눈짓을 보냈다. 장정 넷이 우르르 달려가 소란을 피우는 명수와 명진의 팔을 붙들어 제압하였다. 종복들이 입을 틀어막는데도 둘은 끝까지 바동바동 몸부림을 치면서 아득바득 울부짖었다.

"살려다오! 제발 살려다오!"

"우리가 잘못했다! 용서해라!"

명수는 자비를 구하고, 명진은 용서를 빌었다. 운해는 등을 돌리고 서서 그 둘을 외면하였다. 자비를 베풀어 줄 마음도, 용서를 해 줄 용의도 일절 없었다.

"장돌 아범, 뭐 하는가. 당장 내 눈앞에서 저 둘을 치우라니까."

"송구합니다, 아기씨."

장돌 아범이 머리를 조아렸다가 후다닥 몸을 세우고 아들을 찾았다.

"장돌아! 저들을 집 밖으로 내쫓으라는 아기씨의 엄명이시다."

"명 받들겠습니다."

맨손으로 소도 때려잡을 만큼 힘이 장사인 장돌이 양쪽 손으로 명수와 명진의 뒷덜미를 각각 붙잡았다. 강제로 잡아끄는 장돌의 힘을 이기지 못한 둘은 발뒤꿈치로 질질 마당을 쓸면서 끌려갔다. 솟을대문 쪽으로 속수무책 끌려가면서도 명수와 명진은 목청을 높여 고래고래 소리를 내질렀다. 염치없는 말들을 참으로 떳떳하게도 해 댔다.

"이럴 수는 없다! 이 엄동설한에 우리더러 어디로 가라는 것이냐! 잘못은 전부 우리 부모가 저지르지 않았느냐! 나와 명진이는 아무것도 몰랐다!"

"형님과 나는 어머니가 하라는 대로 따른 죄밖에 없다! 피는 물보다 진하다지 않느냐! 아무리 화가 난다 해도 외사촌 오라비들한테 이러면 안 된다!"

운해가 들은 척도 하지 않자 명수와 명진이 결국 악담을 퍼붓기에 이르렀다.

"세상에 둘밖에 없는 피붙이들을 이토록 괄시하고 네년이 얼마나 잘사는지 두고 보자!"

"네 이년! 천벌을 받을 것이다!"

어처구니가 없어서 운해는 헛웃음밖에 나오지 않았다. 인면수심의 명수와 명진에게 맞서서 한바탕 쏘아붙여 줄까도 싶었지만 애써서 참았다. 둘은 대거리를 할 가치조차 없는 인간들이었다.

"아기씨, 날이 많이 추워라. 그만 안으로 드시어요."

향이가 표정 없는 운해의 낯빛을 꼼꼼하게 살피면서 가만히 팔을 붙잡았다. 운해는 얼른 굳은 얼굴을 부드럽게 풀었다.

"그래, 들어가자."

"어디로 모실까요?"

향이가 새삼 공손한 태도로 물었다. 별채와 안채 중 앞으로 어느 곳에서 생활할지 묻는 것이다. 운해는 별채라고 대답하려다 금세 마음을 고쳐먹었다. 아버지가 돌아가시고 없는 지금 집안의 명실상부한 가주는 그녀 자신이다.

"안채로 가자."

향이에게 대답하고 가까이 선 무혁을 향해 말하였다.

"경력 나리께서도 함께 안으로 드시지요."

"그럽시다."

❖　　　❖　　　❖

운해는 곱게 우려낸 다관 속 찻물을 따뜻하게 덥힌 다기로 옮겼다. 찰랑찰랑 운두 근처까지 잠긴 찻잔을 다과상 건너편 무혁의 앞으로 놓았다.

"따뜻할 때 드시어요."

"차향이 짙습니다."

"무등산에서 올라온 춘설이어요. 지난여름 초입에 들인 것인데 여태 집에 남아 있더라고요. 다행스럽게도."

"고모의 손을 탄 살림살이가 마음에 안 들지요?"

무혁이 찻잔을 들고 넌지시 물었다. 운해는 반쯤 비운 다관을 다과상 한쪽에 내려놓으며 쑥스러운 얼굴을 하였다.

"마음 같아서는 몽땅 내다 버렸으면 좋겠어요."

"버리면 되지요."

"아직 말짱한 걸요."

"꼴도 보기 싫은 세간살이를 억지로 참고 보아야 하는 것도 고역입니다. 스스로를 힘들게 만들지 말아요."

"그래도 아깝잖아요. 물건이 무슨 죄가 있다고."

"아깝다 생각 말고 전부 내다 버려요. 내가 새로 장만해 줄 테니까."

"돈은 소녀한테도 있어요."

"당연히 있겠지요. 그대가 나보다 훨씬 부자인데. 조선 팔도에 그대보다 부자인 자가 있기나 할까 싶습니다만."

무혁이 사실을 적시하며 헤실바실 웃었다. 운해는 곱다랗게 눈을 흘겼다. 가짜 분재기 때문에 하릴없이 잃어야 했던 아버지의 유산을 얼추 되찾아 왔다. 지이를 통해 병조 판서 김일순 쪽으로 흘러 들어간 모갯돈도 국고로 귀속되기 직전에 대부분 돌려받았다. 모두 무혁이 힘써 준 덕분이었다.

그동안 지이와 명수랑 명진이 탕진한 재산이 제법 되었다. 그만큼 손실을 입고도 운해는 여전히 조선 팔도에서 손꼽히는 갑부들 중 하나였다.

"혹시, 실망하셨어요?"

운해는 가라뜬 시선으로 무혁의 얼굴색을 살폈다. 무혁이 미간을 좁히며 손에 든 찻잔을 다과상에다 도로 내려놓았다.

"그대가 부자라서 실망했냐는 뜻입니까?"

"아니요. 돈이 넘쳐나게 많음에도 외사촌 오라비들을 엄동설한에 집 밖으로 쫓아냈잖아요."

"그 일이라면 전혀 아닙니다. 실망이라니요, 오히려 잘하였다고 칭찬해 줄 생각이었습니다."

"참말이시어요?"

"예. 아주 잘하였습니다. 소저가 그들을 집에서 쫓아내지 않았다면 내가 나서서 내쫓아 버렸을 것입니다."

"성현께서 죄는 미워하되 사람은 미워하지 말라 하셨는데, 소녀는 그리 되지가 않아요. 마음 그릇이 간장 종지만 해서 그런가 봐요."

운해는 한숨을 섞어서 이야기하였다. 무혁이 느닷없는 웃음을 터트렸다. 목울대가 시원스럽게 울리도록 한참을 웃었다. 좀처럼 웃음소리를 그치지 않는 무혁을 향해 운해는 짐짓 눈초리를 뾰족하니 갈아 세웠다.

"사람 민망하게 왜 자꾸 웃으시어요?"

"본인 마음 크기가 간장종지만 하다고 말하는 사람이 그대 말고 또 누가 있을까 싶어서요."

"소녀는 그저 솔직하게 이야기한 것뿐이어요."

"그래서 그대가 좋습니다. 꾸미지 않는 솔직함이 무척 마음에 들어요."

무혁이 다과상 너머로 팔을 내밀었다. 손바닥을 위로 펼치고 손가락 끝을 살살 흔든다. 운해더러 손을 내어 달라는 손짓이었다. 운해는 오른손으로 무혁의 왼손을 살포시 잡았다.

"외사촌 오라비들한테 돈을 좀 쥐여 줄 것을 그랬나 봐요."

"후회됩니까?"

"집에서 내쫓은 것을 후회하지는 않아요. 그냥 좀, 뭐랄까……. 소녀가 너무 했나 싶어서요."

"너무한 것 아니니까, 혹여 나중에라도 그자들한테 돈 집어 줄 생각 말아요. 한 번 주기 시작하면 죽을 때까지 그치들 뒤치 다꺼리를 해야 할 것입니다."

무혁이 엄히 말하였다. 운해는 고개를 주억거렸다.

"저도 알고 있어요."

"염치를 모르는 놈들이라 분명 다시 찾아와 돈을 달라고 할 것입니다. 대문도 열어 주지 말아요. 알았습니까?"

무혁이 숫제 다그치기까지 하였다. 운해는 이번에도 다부진 표정으로 또박또박 고갯짓을 만들었다.

"걱정 마시어요. 소녀도 독할 때는 독하다고요."

"행여나?"

반신반의하는 무혁에게 운해는 호언장담을 쳤다.

"참말이어요. 약조할게요."

"좋습니다. 그대를 믿어 보지요."

"나리께 상의 드릴 것이 하나 있어요."

운해는 조심스러운 태도로 말문을 열었다. 무혁이 마주 잡은 손에 힘을 꽉 넣었다.

"나도 그대랑 상의할 문제가 하나 있는데."

"먼저 말씀하시어요."

"아닙니다. 그대부터 합시다."

"막동이를 돌아가신 아버지의 양자로 들일까 해요."

"임씨 집안 족보에 올리겠다고요?"

"예. 별채에다 거처를 마련하고 막동이가 장성할 때까지 돌보아 주고 싶어요."

운해가 이야기하는 중간에 무혁이 붙잡고 있던 손을 맥없이 툭 놓았다. 그리고 긍정인지 부정인지 섣부른 판단이 서지 않는 알쏭달쏭한 의성어를 발하였다.

"으음……."

운해는 공연히 무혁의 눈치가 보였다.

"화 나셨어요?"

"화난 것은 아닙니다. 조금 불쾌할 뿐."

"왜요? 막동이가 제 동생이 되는 것이 싫으시어요?"

"전날 우리 셋이서 같이 살기로 했잖아요. 그런데 왜 나는 쏙 빼놓고 그대랑 막동이 둘이서만 살 궁리를 하는 것입니까?"

"그런 것이 아니라……."

"섭섭합니다. 생각해 보니까 화도 나는 것 같군요."

"나리……."

운해는 가시방석 위에 앉은 사람처럼 어쩔 줄을 몰랐다. 무혁에게 어떻게 설명을 해야 할지 막막하였다.

"그대에게 하나만 묻지요. 탈상은 언제 할 생각입니까?"

무혁이 심심하게 물었다. 운해는 잠시 대답을 미루었다. 요즘 하루하루가 정신없이 흐르다 보니 지충의 탈상에 대하여 까맣게 잊고 살았다. 운해의 눈길이 저절로 제 차림새로 향하였다. 짙은 남색의 누빔 치마와 연갈색 저고리 위에다 하얀 토끼털을 덧 대어 만든 감색 배자를 겹쳐서 입었다. 전부 무혁의 누이인 이 연이 출가하기 전에 입던 옷을 빌린 것이다.

무혁의 집에서 신세를 지기 시작할 때 본의 아니게 소복을 벗 고는 이후로 다시 찾아 입지를 못하였다. 남의 집 객식구로 살 면서 소복까지 갖추어 입을 경황이 차마 없었다. 이제 와서 소 복을 재차 입는 것도 이상할 듯싶고, 억울하게 죽은 아버지의 신원도 말끔히 풀린 마당에 고운 채색 옷을 못 입을 이유도 없 을 것 같았다.

"일간 날을 잡아서 천도재(薦度齋)를 지내고 탈상할까 싶어요."

"소복을 다시 입을 생각은 없다는 뜻이지요?"

"예."

"좋습니다. 천도재 후에 내가 사랑채로 들어오도록 하지요. 세간살이 장만은 안채랑 사랑채 모두 내가 알아서 할 테니까 그 대는 신경 쓸 것 없습니다."

무혁이 거침없이 이야기를 쏟았다. 운해는 어리둥절한 채였 다. 사랑채로 들어와 살겠다는 무혁의 뜻을 어떻게 받아들여야 할지 알 수가 없었다.

"그게 무슨……."

"처가살이를 하겠다는 말입니다."

"그러니까 왜요?"

"조선 제일의 갑부인 그대 덕 좀 보려고요."

무혁이 씨익 미소를 지었다. 운해는 미간을 찡그리고 절레절 레 도리질을 쳤다. 이것은 아니다 싶었다.

"나리, 제발 이러지 마시어요."

"내가 그대에게 빌붙어서 무위도식하겠다니까, 싫습니까?"

무혁은 여전히 미소를 잃지 않았다. 운해는 엉엉 울고 싶은 심정이었다.

"그런 것이 아니잖아요. 집안 어른들 생각도 하셔야지요."

"여기서 내 부모님 이야기가 왜 나옵니까?"

무혁의 얼굴에서 웃음기가 단번에 가셨다. 운해는 진짜로 눈물이 날 것 같아 어금니를 앙다물었다. 한차례 심호흡을 한 다음 말소리를 천천히 입 밖으로 밀어 냈다. 죽기보다 싫은 이야기지만 그녀 스스로 해야만 하는 말이기도 하였다.

"정실부터 맞으시어요. 격이 맞는 집안의 아가씨와 정식 혼례를 치른……."

"임 소저!"

무혁이 버럭 고함을 질러 운해의 말소리를 무질러 버렸다. 운해는 고개를 숙여 흐르는 눈물을 감추었다. 와락 올라오는 울음소리를 가까스로 내려앉혔다.

"소녀는 시앗이라도 괜찮아요. 나리와 함께할 수만 있다면 측실자리로도 만족할 수 있어요."

"참말입니까?"

"……예."

"나를 다른 여인과 나누어 가지는 일이 진정 아무렇지도 않다고요?"

"……."

"나는 그대를 다른 사내와 나눈다는 생각만 해도 피가 거꾸로 솟습니다. 그런데 그대는 아닌가 봅니다. 그대한테 있어서 내가 그토록 하찮은 존재입니까?"

무혁이 운해를 한계까지 몰아붙였다. 끝내 운해는 눈물을 펑
펑 쏟고 말았다. 입술을 짓씹어 서러운 울음소리를 입안으로 삼
키면서 고개를 마구 내저었다. 제 마음을 몰라주는 무혁이 야속
하기만 하였다.

　"나리가 하찮은 존재라니요, 그럴 리가 없잖아요. 소녀한테
나리 말고 또 누가 있다고요."

　"내가 그만큼 소중하다면 왜 나한테 그대가 아닌 다른 이와
혼례를 치루라고 합니까?"

　"어쩔 수 없잖아요. 반상의 법도가 그러한 것을 소녀더러 어
쩌라고요."

　"그래서 반상의 법도에 순응하겠다는 것입니까?"

　"순응하지 않으면요?"

　"싸울 생각은 왜 안 합니까? 오달영을 추포하겠다며 상투를
틀고 남복을 하고 기어코 초량 왜관까지 따라나섰던 그 기개는
전부 어디 갔습니까?"

　"나리를 위해서도 정실부터 들이는 것이⋯⋯."

　"내 핑계 대지 말아요. 나를 위한다면 나와 같이 살 궁리를
해야지요. 기껏 한다는 소리가 시앗도 괜찮으니 다른 이와 혼례
를 올리라고요?"

　무혁이 씩씩거렸다. 생각할수록 분하다는 식이었다. 운해도
억울한 마음이 들기는 마찬가지였다.

　"왜 제 탓만 하시는데요?"

　"그대를 탓하는 것이 아니에요. 제발 나를 믿어 달라고 간청
하는 것입니다. 나는 그대 외에 다른 이는 필요 없어요. 그대가
아니면 그 어떤 누구와도 혼례를 올리지 않을 생각이라고요. 이

런 내 마음을 왜 믿어 주지 않는 것입니까! 왜요!"

결국 무혁도 격양된 감정을 주체하지 못하고 목소리를 높였다. 운해는 뺨을 타고 흘러내리는 눈물을 옷고름으로 아무렇게나 문질러서 닦았다. 두 손을 무혁 쪽으로 뻗었다. 안아 달라는 몸짓이었다. 무혁이 무릎걸음으로 한달음에 달려왔다. 뼈가 으스러지도록 운해를 양팔로 조여 안았다. 운해 또한 무혁을 힘주어 마주 안았다.

"소녀도 싫어요. 나리의 전부를 원한다고요."

"같이 삽시다. 이 집에서 그대랑 나랑."

"나리의 부모님은요?"

"아들딸 낳고 열심히 살다 보면 언젠가는 그대를 인정해 주실 것입니다. 그때까지 힘들어도 참아요. 내가 그대 곁에서 같이 싸워 줄 테니까."

"……."

"어서 대답해요. 나를 믿고, 나를 의지하고, 나와 함께하겠다고."

"그렇지만……."

마음의 갈피를 잡지 못하는 운해의 왼쪽 손목을 무혁이 오른손으로 꽉 붙들어 쥐었다.

"전에 내가 가르쳐 준 대로 내 손목을 잡아요."

"이렇게 말이지요."

운해는 왼손으로 무혁의 오른쪽 손목을 움켜잡았다. 운해의 왼팔과 무혁의 오른팔이 하나로 연결되었다.

"내가 그때 뭐라고 했습니까. 서로의 손목을 잡으면 한쪽에서 손을 놓아도 서로를 놓치지 않는다고 했지요."

"예."

"이것은 우리 둘의 인연이에요. 우리 두 사람의 운명이기도 하고. 만에 하나 그대가 손을 놓아도 나는 그대를 놓치지 않을 것입니다. 절대 놓아주지도 않을 것이고."

무혁이 입술을 운해의 귀에 붙이고 조곤조곤 속삭였다. 운해는 자신의 왼팔과 무혁의 오른팔이 단단한 삼줄처럼 엮일 수 있도록 매개가 된 서로의 두 손을 물끄러미 내려다보았다. 둘이 동시에 손을 놓지 않는 이상 결코 끊어지지 않을 인연이다. 두 사람이 일시에 서로를 놓치지 않는 이상 언제나 함께할 수밖에 운명이기도 하다.

"그래요. 우리 같이 싸워요. 나리 곁에서라면 세상의 손가락질도 두렵지 않아요."

"바람직한 자세로군요."

무혁이 싱긋 미소를 지으며 비스듬하니 고개를 숙였다. 운해는 두 눈을 감고 사분히 입술을 벌렸다. 입안으로 틈입해 들어오는 무혁의 혀를 기꺼이 맞았다.

이야기 종결에

운해는 마른걸레를 손에 쥔 채 반나절 넘게 공들여 청소한 사랑방 안을 휘둘러보았다. 이제야 겨우 아버지 지충이 살아 있을 때의 모습을 되찾았다. 이른 아침부터 세간살이를 전부 드러내고 바지런을 떤 결과였다. 말짱한 가구를 치워 없애는 것이 마음에 걸렸지만, 고모 지이의 손때가 묻은 살림을 그대로 집 안에 두기가 영 꺼림칙하였다. 솔직히 지이와 명수, 명진 모자를 떠올리게 하는 물건들은 쳐다보기조차 싫었다.

그동안 광 안에서 방치되다시피 하였던 오동나무 궤짝을 열었다. 청국을 오가는 역관을 통해 웃돈을 주고 산 희귀본부터 조선 팔도 어느 책방을 가나 손쉽게 구할 수 있는 필사본까지 여러 종류의 서책들이 궤짝 안에서 나왔다. 모두 지충이 생전에 사 모은 장서였다. 한 권 한 권 조심스러운 손길로 먼지를 털어 낸 후 책장에다 꽂았다.

"응?"

손에 든 서책에서 문득 이질감이 들었다. 겉보기에는 여타 서책들과 크게 다를 바가 없는데 손끝에서 느껴지는 촉감이 왜인지 모르게 투박하다. 그러고 보니 표지가 다른 서책에 비하여 도톰한 듯이 보였다. 한결 튼튼한 표지를 만들려는 의도로 기름종이를 불가결 이상으로 잇대어 붙였나 보다. 아니면 누가 나중에 어떤 필요에 의해서 들기름 바른 닥종이를 추가로 덧붙였는지도.

문득 호기심이 동하였다. '구운몽'이라고 적힌 표지의 한쪽 모서리를 손톱으로 살살 긁어 보았다. 몇 장의 기름종이와 또 다른 몇 장의 들기름 바른 닥종이 사이에 미세한 틈이 생겼다.

"뜯어? 그냥 둬?"

서책이 손상될 것을 염려하여 잠시 고민하다 에라 모르겠다, 라는 심정으로 손가락에 과감하게 힘을 주었다. 기름종이를 덧붙여 만든 표지가 큰 무리 없이 양쪽으로 갈라졌다. 둘로 분리된 틈 안에서 반듯하니 접힌 편지가 한 장 나왔다.

심장이 기대감으로 부풀어 콩닥콩닥 뛰었다. 마치 과거의 누군가가 미리 안배해 놓은 확정된 미래를 향하여 다가가는 기분이었다. 떨리는 손길로 언문 편지를 조심스럽게 펼쳤다. 첫 문장을 읽자마자 왈칵 눈물이 쏟아져 나왔다.

내 딸 운해에게

네가 이 편지를 읽는다는 것은 아마도 내가 더 이상 이 세상 사람이 아니라는 뜻일 것이다. 천수를 누리다 편안히 눈을 감았는지, 어느 날 불의한 사고를 당하여 불귀의 객이 되었는지, 혹은 어떤 이유로 누군가에게 하나뿐인 목숨을 앗기고 말았는지, 지금의 나는 모른다.

다만 한 가지 윤해 네가 알아주었으면 하는 사실이 있어서 이렇듯 글을 남긴다. 내 살아생전 드러내 놓고 너에게 말할 수 있는 이야기가 아니었음을 먼저 밝히는 바다.

네 어미 홍정이는 병사한 것이 아니라 지난 신유년 사옥에 휩쓸려 형장의 이슬로 사라졌다. 서학을 마음 깊이 신봉해 온 네 어미는 당시 조선 땅에 몰래 들어와 포교 중이던 청국인 신부 주문모를 물심양면으로 도왔다. 그 일이 문제가 되어 반역 혐의를 받고 관아에 체포되었다. 천주를 부인하면 살려 주겠다는 화유에도 네 어미는 끝끝내 순교를 선택하였다.

젖먹이인 너를 두고, 지아비인 나를 버리고, 터럭만큼의 미련도 없이 순순히 죽어 간 네 어미를 아비는 용서할 수가 없었다. 죽음을 불사할 정도로 네 어미가 은애한 그 천주라는 자가 미치도록 미웠다. 밤마다 어미의 젖을 찾아 울어 대는 어린 너를 품에 안고서 증오심에 불타 천주가 어떤 자인지 닥치는 대로 알아보았다.

아비는 천주를 향한 네 어미의 지고지순한 마음을 이해할 수밖에 없었다. 순순히 순교의 자리로 나아가 스스로 목숨을 버린 네 어미의 선택을 용서할 수밖에 없었다. 아비 또한 온 마음을 다하여 천주를 은애하게 되었기 때문이다. 그분이 계신 하늘의 나라를 더없이 사모하게 되었기 때문이다.

엊그제 아비는 청국으로 떠나는 동지사 일행 중 한 사람인 믿음의 동지에게 내년 귀국길에 조선의 신우들을 위한 신부를 대동하고 돌아와 줄 것을 부탁하였다. 만에 하나 이 일이 관아에 발각되는 날에는 필시 아비는 죽음으로써 그 책임을 감당해야 할 것이다. 그때가 되면 두려움 없는 기쁨으로 순교의 자리에 나아갈 수 있기를, 천주께 기도하고 있다.

운해야!

아무도 원망하지 마라. 죽음조차 천주께서 이미 정해 놓으신 아비의 운명이니 그 누구도 미워하지 마라. 이해하고 용서하며 살 거라. 부디 잘 살아야 한다. 사랑한다, 내 딸아. 아주 많이 사랑한다.

아비는 네 어미와 함께 하늘의 나라에서 먼 훗날 다시 만날 너를 기다리고 있으마. 그러니 열린 마음으로 이 책을 읽어다오. 이 땅에서 아비의 마지막 유언이다.

무인년 동짓달 스무엿새 날 아비 임지충이 쓰다.

운해는 눈물로 얼룩진 편지를 가슴에 움켰다. 죄 없는 아버지가 왜 피점난장으로 죽어 가야만 하였는지 조금은 알 것도 같았다. 하늘이 원망스럽기만 하던 그 밤, 옥사로 찾아갔을 때 왜 아버지가 그토록 담담한 태도를 보였는지 이제야 겨우 이해될 것도 같았다.

지충의 유언에 따라 패관 소설인 '구운몽'을 펼쳤다. 운해가 익히 알고 있는 이야기가 아니었다. 성진과 팔선녀와 육관대사는 자취도 없고, 천주이면서 천주의 아들이기도 한 야소라는 자의 이야기가 잔뜩 적혀 있었다. 인간 여자의 몸을 빌려 이 땅에 내려온 야소는 서른셋의 나이에 수많은 사람들을 죽음으로부터 구하기 위하여 십자가라는 나무에 못 박혀 죽었다고 한다. 운해로서는 이해하기 어려운 이야기였다.

그럼에도 야소의 십자가만 믿으면 갈 수 있다는 하늘의 나라가 죽음 저 너머 그 어디인가에 실존하기를 간절히 바라고 원한다. 그래야만 얼굴조차 기억에 없는 어머니와 가슴에 사무치도록 그리운 아버지를 먼 훗날 다시 만날 수 있을 테니까.

❂   ❂   ❂

"그대에게 먹이겠다고 장돌 어미가 하루 종일 이 무더위에 고생고생해서 만든 것입니다. 정성을 생각해서라도 한 술 뜹시다."

무혁은 부둥부둥 운해를 어르면서 오른손에 억지로 숟가락을 쥐여 주었다. 운해가 오색의 조화가 화려한 밥상을 울상을 한 채 내려다본다.

치자 물을 입혀 쪄낸 약밥은 개나리처럼 샛노랗고, 머윗대로 끓인 들깨탕은 뽀얀 젖빛을 띠며, 백년초를 넣고 쑨 청포묵은 곱다란 붉은빛이고, 된장을 발라 삼 년을 묵힌 찻잎 장아찌는 진초록색이며, 씨간장에 조물조물 무친 가지나물은 흑색에 가까운 짙은 보랏빛을 띠고 있다. 감히 수랏상에 올려도 부끄럽지 않을 솜씨다.

그런데도 운해는 코와 입을 한꺼번에 손바닥으로 틀어막았다. 금방이라도 울음을 터트릴 것 같은 얼굴로 세차게 고개를 가로저었다.

"못 먹겠어요."

"한 숟가락이라도……. 응?"

"토할 것 같아요."

"도저히 안 되겠어요?"

"예."

"큰일입니다. 벌써 며칠째 제대로 먹은 것이 하나 없잖아요."

무혁은 안타까워 어쩔 줄을 몰랐다. 운해가 밥상을 저만치 치워 달라는 뜻에서 한쪽 손으로 밀어내는 시늉을 해 보였다. 요즘 운해에게 밥을 먹는 일은 고행과도 같았다. 밥은커녕 물만 먹어도 토하였다. 밥 짓는 냄새만 맡아도 배 속이 뒤집혀 헛구역질하기 일쑤였다.

무혁은 어깻숨을 한 차례 내쉬었다. 대청마루를 향해 활짝 열어 놓은 아자살 쌍미닫이 앞에 앉은 장돌 어미를 불렀다.

"그만 상을 내가도록 하게."

"경력 나리께서는요?"

"나도 되었네. 날이 더워서 그런지 도통 입맛이 없어."

"이러다 두 분 모두 쓰러지십니다. 우리 아씨야 배 속에 든 아기씨 때문에 어쩔 수 없다지만, 나리께서는 억지로라도 진지를 드셔야지요. 아무리 금슬이 좋아도 그렇지. 어찌 입덧을 부부가 같이 하십니까요. 우리 아씨랑 나리 걱정에 이년 속 터져 죽겠어라."

장돌 어미의 밉지 않은 잔소리가 흐드러졌다. 무혁은 멋쩍은 마음에 공연한 객소리를 툭 던져 보았다.

"아씨는 어째서 우리 아씨고, 나는 왜 그냥 나리인가?"

"그것이 무슨 말씀이셔라?"

"이왕이면 나도 우리 나리라고 불러 주게."

"예?"

장돌 어미가 어이가 없다는 식으로 피식거리더니, 뒤늦게 상전에게 너무 주제넘게 굴었음을 깨달았는지 후다닥 머리를 조아렸다.

"송구하옵니다."

"싫은가?"

"싫을 리가 있겠습니까요. 이미 다른 데서는 우리 나리라고 부르고 있어라. 쇤네가 나리 자랑을 얼마나 하는데요."

"그런가?"

"예, 참말입니다. 그러니 어서 진지 드셔라. 날도 무더운데 자시는 것까지 부실하면 자칫 병나십니다요."

"지금은 되었고, 나중에 먹겠네."

"이러고 또 굶으실 것이면서요."

장돌 어미가 발이라도 동동 구를 기세로 나왔다. 무혁은 극단의 처방을 내렸다.

"얼른 치우게. 이러다 아씨가 또 토하면 큰일 아닌가."

"알겠습니다."

역시 예상한 대로 운해라면 끔뻑 죽는 장돌 어미였다. 황급히 밥상을 들고 대청마루로 나갔다. 그제야 운해가 한결 편해진 얼굴빛을 하였다.

"나리라도 드시지 그러셨어요?"

"그대가 물도 입에 대지 못하는데 밥이 내 목구멍으로 넘어가겠습니까?"

"입덧은 아는 병이래요. 때가 되면 자연스럽게 가라앉는다고 걱정할 것 없대요."

"누가 그런 헛소리를 그대에게 하였습니까? 곁에서 지켜보는 나는 하루하루 애간장이 녹아 죽을 지경인데."

"최 의원 아저씨가요."

"조선 제일의 명의인 줄 알았더니, 돌팔이였군요."

무혁이 불뚝댔다. 운해는 빙그레 웃었다. 무혁과 얼굴을 마주하고 앉아 소소한 이야기를 나누다 보면 시도 때도 없이 기승을 부리는 입덧도 금세 가라앉았다.

"다음에 아저씨한테 다 일러 줄 거예요."

"하나도 안 무섭습니다. 최 의원이 지어 준 입덧 가라앉히는 약을 벌써 두 제나 먹었잖아요. 도통 차도가 없는 것을 보면 돌팔이 맞다니까요."

"그래도 그 약 먹고 두통은 많이 가셨어요. 밤에 잠도 잘 자고."

"뭐 그렇기는 합니다만. 그대 배 속에 든 녀석은 도대체 누구를 닮아 이토록 까탈을 부리는 걸까요? 아주 고약한 놈입니다. 배 속에서부터 이리 부모 속을 썩이니 말입니다."

"아무래도 나리를 빼다 박은 모양이어요."

"그럴 리가요. 그대를 닮았겠지요. 세상 나만큼 수더분한 사람이 또 어디에 있다고요."

"나리께서 수더분한 성정이면 조선 팔도에 수더분하지 않은 자가 단 한 명도 없을 것이어요."

무혁과 운해가 장난을 치듯 서로 책하는 소리를 한마디씩 주고받을 때였다. 장돌 어미의 다급한 목소리가 대청마루 아래서 울렸다.

"아씨! 나리! 얼른 나와 보시어요. 북촌 마님께서 오셨습니다."

"어머니께서?"

놀란 무혁이 자리에서 벌떡 몸을 일으켜 세웠다. 운해도 서둘러 대청마루로 나섰다.

"나올 것 없다."

유란이 섬돌로 내려서는 운해와 무혁을 말리고 대청마루로 올랐다. 둘은 어깨를 잇대고 서서 고개 숙여 유란에게 예부터 갖추었다.

"어서 오시어요."

"다 저녁에 어머니께서 여기는 어인 일이십니까?"

"내가 못 올 데 왔어?"

"연락도 없이 오셔서 무슨 일인가 싶어서요."

"아들 집에 오는데도 연락해야 해?"

"혹시 아버지랑 다투셨어요?"

"내가 아버지랑 다투고 집 나왔을까 봐 걱정돼?"

"소자는 아버지가 걱정인걸요. 지금쯤 눈물바람을 하시지 않을까요."

무혁은 눈을 접어 웃고 유란은 곱게 눈을 흘겼다.

"예끼!"

"안으로 드시지요."

"날도 더운데 방은 무슨. 대청마루가 되레 시원하고 좋아."

유란의 이야기에 눈치 빠른 장돌 어미가 재빨리 방석을 가지고 왔다. 유란이 먼저 상석에 자리하고 무혁과 운해가 맞은편에 나란히 앉았다.

"연락을 주셨으면 저희가 찾아뵀을 텐데요."

"더위에 오시느라 힘드셨지요?"

무혁과 운해가 건네는 인사말을 듣자마자 유란이 말도 말라는 식으로 홰홰 팔을 저었다.

"가마 속이 절절 끓는 가마솥 같아. 내가 이렇게 더운데 홀몸도 아닌 사람은 오죽 할까. 여름 동안은 어디 가지 말고 편안히 집 안에만 있도록 해라. 입덧이 심하다고?"

"많이 나아졌어요."

"많이 나아지기는요. 며칠째 음식이라고는 입도 못 대고 있는걸요. 물만 마셔도 토해서 소자가 아주 마음이 쓰여 죽겠습니다."

무혁이 팔불출 같은 소리를 해 대는데도 유란은 꾸중은커녕 빙긋이 웃기만 하였다. 하릴없는 부끄러움은 운해의 몫이라 얼굴이 한여름 햇발에 쏘인 것처럼 발갛게 익었다.

"차차 나아지고 있어요."

"더위에 네가 고생이 많구나."

"아니어요."

"순이야. 어여 그것을 다오."

유란이 섬돌 아래 시립하고 선 비복을 불렀다. 순이가 북촌 본가에서부터 들고 온 것으로 보이는 망태 안에서 유기 찬합을 꺼내 놓았다. 이번에도 눈치 빠른 장돌 어미가 나섰다. 마침 내가던 밥상을 후다닥 비우고 교자상을 대청마루 한가운데 펼쳤다. 차가운 이슬방울이 송송 맺힌 유기 찬합을 교자상 위로 옮겼다.

"먹어 보렴."

유란이 기러기 모양의 손잡이가 달린 찬합 뚜껑을 열었다. 놋그릇 안에 얼음 동동 띄운 수박화채가 넘치도록 그득 담겨 있다. 새빨간 수박의 속살 사이사이에 박힌 손톱만 한 얼음조각들이 새하얗다.

"이 귀하디귀한 것을……."

운해는 말을 잇지 못하였다. 아직 궁에서 얼음을 하사할 때가 아니니 분명 큰돈을 얹어 주고 따로 구하였을 것이다. 때아닌 눈물이 왈칵 차올랐다.

"입덧이 심하다기에 가져왔다. 나도 우리 이연이 뱄을 때가 딱 이맘때쯤이었는데, 날은 덥지 입덧은 심하지, 숨도 못 쉬게 고통스러웠어. 친정어머니가 얼음 동동 띄운 수박화채를 만들어서 보내 주셨는데, 그것 먹고 감쪽같이 입덧이 사라졌잖아."

"마님……. 죄송해요. 제가 요즘 감정 기복이 심해져서……."

운해는 흐르는 눈물을 옷고름으로 황급히 닦아 냈다. 유란이 교자상 너머로 팔을 뻗어 옷고름을 쥔 운해의 손을 다정히 잡았다.

"임신하면 본래 그런 법이야. 방금 웃다가도 돌아서서 바로 울기도 하고. 이제 어머니라고 부르렴. 나도 앞으로 너를 아가라고 부를 테니."

흐르는 눈물을 훔치던 운해가 화들짝 놀라 고개를 치켜들었다. 놀라기는 무혁도 마찬가지였다. 혹시 잘못 들었나 싶어서 맞은편에 앉은 어머니의 얼굴을 정신없이 쳐다보았다. 무혁의 유일한 반려임에도 반상의 규범 때문에 정실이 될 수 없는 운해는 시부모인 대건과 유란을 여태 마님으로 칭하고 있었다. 어머니라고 부르라는 유란의 말은 운해를 무혁의 정실로 인정한다는 의미나 다름없었다.

"어, 어머니……."

운해가 펑펑 눈물을 쏟으면서 울었다. 무혁의 눈자위도 우련 붉게 변하였다. 유란 또한 촉촉이 젖은 눈가를 곱게 접었다.

"수박화채에 든 얼음, 아버지께서 구해 오셨어. 무더위에 임부가 오죽 고생이 많겠냐고 뭐라도 시원한 음식을 만들어 주라시더라. 아가. 이왕이면 아들을 낳으렴. 그때쯤이면 아버지도 못 이기는 척 인정해 주실 거야. 세상에 자식 이기는 부모는 없어."

"예, 어머니."

목이 메여 와 간신히 대답을 하는 운해의 손에 무혁이 숟가락을 쥐여 주었다.

"어서 먹어요."

"어머님이랑 서방님께서 먼저 드시면……."

예의를 차리는 운해의 이야기를 유란이 재우쳐 잘랐다.

"우리는 되었으니 너나 많이 먹으렴. 나도 네 남편도 아가 너 먹는 모습만 봐도 배부를 게야. 어서!"

유란의 재촉에 운해는 얼음이 동동 뜬 수박화채를 한 숟가락 가득 퍼 올렸다. 코끝에 와서 닿은 냄새가 어찌나 달고도 시원한지 입안에 저절로 군침이 돌았다. 얼음과 수박을 한입에 털어 넣고 방긋 웃었다.

"먹을 만해?"

"맛있어요, 어머니."

"다행이구나. 한 그릇 뚝딱 비우렴."

"예, 어머니."

운해는 숟가락을 재게 놀렸다. 문득 두어 해 전 어느 여름날의 기억이 새삼 떠올랐다. 숨이 막힐 정도로 푹푹 찌는 뙤약볕 아래서도 그저 봄날 같기만 하였던 그날이 뇌리에 선명하였다. 오늘이 마치 그날 같았다. 꼭 봄날 같았다.

✿   ✿   ✿

"아버지. 우리 어디 가요?"

보드랍고 조막만 한 손이 굳은살이 단단히 박인 커다란 손바닥 안을 파고들었다. 무혁은 보폭을 한층 좁히면서 아들의 손을 힘주어 잡았다.

"할아버지 친구분 배웅하러."

"할아버지 친구분요?"

"응. 아버지한테 중요한 분이거든."

"할아버지 친구이자 아버지한테도 중요한 그분을 소자는 어떻게 불러야지요?"

"글쎄다…… . 그 어른의 호칭은 왜?"

"인사드릴 때 소자가 실수하면 안 되잖아요."

일곱 살짜리의 입에서 나온 말이 꽤나 의젓하였다. 무혁은 옆에서 따르는 어린 아들을 지그시 내려다보며 소리 없이 웃었다. 운해에게는 보물이고, 무혁에게는 기쁨인 아들이다.

나이 다섯에 천자문을 떼더니 여섯에는 소학을 줄줄 읊었다. 학문뿐 아니라 무예에도 남다른 재주를 보여 얼마 전부터 조부한테서 본국검을 본격적으로 사사받고 있다. 고사리 같은 손에 피검을 들고 커다란 타격대를 향해 돌진하는 모습은 대건의 자랑이 되었다. 할머니 유란의 사랑은 배냇짓을 하던 갓난쟁이일 때부터 이미 독차지하였다.

"휘야."

"예, 아버지."

"어르신이라고 부르면 될 것 같구나."

"아버지도 그분을 어르신이라고 부르나요?"

"응."

짧게 대답하고 무혁은 아들의 손을 놓았다. 저만치 떨어진 곳에서 머리카락이 희끗희끗 쉰 사내가 온통 새카만 차림새를 한 채 가까이 다가오고 있었다. 금상의 그림자로 서른세 해를 산 사내는 이제 일영이라는 이름을 벗으려고 한다. 조선 제일검 황진기의 아들이자 본국검 제일 본령 황수호로 다시 살아가고자 하는 것이다.

무혁은 지난 십 년 동안 하루걸러 한 번씩 보아 온 일영의 얼굴을 새삼스러운 눈으로 응시하였다. 일곱 살인 휘가 훗날 이순의 나이가 되면 바로 저 얼굴을 하지 않을까 싶었다. 휘가 아버지를 빼다 박았다는 소리를 들으니, 어쩌면 무혁 자신도 이십오 년쯤 후에는 저와 같은 얼굴이 되어 있을지도 모르겠다.

누구도 무혁에게 일영이 친부라고 가르쳐 주지 않았다. 휘가 태어나고 아이의 얼굴에서 일영의 이목구비가 선명하게 겹쳐 보이자 어렴풋이 깨달았을 뿐이다. 무혁 역시 누구에게도 일영이 친부냐고 묻지 않았다. 아버지가 강대건이든 황수호든 상관없었다. 강무혁은 그저 강무혁일 뿐이니까. 대건과 유란의 아들, 운해의 남편, 휘영과 찬영 두 아들의 아버지. 현재 자신을 규정하는 것들에 지극히 만족하고 있었다.

"혼자 간다니까 굳이 낯간지럽게 배웅을 나와."

일영이 선 굵은 입술을 연하게 늘이면서 웃었다. 무혁의 입매 또한 부드럽게 휘어졌다.

"멀리 가시는 길에 그래도 배웅은 해야지요."

마지막일지도 모르니…….

다하지 못한 말을 혀 아래 사려 두고 무혁은 굳은살이 단단한 손으로 휘의 어깨를 살짝 밀었다.

"어르신께 인사드리렴."

"강휘영이라고 합니다."

휘가 양손을 배꼽노리에 얹고 깊이 허리를 숙이자 일영의 얼굴 가득 환한 미소가 만개하였다. 무혁이 십 년을 알고 지내는 동안 처음 보는 웃음이었다.

"고놈 참 똘망지게도 생겼다. 자네 큰놈인가?"

"예. 작은놈은 제 어미랑 집에 남았습니다. 올해 네 살인데 어찌나 개구진지 한시를 엉덩이 붙이고 앉아 있지를 못합니다."

말 한마디로 훈련도감 전 군영을 휘어잡는 무혁의 입에서 푸념이 쏟아졌다. 작은아들 찬은 외모는 운해를 쏙 빼닮아 사내놈이 절세가인이라는 소리를 들을 정도였다. 다만 성격이 천방지축 천둥벌거숭이라 수려한 외모를 한순간에 전부 깎아 먹었다.

"아이가 다 그렇지. 우리 휘가 대견한 거지."

무혁에게 이야기하고 일영이 곧장 휘 쪽으로 시선을 옮겼다. 아이를 바라보는 눈빛이 더할 나위 없이 인자하다. 평생을 무인이자 살수(殺手)로 살아온 사내가 저런 표정을 지을 수도 있구나, 놀라울 정도였다.

"작년 가을쯤 네 조부님한테서 소학을 뗐다는 소리를 들었단다. 요즘은 대학을 읽고 있느냐?"

"대학 공부도 엊그제 마쳤습니다. 내일 서당에서 책거리를 한다고 합니다."

"허허! 누구를 닮아 머리가 이토록 영특한 것이냐?"

"어미 말이 소자는 얼굴도 성격도 머리도 아비를 빼다가 박았다고 합니다."

"네 아버지를 닮았으면 무예에도 재주가 비상하겠지?"

"할아버지께 본국검을 배우고 있기는 합니다만 이제 겨우 한 발짝 떼었을 뿐입니다."

"어린 녀석이 벌써 겸손의 미덕까지 갖추었구나."

"과찬이십니다, 어르신."

야무지게 대답하는 휘의 조그마한 머리통을 일영이 커다랗고 단단한 손으로 한참이나 쓰다듬었다. 우련히 붉어진 눈길은 무혁에게 향한 채였다.

"이보게, 훈련대장. 아이에게 내 검을 내려 주어도 되겠는가?"

북받쳐 오른 감정을 숨기고 제법 여상한 태도로 묻는 일영과는 달리 무혁은 크게 당황하였다. 무인에게 있어서 옆구리에 차고 다니는 검은 목숨과도 같았다. 게다가 무혁이 알기로 일영의 검은 부친 황진기의 유품이었다. 또한 본국검 제일 본령의 상징이기도 하였다.

"왜 싫은가? 내 검에 너무 많은 피가 묻기는 했지."

"아닙니다. 어린 휘가 받기에는 지나치게 귀한 검이라 소관이 잠시 당황하였습니다."

"자네가 보관하고 있다가 훗날 휘가 장성하면 전해 주게."

"나중에 휘가 장성하면 어르신이 그때 직접 주십시오."

무혁의 이야기에 일영이 선 굵은 입술을 비틀어 웃었다. 어린 휘와 똑 닮은 얼굴에 쓸쓸함이 물살처럼 빠르게 번져 나갔다.

"휘와 내가 다시 볼 일이 있겠나?"

"어르신……."

"받게."

일영이 허리에 찬 검을 칼집째 빼들었다. 무혁은 나란히 선 아들의 어깨를 굳은살이 박인 커다란 손으로 살포시 눌렀다.

"강휘영. 본국검 제일 본령인 어르신께서 너에게 친히 내리시는 검이다. 예를 갖추어서 받거라."

무혁의 명이 떨어지기가 무섭게 휘가 바닥에 털썩 무릎을 꿇고 앉았다. 왜소한 체구와 걸맞지 않을 만큼 아이의 얼굴이 몹시도 진중하였다.

"지금 휘에게 직접 내려 주시지요."

"고맙네."

"고맙다는 말씀은 소관……. 아니, 제가 드려야지요. 목숨처럼 소중히 여기라고 휘에게 가르치겠습니다."

무혁은 어금니를 윽다물고, 일영은 젖어 드는 눈가에 힘을 잔뜩 넣었다. 일영이 내리는 검을 휘가 두 손을 높이 들어 받았다.

"제 목숨처럼 소중히 여기도록 하겠습니다."

"휘야."

"예, 어르신?"

"내 이름은 황수호란다."

일영은 오래전 제 손으로 버렸던 이름을 무려 삼십삼 년 만에 스스로 입에 담았다.

"부디 잊지 말고 기억해 다오."

"결코 잊지 않을 것입니다. 어르신의 존함을 평생 기억하겠습니다."

"되었다. 그거면 되었어."

비록 천륜은 끊어졌어도 인연은 남아 검에서 검으로 이어질 것이다. 일영은 미련 없이 등을 돌려 늙은 군마 위에 훌쩍 몸을 실었다.

이제 설연에게 가야 할 시간이다. 새하얀 눈꽃보다 고왔던 그녀에게 돌아가 목숨을 바쳐 지켜 주겠노라 한 약속을 뒤늦게나마 이행하려 한다. 억센 들풀이 웃자란 무덤가에 움막을 짓고 매일 아침이면 설연을 만나러 갈 생각이다. 때마다 벌초도 해 주고, 떡과 고기도 제사상에 올려 주고, 때로는 술도 한 잔 따라 주면서 하루하루를 살다가 어느 날 설연의 곁에서 눈감을 수 있기를 바란다.

"어디로 가십니까?"

무혁은 당장에라도 앞을 향해 달려 나갈 듯이 앞발을 구르는 군마 곁으로 다가갔다. 말고삐를 쥔 일영의 얼굴빛이 불현듯 편안해 보였다. 무거운 짐을 훌훌 털어 버린 사람 같았다.

"마음 깊이 은애하는 이를 찾아서 떠나려고. 해묵은 약속을 이제라도 지켜야 하거든."

"부디 건강하십시오."

"그래, 그럼."

일영은 양쪽 허벅지로 말 옆구리를 힘껏 눌러 박차를 가하였다. 노쇠한 군마가 휘이잉 날카로운 울음소리를 내면서 자유로운 바람처럼 앞을 향해 달려 나갔다.

"이름이 뭐야?"

운해의 질문을 듣고 아이가 새카만 옥돌 같은 눈동자를 또르르 굴렸다.

"개동이라 합니다."

아이의 대답을 듣자마자 운해는 활짝 웃으면서 뒷등 쪽에 서 있는 막동에게 시선을 던졌다. 막동이 그것 보라는 식으로 으스대며 감청색 답포 자락을 일없이 펄럭거렸다.

"제 말이 맞지요, 누님? 기뻐하실 일이 있다고 하였잖습니까."

"어쩌면 이렇게 생김새가 닮을 수가 있지? 심지어 이름까지 똑같아."

"나이도 같습니다."

"진짜?"

"예. 그 녀석 올해로 열한 살이래요."

"어떡해……."

운해는 그대로 손바닥 안에다 얼굴을 파묻었다.

"누님! 우시는 거요?"

"아니……."

"울지 마시오. 이따 매형 오시면 누님 울렸다고 나 또 경치는 것 아니오?"

"안 울어."

운해는 눈가에 맺힌 눈물을 후다닥 손끝으로 닦아 냈다. 영문을 몰라 어리둥절해하는 개동에게 환한 웃음 보냈다.

"미안해. 놀랐지?"

"아닙니다, 아씨."

"내가 알고 있는 어떤 아이랑 네가 무척이나 닮아서 그래. 반가워서. 내가 많이 보고 싶어 했거든."

"소인이 그 아이랑 이름도 같고 나이도 같습니까요?"

"응."

"소인이 그 아이인가요?"

개동이 어떤 기대감을 가지고 물었다. 운해는 여전한 미소를 띤 얼굴로 가벼운 도리질을 쳤다.

"아니."

"그럼 소인은 어떻게 되는 건가요? 여기 오면 먹여 주고, 재워 주고, 공부도 가르쳐 준다고 해서 왔는데요."

옥돌 같은 새카만 눈망울에 당장 실망감이 고였다. 운해는 오른손을 들어 개동의 정수리 위에 사붓이 얹었다.

"네가 그 아이가 아니라도 먹여 주고, 재워 주고, 공부도 가르쳐 줄 거야."

"참말입니까요, 아씨?"

"그럼, 참말이지."

"어떤 공부를 가르쳐 주시나요?"

"개동이는 무슨 공부가 하고 싶은데?"

"글을 배우고 싶습니다."

"당연히 글도 배울 거야. 우선 언문부터 떼고 원하면 천자문도 가르쳐 줄게."

"소인은 돈이 없는 걸요. 부모도 없어서 동냥질로 겨우 살고 있는데……."

개동은 저도 모르게 말꼬리를 맥없이 풀었다. 소문을 듣고 제

발로 찾아오기는 했지만 공짜로 먹여 주고, 재워 주고, 공부도 가르쳐 준다는 소리가 도무지 믿어지지가 않았다. 바로 눈앞에서 월궁항아님처럼 곱다랗게 생긴 아씨가 박꽃 같은 하얀 웃음을 피웠다. 이 모든 것이 꿈이 아닌가 싶었다.

"돈은 받지 않아. 대신 공부를 열심히 해야 해. 입은 옷은 스스로 빨아야 하고, 동무들과 함께 쓰는 방도 알아서 깨끗이 소제해야 하고."

"청소랑 빨래는 일도 아닙니다요. 공부도 열심히 하겠습니다."

"좋아. 오늘부터 이곳 화랑각에서 묵으렴."

운해의 허락이 떨어졌다. 개동은 코가 땅에 닿도록 허리를 구부려 인사를 하였다.

"고맙습니다, 아씨. 참말로 고맙습니다요."

한참 후에야 고개를 든 개동의 손을 막동이 붙잡아 끌었다.

"이리 오너라. 숙소로 안내해 주마. 다른 네 명의 동무들과 함께 같은 방에서 기거하게 될 것이다. 장성하여 열다섯이 되면 이곳에서 나가야 하니 그때까지 열심히 공부해 두거라. 언문과 셈법은 누구나 반드시 배워야 한다. 이후로 농사를 짓고 싶으면 농사일을, 장사를 하고 싶다면 물건 사고파는 것을, 의원이 되고 싶으면 의술을 가르쳐 주마."

밖으로 나가는 개동과 막동의 뒷모습에 일별한 후 운해는 집에 갈 채비를 서둘렀다. 무혁이 데리러 올 시간이 얼추 다 되었다. 닷새에 한 번 꼴로 운해가 운종가에 나와 만물상과 화랑각의 운영을 책임지고 있는 막동과 장부 결산을 맞추는 날에는 무혁이 퇴궐하는 길에 들러 함께 집으로 돌아간다. 말하자면 둘만의 밤마실 같은 것이다.

"부인?"

미닫이 너머에서 무혁의 다정다감한 음성이 울렸다. 운해는 결산을 마친 장부책을 가지런히 모아 서궤 한쪽에 모아 놓고 장옷을 챙겼다. 마당으로 나서자 우련한 달빛 아래 구관복을 입은 무혁이 대단한 위용을 자랑하는 군마와 나란히 서 있다. 풍음이 늙어 더 이상 무혁의 몸무게를 감당할 수 없게 되자 그는 풍음의 아들인 천둥의 등에다 말안장을 얹었다.

"오늘 내가 좀 늦었지요?"

무혁이 선 굵은 입술을 연하게 늘이면서 웃었다. 한 이불을 덮고 산 지 올해로 벌써 열다섯 해가 되었다. 그런데도 운해는 아직도 무혁을 대할 때면 가슴이 떨렸다. 마음이 설레었다.

"천둥이도 데리고 오셨네요."

"요즘 날이 더워 가마로 가기 힘들 것 같아서요. 같이 타고 갑시다."

"그렇지 않아도 낮에 가마 안에서 땀이 얼마나 나는지 혼났어요."

"엊그제 비가 온 뒤로 바람이 습해져서 더 더운 느낌입니다."

"아직 오월인데 벌써 한여름 더위예요."

"한바탕 시원한 바람을 쐬게 해 줄게요. 어서 갑시다."

무혁이 운해 쪽으로 팔을 뻗었다. 길게 마디진 손가락이 운해의 손에 단단히 얽혔다. 굳은살이 박인 커다란 손도, 빈틈없이 근육이 잡힌 몸도, 이목구비가 뚜렷한 사내다운 얼굴도, 어느 곳 하나 운해의 마음에 차지 않는 데가 없다. 그러나 무엇보다도 그녀밖에 모르는 무혁의 일편단심이야 말고 운해에게 있어 자랑거리이자 기쁨의 원천이며 가장 소중한 보물이다.

"판윤 대감."

"왜요?"

"그냥 한 번 불러 봤어요."

"처남이 또 놀렸습니까? 혼꾸멍내 줄까요?"

"막동이도 이제 스물둘이어요. 언제까지 일곱 살 어린애인 줄 아시어요?"

"시간이 참 살(矢) 같습니다. 왜 이리도 빠르게 가는지. 그대와 함께하는 하루하루가 그저 아깝기만 합니다."

"벌써 십오 년을 대감과 부부로 살았네요."

"어째 억울한 듯이 들립니다?"

무혁이 놀렸다. 운해는 새치름한 얼굴로 가자미눈을 떴다.

"아니거든요. 소첩이 대감을 얼마나 많이 좋아하는데요."

"우리 설이보다?"

"물론 우리 막내딸이 대감보다 손톱만큼 더 좋기는 하지만요."

"이보시오, 부인!"

발끈 열을 내는 무혁의 팔을 운해는 말간 웃음을 지으며 잡아당겼다.

"얼른 가요. 아이들 기다려요."

"또 아이들 핑계로 얼렁뚱땅 넘어가려고."

마음에도 없는 타박을 주고 무혁이 두 손으로 운해를 볼끈 안아 들었다. 그녀를 먼저 말안장에 태운 다음 그도 뒤따라 천둥의 등에 올라앉았다. 자연스럽게 운해의 뒷등과 무혁의 가슴이 하나로 잇닿았다. 운해는 직각으로 떨어지는 듬직한 어깨에다 뒷머리를 살포시 기댔다.

"서방님."

"으응?"

"은애해요."

"응."

무혁이 왼팔로 운해의 허리를 결박하듯 옥죄어 안았다. 남은 오른손으로는 고삐를 흔들어 천둥에게 앞으로 나아가라는 명령을 내렸다. 천둥이 속보로 화랑각 너른 마당을 가로질렀다. 활짝 열어 놓은 대문을 벗어나자 무혁은 박차를 가하였다. 천둥이 바람처럼 내달렸다.

진주차는 말 등 위에 서로이 몸을 하나로 포개듯이 앉은 남녀를 운종가를 지나는 사람들이 부러운 시선으로, 혹은 못마땅해 하는 눈길로 쳐다본다. 금상의 신임이 두터운 판윤 강무혁의 기이한 행각에 대한 풍문이 한성 바닥에 자자한 지 오래였다.

정실도 없이 중인 출신의 여자를 소실로 들이고 산다더라. 부부 금술이 어찌나 유난스러운지 남부끄러운 줄도 모르고 대낮에 손을 잡고 길을 가는 것은 일상다반사라고 하더라. 운종가 만물상의 여주인인 소실은 화랑각이라는 객잔을 길손 대신 비렁뱅이 아이들도 채웠다더라. 고아들을 데려다 공짜로 재우고, 먹이고, 입히고, 공부까지 가르친다고 하더라. 그 꼴을 판윤 대감은 말리기는커녕 오히려 잘한다며 살뜰히 격려까지 한다더라.

소문이 아무리 무성해도 무혁과 운해는 일절 신경 쓰지 않았다. 부러워하는 시선도 못마땅해 하는 눈길도 전혀 개의치 않았다. 엄연한 반상의 구별과 남녀의 유별도 두 사람에게는 아무런 장벽이 되지 못하였다.

휘(輝), 찬(燦), 설(雪). 진주 강씨 일문의 보물이자 기쁨이며 자랑이기도 한 세 아이들이 기다리는 본가를 향하여 질주하는 천둥의 말안장 위에서 무혁은 상체를 비스듬하니 앞으로 기울였다. 품 안에 바투 조여 안은 운해의 귓바퀴에 뜨거운 입술을 붙였다.

"여래도아(汝來到我) 찬여개화(燦如開花)."

그대가 나에게 와서 이르니 꽃이 핀 것처럼 눈부시다. 제아무리 아이들이 보물이자 기쁨이며 자랑이라 할지라도 무혁에게 있어서 세상의 제일은 운해다. 둘이 같은 방에서 침식을 함께하며 살다가 생이 다하는 날 같은 무덤에 함께 들어가 누울 수 있기를 바란다.

오롯이 한마음으로 생즉동실(生卽同室) 사즉동혈(死卽同穴)을 소망하는 무혁과 운해의 머리 위로 내리는 달빛이 우련 붉었다.

—完